GEC
武大通识
Wuhd General Education Center

博雅弘毅　文明以止　成人成才　四通六识

珞 珈 博 雅 文 库
通 识 教 材 系 列

武汉大学规划教材建设项目资助出版

莎士比亚戏剧与西方社会

主编　戴丹妮

WUHAN UNIVERSITY PRESS
武汉大学出版社

图书在版编目（CIP）数据

莎士比亚戏剧与西方社会/戴丹妮主编.—武汉：武汉大学出版社，
2021.6
珞珈博雅文库.通识教材系列
ISBN 978-7-307-22294-6

Ⅰ.莎… Ⅱ.戴… Ⅲ.莎士比亚（Shakespeare，William 1564-1616）
—戏剧文学—文学研究 Ⅳ.I561.073

中国版本图书馆 CIP 数据核字（2021）第 092597 号

责任编辑:邓　喆　郭　静　　责任校对:李孟潇　　版式设计:韩闻锦

出版发行:**武汉大学出版社**　（430072　武昌　珞珈山）
（电子邮箱：cbs22@whu.edu.cn　网址：www.wdp.com.cn）
印刷:湖北恒泰印务有限公司
开本:787×1092　1/16　　印张:22　　字数:450 千字　　插页:2
版次:2021 年 6 月第 1 版　　2021 年 6 月第 1 次印刷
ISBN 978-7-307-22294-6　　定价:59.00 元

主编简介

　　戴丹妮，武汉大学外国语言文学学院英文系副教授，戏剧影视文学博士。中国莎士比亚研究会理事，国际莎士比亚研究会会员。撰写或主编《莎士比亚戏剧与节日文化研究》《英语词语拾趣 ——莎士比亚篇》《莎士比亚戏剧与西方社会》《莎士比亚戏剧导读》等多部莎士比亚研究专著和教材，并在多个重要期刊发表相关论文。主持"莎士比亚悲剧的剧场性研究""莎士比亚戏剧与节日文化研究""中国大学莎剧演出与英语教学研究""关于莎剧研读与表演对提高大学生英语综合能力的效果研究""中国大学莎剧教学与研究生助教创新模式探索""莎士比亚戏剧在中国大学舞台上的演出研究"等多项莎剧教学与研究项目。

《珞珈博雅文库》编委会

主任委员

周叶中

副主任委员

李建中　张绍东　黄明东

委员（以姓氏拼音为序）

陈学敏　冯惠敏　何建庆

黄明东　江柏安　李建中

李晓锋　彭　华　潘迎春

桑建平　苏德超　文建东

张绍东　周叶中

秘书

黄　舒

新时代外国文学与文化系列教材
编委会

主　编

王爱菊

编委会成员（以姓氏拼音为序）

程向莉　戴丹妮　邓长慧　胡谷明

李圣杰　刘　堃　王爱菊　王艳卿

夏　晶　曾　丹　张　青　张　影

总　序

小而言之，教材是"课本"，是一课之本，是教学内容和教学方法的语言载体；大而言之，教材是国家意志的体现，是高校教学成果和科研成果的重要标志。一流大学要有一流的本科教育，也要有一流的教材体系。新形势下根据国家有关要求，为进一步加强和改进学校教材建设与管理，努力构建一流教材体系，武汉大学成立了教材建设工作领导小组、教材建设工作委员会，设立了教材建设中心，为学校教材建设工作提供了有力保障。一流教材体系要注重教材内容的经典性和时代性，还要注重教材的系列化和立体化。基于这一思路，学校计划按照学科专业教育、通识教育、创业教育等类别规划建设自成系列的教材。通识教育系列教材即是学校大力推动通识教育教学工作的重要成果，其整体隶属于"珞珈博雅文库"，命名为"通识教材系列"。

在长期的办学实践和教学文化建设过程中，武汉大学形成了独具特色的融"五观"为一体的本科人才培养思想体系：即"人才培养为本，本科教育是根"的办学观；"以'成人'教育统领成才教育"的育人观；"厚基础、跨学科、鼓励创新和冒尖"的教学观；"激发教师教与学生学双重积极性"的动力观；"以学生发展为中心"的目的观。为深化本科教育改革，打造世界一流本科教育，武汉大学于2015年开展本科教育改革大讨论并形成《武汉大学关于深化本科教育改革的若干意见》《武汉大学关于进一步加强通识教育的实施意见》等文件，对优化通识教育顶层设计、理顺通识课程管理体制、提高通识教育课程质量、加强通识教育保障机制等方面提出明确要求。

早在 20 世纪八九十年代，武汉大学就有学者专门研究大学通识教育。进入 21 世纪，武汉大学于 2003 年明确提出"通专结合"，将原培养方案的"公共基础课"改为"通识教育课"，作为全国通识教育改革的先行者率先开创"武大通识 1.0"；2013 年，经过十年的建设，形成通识课程的七大板块共千门课程，是为"武大通识 2.0"；2016 年，在武汉大学本科教育改革大讨论的基础上，学校建立通识教育委员会及其工作组，成立通识教育中心，重启通识教育改革，以"何以成人，何以知天"为核心理念，以《人文社科经典导引》和《自然科学经典导引》两门基础通识必修课为课程主体，同时在通识课程、通识课堂、通识管理和通识文化四大层次全面创新通识教育，从而为在校本科生逾 3 万的综合性大学如何实现通识教育的品质提升和卓越教学探索了一条新的路径，是为"武大通识 3.0"。

当前，高校对大学生要有效"增负"，要提升大学生的学业挑战度，合理增加课程难度，拓展课程深度，扩大课程的可选择性，真正把"水课"转变成有深度、有难度、有挑战度的"金课"。那么通识课程如何脱"水"冶"金"？如何建设具有武汉大学特色的通识教育金课？这无疑要求我们必须从课程内容设计、教学方式改革、课程教材资源建设等方面着力。

一门好的通识课程应能对学生正确价值观的塑造、健全人格的养成、思维方式的拓展等发挥重要作用，而不应仅仅是传授学科知识点。我们在做课程设计的时候要认真思考"培养什么人、怎样培养人、为谁培养人"这一根本问题，从而切实推进课程思政建设。武汉大学学科门类齐全，教学资源丰富，这为我们跨学科组建教学团队，多维度进行探讨，设计更具前沿性和时代性的课程内容，提供了得天独厚的条件。

毋庸讳言，中学教育在高考指挥棒下偏向应试思维，过于看重课程考核成绩，往往忘记了"教书育人"的初心。那么，应如何改变这种现状？答案是：立德树人，脱"水"冶"金"。具体而言，通识教育要注重课程教学的过程管理，增加小班研讨、单元小测验、学习成果展示等鼓励学生投入学习的环节，而不再是单一地只看学生期末成绩。武汉大学的"两大导引"试行"8+8"的大班授课和小班研讨，经过三个学期的实践，取得了很好的成效，深受同学们欢迎。我们发现，小班研讨是一种非常有效的教学方式，能够帮助学生深度阅读、深度思考，增加学生课堂参与度，培养学生独立思考、理性判断、批判性思维和团队合作等多方面的能力。

课程教材资源建设是十分重要的。老师们精心编撰的系列教材，精心录制的在线开放课程视频，精心设计的各类题库，精心搜集整理的与课程相关的文献资料，等等，对于学生而言，都是精神大餐之中不可或缺的珍贵元素。在长期的教学实践中，老师们不断更新、完善课程教材资源，并且教授学生获取知识的能力，让学习不只停留于课堂，而是延续到课后，给学生课后的持续思考提供支撑和保障。

"武大通识 3.0"运行至今，武汉大学已形成一系列保障机制，鼓励教师更多地投入到通识教育教学中来。学校对通识 3.0 课程设立了准入准出机制,建设期内每年组织一次课程考核工作,严格把控立项课程的建设质量;对两门基础通识课程实施助教制,每学期遴选培训研究生和青年教师担任助教,辅助大班授课、小班研讨环节的开展;对投身通识教育的教师给予最大支持,在"351 人才计划(教学岗位)""教学业绩奖"等评选中专门设定通识教育教师名额,在职称晋升等方面也予以政策倾斜;对课程的课酬实行阶梯制,根据课程等级和教师考核结果发放授课课酬。

武汉大学打造多重通识教育活动,营造全校通识文化氛围。每月举行一期通识教育大讲堂,邀请海内外一流大学从事通识教育顶层设计的领袖性人物、知名教师、知名学者、杰出校友等来校为师生做专题报告;每学期组织一次通识教育研讨会,邀请全校通识课程主讲教师、主要管理人员参加,采取专家讲座与专题讨论相结合的方式,帮助提升教师的通识教育理念;不定期开展博雅沙龙、读书会、午餐会等互动式研讨活动,有针对性地选取主题,邀请专家报告并研讨交流。这些都是珍贵的教学资源,有助于我们多渠道了解通识教育前沿和通识文化真谛,不断提升通识教育的理论素养,进而持续改进通识课程。

武汉大学的校训有一个关键词:弘毅。"弘毅"语出《论语》:"士不可以不弘毅,任重而道远。"对于"立德树人"的武大教师,对于"成人成才"的武大学子,对于"博雅弘毅,文明以止"的武大通识教育,皆为"任重而道远"。可以说,我们在通识教育改革道路上所走过的每一步,都将成为"教育强国,文化复兴"强有力的步伐。

"武大通识 3.0"开启以来,我们精心筹备、陆续推出"珞珈博雅文库"大型通识教育丛书,涵盖"通识文化""通识教材""通识课堂"和"通识管理"四大系列。其中的"通识教材系列"已经推出"两大导引",这次又推出核心和一般通识课程教材十余种,以后还将有更多优秀通识教材面世,使在校同学和其他读者"开卷有益":拓展视野,启迪思想,融通古今,化成天下。

周叶中

前　言

　　本书为武汉大学核心通识课程"莎士比亚与西方社会"相关配套教材，同时入选"武汉大学 2018 年规划教材建设项目"中的"核心"类别通识教育系列教材。本书旨在让学生准确深入地了解莎剧①艺术以及莎剧所反映的社会维度，同时探索这一社会维度又在反作用于莎剧的过程中，对莎剧内容产生了什么影响。

　　本书为专题性教材，不是重在描述某个戏剧的历史及过程，而是对其作横切面分析来建构框架，对莎剧作专题性探讨，有一定的深度；本书涉及专门性的学术命题，如莎剧与西方政治、经济制度，莎剧与英国剧场经济等，而不是重在传授知识；本书旨在理论分析，追问为什么，有较强的理论色彩和理论深度。

　　本书结合相关通识课程"莎士比亚与西方社会"的教学理念，以历史唯物主义为指引，从戏剧的社会维度切入，深化对莎剧的理解。通过莎士比亚及其戏剧了解西方社会；通过西方社会的文化视角阐释莎士比亚戏剧，进而探究这一欧美戏剧高峰的奥秘所在。这种探究主要表现在两个方面：

　　首先探究的是莎剧与西方社会之间的关系：如莎剧对西方的政治制度、社会生活、经济与文化等的艺术呈现；西方社会思潮对莎剧思想取向、题材选择、人物塑造的巨大影响。比如，在探讨莎剧与文艺复兴的关系时可以看出，莎剧不仅反映了英国的文艺复兴思想，更反映了欧洲各国的文艺复兴思潮，尤其作为文艺复兴发源地的意大利更是

---

①　莎剧指莎士比亚戏剧。

其戏剧故事发生的主要场所，这更进一步说明了莎剧与文艺复兴思想的密不可分；此外，莎剧历史剧的题材选择、人物塑造与西方的社会政治生活也有着千丝万缕的联系。

其次要探寻的是莎剧的艺术形式与西方社会、文化之间的联系：如在莎剧的悲喜混杂与西方戏剧传统的微妙关系中，我们可以看到，莎剧既保留了西方戏剧的部分传统，又突破了其原有界限，形成了自己独特的风格。具体表现在：莎剧打破了古希腊、罗马戏剧的大悲或大喜的戏剧界限，独创了悲喜剧和传奇剧，做到了悲中有喜、喜中有悲的融合，体现了悲喜混杂的独特审美，通过戏剧对历史的观照也更加迎合了广大观众的观剧体验；而莎剧的雅俗兼取与英国文艺复兴时期的审美崇尚之间的关系同样妙不可言：莎剧中既有雅致之美，也不乏世俗趣味，这种艺术旨趣与文艺复兴时期英国社会的审美取向是一致的。莎剧既面向贵族和新兴的资产阶级，也面向广大市民，与中世纪主要在教堂演出、面向宗教信众、力图超凡脱俗的宗教剧异趣。

本书引文中的英文原文来自 *The Arden Shakespeare Complete Works* 版本；中文译文除特别注明外，绝大部分来自《莎士比亚全集》（朱生豪主译，人民文学出版社，1978 年）这一版本。由于时代关系，朱生豪的译本中出现了个别错译、漏译以及将粗俗语美化等问题，导致了个别行文失真或人物个性与语言未能完全吻合等情况的发生，因此部分译文采用了其他版本并都加以说明标注。此外，部分人名，如哈姆雷特、奥赛罗等遵用了当代较为普遍的译法，未依照朱生豪的原文译为哈姆莱特、奥瑟罗等。

本书在编写过程中难免有疏漏之处，祈望专家、学者、同行不吝指正！

戴丹妮

2021 年 4 月于珞珈山

目　录

引 论

一、莎士比亚的生平、思想、作品概况与作品影响

15 世纪末至 16 世纪初，英国结束了持续多年的内战，创立了全国统一的局面。此时，封建制度开始解体，整个社会进入资本原始积累时期。随着意大利文艺复兴的种子在欧洲大地上播撒，英国人接过了人文主义的旗帜，创造了举世瞩目的成就。

在戏剧创作方面，基德、马洛等"大学才子派"①激进的人文主义思想早已将封建意识的堡垒摧毁殆尽，无韵体诗已广泛运用于戏剧创作之中，幕间剧的戏班子为英国培养了大批的职业演员，而玫瑰剧院、天鹅剧院、希望剧院等大批剧院的修建，也为大规模的戏剧演出做好了充分准备。

此时莎士比亚的横空出世可谓天时、地利、人和。

(一)莎士比亚的戏剧人生

威廉·莎士比亚(1564.4.23—1616.4.23)出生于英国中部埃文河畔的斯特拉特福镇。② 该镇离伦敦约一百英里，人口约两千人，这里山清水秀，风景宜人，是当地的一个商业、文化和行政中心，也是伊丽莎白时代一个比较重要的城镇。

---

① 大学才子派是指 16 世纪 80 年代英国出现的一批受过大学教育的人文主义剧作家。他们多数确实是大学毕业生，至少是在伦敦最优秀的学校接受过人文主义教育的青年知识分子。这些剧作家大多在牛津或剑桥受过教育，然后从事在当时被视为并不十分光彩的戏剧行业，是莎士比亚之前的一个流派，代表人物包括托马斯·洛奇、约翰·黎里、乔治·皮尔、克利斯托弗·马洛、托马斯·基德等。这一批作家致力于英国戏剧改革，把戏剧艺术提升到了一个新高度，为莎士比亚的创作提供了丰富的灵感与帮助。

② 莎士比亚的故乡全名为埃文河畔的斯特拉特福(Stratford-upon-Avon)，小镇因绕城河埃文河(Avon)而得名，因全名较长，故有时会简称斯特拉特福，下同。

图 1　莎士比亚画像(Gerard Soest 绘制，1667 年)

图 2　莎士比亚诞生地：英国中部埃文河畔的斯特拉特福镇

　　莎士比亚的父亲是一个手套和羊毛批发商，家境富庶，母亲也出自小地主家庭，有着丰厚的陪嫁。年少时期的诗人家庭十分富裕，作为 5 个孩子的家庭中的长子，他大约 7 岁时进入了当地的文法学校①上学，然而，在他 14 岁的时候，由于父亲疏于经营，家道中落，他只得被迫中途辍学，在父亲的小作坊里帮忙。这个时候的莎士比亚就开始写诗了，他以诗言志，在十四行诗里表达着自己的少年情怀。

1582 年年末，18 岁的莎士比亚与邻乡一个富裕的自耕农的女儿安妮·海瑟薇结婚。6 个月后，他们的女儿苏珊娜出生。1585 年 2 月初，双胞胎儿子哈姆涅特和女儿裘迪斯出生。1596 年 8 月 11 日，儿子哈姆涅特夭折，葬于斯特拉特福镇，地点不详。

为了生存，莎士比亚于 1586 年前后来到伦敦。② 在最初几年里，他在剧团里干杂工，从最下等的马夫、仆役做起，后来成为一名喜剧演员，但并不成功。再后来，他开始在剧团给演员提词并尝试写剧本，终于打开了自己的一片天空，以自己非凡的创作才华和一系列脍炙人口的戏剧名篇改变了自己的卑微处境，令世人刮目相看。1592 年 3 月 3 日，莎士比亚的第一部剧作《亨利六世》(上)③在当时伦敦最大的剧场——玫瑰剧院公演并一炮而红，从此在剧坛的地位节节攀升，以致遭到了同行的嫉妒。"大学才子派"剧作家罗伯特·格林就曾借剧中人之口，讽刺莎士比亚是一只"自命不凡"的"乌鸦"。④ 这一事件恰恰反证了莎士比亚及其戏剧在当时的受欢迎程度。

1594 年，莎士比亚加入了伦敦当时两大剧团之一的"宫内大臣供奉"剧团。1599 年，伦敦最大的公共剧院——环球剧院建成并投入使用，莎士比亚是股东之一，这个剧场逐渐成为他专门上演自己剧本的地方。有了专业的演剧场所，莎士比亚的文思也如泉涌一般，其作品无论是在数量上，还是质量上，都令人叹为观止。从 1594 年到 1598 年，他平均每

① 文法学校是莎士比亚时代一种专为上层市民子弟开办的学校，只收男生，除了学习英文和《圣经》外，主要学习拉丁文、拉丁文文学和拉丁文修辞等。相对现今攻读古典文学的大学生而言，文法学校在演说、修辞、经典文本等方面的训练都更为严格。男生需要用拉丁语写作和交谈。在《温莎的风流娘儿们》第四幕第一场中，一个叫威廉的男孩就接受了拉丁文法教育，剧中还引用了文法学校要讲授的课文例句。很显然，这就是莎士比亚自己的生活写照。

② 莎士比亚因何离开家乡、前往伦敦，有多种说法。一说是他年轻时放荡不羁，偷入路西爵士的公园猎鹿，为躲避处罚，不得已背井离乡；而多数人则认为他是跟着戏班子去的伦敦。斯特拉特福是伦敦与北方交通的必由之路，著名的伦敦剧团经常来此演出。据称，在莎士比亚年少之时，他的父亲曾接待过剧团的客人。后来莎士比亚家道中落，在为人夫、为人父之后，为了生计，决定跟随剧团去伦敦发展。

③ 根据河畔版《莎士比亚全集》的梳理，1590—1591 年首演的《亨利六世》(中)应为莎士比亚的第一部剧作，但此处仍按照学界大多数人的习惯把《亨利六世》(上)视为莎翁的首部作品。

④ 格林在其剧作《千懊万悔不长智》中，借角色之口，讽刺莎士比亚是"一只暴发户式的乌鸦，借我们的羽毛美化自己，用演员的皮，包藏其虎狼之心；能写几句无韵诗，却要与你们中间最优秀的人媲美；他完完全全是个什么都做的打杂工，却自命不凡，把自己看作在国内唯一震撼舞台的人"。"震撼舞台"这个词的英文原文是"shake-scene"，该词前半部分的读音和拼写与"莎士比亚"("Shakespeare")相似，明显有影射之嫌。

年写两个剧本；1600 年后的几年间无疑是莎士比亚创作的鼎盛时期。① 随着詹姆斯一世的继位，莎士比亚的写作风格也有所调整，但与伊丽莎白时代保持一致的是依旧受到皇室及贵族阶层的青睐，他的几个最优秀的代表作也都在这段时期内完成。更令人惊喜的是，莎士比亚的剧作无论是达官贵人，还是贩夫走卒，无论是高级知识分子，还是目不识丁的平民，无论男女，无论老幼，都趋之若鹜。整个莎士比亚时代的剧坛，尚无一人能如他一般可称得上是"震撼舞台的人"，格林的这一评价在某种程度上，对于莎士比亚而言，可谓实至名归。

图 3　莎士比亚时期的环球剧院手绘图

　　1610 年前后，莎士比亚离开伦敦，回到故乡埃文河畔的斯特拉特福小镇。返乡后的最初两年，他仍与剧团保持联系，继续为剧团写作剧本。他最后的几个剧本，如《冬天的故事》《暴风雨》《亨利八世》等都是在家乡完成的。1616 年 4 月 23 日，莎士比亚病逝，葬于当地的圣三一教堂。颇具戏剧色彩的是，他的逝世日恰好与他的出生日是同月同日。更为这戏剧性的巧合添上浓墨重彩的一笔的是，莎士比亚在他的墓碑上留下了这样一段耐人寻味的墓志铭：

---

　　①　1603 年，女王伊丽莎白去世，詹姆斯一世继位。"宫内大臣供奉"剧团改名为"国王供奉"剧团。莎士比亚及其剧团中的几个演员获得了"国王侍从"的头衔。

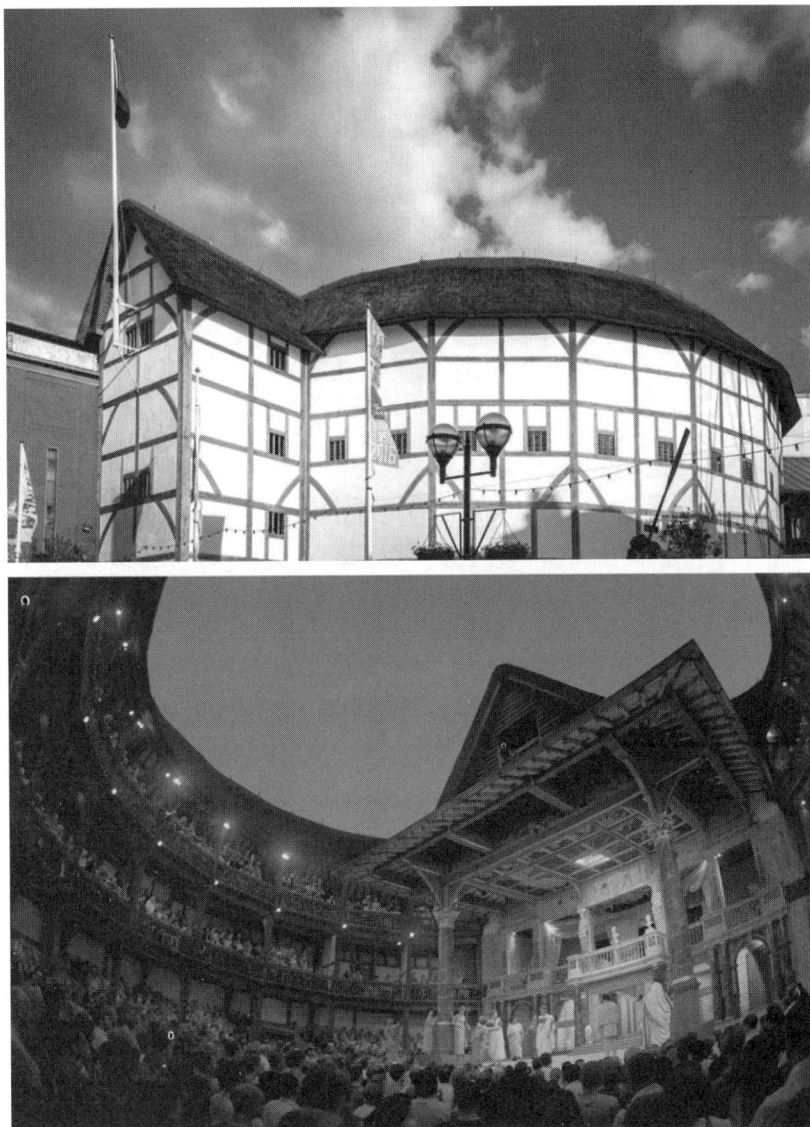

图 4　现如今的环球剧院

看在耶稣的份上请住手，
勿挖掘这块石碑底下的尸骨。
谁在这里动土他将要受诅咒，
谁尊重我的遗体将会受祝福。

寥寥数语一如他笔下栩栩如生的芸芸众生向人世间发出呐喊。

图 5　莎士比亚故乡圣三一教堂的墓志铭

(二)莎士比亚的戏剧创作

莎士比亚一生笔耕不辍，创作的剧本可谓不计其数，得以传世的就有 37 部。① 具体作品创作与演出年份以及作品分类目录详见文后附录一(莎士比亚生平大事记及创作年表)及附录二(莎士比亚作品中英文对照分类目录)。②

1. 莎士比亚戏剧创作的几个阶段

根据莎翁的写作时间和写作特点，可以将其创作划分为多个阶段。从时间轴上来看，

---

①　一说 36 部或 37.5 部。据称，莎士比亚晚期部分作品为与人合作或由他人代笔，目前尚无明确定论。此处从学界大部分人认可的 37 部。

②　莎士比亚在世时，只出版了他的两部叙事长诗、一部十四行诗集和少数剧作。第一部完整的莎士比亚戏剧集是莎士比亚去世后 7 年才出版的。1623 年，莎士比亚戏剧界的朋友收集和整理他的遗作，编印了书名为《威廉·莎士比亚先生的喜剧、历史剧和悲剧》的莎士比亚戏剧集，共收入了 36 个剧本，除《泰尔亲王配力克里斯》外，莎翁其余的剧本均已收入。其中有一半是他生前从未出版过的。这个戏剧集用对开本出版，后人称之为"第一对开本"。

可以分为自由创作时期(1589—1594 年)、宫内大臣供奉剧团时期(1594—1603 年)以及国王供奉剧团时期(1603—1613 年)。①

　　莎士比亚创作的思想内容和艺术风格上也经历了一个成长、成熟的发展和演变过程。而这个过程，又与莎士比亚的思想和理念的变化密切相连，同时也与当时英国社会和文化的发展息息相关。通常，从这一角度来看，可以把他的创作划分为以下三个阶段：

　　第一阶段(1589—1601 年)：这一阶段能够代表莎士比亚创作成就的是多部历史剧和喜剧，剧中表现了这位杰出的人文主义者初入剧坛时对人生的乐观态度和对未来的美好憧憬。

　　莎士比亚开始创作之时，恰逢伊丽莎白女王统治的鼎盛时期，此时的英国经济繁荣，王权强盛，国家统一。1587 年，相对弱小的英国舰队在风浪的帮助下，击溃了号称"有史以来最强大的海上舰队"——西班牙无敌舰队，令所有的英国人都备感扬眉吐气。此时爱国主义的浪潮席卷全国，莎士比亚亦顺势而为，创作出大量成功的历史剧，描述那时的英国历史。莎翁的这一举措也在一定程度上推进了当时盛行的新剧种——历史剧的繁荣与发展，其重要的历史剧代表作，如讲述玫瑰战争的系列历史剧《亨利六世》(上)(中)(下)、《理查三世》、《亨利四世》(上)(下)以及《亨利五世》等均完成于这一时期。

　　其中，初试啼音的历史剧三部曲《亨利六世》既相对独立，又相互关联，讲述了以玫瑰战争为背景的一系列重大历史事件，情节丰富跌宕；与之相关的《理查三世》则以人物刻画见长，形象饱满、个性十足的人物推进了情节的发展，成为莎翁重要的历史剧代表作；《约翰王》在表现史诗的同时，增加了不少虚构的元素，这些元素又同时兼备了喜剧特色，尤其在庶子腓力普这个人物身上已经表现出了狂欢化的特点；《理查二世》将"加冕"到"脱冕"的过程以狂欢化的形式表现出来，展现了理查二世的悲剧人生，进一步表现了莎翁历史剧与喜剧相交融的特有模式；而到了《亨利四世》(上)(下)和《亨利五世》之时，莎剧中则出现了早期严肃的历史剧中罕见的诙谐层面，其狂欢化的特点愈加凸显。这一特点的代表人物福斯塔夫走进了观众的视线，旋即广受喜爱，其光芒一度超过了主角，甚至博得了女王的青睐，成了莎剧人物谱中颇具特色的亦悲亦喜的人物形象。② 莎士比亚的历史剧旨在以史为鉴，从现实看历史，又以历史来佐证现实，表达了高昂的爱国主义精神和崇高的

---

　　① 莎士比亚于 1586 年离开家乡，前往伦敦谋生，大约在 3 年后开始创作剧本。1610 年前后，莎士比亚离开伦敦，回到故乡埃文河畔的斯特拉特福小镇，大约于 3 年之后搁笔。

　　② 伊丽莎白女王看过《亨利四世》之后，对福斯塔夫这个人物形象尤其喜爱，遂责令莎士比亚以这一人物为主角写一部爱情故事。而这个肥头大耳、狼狈不堪的中年男人显然不适合纯洁浪漫、卿卿我我的爱情故事，于是莎士比亚仅花了两周时间，就为他量身打造了近似于闹剧的喜剧——《温莎的风流娘儿们》，并获得了巨大的成功。

社会理想。①

与此同时，基于伊丽莎白时代国运昌盛，莎士比亚也同当时众多人文主义者一样，对现实世界持乐观态度，坚信即使社会中存在着种种矛盾，仍然会在女王的英明统治下得以顺利解决。因此，在创作了大量历史剧的同时，莎士比亚也写下了不少脍炙人口的浪漫喜剧，② 如《驯悍记》《仲夏夜之梦》《威尼斯商人》《无事生非》《爱的徒劳》《皆大欢喜》《温莎的风流娘儿们》等。

在喜剧中，最早的《错误的喜剧》与《驯悍记》是两部充满闹剧色彩的喜剧，此时的莎士比亚初次尝试喜剧创作，其模仿古希腊喜剧构架、人物和情节走势的成分居多，写作手法以讽刺为主；《维洛那二绅士》与《爱的徒劳》是两部爱情喜剧，前者以抒情为主，后者仍以讽刺为主；到《仲夏夜之梦》之时，莎士比亚的浪漫喜剧风格已初具雏形，此时的莎翁开始尝试打破古希腊戏剧一些固有的窠臼，展现出自己独具特色的写作手法，并获得了巨大的成功，此剧时至今日依然会在仲夏之夜在伦敦以及英国的各个公园及草坪上上演，是一部传统的适合露天草坪演出的莎剧；《温莎的风流娘儿们》仍是一部闹剧，此剧应女王指定而创作，虽艺术性不强，但栩栩如生的人物群像依然为此剧的舞台演出赢得了巨大成功；接下来，莎士比亚创作了四部最优秀的浪漫喜剧，依次是《威尼斯商人》《无事生非》《皆大欢喜》和《第十二夜》，③ 这四部剧的基调和特色各不相同：《威尼斯商人》将抒情与讽刺的喜剧成分交织在一起，讴歌了爱情与友谊，鞭笞了自私与贪婪；《无事生非》强调了爱情道路上的艰难曲折，而爱情终将克服重重阻碍，取得最后的完满结局；《皆大欢喜》中的众多情侣也表现了爱情的波折和坚守，但也表达了一种否定田园爱情的情愫，不免有些许不完美的悲剧色彩，也为莎翁后期向悲剧的转型埋下了伏笔；而《第十二夜》④则是莎翁的最后一部爱情狂欢曲，自此以后，他就进入了以悲剧为代表的创作巅峰。

上述这些喜剧都从正面讴歌了人文主义的美好理想，表达了莎士比亚对爱情、友谊和青春等美好事物的向往和追求。在写作的过程中，莎翁还运用了悲喜混杂、亦悲亦喜的写作手法，打破了固有的古希腊喜剧的写作模式，开始形成了自己独特的写作风格。

---

① 莎翁的最后一部历史剧《亨利八世》首演于1612年至1613年，此时已是他临近搁笔之时。本剧以历史人物命运的沉浮为中心展开剧情，已带有后期传奇剧的某些特点。

② 首演于1595年至1596年间的《罗密欧与朱丽叶》亦创作于莎士比亚早期的浪漫喜剧时期，全剧的总体基调依然是浪漫与喜感兼备的特色。其爱情主题、浪漫色彩和艺术风格都与其喜剧创作手法相近，以至于有人说，如果去掉结尾，这部剧更像是一部喜剧。当然，这部剧是诗人的第一部富有独创性的悲剧，在某种意义上依然标志着莎士比亚在艺术上正迈向成熟。

③ 也有人把这四部剧称为莎士比亚的四大喜剧，但学界除了莎士比亚的"四大悲剧"之外，尚无"四大喜剧"一说。

④ 《第十二夜》公演于1602年2月2日，从创作时间上来看，属于莎翁创作的第二阶段，但根据其戏剧特色与写作手法，仍将其归为第一阶段。

　　第二阶段(1601—1608 年)：这一阶段是莎士比亚创作的黄金时期，此时他写下了一系列著名悲剧，这些戏剧不仅反映了莎翁时代广阔的社会背景和人性冲突，也充分展示了诗人在戏剧美学思想上的升华以及创作手法上的日臻完善。在伊丽莎白女王统治的末期，英国发生了一系列巨变，各种社会矛盾迅速发酵并激化。就在女王去世前两年的 1601 年的 2 月，女王曾经的宠臣埃塞克斯伯爵发起了反对伊丽莎白女王的叛乱，① 女王剿灭了这次叛乱，埃塞克斯伯爵被砍头处决，而他的同党骚桑普顿伯爵——莎士比亚的朋友和曾经的保护人，则被判无期徒刑，投入了伦敦塔。尽管莎士比亚本人并未受到牵连，但不难想象，此事对他触动极大。自此以后，莎士比亚早期的人文主义理想陷入了两难的境地，他对现实的认识也越发清晰，对社会阴暗面的洞察也越发深入，此时的诗人开始冷静地思考当下的现实世界，对重大社会问题有了自己独特的领悟和见解，早期的理想主义和乐观主义思想逐渐被严酷的现实批判所代替。

　　此时英国国内的政局尚处于不稳定和政权交替的阶段。1603 年 3 月 24 日，伊丽莎白女王在掌权 45 年之后去世。她的王位由其堂兄弟、苏格兰王詹姆斯六世继承，史称詹姆斯一世。詹姆斯六世是苏格兰女王玛丽的儿子，16 年前，正是伊丽莎白女王下令斩首了玛丽。詹姆斯一世继位之后，立即将莎士比亚所属的宫内大臣供奉剧团改为国王供奉剧团，并授予他们皇家特权。这给剧团带来了很大的经济利益，但无形之中也增加了他们的压力。这样一来，他们不仅要娱乐大众，还要满足国王和朝臣们的需求。②

　　面对复杂的政治局势，莎士比亚审时度势，充分意识到历史剧由于题材过于敏感，已不再适于大规模演出，以免为自己和剧团招来不必要的麻烦，甚至杀身之祸。而面对当前的现实，早期乐观的浪漫喜剧早已不符合他此时的心境，也无法满足他日益登峰造极的写作手法的需求，而悲剧这种体裁则恰好适于揭露尖锐深刻的社会矛盾，从另一角度表现出诗人的思考和现实主义情怀，也更能展现他日趋自信的写作技巧。

　　1601 年后，莎士比亚的创作发生了翻天覆地的变化。他从早期大量写历史剧和浪漫喜剧转为写悲喜剧和悲剧，作品基调不再是浪漫、轻松和愉悦的氛围，而是充满了黑暗、阴郁、悲观和沉闷的气质。莎翁在这一阶段创作的三部悲喜剧《特洛伊罗斯与克瑞西达》《一报还一报》和《终成眷属》可称作是社会问题剧，从不同角度揭露了一定的社会阴暗面，分

----

　　① 1601 年 2 月 7 日，吉利·梅里克爵士代表埃塞克斯伯爵，委托宫内大臣供奉剧团在环球剧院特别演出《理查二世》，其中包括国王被废和谋杀的几场戏，在当时颇具煽动性。该剧上演次日，埃塞克斯伯爵就带领一小股军队冲入怀特霍尔宫，想要废黜女王，拥立苏格兰的詹姆斯六世为王。埃塞克斯的革命最终以闹剧收场，伯爵本人也被处死。这一切可能对莎士比亚和宫内大臣供奉剧团十分不利，但他们还是平安逃脱了惩罚。

　　② 从 1603 年詹姆斯上台，直至 1616 年莎士比亚去世，在詹姆斯一世执政的这 13 年时间里，国王供奉剧团总共在御前演出 187 场次，平均每个月就要演出至少一场。

别表现了社会上普遍存在的私欲泛滥问题、爱情婚姻中的等级观念问题以及奸淫成风问题；莎士比亚在这一时期还写下了以《裘力斯·恺撒》《安东尼与克莉奥佩特拉》《科利奥兰纳斯》等为代表的一系列罗马历史题材的悲剧作品，用他那锋芒犀利的笔触描述了战争、宫廷政变等宏大历史场面，可谓以史讽今；尤其是《裘力斯·恺撒》是莎士比亚政治悲剧的第一个重要尝试，有很高的艺术成就，也在一定程度上为四大悲剧的到来打下了良好的基础。具有划时代意义的莎士比亚最重要的四大悲剧——《哈姆雷特》《奥赛罗》《麦克白》《李尔王》均完成于这一阶段，这四部悲剧巨著集中表现了莎士比亚悲剧的创作特色，但又各有所长：《哈姆雷特》以塑造生动复杂的人物形象以及刻画丰富的心理活动见长；《奥赛罗》以主旨的多元性为特色，并首次以异族有色人种为正面主演，体现了莎翁勇于挑战传统、凸显个人风格的品质；《李尔王》以规模宏大的宫廷政变为背景，刻画了各色人物丰富的内心世界，塑造了各具特色的不同阶层的人物；《麦克白》则以心理分析见长，同时加入了巫术等超自然元素，从独特视角反映了人物内心世界的起伏与波动。完成于这一时期的《安东尼与克莉奥佩特拉》虽然也隶属于以罗马历史为题材的悲剧作品，但其实它更像是一部有特色的爱情悲剧，同时，它又与早期轻松浪漫的爱情悲剧不同，这部剧也可视作是莎士比亚爱情悲剧的终结篇。而这一阶段的最后两部作品《科利奥兰纳斯》与《雅典的泰门》则针砭时弊，具有很强的现实意义。①

可以说，莎翁在这一时期的文学和艺术成就达到了巅峰。更为可喜的是，天生具备观众缘的莎士比亚在创作这些伟大作品的同时，他的剧团也能立刻将这些让人印象深刻的剧目完整而又传神地呈现在舞台之上，使得剧院场场爆满，这种完美的剧场效应又反过来进一步推进了莎剧的传播与发展。

第三阶段（1608—1613 年）：这一阶段是莎士比亚戏剧创作的晚期阶段，以传奇剧为主，显示了他对世界的清醒认识以及对人生的深刻领悟，同时，莎士比亚也通过他的作品表达了他荣华散尽、退隐江湖、追求闲云野鹤生活的美好愿景。

这一阶段是詹姆斯一世专制统治的时期。国王供奉剧团继续在国王的支持之下以及莎士比亚的影响力之下繁荣发展，并于 1608 年获得许可，开了第二家剧院，即黑衣修士剧院。这家新剧院与环球剧院非常不同，它是室内剧院，而且比较小，因此演出基本要靠点蜡烛来照明。夏天，剧院仍在环球剧院表演；到了冬季，则移师黑衣修士剧院演出。②

---

① 虽然莎翁的不少作品具有很强的现实意义，但除了《温莎的风流娘儿们》是应女王要求而撰写的描写英国伊丽莎白时代的作品之外，他几乎从未描写以他所处时代的英国为背景的戏剧，甚至除了历史剧之外，描写英国的故事都很少，大部分故事发生在意大利、希腊、埃及、北欧等国，这一方面表现了莎士比亚天马行空的想象力，另一方面也不排除莎士比亚力求自保，以免他人对号入座给自己带来不必要的麻烦。

② 新落成的黑衣修士剧院开业不久之后，因为一场突如其来的瘟疫而被迫关门大吉。

图 6　莎士比亚时期黑衣修士剧院内部结构手绘图

　　此时的莎士比亚早已功成名就，不会刻意为了追求金钱或名誉而去迎合观众，而是想尝试一些新的体裁和新的戏剧形式以表达自己的人生体悟，于是，他开始撰写一些适合在黑衣修士剧院演出的戏剧，因为这个剧院不像环球剧院那样是开阔露天、能容纳三千人的大剧场，而是更私密一些的小型剧场，并且配备了不少特殊的设备，可以实现波澜壮阔的戏剧效果，比如《暴风雨》中突如其来的风暴和在空中翩翩起舞的精灵，又如《冬天的故事》中复活的雕像，等等。①

　　由于国王供奉剧团受到了国王的庇护，随之而来也带动了社会上的一股观剧潮流。伦敦剧坛开始流行那种供贵族消遣、适合宫廷趣味的作品，揭露与批判性很强的悲剧作品已不再适合上演。莎士比亚本人在经历了前一时期那种紧张深刻的反思之后，又重新恢复了人文主义信念。此外，由于詹姆斯一世本人崇尚巫术，整个社会无不受其影响，莎士比亚

---

　　① 莎士比亚从这一时期开始与其他剧作家合作。1606 年，他与托马斯·米德尔顿（1580—1627 年）合写了《雅典的泰门》；1607 年，与乔治·威尔金斯（1576—1618 年）合写了《泰尔亲王配力克里斯》；1613 年，与约翰·弗莱彻（1579—1625 年）合写了戏剧《卡迪尼奥》（现已失传）、《皆为真实》（《亨利八世》）和《两个高贵的亲戚》。

图 7　现如今黑衣修士剧院内部照

虽然没有刻意逢迎，但也不排除在潜移默化之中受到了一些触动，再加上他想尝试一些新鲜的写作模式，于是，他此时的创作理念从现实转入了幻想，把实现人文主义理想寄托于梦幻之中。他的戏剧艺术及文学特质再次发生了显著变化。1608 年以后，莎士比亚不再写悲剧，转而写下了一系列传奇剧代表作，如《泰尔亲王配力克里斯》《暴风雨》《辛白林》《冬天的故事》等，这些作品都具有传奇性的情节和欢乐颂性质的主题，在叙事艺术上表现出了一个有序的、逐渐成熟的变化轨迹，这些戏剧无不闪耀着传奇色彩，折射出莎士比亚心中理想的光芒。尤其是公演于 1611 年 11 月 1 日的《暴风雨》堪称传奇剧的经典之作，也据称是莎翁独立创作的最后一部戏剧，剧中，莎士比亚亦借主角普洛斯彼罗之口，表达了他告别舞台、放弃荣耀、归隐田园之心。

　　2. 莎士比亚戏剧的影响

　　莎士比亚的戏剧成就是非凡的，以至于所有研究他的人无不被他丰富的想象力、深邃的思想和睿智的语言所震慑，可以说，他在人类戏剧史上的影响力无人能及。法国文学史家泰纳在谈及莎士比亚时说：

　　　　"我要论述的是一个为所有法国式的分析头脑和推理头脑所迷惑不解的非凡心灵，一个既能描写庄严又能描写卑贱的才气横溢的全能大师；这是在准确地表现真实生活细节方面，在千变万化地运用幻想方面，在深刻复杂地刻画出类拔萃的激情方面最伟大的创造力；他有着诗人的气质，放荡不羁，灵感焕发，由于一种先知式的人神状态的突然启示而超越在理性之上；他的悲观是这样趋于极端，他的步伐是这样唐突奇特，他的迷恋是这样凶猛强烈，只有这个伟大的时代才能诞生这样一个婴孩。"①

这一段描述可谓将莎士比亚置于神坛之境地，但也不可否认，莎士比亚在不少人心目中，的确是神一般的存在。

（1）莎士比亚戏剧对西方各国的影响

莎士比亚的戏剧对世界戏剧艺术的发展作出了巨大贡献，各国历代的大作家，除伏尔泰、托尔斯泰等少数例外，均对莎士比亚的文学成就交口称赞。

莎翁在伊丽莎白时代晚期就已享誉英国，引起了一定的反响。当时的英国文学评论家弗朗西斯·米尔斯就高度评价莎士比亚，"如果诗神们讲英语的话，他们也会讲莎士比亚那样美好圆润的词句"。前面提及的"大学才子"之一的剧作家格林讽刺莎士比亚是"一只暴发户式的乌鸦"，却恰恰从反面印证了莎翁的非凡成就与盛誉已招致他人的嫉贤妒能。莎士比亚的好友、著名剧作家本·琼生更是称莎士比亚为"时代的灵魂"，说"他不属于一个时代而属于所有的世纪"，认为他的作品"简直超凡入圣"。② 20 世纪英国著名剧作家萧伯纳认为莎士比亚的声望一个世纪比一个世纪高，他说在 19 世纪初，著名诗人拜伦还不愿与莎士比亚相提并论，认为这样是降低了他的声誉，但到了 20 世纪初，莎士比亚的名字早已家喻户晓，若能与之比肩，则是莫大的荣耀。

法国在地理位置上与英国隔岸相望，两国在历史与文化上相爱相杀由来已久，法国人民天生的优越感使得他们不愿意承认会有人比他们的民族更加优秀，然而，天才的莎士比亚的降临却又让他们不得不折服。19 世纪法国批判现实主义作家司汤达对莎士比亚十分景仰，认为这位伟大的戏剧家非古典主义大师拉辛或者伏尔泰"所能望其项背"，一度提出要向莎士比亚学习的号召。法国浪漫主义作家雨果对其更是推崇与赞赏，说他不仅是天才诗人，而且还是个天才画家；说他的创作博大，"像大自然一样锐敏、微妙、细致，同时又广大无垠"。雨果称颂莎士比亚是"诗人、历史学家、哲学家三位一体"，他的作品表现了高深的哲理，能供给人以"高贵的养汁"。③ 事实上，雨果的一些浪漫主义戏剧，在风格上明显受到了莎士比亚戏剧的影响。法国大作家大仲马在谈及莎士比亚对人类文化的贡献时，甚至把莎士比亚与"上帝"相媲美，认为人类历史上"创造得最多的是莎士比亚，他仅仅次于上帝"。④

① [法]泰纳："莎士比亚论"，见张可、元化编译：《莎剧解读》，上海教育出版社，1998 年版，第 2 页。
② 转引自梁工：《莎士比亚与圣经》（上），商务印书馆，2006 年版，第 1 页。
③ 转引自施咸荣：《莎士比亚和他的戏剧》，北京出版社，1981 年版，第 124 页。
④ 转引自杨青芝：《莎士比亚传》，中国社会出版社，2006 年版，第 160 页。

在德国，沙士比亚一直都受到来自文学界、哲学界等各界人士的广泛好评。在德国狂飙运动时期，大作家歌德非常推崇莎士比亚，在《说不尽的莎士比亚》一文中，他不吝赞美之词、近乎虔诚地崇拜着莎士比亚："莎士比亚多么无限丰富和伟大呀！他把人类社会中的一切动机都画出来和说出来了！而且显得多么容易，多么自由！"对于莎士比亚的舞台掌控能力，歌德佩服得可谓五体投地，他以极度仰视的目光，这样描述莎士比亚："他从来不考虑舞台。对他的伟大心灵来说，舞台太狭窄了，甚至这整个可以眼见的世界也太狭窄了。他太丰富，太雄壮了。"①像歌德这样对莎士比亚崇拜得五体投地的人在德国文学界大有人在。如德国启蒙文学的代表人物、作家和理论批评家席勒对于莎士比亚塑造人物的能力给予了极高的评价，认为"大概从来还没有过像莎士比亚一样描写人物性格的博大天才，他不仅掌握了不同地位、不同性别、不同年龄的人，——甚至直到混沌初开的婴儿"，他笔下的人物形象包罗万象，"国王与乞丐、英雄与窃贼、圣贤与蠢汉""古代罗马人和大部分英国历史时期中的英国本国人""南欧人""北欧人"；席勒甚至将莎士比亚媲美普罗米修斯，说他"不仅铸造了人类，他也打开了幽灵的魔术世界的大门，召唤了子夜出现的亡魂，给我们展示了包围在不吉的神秘气氛中的女巫，让空中充满了嬉戏的精灵"②。席勒不仅只是口头赞颂，还在现实生活中大力号召德国戏剧创作应该效仿莎士比亚，学习莎翁的戏剧精髓。被誉为"德国古典文学的最后一位代表"的著名抒情诗人和散文家海涅把莎士比亚比作照耀英国国土的"精神上的太阳"，说莎士比亚的"天才的羽翼在那里处处围着我们簌簌作响，他的明澈的目光从每一件重要现象上向我们祝好"，并说莎士比亚的戏剧曾"强烈地震撼过我的灵魂"。③

莎士比亚的绝世才华不仅在德国文学界广受推崇，各个不同门派的哲学大师们对他也是心向往之。德国 19 世纪唯心论哲学的代表人物黑格尔赞扬莎剧是"生活本身的直率与心灵理想的伟大的不寻常的结合"，认为莎士比亚是"光照其他一切人的大师"。④ 革命导师马克思和恩格斯也都很喜欢莎士比亚的戏剧，不仅在他们的著作中经常引用莎士比亚的戏剧作品和人物，而且在论及戏剧艺术时，充分肯定莎士比亚在戏剧发展史上的地位，指出他在艺术创作上的杰出成就，甚至提出了"莎士比亚化"的创作原则。⑤ 恩格斯非常欣赏莎士比亚戏剧情节的生动性和丰富性，在致好友、德国早期工人运动活动家拉萨尔的信中，

---

① ［德］歌德：《歌德谈话录》，朱光潜译，安徽教育出版社，2006 年版，第 95 页。
② ［英］赫兹列特：《莎士比亚戏剧人物论》序言，见张可、元化编译：《莎剧解读》，上海教育出版社，1998 年版，第 122 页。
③ 转引自施咸荣：《莎士比亚和他的戏剧》，北京出版社，1981 年版，第 124 页。
④ 转引自王晓凌等：《莎士比亚圣经文学研究》，安徽大学出版社，2010 年版，第 8-9 页。
⑤ "莎士比亚化"这一原则含义十分丰富，主要意思是要求作家不从抽象概念而是从现实生活出发，通过生动丰富的情节，塑造性格鲜明的典型人物，用形象化的艺术来描绘和再现社会生活。

他提到戏剧将来的发展趋势应当是，"德国戏剧具有的较大的思想深度和意识到的历史内容，同莎士比亚剧作的情节的生动性和丰富性的完美的融合"。① 马克思更是言简意赅地称赞莎士比亚是"人类最伟大的戏剧天才"。

莎士比亚的光辉也同样播撒到了俄国，令无数学者和批评家顶礼膜拜。在马克思主义莎评思想的指导下，俄国和苏联的文学和文艺批评界都非常注重文学作品的现实主义意义，莎士比亚的剧作再次跨越了时空，吸引了无数目光。俄国革命民主主义者、哲学家、文学评论家别林斯基赞扬莎士比亚的作品"像宇宙一样伟大和无限"，由此他还把莎士比亚称作是"不缺乏理想"的"现实的诗人"。革命民主主义者、文艺批评家杜勃罗留波夫高度评价莎士比亚，认为他是当时"人类认识最高阶段最充分的代表""拥有全世界意义"。② 被称为俄国社会主义之父的俄国哲学家、作家、革命家赫尔岑则从人物塑造与文学和社会生活密切联系的角度出发，认为哈姆雷特的形象是怀疑和沉思时代的反映。诗人、作家、小说家普希金则认为，莎士比亚所创造的人物，不像莫里哀笔下的人物那样，是某种情欲或某种恶习的典型，而是拥有许多情欲、许多恶习的活生生的人。他还举例说明：莫里哀喜剧里的吝啬人性格单一，只有吝啬这一个特征，而莎士比亚喜剧里的夏洛克则丰满了许多，身上汇聚了吝啬、机智、复仇心重、热爱女儿等多种品质。③

（2）莎士比亚戏剧评论在西方发展的几个阶段

莎士比亚作为文艺复兴时期最伟大的戏剧家和诗人，对人类文明的进程起了极大的推进作用，对后世产生了巨大的影响，但不可否认的是，西方评论界对莎士比亚的评价也有一个发展的过程，而这个过程又分为以下几个阶段。

第一阶段是古典主义派评论。自莎士比亚过世之后，从17世纪中期到18世纪末这一段时间。这一派评论家拘泥于"三一律"④等希腊罗马的古典主义戏剧理论，过分强调戏剧的形式，认为戏剧必须有开头、中段和结尾的发展顺序；悲剧和喜剧必须有严格的区分，对于莎士比亚独创的"悲喜混杂"等新型的艺术形式完全无法接受。在内容上，他们又认为戏剧必须模仿自然，也就是反映生活，对于莎士比亚这种"来源于生活，而又高于生活"的戏剧模式坚决抵制。从这样的理论出发，有的评论家，如18世纪法国资产阶级启蒙运动的旗手、被誉为"法兰西思想之王"的伏尔泰对莎士比亚的戏剧就持全盘否定的态度。他甚

---

① ［德］马克思、恩格斯：《马克思恩格斯选集》第4卷，中共中央马克思恩格斯列宁斯大林著作编译局编译，人民出版社，1972年版，第343页。

② 转引自杨青芝：《莎士比亚传》，中国社会出版社，2006年版，第162页。

③ 转引自施咸荣：《莎士比亚和他的戏剧》，北京出版社，1981年版，第119页。

④ "三一律"是古希腊戏剧创作的规则之一，即要求一出戏所叙述的故事发生在一天（一昼夜）之内，地点在一个场景，情节服从于一个主题。莎士比亚同时期的剧作家大多遵循这个规则，他本人早期创作的喜剧，如《错误的喜剧》等均遵循了这个规律，但随着莎翁写作技巧的日渐成熟，他逐渐跳出了这个窠臼，形成了自己独特的风格。

至还骂莎士比亚是"喝醉酒的野蛮人""乡村丑角"和"江湖骗子",将莎翁的作品贬损为"点缀着珠子的臭屎堆"。

英国的古典主义派评论对莎士比亚的成就展开过激烈的争论,主要代表人物是戏剧家兼评论家约翰·德莱顿以及第一本英文字典的编撰者塞缪尔·约翰逊。他们从"反映自然"论出发,肯定莎士比亚戏剧的优点,赞美他的天才和惊人的想象力,但同时也有所批判。英国新古典主义的先锋德莱顿虽然对莎士比亚不按"三一律"创作感到不满,但仍客观地赞美"莎士比亚在所有现代,也许以及古代的诗人当中拥有最大、悟性最深的灵魂"。他还说"莎士比亚是近代或古代诗人中最伟大且最能包举一切心灵的诗人,他诗的意象是随手招来毫不费力的,他所描写的一切有真情实感,看得见也摸得着"。① 随着历史的进步与人们接受度的逐步提高,英国新古典主义的最后一位杰出代表塞缪尔·约翰逊不再像他的前辈、新古典主义集大成者蒲卜那样,从"三一律"等古典主义视角出发,认为"莎士比亚的文学作品不利于人类艺术优化和文艺作品的社会道德教化",而是对莎士比亚采取的"悲喜混杂"等戏剧模式持肯定态度,认为这种写法符合人性的真实状态,也符合世事常态。除此之外,古典主义流派还就莎剧结构松散、结尾潦草、遣词造句不妥(尤其是双关语滥用)等细节方面提出了质疑。但现在看来,有些他们所指出的缺点,如结尾潦草,其实恰恰是优点。正如恩格斯所说:"莎士比亚往往采取大刀阔斧的手法来急速收场,从而减少实际上相当无聊但又不可避免的废话。"②

第二阶段是浪漫主义派评论,代表人物有英国的柯勒律治、赫士里特、卡莱尔,法国的雨果和德国的史莱格兄弟等。这一派评论家在高度赞扬莎士比亚戏剧里思想感情的深度的同时,从反对古典主义的清规戒律出发,又走向了另一个极端。他们对莎士比亚的戏剧创作过分地赞扬,却缺乏理性的评判和分析。这一派评论家认为,艺术不仅模仿自然,更要超越自然,批评家的职责是进入诗的境界,去领悟和解读原著的魅力。他们对戏剧人物的分析比较重视,认为从丹麦王子哈姆雷特到麦克白雇佣的刺客,是充分个性化的,都是现实生活中可以捕捉到的活生生的人。但不难看出,这一派评论家的想象力过于丰富。有人提出,英国浪漫主义文学的奠基人之一、著名的湖畔诗人、文评家柯勒律治所分析的哈姆雷特早已不是莎士比亚笔下所创造的哈姆雷特,而是酷似柯勒律治本人的哈姆雷特。正所谓"一千个人眼中有一千个哈姆雷特",但像柯勒律治这样代入太多的个人情感,强加于角色身上,则未免有失偏颇。此外,还有些评论家过分纠结于一些细枝末节的无聊问题,例如哈姆雷特父亲死亡时哈姆雷特身在何处,麦克白何时开始制订谋杀邓肯的计划,等

---

① 智量:《外国文学名著论名家》,华东师范大学出版社,1985年版,第1页。

② [德]马克思、恩格斯:《马克思恩格斯全集》第33卷,中共中央马克思恩格斯列宁斯大林著作编译局编译,人民出版社,2004年版,第108页。

等。这些问题，如今在经历了 4 个多世纪的莎翁研究之后，若要进行更深层次的挖掘，尚显得颇为有趣，但在对莎翁及其剧作的研究尚未形成体系之前，似乎就显得有点避重就轻、吹毛求疵了。

到了 20 世纪，西方对莎士比亚的评论总体来说进入了较为客观的阶段。有些评论家从版本校勘和字义疏证等方面进行探讨，大致确定了莎士比亚的著作年代，求证了哪些作品的确出自他本人之手。评论家们一般不再把他当作天才诗人来歌颂，而是结合当时的舞台和观众的特点，把他当作剧作家来研究分析，评论他的舞台艺术、材料来源和艺术手法。研究和探讨莎翁生平和传记的著作也越来越多，有关当时历史背景的研究和考证也达到了一定的高度。此外，一些新的理论，例如女性主义，甚至马克思主义都用来研究莎士比亚戏剧，令这一研究多了许多突破口和创新点。还有一些评论从唯心主义和形而上学的角度加以论述，虽有些偏执，但也体现了一定的新意。例如有的评论家在弗洛伊德思想的影响之下，开始用心理分析的方法来研究莎士比亚的著作。这方面的代表人物有弗洛伊德的挚友及其传记作者、威尔士评论家欧纳斯特·琼斯，他在研究和剖析《哈姆雷特》时，认为该剧的魅力除了思想感人和语言华丽之外，还在于莎士比亚把戏剧的意象包裹在一层梦幻的朦胧之中，这意象便是哈姆雷特在潜意识里爱慕他的母亲，感到自己罪不可赦，[①] 因而也解释了他为何在面对复仇良机时一再犹豫和延宕，以至于在面对"生存还是毁灭"的问题之时，"失去了行动的意义"。（第三幕第一场）

在第二次世界大战之后，又有一些评论家把莎士比亚与战后流行的存在主义哲学与荒诞派戏剧联系起来研究，甚至认为他才是存在主义与荒诞派戏剧的先驱。1968 年夏天，莎士比亚的罗马悲剧《泰特斯·安德洛尼克斯》被当作荒诞派戏剧在意大利维洛那上演，在敏捷的砍杀和砍手砍舌的大屠杀中间，泰特斯两个儿子的头颅被放置在平板车上兴高采烈地推上了舞台。泰特斯见此情形，居然捂嘴咯咯笑了起来。美国的文艺评论家雷蒙德·奥尔德曼在谈及美国在 20 世纪六七十年代流行的文学流派——"黑色幽默派"[②]时，还以此为例，说这就是黑色幽默。[③]

在十月革命前，俄国的革命民主主义评论家别林斯基、车尔尼雪夫斯基、杜勃罗留波夫等，开始在现实主义的理论基础上来研究莎士比亚，指出他在真实地反映生活、塑造典

---

① 这正是弗洛伊德在其代表作《梦的解析》中所探讨的"俄狄浦斯情结"。希腊神话故事里的俄狄浦斯杀父娶母，当时他并不知道所杀的是自己的亲生父亲，所娶的是自己的亲生母亲。后来他发现自己如此罪不可恕，遂戳瞎了自己的双眼。心理学研究中把儿子对母亲的变态迷恋或爱情称为"俄狄浦斯情结"。

② 黑色幽默，是一种荒诞的、变态的、病态的文学流派，把痛苦与欢笑、荒谬的事实与平静得不相称的反应、残忍与柔情并列在一起的喜剧，是 20 世纪 60 年代美国重要的文学流派。

③ 转引自施咸荣：《莎士比亚和他的戏剧》，北京出版社，1981 年版，第 127 页。

型性格等方面所取得的成就。而在十月革命之后，学界又开始出现了用马克思主义辩证唯物论观点研究和评论莎士比亚的评论家。

如今，对莎士比亚的研究已走入了新的世纪。世界各国对莎士比亚及其剧作研究的热情有增无减，各种不同的学派都可以论及莎士比亚，各种文学、哲学以及文艺理论等均可用于剖析莎翁及其作品。人们的宽容度和接受度也越来越高，大家对莎士比亚的研究畅所欲言，不再一家独大，呈百花齐放、异彩纷呈之势。

(3)莎士比亚戏剧在中国的影响

莎士比亚戏剧不仅在欧洲各国广受赞誉，当它第一次踏上有着五千年文明史的中华大地的时候，就立刻受到了夹着鲜花和掌声的热烈欢迎。

莎士比亚的名字早在清朝末年就见于严复、梁启超等人的著作中。中国最早提到莎士比亚的名人是林则徐。在他主持编译的由英国学者慕瑞(Hugh Murray)所著的《世界地理大全》(Cyclopaedia of Geography)中就提及了"沙士比阿"，即"莎士比亚"。在我国最早翻译出版莎剧的是英国19世纪散文作家兰姆姐弟用散文体改写的《莎士比亚戏剧故事集》，最初出版的是选译本，之后不久在1904年又出版了林纾和魏易用文言文合译的全译本，更名为《英国诗人吟边燕语》。

在译介莎士比亚作品之初，其译介者多为当时前往西欧发达资本主义国家求学的留学生以及清末出使欧洲各国的政府官员。这些各界精英一开始接触到莎士比亚，就被他那优美的语言和丰富的内涵所深深吸引，纷纷撰文以抒发对莎翁及其作品的喜爱之心。这其中就有著名政治家、外交家、晚清重臣李鸿章，维新变法的先驱康有为、梁启超，新文化运动的倡导者、学界泰斗胡适，以及中国同盟会章程起草人之一、中国国民党元老级人物马君武等革命派进步人士。

最早对莎士比亚赞赏有加并在当时学术界起到一定导向性影响的是清政府要员李鸿章。光绪二十二年(1896)出访英国期间，在外交致辞中，他就将"善为诗文"的"显根思皮儿"(莎士比亚)与自然科学研究先驱培根、达尔文、赫胥黎等比肩，认为培育先进民族的优秀社会文化是一切科技诞生的富饶土壤。[1] 国学大师梁启超在其著作及文章中多次提及莎士比亚，并尊称莎翁为"昔英国诗圣"。[2] 清末极具影响力的资产阶级启蒙思想家严复大师在为自己所翻译的《天演论》作注解时，特意指出莎士比亚的"传作大为各国所传译宝贵也"[3]。康有为是最早把莎士比亚作品与中国古典文学作比较研究的，曾将《离骚》《九歌》

---

① 李长林、杜平："中国对莎士比亚的了解与研究——《中国莎学简史》补遗"，载《中国比较文学》1997年第4期，第147页。

② 梁启超：《新大陆游记及其他》(《走向世界丛书》)，岳麓书社，1985年版，第511-512页。

③ 戈宝权："莎士比亚在中国"，载《莎士比亚研究》(创刊号)，浙江人民出版社，1983年版，第334页。

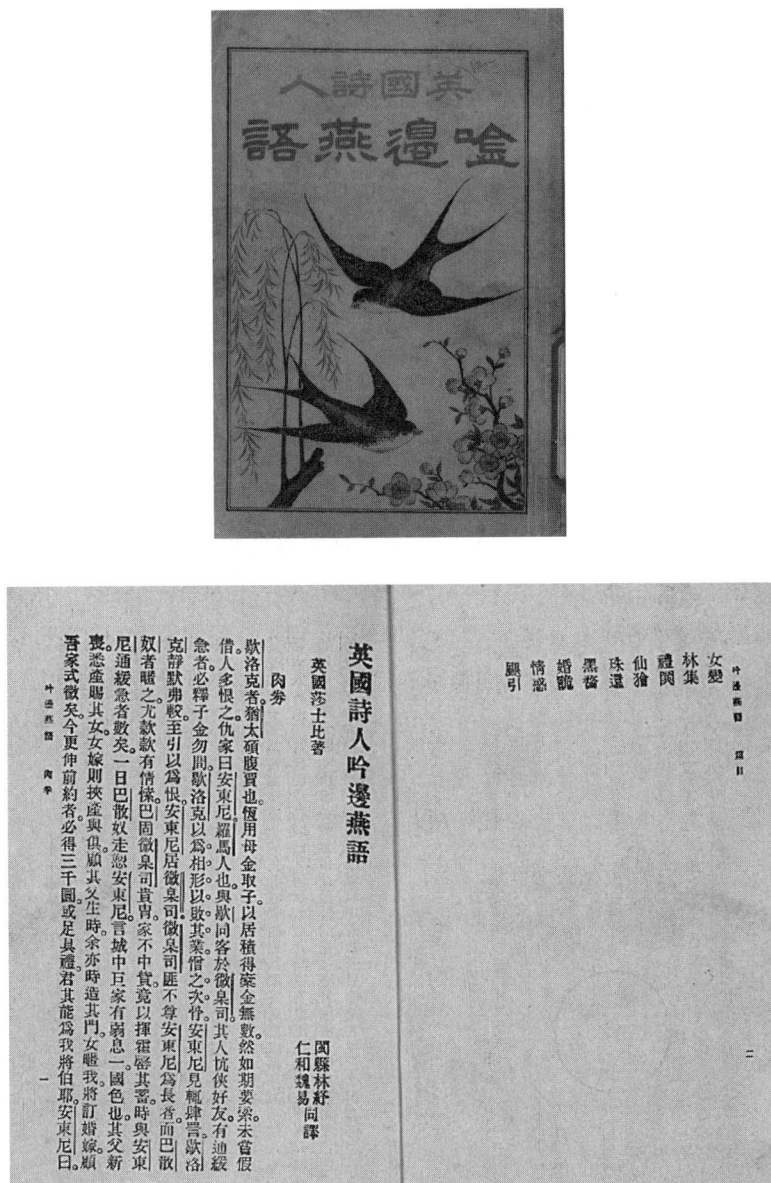

图 8　《英国诗人吟边燕语》封面和内页图

与莎士比亚的剧作相提并论。① 胡适在倡导白话文写作时，曾有以莎士比亚的文学创作为

① 康有为曾于宣统元年（1909 年）游历英国，某日在伦敦观看了莎剧演出之后，大为震撼，作小诗一首："仙女幽逸如离骚九歌者，昔士卑亚多有之，今人超超，作出世像。"参看李长林、杜平："中国对莎士比亚的了解与研究——《中国莎学简史》补遗"，载《中国比较文学》1997 年第 4 期，第 147 页。

鉴的提法，这对于推进新文化运动、在中国文坛上推介莎士比亚等方面都有着不可忽视的历史作用。① 革命进步人士马君武也给予了莎士比亚以极高的评价："而当时（伊丽莎白时代）之最大戏曲家，即索士鄙亚（Shakespeare）也，即今之观之，若索士鄙亚为全时期之唯一代表者然。"②

不难看出，清末民初的中国莎学尚处于起步阶段，虽对莎翁及其作品推崇备至，但仅限于译介、鉴赏，而关于莎评的文章和著作则寥寥无几，没有形成系统性和理论深度。根据孟宪强先生在《中国莎学简史》中所提出的观点，从清朝末年到五四运动时期为我国莎学发展史上的发轫期，而大规模的莎士比亚作品翻译和初步的莎学研究则即将开始。

在新文化运动和五四运动的影响之下，中国莎学迎来了第一个高潮，即中国莎学发展史上的发展期（1920—1949）。截至 1949 年中华人民共和国成立，莎士比亚的绝大多数作品已经翻译成汉语。莎剧的中文译本在 20 世纪三四十年代陆续出版，诞生了一大批莎剧翻译大师，如朱生豪、曹未风、梁实秋、田汉、曹禺等。据不完全统计，中华人民共和国成立以前，我国就已经出版了由 28 位译者翻译的莎剧译本 50 种。此外，我国学者自行撰写的莎评类文章有将近 100 篇，虽然这些文章对所探讨的问题只是浅尝辄止，并不深入，但这些论文的发表却预示着中国莎学研究已进入起航阶段。值得肯定的是，从 20 世纪 20 年代开始，我国学者就开始对苏联莎士比亚评论研究展开译介。正如李伟民教授所言，"对苏联莎评的译介，为中国莎学评论提供了马克思主义美学指导原则"③，也使得这一研究融入了辩证唯物主义和历史唯物主义色彩，苏俄马克思主义莎学研究在很长一段时间内，指导着中国莎学继续前进。

中华人民共和国成立伊始，中国迎来了莎学评论的新高潮。随着历史车轮的前进和政治环境的改变，苏联的莎学评论及其指导思想已逐渐露出弊端，尤其是自 20 世纪 80 年代以来，中国莎学界开始打破了"苏联马克思主义莎评一家独尊"的局面，各种莎学评论百舸争流，竞相涌现，学术成果无论是在"质"还是在"量"上，都取得了空前的发展，有"百花齐放、百家争鸣"之势。各种理论及评论方法，如文字符号学、后现代主义、后结构主义等以前从未涉猎的角度均纷纷用于莎剧研究之中。

时至今日，中国的莎学研究及传播早已与世界接轨。各大高校及研究机构的莎学研究者笔耕不辍，写下了不少有影响力的论文及专著。中国学者也多次走出去，在世界莎学舞

---

① 胡适说："以戏剧而论，两千二百年前的希腊戏曲，一切精构的工夫，高出元曲何止十倍，近代的肖士比亚（莎士比亚）和莫逆尔（莫里哀）更不用说了。"虽这段言辞有盲目崇拜西学的倾向，但仍有一定的历史进步意义。参看胡适：《中国新文学大系·建设理论集》，上海文艺出版社，1982 年版，第 139页。

② 莫世祥：《马君武选集》，华中师范大学出版社，1991 年版，第 192-193 页。

③ 李伟民："俄苏莎学理论在中国的传播"，载《四川戏剧》1997 年第 6 期，第 22 页。

台上绽放自己的风采。此外，莎剧的演出，尤其是将莎剧置于中国环境下的"中国化"式的演出也兴起了一波又一波的热潮。北京、上海、武汉等地多次举办过国际莎学研讨会与莎剧节演出活动，中国已成为世界莎学研究、演出及传播的链条上不可缺少的重要一环。

二、莎士比亚戏剧与西方社会之关系

从前面莎士比亚的戏剧人生与戏剧创作方面的探讨不难看出，莎士比亚与西方社会之间的关系是密不可分的，甚至可以说，莎士比亚戏剧涉及了西方社会生活的方方面面，双方相互依存，互为因果。莎士比亚戏剧如哈姆雷特所说，"给自然照一面镜子"（"hold as 'twere the mirror up to nature"①），反映了西方社会的各个层面；反过来，西方社会的诸多元素又如《暴风雨》中的普洛斯彼罗所言，成为莎剧中"梦幻的原料"（"such stuff/As dreams are made on"②）。

(一)莎士比亚戏剧与西方社会之关系的几个方面

本书将莎士比亚戏剧与西方社会之间的关系分为三大板块，以部分代表性莎剧作品为背景和出发点，逐一探讨，力求进一步求证与解释两者之间紧密的逻辑关系。鉴于西方社会是一个宏大而不断演变的概念，本书所涉及的西方社会多指莎士比亚所处的伊丽莎白时代或文艺复兴时期的英国社会，并由此兼及其他时代或地域的相关元素。

第一板块探讨的是莎士比亚戏剧与西方社会结构。这一板块分为三讲：

第一讲论及莎士比亚戏剧与贵族。皇室与贵族是莎剧中不可缺少的重要的上流阶层，也是悲剧和历史剧的重要载体。本讲从莎士比亚所处的时代背景及其历史剧的创作原则出发，以《理查三世》等剧为例，分析贵族与王族盘根错节的势力，兼及英法百年战争和玫瑰战争背景下的派系之争与王位继承权等敏感的政治问题。对于挑战王公贵族统治的平民暴动亦有所涉猎，但指出，在莎士比亚的历史剧中，历史是由帝王将相所主宰，是英雄而非

---

① Ⅲ.ⅱ.23。此处哈姆雷特是作为导演在对即将在继父面前演出的剧团阐述"戏剧演出的原意"，即"反映自然"，坚持戏剧必须是真理的一面，不可只为娱乐而作，剧作家与演员都要尽可能逼真呈现，不可强调或扭曲，不可浮夸或滥情。在剧场这面镜子里，我们看到自身的善恶两面都以原貌反映出来，这也是剧院的道德功能。

② Ⅳ.ⅰ.156-157。此处普洛斯彼罗预见了女儿与那不勒斯王子的婚礼，摆起一个小剧台，命精灵们扮演罗马诸神，其间想起有急事要办，便猝然收场。这对新人吃了一惊，他加以安抚，漫口解释说他们眼见的这场"revel"（狂欢）不过是幻觉，迟早都要化为"thin air"（淡烟）。普洛斯彼罗的意思，似乎是说人生不过是场梦，人不过是造梦的原料——正如角色是制造戏剧的原料，我们的短暂人生不过是上帝脑中一闪而逝的梦，被沉睡包围或结束于沉睡之中，迟早会烟消雾散，不留一丝痕迹。而当我们死去，我们从人生之梦醒来，就到了某一个更为真实的现实境界——或至少到了一个更真实的梦境里。

人民创造了历史。最后着重论述了既是僭主也是基督徒的理查三世的罪恶一生，同时进一步指出，贵族在历史中的支配作用随着社会的进步而递减，逐步演变为一种民族文化精神。除此之外，本讲还梳理了莎士比亚历史剧在中国的翻译与改编。

第二讲论及莎士比亚戏剧与西方资产阶级。莎士比亚所处的时代正是西方资产阶级初登历史舞台的时期，这一阶级作为社会结构的一个重要层面，对于社会发展起到了积极的承上启下的推进作用。本讲从《温莎的风流娘儿们》的创作背景及其相关渊源出发，以《温莎的风流娘儿们》等剧为例，折射出西方资产阶级众生相，反映出这一阶层的各色人等在西方社会中的种种表现，内容涉及追求恋爱自由的年轻阶层、终日无所事事的中年阶层以及好逸恶劳的前朝遗老遗少，由此表现出新兴西方资产阶级在推进西方社会历史进程中的作用。与此同时，本讲还论述了莎士比亚笔下的资产阶级女性意识的觉醒，兼及莎士比亚本人复杂的女性观。

第三讲论及莎士比亚戏剧与平民。平民阶层是莎士比亚时代构成整个西方社会结构的基石，也是人口最多、涉及面最广、成分最复杂的一个人群。他们虽然大多不可能构成莎剧的主轴部分，但绝对是莎剧中推动主要情节发展不可缺少的重要组成部分。本讲首先讲述了文艺复兴时期英国平民与劳工阶层的缘起，并以《驯悍记》等剧为例，分析了这一时期英国平民与劳工阶层的构成及其各自的特色以及他们在西方社会中所起的作用。其论述覆盖了这一阶层的多个方面，包括约曼的来源和晋升、手工业者的分化还有仆人卑微的社会地位，兼及"维兰（villain）"一词的意思在英语中的变化。最后，本讲还论及了《济贫法案》下对平民福利的保障以及从乡间巡演走向驻城演出的戏剧兴盛历程，并梳理了《驯悍记》在中国的翻译与改编。

第二板块探讨的是莎士比亚戏剧与西方政治经济生活。这一板块分为三讲：

第一讲论及莎士比亚戏剧与西方政治。西方政治是一个极其宏大的概念，内容涉及西方政治制度及其政治思想的方方面面。囿于篇幅及章节体系，此处仅能表现其中重要的几个方面。本讲从莎士比亚的政治观出发，以《李尔王》中气势磅礴的政治背景为例，首先论述了西方封建社会中专制王权的强化和国王的脱冕，兼及王权与父权之间的关系以及女儿的反叛；其次探讨了君主专制政体下政治权力和伦理道德之间的关系，对比古典主义统治者和马基雅维利式君主对待两者的不同态度，展现出人性在权力面前的善与恶；最后论述英国的土地私有制，英王通过层层分封土地和被封受土地的臣属结成封君封臣关系，土地与王权由此相互交织、密不可分。此外，本讲还论及英国骑士制度和骑士精神以及荒原这一意象在《李尔王》中的重要地位。

第二讲论及莎士比亚戏剧与西方经济。西方经济同样是一个涵盖面非常广的概念，内容涉及土地、资本、劳动等各大要素中的诸多细节。本讲以点带面，以《威尼斯商人》为例，从威尼斯是英国早期资本主义兴起的一面镜子谈起，着重论述了西方经济中犹太人与资本主义的发展以及契约精神与资本主义发展之间的相互关系，与此同时，还分析了资本主义与旧式封建贵族价值观念的冲突。

第三讲论及莎士比亚戏剧与英国剧场经济。这一讲选取了西方经济中的重要一环——剧场经济，加以分析和探讨，体现了莎剧的最终目的是搬上舞台，给观众以最佳视觉盛宴的特质，再次印证了莎剧与英国剧场经济的鱼水之情：莎剧的成功演绎推进了英国剧场经济的蓬勃发展，英国剧场经济的欣欣向荣又反过来作用于莎剧的推广，使之无论是在质量上，还是在数量上，都取得了长足的进步。本讲主要分几个历史阶段对这一现象展开论述，从莎剧与莎士比亚时代的英国剧场经济，到莎剧与后莎士比亚时代的英国剧场经济，再到莎剧与英国当代剧场经济，逐一分析并找出其各自的特点，进一步论证莎士比亚戏剧与英国剧场经济之间密不可分的关联。

第三板块探讨的是莎士比亚戏剧与西方文化思潮。这一板块分为四讲：

第一讲论及莎士比亚戏剧与文艺复兴。文艺复兴所引领的西方文化思潮最能体现莎士比亚的美学思想，它的核心理念——"人文主义"几乎贯穿了莎士比亚的所有主要剧目。本讲从文艺复兴的概述及其在各国的影响出发，论证了文艺复兴影响了莎士比亚，莎士比亚又反过来深化了文艺复兴，是这一思潮的重要载体。接下来，以最能体现文艺复兴思潮的《哈姆雷特》一剧为例，论述其与文艺复兴之间的关系正是高扬人文主义的旗帜，探寻人文主义精神的基本内涵，即尊重人的价值，尊重精神的价值。最后，从广义和狭义的角度进一步剖析人文主义精神。广义的人文主义精神是欧洲始于古希腊的一种文化传统，包含人性、理性和超越性三个方面。本讲着重论述的是狭义的人文主义精神，即文艺复兴时期的一种思潮，进一步以《哈姆雷特》等剧为例，从如下三个方面展开进一步论述，即：以人为本；弘扬人的理性与道德性；主张灵肉和谐、立足于尘世生活的超越性精神追求。

第二讲论及莎士比亚戏剧与文艺复兴时期的婚恋观念。婚恋观是中外戏剧永恒的主题，而莎翁的所有戏剧几乎或多或少地对这一主题有所涉及。本讲从文艺复兴时期的婚恋观念概述出发，适当引用中国部分戏曲名篇进行对比与反衬。以莎翁的经典名著《罗密欧与朱丽叶》为例，论述了年轻人的婚恋观。由此可以看出，莎士比亚笔下年轻人的婚恋观以纯粹的爱情为出发点，充满了爱情之真、爱情之善与爱情之美；而莎士比亚笔下以《安东尼与克里奥佩特拉》为代表的中年人的婚恋观，则除了爱情之外，更多的是充斥了一些其他的干扰因素，如强烈的情欲与占有欲等，以至于爱情在理智与欲望之间摇摆，变得不再纯粹。囿于篇幅限制，这一部分则不予论述。

第三讲论及莎士比亚戏剧与西方基督教。西方基督教的发展史在一定程度上也反映了西方社会的进程与发展。莎翁本人就是一个虔诚的基督教徒，他对于基督教的顶礼膜拜也通过他笔下的人物和剧情得以充分的体现，以至于他一度认为除基督教以外，其他所有的教派都是异教和邪教，这一点在《威尼斯商人》中从众多基督徒对犹太商人夏洛克的鄙夷态度就可以看得出来。本讲从西方基督教的要义及基本信条出发，以莎翁晚年的告别之作《暴风雨》为例阐述基督教情怀在莎剧中的体现。通过博爱、仁慈、罪恶与救赎以及宽恕等方面进一步阐明莎士比亚戏剧如何表现西方基督教，而西方基督教又在莎剧中扮演怎样的角色。

第四讲论及莎士比亚戏剧与西方莎学。西方的莎学研究由来已久，最早可以追溯到莎士比亚本人所处的伊丽莎白时代与詹姆斯一世时代。研究莎士比亚戏剧与西方莎学的关系对于更好地梳理莎剧研究体系，了解西方各国最前沿的莎学研究理论及观点，推进中国莎学研究的进程都有着不可替代的深远意义。鉴于本"引论"已经对西方各国的莎学研究作了一定的简要介绍，本讲将重点介绍莎剧在法国的研究与传播、莎剧在德国的研究与传播、莎剧在英语世界的研究与传播，同时兼及莎剧在其他西方国家的研究与传播。

(二) 研究莎士比亚戏剧与西方社会之关系的意义

正如之前的论述所及，西方社会是一个极其复杂和多元的概念，内容涉及社会生活的各个角落，上自上流阶层，下至百姓民生，均包含其中；而莎剧正好是一个多姿多彩的万花筒，通过莎翁笔下形形色色的人物和跌宕起伏的情节，反映了一个时代及其时代精神。

当今世界莎学界对于莎士比亚及其戏剧作品的研究，虽百花齐放、异彩纷呈，但多为套用一定的理论框架，并在此框架之内展开论述，甚至一度为了求新求变，将各种稀奇古怪的理论生搬硬套，使之与莎剧相结合，却忽视了莎剧最根本的意义所在，即反映莎士比亚所处的时代，并通过还原这一时代去定义这一时代的精神。

本书返璞归真，将重点聚焦于探寻莎剧与西方社会之间的关系。其宗旨恰恰是一方面，通过对莎剧中各个元素的分析，找到它们与西方社会之间的关联点，并通过这些关联点来反映西方社会，尤其是莎士比亚所处时代的英国社会的各个层面；另一方面，通过对莎士比亚所处时代的英国社会的探索，又进一步挖掘莎剧所要表达的真实思想和理念，从而进一步探寻莎剧所体现出的永恒魅力。这也正是研究莎士比亚戏剧与西方社会之关系最大的意义所在。

三、研讨题目

1. 为什么莎士比亚的影响力能历经四百余年而不衰？试分析背后的原因。
2. 汤显祖被誉为"东方莎士比亚"，两人更一起共享"并世双星"的美誉。试比较莎士比亚与汤显祖之间的异同。
3. 本·琼生(Ben Jonson)曾言："莎士比亚不属于一个时代，而属于一切时代。"据此谈谈莎士比亚戏剧的当代价值。

第一章　莎士比亚戏剧与西方社会结构

　　"上帝的无穷智慧……赋予天体不同的亮度和美感，将鸟兽加以区分，同时创造苍鹰与苍蝇，雪松与灌木，在石头中间给红宝石最美丽的颜色，给钻石最闪耀的光芒，也授命了国王、公爵等人民的领袖，地方官、法官等人世间其他等级。"

　　著名政治家和探险家沃尔特·雷利爵士（Sir Walter Raleigh）在伦敦塔中创作的《世界史》（History of the World）中的这段话，生动地展现了文艺复兴时代①英格兰的一个鲜明特征——明晰、牢固的社会阶级。在这一金字塔形的结构中，从顶端的女王到底层的广大劳动者和贫民，每个人自出生起就几乎被固定在自己的位置，他们的衣食住行、生老病死都打上了阶层的烙印。像莎士比亚这样一个手套商家庭的儿子会上中产者聚集的学校，继承父亲制手套的生意，娶一位同样来自商人家庭的妻子，他们的后代也将继续这一生活程式。其他阶层亦然，含着银汤匙出生的贵族世代簪缨，而农民的孩子几乎不可能摆脱终身辛劳的宿命。

　　文艺复兴时期英格兰的社会阶层错综复杂，而且在城镇和乡村世界也有很大的区别。除去僧侣群体，世俗社会中占据最高统治地位的是贵族阶级（the nobility），他们之中很大一部分与王室沾亲带故，被称为勋爵（lord）或夫人、小姐（lady）。贵族身份只能通过血缘继承或者君王授予。贵族最重要的标志便是头衔（the title），群体内部也有地位的细分。除了在经济层面掌握着国家大部分土地和财富，贵族也享有其他特殊的权利，例如在法律层面，一位贵族犯罪只能由另一位贵族进行审判，被处以极刑的话只能斩首，而不是像平

---

　　①　莎士比亚的一生经历了伊丽莎白一世（1558—1603 年间在位）和詹姆士一世（1603—1625 年间在位）两位君主的统治，前者在位时期被称作英国历史的"黄金时代"（golden age），但笔者认为用"伊丽莎白时期"形容莎剧的社会历史背景有失精确，因此统称为"文艺复兴时期"。

民那样绞死。这一群体在拥有优越地位的同时，也被王室所忌惮，尤其是自都铎王朝以来，英格兰君主的权力逐步攀上顶峰，与贵族间的传统制衡关系也变得微妙起来。

图 1-1　查理一世、王后以及两个孩子，英格兰王室贵族的代表(Anthony Van Dyck 绘制，1632 年)

　　莎士比亚戏剧大部分围绕贵族阶级展开，除了关于金雀花王朝和都铎王朝的历史剧系列，《罗密欧与朱丽叶》《第十二夜》和《皆大欢喜》等爱情剧也以贵族男女为主角。读者请注意这些以数百年前王侯将相为主角的演绎，以及发生在英格兰以外的欧洲广大地区的故事，事实上很多是对当时英国社会事件与政治的影射，可谓"借古讽今"。① 从中读者不仅可以了解传统贵族群体的观念风俗和生活百态，也可以窥见这一阶层在英格兰社会中扮演的角色。本章的第一节便依托《理查三世》等剧，对英格兰贵族的历史起源和与王族的复杂关系进行了梳理，也介绍了从百年战争、玫瑰战争到亨利八世离婚风波的动荡历史，展现了社会进步下，站在舞台中央的贵族阶级支配地位的削弱。

　　在贵族之下，但依然属于统治阶级的是士绅阶级(the gentry)，他们虽然没有头衔，但生活很富足，有仆人伺候，可以不靠自己的双手过活，其中最具代表的就是英格兰乡村的土地拥有者，就如简·奥斯汀小说中描绘的生活悠闲、受人尊敬的地主家庭。在文艺复兴时期，农业集约化、工业和航海技术的进步促进了资本主义经济的蓬勃发展，市镇资产阶级(the bourgeois)的财富也在不断积累，他们中很多人希望能够取得士绅身份，提升自己

---

　　①　事实上在 37 部公认由莎士比亚创作的戏剧中，除了本土历史剧，仅有《温莎的风流娘儿们》一部以英格兰为背景，而这一部也是在女王的指令下按照她的喜好而创作的。

的社会地位。手套商起家的莎士比亚的父亲就是其中一员，其中经由在下文中有详细介绍。

形形色色的资产阶级也是莎翁本人最为熟悉的群体，他本人就是努力上进、积累财富与声名的中产典型。本章第二节介绍的《温莎的风流娘儿们》所展现的就是极富代表性的士绅家庭生活，剧中培琪和福德两个家庭饱食终日、寻欢作乐，一定程度上就是当时富裕资产者信奉的享乐主义的写照。而从更深层面来讲，英国社会阶层的封闭性也阻碍了这些资产者的上升，同时他们也与大众存在隔膜，因此大多数便满足于规矩的中产生活。

图 1-2 福斯塔夫（James Stephanoff 绘制，1832 年）

之后便是广大的平民阶层，传统上包括"约曼"（yeoman），直译为"自耕农"，以及商人（merchant）和手工业者（craftsman），他们有一定的家产，能够通过劳动维持生活，他们的后代一般也能够接受教育，并通过读书获得上升机会。例如莎士比亚的祖父便是斯特拉特福镇周边乡村的佃农，父亲成为手工业者，莎翁本人念过文法学校后成了成功的剧作家和剧场经营者。此外，还存在数量庞大的仆人阶级，依靠贵族和资产阶级生活。

以喜剧为内核的《驯悍记》中就出现了不少形形色色的平民阶级，其中不乏暗讽。例如序幕中的补锅匠克利斯朵夫·斯赖，穷困酗酒，遭到贵族无情的嘲弄；受雇缝礼袍的裁缝，被彼特鲁乔挑刺大骂；仆人葛鲁米奥，一方面被主人动辄打骂，一方面又抓住机会欺侮女主人和比他层级更低的奴仆。《驯悍记》对平民生活的细节式记述也使该剧在插科打诨的同时拥有了现实主义色彩。

图 1-3　贵族与男仆（Caravaggio 绘制，1608 年）

　　此外，还存在社会最底层的穷人阶级（the poor），他们缺乏基本的食物和住所。中世纪末期以来的圈地运动、战乱和饥荒造成了大量农民和手工业者破产，沦为无业贫民。1601 年出台的《济贫法案》（The Poor Law）就是为了救助这一群体从而维护社会稳定，经过数百年的演变，已为当今福利国家打下基础。这一群体在莎剧中涉及较少，也体现了穷人阶级长期被主流社会轻视的境况，但他们依然是整个社会不可忽略的一部分。

　　如果说世界是一个舞台，其中的男男女女都是演员，那么莎士比亚戏剧堪称文艺复兴时期英格兰社会的万花筒。在莎翁笔下，贵族阶级站在历史舞台中央，扮演着纵横捭阖的历史推动者角色，但也不乏狡诈与残忍；崛起的资产阶级作为剧院发展的重要赞助者，是文艺复兴时代精神的重要化身；平民阶级常作为栩栩如生的喜剧形象登场，惹人发笑的同时令人思考与同情。读者也能通过欣赏莎剧，在审美的同时见证历史观与社会结构的变迁。

第一讲：莎士比亚戏剧与贵族（以《理查三世》等为例）

一、引言：莎士比亚所处的时代背景

威廉·莎士比亚（1564—1616 年）主要生活在伊丽莎白一世（1558—1603 年在位）时期，这是都铎王朝的最后一位君主，女王没有婚育，离世前将王位传给了苏格兰的远房侄儿——另一个家族的苏格兰国王詹姆斯六世，开启了斯图亚特王朝。这是英格兰历史上头一个名叫詹姆斯的国王，因而苏格兰的詹姆斯六世在英格兰被称为詹姆斯一世（1603—1625 年在位）。也就是说一个詹姆斯统治了英格兰、苏格兰，最终使两国合并为大不列颠联合王国。

伊丽莎白一世还是英国历史上的第二位女王，第一位女王是她的同父异母姐姐玛丽（1553—1558 年在位），玛丽之前有简·格雷，是亨利八世胞妹玛丽·都铎的外孙女，萨福克公爵亨利·格雷的长女，即位数日即被废，后被玛丽女王处死。玛丽沿袭西班牙裔母后笃信的天主教，即位后，改变了父王的宗教政策，杀了很多人，人称"血腥玛丽"。

（一）亨利八世的离婚难题与历史剧的投射

玛丽之父亨利八世（1509—1547 年在位），是一位颇多建树的国王，他本是亨利七世（1485—1509 年在位）的次子，身为王储的哥哥亚瑟早逝，亨利 18 岁那年父王病危，遵遗命以寡妇内嫁的形式迎娶长他 6 岁的寡嫂——西班牙公主凯瑟琳，生儿育女，只有玛丽活了下来。在英国，女性虽然在法统上可以继承王位，但自 1066 年威廉从诺曼底征服并统治英格兰 400 多年来，王位一直是男性的天下。于是，亨利八世想利用寡嫂的婚姻大做文章，声称凯瑟琳与自己结婚时仍然是处女，因为先前她与哥哥亚瑟举行了婚礼但没有合卺，因而婚姻无效，凯瑟琳不是嫂嫂，寡妇内嫁不成立。但是，凯瑟琳的西班牙背景使得亨利的谋求再娶不为西班牙人所控制的罗马天主教廷所允许。1534 年，他索性与罗马教廷决裂，自立英国圣公会国教（Anglican Church），集政教大权于一身。之前的 1533 年 6 月，他废王后凯瑟琳，立她的侍女、怀有身孕的安·波琳为新王后，3 个月后生女伊丽莎白。[①]

---

① 在《亨利八世》剧中，剧作家安排了安·波琳与其友老妇人的戏，加冕王后前，波琳宣称自己依然是处女，并且说自己实在不愿意当王后。老妇人一针见血地指出，把威尔士的一块贫瘠山区赏给她，她就会心满意足。亨利八世在位期间，威尔士被并入英格兰。

图 1-4　玛丽女王画像（Master John 绘制，1544 年）

波琳旋即被废并处死，亨利八世又娶了波琳的侍女珍·西摩，终于生下儿子爱德华六世（1547—1553 年在位）。但西摩王后像当年许多产妇一样不幸死于产褥热。很快，亨利八世又接连结了三次婚，却再无新嗣。这些颇为狗血的桥段，在英国民间有顺口溜流传至今——亨利八世娶妻六位：一废、一杀、一死去，再废、再杀，一幸存。在东方专制国家，这些事件会以一夫多妻的形式发生，而在西方的历史剧中则是不可多得的佐料。

　　莎士比亚倚仗喜剧与历史剧崭露头角，他的剧团仰仗王公大臣庇护，他写的剧本受当局娱乐主管（Master of the Revels）审查，因而不可能对当朝政事置喙。因为历史剧具有现代意义，他就以观照当下的姿态，主要演绎了当朝女王之父——亨利八世之前一百多年的英国历史。简单概括可知，莎士比亚十大历史剧，除《约翰王》的历史较早、《亨利八世》较晚外，有两个四部曲，演绎的是从理查二世到理查三世①之间的历史，他们都是爱德华三世②的后裔，这是王侯将相的舞台，与他同时期所写的才子佳人喜剧相映照。

　　贵族在英国历史上起着推进器的作用，正如培根所言，贵族因为庇护了一部分人民，

---

　　①　理查二世和理查三世之间有血缘关系但不是父子，中间隔着的三个国王都是兰开斯特家族的祖孙三代，依次是亨利四世、亨利五世、亨利六世。

　　②　理查二世之祖父。1595 年伦敦书业公会登记了《爱德华三世》，该剧于 1596 年、1599 年先后出版，但没有作者署名，后被部分莎剧学者接受，如河畔版《莎士比亚全集》认为该剧至少有一部分为莎士比亚所作。

图 1-5 简·格雷被玛丽女王处刑的场景（Hippolyte-Paul Delaroche 绘制，1833 年，馆藏于英国国家美术馆）

可以缓和君主专制，并削减君王的势力。皇家莎士比亚版《莎士比亚全集》第一主编乔纳森·贝特抱怨，英国人了解自己的历史，往往不读正史，而去看莎士比亚戏剧。[①] 这实在不能全赖英国人懒惰，多半是出于无奈，因为通过舞台演出获得历史知识既直观又高效。1476 年，威廉·卡克斯顿在伦敦开办了英国的第一间印刷所，逐渐便宜的书籍加快了知识传播的速度；1500 年前后学校教育初步普及开来，莎士比亚本人就读的国王新学堂则创办于 1482 年。即便如此，到 1600 年，英国人的识字率才达到 25% 左右，[②] 普通英国人通过读书来重温历史至少要等到司各特（1771—1832 年）的历史小说诞生且畅销，那已经是 19世纪初、莎士比亚去世 200 年以后的事情了。

---

① Shakespeare, William. *Complete Works*, edited by Jonathan Bate & Eric Rasmussen, The Royal Shakespeare Company, 2007. Beijing：Foreign Language Teaching and Research Press, 2008：1299.

② Lerner, Robert E., et al. *Western Civilizations*：*Their Histories and Their Culture*（12th ed., Vol. 1）London：W. W. Norton & Company, 1993：564.

图 1-6　亨利八世画像（Hans Holbein the Younger 绘制，1536—1537 年）

（二）诺曼贵族登上英国历史舞台

虽然英伦三岛在历史上多次遭受外族入侵，但是，1066 年法国诺曼公国威廉公爵的征服既是最后一次征服，也是迄今为止影响最大的一次征服。是年 10 月 14 日在英国南海岸发生的黑斯廷斯战役，标志着 5 世纪中叶起侵入英伦的盎格鲁-撒克逊人在英格兰统治的结束，也标志着诺曼人绵延至今的英国王室统治的开端。从此，威廉公爵与他的后代在英吉利海峡两岸统治数百年，英伦三岛得以重新融入欧洲大陆，地中海文明的影响远播英伦。英国成为贵族说法语、民众讲英语、教会用拉丁文的多语种社会，法语极大地影响了英语，使古英语演变为中古英语，统治阶级的语言最终被英语同化。由于王室横跨英吉利海峡两岸统治，也给后世英法之间的百年战争埋下了祸根，海峡两岸最终还原为两个国家。

诺曼人（Norman 源自 Northman 或 Norseman，意为北方人）是北方条顿民族的后裔，他

图 1-7 黑斯廷斯战役中的英国盎格鲁-撒克逊时代最后一位国王哈罗德二世
（英国画家 Harry Payne 绘制）

们从北欧原住地南下扩张、掠夺，因而被称为维京海盗。"维京"的意思是侵略峡湾临近地区的人。诺曼征服之前，英国本土贵族内部施行民主制，封建化进程在 7 世纪就已经开始但不彻底。国王让渡一部分统治权力给盎格鲁-撒克逊大贵族组成的贤人会议，也赐封土地以换取军役拱卫，但并未建立国王与受地者之间的君臣关系，更不谈受地者的进一步分封后对君主的臣服。英国国王除了名义上是国家元首外，也就像一个贵族，只是势力更大一些而已。

诺曼的征服，通过外来者的统治加速了英国封建化的进程。1066 年的英法大战，是骑兵对步兵的胜利，也是刀剑对斧头的胜利，更是先进国家体制对落后国家体制的胜利。威廉一世通过刀剑骑兵建立强权，没收反抗的盎格鲁-撒克逊贵族的土地，分封给随征的法国封建主，并要求他们按土地面积提供一定数目的骑兵，受地的封建主又把自己土地的一部分分封给下级，也要求他们提供骑兵。1086 年 8 月 1 日，威廉在索尔兹伯里召集封臣，要求所有等级的领主参加，向威廉宣誓效忠，签署"索尔兹伯里誓约"，原先等级较低的领主只向直接上司宣誓效忠："因为须有您的土地，我将效忠于您。"这次效忠，誓言中还加入了"除了效忠国王以外"的字样，由此，英国终于完成了金字塔式的封建制度。

一个贵族拥有一片封地作为采邑，大贵族可以分封更多的采邑给部下。采邑的行政中心是城堡，城堡内除了住着贵族一家外，还有下面四套人马，一是城堡主管（Constable），手下有枪手、重装骑兵、军械士、门卫等；二是马官（Marshal），手下有马车夫、骡夫、兽医、船工、铁匠、信使等；三是管家（Steward），手下有厨师、泥瓦匠、木匠、裁缝、医生、洗衣工、面包师、酿酒师、园丁、饲养员、乐队、贴身服务员等；四是牧师（Chaplain），城堡内自设小教堂，手下有书记员、文书、管堂、唱诗班等。佃户和猎户都住在城堡外面，形成村镇。这就是当时英国社会的缩影。

还是在1086年，威廉恢复了盎格鲁-撒克逊时代向丹麦臣服而缴纳的丹麦金。为了便于征税，他下令在全国进行土地与人口普查，编制土地清册，国民面对清查就像面临末日审判一样，因而称之为《末日审判书》。根据普查，英国当时有一百五十余万人口，"普天之下，莫非王土，率土之滨，莫非王臣"，威廉一世成为名副其实的封建君主，居于金字塔塔尖。

这次普查，还加速了英国人的另一个转变，那就是公元前罗马人早就采用、公元10世纪威尼斯贵族在欧洲所传播开来的人名双名制，也就是说，姓氏与名字分开，名在前，姓居后。从公元597年皈依基督教以降，英国人主要从《圣经》中获得人名（Christian name或 given name），造成重名的现象太过普遍，因而在普查中无法起到区分的作用，比如同一个地方可能有许许多多个不同的人都叫约翰（John），于是，他们所居住的位置、父亲的名字、职业、长相就成为英语姓氏的四大来源。① 这样一来，我们就有了约翰·希尔（Hill），约翰·威廉姆逊（Williamson），约翰·史密斯（Smith），约翰·怀特（White），上述4位姓氏就分别区分了住在小山边、父亲名叫威廉、职业是铁匠、皮肤白皙等同名的约翰，人名单名遂成为历史。但是，国王还是使用单名，一般不用姓氏，因为国王只有一位，没有混淆之虞，历史上多位同名的国王就通过罗马数字来标注一世、二世、三世等，这也意味着一世与二世之间并不一定是父子关系，只是国王重名后外加的区分标志。王朝统治还可以通过家族来显示：当女王传位给男性后代时，儿子按传统要随女王的丈夫姓，这个新的姓氏就成为一个新的王朝的命名。

那么，到了伊丽莎白一世统治的16世纪后半叶，如日中天的王室与贵族在历史舞台上的势力为何逐步削弱了呢？莎士比亚的历史剧试图回答这个问题。

二、历史剧的诗性历史

历史的本质特征是客观真实，历史的真相只有一种，这种原生态的历史往往湮没在坟

---

① Hook, J. N. *Family Surnames*: *How Our Surnames Came to America* [A]. William H. Roberts and Gregoire Turgeon. *About Languages*: *A Reader for Writers*. Beijing: FLTRP, 2000.

墓中，它可以被学者考古挖掘，也可以按一定的选择标准进行记载。历史剧则对历史进行了符合舞台文学艺术标准的加工，因而可以进行合理的虚构。莎士比亚的历史剧主要是对乔叟以降的百余年英国历史的艺术演绎，是历史加戏剧，是通过舞台对历史的种种戏说与改写。莎翁的历史剧均以国王的名称命名，其中许多包含了悲剧（tragedy）一词，这反映了莎士比亚的历史观，但总体来说，"莎士比亚的历史剧表现了史实而不是悲剧"（德莱顿语），而历史剧中福斯塔夫的成功刻画，又展延了莎氏的喜剧才华。换言之，习惯上把莎士比亚戏剧既按审美划分为喜剧、悲剧，又按题材另外分出历史剧是相互重叠与矛盾的，但是，这种重叠与矛盾早已约定俗成。1623年出版的"第一对开本"《莎士比亚戏剧全集》，分为喜剧、历史剧和悲剧；1875年，爱德华·道顿又提出了传奇剧，把莎士比亚晚期写的4部喜剧和悲剧另作一类，因为它们都是带有浪漫色彩的传奇故事，悲剧的情节转向了喜剧的结尾。但是，历史剧的分类一直没有发生变化。

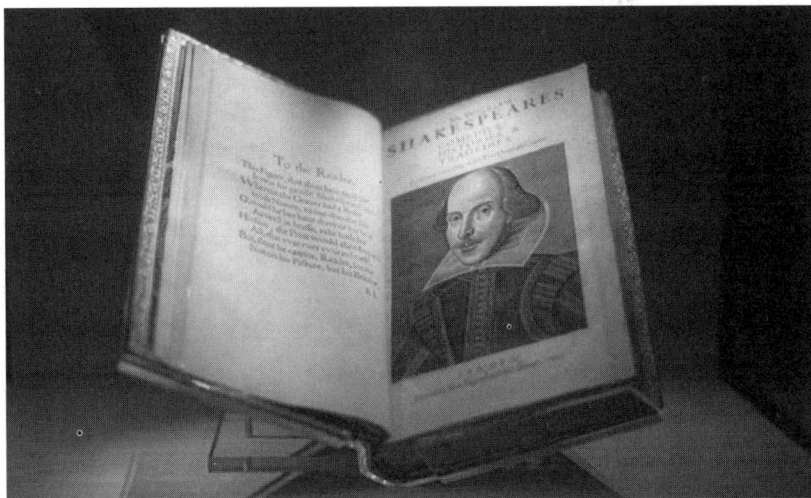

图1-8　"第一对开本"《莎士比亚戏剧全集》

(一)改编剧的英雄史观

莎士比亚创作历史剧的原则是改编，主要参考了爱德华·霍尔的英国第一部编年史《两个贵族世家的联姻——兰开斯特和约克》（1548年）以及拉斐尔·霍林希德的《英格兰、苏格兰与爱尔兰编年史》（1577年，1587年增补）。历史剧作为历史的另一种版本，目的是烛照当下的伊丽莎白时代，为该时代的观众服务，因而剧作家对历史进行了有选择甚至相背离的加工，他对历史发展规律普遍性的揭示，获得了亚里士多德所言的诗性哲理，因而显得比历史本身更为真实。

在莎士比亚的历史剧中，王公贵族是站在舞台中央的，那么，他认为是人民还是英雄创造了历史？要回答这个问题，不妨先参考一下他的罗马悲剧，即取材于普鲁塔克《希腊罗马名人传》的罗马历史剧《裘力斯·恺撒》《安东尼与克莉奥佩特拉》和《科利奥兰纳斯》。剧中，市民阶层无外乎目光短浅，极易被政客和舆情所操控，他们与驰骋江山、纵横捭阖、敢爱敢恨的贵族英雄构成了鲜明的对比。这一系列性格特征明晰的人物刻画令上述问题的答案不言自明。

（二）平民暴动与战争的反讽

罗马悲剧中的平民暴动在英国历史上的一个翻版就是1450年由凯德领导的农民起义，它发生在亨利六世的统治时期（1422—1461年）。此时的英国，对外在与法国对决的百年战争中失利，对内则恰逢萨福克伯爵专权，政治腐败，赋税加重，民不聊生，社会矛盾恶化。在历史剧《亨利六世》（中）里，萨福克升为公爵，农民领袖凯德成了一个反智的人物，他随意处死贵族，理由竟然是：

> 你存心不良，设立什么文法学校来腐蚀国内的青年。以前我们的祖先在棍子上面刻道道儿就能计数，没有什么书本儿，你却想出印书的办法；你还违背王上和王家的尊严，设立了一座造纸厂。我要径直向你指出，你任用了许多人，让他们大谈什么名词呀，什么动词呀，以及这一类的可恶的字眼儿，这都是任何基督徒的耳朵所不能忍受的。你还任用了许多司法官，他们动不动就把穷人们召唤到他们面前，把一些穷人们无法回答的事情当作他们的罪过。你还把穷人们关进牢房，只是因为他们不识字，你甚至还把他们吊死，可是正因为他们不识字，他们才最有资格活下去呀。[1]

（第四幕第七场）

在剧作家看来，如果凯德的农民起义成功，社会无疑会走向倒退，因为他大言不惭地描绘，他的统治下："任何女子不准结婚，除非让我在她丈夫之先享受初夜权。一切人的财产都作为代我保管的。"（第四幕第七场）这就倒回到乔叟所描绘的中世纪黑暗之中了。

中世纪能够缓慢地进入现代，或者说中世纪本身对现代社会形成的重大贡献之一，便是建立了初具现代性质的平民教育体系，特别是创办了思想自由、机构独立的大学。许多与莎士比亚出身类似的大学才子们，能够从社会层级较低的手工业向上流动，都是拜高等教育所赐，当时大学里受青睐的专业有医学、法学与神学。莎士比亚本人虽然因为家道中

---

① ［英］威廉·莎士比亚：《莎士比亚全集》，朱生豪译，人民文学出版社，1978年版。本书所有莎剧中文选段除特别注明外，均选自这一版本，下同。

图 1-9　凯德起义（英国插画家 Clive Uptton 绘制）

落的原因没有享受到高等教育，只读了文法学校，① 但对教育普及在社会发展中的作用必然有着清醒的认识。

对莎士比亚而言，历史由帝王将相所主宰，平民沦为看客或受害者。翻到《亨利六世》（下），两对平民父子自相残杀，一边是儿子伤心父亲给了他生命，他却反过来剥夺了亲生父亲的生命；另一边是父亲哀嚎过早地给了儿子生命，却又过快地剥夺了亲生儿子的生命：

> 儿子　哎呀，天哪！这是我父亲的面貌，我无意中把他杀害了。唉，苦难的时代，竟会发生这样的事！……父亲把生命赋予给我，我却亲手送掉他的生命。
>
> （一个杀掉亲生儿子的父亲，曳子尸上。）
>
> 父亲　呀，让我瞧瞧，这张脸是敌人的脸吗？不、不、不，这是我亲生的独子呀！……唉，发发慈悲吧，我的老天爷！……唉，孩子，你父亲生你生得太早，杀你杀得太迟了。
>
> （第二幕第五场）

这个易地则同、换位思考的场景构成了对生命本身极大的反讽：生命赋予者与生命被授予者均不能掌握自身的命运，与其说父子的生命被相互剥夺，倒不如说平民的命运是掌

---

① 即 Grammar school，是中学，以传授拉丁文文法而获名。

握在其依附的贵族手里，后者的命运又掌握在其依附的国王手里，金字塔式社会结构的悲剧结果是："兴，百姓苦；亡，百姓苦。"

而且，这个悲剧还具有普适意义，因为它不仅仅发生在平民身上，也会降临在帝王身上。在《理查三世》中，玫瑰战争的胜利者里士满伯爵（后为亨利七世）面对死去的失败者理查三世，也发出了同样的哀叹：

> 兄弟阋墙，阊下流血惨祸，为父者在一怒之间杀死亲生之子，为子者也毫无顾忌，挥刀弑父；凡此种种使得约克与兰开斯特两王族彼此叛离，世代结下深仇……

（第五幕第四场）

贵族更加不能幸免，在悲剧《李尔王》中，葛罗斯特伯爵因为同情退位的老国王，双眼被掌权的驸马剜去，他只有将苦难归咎于天神：

> 天神掌握着我们的命运，正像顽童捉到飞虫一样，为了戏弄的缘故而把我们杀害。

（第四幕第一场）

王公贵族的苦难固然令人同情，却与平民的惨遭杀戮实在无法相提并论，但是，王公贵族的遭遇却以拐点的形式左右着历史的进程。在舞台上演绎人类历史的苦难，惟历史剧最能打动受众，因为它以历史的真实为前提，又并不缺少悲剧的审美情怀。当历史嫁接于戏剧时，便产生了独特的叙事魅力，莎士比亚的历史剧令人信服地证明了社会从等级结构演变成平等的公民结构的必要性，君王与贵族的政治地位逐渐削弱而让渡给平民后演绎为社会的精神价值，历史剧就具有了普世价值与现代意义。

三、贵族与王族的盘根错节

16世纪60年代前后，英国社会大致由四类人构成：一是贵族与王族，二是士绅，三是商人和手工业者，四是自由农与佃农。中世纪的骑士阶层逐渐淡出了历史舞台，《亨利四世》中的约翰·福斯塔夫与莎翁同时代的小说家塞万提斯笔下的堂吉诃德都以令人捧腹的形象证明了骑士制度是多么地不合时宜。

（一）英国贵族的等级

高居社会金字塔塔尖的是王室，其后是大约五六十家贵族，分为公爵（Duke）、侯爵

（Marquis）、伯爵（Earl）、子爵（Viscount）和男爵（Baron），爵位要么由长子世袭，要么由国王赐封。在上述5级贵族中，伯爵出现得最早，在莎士比亚历史剧中也人数众多，其称号来自古英语"Eorl"，也是唯一区别于欧洲大陆的爵位（在法国伯爵叫Count），盖因在说古英语的盎格鲁-撒克逊时代，镇守一方的诸侯便是伯爵，王权不够强大，只能以裂土分封给大臣或侍从来维系国家政权，以土地资源来换取他们对王权的效忠与服务。级别最高的公爵大多授给王室家庭成员。侯爵是罗马帝国时代沿袭而来的封建领主，1066年诺曼征服后数量急剧减少，在莎士比亚历史剧的人物表中很难找到侯爵的身影，① 在《亨利六世》（上）中，有伯爵跨越侯爵阶级直接晋升为公爵的例子。子爵和男爵作为大贵族的底层，在莎士比亚的舞台上是称呼为勋爵（Lord）的普通贵族，像《亨利六世》（上）中的塔尔博特勋爵，因为军功卓著，一步晋升到了索鲁斯伯雷伯爵的级别。所以，虽然贵族等级复杂，但是在莎士比亚历史剧中并不复杂。舞台上活跃的大贵族是公爵和伯爵，王位继承权的争夺如果溢出王室家庭，往往就在他们之间进行，前提是他们都具有王族血统，所谓篡位与否，也就是比较继承人的血统离王位距离的远近。在英国，"皇帝轮流做，明年到我家"的观念是不存在的。在中世纪，"君权神授"深入人心，王位继承只是王室家族的内部游戏，与他人无干，平民更不得染指。反过来也可以说，英国贵族的最高等级就是王室。

在标志着王公贵族统治在英国遭到失败的克伦威尔（1599—1658年）摄政之前，唯一的挑战就是上述的平民杰克·凯德。

历史上，杰克·凯德身世不详，但他化名约翰·摩提默，试图与跟亨利六世争夺王位继承权的约克公爵产生联系，他后来以摩提默之名所获得的大赦令因为姓名造假而失效，凯德被悬赏1000马克，逃亡的农民领袖落入肯特郡的士绅艾登之手。凯德战死，艾登受封为爵士。在莎剧舞台上，凯德是被克列福勋爵的三言两语打败的："你们说要拥护凯德，难道凯德是亨利五世老王的儿子吗？他能带领你们攻进法国的心脏，把你们当中最卑贱的人封作公爵、伯爵吗？"（《亨利六世》（中）第四幕第九场）

简单直接，克列福勋爵并不需要安东尼的口才，后者在罗马悲剧《裘力斯·恺撒》中的对手是贵族执政官勃鲁托斯。拨弄舆情，控制舆论，是统治阶级惯用的驭民之术。对平民而言，贵族乃至国王的身份就意味着承担庇护的责任，这是地位卑微的凯德所不能提供的，他只好落荒而逃。

英雄末路，何其相似。

---

① 《亨利八世》中宣封凯瑟琳王后的侍女官安·波琳为彭布洛克侯爵夫人，是作为她新晋王后前的过渡。新后加冕典礼上冒出来一个道塞特侯爵，持道具，这个人物没有台词，就没有进入人物表，是一个道具性的角色。《理查三世》中也有一个道塞特侯爵，是爱德华四世的王后伊丽莎白前夫的儿子，台词很少。

(二)英法贵族之间的联系

要解开莎士比亚历史剧中王公贵族的盘根错节,还得从英吉利海峡对岸的法国说起。

法国西部有一个名叫安茹的地方,统治者世袭伯爵衔,弗鲁瓦五世1132—1151年在位时,常在帽檐上插一枝黄色的金雀花(genet),① 并广为种植(plant),于是这个家族就有了一个绰号,叫普兰塔琪耐特(Plantagenet),意思就是种金雀花的人,莎士比亚在历史剧中也采用了这个词。

金雀花弗鲁瓦五世娶了英国国王亨利一世的女儿玛蒂尔达,也就是征服者威廉的孙女。由于亨利一世没有儿子,玛蒂尔达被指定为王位继承人,当时,女性继位为王尚无先例,贵族与教会拥戴了她的表兄斯蒂芬为英国国王(1135—1154年在位)。金雀花夫妇苦等、抗争了19年,生下来3个儿子,这并未耽误玛蒂尔达跨海作战,一度俘获斯蒂芬王。大儿子亨利18岁那年,父亲弗鲁瓦五世去世,他继承了安茹伯爵、诺曼公爵以及金雀花的绰号,还有觊觎英国王位的野心。

次年,亨利19岁,娶了28岁的阿奎泰因的女公爵爱丽诺,她因为没有生育男性子嗣而刚与法国国王路易七世离婚。同时,亨利以养子身份认斯蒂芬为父,被立为王位继承人,次年,20岁的亨利终于等到了斯蒂芬驾崩,加冕,史称亨利二世(1154—1189年在位),开启了金雀花王朝,现今的多佛城堡仍保存了不少亨利二世的遗迹。

爱丽诺王后前后为亨利二世生下五男三女,因为地不够分,第四个儿子约翰被称为无地王。长子亨利死在父亲之前,继任王位者为二儿子狮心王理查一世(1189—1199年在位),他死后儿子菲利普没有继承王位,据莎翁称是因为庶出,王位归于理查一世的弟弟,也就是亨利二世的第四个儿子无地王约翰(1199—1216年在位)。约翰王在位期间,与贵族签署了限制王权的《大宪章》,莎翁写有《约翰王》的历史剧,但内容与《大宪章》关涉不大,盖因其对王权的限制还没有彰显,这个限制作用也不是一朝一夕能完成的。

约翰王的王位被其子亨利三世(1216—1272年在位)所继承,然后子传孙,孙传曾孙,名字都叫爱德华,依次为长腿王爱德华一世(1272—1307年在位)、爱德华二世(1307—1327年在位)、爱德华三世(1327—1377年在位)。可惜三世之长子爱德华1376年死去,没有活成四世,三世把王位传给了长孙理查二世,引起了四子兰开斯特公爵一族的不满,其子亨利篡位成功,史称亨利四世。这时,英国正缓慢地告别中世纪,国内外矛盾加剧,而爱德华三世又子嗣众多,二子早死,三子只生有女儿,五子约克公爵一族对王位也虎视眈眈,其长子也叫爱德华,从亨利六世手中夺取王位,称爱德华四世。莎士比亚的两个四

---

① 黄晞耘:"伯爵帽檐上,那支金雀花",载《读书》2019年第5期,第58-62页。

联历史剧①在时间上从理查二世(1377—1399年在位)拉开序幕：依次为后写的《理查二世》、《亨利四世》(上)(下)、《亨利五世》，以及前期写的《亨利六世》(上)(中)(下)和《理查三世》。亨利四世(1399—1413年在位)、其子五世(1413—1422年在位)、其孙六世(1422—1461，1470—1471年在位)都属于兰开斯特家族，爱德华四世(1461—1483年在位)、其子五世(1483年在位)、其弟理查三世(1483—1485年在位)属于约克家族。1485年，打败理查三世而继位的亨利七世结束了331年英国历史上最长的这个封建王朝，即便亨利七世有着兰开斯特家族的血统，但是作为里士满伯爵，离王位继承权是很遥远的，他的登基也可以说是鹬蚌相争、渔翁得利的结果。一般来说，莎士比亚反对僭越篡位，但也反对对篡位者的王位进行反复争夺，使国民生灵涂炭。

四、百年战争与玫瑰战争

如上所述，金雀花王朝可细分为安茹王朝(从亨利二世到理查二世)、兰开斯特王朝(从亨利四世到六世)和约克王朝(从爱德华四世到理查三世)。鼎盛时期的安茹王朝除了直辖安茹以外，由于王后嫁妆的丰厚，还管辖诺曼底、阿奎泰因和整个英国，面积是法国国王辖地的十几倍，虽然身为英国国王，但其法国公爵的身份，是需要向法国国王效忠的；而且由于贵族与王室的联姻，英法双方似乎均对对方的王位继承权有着说不清、理不明的理由，在女性成为君主之前，基本上遵行长子继承或兄终弟及的规则。

(一)英法百年战争

1337—1453年进行的英法百年战争，也可以说是贵族与王族之争，因为英国国王同时也是法国贵族。受舞台的时空所限，莎士比亚历史剧的大量篇幅不是直接描绘百年战争，而是以这个波澜壮阔的背景为映衬，描绘王公贵族之间的明争暗斗以及他们势力的削弱。

百年战争爆发于爱德华三世在位期间，其时坊间流传有历史剧《爱德华三世》，据说出自莎翁之手，收入《莎士比亚全集》(河畔版)。这个第十一部历史剧上演的是国王救美，却爱上美人的桥段，可惜她已经是贵族夫人了，而且丈夫索尔兹伯里伯爵还在前线为君王效命，眼看又是《圣经》中大卫王与拔示巴的故事②重演，王命大臣、她的父亲华列克伯爵充当说客，为自己拉皮条。于是，华列克处于两难之间：身为贵族，效忠君王，他已经发

---

① 《亨利六世》(上)(中)(下)与《理查三世》联结在一起，是莎士比亚历史剧的第一个四联剧；《理查二世》、《亨利四世》(上)(下)、《亨利五世》则是第二个四联剧。

② 英明神勇的大卫王晚年孤单寂寞，爱上了手下爱将的妻子拔士巴，于是鬼迷心窍，用计害死了前方杀敌的拔士巴的丈夫，与拔士巴缔结连理，最终遭受了上天的惩罚。

誓："上天作证，即使陛下要我扑在您的宝剑上死去，我也一定照办"；但是让他去用一切办法说服女儿、做国王的小三，这丢人的任务怎么对亲生女儿启齿：

> 既不叫女儿，也不叫朋友的妻子，我已不是你们眼中的华列克，而是从地狱的朝廷派来的使者。魔鬼就像这样假借了我的外形，要在你身上完成国王的任务：大权在握的英格兰国王迷恋着你，他有权力要你的命，也有权力破坏你的荣誉。你还是拿荣誉而不是拿性命去冒险吧。荣誉往往可以失而复得，而性命一旦丢失却无法挽回。①

（第二幕第一场）

莎士比亚从人文主义思想的角度讴歌了女性，面对至高无上的淫威，索尔兹伯里伯爵夫人在诉诸理智的同时，不惜以死抗命："我的身边挂着结婚时的刀子。您拿一把去杀死您的王后吧……我拿另一把来除去我的爱人，他此刻正在我心里酣睡。"（第二幕第二场）

羞愧不已的爱德华三世终于醒悟过来，率英军渡海，与法军作战。历史上这是1337年11月的事，英法百年战争正式开始。至1360年，百年战争第一阶段结束，法国败绩，法王被俘，向英方割地赔款，作为补偿，爱德华放弃对法国王位的申索。

百年战争的第二阶段（1369—1380年），英方负多胜少，历史来到1377年，爱德华三世死去，10岁的理查二世以长孙身份继位。软弱的国王当政，王室与贵族之间的矛盾就暴露出来，同在1367年出生的表弟、兰开斯特家族的亨利·波令勃洛克篡位成功，成为亨利四世。理查二世试图削藩，剥夺叔叔的财产，不让亨利继承，这就有违《索尔兹伯里誓约》，这些权利也是《大宪章》里面明文规定了的。如果国王有权剥夺贵族的财产继承，那么，贵族就有权剥夺骑士的财产继承，上行下效，社会的根基将发生动摇。

理查王罢黜被囚，在《理查二世》剧中，国王的诗人气质与亡国之君交相辉映，是历史与文学嫁接的好素材，在囚室中理查王自言自语道：

> 我正在研究怎样可以把我所栖身的这座牢狱和整个的世界两相比较；可是因为这世上充满了人类，这儿除了我一身之外，没有其他的生物，所以它们是比较不起来的……我要证明我的头脑是我的心灵的妻子，我的心灵是我的思想的父亲；它们两个产下了一代生生不息的思想，这些思想充斥在这小小的世界之上……

（第五幕第五场）

理查二世的废黜，当然也意味着第一家庭的解体，王冠与妻子的双重分离，夫妻永

---

① ［英］威廉·莎士比亚：《爱德华三世》，孙法理译，商务印书馆，2011年版。

图 1-10 理查二世画像

别，因为家庭关乎政治：让他们住在一起，生出一个对王位有申索权的后代，对篡位者来说是极其恐惧的事。国君的国破人亡、妻离子散与老百姓的家破人亡、妻离子散是何其的相似，情感何其相通，《理查二世》就是这样打动着一代代观众。王室家族的自相残杀，演绎着《圣经》中的该隐杀弟。平民的悲剧只能由个人承受，王公贵族的悲剧却带来社会动荡，殃及平民，是老百姓所不能承受之重。

但弑君篡位毕竟是大逆不道的事，亨利四世的登基引发了兰开斯特家族和约克家族长达三十年的王位争夺内战。正如卡莱尔主教所预言："要是你们把王冠加在他的头上，让我预言英国人的血将要滋润英国的土壤，后世的子孙将要为这件罪行而痛苦呻吟……扰攘的战争将要破坏我们这和平的乐土，造成骨肉至亲自相残杀的局面；混乱、恐怖、惊慌和暴动将要在这里驻留……"（《理查二世》第四幕第一场）此番言论的结果就是他自己以叛国的罪名被逮捕。

通过被罢黜的国王给篡位的新君加冕，莎翁否定了君权神授的理论，没有什么比自己退位后还要参加新王的登基典礼更为羞辱的事了；昏庸的国君固然令人痛恨，但没有什么比世风日下、骑士精神不再而让人唏嘘了；君不君、臣不臣，将影响民心向背，爆发执政的危机，王冠将吞噬戴上它的人。

到了本四联剧的中篇——《亨利四世》（上）（下）剧中，轮到他自己作为国君来迎接贵族的挑战了。烈火骑士亨利·珀西爵士认为，篡位的亨利四世废黜了国王理查二世，随即害死了他，紧接着又向全国征税，完全失去了执政的合法性，他那放荡不羁的王太子亨利亲王整天与福斯塔夫爵士一起鬼混，似乎不具备继承大统的素质。亨利四世终于心力交瘁而死，而亨利王子却浪子回头，借用其父在《理查二世》中对太阳的比喻："瞧，瞧，理查王亲自出来了，正像那郝颜而含愠的太阳，因为看见嫉妒的浮云要来侵蚀他的荣耀，污毁他那到西天去的光明的道路，所以从东方的火门里探出脸来一般。"（第三幕第三场）

在《亨利四世》（上）中，亨利说："现在虽然和你们在一起无聊鬼混，可是我正在效法着太阳，它容忍污浊的浮云遮蔽它的庄严的宝相，然而当它一旦穿破丑恶的雾障，大放光明的时候，人们因为仰望已久，将要格外对它惊奇赞叹。"（第一幕第二场）果然，他在什鲁斯伯雷战役中战败并杀死烈火骑士，然后继承王位并逮捕福斯塔夫。继位后的亨利五世一方面为其父亲忏悔，以赢得支持："数吧。别在今天——神啊，请别在今天——追究我父王在谋王篡位时所犯下的罪孽！我已经把理查的骸骨重新埋葬过，我为它洒下的忏悔之泪比当初它所迸流的鲜血还多。"（《亨利五世》第四幕第一场）

另外，他微服私访，化装为一名普通士兵，亲赴法国前线巡营：

> 皇上就跟我一样，也是一个人罢了。一朵紫罗兰花儿他闻起来，跟我闻起来还不是一样；他头上和我头上合顶着一方天；他也不过用眼睛来看、耳朵来听啊。把一切荣衔丢开，还他一个赤裸裸的本相，那么他只是一个人罢了……
>
> （《亨利五世》第四幕第一场）

刚开始，士兵们并不买账，因为一旦战事失利被俘，国王可能被重金赎回，士兵只能被处死。亨利五世却不这么看，他说：

> 假如有个儿子，父亲派他出洋去做生意，他结果却带着一身罪孽葬身在海里了，那么照你的一套看法，这份罪孽就应当归在把他派出去的父亲的头上。或者是，有一个奴仆，受了主人的嘱咐，运送一笔钱，却在半路上遭了打劫，还没来得及忏悔，就给强盗杀死了，你也许要把那个主人叫做害这个仆人堕入地狱的主使者。不过，这不是那么一回事。国王手下的兵士他们一个个怎样结局、收场，国王用不到负责。做父亲的对于儿子，做主人的对于奴仆，也是这样；因为，他们派给他们任务的时候，并没有把死派给他们。
>
> （第四幕第一场）

然后他以莫须有的推论，说那些违法乱纪的人并不能通过参战来逃脱惩罚，因为"战争是他的一张拘票，战争是他的报应"。(第四幕第一场)臣民的暴力是犯罪，那么国王的暴力通过国家机器把平民卷入了战争，居然是替天行道，多么荒唐的逻辑！但欺骗士兵，这些言行已经足够，亨利五世终于赢来自己的标志性胜利：阿金库尔大捷。

国王绕开指挥层级深入基层，意味着与依附贵族阶层的治理脱节，埋下了贵族统治危机的祸因。亨利五世力挽狂澜，阿金库尔大捷成为百年战争中为数不多的以少胜多的范例，呼应了剧作家同时代的 1588 年战胜西班牙"无敌舰队"的盛况，民族主义、爱国情怀历来是政府最有效的春药，足以证明其正统，也能转移国内视线，摆脱内政危机。从此，《亨利五世》与爱国主义就画上了等号，掀起了历史剧的狂潮，甚至一度成为"二战"期间英国军民的励志大片。可惜亨利五世在 35 岁时过世，留下了年幼的亨利六世继位，软弱的亨利六世，竟然是个精神失常者，这正好符合了诗人的气质，也注定了他要重蹈《理查二世》的覆辙。

1453 年，法军陆续歼灭了英军主力部队，至此，英法百年战争以两败俱伤、英军退守英伦、法国统一、英国谋求海外发展而结束。5 年后法军攻陷了英军在大陆占领的最后一个城市——加莱，两国之间的战争硝烟从此散去。

(二) 玫瑰战争

英国在大陆的战争失利导致了内政危机爆发，1455—1485 年贵族之间为争夺王位发生了"玫瑰战争"，这正是莎士比亚所写的另一个四联剧《亨利六世》(上)(中)(下)和《理查三世》的故事背景。

英勇正直的贵族在前线死战，如塔尔博特父子在前线先后战死。亨利五世期间的征兵腐败与杀俘事件则导致国有资产流失，士兵战斗力低下，而腐朽的贵族却在后方忙于争权夺利，拒发援军给塔尔博特。莎士比亚在公园一幕中，形象地描绘了玫瑰战争：约克家族和支持约克的贵族，摘下淡白娇嫩的玫瑰花，以此来表示站在白玫瑰的一方；而兰开斯特和支持兰开斯特的贵族，以采摘红玫瑰花为标志，并挪揄对方摘花时小心别刺破手指，流出的血会将花染红，违心地跑到兰开斯特一方来。(《亨利六世》(上)第二幕第四场)

两派贵族的内战不仅置海外的战争于不顾，而且使得英国内政走到了崩溃的边缘。未几，亨利六世被老百姓围猎，他抛出了一个著名的问题：

> 亨 利 王　我出世九个月就登基，我的上两代都是国王，你那时曾宣誓做我的忠
> 　　　　　实臣民。你说，你现在不是背了誓吗？

Lancaster Rose   York Rose

图 1-11　兰开斯特家族标志　　　约克家族标志

护林人甲　这不是背誓，只有你当王上的时候，我们才是你的臣民。
亨 利 王　什么话，难道我已经死了吗？我不是有呼吸的活人吗？

(《亨利六世》(下)第三幕第一场)

换言之，如果君权神授，那么羸弱、腐朽或者不称职的国王怎么能够唯我独尊、永远存续？而且，贵族们拿什么理论来推翻现任国王？伊丽莎白时期，英国的法学家提出了国王有两个身躯的概念，一个是"肉体之躯"，可生病、会疲弱、可朽坏，另一个是"政治之体"，永远存续，不可朽坏；① 也就是说肉体的国王可死，而政体的国王万岁。于是，亨利六世欣然接受逮捕，并以上帝的名义请猎人带他去见官，因为他现在跟猎人一样成了爱德华国王的子民，除非他能再度坐上爱德华占据的宝座。

当年亨利独坐山上，看见两派为了争夺他的王位而厮杀，不禁憧憬一个单纯的牧羊人也比国王要幸福得多，但为时已晚，他和王子都死于葛罗斯特刀下。君王的悲惨遭遇，用无数生命换来王位的新君竟无暇哀之："我是爱德华，是你们的君王，是华列克的君王，我爱怎样就怎样。"(《亨利六世》(下)第四幕第一场)理查·葛雷爵士为他战死，他却对前来要求归还土地的葛雷遗孀说："打开窗子说亮话，我要和你同床共枕。"(第三幕第二场)

在玫瑰战争中暂时获胜的约克家族夺得了王位，也把战争引入了自己的家庭，兄弟阋墙，葛罗斯特公爵乘机窃取了王位，是为理查三世。

---

① 徐振宇："康托洛维茨其人其书"，载《读书》2018 年第 5 期，第 47-55 页。

五、马基雅维利式的僭主与基督徒：理查三世的人格分裂

意大利政治思想家尼可罗·马基雅维利(1469—1527年)撰写的《君主论》，抛弃了西方文化的支柱《圣经》，强调人性的趋利避害，主张为了结果可以不择手段。

《理查三世》仿佛为马氏学说而定制，其全名是《国王理查三世的悲剧》，主人公理查是约克公爵(也叫理查)的幼子，他在玫瑰战争中表现突出，推翻了兰开斯特家族的亨利六世，辅佐大哥爱德华四世(1461—1483年在位)，被封为葛罗斯特公爵。他本来离继承王位是很远的，但他先后谋杀了哥哥克莱伦斯公爵乔治、太子爱德华五世以及继承了约克公爵封号的爱德华的弟弟(也叫理查)，然后自立为王。为了获得合法性，他谋娶亨利六世的儿媳安夫人(六世的儿子也叫爱德华)，始乱终弃，然后谋娶侄女、爱德华四世的女儿伊丽莎白未果。此外，他拉拢贵族，封官许愿，利用之后一一杀掉，最后闹得众叛亲离。

理查是恶的化身，莎士比亚赋予他残疾的外表，女王伊丽莎白的爷爷亨利七世开创了都铎王朝，打败的正是这么一个马基雅维利式的君主。他后来被戏剧家们丑化是不足为奇的。理查在开场独白里就直言："我既无法由我的春心奔放，趁着韶光洋溢卖弄风情，就只好打定主意以歹徒自许，专事仇视眼前的闲情逸致了。我这里已设下圈套，搬弄些是非，用尽醉酒诳言、毁谤、梦呓……"(第一幕第一场)可谓神挡杀神，佛挡杀佛。

理查杀了安夫人的丈夫、公公，居然以此作为借口追求她，说是为了爱她，自己就是她更好的丈夫；他利用安的软弱，敞开胸膛，让她持剑来杀这个杀害了她亲人的追求者，最后反而哄骗安戴上了戒指：

> 安　　　　但愿我目光如蛇怪，好致你死命！
>
> 葛罗斯特　这样才好，好让我死得痛快；无奈你秋波一转竟害得我活不成，死不了。你那双迷魂的眼睛叫我一见，就不由得不泪珠盈盈，像孩童般顾不得人们的耻笑；我的眼里何曾流过什么真情的泪；当黑脸的克列福挥动长刀指向弱小的鲁特兰，逼得他哀号悲鸣，这时间我父约克和哥哥爱德华都忍不住哭泣起来，而我却没有流泪；再说，当你那英勇的父亲像一个孩童般追述着我父亲如何惨遭杀害，他曾多次泣不成声，闻者都不禁泪流满颊，好比树身淋着雨水一样：在那个悲哀的时日，我还是虎视眈眈，不屑抛出一滴弱泪；当年那些伤心事都打不动我的心，可是，今天我却为你的美色热泪盈眶。我从不向友人求情，向敌人讨饶；我的舌头学不会一句甜蜜话；可是今天却是你的红颜为我付出了讼费，逼得我压住傲气而向你苦苦申诉。(她向他横眉怒目，表

示轻蔑)何必那样噘起轻慢的朱唇呢，夫人，天生你可亲吻的香腮，不是给你做侮蔑之用的。如果你还是满心仇恨，不肯留情，那么我这里有一把尖刀借给你；单看你是否想把它藏进我这赤诚的胸膛，解脱我这向你膜拜的心魂，我现在敞开来由你狠狠地一戳，我双膝跪地恳求你恩赐，了结我这条生命。(打开胸膛；她持刀欲砍)快呀，别住手；是我杀了亨利王；也还是你的美貌引起我来。莫停住，快下手；也是我刺死了年轻的爱德华；又还是你的天姿鼓舞了我。(她又作砍势，但立即松手，刀落地)拾起那把刀来，不然就挽我起来。

安　　　　站起来，假殷勤。我虽巴不得你死，倒不想做你的刽子手。

葛罗斯特　那么吩咐我自杀，我一定照办。

安　　　　我已经讲过了。

葛罗斯特　那是你在盛怒之下说的；再说一遍，只消你金口一开，我这只手，为了爱你曾经杀过你的旧欢，现在还是为了爱你，可以再杀一个爱得你更加真切的情郎。这样，新欢旧爱先后被杀，而你却都是从犯。

安　　　　我倒很想看看你这颗心。

葛罗斯特　我的心就挂在我的嘴唇边。

安　　　　我怕你竟是心口全非。

葛罗斯特　那世上就没有一个真心人了。

安　　　　好啦，好啦，把你的刀收起来。

葛罗斯特　那么就算是和解了。

安　　　　这还得等着瞧。

葛罗斯特　但是我可否就在希望中求生呢?

安　　　　人人都靠希望生存，我想。

葛罗斯特　答应我戴上这只戒指。

安　　　　受礼并非受聘。(戴上戒指。)

(第一幕第二场)

理查又不仅仅是个无恶不作的马基雅维利主义者，在他获得王位之时，也就是作恶之顶点，他又回归到传统的基督徒，在内心世界受到善恶冲突的煎熬与良心的审判，不然无法解释他在大决战的前夜，梦见那些被他杀害的幽灵一个个重重压在他心头。与麦克白一样，恶人的人格分裂也能获得观众的同情与悲悯。

理查三世与亨利六世构成了君王的两级，无恶不作的国王与软弱无能的国王带给人民的是同等的苦难。

图 1-12　理查三世求爱安夫人（Edwin Austin Abbey 绘制，1896 年）

　　理查三世的战败被杀是最后一个死于疆场的英国国王，它标志着玫瑰战争的结束，也标志着中世纪在英国的终结。中世纪的"君权神授""主权在神"演变为"君主专制""主权在王"。从此，人文主义觉醒，政教神圣的价值观失落，逐渐从西方普世价值体系中剥离。贵族们的选边站队、自相残杀导致这一社会顶层的坍塌，贵族在社会中的支配作用逐步降低，留下英勇、正义的高贵人格为人称道，约曼①、手工业者和商人为代表的平民崛起，两相融合，其精神的合理内核——绅士风度、淑女风范作为基本礼仪被传承下来，逐渐成为社会文明的标杆。王公贵族政治权利逐步受限，英国逐步演变为"君主立宪""主权在民"的现代国家。

　　《理查三世》是莎士比亚第一个四联剧的收官之作，它标志着莎士比亚的历史剧走向了成熟。两个四联剧很好地诠释了历史剧的神学结构：人的堕落与救赎之轮回。理查二世作为一个合法的国王却不称职，因而受到上帝的惩罚被推翻；亨利四世篡位，父子俩获得了一时的成功，但终究要接受上帝的审判，英国输掉了百年战争；亨利六世重蹈理查二世的覆辙，爱德华四世篡位成功，与弟弟理查三世一起重现亨利们的历史。

　　历史因为押着相同的韵律而惊人地相似。当莎士比亚书写历史剧时，都铎王朝历经三代五君走到了尽头，伊丽莎白一世已年届花甲，未婚，无后代，兄弟姐妹早已亡故，王位

---

　　①　约曼（Yeoman），英国特有名词，实际上指的是扈从。农业是英国资本主义的基础，约曼又是农业资本主义的发动者；农村社会的"脊梁"。在英国农业资本主义发生的时候，约曼是先行者。"约曼"经历了由一个带有荣誉感的职业名词向具有经济与社会含义的名词的转变；约曼阶层经历了由采邑制度下的农民向资本主义农场主的演进。约曼是社会转型时期英国农村的精英群体，对经济、政治、教育、文化、日常生活等方面都产生了重大而深远的影响，为英国率先成为第一个工业化国家提供了最初的、最基本的经济力量和政治力量，是英国资本主义的启动者。

继承作为敏感的政治问题迫在眉睫。亨利八世留下的难题无解，而莎士比亚的历史剧则不能不激起观众们强烈的共鸣。

六、历史剧在中国

与其鼎鼎大名的悲剧、喜剧相比，莎士比亚的历史剧在中国不太受待见，其接受程度甚至还不如传奇剧，成就主要在翻译，是借助《莎士比亚全集》的推出而取得的。

历史剧像其他莎剧一样，首先是通过林纾的翻译进入中国的。西风东渐，日本走在了前面，他们的翻译与演出早至19世纪七八十年代。林纾在1916年发表《雷差德纪》(即《理查二世》)、《亨利第四纪》《亨利第六遗事》，这些连同1925年发表的《亨利第五纪》，似乎都来源自兰姆姐弟的《莎士比亚故事集》，但兰姆并没有改写莎士比亚历史剧。不懂外文的林纾与人合作翻译外国文学大获成功后，根据奎勒-库奇的《莎士比亚历史剧故事集》译介莎士比亚历史剧，译名像当时的《圣经》翻译一样，略带纪传体的影子，也是当时正时兴的小说路子，正文是文言散文，形式是故事而不是戏剧，中国戏剧在当时的形式是有唱腔的戏曲，曲文合辙押韵，与莎剧的无韵诗相去甚远。林纾的影响巨大，他的许多译本不仅仅是文人的案头读本，而且还是艺人改编演出的底本，莎剧更是文明戏的滥觞，可惜，我们查不到清末民初莎士比亚历史剧在中国演出的记录。

1936—1944年，朱生豪以一己之力翻译莎剧，未竟全功，倒在了历史剧上，10部历史剧他只完成了《约翰王》、《理查二世的悲剧》、《亨利四世》(上)和《亨利四世》(下)，其中第一部的手稿上写的是《约翰王本纪》，有纪传体的影响。1957年，台湾世界书局以虞尔昌翻译的10部历史剧补齐朱译，作为《莎士比亚戏剧全集》推出；在大陆，这些历史剧是由多位翻译家完成的，这也是中国第一套莎剧全集。1967年，梁实秋历时38年，独译《莎士比亚全集》，自然包括了历史剧。2000年以来，又有两套莎剧全集译本问世，一套是方平主译，另一套是辜正坤主译，都是多人合作完成的，都号称是以诗译诗的翻译，但都不是舞台表演本。迄今总共四套莎剧全集，历史剧的翻译成绩与悲剧喜剧相比不算差，与日本拥有五套全集译本相比，落后得也不算太多。

中国舞台接受历史剧要用"惨淡"两字来形容，只有一部悲剧色彩较浓的历史剧除外，它就是《理查三世》。除了上海戏剧学院因为教学实践的需要，上演《理查三世》(1979年，1989年)、《乱世枭雄》(京剧改编，2011年)、《王》(话剧改编，2019年)，专业院团的演出还包括：

1986年4月10日，中国儿童艺术剧院在首都剧场演出《理查三世》，这是首届中国莎士比亚戏剧节北京演区的开锣戏，拉开了中国莎剧成批量生产的序幕。

2001年，林兆华执导了《理查三世》参加柏林亚太文化节，这个先锋戏剧版引起过争议，导演执意将演员与角色剥离，时而交替，时而并存，意图达到既是木偶又是提线者的理想表演状态。

2012年4月，为了配合伦敦奥运会，中国国家话剧院受邀在伦敦环球剧院搬演了《理查三世》，这个翻译版将原著压缩了一半左右，使用了京剧演员，除安夫人的京剧唱念外，还有三岔口似的武打（谋杀克莱伦斯一场）。该演出突出了中国元素，凸显了中国经济崛起后的文化自信。

2018年，武汉市新洲楚剧团根据《理查三世》改编楚剧《驭马记》，巧妙地将原著的"一匹马"作了拟人化的舞台处理，它既是国王的御马，也是欲望之马。英国的历史虚化为中国的某个朝代，但此王公贵族已经不是彼王公贵族，消减了原著烛照当下的时代精神，而戏曲版偏离原著较多也是常见的现象。是年11月，该剧受邀赴英国阿伯丁大学进行交流访问演出。

图1-13　楚剧《驭马记》剧照，根据《理查三世》改编

此外，2019年8月，上海话剧艺术中心与英国皇家莎剧团再度合作推出《亨利五世》，除主演外，15位演员一人分饰多角，还原早期莎剧的演出形态。中国演员与英方团队能在多大程度上充分融合，尚待时间检验。

《亨利五世》的上演，开启了中国第五套莎剧的翻译工作，也就是专门为舞台服务的版本，该剧首先由翻译家完成文学初稿，再由编剧按舞台演出要求进行加工。这种翻译在日本是由松冈和子一人来主译的，她已经接近完成莎剧全集；不过，日本人应该听得到身后中国人的脚步声越来越响了。

从历史与艺术的角度，莎士比亚历史剧塑造了英国社会精英的群像，在百年战争与玫瑰战争的背景下，雄才大略的国君与阴险狡诈的僭主、英勇正直与勾心斗角的贵族竞相映照，艺术地揭示了历史不以人的意志为转移的必然走向，同时也反映了剧作家对崇高精神的向往。

历史剧塑造王公贵族，也反映了英国政体从"君权神授"到"君主专制"再到"君主立宪"的必然，莎士比亚戏剧成为普世价值与世界文化的共同遗产。

七、研讨题目

1. 你如何看待《约翰王》对《大宪章》的回避？

2. 为尊者隐，试以《亨利八世》为例，论剧作家为当朝女王的父王隐藏、扭曲了哪些历史事实。

3. 从莎士比亚的历史剧看英国贵族与法国贵族的异同。

4. 试论英国绅士风度、淑女风范的来源与社会作用。

第二讲：莎士比亚戏剧与西方资产阶级
（以《温莎的风流娘儿们》等为例）

一、引言

　　《温莎的风流娘儿们》是一部以情节取胜、妙趣横生的风俗喜剧，是莎士比亚最长盛不衰的喜剧之一，创作于 1598 年（一说是 1600—1601 年），总之完成于莎士比亚创作的早期阶段——喜剧创作期。在这一时期，英国处于伊丽莎白一世的统治之下，国内社会稳定，资本主义经济逐渐发展，社会财富增加；在国际上，英国战胜西班牙成为海上霸主，垄断海上贸易，开拓殖民地，英国正逐渐发展成为一个富庶、强大的"日不落帝国"。此时，莎士比亚对于国家和社会的前途充满乐观主义精神，相信资产阶级人文主义思想可以实现，因此，莎士比亚在此阶段创作的历史剧和喜剧都充满明朗、欢快、乐观的风格，像这部《温莎的风流娘儿们》全剧都充满清新活泼的乐观气氛。

　　相传 1597—1598 年，英国女王伊丽莎白一世看了历史剧《亨利四世》（上）之后，对于破落骑士福斯塔夫这一滑稽角色非常感兴趣，突发奇想，想看看福斯塔夫如何坠入爱河和行骗的，于是指定莎士比亚进行相关剧本创作。莎士比亚遂奉旨停下《亨利四世》（下）的创作，在半个月内完成这部喜剧《温莎的风流娘儿们》。该剧曾作为 1597 年 4 月 23 日在威斯敏斯特举办的嘉奖女王骑士的嘉德宴会（the Garter Feast）上的节目。有关这部喜剧的另一个来源猜测是雷金纳德·斯科特的作品《发现巫术》与其有若干细节相似，但是难以据此断定它就是莎剧《温莎的风流娘儿们》的素材来源。莎剧界一般还是倾向于第一种说法。

　　出于政治原因，莎士比亚的绝大多数戏剧作品以历史和异国为故事背景，但这部《温莎的风流娘儿们》却是一部以英国伊丽莎白时代伦敦郊区城镇、小康之家为背景的作品。莎剧界一般公认在莎士比亚创作的全部戏剧作品中，《温莎的风流娘儿们》是唯一一部以英国现实为背景的戏剧。可能是因为莎士比亚奉旨创作的缘故，他才敢搬用英国社会的现实元素。剧中的嘉德饭店（Garter Inn）、温莎公园、弗劳莫（Frogmore）等地点真实存在。总而言之，该剧的现实意味极强。

　　全剧故事发生在英格兰古城温莎小镇及其附近地区，这很容易让人联想到莎士比亚的故乡斯特拉特福（Stratford-upon-Avon，简称 Stratford）镇，故事中也确实出现了许多斯特拉特福镇元素。故事主线是没落骑士福斯塔夫意欲从培琪夫人和福德夫人那儿骗财骗色，反而被她们愚弄的经历，副线是安·培琪与少年绅士范顿的恋爱史，虽然历经挫折，但有情

图 1-14　《亨利四世》中的福斯塔夫形象

人终成眷属。通过剧中的描写和人物对话，莎士比亚把温莎小镇的市民生活风俗及自然环境气氛绘声绘色地表现出来，使人观之如临其境，让我们宛如看到了斯特拉特福镇上的生活风貌。故事讽刺了封建社会解体时期以福斯塔夫为代表的没落骑士阶级纵情声色、寡廉鲜耻的市井无赖行径，塑造了一批光彩照人、高贵正直、可亲可敬的资产阶级女性形象，也折射了封建社会向资本主义社会转型时期的社会众生相：包括追求恋爱自由的年轻阶层、终日无所事事的中年阶层、好逸恶劳的前朝遗老遗少。这些人物形象的塑造反映了莎士比亚强烈的资产阶级人文主义思想。

二、《温莎的风流娘儿们》与《亨利四世》的渊源

《亨利四世》(上)(下)是莎士比亚历史剧"兰开斯特(Lancaster)三部曲"中的两部，另外一部是《亨利五世》。故事主要以英国编年史学家霍林希德(Holinshed)的《英国史》为蓝本，讲述了中央集权的民族国家的建立初期，国王亨利四世与叛乱的封建贵族之间的殊死争斗过程。不少人都认为，《亨利四世》(上)(下)是莎士比亚历史剧中最成功、最受欢迎

的剧作之一，被看成莎士比亚历史剧的代表作。那么，严肃厚重的历史剧与轻松诙谐的戏剧《温莎的风流娘儿们》有什么渊源呢？

图 1-15　《亨利四世》中的福斯塔夫

　　《亨利四世》与《温莎的风流娘儿们》两部风格迥异的戏剧渊源之处在于关键人物——约翰·福斯塔夫(John Falstaff)。该人物的戏剧生命力在英国戏剧史上堪称空前，在当年是与哈姆雷特齐名的莎剧人物，被称作"白胡子老撒旦"。在《亨利四世》中，福斯塔夫是哈尔王子(未来的亨利五世)的领路师父，一副体态臃肿、步履蹒跚、自行其乐、嗜酒放纵、贪生怕死、装腔作势、机灵狡黠等的谑邪形象，他生动演绎了"及时行乐、活在当下"的人生观。福斯塔夫是平凡的，但是，他的平凡造就了非凡。而这与他的经历息息相关。在《亨利四世》剧中，哈尔王子自降身份，与一群庸俗不端的下等人混在一起，过着粗俗放纵胡闹的市井生活，成为其父亲亨利四世的心头之痛。福斯塔夫则在哈尔王子的放浪生活中扮演重要的角色，他们形同父子，经常去野猪头酒店喝酒，陪同王子策划做强盗在浪荡山打劫朝圣者，和王子彩排如何觐见国王，在王子面前吹牛皮，想法取悦王子，参与战役装死，抢占王子的军功。虽然他只是个没落骑士，但他的存在甚至抢了王子的风头。只要他一登场，准能赢得观众的掌声和笑声。有一首诗中写道："只要福斯塔夫登台，你就很难在剧院中找到位置。"①女王伊丽莎白一世便是观众之一，她对于这一舞台人物的好奇心远

① ［英］彼得·艾克洛德：《莎士比亚传》，郭俊、罗淑珍译，国际文化出版公司，2010 年版，第298 页。

超其他的观众，以至于她授意莎士比亚围绕福斯塔夫创作一部有关他如何恋爱的戏剧，于是就有了《温莎的风流娘儿们》。据说，莎士比亚只用了不到半个月的时间就完成了该剧。福斯塔夫的滑稽形象再一次牢牢印在观众的心里。也有人指出，《亨利四世》和《温莎的风流娘儿们》中的两个福斯塔夫是不一样的。《温莎的风流娘儿们》剧中的福斯塔夫没有《亨利四世》剧中的福斯塔夫那么自信、机智、狡黠，而仅仅是被捉弄的对象，所以是"伪福斯塔夫"。不过，无论如何，没有《亨利四世》的福斯塔夫，也就没有《温莎的风流娘儿们》，两部戏因福斯塔夫而渊源颇深，这一点是毋庸置疑的。

图 1-16　13 岁的伊丽莎白一世（William Scrots 绘制，1546 年）

三、女王的喜好

英国女王伊丽莎白一世是福斯塔夫的拥趸，她本人也是一位名号众多的君主：好女王贝丝①、荣光②女王、童贞女王、海盗女王、"凶狠的老母鸡"、英格兰玫瑰，遥远的非洲

---

①　贝丝（Bess）是伊丽莎白的昵称。
②　英文是 Gloriana，意即荣耀、荣光。

摩洛哥国王沙里夫·艾哈迈德·曼苏尔则称她为"伊莎贝尔女后"。她是嫁给了英格兰的女王，她的统治时期(1558—1603 年在位)通常被视作英格兰的黄金时代：弗朗西斯·德雷克①完成海上环球航行、英格兰战胜西班牙成为海上霸主、资本主义经济日益繁荣、兼容并包的宗教政策使国内政局稳定、英国文艺复兴达到高潮，等等。伊丽莎白一世统治的时期正是封建经济向资本主义经济过渡的时期，英格兰从中世纪迈向现代资本主义社会。英格兰的政治、经济和文化生活呈现一片繁荣景象。经济的繁荣促进了资本主义中产阶级的兴起，因而也促进了代表资产阶级人文主义思想的文艺的发展。戏剧文学的蓬勃发展是英国成熟进步的表现之一。伊丽莎白时期是英国戏剧繁荣发展的高峰时期，诞生了以莎士比亚为代表的一批优秀的剧作家和作品。除开经济的因素，伊丽莎白一世本人和当时的宫廷贵族对于戏剧的支持和保护也是英国戏剧繁荣的重要因素。

伊丽莎白对戏剧的钟爱是有资料可查的，她喜欢在圣诞节和一些特定的日子里在宫廷里上演戏剧。有学者统计，莎士比亚所属的宫内大臣供奉剧团(Lord Chamberlain's Men)为宫廷演出共 33 次，海军大臣供奉剧团(Lord Admiral's Men)有 20 次，其他剧团一共有 13 次。② 如此频繁的演出不难看出伊丽莎白对戏剧超乎寻常的热爱。

女王对戏剧的热爱与她从小受到良好的人文主义教育不无关系。她从小就接受了语言、音乐、舞蹈、唱歌等文艺方面的教育，阅读了许多希腊古典作品，包括西塞罗、李维等学者的作品以及戏剧家索福克勒斯的悲剧剧本等，如此全面的人文主义教育自然培养了伊丽莎白对戏剧的喜爱。而且，戏剧是当时新兴资产阶级喜闻乐见的娱乐方式。资产阶级随着经济的发展逐渐发展成为社会的中坚力量，而王室与资产阶级的团结对于维系国家的稳定就显得尤为重要。那么，支持和喜爱戏剧也成为女王与王室贵族团结新兴资产阶级、赢得民意支持的政治手段。同时，这也是女王加强与贵族团结的重要手段。为了加强对剧团的管理，女王要求剧团与贵族形成庇护关系，像莎士比亚所在的剧团就曾经挂靠在斯特兰奇爵士、彭布鲁克伯爵，甚至女王和国王名下。这样，剧团可以得到政治上的保护，女王可以邀请某个贵族名下的剧团到宫廷演出以示恩宠，贵族也以取悦女王的戏剧喜爱为荣。这样，女王就加强了对贵族的控制。由此可见，女王对戏剧的喜好不仅仅显示了她的人文素养，而且也展示了她高超的治理国家的政治手段。这样，在女王的支持和保护下，

---

①　弗朗西斯·德雷克(Francis Drake)(1540—1596 年)是英国著名的私掠船船长、航海家，也是伊丽莎白时代的政治家。德雷克在 1577 年和 1580 年进行了两次环球航行。1581 年 4 月，女王伊丽莎白一世亲自登船赐德雷克皇家爵士头衔。1588 年德雷克成为海军中将，在军旅中曾击退西班牙无敌舰队(Spanish Armada)的攻击。德雷克则被封为英格兰勋爵，登上海盗史上的巅峰。但 1589 年科伦纳·里斯本远征失利，德雷克失宠，人生开始走向下坡路，后与霍金斯于 1595—1596 年远征西印度群岛接连失利。1596 年 1 月 27 日，他因痢疾病逝于巴拿马。

②　Gurr, Andrew. *The Shakespeare Company*, 1594-1642. Cambridge：Cambridge UP, 2004：302.

在王室贵族与资产阶级的追捧之下，再加上社会财富的累积，戏剧的繁荣也就顺理成章了。

四、温莎与斯特拉特福

任何人都摆脱不了他们出生和成长之地的影响，莎士比亚也不例外。莎士比亚对他生活过的斯特拉特福怀有一种特殊、深厚的感情。莎士比亚经常把故乡小镇生活的点点滴滴融入自己许多戏剧的背景。譬如，他会在剧中使用真实的地名和人名。例如，斯特拉特福北部古老的阿尔丁森林就成为《皆大欢喜》中逃犯们的藏身和劳作之地；《驯悍记》中的勃登村就是莎士比亚的姑妈所居住的希思河边的勃登村；《亨利五世》中的弗鲁爱林和巴道夫则来自斯特拉特福"不敬国教者名单"中的威廉·弗鲁爱林和乔治·巴道夫，等等。除此以外，莎士比亚还大量使用童年时期的词汇和习语。例如，他用"fap"代表"drunk"（醉酒），用"aroynt"代替"leave"（离开），用"shadowwe"而不用"shadow"，用"kuckow"而不用"cuckoo"，用"musique"而不用"music"。如今看来，现代词汇远没有莎士比亚方言词汇的高雅魔力。总而言之，故乡的一切深深地影响着莎士比亚。

因此，当他奉旨创作《温莎的风流娘儿们》时，虽然是以温莎及附近地区为故事发生的地点背景，但实际上，他是以故乡的点点滴滴作为故事真实的素材。这也使这部作品成为莎士比亚唯一一部以英国社会现实为背景的戏剧。这部现实性突出的作品很自然地让人将温莎与莎士比亚的故乡斯特拉特福联系在一起，温莎的生活风貌可以说是当年斯特拉特福小镇生活的再现。

温莎与斯特拉特福都是紧挨河流的小镇，前者在泰晤士河畔，后者则是埃文河畔（Avon）。"埃文"在凯尔特语中就是河流的意思，而斯特拉特福在罗马语中是"跨越河流的平整大道"之意。河流象征着生命和时间。莎士比亚在创作时经常借用这条河的意象。据统计，在他的全部作品中，借用埃文河各种现象的河水描写总共有59处，其中26处是描述洪水暴发的情景。① 可以想见，埃文河已经融入了莎士比亚的想象世界。当他受命创作有关福斯塔夫的恋爱轶事时，他应该很自然地会选择河流小镇作为故事地点，因为他有熟悉的故乡斯特拉特福作参考。

莎士比亚时期的斯特拉特福小镇已经初具规模，十分热闹。镇上，商店、货摊和小旅馆鳞次栉比，各行各业的人——鞋匠、肉贩、铁匠、木匠、染匠和车夫等——汇集到这里，各忙各的营生。小镇的生活实际上就是"快乐的英国"的缩影：在五光十色中，在假面

---

① ［英］彼得·艾克洛德：《莎士比亚传》，郭俊、罗淑珍译，国际文化出版公司，2010年版，第12页。

舞的嬉戏中，在高雅的狂欢中，在奋发的事业心中，在洋溢的热情中，它欣欣向荣……人们不喝浓烈的啤酒，而喝轻松惬意的葡萄酒……①莎士比亚的父亲在担任镇长期间还邀请两个剧团来镇上演出。演出的内容是娱乐大杂烩：有音乐、舞蹈、歌唱、"翻筋斗"等。观看这样的演出给莎士比亚留下深刻印象："这些场景给我留下的印象是如此深刻，即使成年之后，我对它们仍然记忆犹新，仿佛我刚刚看过演出一样。"②莎士比亚对戏剧的兴趣和鉴赏力也因此逐步形成。莎士比亚就是在这么一个活跃、淳朴、快乐的号称"北方伯利恒③"的小镇上长大，他对童年生活的怀念之情无一例外地投射到他的戏剧作品中。

在奉旨创作《温莎的风流娘儿们》时，童年经历的小镇繁荣与热闹的平民生活风貌时刻出现在诗人的脑海中。他在剧中描绘的假面舞会充满中世纪风情，甚至剧中不少人物如没落贵族骑士福斯塔夫、乡村法官夏禄、法官侄儿斯兰德、法国籍乡村医生卡厄斯、威尔士籍牧师爱文斯、地方绅士福德、培琪等名字也具有中世纪风味。这些人物在温莎小镇上演了一出令人捧腹的轻喜剧，如同莎士比亚在斯特拉特福的童年生活再现，不禁令人神往那五彩缤纷的英国小镇的快乐生活。如果我们细读《温》④剧本，就会发现许多斯特拉特福小镇的元素。

首先，从莎士比亚的父亲说起。他的父亲约翰·莎士比亚在17世纪的一个出版物上被描述为"一个脸上总是挂着笑容的老人，是个老好人，甚至威廉（莎士比亚）也敢随时和他开玩笑"。⑤这和《温》剧中的"快乐老无赖"福斯塔夫颇为接近。福斯塔夫正是一副大腹便便、笑容可掬、常爱开玩笑的乐天派人物。很难说莎士比亚没有将他父亲的形象投射到福斯塔夫身上。当然也有人说莎士比亚通过福斯塔夫塑造了另一个自己，也就是以他自己为原型。

在斯特拉特福，莎士比亚的父亲是一位羊毛手套商。制作和销售手套是斯特拉特福一个已经十分成熟和兴旺的行业。在他当学徒的时候，他干过好长一段时间的硝皮匠。莎士

---

①　［德］海因里希·海涅：《莎士比亚笔下的少女和妇人》，李永平译，商务印书馆，2017年版，第2页。

②　［英］彼得·艾克洛德：《莎士比亚传》，郭俊、罗淑珍译，国际文化出版公司，2010年版，第49页。

③　伯利恒是巴勒斯坦西岸地区的城市，坐落在耶路撒冷以南10公里处，人口约3万人。对于基督教来说，伯利恒有着非同一般的意义。据称，这里既是基督教创始人耶稣的诞生地，又是仅次于耶路撒冷复活教堂的另一圣地。基督教主要流派先后按照各自的传统在伯利恒举行了隆重和盛大的圣诞庆祝活动，使这里出现了前所未有的喜庆与祥和气氛。

④　以下部分《温莎的风流娘儿们》剧名亦简称《温》。

⑤　［英］彼得·艾克洛德：《莎士比亚传》，郭俊、罗淑珍译，国际文化出版公司，2010年版，第19页。

比亚传记作者彼得·艾克洛德是这样描述的：生产手套要事先处理马匹、鹿皮、羊皮、狗皮等生皮，把生皮进行分割、浸泡、清洗，接着用盐和矾使生皮变软，然后把它们放进装着尿液等排泄物的大缸里，过一段时间取出来摊在院子里晾晒。这些生皮经过软化处理之后再用小刀或剪刀进行成型处理做成手套、钱包、皮带等产品。最后，这些产品会被挂在一根竹竿子上，放到店面靠窗的位置，以吸引顾客。① 由于从小接触父亲的买卖，莎士比亚对于手套和皮革印象深刻，他在作品中也频频提及手套。据统计，在莎翁所有的剧目中，台词中提到手套的就有五十余处。譬如，在《温》剧中，斯兰德说："凭着我这双手套起誓，他偷了我七个六便士的锯边银币，还有两个爱德华时代的银币，我用每个两先令两便士的价钱换来的。倘然我冤枉了他，我就不叫斯兰德。"（第一幕第一场）桂嫂形容斯兰德："他不是留着一大把胡须，像手套商的削皮刀吗？"（第一幕第四场）还有，在《第十二夜》中，小丑说："……一句话对于一个聪明人就像是一副小山羊皮的手套，一下子就可以翻了转来。"（第三幕第一场）此外，在《罗密欧与朱丽叶》中，多愁善感的罗密欧也留下了这样经典的情话："但愿我是那一只手上的手套，好让我亲一亲她脸上的香泽！"（第二幕第二场）借"手套"这一意象来表达对朱丽叶的倾慕之情，这恰恰是莎翁的独到之处。手套、手套商、削皮刀、小山羊皮等元素无疑来自莎士比亚童年的回忆，这样的语言也只有近距离的观察才可写出。

　　莎士比亚在斯特拉特福接受私塾教育和新文法学校教育，学习了《圣经》和拉丁语。对于年幼的莎士比亚而言，学习拉丁语的语法与修辞是一件十分痛苦的事情，拉丁语动词的变形、名词的变格等让他疲于应付。拉丁语的学习经历也永远地留在莎士比亚的童年记忆里。在《温》剧第四幕第一场，爱尔文牧师对培琪夫人的儿子威廉进行拉丁语语法的考问与辅导。莎士比亚把自己的名字威廉给了培琪夫人的儿子应该不是巧合。威廉学习拉丁语的经历正是莎士比亚对自己幼年学习拉丁语的痛苦经历的怀旧。可见，莎士比亚对拉丁语语法的学习经历印象之深。

　　在《温》剧中，夏禄家里养有鹿，他送了一些鹿肉给培琪家。培琪夫人则做鹿肉馒头招待客人。另外，夏禄控告福斯塔夫："爵士，你打了我的佣人，杀了我的鹿，闯进我的屋子里。"（第一幕第一场）莎士比亚在他的诗歌和戏剧中多次提到偷猎。《温》剧中，斯兰德请他的叔父夏禄给安·培琪讲他父亲从人家篱笆里偷鹅的笑话。而偷猎鹿，又称"赶鹿"，对于那个时代的年轻人而言是很平常的消遣。据说，莎士比亚年轻的时候到托马斯·路西爵士的庄园里偷猎梅花鹿和兔子，但他很不走运，每次都会被发现，经常受皮肉之苦，甚至被拘禁。于是，他写了一首打油诗讥讽路西爵士，引起爵士的不满，意图对莎士比亚不

---

　　① ［英］彼得·艾克洛德：《莎士比亚传》，郭俊、罗淑珍译，国际文化出版公司，2010年版，第22页。

利，最后，莎士比亚被迫离开斯特拉特福，前往伦敦，① 终成一代文豪巨匠。也许莎士比亚不仅仅是为了消遣而去偷猎梅花鹿，而是为了父亲的生意也未可知，毕竟，手套商是需要大量动物的毛皮的。不管怎么样，有关鹿的话题经常出现在莎士比亚的作品中：除了这部《温》剧，在《第十二夜》中，邱里奥向公爵提议去"打鹿"，即猎鹿；而陷入对奥丽维娅爱情的公爵则自嘲自己变成了一头鹿。（第一幕第一场）

所有研究莎士比亚的学者都找不到莎士比亚从 1585 年到 1592 年之间的文献资料。这段时间是莎士比亚一生中的空白。有人说他在斯特拉特福的一个乡村学校当校长，也有人说莎士比亚在故乡斯特拉特福做过律师助手。他的父亲是镇长，把儿子安排到律师事务所工作也不是很困难的事，何况莎士比亚还是一个聪明机灵的年轻人。在莎士比亚的戏剧中，随处可见法律术语。譬如，《温》剧就提及"公文""笔据""账单"契约""调停"等。（第一幕第一场）在第四幕第二场，培琪太太谈论福斯塔夫："除非他把心灵转让给了魔鬼，而且没有追回，大概他不会再来冒犯我们了。""转让"和"追回"这样的法律术语从一个普通村妇口里冒出来说明莎士比亚时期法律意识的提高和法律知识的普及，也说明莎士比亚接触过法律行业。

恩格斯在 1873 年 12 月 10 日致马克思的信中认为，仅仅此剧的第一幕"就比全部德国文学包含着更多的生活气息和现实性"② 。通过鲜活的人物、丰富的斯特拉特福元素、轻松的剧情，《温》剧重温了那个时代民主、自由、热情的小镇生活风貌，体现了莎士比亚对斯特拉特福童年生活的怀旧，也让现代的人们陶醉于其带来的慰藉和快乐。《温》剧将人们的目光带回到莎士比亚魂牵梦绕的斯特拉特福小镇。

五、资产阶级女性意识的觉醒

莎士比亚的女性观不太好定义，不能简单地说他是一个女性主义者，也不能称其为一个厌女主义者。他的女性人物众多，身份不一，性格迥异。既有尊贵的女王，如克莉奥佩特拉（《安东尼与克莉奥佩特拉》），也有寒微的快嘴桂嫂（《亨利四世》）；既有善良的天使，如《威尼斯商人》中的鲍西娅和《暴风雨》中的米兰达，也有狠毒的恶妇，如李尔王的大女儿高纳里尔和二女儿里根（《李尔王》）和麦克白夫人（《麦克白》）；还有为了爱情而不顾一切的赫米娅和海伦娜（《仲夏夜之梦》）、违背父母意愿的安·培琪（《温莎的风流娘儿

① 更多人相信莎士比亚离开家乡的主要原因是要养家糊口，于是他跟随云游戏班子前往伦敦讨生活。

② ［德］马克思、恩格斯：《马克思恩格斯全集》第 33 卷，中共中央马克思恩格斯列宁斯大林著作编译局编译，人民出版社，2004 年版，第 108 页。

们》)、殉情的朱丽叶(《罗密欧与朱丽叶》),等等。可以肯定的是,这些女性人物都在男权社会的体制下生存与反抗,对她们的价值判断都出自男性的视角,只有通过回归男性社会才有可能实现她们的价值。如《威尼斯商人》中的鲍西娅须男扮女装方能充当律师上法庭拯救安东尼奥,麦克白夫人只能怂恿丈夫去实现自己的野心。总而言之,莎士比亚的女性观远比我们想象的要复杂。

莎士比亚生活的时代依然是一个典型的父权社会,虽然当时的最高当权者是女王伊丽莎白一世,但她的女性身份并不能彻底改变源自《圣经·旧约》中亚当与夏娃的故事而形成的男性对女性的歧视与压迫传统,英国的宗教改革也无法改变男性对女性的支配与掌控。实际上,她本人不得不承受传统对于女性偏见的压力。传统观念认为:"理想的女性应该成为一个善良妻子,应始终保持缄默、温顺而持家。"传教士认为:"妇女在家庭中对男人施以权威是违背大自然规律的;如果女人连家庭都不能去管理的话,伊丽莎白一世又何以能够治理好国家呢?"①在伊丽莎白时代,大多数女性没有接受教育、掌握知识的权利,莎士比亚的两个女儿就没有上过学;多数已婚妇女没有支配财产的权利,一切财产归丈夫支配,妻子必须服从丈夫的安排。所以,莎士比亚的作品深受那个时代父权意识形态的影响,不可避免地出现"男尊女卑"的倾向。

但是,莎士比亚也同时生活在封建社会解体、资本主义兴起的转型时期。期间,资产阶级经济的繁荣促进英国文艺复兴运动的发展并达到高潮,资产阶级人文主义思想逐渐深入人心。在斯特拉特福,莎士比亚从小就接受了私塾教育和新语法学校教育,学习了宗教经典、拉丁语语法与修辞、记忆术、雄辩术等内容,使他有机会阅读大量文学作品,譬如《伊索寓言》《变形记》等,因而能够接触作品中的人文思想,也使他成为资产阶级人文主义思想的拥护者和传播者。他所创作的戏剧都是在早期资本主义人文思想的影响下完成的,他把资产阶级人文主义的自由、平等等观念渗入其作品,把女性当作平等的"人"看待,这种提高女性地位的做法未尝不是其挑战父权社会权威的尝试。

莎士比亚对女性的青睐并不仅仅是受文艺复兴思想的影响,可能也与母亲的影响有关。查尔斯·狄更斯说过:"所有杰出男人的背后都有一位杰出的母亲,这一点毫无疑问。"②莎士比亚的母亲玛丽·阿尔丁出生古老、富有的自耕农家庭,据说有贵族血统。莎士比亚为了印证他母亲出身的高贵,代替父亲完成象征身份的盾形纹章的申请程序并取得成功,他的父亲因此成为一名"绅士"——"那些具有高贵血统,或者至少拥有高贵美德的人",而莎士比亚母亲的观点也得到了事实证明。莎士比亚的母亲身体健康、精力充沛、

---

① 杨玉林:"伊丽莎白一世及其贵族",载《山东师大学报(社会科学版)》1993年第1期,第40页。
② [英]彼得·艾克洛德:《莎士比亚传》,郭俊、罗淑珍译,国际文化出版公司,2010年版,第29页。

做事积极、聪明伶俐，在拥有 7 个孩子的家庭里学会了机变和顺从。莎士比亚无疑是从母亲那儿继承了她的优点。在他的作品中，他没有直接描述自己的母亲，但是，他作品中的母亲形象总是意志坚强、有主见，譬如一手培养科利奥兰纳斯的弗伦尼亚(《科利奥兰纳斯》)，提醒波特拉姆不要忘了自己责任的伯爵夫人(《终成眷属》)以及严厉指责理查王的约克公爵夫人(《理查二世》)等。显然，这些母亲人物身上有其母亲的影子。他还喜欢把出色的女性放在理想的世界里，譬如《威尼斯商人》中鲍西娅掌管贝尔蒙特，《皆大欢喜》中西莉娅和罗瑟琳在亚登森林喜得良缘，《第十二夜》中以奥丽维娅为主导的府邸，等等。莎士比亚描述理想世界的出色女性的存在本身就是对现实男权社会的"颠覆"。更有甚者，他还让男权社会的男性被女性教训与嘲讽，譬如，这部《温》剧就是一部女人教训男人的生动例子。

图 1-17　培琪夫人与福德夫人

《温》剧中的主要女性人物为培琪太太、福德太太和安·培琪。她们是自由、乐观、积极的年轻女子。桂嫂是这样描述培琪夫人的：

> ……在温莎地方，谁也不及培琪大娘那样享福啦；她爱做什么，就做什么，爱说什么，就说什么，要什么有什么，不愁吃，不愁穿，高兴睡就睡，高兴起来就起来，什么都称她的心；可是天地良心，也是她自己做人好，才会有这样的好福气，在温莎地方，她是位心肠再好不过的娘子了……

(第二幕第二场)

可见，培琪太太享有极大的自由与权利，她的地位至少是和男人平等的，是独立的。这与当时英国社会妇女不得不依附丈夫的现实格格不入，但是，这说明莎士比亚深受资本主义人文思想的影响，试图在男权社会中树立女性的平等地位。在《温》剧中，除了培琪夫人和福德夫人能够按照自己的意愿生活，安·培琪也敢违背父母的包办婚姻，按自己的意愿和心爱的人成婚，这说明莎士比亚希望他笔下的女性人物是独立、自由、平等的。而且，她们生性开朗、活泼，以至于福斯塔夫误认为她们是风骚娘儿们：

> 福斯塔夫　休得取笑，毕斯托尔！我这腰身的确在两码左右，可是谁跟你谈我的大腰身来着，我倒是想谈谈人家的小腰身呢——这一回，我谈的是进账，不是出账。说得干脆些，我想去吊福德老婆的膀子。我觉得她对我很有几分意思；她跟我讲话的那种口气，她向我卖弄风情的那种姿势，还有她那一瞟一瞟的脉脉含情的眼光，都好像在说，"我的心是福斯塔夫爵士的。"

> （第一幕第三场）

在男权社会里，女性只能想方设法取悦男人。在福斯塔夫眼里，福德夫人和培琪夫人的风流性格就是想取悦男人。所以，他才起了色心，想要骗财骗色。但是，他没有想到，福德夫人和培琪夫人根本就不是他想象的那种女人。在收到福斯塔夫的骚扰求爱信之后，她们的第一反应就是要报复，而不是去求助她们的丈夫。培琪夫人说："我要到议会里去上一个条陈，请他们把那班男人一概格杀勿论。我应该怎样报复他呢？"（第二幕第一场）福德夫人也说："……从此以后，只要我长着眼睛，还看得清男人的模样儿，我要永远瞧不起那些胖子……是哪一阵暴风把这条肚子里装着许多吨油的鲸鱼吹到了温莎的海岸上来？我应该怎样报复他呢？我想最好的办法是假意敷衍他，却永远不让他达到目的，直等罪恶的孽火把他熔化在他自己的脂油里。"（第二幕第一场）可见，她们根本就不惧怕男权社会的权威，甚至敢于出手教训骚扰她们的男性。于是就有了后续三戏福斯塔夫的剧情。她们把福斯塔夫当作小丑一样地戏要，也顺带教训了一下醋意满满的福德。福德对妻子带有偏见，怀疑她不贞洁。① 听到毕斯托尔跟他反映福斯塔夫意图勾引他的太太之后，他对培琪说："我并不疑心我的妻子，可是我也不放心让她与别个男人在一起。一个男人太相信他的妻子，也是危险的。"（第二幕第一场）这话里反映了他内心强烈的男权意识，对女性持不信任态度。后来他得知真相以后，彻底改变了他的思想，他说："娘子，请你原谅

---

① 文艺复兴时期女性地位有所上升，传统的男女在性道德上的双重标准也受到了严厉批评。在彼时的英国，对于男性也同样要求婚姻上的绝对忠诚，于是不少男性都担心妻子对自己不忠，一时间居然成了社会风气。

我。从此以后，我一切听任你；我宁愿疑心太阳失去了热力，不愿疑心你有不贞的行为。你已经使一个对于你的贤德缺少信心的人，变成你的一个忠实的信徒了。"（第四幕第四场）这似乎又进一步说明了女性主义的胜利。

图 1-18　《温莎的风流娘儿们》中戏耍福斯塔夫的经典场景

　　出于对女性的欣赏和同情，莎士比亚为女性构想了不少理想的避难所，如《威尼斯商人》中鲍西娅的居住之地——贝尔蒙特。水城威尼斯是男权社会的存在，它虚伪、势利、残酷、自私，令人压抑与紧张。相对于威尼斯，贝尔蒙特则是不同生存价值观的存在，它是女性主导的不沾尘俗的仙境，"仙后"则是美丽、富有、智慧的鲍西娅。作为与男权社会威尼斯相对立的所在，贝尔蒙特是女性的避风港，甚至桃花源。这和魔幻森林在《仲夏夜之梦》中的功能相仿。夏洛克的女儿杰西卡与爱人罗兰佐私奔之后就是逃到了贝尔蒙特。

　　但是，贝尔蒙特和魔幻森林只是远离人间的童话世界，寄托了莎士比亚的女性主义理想。而他在《温》剧中构建的温莎小镇则是在人间的女性理想世界。在这里，男女自由、平等，甚至女性还享有一定的特权。女性具有资本主义人文思想标准下的美德，如美丽、优雅、柔情、对爱情的忠诚和聪明、才华、机智，她们在这个现实理想世界里自由地狂欢，譬如，培琪太太和福德太太肆意戏耍调戏她们的福斯塔夫，不像《威尼斯商人》中鲍西娅不得不男扮女装为爱人的朋友打官司，反倒是大男子主义者福斯塔夫女扮男装才逃脱一劫。镇上的男性也以欣赏的目光看待她们，他们接受并祝福安·培琪与范顿的自由婚姻；福德最后还放下面子对误解太太表示道歉。在温莎小镇，女性可以张扬个性，尽显风流，男性反而要小心翼翼，行为端正，否则就要受到惩罚。

莎士比亚还把不少女性人物置于主导地位，尤其是在爱情、家庭和婚姻方面。莎士比亚的第一首叙事长诗《维纳斯和阿多尼斯》描写了女神维纳斯炽热的爱情：她对阿多尼斯的爱就像洪水一样势不可挡。这种洪水般的、不求回报的爱延伸到了《仲夏夜之梦》中海伦娜和赫米娅的身上，她们如同"灯蛾扑火"一般投向她们的爱情。女性对于爱情如此疯狂的追求在那个等级森严、男女有别的封建社会里是很难想象的。甚至男人成为女人的"依附"，他们需要得到她们的帮助才能渡过难关，获得爱情。譬如，巴萨尼奥和安东尼奥得到鲍西娅的帮助才打赢了官司，范顿得到安的帮助才获得美满姻缘。这些都反映了莎士比亚对于中世纪禁欲主义和父权意识的否定，对封建包办婚姻的排斥，对女性自由精神和智慧的高度赞美，表达了他对资产阶级人文主义精神的憧憬与乐观态度。

六、西方资产阶级众生相

莎士比亚一生中的大部分时间处于伊丽莎白一世统治时代（1558—1603 年）。这位才华横溢、性格坚毅、终身未婚的女王凭借高超的政治和外交手段维护国家的稳定。在她小心翼翼而又不乏果断的统治下，英国国势逐渐强盛。英国社会逐渐走出封建社会的落后，迈向资本主义社会，历史学家常常将其描绘为英国历史的黄金时代。在稳定的政治环境下，代表先进生产力的资产阶级生产关系逐渐占据主导地位，封建社会生产关系逐渐瓦解。"圈地运动"和畜牧业集约化促进英国向带有资产阶级性质的农业生产方式的发展，使农业生产力极大提高。农业的发展为资本主义经济提供了资本和劳力，促进工业的新老产业迅速增长。同时，造船业和航海技术的发展促进了海外探险和贸易的繁荣。这些因素促进了资本主义经济的原始积累，也推动了中产阶级的财富不断增加。

社会经济的发展为文艺复兴提供了物质基础，英国文艺复兴运动也乘势迈向高潮。文学方面尤其呈现出一派欣欣向荣的景象，以人为本的资本主义人文思想冲击以神为本的中世纪教会封建思想。我们常说的"莎士比亚时代"在某种程度上往往就等同于经济转型、思想碰撞的伊丽莎白时代，资本主义经济与封建领主经济，代表资本主义的中产阶级和代表封建主义的王宫贵族，英国新教与罗马天主教，旧文化与改革文化等因素相互对立、竞争、并存，伊丽莎白女王竭尽所能保持对立双方的平衡，这就意味着，伊丽莎白时代是一个多元社会。受此影响，莎士比亚的戏剧兼容并包，既有上层阶级的王公贵族人物，有中产阶级的行业人物，也有属于下层阶级的仆人、小偷之类的人物，可谓三教九流、东西南北的人物悉数登场。莎士比亚的戏剧也是演给各阶层的观众看的，他不得不绞尽脑汁使他的戏剧迎合各种观众。这就意味着他必须创作出能代表不同阶层观众的人物。就以这部《温莎的风流娘儿们》为例，其中人物角色就包含了追求恋爱自由的年轻阶层、终日无所事事的中年阶层和好逸恶劳的前朝遗老遗少，他们聚在一起形成恩格斯所称的"五光十色的平民社会"①，这样，不同阶层的观众就能从中找到自己的影子，并由此激发出更多感悟。

(一)追求恋爱自由的年轻阶层

在资本主义社会之前，人类的婚姻基本上只有买卖婚姻和包办婚姻。在欧洲教会占统治地位的中世纪，人性遭到遏制，女性地位低下，年轻人的婚姻只有门当户对的包办婚姻。这样的婚姻往往更看重家族的利益和荣誉，爱情是可以不予考虑的。像罗密欧与朱丽叶的爱情悲剧可以说是家族与世俗利益之争的牺牲品。因此，在封建社会，自由恋爱与婚姻都是受压抑和制约的。随着资本主义商业经济的兴起与发展，欧洲文艺复兴运动的崛起促进了人类思想的解放。以神为中心的封建价值观念体系受到以人为中心的资本主义价值观念体系的挑战与瓦解。资产阶级人文精神的基本思想就是解放人性，追求自由。莎士比亚对于男女爱情和婚姻的态度与文艺复兴的一般主张是一致的，即主张自主的当下的现实幸福，反对封建社会提倡的基于利益关系的门当户对，提倡自由结合，同情因封建关系而导致的爱情或婚姻悲剧。在莎剧中，追求恋爱自由的年轻阶层无疑是这种精神的践行者。譬如罗密欧与朱丽叶，《威尼斯商人》中的杰西卡与罗兰佐。在《温》剧中，范顿(Fenton)和安·培琪(Anne Page)也属于这样的年轻阶层。

在剧中，范顿是一个出身高贵、受过良好教育但经济窘迫的少年绅士。在第三幕第四场，他告诉安·培琪："他(安的父亲)反对我的理由，是说我的门第太高……"培琪也说他："他常常跟那位胡闹的王子他们在一起厮混，他的地位太高，他所知道的事情也太多啦。"(第三幕第二场)可见，范顿是一个出身上层的年轻人。有人推测，范顿的原型是牛津公爵爱德华·德·维尔(Edward de Vere)十七世。② 据说，牛津公爵十七世是莎士比亚许多作品的真正作者。在《温》中，嘉德店主对培琪说："您觉得那位年轻的范顿怎样？他会跳跃，他会舞蹈，他的眼睛里闪耀着青春，他会写诗，他会说漂亮话，他的身上有春天的香味；他一定会成功的，他一定会成功的。"(第三幕第二场)范顿和牛津公爵一样，是受过良好教育的。良好的教育是其能够接受资本主义人文思想的前提条件，使其能够突破门户之见和封建束缚去追求爱情。安的父亲嫌弃范顿身无分文，说他"没有家产"，他想把女儿许给治安官夏禄的侄儿斯兰德。(第三幕第二场)斯兰德能够从家里继承一大笔钱。有

---

① 郭辉辉："福斯塔夫式的背景"，载《外国文学研究》1980年第4期，第75页。

② 爱德华·德·维尔(Edward de Vere, 1550—1604年)，十七世牛津公爵，伊丽莎白女王朝臣，编剧，抒情诗人，运动家，艺术资助者，被认为是莎士比亚艺术作品的代撰人。爱德华是十六世牛津公爵约翰·德·维尔(John de Vere)唯一的儿子，约翰死后，他成为伊丽莎白女王的护卫，并在威廉·塞西尔(William Cecil)男爵家受到良好的教育。牛津公爵的文学作品受到当时社会的追捧，并在宫廷主持戏剧和音乐会。

意思的是，斯兰德的原型恰好也是牛津公爵的情敌——亨利·西德尼爵士的儿子菲利普·西德尼。他们是同学，也都是安·培琪的原型安·希瑟尔（Anne Cecil）的追求者。范顿和斯兰德都不是富有的绅士。原因何在？按范顿的说法，他结交了一些狐朋狗友，把家产都挥霍了。这似乎是那个时代年轻贵族的通病。《威尼斯商人》中的贵族青年巴萨尼奥也是因为放纵的生活而导致生活窘迫以至于不得不通过安东尼奥向夏洛克借款三千去贝尔蒙特向鲍西娅求婚，《亨利四世》中的哈尔王子也是和一帮混混在一起胡闹。表面上看来，似乎年轻就意味着放纵和肆意挥洒。当然，这也可以理解为对自由生活的追求，是反封建束缚的表现，但同时，这也是资本主义追求享乐、不思进取的体现。

图 1-19　安·培琪（英国插画家 John William Wright 绘制）

安·培琪是莎士比亚笔下聪明而有教养的女性代表之一，这当然也与她出身贵族有关。她的原型是伊丽莎白一世麾下宠臣威廉·希瑟尔（William Cicel）的女儿安·希瑟尔，受过良好教育。在《温》剧第一幕第一场中，安请斯兰德就餐有下面一段对话：

安　　　酒菜已经预备好了，家父叫我来请各位进去。

……

爱文斯　哎哟！念起餐前祈祷来，我可不能缺席哩。（夏禄、爱文斯下。）

安　　　斯兰德世兄，您也请进吧。

斯兰德　不，谢谢您，真的，托福托福。

安	大家都在等着您哪。
斯兰德	我不饿，我真的谢谢您……
安	您要是不进去，那么我也不能进去了；他们都要等您到了才坐下来呢。
斯兰德	真的，我不要吃什么东西；可是我多谢您的好意。
安	世兄，请您进去吧。
斯兰德	我还是在这儿走走的好，我谢谢您……

从上述对话中不难看出培琪小姐的教养。这是资本主义人文思想熏陶下的理想女性形象：谦和、礼貌、温文尔雅。《威尼斯商人》中的鲍西娅也是这样一位理想的女性。作为女性，她们并没有沾染男性贵族青年的放纵恶习，但是，对于恋爱自由和婚姻幸福的追求和他们是一样的。鲍西娅只是被动地追求自己的婚姻幸福，而安·培琪则主动安排自己的婚姻。在《温》剧第四幕第六场，范顿主动去找嘉德饭店店主密谋迎娶安·培琪。他之所以能这么做是因为安·培琪事先给他写了一封信，告知她父母包办她婚姻的计划：

范顿 ……(指信)听着，我的好老板，今夜十二点钟到一点钟之间，在赫恩橡树的近旁，我的亲爱的小安要扮成仙后的样子，为什么要这样打扮，这儿写得很明白。她父亲叫她趁着大家开玩笑开得乱哄哄的时候，就穿着这身服装，跟斯兰德悄悄地溜到伊登去结婚，她已经答应他了。可是她母亲竭力反对她嫁给斯兰德，决意把她嫁给卡厄斯，她也已经约好那个医生，叫他也趁着人家忙得不留心的时候，用同样的方式把她带到教长家里去，请一个牧师替他们立刻成婚；她对于她母亲的这个计策，也已经假装服从的样子，答应了那医生了。他们的计划是这样的：她的父亲要她全身穿着白的衣服，以便认识，斯兰德看准了时机，就换着她的手，叫她跟着走，她就跟着他走；她的母亲为了让那医生容易辨认起见，——因为他们大家都是戴着面具的——却叫她穿着宽大的浅绿色的袍子，头上系着飘扬的丝带，那医生一看有了下手的机会，便上去把她的手捏一把，这一个暗号便是叫她跟着他走的。

(第四幕第六场)

在这次婚姻安排中，安是积极、主动的，她没有坐等父母的安排，而是事先通过书信沟通的方式使得恋人范顿有机会联合店主，将计就计，将安的父母都一一瞒过，最后方能得以有情人终成眷属。安的行为显示了安无惧父母权威，敢于追求自身幸福的勇气，而范顿最后对于培琪父母的一番言辞也同样显示了他追求恋爱和婚姻自由的勇气。他说：

范顿　你们不要把她问得心慌意乱，让我把实在的情形告诉你们吧。你们用可耻的手段，想叫她嫁给她所不爱的人；可是她跟我两个人久已心心相许，到了现在，更觉得什么都不能把我们两人拆开。她所犯的过失是神圣的，我们虽然欺骗了你们，却不能说是不正当的诡计，更不能说是忤逆不孝，因为她要避免强迫婚姻所造成的无数不幸的日子，只有用这办法。

(第五幕第五场)

这段话表达了在资本主义人文精神的熏陶下，年轻人勇于反抗封建婚姻思想，勇于追求爱情婚姻的幸福。这可以说是莎士比亚对于爱情和婚姻的宣言了。他不赞成没有爱情的婚姻，强迫的婚姻是可耻的，只能导致不幸。为了避免包办婚姻，哪怕是欺骗也不算是"不正当的诡计，更不能说是忤逆不孝"。这句话用在《威尼斯商人》中罗兰佐和夏洛克的女儿杰西卡身上也是适用的，因为杰西卡为了爱情而选择背叛父亲，与心上人罗兰佐私奔。这种爱情至上、恋爱与婚姻自由的理念显然是资本主义人文思想所倡导的，在当时无疑是十分先进的思想。

(二)终日无所事事的中年阶层

莎士比亚本人可以说是资产阶级个人奋斗的典型。迫于家道中落，他20岁出头的时候就到伦敦闯天下。开始，他在剧院找到一份职位非常低下的工作，可能是提词员、催场员、行李搬运工、门童或者跑龙套演员。不过，经过一番努力，莎士比亚后来真的成了演员。那个时候，伦敦的戏剧业非常繁荣，年轻的莎士比亚进入了一个能充分发挥才能的环境。莎士比亚勤奋地参与演出和剧本创作，在竞争激烈的伦敦戏剧界挣得一席之地。后来，他投资房地产和剧场，成为剧院股东，积累了一定的财富。晚年回到故乡斯特拉特福购房置地，安享晚年。纵观莎士比亚的一生，他虽然在某种意义上成功了，但受个人的资历和身份的限制使他从未踏入上流社会的文人圈子，在经济上也只是中规中矩的中产阶级中的一员。从这个意义上讲，他只算得上是文艺复兴时期早期资产阶级的文人，有上进心，但达到一定目标之后，也就安于现状，满足于绅士的头衔和地位。

莎士比亚时代的英国只有少数人可以跻身"绅士"这一行列。莎士比亚的父亲曾经是镇上的头面人物，希望能把自己装扮成一位绅士，而要实现这个愿望，他需要向有关当局展示他拥有至少价值250英镑的家产，而且不需要从事体力劳动；此外，他的妻子也应该穿着体面。如果符合这些条件，他就可以向纹章局申请一枚象征身份的盾形纹章。不知什么原因，约翰·莎士比亚没有完成申请手续。后来，他儿子威廉·莎士比亚帮他完成了这个手续，使他成为绅士。

按照绅士的定义，绅士属于温文尔雅、高贵、富有的阶层，不需要从事体力劳动，有仆人伺候，算得上"饱食终日、无所事事"的一类人了。莎士比亚当然不会忽略在作品中塑造这样的人物。在《温》剧"五光十色的平民社会"中就不乏这样的人物，包括福德、培琪、爱文斯和卡厄斯等。

福德和培琪是地道的乡绅，家境富裕，有仆从，他们的太太也不用干活，完全符合莎士比亚时代"绅士"的标准。和他们交往的也是地方上有头有脸的人物，譬如夏禄法官、爱文斯牧师和卡厄斯医生。他们平常也是无所事事，四处寻找乐子，没有什么上进心。像培琪就经常去参加赛狗会，和夏禄等人吃吃喝喝。在对待女儿的婚事上，他倾向于可以继承遗产的斯兰德少爷。这些都表明了培琪的平庸和势利，如其英文名字"Page"所寓示的那样，不过是个跟班而已。福德也是同样平庸，而且还有些大男子主义，对自己的妻子疑神疑鬼。他说："我并不疑心我的妻子，可是我也不放心让她跟别个男人在一起。一个男人太相信他的妻子，也是危险的。我不愿戴头巾，这事情倒不能就这样一笑置之。"（第二幕第一场）福德嘴上说不疑心，心里却是疑虑重重。于是，他想出一招来试探他的太太：扮作富商白罗克怂恿福斯塔夫去勾引他的太太。这纯粹是一种无聊的举措，甚至是不道德的。

与培琪和福德交好的爱文斯牧师不专心于自己的教会使命，却要去掺和世俗的婚姻，他要替斯兰德和安·培琪做媒，结果招致卡厄斯医生的忿恨，要和他决斗，这显然也有违医生"救死扶伤"的宗旨。对于他们的决斗，培琪等人并不觉得这有多可怕，反而是一种看热闹的心理。培琪甚至说："我听人家说，这个法国人的剑术很不错。"（第二幕第一场）不过，他后来改口说："我倒不喜欢看他们真的打起来，宁愿听他们吵一场嘴。"（第二幕第一场）那意思还是要看热闹。可见，像培琪、福德这样的中年阶层确实终日无所事事、精神空虚，只得靠一些无聊之事打发时光。

《温》剧中无所事事的中年阶层反映了资产阶级人文思想影响下的中产阶级的状况。中产阶级一般是由社会地位不高的小市民经过努力打拼达到一定社会和经济地位而形成的。莎士比亚父子的经历可以说是资产阶级的个人奋斗史。这同时也决定了他们的上限，他们因为出身和社会偏见而无法进入上层社会。他们一辈子最多也就是个地方乡绅而已。他们在思想上并不相信群众的力量，反而是希望出现英明的君主来改良社会。因此，他们一般会规规矩矩地满足自己中产阶级的小资生活：饱食终日，无所事事，不思进取。甚至莎士比亚创作《温》剧也是应女王的要求行事，而在剧中所展现的小镇生活闹剧也不过是为了搏上流社会一笑而已。

（三）好逸恶劳的前朝遗老遗少

在思想碰撞、经济转型的伊丽莎白时代，莎士比亚的戏剧中不仅有资产阶级人文思想熏陶下的年轻和中年人物，同样也存在着满脑子封建思想、好逸恶劳的前朝遗老遗少。像《雅典的泰门》中的雅典贵族泰门一味地挥霍家产而最后陷入一贫如洗、众叛亲离、孤独逝去的悲惨命运便是个很好的代表。《亨利四世》(上)(下)和《温莎的风流娘儿们》中的福斯塔夫则又是另一个典型。

福斯塔夫英文全名为"Sir John Falstaff"。在《亨利四世》(上)中，莎士比亚刚开始用的名字是"Sir John Oldcastle"①(约翰·奥尔德卡斯尔爵士)。但是，这个名字在历史上是真有其人的，他是 14 世纪中期英国教派罗兰德(English Lollard)的领导人，与亨利五世是至交。他的后人威廉·布鲁克爵士(Sir William Brooke)，即科巴姆十世男爵不满莎士比亚用他先人的名字命名一个喜剧人物，因而提出抗议。迫于贵族的压力，莎士比亚不得不将其改成现在的名字"约翰·福斯塔夫爵士"。但我们依然能在《亨》②剧中找到福斯塔夫原先的名字的影子。在《亨》(上)第一幕第二场，哈尔王子亲昵地称他"我的城堡里的老家伙"(my old lad of the castle)。莎士比亚也没有忘了嘲讽向他提出抗议的威廉·布鲁克爵士。在《温》中，差点被戴了绿帽子的福德就是以布鲁克的名字与福斯塔夫打交道。这多少有点讽刺布鲁克爵士是龟公的意味。

在《亨》剧中，福斯塔夫是哈尔王子(未来的亨利五世)的酒友、跟班、领路师父。他有贵族头衔——爵士，但是个没落的封建贵族骑士，属于被历史淘汰的贵族阶级的残余分子，因此，他身上无疑具有封建没落贵族的寄生特点：懒惰、贪吃、贪杯、好色、好吹嘘、好撒谎、好行骗；在资本主义人文思想的影响下，他也具有一些上进的优点：自信、机智、乐观、活泼、无忧无虑等。也就是说，福斯塔夫这一人物具有双重性，而要彻底说清楚这一人物形象也不是一件容易的事情。下面通过《亨》和《温》剧的一些文本来对他进行一些分析，试图构建福斯塔夫的完整形象。

福斯塔夫有多大年纪呢？长相如何呢？在《亨》(上)中，他和哈尔王子彩排觐见国王时有一段自述：

> 这人长得仪表堂堂，体格魁梧，是个胖胖的汉子；他有一副愉快的容貌，一双有趣的眼睛和一种非常高贵的神采；我想他的年纪约摸五十来岁，或许快要近六十了；现在我记起来啦，他的名字叫作福斯塔夫。要是那个人也会干那些荒淫放荡的事，那除非是我看错了人，因为，哈利，我从他的脸上可以看出他是一个有德之人。是什么树就会结什么果子，我可以断然说一句，那福斯塔夫是有德行的，你应该跟他多多来

---

① Oldcastle 是老城堡之意，此名在一定程度上暗示了福斯塔夫的身份和特点：一个老迈的没落贵族。

② 《亨利四世》简称《亨》，下同。

往，不要再跟其余的人在一起胡闹。

（第二幕第四场）

哈尔王子接着也对他有一番描述：

> ……一个魔鬼扮成一个胖老头儿的样子迷住了你；一只人形的大酒桶做了你的伴侣。为什么你要结交那个充满着怪癖的箱子，那个塞满着兽性的柜子，那个水肿的脓包，那个庞大的酒囊，那个堆叠着脏腑的衣袋，那头肚子里填着腊肠的烤牛，那个道貌岸然的恶徒，那个须发苍苍的罪人，那个无赖的老头儿，那个空口说白话的老家伙？他除了辨别酒味和喝酒以外，还有什么擅长的本领？除了用刀子割鸡、把它塞进嘴里去以外，还会干什么精明灵巧的事情？除了奸谋诡计以外，他有些什么聪明？除了为非作歹以外，他有些什么计谋？他干的哪一件不是坏事？哪一件会是好事？

（第二幕第四场）

由这两段描述可以看出，福斯塔夫年近六旬，算得上一个老头了，身形肥胖，一副喜样。两种截然不同的表述表明了这个人物的复杂性。虽然他年纪这么大，他依然认为自己是年轻人。在《亨》（上）中，他抢劫路人时，对他们自称"年轻人"。（第二幕第二场）在《亨》（下）中，他还和大法官争论他的年轻：

大 法 官　您头上每一根白发都应该提醒您做一个老成持重的人。

福斯塔夫　它提醒我生命无常，应该多吃吃喝喝。

大 法 官　您到处跟随那少年的亲王，就像他的恶神一般。

福斯搭夫　您错了，大人；……你们这些年老的人是不会替我们这辈年轻人着想的；你们凭着你们冷酷的性格，评量我们热烈的情欲；我必须承认，我们这些站在青春最前列的人，也都是天生的荡子哩。

大 法 官　您的身上已经写满了老年的字样，您还要把您的名字登记在少年人的名单里吗？您不是有一双昏花的眼、一对干瘪的手、一张焦黄的脸、一把斑白的胡须、两条瘦下去的腿、一个胖起来的肚子吗？您的声音不是已经嘎哑，您的呼吸不是已经短促，您的下巴上不是多了一层肉，您的智慧不是一天一天空虚，您的全身每一部分不是都在老朽腐化，您却还要自命为青年吗？咄，咄，咄，约翰爵士！

福斯塔夫　大人，我是在下午三点钟左右出世的，一生下来就有一头白发和一个圆圆的肚子。① 我的喉咙是因为高声嚷叫和歌唱圣诗而嘎哑的。我不愿再用其他的事实证明我的年轻；说句老实话，只有在识见和智力方面，我才是个老成练达的人。

（第一幕第二场）

可见，福斯塔夫并不认为自己已经年老，至少心态不老。人老心不老的老爵士追求安逸的、无忧无虑的享乐生活。酒色是他享受生活的基本内容。他好酒，爱好白葡萄酒和蜂蜜酒。在许多有关福斯塔夫的画像中，基本上都离不开他手持酒壶的样子。在《温》第五幕第五场中，爱文斯牧师指责福斯塔夫："一味花天酒地，玩玩女人，喝喝白酒蜜酒，喝醉了酒白瞪着眼睛骂人吵架?"在《亨》(上)第四幕第二场中，福斯塔夫对巴道夫说："巴道夫，你先到科文特里去，替我装满一瓶酒。"此外，他和哈尔王子经常去野猪头酒店喝酒，还要王子支付酒账。

在《亨》(上)中，哈尔就说他：

　　你只知道喝好酒，吃饱了晚餐把纽扣松开，一过中午就躺在长椅子上打鼾；你让油脂蒙住了心，所以才会忘记什么是你应该问的问题。见什么鬼你要问起时候来?除非每一点钟是一杯白葡萄酒，每一分钟是一只阉鸡，时钟是鸨妇们的舌头，日晷是妓院前的招牌，那光明的太阳自己是一个穿着火焰色软缎的风流热情的姑娘，我不知道为什么你会这样多事，问起现在是什么时候来。

（第一幕第二场）

这些调侃无疑暴露出福斯塔夫好酒好色、浑浑噩噩的生活状态。对于好酒，福斯塔夫还发表了一番著名的独白：

　　一杯上好的白葡萄酒有两重的作用。它升上头脑，把包围在头脑四周的一切愚蠢沉闷混浊的乌烟瘴气一起驱散，使它变得敏悟机灵，才思奋发，充满了活泼热烈而有趣的意象，把这种意象形之唇舌，便是绝妙的辞锋。好白葡萄酒的第二重作用，就是使血液温暖；一个人的血液本来是冰冷而静止的，他的肝脏显出苍白的颜色，那正是屏弱和怯懦的标记；可是白葡萄酒会使血液发生热力，使它从内部畅流到全身各处。

---

① 福斯塔夫是在脱离角色插科打诨。这是莎士比亚惯用的技巧，借角色之口表达他本人作为戏剧家的戏剧观和对当下社会生态的描述和评论。此处所指的是，当时剧场没有灯光照明，演出只能白天进行。随着季节变化，一般是下午两点或三点左右开始。剧院开始演出的时候，他这个角色一出场自然就是白头发、圆肚子了。

图 1-20　《福斯塔夫》(Eduard von Grützner 绘制，1906 年)

它会叫一个人的脸上发出光来，那就像一把烽火一样，通知他全身这一个小小的王国
里的所有人民武装起来；那时候分散在各部分的群众，无论是适处要冲的或者是深居
内地的细民、贱隶，都会集合在他们的主帅心灵的麾下，那主帅拥有这样雄厚的军
力，立刻精神百倍，什么勇敢的事情都做得出来；而这一种勇气却是从白葡萄酒得来
的。所以武艺要是没有酒，就不算一回事，因为它是靠着酒力才会发挥它的威风的；
学问不过是一堆被魔鬼看守着的黄金，只有好酒才可以给它学位，把它拿出来公之人
世。所以哈利亲王是勇敢的；因为他从父亲身上遗传来的天生的冷血，像一块瘦瘠不
毛的土地一般，已经被他用极大的努力，喝下很多很好的白葡萄酒，作为灌溉的肥
料，把它耕垦过了，所以他才会变得热烈而勇敢。要是我有一千个儿子，我所要教训
他们的第一条合乎人情的原则，就是戒绝一切没有味道的淡酒，把白葡萄酒作为他们
终身的嗜好。

(《亨》(下) 第四幕第三场)

将喝酒的好处置于如此高的地位也就只能是福斯塔夫了。也许正因为在酒精的作用
下，他才如此吹嘘自己：

各式各样的人都把嘲笑我当作一件得意的事情；这一个愚蠢的泥块——人类——虽然长着一颗脑袋，除了我所制造的笑料和在我身上制造的笑料以外，却再也想不出什么别的笑话来；我不但自己聪明，并且还把我的聪明借给别人。

(《亨》(下)第一幕第二场)

他才撒谎不脸红：

我一个人跟他们十二个人短兵相接，足足战了两个时辰，要是我说了假话，我就是个混蛋。我这条性命逃了出来，真算是一件奇迹哩。他们的刀剑八次穿透我的紧身衣，四次穿透我的裤子；我的盾牌上全是洞，我的剑口砍得像一柄手锯一样，瞧！我平生从来不曾打得这样有劲。愿一切懦夫们都给我遭瘟！叫他们说吧，要是他们说的话不符事实，他们就是恶人，魔鬼的儿子。

(《亨》(上)第二幕第四场)

谎言被拆穿了才面不改色心不跳：

上帝在上，我一眼就认出了你们。嗨，你们听着，列位朋友们，我是什么人，胆敢杀死当今的亲王？难道我可以向金枝玉叶的亲王行刺吗？嘿，你知道我是像赫剌克勒斯一般勇敢的；可是本能可以摧毁一个人的勇气；狮子无论怎样凶狠，也不敢碰伤一个堂堂的亲王。本能是一件很重要的东西，我是因为激于本能而成为一个懦夫的。我将要把这一回事情终身引为自豪，并且因此而格外看重你；我是一头勇敢的狮子，你是一位货真价实的王子。

(《亨》(上)第二幕第四场)

他才诈骗成习惯：

福斯塔夫　我一共欠你多少钱？

桂　　嫂　呃，你要是有良心的话，你不但欠我钱，连你自己也是我的。在圣灵降临节后的星期三那天，你在我的房间里靠着煤炉，坐在那张圆桌子的一旁，曾经凭着一盏金边的酒杯向我起誓；那时候你因为当着亲王的面前说他的父亲像一个在温莎卖唱的人，被他打破了头，我正在替你揩洗伤口，你就向我发誓，说要跟我结婚，叫我做你的夫人。你还赖得了吗？那时候那个屠夫的妻子胖奶奶不是跑了进来，喊我快嘴桂嫂吗？她来问我要点儿醋，说她已经煮好了一盆美味的龙虾；你听了就想分一点儿尝尝，我就告诉你刚受了伤，这些东西还是忌嘴的好；你还记得吗？她下楼以后，你不是叫我不要跟这种下等人这样亲热，说是不久她们就要尊我一声太太吗？你不是搂住我亲了个嘴，叫我拿三十个先令给你吗？现在我要叫你按着《圣经》发誓，看你还能抵赖不能。

（《亨》（下）第二幕第一场）

这活脱脱一副骗财骗色的混混样。也正因为福斯塔夫这副好酒好色的无聊德性才使其在《温》剧中成为培琪和福德两位夫人作弄的对象。

如果福斯塔夫一味只是这种流氓无赖相，估计也很难维持观众对他的兴趣。他的平庸却透露出了他的不平凡，在他的玩笑话里不乏令人深思的思想。譬如下面这段话：

亲　王　哎，只有一死你才好向上帝还账哩。（下）

福斯塔夫　这笔账现在还没有到期；我可不愿意在期限未满以前还给他。他既然没有叫到我，我何必那么着急？好，那没有关系，是荣誉鼓励着我上前的。嗯，可是假如当我上前的时候，荣誉把我报销了呢？那便怎么样？荣誉能够替我重装一条腿吗？不。重装一条手臂吗？不。解除一个伤口的痛楚吗？不。那么荣誉一点不懂得外科的医术吗？不懂。什么是荣誉？两个字。那两个字荣誉又是什么？一阵空气。好聪明的算计！谁得到荣誉？星期三死去的人。他感觉到荣誉没有？不。他听见荣誉没有？不。那么荣誉是不能感觉的吗？嗯，对于死人是不能感觉的。可是它不会和活着的人生存在一起吗？不。为什么？讥笑和毁谤不会容许它的存在。这样说来，我不要什么荣誉；荣誉不过是一块铭旌；我的自问自答，也就这样结束了。（下）

（《亨》（上）第五幕第一场）

这貌似也是饮酒带来的智慧，显然是对世人追求虚名的嘲讽。难怪有人说，福斯塔夫是在用玩笑来塑造他的思想。

综上所述，福斯塔夫给人的表面印象是"及时享乐、活在当下"，他的人生无外乎饮酒享乐，追求安逸舒适、人人瞩目和肉欲激情，① 但实际上，他的平庸造就了非凡，换句话

---

① ［英］保罗·埃德蒙森：《如何邂逅莎士比亚》，王艳译，四川人民出版社，2017年版，第129页。

说，他是一个矛盾综合体。贵族身份使他可以出入宫廷，与哈尔王子为友，而没落的窘境又使他不得不坠入乡村，与强盗、小偷、妓女、流氓为伍，干些蝇营狗苟的事情。在《亨利四世》中扮演强盗去抢劫朝圣者；在《温莎的风流娘儿们》中打算骗取乡绅夫人的钱财。作为骑士，他缺少封建骑士的荣誉观念和勇敢，却不少有封建贵族的寄生特点：好酒贪杯，纵情声色。正因如此，他才可成为《亨利四世》中堕落沉沦的哈尔王子的酒肉朋友。作为从封建社会向资产阶级社会过渡时期的市民社会中的一员，他缺少新兴市民阶级的进取心，但是具有新兴市民的乐观和享受精神，所以只能依靠拍马、吹牛、逗乐、诈骗来维系生活，因而他才在《温莎的风流娘儿们》中被几个女人狠狠地教训了一通。围绕福斯塔夫这一人物，莎士比亚展示了上至宫廷，下至乡村等广阔的社会背景，再现了"五光十色的平民社会"，被恩格斯称为"福斯塔夫式的背景"，为读者理解英格兰的民族性和民间狂欢精神提供了广阔、生动而丰富的社会背景。

正是有了福斯塔夫这个喜剧人物，《亨利四世》受到了无数人的追捧，女王伊丽莎白一世更是钦令莎士比亚围绕这一人物创作新剧，这才有《温莎的风流娘儿们》这一反映福斯塔夫啼笑皆非偷情史的佳作。福斯塔夫生性幽默，口无遮拦，无论是和哈尔王子，还是和快嘴桂嫂，想到什么就说什么。任何尴尬的场景他都能应付过去。自从在舞台上出现以后，这位喋喋不休、自负狂妄的没落骑士一夜之间成了闻名全国的人物；他如英国人生活中的牛肉布丁和啤酒，成了老百姓生活的一部分；他是一个酒鬼，一个惯于见风使舵、依靠虚张声势来掩饰过错的无赖，正直、正经与他绝缘。① 莎士比亚正是通过塑造福斯塔夫这一形象将戏剧创作推向极致。

莎士比亚时期戏剧的繁荣离不开西方资产阶级的崛起，而西方资产阶级的崛起则有赖于资本主义经济的发展。当时发达的远洋贸易不仅促进资本主义经济的迅猛发展，也极大促进了各国之间文化的交流。莎士比亚的戏剧创作可以说是资本主义经济繁荣和资本主义文化交流合力影响的产物。当时的英国社会处于从封建社会向资本主义社会过渡的时期，资产阶级与封建贵族暂时妥协，社会稳定，经济繁荣，藉此，戏剧成为封建贵族和资产阶级的主要娱乐方式。本章讨论的《温莎的风流娘儿们》即是女王伊丽莎白授意莎士比亚的专门之作，原因是她对《亨利四世》（上）中的谐趣人物福斯塔夫非常感兴趣，莎士比亚以他为主角，创作了轻快明丽的《温莎的风流娘儿们》。莎士比亚将他童年在家乡斯特拉特福所经历的具有资本主义特征的社会生活元素融入该剧，如作坊元素、法律术语和人文教育等。受资本主义人文思想的影响，莎士比亚提高了女性的地位，赋予她们独立自主的权利。在《温》剧中，以培琪太太和福德太太为代表的女性将福斯塔夫和她们的丈夫耍得团团

---

① ［英］彼得·艾克洛德：《莎士比亚传》，郭俊、罗淑珍译，国际文化出版公司，2010 年版，第 299 页。

转，安·培琪也勇于违背父母的意愿而嫁给自己所爱的恋人范顿。除了讴歌女性的智慧与勇敢，莎士比亚也不忘嘲讽英国社会形形色色的男性表现，如少年不经事的贵族少年范顿，终日无所事事的福德和培琪老爷，还有好逸恶劳、坑蒙拐骗的封建遗老遗少福斯塔夫。在嬉笑怒骂间，莎士比亚不知不觉地将那个"五光十色"的早期资本主义社会全景呈现出来，令人回味。

七、研讨题目

1. 《亨利四世》与《温莎的风流娘儿们》中的福斯塔夫形象有何异同？

2. 女王为什么对代表资产阶级的娱乐方式——戏剧如此感兴趣？

3. 莎士比亚的女性观受什么因素影响？

4. 福斯塔夫这一文学形象可以和其他什么文学形象作对比？

5. 什么是"福斯塔夫式的背景"？

第三讲：莎士比亚戏剧与平民（以《驯悍记》等为例）

一、引言：英国社会的分层与变化

1485年，里士满伯爵在博斯沃思平原大战中击败并杀死理查三世，即位为亨利七世，开启了都铎王朝，它标志着中世纪在英国的终结。在中世纪，社会结构分层较为单一：教士祈祷，负责宗教信仰；贵族管理世俗生活，骑士作战；而平民①从事生产劳动，这一阶层人数最为庞大，职业也是林林总总，包括商人、手工业者、小地主、农牧民、家仆等。

在中世纪，人们笃信自己的命运是造物主上帝早就安排好了的，当时的人们普遍相信大生存链的存在：这个链条的顶端是上帝，第二层是天使，王公贵族居于三四层，人类的底层是农民。大生存链的底三层依次是动物、植物与非生命器物。

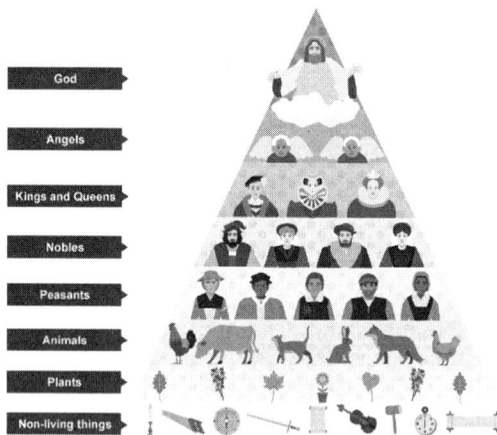

图 1-21　大生存链

（上图左边的英文翻译依次为：上帝、天使、国王与王后、贵族、农民、动物、植物、非生命器物）

随着中世纪的终结，英国社会开始发生巨大的变化。

首先，宗教改革沉重地打击了教士阶层。亨利八世在1536年与1539年两次通过议会法案解散修道院与僧团，没收他们的土地。圣公会教会（Anglican Church）取代罗马天主教

---

① 莎士比亚在罗马剧中用"plebeian"一词表示与贵族相对立、没有管理权的平民阶级。

成为国教，使得依附于罗马教廷而高高在上的僧侣神职降格为世俗的教职，担负着类似于专制国家宣传部门的工作。教职在伊丽莎白时代不再饱受尊敬，甚至还要遭受贵族与乡绅的掠夺，连主教也不例外。

其次，贵族为争夺王权的内战与对法百年战争极大地削弱了自身。都铎的胜利，是内外战争的暂时终结，也是维护国家对暴力机器的更高垄断。虽然专职的国家军队尚未出现，但是那些拥兵自重、在自己的辖区内权力超越王权的贵族被大大地削弱了；亨利七世又极少加封新的爵位，整个都铎王朝可以用吝啬来形容，这使得在和平年代除权力以外，财富与教养成为世俗所追逐的目标。莎士比亚时代很少提到中间阶级，社会阶层的多级结构逐渐扁平分化为绅士与平民。人数萎缩的贵族阶层被包括在绅士之内，他们有钱有闲，无需从事体力劳动，是社会的治理者。而作为社会的被治理者平民阶层（commonality），随着社会财富的积累也同步发生着显著的变化，由此，英国由等级制的封建国家逐步向"公民国家"演化，具有现代国家的特征。

二、约曼的兴起

中世纪的价值体系是王权至上，个人利益的保护依靠忠顺换取，下级见上级时行脱帽礼，对不忠顺者就用足枷和皮鞭伺候，国王可以此作为借口砍掉贵族的头颅，对平民背叛则施以绞刑。

（一）约曼的来源与晋升

按照中世纪的层层效忠分封制度，支撑英国农业社会的是名叫约曼（yeoman）的阶层。约曼的原义是扈从或者随从，往往作为骑士的侍从参加战斗。在《亨利五世》中，约曼作为普通士兵的主体，受到国王的战前激励。战争结束后，约曼如果继续当差，就成为王公贵族的私仆；但是随着领主的进一步分封，他们往往获得土地，成为自己拥有土地的自耕农。后来的约曼还包括公簿持有农和长期佃农，基本上涵盖了整个农民阶级。

早期的约曼不是绅士，在王公贵族的眼里，约曼出身卑微，乃一介匹夫，如果贵族与他们说话，只会抬高他们的身价。[①] 在李尔王与弄臣的对话中，明确提到约曼不属于绅士阶层，而属于平民，约曼要升为绅士，需要花钱到纹章局购买绅士家徽。

> 弄人　老伯伯，告诉我，一个疯子是绅士呢还是平民？

---

① 见《亨利六世》（上）第二幕第四场，萨默塞特伯爵约翰·波福对华列克伯爵说："我们和这个平民谈话会抬高他的身价。"

图 1-22　典型的约曼形象

李尔　是个国王，是个国王！

弄人　不，他是一个平民，他的儿子却挣了一个绅士头衔；他眼看他儿子做了绅士，他就成为一个气疯了的平民。

(《李尔王》第三幕第六场)

不过，弄臣语带双敲地对疯了的李尔王说，一个约曼如果捐钱给儿子买身份就是疯子，批评李尔王不该分封国土，自己反而落得身无分文。

即便如此，约曼自己花钱升为绅士，甚至平民发财后通过捐资提升自己的政治身份也不失为一项利国利民的双赢举措：给国家增加财政收入，给老百姓增加参政议政的机会，使得社会改革与向现代转型成为可能。伊丽莎白的驻法大使托马斯·史密斯有一段话广为流传：

他们(绅士)在英格兰变得廉价了。因为任何学习王国法律、上过大学、声称受过文科教育的人，简单地说，任何无所事事、不从事体力劳动，具有绅士的姿态、钱财和外表的人都会被称作老爷，因为这是人们对乡绅和其他绅士的称呼……而且，如果需要的话，他可以出钱向纹章局购买新造好、新设计的纹章，这个称号就会由上述纹

图 1-23 庆典上的皇家亲卫兵与英国女王形象

章局伪称是通过细读旧文献发现的。①

在《亨利四世》(上)的征兵腐败中，也提到了约曼。这些小地主为了逃避兵役，不惜破财，送钱给约翰·福斯塔夫爵士；后者滥用国王的征兵令，滥竽充数，招募了 150 个叫花子、囚犯、余子(即失去了继承权的非长房弟兄的非长房儿子)等：

> 要是我见了我的兵士不觉得惭愧，我就是一条干瘪的腌鱼。我把官家的征兵命令任意滥用。我已经把一百五十个兵士换到了三百多镑钱。我在征兵的时候，一味拣那些有身家的人们，小地主的儿子们；到处探问那些已经两次预告结婚的订了婚的单身汉子们；诸如此类的贪生怕死的奴才，他们宁愿听见魔鬼叫，也不愿听战鼓的声音；枪声一响，就会把他们吓得像一只打伤了的野鸭。我一味拣这些吃惯牛油涂面包的家

① 转引自[美]斯蒂芬·格林布拉特：《俗世威尔：莎士比亚新传》，辜正坤等译，北京大学出版社，2007 年版，第 46 页。[英]劳伦斯·斯通在其《贵族的危机：1558—1641 年》第 28 页，*The Norton Shakespeare Histories*，edited by Stephen Greenblatt，London：W. W. Norton and Company，1997：7 也分别引用了这段话。

伙,他们的胆子装在他们的肚子里,只有针尖那么大;他们为了避免兵役的缘故,一个个拿出钱来给我。现在我的队伍里净是些军曹、伍长、副官、小队长之流,衣衫褴褛得活像那些被狗儿舐着疮口的叫化子;他们的的确确从来没有当过兵,无非是些被主人辞歇的不老实的仆人、小兄弟的小儿子、捣乱的酒保、失业的马夫,这一类太平时世的蠹虫病菌。我把这些东西搜罗下来,代替那些出钱免役的人们,人家一定会奇怪我不知从哪儿找来了这一百五十个衣服破碎无家可归的浪子,准以为他们新近还在替人看猪,吃些渣滓皮壳过活。一个疯汉在路上碰见我,对我说已经把绞架上的死人一起放下来,叫他们当了兵了。

(第四幕第二场)

从中可以看出,约曼可以掏钱逃避兵役,其经济地位还是相当不错的。

《亨利六世》(下)借约克公爵之口,羞辱来自法国的王后:

你这法国的母狼,你比法国狼更加坏,你的舌头比蛇的牙齿更加毒!你像阿玛宗的泼妇一样,对于不幸被擒的人施行迫害,反而自鸣得意,哪里还有一点妇道!你惯于作恶,变成厚颜无耻,你脸上好似蒙了面罩,永不变色,否则我倒要说几句话试试,看你脸红不脸红。如果你稍有羞耻之心,只要对你说一说你的来历,说一说你的出身,就足够使你羞死。你父亲挂着那不勒斯、西西里和耶路撒冷国王的空衔,其实他的家资还比不上英国的一个小土地所有者。

(第一幕第四场)

这段话指出那不勒斯、西西里和耶路撒冷的国王都不及英国的一个约曼富裕,这个夸张的说法透露出作为英国人满满的自信。根据学者们的研究,从 16 世纪中叶到 17 世纪中叶,英国乡绅的人数翻了好几番,收入也同步增长了许多倍。虽然男爵、缙绅与绅士之间的收入仍然存在档次的差别,但后者比前者的增长速度更快,有的达到了几百倍。[1] 地产年收入达到 40 先令就有资格出任教区职位,获得郡议员选举资格,担任陪审员,拥有司法参政议政的资格。亨利八世时期,年收入 10 英镑或地产动产达 300 英镑者可以获得绅士家徽;15 世纪末、16 世纪初,地产年收入在 40 英镑者,必须受封为骑士,以增加国家的财政收入。[2] 约曼的社会地位上升与社会影响之扩大,可见一斑,这导致权力从贵族主宰的

---

① Stone, L. *Social Change and Revolution in England*, 1540-1640. London: Longman Group Ltd., 1960.

② 郭方:"16 世纪英国社会的等级状况",载《首都师范大学学报》(社会科学版)2002 年第 3 期,第 94-100 页。

上议院(House of Lords)逐渐向平民身份为主的下议院(House of Commons)转移。

随着中世纪的结束，庄园采邑制度逐渐瓦解，约曼脱颖而出，他们要么成为小地主，要么成为脱离土地的服务人员。

(二) 约曼与英国管家服务的品质

那么，那些离开了土地的约曼会承担什么职责呢？

《亨利四世》(下)中有一个名叫罗网(Snare)的约曼，他是巡警的助手；而在《第十二夜》中，某大户人家就雇有约曼，他打理主人的服饰(只有贵族才有资格穿着丝绸与缎子服装)，娶了当家小姐，为想入非非的马伏里奥所津津乐道。马伏里奥作为清教徒出身的管家，为富有的伯爵小姐奥丽维娅服务，身份也只是约曼，他幻想通过高攀伯爵小姐来当上伯爵，这只能是癞蛤蟆想吃天鹅肉了。

在奥丽维娅的花园，马伏里奥捡到了玛利娅伪造的信件，而托比·培尔契爵士、安德鲁·艾古契克爵士、费边及玛利娅躲在一旁看他的笑话：

马伏里奥　不过是运气；一切都是运气。玛利娅曾经对我说过小姐喜欢我；我也曾经听见她自己说过那样的话，说要是她爱上了人的话，一定要选像我这种脾气的人。而且，她待我比待其他的下人显得分外尊敬。这点我应该怎么解释呢？

托　　比　瞧这个自命不凡的混蛋！

费　　边　静些！他已经痴心妄想得变成一头出色的火鸡了；瞧他那种蓬起了羽毛高视阔步的样子！

　　　　　安德鲁他妈的，我可以把这混蛋痛打一顿！

托　　比　别闹啦！

马伏里奥　做了马伏里奥伯爵！

托　　比　啊，混蛋！

　　　　　安德鲁给他吃手枪！给他吃手枪！

托　　比　别闹！别闹！

马伏里奥　这种事情是有前例可援的；斯特拉契夫人也下嫁给家臣。

……

马伏里奥　M，O，A，I；这隐语可跟前面所说的不很合辙；可是稍为把它颠倒一下也就可以适合我了，因为这几个字母都在我的名字里。且慢！这儿还有散文呢。"要是这封信落到你手里，请你想一想。照我的命运而论，我是在你之上，可是你不用惧怕富贵：有的人是生来的富贵，有的人是挣来的富贵，有的人是送上来的富贵。你的好运已经向你伸出手来，赶快用你的全副精神抱住它。你应该练习一下怎样才合乎你所将要做的那种人的身份，脱去你卑恭的旧习，放出一些活泼的神气来。对亲戚不妨分庭抗礼，对仆人不妨摆摆架子；你嘴里要鼓唇弄舌地谈些国家大事，装出一副矜持的样子。为你叹息的人儿这样吩咐着你。记着谁曾经赞美过你的黄袜子，愿意看见你永远扎着十字交叉的袜带；我对你说，你记着吧。好，只要你自己愿意，你就可以出头了；否则让我见你一生一世做个管家，与众仆为伍，不值得抬举。再会！我是愿意跟你交换地位的，幸运的不幸者。"青天白日也没有这么明白，平原旷野也没有这么显豁。我要摆起架子来，谈起国家大事来；我要叫托比丧气，我要断绝那些鄙贱之交，我要一点不含糊地做起这么一个人来。我没有自己哄骗自己，让想象把我愚弄；因为每一个理由都指点着说，我的小姐爱上了我了。她最近称赞过我的黄袜子和我的十字交叉的袜带；她就是用这方法表示她爱我，用一种命令的方法叫我打扮成她所喜欢的样式。谢谢我的命星，我好幸福！我要放出高傲的神气来，穿了黄袜子，扎着十字交叉的袜带，立刻就去装束起来。赞美上帝和我的命星！这儿还有附启："你一定想得到我是谁。要是你接受我的爱情，请你用微笑表示你的意思；你的微笑是很好看的。我的好人儿，请你当着我的面前永远微笑着吧。"上帝，我谢谢你！我要微笑；我要作每一件你吩咐我做的事。（下。）

（第二幕第五场）

在《李尔王》中，大公主高纳里尔派人给情夫爱德蒙、新晋的葛罗斯特伯爵送信，差事便落在管家奥斯华德的身上。途中，管家遇到了被庶子爱德蒙出卖的父亲，觉得升官发财的机会到了，以为砍下这个老汉的头颅便可以回去领赏；不料，老汉的嫡子半路杀出，持棍相助，将管家击毙。临终，管家奥斯华德这样说：

奴才，你打死我了。把我的钱囊拿了去吧。要是你希望将来有好日子过，请你把我的尸体掘一个坑埋了；我身边还有一封信，请你替我送给葛罗斯特伯爵爱德蒙大爷，他在英国军队里，你可以找到他。

（第四幕第六场）

在英国的贵族家庭，管家属于约曼阶级。《李尔王》中的这个约曼，虽然人品极坏，但

图 1-24　《第十二夜》场景图：被戏弄的马伏里奥在伯爵小姐奥丽维娅面前举止怪异
（Daniel Maclise 绘制，1840 年）

咽气前念念不忘的居然是自己送信的差事，服务的品质之高可见一斑；难怪哈姆雷特要用"约曼的服务"（yeoman's service）（《哈姆雷特》第五幕第二场）来形容良好而且忠实的服务了：他对霍拉旭说自己伪造了国书，字体端正，就像书记员写的一样，而这些显然都是贵族不会做或者不屑做的。后来，英国的管家服务逐渐演化为世界品牌。随着现代航空业的兴起，空乘服务人员，也就是俗称的空姐，在英式英语中都冠以女管家（stewardess）一词。

三、手工业者的分化

威廉·莎士比亚的爷爷理查德（1490—1561 年）和父亲约翰（1531—1601 年）都出生在英格兰中部的农村，这里是斯特拉特福小镇附近一个名叫斯涅特菲尔德的小村子，坐落在埃文河的上游。爷爷是佃户（husbandman），① 社会地位低于约曼。威廉出生前 3 年，爷爷去世，此时他尚租赁有 80 顷土地经营，家产约值 38 英镑，在 2017 年价值约合 9 千余镑。约翰在 1551 年搬迁到有 1500 余人的斯特拉特福小镇，作为佃农的儿子，娶了地主的女儿，让雇工与雇主结为亲家，学了一门制作皮手套的手艺，成了手工业者。学手艺在当时

---

　　① "husbandman"在中世纪末指的是自由的佃农或者小地主，耕种的土地比约曼少些。"husband"的本意是"精心打理"，专指从事农业的户主，与婚姻状况无关，也可以指从事畜牧业者（animal husbandry），现代英语里分别叫"farmer"和"rancher"。

需要拜师学徒 7 年，出师后可以作为领取工资的工匠（journeyman）；正式加盟该行业一年以上，就可以自己开业并收徒了。

（一）高等教育：社会晋升的通道

脱离了农村、进入城镇成为市民（burgess）的约翰·莎士比亚很快发达起来，社会地位得到了提升。他置产买地，虽然在 1561 年购置房屋时，登记的身份依然是农夫（farmer），但他已经出任了小镇的财务管理人（兼管税收）。1571 年，也就是威廉 7 岁的时候，他出任首席市政官，俗称镇长。他把威廉送到镇上的文法学校去读书，无疑是希望下一辈走读书改变命运之路，这也是许多手工业者的社会上升通道。

我们不妨参考一下莎士比亚同时代的剧作家竞争对手——"大学才子"，如果不计伦敦的四大律师学院，早年的英格兰只有牛津和剑桥两所大学，"大学才子"就是这两所大学毕业的。毕业于剑桥大学的有马洛（鞋商之子）、格林（马鞍商之子），纳什略有例外，他的父亲是教区牧师；另一批来自牛津的"大学才子"，则大多出身于市民阶层：李利是登记员之子，皮尔的父亲是医院职员，基德的父亲是抄写员；只有洛奇出生于没落的骑士家庭，母亲是杂货商的女儿，父亲后来当了伦敦市长，但是之前给杂货商当了 10 年的学徒。被兰姆称为"诗人中的诗人"的斯宾塞，父亲则是个织布匠。

在伊丽莎白时代，跻身约占总人口 2% 的社会顶端，无疑是这些手工业者兼小商人的共同理想。根据学者的研究，此时的英国上层阶级分为三类：一是普通绅士，大部分是小地主、文官、律师、高级教师和大学教师，虽然他们的第一桶金主要不是来自土地，但发迹以后都会像莎士比亚父子一样立刻将财富置换为收入较为稳定的土地，从而变得有钱并有闲；但像《威尼斯商人》中的安东尼奥一样投资海外贸易（高风险高回报的威尼斯模式），或者去沼泽地排水开垦荒地，他们还力不从心。还有两类绅士则是手工业者望尘莫及的：他们是各郡的精英——缙绅、骑士、从男爵①以及居于一人之下万人之上的 60—120 名有头衔的贵族。② 普通绅士若要继续晋升，只有通过赫赫军功、角逐政府要职和与贵族联姻了。

（二）花钱购买政治地位

威廉·莎士比亚没有上大学，也就没有直接进入社会的上升通道，这与家道中落有关。从 1577 年起，他的父亲就不再出席市政会议了，并且还被善意地豁免上缴济贫款，后来，他拥有的土地与房产被抵押出售套现，还上了躲避诉讼的黑名单。

---

① 从男爵（baronet，又译"准男爵"，传统简写是 Bart，现代简写是 Bt）一词源于"男爵"（baron）。而从男爵的地位则在男爵之下，骑士之上。从男爵以"爵士"为敬称，但却不属于"骑士爵位"。
② ［英］劳伦斯·斯通：《贵族的危机：1558—1641》，于民、王俊芳译，上海人民出版社，2011 年版，第 29 页。

至于发生了什么，则不太清楚。也许是生意萧条，也许是非法经营羊毛生意受罚，①更有可能的是 16 世纪英国摇摆不定的宗教政策而导致的政治迫害。亨利八世以降，历经爱德华六世、玛丽一世、到威廉时代的伊丽莎白一世，英国人民必须在罗马天主教与英国国教之间不断地做出选择，1580 年，罗马教皇敕令：凡暗杀伊丽莎白一世者，不构成死罪。这反而给英国的天主教徒带来麻烦。威廉的外婆家是地主，也是笃信天主教的教徒，他们极有可能因为不改变自己的宗教信仰而付出代价。同年，王室颁布管制令，200 多人上了黑名单，约翰·莎士比亚的名字赫然在列，他们被要求前往威斯敏斯特英国高等法院具结保证，斯特拉特福距离伦敦 180 公里，骑马要走 3 天时间，约翰没有去，被课以 20 英镑罚款，这在当时是一笔巨款。

1582 年，18 岁的威廉结婚了，妻子比他大 8 岁，两年之内，他成了 3 个孩子的父亲，然后，像其他许许多多年轻人一样，他只身前往首都淘金。

1596 年 10 月 20 日，历经了 3 年前的头一次申请失败后，在伦敦剧坛崭露头角的威廉终于花钱获得了纹章局颁发的莎士比亚家族的盾形家徽，在政治上完成了出身平民者所能获得的晋升：步入"绅士"阶层。原来，他的先祖与亨利八世扯上了关系，他当地主的外公也被拔高为"令人尊敬的绅士"（gentleman of worship），他自己的作品出版时，姓名前面冠上了"Mr."的称号。即使到了 19 世纪初期简·奥斯汀②的笔下，贵族与中产阶级之间仍然存在巨大的鸿沟——权倾一方的乡绅、地主也只能拥有"先生"（Mr.）的头衔，与破落贵族的"爵士"头衔不可相提并论；而平民出身的农户再富有，连"先生"（Mr.）的头衔都捞不到，是被人直呼其姓的，这些与现代生活中已经大不相同了。

（三）落魄手工业者的沉沦

家境命运如坐过山车般的莎士比亚对手工业者的舞台刻画无疑是入木三分的。《驯悍记》的戏外戏就有这么一位补锅匠，他落魄潦倒，已近乎乞丐，受到贵族的戏弄，毫无尊严可言：

---

①　在英国，行业文化发达。按照行规，皮手套商是不能生产经销皮鞋的，也不能染指制帽的生意。皮鞋商因为消费者需要经常更换的缘故，似乎比皮手套商生意更加看好。他们在皮革低价的年份囤积原材料，获利颇丰。"投机倒把"是商人的通行做法，但是违法；作为羊毛"走私犯"，约翰两次遭到举报。1577 年，每个羊毛"走私犯"都被迫缴纳巨额保证金 100 英镑；1580 年 6 月，约翰又被罚款 20 英镑。而且还因为自己担保的制帽商犯事，另外罚去 20 英镑。这在当时都是巨款。详见［美］斯蒂芬·格林布拉特：《俗世威尔：莎士比亚新传》，辜正坤等译，北京大学出版社，2007 年版，第 35 页。

②　简·奥斯汀（Jane Austen，1775—1817 年），英国女小说家，主要作品有《傲慢与偏见》《理智与情感》等。奥斯汀虽然没有进过正规学校，但是家庭的优良条件和读书环境，给了她自学的条件，培养了她写作的兴趣。她在十三四岁就开始写作，显示了她在语言表达方面的才能。由于其初恋因门第不匹配导致被迫分手告终，奥斯汀选择终身不嫁，而将所有未了的情感注入文学创作之中。

图 1-25　莎士比亚家族的家徽（纹章局官员的草稿局部）①

　　我是克利斯朵夫·斯赖，别老爷长老爷短的。我从来不曾喝过什么白葡萄酒黑葡萄酒；你们倘要给我吃蜜饯果子，还是切两片干牛肉来吧。不要问我爱穿什么，我没有衬衫，只有一个光光的背；我没有袜子，只有两条赤裸裸的腿；我的一双脚上难得有穿鞋子的时候，就是穿起鞋子来，我的脚趾也会钻到外面来的。

（序幕第二场）

　　穿夹克、秀长腿是当时上流社会的标配，也更适合骑马作战，这可以从流传至今的国

---

　　① 按照传统，与盾形家徽匹配的是草稿左上方的法语箴言（Non Sanz Droict），意为"并非无权"，表明这是一个荣誉性的头衔，不是实授官职。这几个词在草稿右边有全大写形式，也是正式图案中盾牌下面缎带上的文字。草稿左边写了两遍，划掉了全小写形式，改用首字母大写，第一个词后面加了一个逗号，产生颇具讽刺意味的歧义："不行，理由不当。"据说，这位官员的个人意见是反对授予莎士比亚家徽，他认为一个戏子是不配拥有绅士地位的："不行，（授予）理由不当。"在正式文本的图案左下方有"演员莎士比亚"（Shakespeare of Player）"嘉德勋章院授予"（By Garter）等字样。这种文字游戏想必莎士比亚一眼就能看穿，只是他没有计较，或者说秀才遇到了兵，他无从计较。

王和贵族画像中看到。身份决定了衣着饮食，而斯赖则与他们相去甚远，且听他自报家门：

> 我不是勃登村斯赖老头子的儿子克利斯朵夫·斯赖，出身是一个小贩，也曾学过手艺，也曾走过江湖，现在当一个补锅匠吗？你们要是不信，去问曼琳·哈基特，那个温考特村里卖酒的胖婆娘，看她认不认识我；她要是不告诉你们我欠她十四便士的酒钱，就算我是天下第一名说谎的坏蛋。①

（序幕第二场）

看来，他在脱离农村走进城镇的生活轨迹中，频繁更换职业，可是生活并无多少起色，而且还四处欠债，倒是信仰已经改换成基督徒了。

图 1-26　莎士比亚时期上流社会男士的装扮

---

① 由于朱生豪把"Christendom"（本义为基督教徒的总称或是信奉基督教的国家）翻译为"天下"，因此斯赖所暗示的"信仰改换为基督徒"是看不出来的。朱译的汉语表达无人能及，但理解原文上面不及我们现代学者有这么多注释可供参考。这个问题不是个别的，也是系统性的，不对照原文很难看出来。

　　平民的娱乐活动多集中在小店、酒吧等处，饮酒、赌博、看斗熊与斗鸡，还有摔跤、赛跑、足球和看戏。看戏是当时贫富通吃的娱乐项目，只有清教徒讨厌看戏。他们认为罗马人推崇戏剧，但迫害基督徒。教会对世俗题材的戏剧冲击宣扬宗教的神秘剧也心怀不满，而政府历来骑墙，在繁荣经济与治安维稳之间找平衡。黑死病流行时期当然也被迫禁戏。此外，在治安混乱时，政府一度还推出法律，如游荡罪(Loitering，1572，香港至今尚未废除)等来加强管理。剧团必须依附权贵，即使走乡串镇，也会拉虎皮做大旗，声称是某位权贵的仆人(戏子归于下九流)。总的来说，城市治安还是好于农村，农村经常爆发针对圈地运动的动乱，对于规模较大的动乱，政府甚至会用叛国罪之名镇压。

　　《驯悍记》的开篇就在酒吧，喝醉了酒的补锅匠斯赖与老板娘发生争执：

斯　赖　我揍你！

女店主　把你上了枷、戴了铐，你才知道厉害，你这流氓！

斯　赖　你是个烂污货！你去打听打听，俺斯赖家从来不曾出过流氓，咱们的老祖宗是跟着理查万岁爷一块儿来的。给我闭住你的臭嘴；老子什么都不管。

女店主　你打碎了的杯子不肯赔我吗？

斯　赖　不，一个子儿也不给你。骚货，你还是钻进你那冰冷的被窝里去吧。

女店主　我知道怎样对付你这种家伙；我去叫官差来抓你。(下。)

斯　赖　随他来吧，我没有犯法，看他能把我怎样。是好汉决不逃走，让他来吧。

　　　　(躺在地上睡去。)

(序幕第一场)

　　斯赖将征服者威廉与狮心王理查搞混，说明他所受到的教育实在有限。据说，莎士比亚的父亲贵为镇长也不认识几个字，在文书上签名时就画个十字代替。[1] 斯赖对自己的家世信口雌黄，从另一个方面投射出纹章局的腐败，认定绅士身份靠的不是史书而是钱，只要有钱，当局就可以"追溯"出显赫身世来。难怪到了维多利亚时期小说家哈代的笔下，苔丝的父亲被牧师"考证"出贵族的身世，这个贫穷的小贩居然信以为真，要女儿去认亲，酿成悲剧。总之，莎士比亚塑造了这么一个落魄的手工业者斯赖，他贫穷懒散、口吐脏话、泼皮耍赖，代表了文学作品中经典的下层人民形象。

---

①　Bryson，Bill. *Shakespeare：The World as a Stage.* New York：Harper，2007：33.

四、仆人的社会地位

中世纪的欧洲流传一句谚语：我的附庸的附庸便不是我的附庸。按照层层效忠的分封原则，下一阶层以服务换取上一阶层的保护与生存权益，侍仆则沦为社会的底层；但是，他们之间也还是有一些区别的，从王公贵族到大户人家，从事家政者的待遇不可相提并论。《罗密欧与朱丽叶》中的奶妈与小姐近乎亦亲亦友，英文中属于 Above the Stairs，类似于中国贵族中的贴身仆人，其地位显然大大高于粗使丫头；而后者的工作地点则远离主人，不在底层就在地下室，属于 Below the Stairs。贵族与大户人家仆从成群，有一百至数百人之多。《驯悍记》中的贵族拥有猎人陪猎，绅士家庭还为小姐延聘多名家教。作为求婚者的绅士可以化装成家庭教师与小姐亲近，这样的仆人也不觉得自己身份卑微，因为家庭教师与主人之间虽然身份不同，但是打情骂俏似乎也很正常。当化装成音乐家教的霍坦西奥编造了音阶说明——也就是黄段子——"D 是'索'，也是'累'，一个调门两个音"①（'D sol re,' one clef, two notes have I）去引诱比恩卡小姐时，后者也只是说："哼，我可不喜欢那个。"（Tut, I like it not.）（第三幕第一场）

（一）仆人的蔑称

仆人无论地位高低，都被主人呼来喝去，其称呼多是轻蔑的。以《驯悍记》为例可见一斑。客气时直呼其名，或以职务称之，如猎人，不高兴时则称之为傻瓜（fool）。（序幕第一场）在绅士嘴里被骂得还要难听，混蛋（knave 或 rascal），流氓（rogue），无赖（villain），乡巴佬（peasant swain），笨得像木桩的粗鲁汉（logger-headed and unpolished grooms），没有头脑的笨蛋（heedless joltheads）；甚至被破口大骂：狗娘养的棒槌（whoreson beetle-headed），耳朵长的草包（flap-ear knave），慢吞吞、婊子养的蠢货（whoreson malt-horse drudge）②。（第三幕第三场）莎士比亚戏剧里就充斥着这些蔑称。

下层仆人一面忍受主人的谩骂，另一面为虎作伥，戏弄着社会底层的其他弱者。如醉酒的斯赖，被贵族的仆人抬上床去，换上贵族的衣服，以为这样，他酒醒之后便会认为自己就是贵族了；还为了满足贵族的变态心理，让一个小厮男扮女装，谎称是斯赖的贵族夫人。而补锅匠醒来，还真的信以为真，并且急着要和小厮上床。这些俗不可耐的关目背

---

① 《驯悍记》（皇家莎士比亚版）编者注：一个谱号（clef），也许指霍坦西奥的爱；两个音（two notes），也许指他真实的与假装的个性。也许还有性暗示，分别暗指"一个阴道""两个睾丸"。

② 典自酿酒房里拉磨的马，此处译文选自《莎士比亚全集：驯悍记》，熊杰平译，外语教学与研究出版社，2016 年版。由于朱生豪翻译的版本中大量省去一些不雅字眼，失去了莎剧原有的生活气息，故此处词语翻译采用熊译本，场次与朱译本略有不同。

后，隐藏着剧作家的妙思深意：扮演。斯赖不是贵族，陪他看戏的"妻子"不是女人，因而接下来的驯悍故事也不可以太较真。或许被男主人公欺凌的凯特也不是女人，而是男童扮演的。在莎士比亚时代，戏剧是男人的舞台，戏中戏的效果就"间离"了舞台行动，暗示出这不是正常的"夫妻"关系。剧中的扮演还包括冒牌的家庭教师，冒牌的少爷和冒牌的绅士父亲等。在莎翁所处的时代，由于戏票便宜（最低只需要花一个便士便可买一张离舞台最近的站票），再加上当时没有什么别的花费低廉的娱乐方式，于是，处于社会最底层的仆人或手工艺人，如斯赖之流，也成了看戏的主力军。[1]

图 1-27　被愚弄的斯赖（铜版画，W. Q. Orchardson 绘制，1867 年）

有其主必有其仆。这些仆人们除了用饥饿、衣着、睡眠来折磨人，变着法子"驯服"女主人外，还相互作弄来取乐。在新郎新娘前往乡间别墅度蜜月的路上——当然也少不了驯悍——仆人葛鲁米奥提前回家去作准备，他一进门就喊来另一个仆人，两人一边生火，一边聊起了女主人：

　　寇 提 斯　她真是像人家所说的那样一个火性很大的泼妇吗？

---

　　[1]　一便士的戏票对于仆人、手工艺人等相当于花一天工资去看戏，这是没有问题的，但是斯赖近乎乞丐也去看戏，其实是超出了他的消费能力的。而且，斗熊在当时是花费更为低廉的娱乐方式。此处之所以提及斯赖看戏，也许莎翁是想表达他自己的戏剧观：戏剧是不一样的娱乐方式，而看戏就是看自己。

葛鲁米奥　在冬天没有到来以前，她是个火性很大的泼妇；可是像这样冷的天气，无论男人、女人、畜生，火性再大些也是抵抗不住的。连我的旧主人，我的新主妇，带我自己全让这股冷气制伏了，寇提斯大哥。

寇 提 斯　去你的，你这三寸钉！你自己是畜生，别和我称兄道弟的。

葛鲁米奥　我才有三寸吗？你脑袋上的绿头巾有一尺长，我也足有那么长。你要再不去生火，我可要告诉我们这位新奶奶，谁都知道她很有两手，一手下去，你就吃不消。谁叫你干这种热活却是那么冷冰冰的！

（第四幕第一场）

一个仆人自贬为牲畜，然后称另一个仆人为同伙(fellow)，遭到对方爆粗口式的回应："去你的，你这三寸钉！你自己是畜生，别和我称兄道弟的。"(Away，you three-inch fool! I am no beast.)葛鲁米奥在性暗示的比喻下，索性将计就计，用言语给对方戴了绿帽子(绿头巾)。显然，雅俗共赏的莎士比亚喜剧里面脏话连篇，翻译家朱生豪实在看不下去，很多地方他就索性删去不译。后来的翻译家梁实秋、方平等人对这些词语做了有节制的保留与转译。

裁缝(haberdasher)在中世纪乔叟的《坎特伯雷故事集》里就出现了，他原本是兜售针头线脑的小贩，后来跻身手工业者的行业，地位一般比普通私仆略高。在《驯悍记》中，彼特鲁乔就有对裁缝大骂的片段：

啊，大胆的狗才！你胡说，你这拈针弄线的傻瓜，你这个长码尺、中码尺、短码尺、钉子一样长的混蛋！你这跳蚤，你这虫卵，你这冬天的蟋蟀！你拿着一绞线，竟敢在我家里放肆吗？滚！你这破布头，你这不是东西的东西！我非得好生拿尺揍你一顿，看你这辈子还敢不敢胡言乱语。好好的一件袍子，给你剪成这个样子。

（第四幕第三场）

彼特鲁乔虽然对雇来的裁缝很不客气(当然是杀鸡给猴看的)，私下还是要好友替他付钱了事。由于裁缝争辩说是按照主人的书面要求缝制的礼袍，于是彼特鲁乔在鸡蛋里面挑骨头，说礼袍下摆做得太宽松，暗示新娘子性行为放荡，但是驯悍妇的过程中，陪着挨骂、被取绰号嘲弄的却是无辜的裁缝，理由只有一个：身份卑微。

(二) 维兰对英语的影响

在中世纪的农业社会底层还有一个叫作维兰(villain)的阶级，包括奴隶和比奴隶地位略高者，后者依附领主，担负徭役。维兰来自拉丁文"villanus"，同义词是农奴(serf)，来

图 1-28　彼特鲁乔大骂裁缝

自拉丁语奴隶（servus），英语也作"slave"。维兰的地位略高，相当于佃农。维兰由于没有完整的土地所有权，因而被租地经营的农民（peasant）逐出，处境日益艰难，这样一来，维兰要么改变身份，要么就得受领主雇佣来维系生活。1348—1350 年再度光临的黑死病，使英国人口从 400 万减少到 250 万，劳动力大为短缺，依附土地的维兰很快也转换为领取工资的农民工；而且，政府的限薪政策屡屡失败，修建监狱都要支付两倍的法定工资才能招到农民工，到了伊丽莎白时期，维兰已经大为减少，在斯图亚特王朝则基本绝迹。莎士比亚以"villanus"的另一个变体"villain"刻画了许多仆人，这个词的意思逐渐发生了变化，虽然与今天的"恶棍""混蛋"等意思接近，但语气似乎没有现代英语中那么重，其中不乏戏谑之意，是主人经常呼唤打骂仆人的专用词语。在《驯悍记》中彼特鲁乔就经常用"villain"来称呼自己的仆人葛鲁米奥，下文选取的是彼特鲁乔要仆人葛鲁米奥敲门时的一段对话（此处选段采取中英文对照形式，以便更好地理解"villain"一词的用意，下画线的部分可格外关注。）：

彼特鲁乔　我暂时离开了维洛那，到帕度亚来访问朋友，尤其要看看我的好朋友霍坦西奥；他的家大概就在这里，葛鲁米奥，……上去，打。

葛鲁米奥　打，老爷！叫我打谁？有谁冒犯您了吗？

彼特鲁乔　混蛋，我说向这儿打，好好地给我打。

葛鲁米奥　好好地给您打，老爷！哎哟，老爷，小人哪里有这胆量，敢向您这
儿打？

彼特鲁乔　混蛋，我说给我打门，给我使劲儿打，不然我就要打你几个耳光。

葛鲁米奥　主人又闹脾气了。您叫我先打您，就为的是让我事后领略谁尝的苦处
更多。

彼特鲁乔　你还不听吗？你要不肯打，我就敲敲看，我倒要敲敲你这面锣，看到
底有多响。（揪葛鲁米奥耳朵。）

葛鲁米奥　救人，列位乡亲们，救人！我主人疯了。

彼特鲁乔　我叫你打你就打，混账东西。

（第一幕第二场）

PETRUCHIO

Verona, for a while I take my leave,

To see my friends in Padua, but of all

My best beloved and approved friend,

Hortensio; and I trow this is his house.

Here, sirrah Grumio; knock, I say.

GRUMIO

Knock, sir! Whom should I knock? Is there man has

Rebused your worship?

PETRUCHIO

Villain, I say, knock me here soundly.

GRUMIO

Knock you here, sir! Why, sir, what am I, sir, that

I should knock you here, sir?

PETRUCHIO

Villain, I say, knock me at this gate

And rap me well, or I'll knock your knave's pate.

GRUMIO

My master is grown quarrelsome. I should knock

you first,

And then I know after who comes by the worst.

PETRUCHIO

Will it not be?

Faith, sirrah, and you'll not knock, I'll ring it;

I'll try how you can sol, fa, and sing it.

[*He wrings him by the ears.*]

GRUMIO

Help, masters, help! My master is mad.

PETRUCHIO

Now, knock when I bid you, sirrah villain! ①

(I. ii. 1-19)

除了在《驯悍记》中之外,《错误的喜剧》中做事还算老实的小厮(trusty villain)大德洛米奥一转眼就成了骗主人金钱的狗奴才(villain);《罗密欧与朱丽叶》中茂丘西奥用"villain"呼叫童仆(page)为他赶快去请外科医生来治伤;泰特斯·安德洛尼克斯在同名悲剧中用"villain"来指代哥特女王的宠仆;在《暴风雨》中,米兰达用该词来形容凯列班是一个恶人;在《爱的徒劳》中,西班牙怪人亚马多也用这个词称呼小丑,并关了他的禁闭;在《温莎的风流娘儿们》中,嘉德饭店的老板也是用这个词来称呼福斯塔夫的手下;在《特洛伊罗斯与克瑞西达》中,女主人公的舅父用"prettiest villain"(最漂亮的坏东西)来指代侄女;到了《第十二夜》,托比爵士用"villain"(坏东西)来称呼他爱恋的女仆玛利娅,用其同义词"rogue"(混蛋)来指代落入玛利娅圈套的管家马伏里奥;在《冬天的故事》中,西西里国王里昂提斯用"sweet villain"(可爱的坏东西)来称呼自己的小王子,这跟仆人已经没有任何关系了;在《辛白林》中,英国王后与其前夫所生之子克洛顿则用"villain mountaineers"(啸聚山林的匪徒)来称呼国王之子和其贵族养父,结果自己掉了脑袋。

莎剧使"villain"一词流传开来,并产生了多个派生词。在《李尔王》中,庶子爱德蒙决斗前掷下手套:"谁骂我是叛徒的,他就是个说谎的恶人(villain-like he lies)。"(第五幕第三场)在《暴风雨》中,奴隶凯列班劝说弄臣与管家不要迷恋华服,否则"将要错过了时间,大家要变成蠢鹅,或是额角低得难看的猴子了!(apes/with foreheads villainous low)!"(第四幕第一场)在《理查三世》中,伊丽莎伯王后怒斥谋杀她的两个儿子的理查为"恶棍"

---

① Shakespeare, William. *The Arden Shakespeare Complete Works*, edited by Richard Proudfoot, Ann Thompson and David Scott Kastan, Bloomsbury Academic, 1998. 本书所有英文选段均选自 Arden 版本,下同。

(thou villain slave)。(第四幕第四场)在《无事生非》的假面舞会中,贝特丽丝说培尼狄克是个顶没趣的傻瓜,"只有那些胡调的家伙才会喜欢他,可是他们并不赏识他的机智,只是赏识他的奸刁(villainy)"。(第二幕第一场)在《温莎的风流娘儿们》中,福德太太告诉同样收到福斯塔夫情书的闺蜜:"为了作弄这个坏东西,我什么恶毒的事情都愿意干(act any villainy)……"(第二幕第一场)

至此,"villain"一词与其在现代英语中的意思越来越接近了。

值得一提的是,莎士比亚还引入了该词的意大利语形式"villiago"。① 在《亨利六世》(中)里,克列福勋爵指责追随凯德暴动的平民:"在这场内讧之中我好像看见法国人在伦敦的街道上耀武扬威,向着他们碰见的人大叫'恶棍'!"(第四幕第七场)勋爵认为,英国人的暴动是内讧,只会让自己的敌人法国人痛快。不过,"villiago"最终没有进入现代英语,而现代意大利语中也没有了这个词。

五、《济贫法案》下的贫民纾困与戏剧兴盛

中世纪普遍认为,社会阶层是上帝注定的,贫困被认为是个人的事情。在伊丽莎白时代,贫富悬殊仍然很大,主要原因是战乱,荒年歉收,农业向畜牧业转移,纺织贸易下降,人口数量增长,通货膨胀等,使得大批破产的手工业者和失去土地的农民沦为无业游民。

17世纪初,殖民主义者海上开拓颇丰,大批白银涌入,物价上涨(类似全球化后我国入世时的情形),加剧了社会分化,使得富人更富,穷人更穷。英国摆脱中世纪后,融入欧洲,商业资本规则盛行,继威尼斯、荷兰之后拥有了世界上最大的工厂、公司。中世纪开始的普通法(Common Law 习惯法)由衡平法(Equity Law)补充,脱贫则是靠《济贫法案》(1601)来兜底的。

(一)《济贫法案》的出台

贫困人口中除了老弱病残可以从居住的社区和教区获得些微的援助外,其他概付阙如,而《济贫法案》则迟至伊丽莎白晚期才推出。之前,对有着健康之躯的贫困人口采用强制劳动的措施,以防止他们变成乞丐、游民和流浪汉。在莎士比亚的剧作中有不少这样的例子:例如,《科利奥兰纳斯》中的罗马平民(plebeian)以及《亨利六世》(中)中凯德领导的

---

① 各家对这个外来词的解释有分歧,皇家莎士比亚版、诺顿版均注解为"懦夫",而河畔版、Crystal 父子版均注解为"恶棍"。此处引用译林版译文,并较多地参考了 Crystal 父子版。详见 David & Ben Crystal. *Shakespeare's Words: A Glossary & Language Companion*. London: Penguin Books, 2002: 483.

英国平民(commons)都极易被舆情宣传所操弄，演变为暴民(mob)，而暴民则具有反智倾向，给社会带来动荡不安。1572 年通过的《游民法案》规定：乞讨的游民第一次被抓获，鞭挞后送回原籍，第二次被抓获在耳朵上钻眼，第三次被抓获会处以死刑。其中还有针对巡回演员的条款，没有获得演出许可的，一律按游民处置，由此可见，戏子也就位于下九流之列了。

1601 年推出的《济贫法案》从维稳的角度出发，担心游民流动性太大，社会道德失范，容易聚众滋事，还有传播疾病的危险；遂责成地方治安官在辖区内收取济贫税，济贫纾困，扶持失业人口，建立救济院(almshouse)，拒绝缴纳济贫税者会被投进监狱。平民的不满主张通过和平请愿(petition)来表达，他们的经济诉求比较容易满足，但回到过去的等级社会的政治要求却越来越不合时宜。《济贫法案》延续了近 200 年，后来不断完善，保障了平民的福利(weal)，"commonweal"也逐渐有了"公共福利"的含义，而英国也逐渐成为西方高福利国家之一。

贫穷的乞丐像游乞僧一样游乞四方，为获得自由而牺牲物质利益；受骑士文学的影响，他们成为流浪汉小说的人物原型，无论是西班牙的《小赖子》，还是英国的《摩尔·弗兰德斯》，甚至很多成长体小说，如《汤姆·琼斯》《哈克贝利·费恩历险记》都有着流浪汉的影子，主题都是在路上，这也符合游牧民族的特点，亦可上溯到荷马史诗的文学传统。

(二) 戏剧在农村：平民的免费娱乐

那些与游民一样走乡串镇的巡回剧团在莎士比亚小时候会经常光临，他们首先演出市(镇)长专场(其他人当然也可以免费观看)，以获得从公帑里面给他们支付的赏赐。观众买票看戏的情形是不存在的，公家如果不包场，也会给几个钱，像打发游乞僧一样叫戏子们拿钱立马走人。

在《驯悍记》里也发生了类似于《哈姆雷特》里所发生的情形：乡间来了一家巡演的戏班子，贵族似乎也是他们的老主顾了，认得其中的一两个演员，记得他们演的角色，但是记不起演员的名字——这是自然的，谁记得乞丐的名字呢？他们被带到膳食坊接受款待，然后按照贵族的要求，给冒牌贵族也就是补锅匠斯赖演一出轻松的喜剧，戏里戏外其实都是给贵族和其他观众助兴取乐，于是，驯悍的故事就作为戏中戏上演了。

这也是当年最受欢迎的一个剧目。

伊丽莎白时代的社会具有严格、普遍、显著的等级制度：男人的地位高于女人，成年人高于儿童，老人高于青年，富人高于穷人，出身名门者高于平民。①

---

① [美]斯蒂芬·格林布拉特：《俗世威尔：莎士比亚新传》，北京大学出版社，2007 年版，第 45 页。

大男子主义也成了当时的普世价值观。序幕中乞丐摇身一变进入奢华的剧情是歌谣与民俗的传统主题，家有悍妻在法国早期市井故事诗(fabliaux)、民间故事以及古典喜剧中也是喜闻乐见的，苏格拉底据说也娶了悍妇。《驯悍记》副线中向比恩卡求婚的故事则衍生自意大利喜剧《求婚者》。① 于是，借助互文的影响，《驯悍记》传播开来。

(三)戏剧驻城演出：买票看戏

莎士比亚时代，英格兰的人口持续增长，从他出生的 1564 年的约 306 万到世纪末 1600 年的约 406 万，再到他去世的 1616 年达到 451 万，平均每年增长 2.7 至 2.8 万人口。同时期，伦敦的人口增长更快，从 1520 年的 6 万，到 1550 年翻了一番，达到 12 万，再到 1660 年的 20 万，跻身于欧洲最大城市前列，到了 1650 年，人口已增至 37.5 万之多。② 城市人口的增长速度如此之快，这是农村与小城镇人口涌入的结果，这些数字还从另一个层面得到了验证，即在黑死病流行的年代，城市人口死亡率会明显高于农村。大量余子、脱离了土地的农民、破产的手工业者和游民进驻首都，因为伦敦的工资据说也比其他地方高50%，于是这帮人就成为了城市新的平民阶层。

在伦敦的斗熊场馆旁边，娱乐圈发现了新的经济增长点：那些颇有实力的剧团不再在乎走乡串镇的巡回演出了，他们找到了新的庇护，赫特福德伯爵剧团、潘布罗克伯爵剧团、瑟赛克斯伯爵剧团、德比伯爵剧团你方唱罢我登场，海军大将剧团、宫内大臣供奉剧团脱颖而出，1583 年甚至还诞生了女王供奉剧团。卖票的专业剧场也修建起来了，"剧场"③"天鹅""玫瑰""帷幕"等剧场都赚得盆满钵满，光莎士比亚名下的"环球"一家就能同时容纳三千多名观众。据戏剧史家统计，从 1567 年到 1642 年，伦敦各剧场的买票看客累计近 5 千万人次。16 世纪的英国被称为戏剧之国，上至王公贵族，下至贩夫走卒，都来剧场看戏，看戏也就是看自己，那些台上的明星往往演绎着台下各色看客的人生故事。

当城市的新平民——学徒和移民涌入剧场成为廉价的看客(groundling)时，纷至沓来的还有渴望在舞台上名利双收的梦想者。他们中有猪倌之子理查德·塔尔顿，他后来成为著名的弄臣演员，开喜剧明星之先河，他在 1588 年去世；后起还有威廉·坎普、理查·伯比奇等各路演剧明星各领风骚；女角需要年轻的男演员反串也促成他们早早成

---

① 意大利文艺复兴时期剧作家阿利奥斯托的喜剧《求婚者》。

② Shakespeare, William. *The Norton Shakespeare Histories*, edited by Stephen Greenblatt. London: W. W. Norton & Company, 1997: 3.

③ 据称，伦敦的第一个剧院的名字就叫"剧场"(Theatre)，语出自希腊戏剧；自此以后，人们就把这种专门的剧院称作"Theatre"。在此之前，英国并没有专门的剧院供人看戏，人们在酒馆空地、广场等地看演出，达官贵人则邀请戏班子到家里演出，类似于中国的"唱堂会"。

图 1-29　伦敦环球剧院内景

名，而女性登台则是 1662 年以后的事了。这些大牌演员的涌现亟需大牌编剧为他们量身写戏。

没有上过大学的威廉·莎士比亚可能在 16 世纪 80 年代末适时地活跃在伦敦剧坛，挥舞着鹅毛笔，使明星理查·伯比奇成为"理查三世"，他自己博得"征服者威廉"的美誉。不久，威廉在与号称"大学才子"的剧作家的竞争中大获全胜，对手对他的才华又急又恨，说他是"一只暴发户似的乌鸦，用我们的羽毛美化他自己"（格林语）。至此，平民出身的莎士比亚在剧场中完成了人生的逆袭，他不仅才华横溢，而且 52 岁的寿龄也熬过了"大学才子"：马洛（1564—1593 年）29 岁，格林（1558—1592 年）34 岁，纳什（1567—1601 年）34 岁，皮尔（1556—1596 年）40 岁，李利（1553/4—1606 年）顶多 43 岁。只有伦敦市长的儿子洛奇（1558—1625 年）熬过了莎士比亚，活了 67 岁，不过他后来弃文从医，悬壶济世的名气更大一些。

的确，莎士比亚用近 40 部诗剧震撼（shake）了世界舞台，正如他的同行本·琼生所预言："他不属于一个时代，而属于万古千秋。"

而我们着重讨论的这部记载了平民生活的《驯悍记》只不过是他早期的一部喜剧而已。

六、《驯悍记》在中国①

20 世纪初，《驯悍记》进入中国。兰姆姐弟改写的《莎士比亚故事集》被翻译为《澥外奇谭》（1902）、《吟边燕语》（1904），先后在中国出版，后者是译界奇才林纾的译作。1913 年 12 月，春柳社吴我尊与长沙湘春园的汉剧艺人合作，用大男子主义鸣锣开道，通过与

---

① 详情可参考熊杰平："汉剧《驯悍记》与同名原著的审美对等——兼及《驯悍记》在中国舞台的搬演史"，载《武陵学刊》2014 年第 7 期，第 111-117 页。

《聊斋志异》中马介甫的驯悍故事互文，《驯悍记》挂羊头卖狗肉地登上中国戏剧舞台，幕表剧①的演出形式也注定了此《驯悍记》非彼《驯悍记》。

20 世纪 20 年代末，《驯悍记》出现了完整的中文译本，译者朱生豪在提要中写道："《错误的喜剧》《驯悍记》《温莎的风流娘儿们》都不是纯正的喜剧，只能认为是笑剧。"他似乎没有看出这是一部浪漫主义的喜剧。

1933 年，马师曾主持太平剧团，演出粤剧《刁蛮公主》，由于红线女的加盟，该剧以《刁蛮公主憨驸马》流传至今，并被改编为同名的粤语动画电影。原著中的平民成了改编剧中的贵族，改编与原著差异很大，但由于主要人物性格相似，该剧被认为是"隐形莎剧"。

1975 年，香港粤语版《驯悍记》上演，香港话剧团也于 1986 年搬演该剧，《驯悍记》进入了翻译剧演出时代。1997 年和 1999 年《驯悍记》在台湾被改编为音乐剧《吻我吧，娜娜》，戏仿了百老汇音乐剧《吻我，凯特》。②音乐剧要通过唱腔塑造人物，因而不能对忠实原著与否提出过高的要求。在欧风华雨中，《驯悍记》在中国集齐了话剧、戏曲、音乐剧等三种演出形态。

20 世纪八九十年代，中国大陆兴起莎剧热潮。1986 年 4 月首届中国莎士比亚戏剧节上海演区，上海人艺与陕西人艺分别演出《驯悍记》，形成擂台，话剧版均忠实于原著，这也是该剧以较为完整的形式在大陆的第一次公演。有评论指出，沪版《驯悍记》现代，但西方理念与中国元素尚未充分融合；而秦版《驯悍记》传统，以中国理念还原莎剧传统，演出效果似乎更佳。

2002 年 5 月，台北新剧团推出了《驯悍记》的京剧版——《胭脂虎与狮子狗》。该剧被认为"以京剧程式为表演主题，并运用说书人评述插白、电影蒙太奇手法等，制造出对位变奏的效果，为'驯悍'增添了新鲜巧妙的喜感与趣味。"③这是《驯悍记》的第二个中国戏曲版本，戏曲改编除唱腔所需要的空间外，角色还受演员行当的限制，改编可能比音乐剧偏离原著更远。

2011 年 11 月，上海话剧艺术中心把《驯悍记》再次搬上中国舞台，此版把历史背景移至 20 世纪 30 年代的沪上，长袍马褂代替了西服洋裙，麻将、牌九进入了莎剧殿堂，沿用了加拿大版《驯悍记》的"梦中梦"的框架结构，洋名字凯萨琳娜、彼特鲁乔分别"中国化"为白凯丽、裴楚乔，名字略带原著的影子，这也是改编剧的通常做法。

2013 年 11 月，武汉汉剧院推出了汉剧版《驯悍记》，将故事移植到明朝的湖北江陵，

---

① 戏剧演出的一种方式。演出时，没有固定的剧本和台词，只列出分幕表，写明每幕人物及情节等，演员、导演根据这个简单的剧情提要二次创作、演绎。这在文学领域里是一种独特的文体，实际多靠演员在场上临场发挥，新形成的剧本则称之为幕表剧。

② "Kiss me, Kate"是《驯悍记》中的一句经典台词（第五幕第一场）。

③ 陈芳：《莎戏曲：跨文化改编与演绎》，台湾师范大学出版中心，2012 年版，第 231 页。

用民间流传的"川女要你的情，湘女要你的钱，楚女要你的命"作为女主人"悍"的注脚，用"打是亲骂是爱"来巧妙诠释"驯悍"。汉剧与京剧同属皮黄剧种，但前者的乡土气息更为浓郁，有利于塑造平民群像。2015 年 2 月，该剧与汉剧《李尔王》一起在美国新泽西进行文化交流演出，这是莎剧《驯悍记》东渐进入中国百余年后，第一次以本土全球化的形式向西方回传。

图 1-30　湖北汉剧演出《驯悍记》剧照

与历史剧浓墨重彩于贵族英雄人物一样，莎士比亚在喜剧中塑造了许多脍炙人口的平民形象，其中《驯悍记》除了序幕中短暂出现的贵族以外，更是各色平民形象的群雕，诗人以栩栩如生的形象，描绘了资本主义社会发展以后，平民百姓财富的增长与经济地位的提升。

伴随着经济地位的提升，英国平民参政议政的意识觉醒了，他们就有可能到贵族那里要求获得更多的政治权利，后者也有可能如法炮制从君主那里获得更多的政治权利。等级森严的金字塔式社会体系崩塌，橄榄形扁平化的社会结构逐渐形成。英国在随后的几百年内完成了渐进式的民主改革，演变成君主立宪制的现代国家。

探讨莎士比亚戏剧与平民之意义正在于此。

七、研讨题目

1. 你如何看待莎士比亚戏剧中的情色双关语？你更认可朱生豪译本的删节处理，还是梁实秋、方平等译家有节制的保留？

2. 如何看待大男子主义与女权主义在《驯悍记》流传中的冲突与作用？

3. 走进现代，即从封建等级管理体制转变为公民（citizens）社会。在莎士比亚时代，平民如何才能演化为公民？试举例说明。

4. 试比较《驯悍记》与《聊斋志异·马介甫》的主题与艺术特色。

第二章　莎士比亚戏剧与西方政治经济生活

"曾经为这位天赐的公主服务过的和平、丰足、仁爱、真理、畏惧，也将为她的后嗣服务，并依附在他身上，就像葛之附树。天上的红日照耀到的地方，他的荣耀和伟大的声名也必到达，并且创立新国。他必将昌盛，像山间苍松以它的茂盛的枝叶荫覆周围的平野。这一切，我们子孙的子孙必将看到，并感谢上苍。"

(《亨利八世》第五幕第五场)

在《亨利八世》一剧的结尾，莎士比亚热情洋溢地称颂了女王伊丽莎白一世的神圣统治，并对她身后的英格兰表达了崇高的希冀。事实上，莎翁所生活的刚刚跨入近代的英格兰，已经历了关键的政治转型，并且正孕育着一场意义深远的变革——从中世纪以降的贵族权力斗争，到宗教改革和君主集权，再到政治民主化的社会积淀，莎士比亚戏剧是反映英国百年政治经济变迁的一面镜子。

1399 年，理查二世被贵族废黜，兰开斯特家族的亨利四世即位，标志着英格兰有史以来最强大的金雀花王朝的分裂。兰开斯特王朝在继任者亨利五世治下达到了巅峰，然而他的英年早逝导致襁褓中即位的亨利六世根基不稳，南方贵族约克家族趁机起兵。两大家族之间的战争持续了三十年之久，由于他们分别以红白玫瑰为家徽，史称"玫瑰战争"。最终约克家主爱德华于 1641 年赢得王位，史称爱德华四世，约克王朝由此建立。他死后，弟弟理查杀侄篡位(史称理查三世)，招致英格兰贵族的不满和叛乱。1485 年，理查三世战死沙场，兰开斯特家族的分支——都铎家族的亨利即位，迎娶约克家的伊丽莎白，红白玫瑰由此融合，光荣的都铎王朝揭开帷幕。

这些各具特色的君主在莎翁历史剧中轮番登场，骄矜忧郁而略显神经质的理查二世、行事谨慎的慈父亨利四世、年少有为而令人叹惋的亨利五世、身不由己而悲天悯人的亨利六世，再到著名的冷血暴君理查三世，这段英格兰史上最动荡的时期在莎翁笔下得到栩栩

图 2-1　两大家族首领在玫瑰园摘花表态(Henry Payne 绘制，1908 年，
馆藏于伯明翰市博物馆与美术画廊)

如生的描摹。经历百年战争的泥沼、黑死病的肆虐和王权斗争的腥风血雨，英格兰大大小小的贵族在玫瑰战争中势力严重受损，为都铎王朝集中而强势的王权铺平了道路。

　　金雀花王朝时期，《大宪章》和《牛津条例》使得英格兰君权的分化和约束远超欧洲其他国家，大贵族组成的议会对王权构成了强力的辅助和制衡。自都铎王朝开始，这一贵族政治体系便开始解体。亨利七世推行新税收制度以削弱贵族，控制地方，积极联姻，而雄才大略的亨利八世更是借由离婚与罗马天主教廷分裂，颁布《至尊法案》成为英国教会最高领袖，标志着英格兰宗教改革的开始。伊丽莎白一世即位后迅速抚平了玛丽一世复辟天主教造成的混乱，对内强化王权，对外建立海上霸权，为英格兰带来了旷日持久的稳定和繁荣，这也是莎翁创作的高峰期。随后苏格兰的詹姆士一世奉行和平政策，推行殖民，促进英伦三岛的统一，而莎翁后期的著名悲剧《奥赛罗》《李尔王》和《麦克白》均创作于这一时期。

图 2-2　被王权象征物和胜利场景环绕的伊丽莎白一世女王(作者不详, 1588 年)

在此背景下, 探讨王权与政治斗争的《李尔王》应运而生。这部堪称莎剧中残酷之最的剧作, 以李尔王将国土所托非人, 又在战争中痛失小女儿, 最终悲愤而亡为主线, 既影射了 16 世纪独断专行的英格兰王权和父权家长制, 也侧面反映了莎翁对王位继承和君主责任的态度。一方面, 作为人文主义者和资产阶级代表, 莎士比亚显然反对专制暴君; 而另一方面, 他又信奉王位继承的合法性和权力过渡的和平性, 对篡权者深恶痛绝, 哈姆雷特的叔父克劳狄斯、理查三世和麦克白都是这方面的负面代表。

文艺复兴时期是资本主义蓬勃发展的时期, 殖民掠夺和商业贸易盛行, 源源不断的财富涌入欧洲。各国政府也大力推行有利资本主义经济的措施, 当时的都铎王朝和斯图亚特王朝也都推行重商主义政策。重商主义是现代早期经济学的主导观念, 主要借助关税的调整鼓励产品出口和原料进口、限制产品进口和原料出口, 同时积极开辟新市场, 积累重金属货币, 实现贸易顺差。资本主义工商业的发展和自由劳动力的大量流入促进了欧洲城市的兴起和繁荣, 城镇人口剧增, 充满活力, 市民生活丰富多彩。

位于资本主义发源地意大利半岛的威尼斯更是个中翘楚。作为当时欧洲的贸易中心、连接亚非欧的交通枢纽, 威尼斯凭借其举足轻重的国际地位和令人钦羡的奢丽生活, 成为莎士比亚戏剧的重要舞台之一, 其中最著名的便是喜剧《威尼斯商人》了。该剧的人物塑造

图 2-3　17 世纪的威尼斯圣马可湾（Gaspar Vanvitelli 绘制，1697 年）

和剧情发展中交织着诸多颇具代表性的资本主义经济元素，例如男主角安东尼奥从事海外贸易，夏洛克则是遭人鄙夷但不可或缺的职业高利贷者，而"一磅肉"的条款也反映了商品经济中强烈的契约意识，全剧的重头戏法庭对决更是烘托出植根于商业土壤的公平正义和人道主义精神。剧中的年轻人们积极进取、大胆求爱，鲍西娅和杰西卡这两位年轻女性也有打破传统的果断与胆识，充分显示出繁荣的资本主义经济下相对宽松自由、追求幸福的社会氛围。而在现实中，16 世纪的英国已经开始取代地中海国家，成为新的海上霸主，莎翁笔下极尽富丽而包容的威尼斯，也是英国资本主义崛起时期社会风貌的影射。

伊丽莎白一世之所以被称为"荣光女王"，一个重要原因就是在她统治下，英格兰诸多盘根错节的社会矛盾得到了平稳向好的解决——已经是强弩之末的贵族体系被进一步削弱，王权得以稳固；玛丽一世在位期间制造的宗教恐怖被宽容的政策所取代，本土宗教信仰秉持独立、务实、秩序井然的原则；商品经济发展下，新兴资产阶级获得了女王的庇护和提携，与贵族间的矛盾得到缓和。社会各方面的稳中求变，推动英格兰在近代化道路上阔步前进，向着世界经济与政治权力的塔尖走去，而剧作家与诗人莎士比亚正是这一进程的伟大见证者，也用他的妙笔留下了浓墨重彩的一页。

第一讲：莎士比亚戏剧与 16 世纪西方政治（以《李尔王》等为例）

一、引言

本讲所探讨的 16 世纪西方政治生活，准确说来，其背景仍然是莎翁所熟悉的文艺复兴时期的英国生活。通过《李尔王》这个戏剧故事，可以看到诗人所处时代的英国社会的影子以及他本人的政治倾向和观点。

《李尔王》的故事来源于一个英国古代传说，在一些史书、诗歌、布道诗和舞台剧中均有出现。莎士比亚在原来的故事基础上加入了悲剧结局，该剧于 1606 年 12 月首次在宫廷内上演。《李尔王》(1605—1606)的创作时间正好位于《奥赛罗》(1604)和《麦克白》(1606)之间，正值莎士比亚写作生涯的最高峰。《李尔王》讲述了英格兰国王李尔从具有绝对权威的封建君主沦落为一无所有的老人的故事，剧中有大量关于宫廷斗争和封建制度的描写，反映了莎士比亚对早期现代英国的政治问题的思考。

值得一提的是，《李尔王》问世之初并没有受到英国民众的欢迎。剧作家内厄姆·塔特于 1681 年改编了《李尔王》的结局：代表正义的一方最终获胜，李尔继续统治英格兰，而考狄利娅被人救了以后嫁给了爱德伽。当时的观众更能接受这样一个喜剧结局，使得这一版本在一个多世纪后仍广受欢迎，以至于连原著都鲜少搬上舞台。18 世纪，塞缪尔·约翰逊[①]写道："多年以后，我对考狄利娅的死是如此震惊，要不是我作为编辑来修改最后的场景，我都不知道是否还能忍受重读结尾带来的悲痛。"[②]

(一)历史背景：斯图亚特王朝的崛起

莎士比亚写作初期以创作喜剧为主，此时恰逢伊丽莎白一世统治，英国经济繁荣，社会稳定。伊丽莎白一世即位后，推行一系列有利于国家富强和资本原始积累的政策。在政治上强化专制王权、操控议会、建立英国国教；在经济上推行重商主义政策、鼓励新兴手工业和航海业、扩大圈地运动；在文化上大力促进文学艺术的发展，宣扬人文主义。英国

[①] 塞缪尔·约翰逊(1709—1784 年)，英国作家、诗人和文学评论家。历经九年编成《英语大辞典》(1755)，代表作品有长诗《伦敦》(1738)、《人类欲望的虚幻》(1749)、《阿比西尼亚王子》(1759)等，还编著了《莎士比亚集》(1765)。

[②] Greenblatt, Stephen. *The Norton Anthology of English Literature*. (8th ed., Vol.1), London：W. W. Norton & Company, 2006：1141.

图 2-4　李尔为考狄利娅的死而哭泣（James Barry 绘制，1788 年）

社会各行各业都飞速发展，很快成为欧洲乃至世界强国。1588 年，英国海军在伊丽莎白女王的支持下大败西班牙"无敌舰队"，① 建立起海上霸权。从此英国积极拓展海外殖民地，逐渐成为称霸世界的"日不落帝国"。

伊丽莎白一世无疑是英格兰众多统治者中最伟大的一位，她为英格兰带来了荣耀与和平。埃德蒙·斯宾塞②（Edmund Spenser）在其长诗《仙后》（*The Fairy Queen*）中称赞伊丽莎白一世为"荣光女王"（Gloriana）："荣光女神啊！天恩和神圣王权的镜子，宏大岛屿的伟大女性。"莎士比亚的早期作品最能反映伊丽莎白一世统治下的英格兰，例如《威尼斯商人》中的高利贷者形象就生动地反映了英国的重商主义。

1603 年 3 月 24 日，伊丽莎白一世在里士满的宫殿内去世。由于她终身未婚，王位由她的侄孙、苏格兰玛丽女王③的儿子詹姆斯继承。詹姆斯自幼登基为苏格兰国王，称詹姆

---

① 16 世纪中后期西班牙著名的海上舰队，最盛时期舰队有千余艘舰船，横行于地中海和大西洋。"无敌舰队"为西班牙王室从海外掠夺了大量的金银财宝，使得西班牙迅速成为欧洲最富有的海上帝国。

② 埃德蒙·斯宾塞（1552—1599 年），英国文艺复兴时期著名诗人，其代表作有长篇史诗《仙后》，田园诗集《牧人月历》，组诗《婚前曲》《祝婚曲》等。

③ 玛丽·斯图亚特（1542—1587 年），又称玛丽一世，苏格兰女王、法国王后。而英格兰女王玛丽一世，别称"血腥玛丽"，则是苏格兰女王玛丽一世的表姑，祖父为亨利七世。因为在位时期大致相同，所以经常被人混为一谈。

图 2-5　伊丽莎白一世(作者不详，1575 年，馆藏于英国国家肖像馆)

斯六世，经历过四位摄政王才于 1583 年亲政。伊丽莎白一世死后，詹姆斯即位为英格兰国王，自封为大不列颠国王，是为詹姆斯一世。斯图亚特王朝由此接替都铎王朝，开始统治英格兰。詹姆斯一世登基之初遇到重重阻力，英国人视他为一个来自敌邦的外人，屡次暗害他。为了展示与过去的彻底决裂，詹姆斯一世一改伊丽莎白一世统治时期的简朴之风，在伦敦大肆铺张。莎士比亚的剧团受到皇家赞助，成为御用剧团，常常在宫廷中演出。

即便英国民众不认可詹姆斯一世的国王身份，他在位期间仍为英国立下不少功绩，这一点无法否认。加冕称王一年后，在萨默赛特宫召开的大会上，詹姆斯一世与西班牙达成和解，而这是伊丽莎白一世一直无法达成的愿望。詹姆斯一世在外交上奉行和平政策，使英国社会避开了欧洲大陆持续几十年的战争，经济得以稳定发展。1607 年，詹姆斯一世成功在北美展开殖民统治，为接下来的殖民扩张奠定了基础。他的另一伟大功业在于下令编纂英文版的《圣经》，并于 1611 年出版。新版《圣经》成为英国文学的杰作之一，这本读物渗透到英国各阶层，提高了英语读写能力的普遍性和英语的国际语言地位。

詹姆斯一世在位期间对英国最伟大的功绩莫过于统一英格兰和苏格兰，宣布联合王国的成立，于是便有了"大不列颠"(Great Britain)。他还命人设计了一面独特的旗帜，以他

图 2-6 詹姆斯一世（John De Critz the Elder 绘制，1606 年）

的拉丁名缩写命名，称"联合杰克旗"（Union Jack）。实际上，由于英格兰、苏格兰与爱尔兰处于族群、文化和宗教的高度分离，当时并不存在真正统一的社会条件。但是总的来说，詹姆斯一世自登基以来一直努力统一英格兰和苏格兰，与《李尔王》中"三分国土"的情节正好相反。如此一来，《李尔王》的政治倾向不言而喻，表现了莎士比亚对于国家分裂统一和王权问题的深入思考。

（二）剧情概要

不列颠国王李尔年迈退位，因为没有儿子，他决定将国土划成三份，分给自己的三个女儿。荒唐的是，李尔根据女儿们爱他的程度进行土地和财产的分配。大女儿高纳里尔和二女儿里根均已出嫁，用甜言蜜语博得李尔的欢心。小女儿考狄利娅仍待嫁闺中，不愿用虚情假意讨好父亲，老实地说："我爱您只是按照我的名分，一分不多，一分不少。"（第一幕第一场）昏聩的李尔勃然大怒，斥责考狄利娅没有良心，并断绝和她的父女之情，将国土平分给两个虚伪的女儿。为考狄利娅忿忿不平的忠臣肯特也惨遭驱逐。幸而法兰西国王看中考狄利娅的诚实善良，带她远走法国。

退位后的李尔保留一百名武士，按月在高纳里尔和里根的宫殿里轮流居住，结果却受到两个女儿的无情怠慢。高纳里尔和里根一而再、再而三地削减李尔的随身武士，谩骂李尔蠢笨、刚愎自用，最后将他弃之荒野。李尔终于意识到大女儿、二女儿过去对他的甜言蜜语都是谎言，而真心对待他的小女儿却被他赶走，追悔莫及。在狂风暴雨交加的荒原上，李尔被彻底击垮，神志不清、举止疯癫。跟随在他身边的只有寥寥数人。此时已经是法国王后的考狄利娅听闻父亲的遭遇，便率法国大军前来救父，却遭到两个姐姐的暗害。英法两军交战，考狄利娅被俘，在李尔的怀抱中死去。可怜的李尔在经历这最后一次沉重的打击之后，悲愤而亡。该剧的次要线索是葛罗斯特伯爵的家庭变故，与主线故事交叉、平行发展。葛罗斯特伯爵的私生子爱德蒙不顾纲常伦理，觊觎本不属于他的爵位和封地，挑唆父亲和哥哥爱德伽的关系。而听信了谗言的葛罗斯特伯爵放逐了长子爱德伽。爱德伽随后化身为疯癫的乞丐汤姆，在荒原遇到李尔一行人，继续装疯卖傻。爱德蒙阴谋得逞后便投靠高纳里尔和里根，令她俩争风吃醋。葛罗斯特由于同情李尔，被里根夫妇挖去双眼，在荒野流浪时与伪装成汤姆的儿子爱德伽重逢，但他并不知道眼前疯癫的乞丐竟是被他错怪的儿子。在爱德伽出战之前，得知真相的葛罗斯特悲喜交加，含笑而死。代表正义的爱德伽最终在决战中杀死爱德蒙。战争结束后，奥本尼公爵成为新任国王，邀请忠臣肯特和爱德伽一同主持大政。

图 2-7　李尔和考狄利娅（Henry Howard 绘制，1819 年）

(三) 作品评价及影响

作为莎士比亚的四大悲剧之一，《李尔王》在全世界享誉盛名，几百年来魅力经久不衰，多次被搬上戏剧舞台和影视屏幕。海涅曾评价《李尔王》为莎士比亚的"天才飞翔到令人晕眩的高度的悲剧"。①《诺顿英国文学选集》里，《李尔王》被认为是莎士比亚最为精彩和复杂的双线剧情的运用。② 在美国著名文学评论家哈罗德·布鲁姆看来，《李尔王》触及了人类艺术的极限，是莎士比亚最压抑的悲剧。③ 20 世纪，《李尔王》普遍被莎评家认为是莎士比亚最伟大的悲剧，逐渐有了与《哈姆雷特》相媲美的地位。

自电影艺术诞生之时起，《李尔王》曾多次被改编为各种电影版本。1985 年，日本导演黑泽明拍摄了电影《乱》，将 16 世纪的英格兰转移到日本战国时代，准确地表达了莎翁原作精神。这次成功的改编再次证明了《李尔王》具有超越时空和民族的艺术价值。

(四) 莎士比亚的政治观

莎士比亚不仅是天才的剧作家和诗人，还是卓越的政治家，他的创作生涯与英国政治、历史的发展变化息息相关。莎士比亚一共给世人留下了 37 部戏剧，其中有 10 部历史剧，反映了英国从 12 世纪到 15 世纪三百年的历史。这些历史剧生动刻画了形形色色的君主形象，但大多数是凶残冷血的暴君和篡位者。约翰王、亨利四世和理查三世均通过篡位登上王位，其中理查三世更是一直被妖魔化的暴君典型。他不仅外貌丑陋，内心更加阴险狡诈，为了达到目的不择手段。亨利五世羸弱早逝，他的儿子亨利六世昏聩无能，在宫廷斗争中被残忍杀害。这些残暴的君主为了争夺王位掀起宫廷内的腥风血雨，给国家造成了巨大的混乱。

作为一个人文主义者，莎士比亚肯定人性和人的价值，在很多作品中提倡发展人的自由意志。他反对神的权威和专制主义，同时他又宣扬王权的正常过渡，坚决反对篡位夺权。历史剧中人性泯灭的暴君深受谴责，尤其是名不正言不顺的篡位者。通过血腥手段谋取王位的君主比起昏聩的统治者更加令莎翁不齿，因为英国王室权力金字塔的秩序不容破坏。朝代更替和王位继承过程中合理性和合法性的矛盾一直反复出现在莎士比亚的剧作中。《李尔王》中的家庭伦理悲剧也正是由王位继承、权力争夺造成的。李尔在剧中的形象也经历了巨大的改变，由一开始昏聩自大的老国王到最后众人跟随的精神领袖，他作为君主的合法身份一直受法律保护。尽管他最开始被虚假的孝心蒙蔽双眼，盲目分割国土、驱逐忠臣，但他依旧被忠贞之士爱戴。葛罗斯特的私生子爱德蒙虽然富有才干，但不正统的血缘让他注定与袭爵无缘。篡位者们相似的悲剧结局说明了莎士比亚并不持有激进的政治

---

① ［德］海因里希·海涅：《莎士比亚的少女和妇人》，绿原译，上海文艺出版社，2007 年版，第122 页。

② Greenblatt, Stephen. *The Norton Anthology of English Literature* (8th ed., Vol. 1). London: W. W. Norton & Company, 2006：1140.

③ Bloom, Harold. *The Western Canon*. Boston：Houghton Mifflin Harcourt, 1994：65.

观，他不主张用极端暴力的手段推翻封建统治。

其他剧作诸如《麦克白》与《哈姆雷特》均能体现莎士比亚对谋权篡位的深恶痛绝。在《麦克白》中，国王邓肯和他的后代正派威严、受人尊敬。将军班柯也是理想的君王形象，他正直不阿，绝不逾越本分。而麦克白为了王位血腥杀戮、排除异己，登上王位后又残暴屠杀人民，置国家于危难之中。暴君的行为激起了公愤，麦克白最终落得被削首的下场。《哈姆雷特》中，克劳狄斯用极其阴险狡诈的手段谋杀了他的国王哥哥，即使瞒得过众人的眼睛，他的罪恶也难逃心灵的忏悔。他不仅以下犯上谋求王位，还破坏伦理纲常、弑兄娶嫂，这样的国王必定也不是莎士比亚心目中的合适人选。在最后一场戏中，克劳狄斯死于哈姆雷特的剑下，王位由挪威王子福丁布拉斯继承，预示着一个全新王朝的到来。

在人文主义和理性思想广泛传播的背景下，英国社会的各个方面都开始从传统向现代过渡，资本主义和自由平等的政治思想也不断出现在莎士比亚的剧作中。莎士比亚早期以创作喜剧为主，主人公大多数具有人文主义思想，不受传统禁欲主义的束缚，向往自由的生活和爱情。通过描写率真、勇敢、机智的青年男女形象，莎士比亚抨击了旧事物的衰朽和丑恶，诸如清教徒的伪善和高利贷者的贪婪。然而莎士比亚并没有一味地吹捧资本主义，而是客观地在戏剧中呈现资本主义发展过程中的利与弊。他创作生涯后期的悲剧《雅典的泰门》揭露了拜金主义的罪恶，主人公泰门悲惨的命运讽刺了当时社会唯利是图、尔虞我诈的风气。当个人利己主义高度膨胀时，一切真挚的关系和情感都得让位于金钱。这部剧反映了金钱的势力足以大到吞没人的一切善良，表达了莎士比亚对毫无人性的金钱社会的谴责。

总体来说，莎士比亚推崇温和的古典政治，他反对统治者权力过大，对人民施以暴政，同时他又不赞成彻底推翻君主制，发动激进的资产阶级革命。在维护稳定的封建王权统治秩序以及合理合法的王位更迭制度的同时，理想的统治者还应该具有人文主义精神。

二、父权与王权的统一和分离

在任何封建君主制国家，统治者大多集父权与王权于一身。封建时期的英格兰，英王既是王室的最高宗主，又是一国之君。1066 年，诺曼底公爵威廉征服英格兰，逐渐建立起绝对君主制，国王的权力日趋强大。王权政体的合法性和神圣性不容置疑，并且王位的血缘传承也被视为是正统合法的。直到 1688 年光荣革命爆发，英王的绝对权力才被彻底削弱。

(一) 绝对君主制

16 世纪西方政治的特点之一在于专制王权的强化。由于宗教改革运动逐渐瓦解了天主教对西欧各国的精神束缚，欧洲民族主义观念开始兴起，各国要求建立统一的民族国家。普通民众不再愚昧地相信教会，转而拥护资产阶级和新贵族建立的君主集权制，王权最终在与神权较量的过程中胜出。王权给予一些城市自由贸易甚至自治的特权，而城市和兴起的市民阶层也从经济、政治上支持王权，进一步巩固王权的地位。

中世纪伊始，不少欧洲国家先后确立起君主集权制，摆脱教会对朝政的控制。而在16世纪的英国，这种情况尤为明显，国王享有高度集中的权力，是整个不列颠王国的政治中心，国土甚至都已沦为国王的私人财产。《李尔王》符合这一时期的历史特点，晚年的李尔显然就是这样一位独断专行的君主，能够随意分割国土、贬谪大臣。

在王室家族，李尔是高高在上的父亲，他希望自己的女儿能绝对服从自己。父权家长制社会中的女性没有主权，凡事都要听命于男性家长或者丈夫，而李尔扮演的就是这样一位家长的角色。戏剧的第一幕第一场就是李尔三分国土，这既是李尔的家事，又是整个英国的国事，体现了李尔作为君王和父亲所处的权力巅峰状态。无论是在自己的小家庭还是在像国家这样一个大家庭里，李尔都是一位拥有绝对话语权的父亲。女儿们的婚姻、财产的分配全都由李尔一人决定。

第一场戏伊始，葛罗斯特就称赞李尔分配国土平均，完全看不出来他对两位公爵女婿有什么偏心。然而，李尔正式上场后，他的实际行为与葛罗斯特的赞赏并不相符。分割国土的依据是女儿们的孝心，而这是通过言语并非行动表现出来的。高纳里尔和里根凭借绝妙的口才打动了李尔，因此获得富庶的土地。李尔往日最疼爱的小女儿考狄利娅单纯善良，不愿用花言巧语来哄骗父亲，再三拒绝说一些违心之言，并解释道：

> 父亲，您生下我来，把我教养成人，爱惜我，厚待我；我受到您这样的恩德，只有恪尽我的责任，服从您，爱您，敬重您。我的姐姐们要是用她们整个的心来爱您，那么她们为什么要嫁人呢？要是我有一天出嫁了，那接受我的忠诚的誓约的丈夫，将要得到我的一半的爱，我的一半的关心和责任；假如我只爱我的父亲，我一定不会像我的姐姐一样去嫁人的。

（第一幕第一场）

正是这一段辩解彻底惹怒了李尔，为此他甚至不惜断绝一切父女之情。李尔的勃然大怒似乎有些莫名其妙，但又情有可原，他是一位王者，也是一位年迈的父亲。或许正是这种双重身份让李尔对于子女之爱的渴望远远超出平常人。[①] 李尔生气的另一原因在于他不

---

① 参看冯伟："《李尔王》与早期现代英国的王权思想"，载《外国文学评论》2013年第1期，第35页。

愿与未来的女婿分享女儿的爱。可以说，李尔是一位霸道的父亲，要求女儿即使在出嫁以后也要将全部的爱献给自己。即便考狄利娅能够公正地平分自己的爱，李尔也不愿与女婿平起平坐，这会威胁到自己作为一家之主的地位。更重要的是，王权赋予他的权威使得他不愿与任何人在任何方面相提并论。李尔无法容忍被女儿忽视和怠慢，他赶走考狄利娅后便把全部的希望寄予大女儿和二女儿身上。

退位后的李尔要在大女儿和二女儿的宫殿轮流居住，希望她们能尽到地主之谊。实际上，李尔并没有把自己视作寄养在女儿家的客人。他虽然退位，但仍然坚持保留一百名武士以及国王的名义和尊号，只是交由女儿、女婿处理国库的收入和大小事务的行政大权。李尔还赐给两位女婿一顶宝冠，归他们两人共同保有。李尔的措辞极为精准，他赐给女婿的只是"宝冠"而非"王冠"，再次宣告只有自己能独享国王之尊。一顶宝冠又十分巧妙地制约了两位公爵间的权力斗争。康华尔公爵夫妇和奥本尼公爵夫妇互相抗衡制约，短期内任何一方都不会彻底掌权，从而保证了李尔的国王地位即使在他退位以后也能相对稳固。

李尔王除了是位霸道的父亲，还是位骄横的国王，不允许任何臣子忤逆他。在李尔宣布与考狄利娅断绝父女关系后，肯特直言进谏，试图用难听的话点醒李尔：

> 李尔发了疯，肯特也只好不顾礼貌了。你究竟要怎样，老头儿？你以为有权有位的人向谄媚者低头，尽忠守职的臣僚就不敢说话了吗？君主不顾自己的尊严，干下了愚蠢的事情，在朝的端人正士只好直言极谏。保留你的权力，仔细考虑一下你的举措，收回这种鲁莽灭裂的成命。你的小女儿并不是最不孝顺你；有人不会口若悬河，说得天花乱坠，可并不就是无情无义。我的判断要是有错，你尽管取我的命。
>
> （第一幕第一场）

李尔听到这一番话后暴跳如雷，他不能接受臣子的任何质疑，这相当于对王权的否定。在他看来，臣子应该绝对服从君王，否则便为不忠。李尔称肯特为"逆贼"，并且为了维护王命的尊严，限肯特五天后离开英国国境。（第一幕第一场）至此，李尔以为这场由小女儿和臣子挑起的叛乱已经平息，可他万万没想到已经亲手断送掉了自己至高无上的王权。另一方面，李尔的君王权威深入人心。因此，在李尔退位之后，他仍然被考狄利娅和忠臣肯特及葛罗斯特视作英国真正的国王。在李尔遭受到两个女儿非正义的对待后，小女儿的救援和两位忠臣的跟随都是为了帮助李尔重获君王的权威。

实际上，除了李尔，他的大女儿高纳里尔和二女婿康华尔公爵身上都体现出了绝对君主制。法律在他们面前就如同虚设，掌权之后只顾一味按照自己的喜好行事。康华尔公爵违背正常的审判程序，还未查明真相就断定葛罗斯特叛国，私自处置葛罗斯特伯爵，对仆人说：

再去几个人把那反贼葛罗斯特捉来，像偷儿一样把他绑来见我。（若干仆人下）虽然在没有经过正式的审判手续以前，我们不能就把他判处死刑，可是为了发泄我们的愤怒，却只好不顾人们的指摘，凭着我们的权力独断独行了。

（第三幕第七场）

康华尔完全弃法律于不顾，高纳里尔比起她的妹夫更是有过之而无不及。因为迷恋上了爱德蒙，她试图毒害自己的丈夫奥本尼公爵。可就算阴谋证据确凿，她仍然骄傲地说："即使我认识这一封信，又有什么关系！法律在我手中，不在你手中；谁可以控诉我？"（第五幕第三场）康华尔和高纳里尔代表着更为极端的绝对君主，主张权力大于一切。在绝对君主制下，统治者不受法律、道德的制约，肆意横行。拥有绝对权力而又道德沦丧的君主使整个国家陷入灾难，朝政动荡不安，高纳里尔和里根统治下的英国就是最好的例子。

图 2-8　《考狄利娅的告别》（Edward Austin Abbey 绘制，1897—1898 年）

在莎士比亚的历史剧中，统治者更是绝对君主制的忠实拥护者。为了巩固自己的统治地位，历史剧中的君主会不惜一切代价，包括发起疯狂屠戮的战争。《亨利四世》（上）（下）主要讲述弑君篡位的亨利四世与诸王子和反叛诸侯之间的斗争。亨利四世即位之初就面临着威尔士、苏格兰和诺森伯兰的反叛，为了坐稳王位，他需要不断地谋划远征，消耗敌人的势力。亨利四世在位期间除了要忧虑国家可能面临的分裂危机，更要操心接班人是否有能力维系统治。另一部历史剧《约翰王》同样讲述了约翰王为了巩固绝对君主制所挑起的战争以及与罗马教廷的冲突等。约翰王也是通过篡位而登上王位的，他不惜发动流血的战争对付法兰西国王，之后又将自己的侄女嫁给法国国王的儿子并送给对方丰厚的陪嫁。

他所做的这些都是为了维护自己辛苦争取来的统治地位，目的就是要树立自己作为君主的绝对权威。

(二) 被削弱的王权

在莎士比亚的历史剧中，谋权篡位似乎是必不可少的情节，新国王即位之前往往会采取一系列措施削弱旧国王的权力。《李尔王》第一幕第一场戏虽然是李尔所处权力的顶峰，但也暗示着他统治的危机时刻，这是一场自上而下的脱冕仪式。退位后，他将成为英国名义上的国王，实际的行政大权则交由自己的女儿、女婿。在高纳里尔和里根看来，李尔既然已经退位，就应该做一个平凡人家的老父亲，无权再针对任何国事、家事指指点点，他的国王身份自然也成了一种摆设。两个女儿在得到权力和封地后不久就露出真实面目。高纳里尔肆无忌惮地谩骂李尔为"老废物"：

> 他一天到晚欺侮我；每一点钟他都要借端寻事，把我们这儿吵得鸡犬不宁。我不能再忍受下去了。他的骑士们一天一天横行不法起来，他自己又在每一件小事上都要责骂我们。……这老废物已经放弃了他的权力，还想管这个管那个！凭着我的生命发誓，年老的傻瓜正像小孩子一样，一味的姑息会纵容坏了他的脾气，不对他凶一点是不行的，记住我的话。
>
> （第一幕第三场）

里根在羞辱李尔这一点上同样毫不留情面，认为他身边的武士横行不法，撺掇他变得这样坏。更加讽刺的是，就连她们的下人也都开始怠慢李尔，完全不忌惮李尔的国王身份。高纳里尔的管家奥斯华德称呼李尔为"我们夫人的父亲"而并非"陛下"，甚至敢在李尔面前还嘴：

> 李　尔　啊！你，大爷，你过来，大爷。你不知道我是什么人吗，大爷？
> 奥斯华德　我们夫人的父亲。
> 李　尔　"我们夫人的父亲"！我们大爷的奴才！好大胆的狗！你这奴才！你这狗东西！
> 奥斯华德　对不起，我不是狗。
> 李　尔　你敢跟我当面顶嘴瞪眼吗，你这混蛋？（打奥斯华德。）
> 奥斯华德　您不能打我。
>
> （第一幕第四场）

　　李尔对"我们夫人的父亲"这一头衔很是恼怒，这无疑使他变成了女儿的附属品。如此说来，他的身份是通过自己的女儿被定义的，完全失去了作为君王独一无二的尊严和权威。更为现实的问题是，除了李尔的随身武士和几名追随者，再也不会有人听命于李尔，因为他作为国王最至高无上的权力已经基本被架空。然而，高纳里尔和里根对于李尔仅剩的保留武士权力也不能容忍，一步步紧逼着他削减武士的数量。姐妹俩一唱一和，想要把李尔的随身武士全部遣散：

李　　尔　这是你的好意的劝告吗？

里　　根　是的，父亲，这是我的真诚的意见。什么！五十个卫士？这不是很好吗？再多一些有什么用处？就是这么许多人，数目也不少了，别说供养他们不起，而且让他们成群结党，也是一件危险的事。一间屋子里养了这许多人，受着两个主人支配，怎么不会发生争闹？简直不成话。

高纳里尔　父亲，您为什么不让我们的仆人侍候您呢？

里　　根　对了，父亲，那不是很好吗？要是他们怠慢了您，我们也可以训斥他们。您下回到我这儿来的时候，请您只带二十五个人来，因为现在我已经看到了一个危险；超过这个数目，我是恕不招待的。

李　　尔　我把一切都给了你们——

　　　　　……

高纳里尔　父亲，我们家里难道没有两倍这么多的仆人可以侍候您？依我说，不但用不着二十五个人，就是十个五个也是多余的。

里　　根　依我看来，一个也不需要。

　　　　　　　　　　　　　　　　　　　　　　　　　　　（第二幕第四场）

　　父女三人间的对话足以证明李尔作为国王大权已逝，就连身边的亲信都无法保护。她们真正在意的并不是武士数量的多少，而是为彻底剥夺李尔带兵的权力找理由。高纳里尔可谓一个出色的辩手，她要求削减李尔武士的说辞逻辑缜密，几乎挑不出任何错处。她把一切脏水泼向李尔，自己则站在一个道德制高点对她的父亲进行说教：

　　父亲，您何必这样假痴假呆，近来您就爱开这么一类的玩笑。您是一个有年纪的老人家，应该懂事一些。请您明白我的意思；您在这儿养了一百个骑士，全是些胡闹放荡、胆大妄为的家伙，我们好好的宫廷给他们骚扰得像一个喧嚣的客店；他们成天吃、喝、玩女人，简直把这儿当作了酒馆妓院，哪里还是一座庄严的御邸。这一种可耻的现象，必须立刻设法纠正；所以请您依了我的要求，酌量减少您的扈从的人数，只留下一些适合于您的年龄、知道您的地位、也明白他们自己身份的人跟随您；要是您不答应，那么我没有法子，只好勉强执行了。

（第一幕第四场）

高纳里尔的一面之词并不能证明李尔身边的一百个武士真的放荡不羁，她这样说只是想找个正当的理由赶走那批武士，向世人证明她违逆父亲是出于对道德的维护。高纳里尔和里根声称供养不起李尔的武士，实则是害怕李尔手握兵权，会随时将王权收回来。年轻的统治者也不能忍受士兵们分别侍奉两位主人。她们想要对所有臣民拥有绝对的统治权，而不是李尔赋予她们的有限行政权。

根据英国封君封臣制原则，封君分配土地、财产等给封臣，封臣则忠于封君，永远为封君效劳。李尔是他随身一百名武士的封君，他退位以后依然是封君，理应受到武士们的誓死追随。然而在高纳里尔和里根眼中，这无疑是对她们的一种挑战。好不容易才攫取到现在手握的权力，她们是决不允许任何可能的反叛势力存在的。

在任何封建君主制国家，王权和父权紧密相连。失去王权的李尔在女儿眼中的地位一落千丈，与一位普通民众没什么两样。李尔虽保留着国王之名，却已失去国王之实。不顾伦理道德的两个女儿甚至连对父亲基本的尊敬和爱意都没有。

三、政治与伦理的统一和分离

在莎士比亚的剧作中，从伦理角度拷问人存在的价值和人性善恶是一个永恒的主题，其中最出名的莫过于《哈姆雷特》中关于生死问题的一段独白，表现了人对善恶、生死等哲学问题的深入思考和矛盾心理。同样的主题在《李尔王》中也有体现，人性在权力面前的善恶被刻画得淋漓尽致。《李尔王》中的矛盾冲突和悲剧结尾主要是由家庭伦理和社会伦理的缺失造成的。年轻、年老两代统治者对于政治权力和伦理道德的不同认知导致整个国家内忧外患。

（一）政治从属道德

中世纪的欧洲各国长期信奉"君权神授"的原则，强调君主这一职位是承蒙上帝恩典而来的。国王和皇帝的加冕必须要通过罗马教廷的承认才为合法。因此，君主的权力很大程度上受到罗马教廷的限制，不可以随心所欲发号施令。此外，统治者们还应该履行君职，建立天界与人间的联系。在道德上，他们深受天主教教义的制约，崇尚自然，端正品行。文艺复兴以后，人的地位被提高到了前所未有的位置，人们从传统的封建神学束缚中被解放出来。在英国，国王的权力逐渐强大，对国土、军队、司法等拥有绝对的控制权。在这一过程中，日益膨胀的私欲导致了很多社会问题，诸如剧中的夺权、内乱、异邦入侵，等等。

李尔、考狄利娅、肯特和葛罗斯特代表着传统的古典主义统治者，强调伦理道德对于政治的重要性。没有伦理道德的束缚，统治者很容易成为傲慢自大的暴君，令整个国家陷入极大的危难之中。李尔一开场就给人以一种暴君的形象，因为他任性无理，完全按照自己的喜好行事。但是他对于伦理道德有着十分固执的追求，尤其强调子女的孝顺和臣民的恭顺。女儿、臣子稍有违逆他便感到不满。若不是因为他过于看重纲常伦理，也不至于驱赶他最疼爱的小女儿和长期追随他的忠臣肯特。在遭到大女儿和二女儿的厌弃后，李尔气愤得近乎疯狂，在荒野上向上天控诉女儿的忘恩负义。李尔最初确实是想尽可能公平地分割国土，但他认为考狄利娅说的那番话是对他的不孝，他一怒之下才剥夺了原本属于考狄利娅的那块封地。李尔视整个国家为自己的私有财产，他对土地的分封也许不太合理，但并不涉及不正义的行为。在家天下思想的支配下，李尔认为将权力、王土分封给两个"孝顺的女儿"才能确保自己家族千秋万代的统治。①

肯特和葛罗斯特是古典主义政治的拥护者和捍卫者，坚持国王的权力神圣而不可侵犯。李尔就算再昏庸，他也是英国的国王，代表着国家的最高权力。臣民有责任和义务维护国王的正当权利，封臣更是应该在任何时候都忠于封君。肯特这一人物形象很好地诠释了忠臣对君主的不离不弃。即便是遭到李尔的斥责和驱逐，肯特也要冒着掉脑袋的风险直言进谏，希望李尔能够迷途知返。最后就算被驱逐，肯特也要乔装打扮继续陪伴在李尔身边。葛罗斯特和肯特一样对李尔忠心耿耿，宁愿丢了性命也要追随李尔。虽然葛罗斯特误信了爱德蒙的阴谋而放逐了爱德伽，但他并没有和爱德蒙等一干人同流合污。当李尔被赶出家门流落荒原时，康华尔和高纳里尔等人对他们的父亲极为冷漠，没有表示出一丝关心：

葛罗斯特　王上正在盛怒之中。

康 华 尔　他要到哪儿去？

葛罗斯特　他叫人备马；可是不让我知道他要到什么地方去。

康 华 尔　还是不要管他，随他自己的意思吧。

高纳里尔　伯爵，您千万不要留他。

葛罗斯特　唉！天色暗起来了，田野里都在刮着狂风，附近许多英里之内，简直

---

① 参看李伟民："道德伦理层面的异化：在人与非人之间——莎士比亚悲剧《李尔王》的伦理学解读"，载《外国文学研究》2008 年第 1 期，第 105 页。

连一株小小的树木都没有。

里　　根　　啊！伯爵，对于刚愎自用的人，只好让他们自己招致的灾祸教训他们。关上您的门；他有一班亡命之徒跟随在身边，他自己又是这样容易受人愚弄，谁也不知道他们会煽动他干出些什么事来。我们还是小心点儿好。

康 华 尔　　关上您的门，伯爵；这是一个狂暴的晚上。我的里根说得一点不错。暴风雨来了，我们进去吧。（同下。）

（第二幕第四场）

只有葛罗斯特是出自内心地为李尔担忧，之后他还出门找寻李尔，把他带到有火炉、有食物的地方去。可惜他错将信任付诸爱德蒙，向他透露救济李尔的事。爱德蒙通风报信，导致葛罗斯特惨被当作叛国贼，被挖去双眼。李尔、肯特和葛罗斯特均是老一代的统治者，他们视纲常伦理为不可逾越的禁忌，强调正义和道德。就算李尔的实际权力被架空，肯特和葛罗斯特也不会见风使舵去投靠掌权者。在他们眼中，李尔只要尚在人世，就一直是英国的国王。即便高纳里尔和里根被李尔授予了权力和土地，她们也是名不正言不顺，不能真正统治英格兰。

在年轻一代的君主中，只有考狄利娅和奥本尼可以称得上识道德、懂礼义。与两个恶毒的姐姐不同，考狄利娅就是"善良""美德"的化身。在分封国土时，她没有像两个姐姐那样为了争夺利益哄骗老父亲，而是诚实地说："我爱您只是按照我的名分，一分不多，一分不少。"（第一幕第一场）从这句话中可以看出，考狄利娅非常循规蹈矩，她绝不会对不属于自己的东西有非分之想，更不会谋权篡位，而且她排行第三的辈分也注定了她不可能成为新一任的当权者。被李尔驱逐后，因为担心李尔的处境，考狄利娅暗中与肯特通信，在远方默默地关心着父亲。当李尔身陷险境，王位岌岌可危时，考狄利娅带着法国大军前来救父，还带着医生医治李尔丧失的心神。英法两军的交战是对李尔王权的正义维护，绝不仅仅只是为李尔讨回作为父亲的尊严。

奥本尼这一角色身上同样闪烁着人性的光辉，尤其是在英法两军交战期间展现出了治理国家的才华和仁君的贤德。对于妻子的阴谋，奥本尼公爵可以说是完全蒙在鼓里。李尔遭到高纳里尔无情的羞辱后，怒气冲冲地要离开宫殿，投奔二女儿。奥本尼并没有像高纳里尔那样，对退位后的李尔落井下石，反而还屡次安慰李尔，请他不要生气。他没有与蛇蝎心肠的妻子同流合污实属可贵，并对她说："高纳里尔，虽然我十分爱你，可是我不能这样偏心——"（第一幕第四场）理性和道德让他在权力面前不至于失了心智。

目睹了葛罗斯特的遭遇，他深表同情："啊，天道究竟还是有的，人世的罪恶这样快

图 2-9　李尔与考狄利娅（Ford Madox Brown 绘制，1848 年）

就受到了诛谴！但是啊，可怜的葛罗斯特！他失去了他的第二只眼睛吗?"（第四幕第二场）富有同情心让他区别于高纳里尔、里根和爱德蒙这三位为了权力不择手段的统治者。此外，他遇事冷静、做事果断，反对以短浅的眼光过分操切。戏剧的最后一场，李尔一家人全都死绝，只剩下奥本尼掌控大局、打点后事。他还共邀爱德伽和肯特帮他"主持大政，培养这已经斯伤的国本"。（第五幕第三场）这无疑暗示着奥本尼将成为英国新一任的国王，整个国家在历经新旧两代君主更迭所造成的混乱无序后，终于要在奥本尼这里回归平静。

　　在莎士比亚创作的所有戏剧中，不难发现这些具有古典主义政治观的统治者，往往也是推崇感性经验和理性思维的人文主义者。丹麦王子哈姆雷特便是最好的例子，他内心充满了美好的理想，但同时又能够用理性思考很多哲学问题。因此，当老哈姆雷特的鬼魂出现，诉说被克劳狄斯谋害的过程时，哈姆雷特并没有全然相信，而是想办法求证事实真相。他对克劳狄斯弑父娶母的行为恨之入骨，却又因为内心的善良错失复仇的机会。哈姆雷特的好友霍拉旭同样是一位人文主义者，奉行古典主义政治观。他正直善良、睿智稳重、效忠君主，同时他又不像哈姆雷特那样犹豫不决。这样对比下来，霍拉旭是比哈姆雷特更理想的君主形象。正因他的性格特点更加完善，他才能在这场宫廷政治斗争中存活下来。

(二) 马基雅维利式的君主

西欧君主专制国家建立后，各国统治者纷纷推崇有利于巩固王权的学说，其中最具代表性的就是马基雅维利①主义。马基雅维利认为人性本恶，每个人都应该趋利避害，主张统治者将政治与道德分开，这样治理国家才会更加有效。② 奉行马基雅维利主义的统治者在政治上尔虞我诈、背信弃义、不择手段。高纳里尔、里根夫妇和爱德蒙皆属于这类君主，为了攫取权力而将道德、伦理抛诸脑后，剧中的矛盾冲突很大程度上都是由他们挑起的。高纳里尔、里根不顾父女姐妹情谊，先是对自己的妹妹落井下石，面对考狄利娅的出走无动于衷，毫无同情心可言；而后又对父亲不孝，无理谩骂，轻视给予她们一切的老父亲。在没有得到权力之前，她们一直忍气吞声，虚情假意地讨好父亲。一旦阴谋得逞，她们立刻露出自私凶残的真面目，所谓的父女之爱就是个荒谬的笑话。

掌权后，两姐妹因为爱德蒙争风吃醋，感情开始不和。荒唐的是，高纳里尔鄙视身边那位深明大义的丈夫，却爱上狡猾奸诈的爱德蒙。高纳里尔为了和爱德蒙在一起，甚至不惜毒害奥本尼公爵，犯下谋杀亲夫的罪行。或许正是因为高纳里尔和爱德蒙同为马基雅维利式的君主，这种相似性使得高纳里尔自然而然想要亲近爱德蒙。在英法大军交战之前，英军统领之间的对话让人匪夷所思：

> 奥 本 尼　伯爵，说一句不怕你见怪的话，你不过是一个随征的将领，我并没有把你当作一个同等地位的人。
>
> 里　　根　假如我愿意，为什么他不能和你分庭抗礼呢？我想你在说这样的话以前，应该先问问我的意思才是。他带领我们的军队，受到我的全权委任，凭着这一层亲密的关系，也够资格和你称兄道弟了。
>
> 高纳里尔　少亲热点儿吧；他的地位是他靠着自己的才能造成的，并不是你给他的恩典。
>
> 里　　根　我把我的权力托付给他，他就能和最尊贵的人匹敌。
>
> 高纳里尔　要是他做了你的丈夫，至多也不过如此吧。
>
> 里　　根　笑话往往会变成预言。
>
> 高纳里尔　呵呵！看你挤眉弄眼的，果然有点儿邪气。
>
> 里　　根　太太，我现在身子不大舒服，懒得跟你斗口了。将军，请你接受我的

---

① 马基雅维利(1469—1527 年)，意大利政治家、历史学家，主张为达到目的可以不择手段的政治权术理论，"马基雅维利主义"后成为政治上谋略的代名词。

② 详见马基雅维利：《君主论》，刘训练译，中央编译出版社，2017 年版。

军队、俘虏和财产；这一切连我自己都由你支配；我是你的献城降服的臣仆；让全世界为我证明，我现在把你立为我的丈夫和君主。

高纳里尔　你想要受用他吗？

奥本尼　那不是你所能阻止的。

爱德蒙　也不是你所能阻止的。

奥本尼　杂种，我可以阻止你们。

里　根　(向爱德蒙)叫鼓手打起鼓来，和他决斗，证明我已经把尊位给了你。

奥本尼　等一等，我还有话说。爱德蒙，你犯有叛逆重罪，我逮捕你；同时我还要逮捕这一条金鳞的毒蛇。(指高纳里尔)贤妹，为了我的妻子的缘故，我必须要求您放弃您的权利；她已经跟这位勋爵有约在先，所以我，她的丈夫，不得不对你们的婚姻表示异议。要是您想结婚的话，还是把您的爱情用在我的身上吧，我的妻子已经另有所属了。

高纳里尔　这一段穿插真有趣！

(第五幕第三场)

在即将开战的紧要关头，她们还在讨论儿女情长，似乎非常不合时宜，毕竟她们之前为了争夺权力付出了不少"努力"。眼看英法战争将要爆发，君王的位子也要岌岌可危，可高纳里尔和里根竟然一点都不关心战争的胜负，一心想着如何能得到爱德蒙。实际上，作为马基雅维利式的统治者，她们关心的只有自己的本能欲望和利益。之所以费尽心思夺权也只是为了更好地满足自己的需求，而对于国家乃至人民的利益她们并不在乎。她们可以为了王权牺牲父女、姐妹之情，为了情爱甚至不惜使黎民百姓陷入水深火热之中。不难想象，英国如果继续被高纳里尔和里根两姐妹统治，普通民众将会叫苦不迭，整个国家从上至下将会混乱不堪、毫无秩序可言。

剧中另一位马基雅维利式的君主当属爱德蒙，可以说他将马基雅维利主义发挥到了极致。第一幕第一场的开头就是肯特、葛罗斯特和爱德蒙三人间的对话，交代了爱德蒙的身世。他只是一个没有正当身份的私生子，却深受葛罗斯特喜爱。根据当时的法律，只有长子爱德伽有权继承葛罗斯特的爵位和财产。无论是在东方还是西方，家庭伦理往往惊人的相似，只有嫡长子才有继承权，因为他们生来就被视为家族血脉的传承者。庶出的子女地位要卑贱许多，而且他们应该安分守己，遵守伦理纲常，不该觊觎不属于自己的东西。爱德蒙在剧中是一个彻底的反叛者，目的就是要"把合法的嫡子压在他的下面"。(第一幕第二场)爱德伽和爱德蒙虽为亲兄弟，可他们的品行却完全不同，导致两种截然相反的结局。如果不是因为道德败坏，爱德蒙也许会和他哥哥爱德伽一样，成为一名辅佐王上的英勇将士。他最终的结局无疑暗示了马基雅维利主义在剧中的失败。

哈罗德·布鲁姆却对爱德蒙这一人物形象评价颇高，称其"有冲动，有大智，有丰富的见识，也有冷峻的快乐，能保持情绪高昂，直到死亡。他没有任何温情，可以说是文学史上第一位表现了陀思妥耶夫斯基式虚无主义特质的人物"①。爱德蒙将这一马基雅维利式角色提高到了新的高度，作为剧中的大反派，他毫不掩饰自己内心的阴暗。不缺美貌和才智的爱德蒙无法接受因为庶子的身份屈居爱德伽之下，极力想向世人证明公正可以通过自己的努力获得。从这个角度来看，爱德蒙并不是坏得无可救药，他至少推进了平等主义和个人主义。这个人物形象非常饱满，爱德蒙临死前终于良心发现了一回，坦白接到了缢死考狄利娅的密令，虽然为时已晚。

不难发现，马基雅维利式的君主多次出现在莎翁的剧作中，他们通常道德败坏，无视纲常伦理。《哈姆雷特》中的克劳狄斯弑兄娶嫂，因为害怕杀害老哈姆雷特的罪行被揭露，屡次暗害亲侄子哈姆雷特。《麦克白》里的麦克白将军以下犯上、弑王篡位，而后又大开杀戒，使整个苏格兰血流成河。《理查三世》中的国王也许是莎士比亚笔下最臭名昭著的恶人，杀人毫不手软，对权力的欲望可以说到了癫狂的状态。他不仅外貌丑陋，内心更加阴险狡诈，用仇恨的眼光对待周围一切的人与事物。理查三世在登基之前用极其狠毒的手段杀害了本应继承王位的亲侄子爱德华五世，即位之后仍不罢手，继续疯狂屠戮。另一位有代表性的马基雅维利式的君主是亨利四世，同样弃伦理道德于不顾，本无合法继承权却通过弑君篡位替代了理查二世。

马基雅维利式的统治往往以失败告终，恶贯满盈的国王也没有落得一个好下场。这些鲜活的例子再次说明了统治者除了要有谋略，更应该具备高尚的道德品质。只有当政治智慧和道德伦理相互协调统一时，统治者才能真正造福于民。在《李尔王》中，爱德伽和奥本尼始终保持了善良的本性，从未表现出对权力的贪欲，是莎翁理想中的君主形象。

四、土地与王权

英国是典型的土地私有制国家，所有土地归英王所有。领土的大小、主权与国王的权力密不可分。亨利七世②上台伊始一项重要的举措就是通过扩充王室领地振兴财政，从而巩固王权。1485—1495 年，他利用议会多次通过收回王室领地的法案，并且剥夺反叛贵族的公民权，没收其财产。亨利七世还亲自任命王室官员担任独立于财政部的土地总监，分

---

① Bloom, Harold. *The Western Canon.* Boston：Houghton Mifflin Harcourt，1994：50.
② 亨利七世(1457—1509 年)，都铎王朝的建立者，1485—1509 年在位。在位期间奖励工商业的发展，有贤王之称。

赴各地执行国王的旨意。① 这些措施很快使得英国王室实现财政收支平衡，可见土地对于王室的重要性。同样，土地收入也是英国贵族收入的重要组成部分。圈地运动后，贵族占有的土地比例提升，仅靠收租就能赚取巨额利润。王室土地的分割和贵族土地的继承是莎士比亚在《李尔王》中所探讨的重点问题。

《李尔王》中的主线冲突和副线冲突与土地、爵位的分封和继承紧密相连。李尔的家庭悲剧乃至整个国家的动荡不安都始于三分国土。可以说，封土的面积和优劣很大程度上反映了一个贵族手握权力的大小。高纳里尔和里根吞并原本属于考狄利娅的封土是为了进一步争夺王权。同样地，爱德蒙处心积虑想要继承葛罗斯特的封地和爵位，以洗作为私生子的耻辱。土地与王权在剧中交织渗透。有的评论家甚至认为，《李尔王》就是一部关于空间，尤其是空间政治的戏剧。② 另外，剧中的几个主要角色也都是以地名来命名的，他们包括康华尔公爵、奥本尼公爵、肯特伯爵、葛罗斯特伯爵，还有勃艮第公爵和法兰西国王。贵族的身份地位与他拥有的封地是无法分割的。

(一) 英国骑士制度

英国早在盎格鲁-撒克逊时期③就是一个等级分明的社会，各等级名目繁多。普通民众通过缴纳偿命金就能赚取一个贵族头衔。1066 年诺曼征服后，诺曼底公爵威廉即位为英王，是为威廉一世，在英国建立了封建制度以及封君封臣关系。诺曼底王朝奉行王位世袭制，并且国王可以任命国家官职人员，接受者同样可以世袭。英国的贵族爵位分为五等，从高至低分别为：公爵、侯爵、伯爵、子爵、男爵，这些爵位一旦被授予就能通过世袭代代相传，除非被君主剥夺。英的公爵授予始于爱德华三世④之子康华尔公爵，后来又陆续增加了几名公爵，但一般仅限于王室成员。公爵拥有广阔的封地，收入丰盈，往往会蓄养大量的随从、家丁等，位高权重者甚至可以支配一定数量的士兵。

公爵的这些特权在《李尔王》中均有体现。因为李尔没有儿子，他的两个女婿被授予了公爵爵位。在此剧中，这两位公爵的权力很大，他们在各自的城堡中都蓄养了大批的武士、侍从等，对李尔的国王地位造成了极大的威胁。他们手下的仆人甚至无视李尔的国王身份，只听从公主和公爵的调遣。伯爵为贵族爵位中的第三等级，是诺曼征服之前就存在的贵族称谓。诺曼征服后，威廉一世为了削弱伯爵的权力，限制每个伯爵的辖区仅为一

---

① 参看张乃和："16 世纪英国财政政策研究"，载《求是学刊》2000 年第 2 期，第 108 页。
② Elden, Stuart. "The Geopolitics of King Lear: Territory, Land, Earth." *Law&Literature*, Vol. 25, No. 2, 2013: 147-165.
③ 5 世纪中叶——1066 年。
④ 英格兰国王，1327—1377 年在位。

郡，与国王有着明确的封君封臣关系。伯爵如若兴兵作乱便会被王军镇压，或受到其他贵族的制裁。爱德伽急不可耐地想继承葛罗斯特的伯爵爵位，所以故意透露消息给康华尔公爵，让他误以为葛罗斯特叛国。因此，康华尔公爵在以为掌握了葛罗斯特的叛国证据后，明目张胆地对葛罗斯特动用私刑。哪怕他这样做会违背司法程序，他仍然可以以消灭叛党为由为自己辩护。

骑士属于贵族阶级的最低层，通常只有一小块封地。骑士最开始是受过正式军事训练的骑兵，为国王效忠，后来逐渐演变为一种贵族称号。中世纪的欧洲战争频发，各国都需要培养大量的骑兵参与军事斗争。在战场上英勇奋战、屡立战功的骑兵会被国王授予骑士的荣誉称号，并能获得一块封地。因此骑士的身份不是通过继承而来的，这也就成为普通人获取贵族身份的有效途径。骑士制度最早起源于 8 世纪的法兰西王国，诺曼征服后，法国的骑士制度结合英国当地的军事传统，形成了英国特色的骑士制度。骑士爱情观的传入和骑士文学的创作进一步加强了骑士阶层在英国的确立。虽然骑士制度为普通平民进入上流社会提供了机会，但是成为一名骑士绝非易事。一个男孩要经过长年累月的艰苦训练，通过侍从、扈从阶段的培养选拔，成年后加以封授才能成为骑士。成为骑士后，他会被领主赐予一定的土地和财产，同时也要为领主效忠，履行骑士精神，锄强扶弱。14、15 世纪后，随着社会经济的发展和市民阶层的崛起，骑士等下级贵族日益转向以谋利为生，经营地产和工商业。他们利用手中的土地收取地租，投身商业，与好勇斗狠的战争生活已呈渐行渐远之势。

根据《中世纪骑士词典》的定义，骑士精神是一名骑士的品质。他出身高贵、举止文雅、诚实、忠诚，对妇女有礼貌、纯洁、勇敢、无私，身怀着宗教感情，具有强烈的荣誉感，同情弱者、慷慨大方、舍己为人。[①] 在众多的骑士精神中，忠诚被视为最重要的品质。骑士必须并且仅对封建领主效忠，可以是国王，也可以是其他贵族。骑士的忠诚不仅表现在上战场为了国家的利益奋勇杀敌，还应该表现在对封建领主的忠心追随。在《李尔王》中，李尔所保留的一百名武士其实就是忠于他的骑士。封君封臣关系一旦形成便不能轻易背弃，封臣要履行具体的义务，服从和尊敬封君，封君也要有义务保证封臣的土地。因此，李尔作为这一百名武士的封君，在享受武士们对他尽忠尽责的同时也要确保手下武士的权利不受他人侵害。主动退位后，李尔考虑到自己被削弱的权力，让两个女儿答应供养自己的一百名武士也是为了给他们提供一些庇护。然而，在高纳里尔和里根看来，这一百名武士的存在等于宣告李尔的封君身份，想要彻底夺权的新君是决不允许自己的宫殿内

① Matthews, John. *Dictionary of Medieval knighthood and Chivalry.* Westport, CI: Greenwood Press, 1998.

图 2-10　骑士授衔仪式（Edmund Blair Leighton 绘制，1901 年）

有人存有异心的。

　　骑士们除了要为封君作战，在日常生活中还要参加各种竞技活动，其中最重要的一项便是比武。比武由最开始的两个骑士之间的切磋逐渐演变为一种重大的社会活动，甚至成为骑士们在公众面前展现自己武艺和胆识的舞台。比武的形式多样，按照是否骑马可以划分为马上比武和马下比武两种；按照比武人数可以划分为群体比武、一对一单挑和单人冲靶等；按照组织方式可以划分为圆桌比武、攻关比武、骑士游行竞技表演等。[①] 在莎士比亚的戏剧中，一对一单挑是最常见的比武形式。当剧中的主人公遇到不可调和的矛盾时，经常会通过比武来一决胜负。在《罗密欧与朱丽叶》中，朱丽叶的堂哥提伯尔特向罗密欧提出决斗，罗密欧好心避让，不料好友却被提伯尔特杀死。罗密欧一怒之下提剑杀死提伯尔特，最后被爱斯卡勒斯亲王放逐。《哈姆雷特》中的比武决斗更加广为人知，并且是全剧的最高潮。奥菲利亚的哥哥雷欧提斯为了给父亲、妹妹报仇，在最后一幕的比武中一剑刺中

---

　　① 参看唐运冠："西欧中世纪骑士比武的兴衰"，载《世界历史》2016 年第 1 期，第 47 页。

哈姆雷特。一心只为复仇的雷欧提斯没料竟中了克劳狄斯的诡计，剑上的剧毒让哈姆雷特毙命，他自己也身负重伤而亡。

相似的场景也出现在《李尔王》的最后一幕最后一场。在喇叭声中，爱德伽武装上场，他和爱德蒙在比武前的对话清楚地彰显了骑士精神：

> 爱德伽　拔出你的剑来，要是我的话激怒了一颗正直的心，你的兵器可以为你辩护；这儿是我的剑。听着，虽然你有的是胆量、勇气、权位和尊荣，虽然你挥着胜利的宝剑，夺到了新的幸运，可是凭着我的荣誉、我的誓言和我的骑士身份所给我的特权，我当众宣布你是一个叛徒，不忠于你的神明、你的兄长和你的父亲，阴谋倾覆这一位崇高卓越的君王，从你的头顶直到你的足下的尘土，彻头彻尾是一个最可憎的逆贼。要是你说一声"不"，这一柄剑、这一只膀臂和我的全身的勇气，都要向你的心口证明你说谎。
>
> 爱德蒙　照理我应该问你的名字；可是你的外表既然这样英勇，你的出言吐语，也可以表明你不是一个卑微的人，虽然按照骑士的规则，我可以拒绝你的挑战，我却不惜唾弃这些规则，把你所说的那种罪名仍旧丢回到你的头上，让那像地狱一般可憎的谎话吞没你的心；凭着这一柄剑，我要在你的心头挖破一个窟窿，把你的罪恶一起塞进去。吹起来，喇叭！（号角声。二人决斗。爱德蒙倒地。）
>
> （第五幕第三场）

骑士精神中最重要的就是忠于封建领主，倘若一名骑士背叛了自己的领主，他就会遭到世人的鄙视和唾弃。其他的骑士、贵族们甚至都有义务教训此类"叛徒"，正如爱德伽当众宣布爱德蒙为叛徒。在忠诚面前，荣誉、地位都显得一名不文。两人的对话还表明，骑士间的比武是一项严肃庄严的竞技项目。正式比武前双方都需清楚彼此的真实身份，还有专门的军士负责吹响喇叭。比武原则力求公平公正，这样才足以体现诚实勇敢的骑士精神。

（二）土地私有化进程

李尔三分国土无异于宣告土地属于他的私人财产，他对国土的分配恰好体现了英国土地的私有化进程。在盎格鲁-撒克逊时期就存在许多国王的土地，奴隶和其他依附劳动者为国王的地产耕作。但是盎格鲁-撒克逊诸王受到氏族旧有法律的约束，无权随意处置土地。随着国家形态的日益完备和王权的日益发展，英国土地逐渐摆脱传统习惯的约束，尤其是书田的出现促进了国王封赐土地的机制。书田指的是以赐地文书为根据占有的土地，被国王用来赐予封建主或教会。书田的出现加速了土地私有的进程，氏族旧传统的羁绊日益被抛弃。

诺曼征服后，整个英格兰成为威廉一世的土地，忏悔者爱德华和其他反抗贵族的土地也被接收。威廉一世把许多土地赏赐给随他前来的诺曼贵族，开启了英国的封臣制。根据封臣制的原则，英国国王对于已分封出去的土地仍享有许多权力。封臣死后若无继承人，土地可以收回；封臣若犯重罪，土地可以没收。国王对重罪解释权的扩大提升了他对全国土地的没收权，且对未成年的封臣继承人有监护权。此外，国王还可以对分封出去的土地征收盾牌钱、协助金、继承金等。这些规定足以证明英王对土地具有相当大的控制权。

除了王田和封地，英国国王还对广大的森林有控制权。威廉一世曾划大片森林为王室森林，为王家狩猎之所，禁止人民到里面伐木打猎。[1] 后来历代国王不断扩大王室森林，到亨利二世时，王室森林达到最大规模，大约覆盖了全部国土的三分之一。[2] 森林每年都为王室带来丰盈的收入，以出售所产木材、兽皮等获利，因此，历代英国国王都设法保持大片森林。李尔在进行国土分配时，因为高纳里尔十分讨他的欢心，他便赐予了高纳里尔一大片沃壤。"在这些疆界以内，从这一条界线起，直到这一条界线为止，所有一切浓密的森林、膏腴的平原、富庶的河流、广大的牧场，都要奉你为它们的女主人；这一块土地永远为你和奥本尼的子孙所保有。"（第一幕第一场）这是李尔对封地的描述，他紧接着又赐给里根同样一块富庶的土地。

李尔往日一向对小女儿最疼爱有加，在这次国土分配时也有意将最好的土地留给小女儿。分给高纳里尔和里根土地之后，李尔担心考狄利娅心里会不平衡，特意说："现在，我的宝贝，虽然是最后的一个，却并非最不在我的心头；法兰西的葡萄和勃艮第的乳酪都在竞争你的青春之爱；你有些什么话，可以换到一份比你的两个姊姊更富庶的土地？说吧。"（第一幕第一场）李尔的言外之意其实就是已经准备好了一块更加富庶的土地给考狄利娅，前提是她要用更动听的言语来表达对父亲的爱。这样说来，李尔原本准备分给三个女儿的土地都是非常肥沃富庶的，而这三块封地加在一起就是李尔个人所掌握的王土。这足以说明国王所拥有的土地乃是整个英国最富饶的，或者说，在《李尔王》所映射的历史时期，整个英国的国土都极为富庶。事实也正是如此，在经历了几百年的土地拓展后，16世纪的英国，羊比人多，其数量大概是人的三倍。过于稀少的人口导致丰富的农业和矿产

---

① 马克垚：《英国封建社会研究》，北京大学出版社，2005 年版，第 61-62 页。

② 威廉·霍斯金斯：《英格兰景观的形成》，梅雪芹、刘梦霏译，商务印书馆，2018 年版，第 90页。

资源都得不到有效的开发。据英国学者霍斯金斯描述，英格兰当时是一个农业国度，草木青葱，山林幽静。在这里，大片茂密的森林要么与种着大麦、豆子或小麦的千顷"良田"交错，要么由斑驳的荒野、凄凉的高原以及小片的牧场围地穿插其间。①

英国土地的私有化进程伴随着封建制度的建立和逐步发展。诺曼征服后，全国的封建土地，最终都是向国王领有的。按国王→总佃户→其他佃户的顺序，土地被层层分封，形成了一个多层金字塔的结构，但最终均上溯至国王。国王是英国土地名义上的所有者，封授出去的土地称之为封土，被封授土地的封臣与国王结成封君封臣关系。封臣自己也能把封地转封给另一个人，并且还可以设定领有条件依次转封下去。封臣相应地也要向封君履行义务，比如服军役和提供盾牌钱。虽然封臣有支配、处分其封地的权力，但是必须受到上级封君的限制。所以说封地并不是封臣能自由支配的私人财产，归根到上级还是属于位于金字塔顶端的国王的财产。

英国国王为了防止贵族割据，分配给他们的地产往往会分散各处。此外，为了加强王权，英王会时常封赏土地给亲信，以扩大支持自己的势力，也是对其他贵族封建主的一种抗衡。分散的封地不便于管理，封建主们因此将零碎的土地租赁给农场主，每年向农场主收取大量的租金从而盈利。除了封建主庄园上的土地，庄园上的设备、牲畜、家禽和粮食都可以用来出租。尤其在 1347—1348 年，黑死病②席卷英国后，大批人口死亡，庄园无人耕作，封建主们于是将更多的土地出租出去，土地租赁逐渐占据主导地位。不过总的来说，英国封建时期的土地绝大多数还是掌握在国王、教会和封建领主手中。

16 世纪，英王亨利八世推动宗教改革，没收了大量修道院的土地，转而赏赐给臣属或公开出售，甚至一些王室的土地也可用来出售。这一举措使得世俗贵族和乡绅占有的土地大大提升，用金钱买卖土地的情况也越来越频繁。随着资本主义工商业的发展，土地所有权向农场主等平民的流转进一步加快，逐渐完成土地私有化的进程。新兴资产阶级迅速崛起，通过发展工商业获取大量的财富。而古老的贵族慢慢落后于时代潮流，最后只能靠变卖封土和家产来维持奢靡的生活。

（三）荒原意象

在莎士比亚的戏剧中，自然场景一直占据着十分重要的地位。从早期喜剧中轻松美好的自然景色到后期悲剧中阴暗荒凉的野外场景，自然元素始终与剧情发展和人物经历息息

---

① 威廉·霍斯金斯：《英格兰景观的形成》，梅雪芹、刘梦霏译，商务印书馆，2018 年版，第 90 页。

② 也称鼠疫，由老鼠泛滥导致，断断续续延续了 300 多年，英国近 1/3 的人口死于鼠疫，直到 1666 年伦敦大火之后才被消灭。

相关。《李尔王》中的两大故事场景主要发生在宫殿和野外，场景间的转换见证了李尔王权被削弱的全过程。第一幕第一场被设置在李尔王的宫中大厅，在这里李尔处于全剧权力的巅峰，他可以按自己的喜好分配国土、流放大臣。在自己的王宫中，李尔完全是随心所欲，丝毫没有意识到他做的决定有多荒谬。随着场景逐渐转移到奥本尼公爵府和葛罗斯特城堡，李尔的权力也逐渐被削弱。当李尔被两个女儿弃之荒野时，他作为国王所拥有的权力已基本全部丧失。

荒野的出现揭开了英国政治混乱的序幕，暴风雨的到来则预示着李尔清醒意识的觉醒。荒原上电闪雷鸣、风雨交加，李尔面对女儿的无情和大自然的威力似乎丧失了心智。他任凭暴风雨的肆虐也要待在旷野上，弄人和肯特几番劝解进屋都无效。但事实上，暴风雨洗涤了李尔昏聩的双眼和心灵，让他意识到人类在大自然面前无比渺小："难道人不过是这样一个东西吗？想一想他吧。你也不向蚕身上借一根丝，也不向野兽身上借一张皮，也不向羊身上借一片毛，也不向麝猫身上借一块香料。嘿！我们这三个人都已经失掉了本来的面目，只有你才保全着天赋的原形；人类在草昧的时代，不过是像你这样的一个寒碜的赤裸的两脚动物。"（第三幕第四场）在此之前，李尔一直认为自己是宇宙的中心，女儿和臣子稍有异议就是对他的忤逆。过于盲目自大导致他分不清逆耳忠言和甜言蜜语，最终误信谗言做出错误的决定。

在西方文学中，荒原这一意象最早可以追溯到《圣经》中的失乐园。人类始祖亚当和夏娃受撒旦诱惑偷吃了禁果，被上帝逐出伊甸园，因此踏上征服自然荒原的旅程。布满荆棘的失乐园象征着人类文明的开端，因为他们获取智慧后不能再无忧无虑地生活在伊甸园，需要依靠自己的双手去创造一个新的世界。在此后的上千年里，荒原的意象多次出现在各种文学作品中，大多象征着了无生机、混乱无序的状态。20 世纪初，Ｔ·Ｓ·艾略特的一首长诗《荒原》(*The Waste Land*)更是刻画了一个荒凉空虚的人类现代精神荒原。"一战"过后，西方社会一片萧条，人们过去长期信奉的传统价值体系已经分崩离析。代表着现代文明的城市伦敦也在荒原中陷落，曾经的辉煌一去不复返。荒原不仅指代荒废萧条的物质世界，也象征着人类处于新旧文明交替间的精神空地。

《李尔王》中的荒原场景同样存在《圣经》里失乐园的影子，风、雨、雷、电等意象象征着天上的诸神。李尔流落荒原可以看作被上帝放逐，因其之前片面地强调君权而忽略君职的概念，隔断了天界与人间的任何联系。① 李尔的自大狂妄激怒了上帝，作为惩罚，他被两个女儿驱逐，正如亚当和夏娃被上帝驱逐出伊甸园一样。荒野上，李尔同暴怒的大自然竞争：

---

① 冯伟："《李尔王》与早期现代英国的王权思想"，载《外国文学评论》2013 年第 1 期，第 33 页。

他叫狂风把大地吹下海里，叫泛滥的波涛吞没了陆地，使万物都变了样子或归于毁灭；拉下他的一根根的白发，让挟着盲目的愤怒的暴风把它们卷得不知去向；在他渺小的一身之内，正在进行着一场比暴风雨的冲突更剧烈的斗争。这样的晚上，被小熊吸干了乳汁的母熊，也躲着不敢出来，狮子和饿狼都不愿沾湿它们的毛皮。他却光秃着头在风雨中狂奔，把一切付托给不可知的力量。

（第三幕第一场）

图 2-11　《风暴中的李尔王》（John Runciman 绘制，1767 年）

他将对两个不孝女的怨气撒在荒野上，向上帝抱怨自己遭受的不公。此时，李尔并没有意识到自己作为国王所做的决定有多荒唐，没有考虑到国家的利益，只是一味依据主观感受分配国土和过分强调国王享有的权力。一时间，他无法接受自己从高高在上的统治者沦为流浪荒野的可怜人这一事实，所以他向自然控诉，希望自然的神秘力量能帮他惩罚两个女儿。被愤怒冲昏头的李尔甚至控诉起风、雨、雷、电，骂它们为"卑劣的帮凶"，"滥用上天的威力"。（第三幕第二场）流浪荒野的最初，李尔仍旧认为他自己"是个并没有犯多大的罪、却受了很大的冤屈的人"。（第三幕第二场）然而，狂风暴雨拍打着他，李尔逐渐认清现实并开始反思自己的过错：

李尔　……衣不蔽体的不幸的人们，无论你们在什么地方，都得忍受着这样无情的暴风雨的袭击，你们的头上没有片瓦遮身，你们的腹中饥肠雷动，你们的衣服千疮百孔，怎么抵挡得了这样的气候呢？啊！我一向太没有想到这种事情了。安享荣华的人们啊，睁开你们的眼睛来，到外面来体味一下穷人所忍受的苦，分一些你们享用不了的福泽给他们，让上天知道你们不是全无心肝的人吧！

（第三幕第四场）

这一段话体现了人文主义中的平等、博爱精神，李尔开始尝试站在普通人的角度思考问题。后来他遇到同样无家可归的爱德伽，后者衣不蔽体的样子更加激起了李尔的同情心。爱德伽原本为葛罗斯特之子，因被爱德蒙陷害而遭到父亲的放逐。为了不被人发现真实身份，爱德伽装疯卖傻，乔装为乞丐汤姆，在荒野上碰巧遇到李尔一行人。也许是出于对自己的同情，李尔一路十分照顾汤姆，并称这位毫无粉饰的乞丐为"哲学家"。（第三幕第四场）相较于人类建造的城堡、宫殿，荒野是尚未开发的蛮荒之地，人迹罕至。城堡等宏大的建筑代表着人类文明世界，而荒野则象征着自然原生世界。化身为乞丐的爱德伽与粗犷冷峻的荒野浑然一体，"他吃的是泅水的青蛙、蛤蟆、蝌蚪、壁虎和水蜥；恶魔在他心里捣乱的时候，他发起狂来，就会把牛粪当作一盆美味的生菜；他吞的是老鼠和死狗，喝的是一潭死水上面绿色的浮渣……"（第三幕第四场）爱德伽这种与命运抗争、与自然搏斗的精神更是让李尔对他另眼相看。李尔把他当作"最有学问的法官"，在他面前控诉两个女儿的冷血心肠。（第三幕第六场）

李尔和爱德伽无法在宫廷中容身，被放逐荒原，借助自然的力量存活。同样，两位忠臣肯特和葛罗斯特最终也是在荒原上落脚。肯特在李尔王宫中被放逐，而葛罗斯特更是在自己的城堡中遭受不公，被剜去双眼。宫殿和城堡无疑象征着政治生活的残酷与黑暗，表面上光鲜亮丽，实则藏污纳垢，各种阴谋、诡诈在这里接连上演。荒原恰好是城邦文明的对立面，代表着未经雕琢的自然世界。荒野上的暴风雨不管有多么恶劣可怕，终究是最真实的景象，向李尔揭露人类政治斗争远比风雨雷电要凶猛得多。李尔、肯特等老一代统治者奉行的古典主义政治原则只有在荒原这样远离城邦的僻静之地才能得以保留。李尔在荒原上的狂呼乱叫也是对马基雅维利主义的怒斥。

文学评论家坎托曾说："《李尔王》强大的悲剧想象，深深根植于莎士比亚对政治生活极其局限性……的理解。"①李尔的个人悲剧由智慧和权力的失调造成。作为高高在上的国

---

① 坎托："《李尔王》：智慧与权力的悲剧性分裂"，见阿鲁里斯、苏利文编选：《莎士比亚的政治盛典——文学与政治论文集》，赵蓉译，华夏出版社，2011年版，第220页。

王时，李尔可悲地切断了与公正统治所需的智慧的联系，专行独断令他最终从王位上跌落下来。彻底失去权力的李尔反而在暴风雨的洗涤中重获统治的智慧，然而更加专断心狠的统治者剥夺了他继续统治的能力。接连不断的阴谋甚至令他失去作为父亲的尊严和体面。

从全剧开头就暗示的政治骚乱直到最后一幕最后一场才得以平息，莎士比亚在剧末重建政权。区别于以往的暴力统治，新政由更加富有人性的君王领导。莎翁心中的理想君王更像是奥本尼、爱德伽和肯特三者的结合体，为日后的三权分立政体奠定了雏形。综上所述，《李尔王》这部剧集中体现了16世纪英国乃至整个西方政治的缩影，以悲剧的故事渲染了英国处在新旧两代君主交替过程中的迷茫状态以及相应的政治探索。

五、研讨题目

1. 分析《李尔王》所反映的主题。
2. 分析李尔自我认识的历程。
3. 你认为谁更适合做最后的新王，爱德伽还是奥本尼？请谈谈你的理由。
4. 试比较《李尔王》中的战争与英国1688年光荣革命的异同。

第二讲：莎士比亚戏剧与西方经济（以《威尼斯商人》等为例）

一、引言

商业资本主义的形成建立在欧洲封建社会秩序瓦解的基础之上，这一过程跨越了好几个世纪。地理大发现与殖民掠夺给欧洲带来丰厚的财富。十字军，尤其是传奇的圣殿骑士团①，给欧洲带来了重要的财富。"新大陆"美洲的发现与掠夺给欧洲输送了数以吨计的黄金和白银。此外，殖民贸易使得欧洲统治者的财富暴涨。统治者纷纷执行有利于工商业发展的政策，商业、银行和金融等资本主义活动迅速兴起与发展，这些先是于13、14世纪在意大利各公国充分展开，随后扩展到了荷兰和英格兰，资产阶级（商人和银行家）初步形成。15世纪，西方经济进入资本主义原始积累的发展阶段。英国工业革命促使生产力迅速提高。15世纪下半叶，随着印刷和熔炼技术的发明、水力的应用、矿井中有轨拖车的使用，金属和纺织生产进步显著。正是在这一时期，最早的火炮和其他火器开始被制造出来并付诸使用，加上造船和航海技术的改良使得新航路得以开启。

16世纪初，英国资本主义迅速发展。殖民掠夺、商业贸易等活动使欧洲资本主义经济繁荣发展。随着海外殖民市场扩展，欧洲资本主义手工工场不断扩大，亟需大量自由劳动力。英国"圈地运动"摧毁了传统的农业经济，大量劳动力涌入城市，成为廉价劳动力。劳动力与生产力的结合促进了城市资本主义经济的发展，也给城市带来了生机与活力。继威尼斯与佛罗伦萨之后，伦敦和巴黎等城市也发展起来，人口超过5万，甚至10万。到1600年，伦敦和巴黎人口骤然增加到20万。而且，这些城市人口的平均年龄都很年轻。据估计，16世纪末的伦敦市区一半人口的年龄不到20岁。② 年轻的伦敦人乐观、冲动、干劲十足，他们成立各种股份公司，远洋航行到世界各地开展殖民活动。人们常常把那个时代看作冒险家的时代和雄心勃勃的梦想家时代。

---

① 圣殿骑士团，又称神庙骑士团，正式全名为"基督和所罗门圣殿的贫苦骑士团"（拉丁语：Pauperes Commilitones Christi Templique Solomonici），是法国中世纪时期天主教军事组织，著名的三大骑士团之一。成员大多是法兰西人，被称为"圣殿骑士"，特征是白色长袍绘上红色十字，其口号是"God wills it"（天主的旨意）。圣殿骑士团在罗马教廷支持下，拥有诸多特权，其规模、势力和财富迅速增长，甚至发展出最早的银行业。后来，其财富和权势遭国王和主教的羡慕和嫉恨，被法国国王腓力四世编织"异端"罪名，迫使教皇宣布解散圣殿骑士团，其大多数成员被逮捕并处以火刑。

② ［英］彼得·艾克洛德：《莎士比亚传》，郭俊，罗淑珍译，国际文化出版公司，2010年版，第115页。

在众多充满梦想的年轻人当中,莎士比亚在伦敦以自己的天赋与勤奋开辟属于自己的一片天地。没有人知道莎士比亚到达伦敦的具体日期,但毋庸置疑的是,他来到了伦敦,而且还很年轻。从他创作《威尼斯商人》的年份 1596—1597 年来看,他才 30 岁出头。出于年轻人的本能,为了追逐内心的梦想和自由,年轻的莎士比亚离开妻儿老小,只身来到人才济济、充满机遇的伦敦打拼。

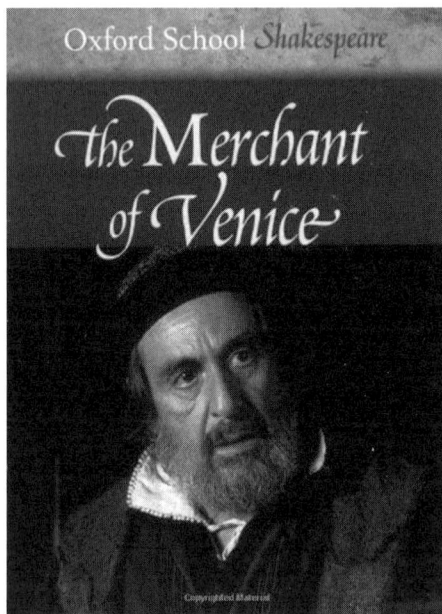

图 2-12 牛津版《威尼斯商人》封面

伦敦是独一无二的。莎士比亚在这座城市挥洒戏剧天赋的 20 年间,伦敦经历了翻天覆地的变化,从一座中世纪城市发展成为一座新型城市,城市规模随着大量外来移民的涌入不断扩大,建筑不断在城市的空地耸立,街道繁忙得无法适应新的交通需求。人们的生活方式也更加时髦,穿着更加讲究,各行各业都有体现自己身份、地位和财富的时尚服装。这一切都离不开商业资本主义的发展。新兴的资产阶级削弱了旧贵族的地位和特权,王权意识逐步让步于公民意识,世袭社会也逐渐向公民社会转变。但是,在当时的英国社会,王室贵族仍旧强势,像莎士比亚这样从事戏剧工作的剧作家和演员不得不依附于贵族的支持才得以生存,而且,国家也有严格的戏剧审查制度,一旦查出戏剧具有煽动性的题材,剧作家就会有牢狱之灾,剧院也得关门。这就意味着莎士比亚在创作作品时必须谨慎,避免触及英国社会现实。其早期作品多是改编他人作品,或者根据流传的故事改编,其背景大多来自历史和他国,譬如本讲讨论的《威尼斯商人》大部分剧情改编自意大利小说

《傻瓜》(*Il Pecorone*),① 还有部分剧情来自法国短篇小说《雄辩家》(*The Orator*)②和《罗马人传奇》(*Gesta Romanorum*),③ 以资产阶级兴起的意大利城市威尼斯为故事发生的地点。当然，莎剧读者也很容易就将威尼斯视作当时的伦敦。

　　没有证据表明莎士比亚曾经离开伦敦去过意大利，但他的作品的确有不少以意大利的城市如威尼斯、墨西拿和帕多瓦等为背景。尤其是以威尼斯为背景或在剧中提及了威尼斯的作品，如《威尼斯商人》《奥赛罗》《罗密欧与朱丽叶》《第十二夜》《无事生非》和《驯悍记》等达 10 部之多，可见威尼斯对莎士比亚的影响之大。在《爱的徒劳》中，莎士比亚借霍罗福尼斯之口夸赞威尼斯："威尼斯，威尼斯，未曾见面不相知。"(第四幕第二场)在他那个时代，意大利威尼斯是一个令世人想入非非的欲望都市：富裕、好客、繁华、享乐至上，如同后来的伦敦和纽约。所以，英国人莎士比亚对威尼斯情有独钟也就不足为奇了。

图 2-13　女王伊丽莎白一世(Nicholas Hilliard 绘制，1575 年)

---

　　① 　14 世纪佛罗伦萨作家塞尔·乔瓦尼·菲奥伦蒂诺(Giovanni Fiorentino)于 1378 年出版的文集中的一篇意大利小说。《威尼斯商人》中鲍西娅在贝尔蒙特考验追求者、假扮律师拯救安东尼奥、索要婚戒作酬劳等情节均来自该小说。

　　② 　作者为 16 世纪法国作家亚历山大·西尔万(Alexandre Sylvain)，以反映黑暗人性为主要特点。《威尼斯商人》中法庭辩论情节来自该故事。

　　③ 　可能是 13 世纪末、14 世纪初编辑的拉丁文故事集，作者不详。《威尼斯商人》中三个匣子的故事情节来自该故事。

　　威尼斯是一座具有辉煌历史的潟湖之城，它是当时欧洲的商贸中心，豪奢与风尚的源头，全球最繁忙的交通枢纽。① 它的发展历史为欧洲资本主义的兴起提供了宝贵的经验教训。众所周知，伦敦是资本主义发展的中心。但在当时，伦敦只能是努力地追随威尼斯。在威尼斯圣马可教堂前面耸立着阿斯托利亚正义女神的铜像，而莎士比亚时期的女王伊丽莎白一世被称为处女阿斯托利亚，这就由不得人们不把伦敦和威尼斯联系起来。16世纪，英国伊丽莎白一世执行有利于资本主义经济发展的政策，资产阶级与王室贵族相互妥协，相互结盟，因此，在女王伊丽莎白一世的统治之下，英国经济繁荣、政治稳定，资本主义经济发展欣欣向荣。正是在这段时间内，莎士比亚对资本主义人文思想充满信心，因而偏向创作喜剧，他很自然地在作品中融入了不少资本主义元素。譬如，在《威尼斯商人》中，城市的兴起，航海贸易的繁荣，契约意识的提高，高利贷资本的横行等要素既是对威尼斯辉煌历史的回顾，也是使该剧情节跌宕起伏，人物形象鲜明，故事耐人寻味的创作元素。

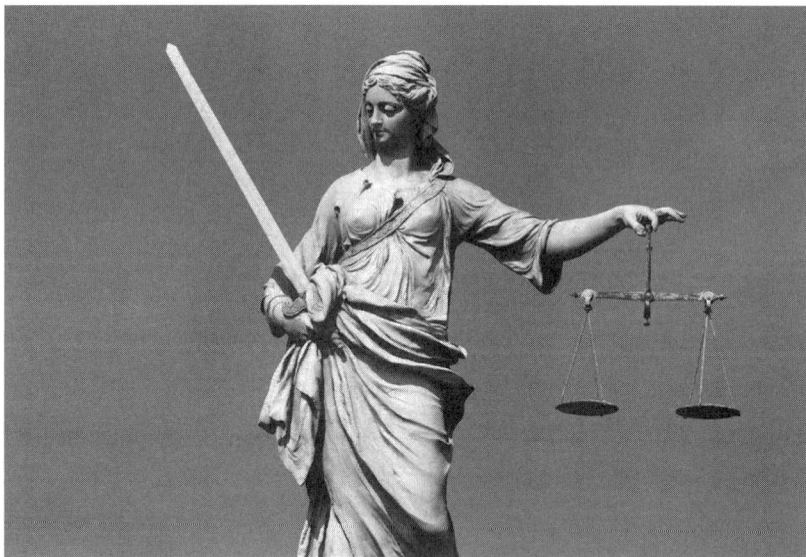

图 2-14　经常出现在法院门口的阿斯托利亚正义女神

　　《威尼斯商人》是莎士比亚创作于 1596 年至 1597 年②的一部讽刺性喜剧，据说是英格兰新晋国王詹姆斯一世最喜欢的戏剧。故事发生在意大利的水城威尼斯和贝尔蒙特。威尼斯仁慈的商人安东尼奥为了资助好友、贵族青年巴萨尼奥去贝尔蒙特向富家嗣女鲍西娅求

---

① 麦克格雷格：《莎士比亚的动荡世界》，范浩译，河南大学出版社，2014 年版，第 181 页。
② 也有说创作于 1596—1599 年。

婚，不惜签下"割肉"契约向刻薄的犹太商人夏洛克借款三千金币使其成行。不幸的是，安东尼奥的商船在海上遭遇不测，使他无力如期偿还借款而不得不履行"割肉"条款。与此同时，巴萨尼奥到贝尔蒙特求婚成功，火速赶回威尼斯营救安东尼奥。他的未婚妻鲍西娅也乔装扮成律师来到威尼斯法庭，凭借其智慧斗败夏洛克，挽救了安东尼奥的性命。故事在喜剧的氛围中结束。

　　下面，让我们翻开威尼斯的历史。

二、威尼斯是英国早期资本主义兴起的一面镜子

（一）威尼斯的崛起

　　在欧洲资本主义兴起的过程中，资本积累是至关重要的一环。除了通过榨取农业的剩余价值，远距离贸易也是增加原始资本积累的重要手段。火器的使用，造船和航海技术的改良使远距离航海成为现实。航海贸易使港口城市日渐繁荣。临近海洋的威尼斯、巴黎、阿姆斯特丹、安特卫普和伦敦成为世界贸易的转运站。在众多港口城市中，意大利的威尼斯具有得天独厚的优势。它位于亚得里亚海最北端。自古以来，亚得里亚海就是"连接中欧和地中海东部的海上高速公路，也是世界贸易的门户"[1]。所以，亚得里亚海是诸多主干航线汇聚的地方。海岸不少港口城市如希腊的亚得里亚城、罗马的阿奎莱亚和意大利的威尼斯因此兴盛起来。由于外敌的入侵，亚得里亚城和阿奎莱亚都没有持续繁荣，唯有威尼斯因为其特殊的潟湖构造免遭外敌破坏而走向繁荣，最终成为航海商贸城市的典范。至1500年，威尼斯的商品可直抵地中海地区和西欧，借助中转，可达印度洋地区、欧洲内陆，甚至北欧。大海给这座建立在橡木桩上的脆弱城市带来不计其数的财富，使之建立起无与伦比的海洋贸易帝国。从公元1200年到1600年，威尼斯从一个泥泞的礁湖崛起成为西方世界最富庶的城市，宛如令人叹为观止的海市蜃楼，从水中呼啸而起。[2] 当时的威尼斯富有、时尚、快乐，可以见到来自欧洲、非洲、中东的"蛮夷"，可以听见土耳其语、波斯语、希伯来语、德语、英语等诸国语言，城市建筑雄奇壮美，是一个像巴比伦一样的繁荣之城。在莎剧《威尼斯商人》中，到贝尔蒙特向鲍西娅求婚的就有来自摩洛哥的王子和阿拉贡（今西班牙东部）的亲王，这无疑从侧面展现了当时经济繁荣、与各地交流频繁的盛况。

----

　　① R·克劳利：《财富之城：威尼斯海洋霸权》，陆大鹏、张骋译，社会科学文献出版社，2015年版，第20页。

　　② R·克劳利：《财富之城：威尼斯海洋霸权》，陆大鹏、张骋译，社会科学文献出版社，2015年版，第1页。

意大利的威尼斯是世界上唯一一个为了经济目的而组成的国家①——航海共和国。地理位置决定了威尼斯无法从事农耕经济，只能是海上贸易，威尼斯男性中的大部分人以此为生。世界上没有第二个国家如此痴迷于经营航海业务。起航、冒险、利益、荣誉——这些是威尼斯人生活的指南。在莎剧《威尼斯商人》中，安东尼奥就是一个以海上贸易为主的威尼斯商人，他的贸易已经拓展到海外。威尼斯的商船给城市带来无穷无尽的财富，使威尼斯成为富甲一方的商业城市。历史上的威尼斯人的确是地地道道的靠海吃海的商人，他们无疑是精明的。在《驯悍记》中，莎士比亚借葛莱米奥之口称路森修的父亲文森修为"一头意大利的老狐狸"，他拥有三艘大商船，还有两艘大划船、十二艘小划船，拥有三四处房产，还有每年收入两千金币的肥沃田地。（第二幕第一场）可见，意大利人，尤其是威尼斯人在英国人和莎士比亚心中就是船多钱多的精明商人形象。

早期的威尼斯人不过是些渔夫、采盐工人和驳船船夫。很快，凭借其航海技术和地理位置，他们迅速成为他人需求的供货商和运输商。他们是与生俱来的机会主义者，哪里有赚钱的机会，他们就航行到哪里。他们自认为能用任何东西与任何人做买卖。他们向西方转卖东方的珍稀货物如香料、皮草、宝石和丝绸，向东方出售木材、橄榄油和奴隶。在"十字军东征"期间，一方面，威尼斯商人和法兰西人签订承运东征部队的合同，同时，也和教皇谈判取得与穆斯林的贸易权，虽然这违反了基督教会的贸易禁令。这样，威尼斯从"十字军东征"获得巨大收益。为了巩固贸易，威尼斯人积极拓展海外殖民地，遍布地中海东部各地的殖民地和海军基地几乎将整个地中海变成了威尼斯的内湖，也有力地保障了与东方的贸易航线。到15世纪，威尼斯的航海资源空前富足。据1423年威尼斯的执政官托马索·莫切尼戈在临终演讲中所讲："在这座城市里有3000艘载重较小的船只，配备17000名水手；300艘大船，配备8000名水手；常备45艘桨帆船，以保护商业，雇用了11000名水手、3000名木工和3000名敛缝工人。"②由此可见，航海贸易是这个城市的主业。在《威尼斯商人》中提到的"交易所"就是指威尼斯的里亚托（Rialto），是威尼斯的商业区，是航运与贸易的交汇地；来自世界各地的所有船只进港、失事、损耗的信息都在此发布。夏洛克就是从那儿得知安东尼奥的商船出事的。学者路加·莫拉是这样描述里亚托的盛况的："到了16世纪晚期，世界各地的商人都频繁出入里亚托，其中有土耳其人、波斯人、犹太人、亚美尼亚人、德国人、法国人以及英国人。商船也是来自四面八方，远洋的甚至包括墨西哥和印度的，它们从各处带来国际市场的消息。"③

---

① R·克劳利：《财富之城：威尼斯海洋霸权》，陆大鹏、张骋译，社会科学文献出版社，2015年版，第24页。

② R·克劳利：《财富之城：威尼斯海洋霸权》，陆大鹏、张骋译，社会科学文献出版社，2015年版，第339页。

③ 麦克格雷格：《莎士比亚的动荡世界》，范浩译，河南大学出版社，2014年版，第188页。

图 2-15　15 世纪的威尼斯商船

(二) 威尼斯的精神

依靠海上贸易，威尼斯人引领共和国走向财富的巅峰。毋庸置疑，贸易对于威尼斯人来说是深入骨髓的；威尼斯的英雄便是商人，威尼斯为自己构建的神话也着重强调了这种价值观。① 难怪佛罗伦萨人说威尼斯人人都是生意人。威尼斯在贸易上的成功离不开下面几个因素：

其一，威尼斯人高度团结。由于先天自然条件的匮乏，威尼斯人只能依靠海上贸易生存。为了获得成功，他们必须紧密团结。佛罗伦萨布道者挖苦威尼斯人"像猪一样"聚集在一起。威尼斯城里没有商业行会，这座城市自身就是一个商业行会，以此来和外界进行贸易往来。所以，威尼斯人崇尚集体主义，而贸易则是集体行为。在莎剧《威尼斯商人》中商人安东尼奥、贵族巴萨尼奥、富家嗣女鲍西娅、威尼斯公爵等人合力对抗犹太人夏洛克即是一例。

其二，威尼斯人善于学习与实践。他们注重训练记忆力和计算能力，登船出海学习航海技能，跟随代理人提高货物识别能力，学习海外贸易技能，熟悉商业活动的供需规律，掌握外交技能，了解异国风土人情，等等。一切有助于贸易的知识和技能，他们都要去学

---

① 　R·克劳利：《财富之城：威尼斯海洋霸权》，陆大鹏、张骋译，社会科学文献出版社，2015 年版，第 310 页。

习和积累。

其三，威尼斯人具有坚忍不拔的意志。威尼斯人为了贸易不得不面对大海和异国领土，而这两者均充满了不确定的风险因素。风暴、海难、海盗和战争是航海经常遭遇的常态。在莎剧《威尼斯商人》第一幕第三场，夏洛克就指出："可是船不过是几块木板钉起来的东西，水手也不过是些血肉之躯，岸上有旱老鼠，水里也有水老鼠，有陆地的强盗，也有海上的强盗，还有风波礁石各种危险。"在异国他乡，"仇外、敲诈、欺骗、政治动荡和经济竞争都使得威尼斯商人的生活极不安全"①。面对如此众多的危险，威尼斯人培养出坚忍不拔的意志品质，坚持他们的航海贸易事业，最终建立了强大的海上贸易帝国。

其四，在航海贸易与海外殖民过程中，威尼斯建立了一整套等级森严、责权明确的行政体系和司法体系，对于与国家、航海贸易有关的兵工厂、航海路线、货物运输等进行持续的监督与管理。同时，政府实行严格的监察制度杜绝官员的腐败、裙带关系、贿赂和渎职行为，完善的法律制度被贯彻到海洋帝国的每个角落。执法者被告诫要对所有人秉公执法，无论是威尼斯当地人，还是犹太人或外国人。按照当时的标准，威尼斯的司法体系相当公正。威尼斯以公正友善的态度对待移民，给予所有外国人平等的司法待遇：这是威尼斯商贸成功最重要的前提，后来的伦敦也得益于此。

在莎剧《威尼斯商人》中，威尼斯俨然是公平正义的化身。商人安东尼奥和犹太人夏洛克都相信威尼斯法律代表公平正义，他们的官司可以在威尼斯的城邦法律体系下得到公正的审理。可以说，威尼斯法律的公正性和权威性已深入民心，正义成为公民崇高道德的中心。所有的人，无论是夏洛克，还是安东尼奥和鲍西娅都认为变更威尼斯的法律制度是绝对不允许的，是有损威尼斯精神的。安东尼奥的朋友巴萨尼奥们，甚至威尼斯公爵，都只能在维护司法公正，即威尼斯精神的前提下，请求夏洛克发慈悲自愿放弃"割肉"条款，饶恕安东尼奥的违约。夏洛克也因为相信司法公正的保障而坚持要履行"割肉"条款，这当然最后是搬起石头砸自己的脚。但是，他们对威尼斯城邦法律的公正性还是笃信不疑的。另一部莎剧《奥赛罗》中的男主人公——摩尔人奥赛罗甚至为公平正义付出了生命代价，还殃及了善良无辜的妻子。总而言之，威尼斯的律法公正严明，得到广泛的赞誉与支持。大诗人埃德蒙·斯宾塞有诗赞曰："旖旎的威尼斯，如花悦目，比之旧都，美则稍逊，政令方正，远远胜出。"②

在历史上，威尼斯正是凭借团结的合作精神、坚忍不拔的意志品质、刻苦钻研的学习精神、公平正义的道德意识、严格的行政与法律体系等对国家和航海贸易进行高效管理，

---

① [英]R·克劳利：《财富之城：威尼斯海洋霸权》，陆大鹏、张骋译，社会科学文献出版社，2015年版，第320页。

② [美]麦克格雷格：《莎士比亚的动荡世界》，范浩译，河南大学出版社，2014年版，第190页。

从而建立起"凡水流经处皆威尼斯"的强大海洋帝国。海洋帝国的功能既是维护海上贸易航线，也是利用各种贸易机会创造财富，简言之，就是为维护荣耀与利益提供强有力的保障。威尼斯海洋帝国的经历是欧洲第一次全面的殖民冒险，它推动了全球贸易的增长，促进了东西方文明和经济的交流。它为后来欧洲其他国家如英国和荷兰的海外贸易和殖民扩张提供了榜样和宝贵经验。

威尼斯的海外殖民方式是封建式的，将海外领土作为"封邑"分给贵族经营，而后来英国等国的殖民方式是资本主义式的，强调剩余价值的榨取。但是，后者在取得制海权、发展航海贸易等方面与威尼斯海洋帝国的发展是大同小异的，甚至英国等国从威尼斯的历史中汲取了不少实用的经验，譬如，如何借助波特兰海图导航，如何利用外交手段与他国建立贸易联盟，建立贸易规则，如何开辟海洋港口等。

威尼斯海洋帝国在16世纪因新航线的发现和奥斯曼帝国的入侵等原因逐渐衰落，而英国则开始接过威尼斯航海贸易的接力棒，逐渐发展成为"日不落帝国"。出于政治的原因，莎士比亚很睿智地将其作品与英国的现状保持距离。但是，人们也很容易将其作品与英国社会现实联系在一起。譬如，本章节讨论的《威尼斯商人》中的威尼斯很容易令人将其与伦敦联系起来。威尼斯凝聚了英国观众的想象：富足、包容、自由、多元化，这无疑也代表了他们对于伦敦未来的乐观期待。在现实历史中，英国"日不落帝国"的发展其实就是威尼斯"水流经之处帝国"发展的翻版，而英帝国的发展实际上就是资本主义的兴盛，所以，威尼斯的兴盛在很多方面折射了英国早期资本主义的兴起。

三、犹太人与西方经济生活

当时曾有这么一个说法："以色列人如同太阳一般掠过欧洲上空：他们到来，万物复苏；他们离去，万物凋零。"[①]

(一)莎士比亚笔下的犹太人

说起犹太人，再提到莎士比亚，人们脑海中自然很容易浮现《威尼斯商人》中莎翁所塑造的著名犹太人形象——夏洛克(Shylock)，他已经成为英国文学中一个不朽的人物。在剧中，他是威尼斯城里的放高利贷者。在莎剧《威尼斯商人》第一幕第三场，安东尼奥向夏洛克借钱时，称他是"一个指着神圣的名字作证的恶人，就像一个脸带笑容的奸徒，又像一只外观美好、心中腐烂的苹果"。巴萨尼奥则称夏洛克是一个"口蜜腹剑的人"。(第一幕第三场)实际上，称夏洛克是坏人算是客气地表达了。莎士比亚还用"狗"这样的字眼来

---

① ［德］桑巴特：《犹太人与现代资本主义》，艾仁贵译，上海三联书店，2015年版，第9页。

咒骂夏洛克。安东尼奥就曾骂他是"异教徒，杀人的狗"（第一幕第三场）；萨拉里诺说他是"人世间一头最顽固的恶狗"（第三幕第三场）；葛莱西安诺诅咒他是"万恶不赦的狗，看你死后不下地狱！让你这种东西活在世上，真是公道不生眼睛"。（第四幕第一场）在基督徒眼里，夏洛克就是一条十恶不赦的狗。夏洛克自然也不待见基督徒。他宁愿女儿"嫁给强盗的子孙"，也"不愿她嫁给一个基督徒"。（第四幕第一场）在法庭上，他承认之所以非要按契约割安东尼奥的肉只是"因为我对于安东尼奥抱着久积的仇恨和深刻的反感"。（第四幕第一场）他对安东尼奥的恨从下面的旁白可以看出：

> 他的样子多么像一个摇尾乞怜的税吏！我恨他因为他是个基督徒，可是尤其因为他是个傻子，借钱给人不取利钱，把咱们在威尼斯城里干放债这一行的利息都压低了。要是我有一天抓住他的把柄，一定要痛痛快快地向他报复我的深仇宿怨。他憎恶我们神圣的民族，甚至在商人会集的地方当众辱骂我，辱骂我的交易，辱骂我辛辛苦苦赚下来的钱，说那些都是盘剥得来的腌臜钱。要是我饶过了他，让我们的民族永远没有翻身的日子。

（第一幕第三场）

夏洛克对于妨碍他生意的基督徒恨之入骨，对于自己的女儿也毫无情意可言。当他得知女儿和一个基督徒罗兰佐私奔时，他诅咒女儿："她干出这种不要脸的事来，死了一定要下地狱。"（第三幕第一场）听说女儿在热那亚一个晚上花去八十块钱，他叫嚷着："你把一把刀戳进我心里！我再也瞧不见我的银子啦！一下子就是八十块钱！八十块钱！"（第三幕第一场）一个刻薄而无情无义的吝啬鬼形象跃然纸上。总而言之，与高贵、稳重、慈爱而谦逊的基督徒威尼斯商人安东尼奥相比，夏洛克生性贪婪、吝啬狡诈、冷酷无情、一意孤行，是邪恶与仇恨的象征。

除了夏洛克，莎士比亚在《麦克白》中女巫炼丹之时说要"杀犹太人摘其肝"（第四幕第一场）；在《无事生非》中，培尼狄克发誓说："要是我不爱她，我就是个犹太人。"（第二幕第三场）可见，犹太人在莎士比亚笔下并不是正面的形象，但这并不是说莎士比亚有反犹太人倾向。实际上，他只是借用了一个几百年来在欧洲模式化的犹太人形象，因为在莎士比亚创作《威尼斯商人》等剧作的年代，英国大陆是没有犹太人的。所有犹太人的形象皆来自欧洲大陆的传说，因为宗教的原因，犹太人和魔鬼被看作孪生兄弟，一切不明原因的死亡、流行病和其他灾难的降临都归咎于犹太人。当时的文学作品肆意渲染这种观念。譬如，乔叟在《坎特伯雷故事集》中将犹太人塑造为劫杀基督教儿童用以祭祀的恶魔。到莎士比亚童年时期，犹太人在戏剧中的形象一般是戴红假发、留着红胡子、长着大鼻子，是一切邪恶的化身，是其他人物玩弄的对象。这种所谓典型犹太人物无疑是社会中反犹思想和言论长期累积的模式化产物。所以，莎士比亚笔下的犹太人，如夏洛克则正是沿用了这一形象，只是被赋予了更多人性。

(二)历史上的犹太人

莎翁剧中的犹太人形象与历史上的犹太人是大相径庭的。在历史上，"希伯来人""以色列人""犹太人"都是指以色列民族，他们是源自幼发拉底河流域的多部落混合而成的游牧民族。在犹太人5000年的历史中，有长达2000年的"大流散"时期，而保持犹太人民族性的是他们的宗教——犹太教，因此，信犹太教的人就是犹太人，否则，即使有犹太血统，也不能算作"犹太人"。犹太人靠着犹太教的精神支撑才得以在流散过程中不被同化。如今，犹太人被誉为世界上最聪明、最神秘、最富有的民族。[①] 同时，犹太人也是一个历史上被奴役、受歧视、遭迫害的古老而弱小的民族，是一个顽强生存和发展，能够保留本民族传统，维系本民族团结，对世界文明发展，尤其是欧洲文明的起源与发展具有重要影响力的民族。这主要体现在以下几个方面：

其一，犹太人的犹太教是欧洲宗教文明——基督教的起源。基督教是从犹太教分裂出来的，继承了犹太教的宗教经典、教义、宗教礼仪、节日等，基督教又在犹太教的基础上发展成为世界性的宗教，诚如恩格斯所言："基督教是犹太教的私生子。"[②]与犹太人紧密相连的基督教是构成欧洲文明的核心因素之一，是连接欧洲各国的神经组织，是连接欧洲文明中诸多要素的重要纽带……[③]

其二，犹太人参与欧洲文明的法律建设。在欧洲多元性的法律中，犹太人的犹太法直接影响欧洲法律中的教会法，犹太人的宗教经典《旧约》是教会法发展的基础，而教会法是有关基督教教会本身的组织、制度和教徒个人生活准则的法律体系。[④] 英国的习惯法中也有不少法规源自犹太法，譬如抵押权的法规和陪审团制度等。对法律的信仰和对法治的尊重是犹太文明与欧洲文明能够契合的重要基础。

其三，犹太人影响欧洲文明的政治建设。在欧洲流散时期，宫廷犹太人通过自己的特权参与欧洲政治生活；近代以来，犹太人在欧洲民族国家形成的过程中发挥了重要作用。在政治生活参与过程中，犹太人的神权政治、平等思想和契约意识等通过基督教影响欧洲政治思想的发展，自由、平等、博爱的欧洲民主政治思想无疑是源自犹太教的公平、正义、平等、自由等观念。所以，欧洲文明的政治思想也脱不开犹太观念的影响。

其四，犹太人影响欧洲文明的思想文化。以《旧约》为代表的"圣经文化"是犹太文化

---

① 桑巴特：《犹太人与现代资本主义》，艾仁贵译，上海三联书店，2015年版，第1页。
② 饶本忠：《犹太人与欧洲文明》，人民出版社，2015年版，第59页。
③ 饶本忠：《犹太人与欧洲文明》，人民出版社，2015年版，第60页。
④ 饶本忠：《犹太人与欧洲文明》，人民出版社，2015年版，第62页。

的精髓。通过对《圣经》的翻译，拉丁文取代希腊语成为西方教会的官方语言，而拉丁语则是现代欧洲各国语言的源头之一。文艺复兴和宗教改革时期，《圣经》又被译作各民族语言。《圣经》的普及性极大促进了民族语言的发展，所以，犹太人的《圣经》促进了欧洲各民族的语言发展；同时，也促进了欧洲文学的发展。《圣经》的语言、形式和内容为文学创作提供了丰富的素材。《圣经》也是一部道德之书，是欧洲道德伦理思想的宝库，构建了欧洲文明的道德规范。[1]

(三) 犹太人与资本主义发展

犹太人对欧洲文明的影响远非上述几点，本节重点讨论犹太人与资本主义发展之间的关系。

在莎剧《威尼斯商人》中，夏洛克是一名犹太富翁，他从事的是高利贷行业。是他借了三千块钱给安东尼奥，并以割"一磅肉"为违约的代价。在人们的印象中，犹太人似乎善于经商，长于借贷。实际上，在历史上，犹太人从事这项基督教所不齿的信贷行业是不得已的选择。早期在加利利[2]、巴勒斯坦地区生活的犹太人主要从事农耕。罗马征服巴勒斯坦地区之后，犹太人被迫迁徙到欧洲地区。由于犹太教本身的原因以及与基督教的分歧，再加上欧洲封建社会制度的限制，犹太人很难获得土地，逐渐被排除在农业领域之外。由于犹太人大都生活在城镇，于是他们就逐渐转向手工业、商业流通领域和信贷等行业。在手工业方面，犹太人擅长的工艺有印染、丝织、刺绣、玻璃制造、金属锻造、造纸、珠宝加工等。后来，在欧洲手工业行会的排挤下，犹太人广泛进入商业领域。犹太商人在商业贸易尤其是欧洲远程贸易中非常活跃。在查理曼大帝[3]统治初期，犹太人已经控制了西欧地区的贸易。到16世纪，随着新大陆的发现，犹太人又活跃在欧洲国际商业贸易中，控制了绝大部分与新大陆殖民地的进出口贸易。

除了商贸，犹太人还是中世纪欧洲放贷业的重要参与者。犹太教的《旧约》规定借钱给外邦人可以取利，而基督教则规定对所有人都不能取利。这就是为什么在《威尼斯商人》中代表基督教的安东尼奥与犹太人夏洛克对是否取息有不同的态度。安东尼奥说："我从来

---

① 饶本忠:《犹太人与欧洲文明》，人民出版社，2015年版，第172页。

② 加利利(Galilee)：巴勒斯坦北面地域。在以色列早期历史中，该地并没有清楚划分的边界，但于罗马统治时期则有较为明确的界定。"加利利"的名字源自两个希伯来字，意指"巡迴区"或"地域"。历史上是重要的犹太人口聚居地方。耶稣在加利利长大，是加利利人。(基督教百科)

③ 查理曼大帝(Charlemagne 或 Charles the Great，742—814年)，或称为查理曼、查尔斯大帝、卡尔大帝(德语：Karl der Große)，法兰克王国加洛林国王，德意志神圣罗马帝国的奠基人。他建立了囊括西欧大部分地区的庞大查理曼帝国。公元800年，由罗马教皇利奥三世加冕为"罗马人的皇帝"。他在行政、司法、军事制度及经济生产等方面都有杰出的建树，并大力发展文化教育事业。是他引入欧洲文明，将文化重心从地中海希腊一带转移至欧洲莱茵河附近，被后世尊称为"欧洲之父"。

不讲利息。"夏洛克则讲："三千块钱，这是一笔可观的整数。三个月——一年照十二个月计算——让我看看利钱应该有多少。"（第一幕第三场）显然，这种争执源起于宗教关于信贷的理念分歧。

犹太人并不是天生的高利贷者，如同他们不是天生的经商者一样。当他们失去土地，在手工业领域遭到行会和国家法律排挤时，为了生存，他们不得不从事基督教认为是最肮脏、最可鄙、最下贱的放贷行业，这是一种无奈之举。由于商品经济的发展，信贷业成为了不可或缺的行业，无论是贵族还是穷人都可能需要借款，《威尼斯商人》中就有一个很典型的例子：贵族青年巴萨尼奥为了筹措去贝尔蒙特向富家嗣女鲍西娅求婚的路费，通过安东尼奥向夏洛克借钱。罗马基督教视放贷业为一种罪孽，所以让有罪的犹太人去从事这种"罪恶"的活动正可谓适得其所。由于基督教全面禁止基督徒放贷取利，犹太人在放贷业中逐渐处于垄断地位。但从事这种"罪恶"活动的犹太人遭到基督徒的歧视、批判、厌恶和憎恨，被冠以"贪婪""恶毒""小气鬼""吝啬鬼""高利贷盘剥者"[①]等恶名。《威尼斯商人》中安东尼奥等基督徒就是这样歧视、批判、厌恶和憎恨夏洛克的，夏洛克也被莎士比亚塑造成典型的犹太高利贷者形象。

在欧洲进入资本主义时代之前，犹太人在商贸和信贷等领域的活动虽然活跃，但并非主流的商业活动，所以他们在欧洲各国社会中仍处于被压迫、被欺凌、被剥削的底层。譬如，在威尼斯，中央政府苛捐杂税不断，最沉重的负担压在犹太人身上。[②] 在威尼斯共和国与强大的奥斯曼帝国[③]的对峙和冲突中，双方竭尽所能发动情报战。犹太人作为没有利益纠葛的中间商，由于没有特定的国籍或爱国主义的约束，被认为是特别有前途的间谍，但也相应地认定为潜在的叛徒。[④] 更可怕的是，每当反犹主义盛行之时，犹太人的财产就会被褫夺，或者被驱逐。从1290年所有犹太人被驱逐到1660年的近400年间，整个英国没有犹太人生活的记录。所以，资本主义时代之前犹太人的商业活动只能算是生存和准备工作。

---

① 饶本忠：《犹太人与欧洲文明》，人民出版社，2015年版，第134页。
② ［英］R·克劳利：《财富之城：威尼斯海洋霸权》，陆大鹏、张骋译，社会科学文献出版社，2015年版，第303页。
③ 奥斯曼帝国（英文：Ottoman Empire；1299—1922年），是土耳其人建立的多民族帝国，因创立者为奥斯曼一世而得名。其极盛时势力达亚欧非三大洲。占有巴尔干半岛、中东及北非之大部分领土，西达直布罗陀海峡，东抵里海及波斯湾，北及今之奥地利和斯洛文尼亚，南及今苏丹与也门。奥斯曼帝国是15到19世纪唯一能挑战欧洲国家的伊斯兰势力。但是1699年《卡洛维茨条约》的签订标志着奥斯曼帝国扩张的停滞，到19世纪初，帝国趋于没落。最终于第一次世界大战中败于协约国之手，奥斯曼帝国因而分裂。1922年，凯末尔领导起义，击退欧洲势力，建立土耳其共和国，奥斯曼帝国灭亡。
④ ［英］R·克劳利：《财富之城：威尼斯海洋霸权》，陆大鹏、张骋译，社会科学文献出版社，2015年版，第393页。

进入资本主义时代以后，由于犹太人长期在放贷业和商贸业活动，因而显得比较内行，而这些行业逐渐成为资本主义的主流行业。毫无疑问，犹太人在欧洲现代资本主义的构建中发挥了不可忽略的作用。德国学者桑巴特认为其作用体现在两方面：一方面，他们影响了现代资本主义的外在形式；另一方面，他们又表达了现代资本主义的内在精神。①前者与现代资本主义的运营方式和组织模式有关，后者与经济活动中的现代精神有关。

前述提到，犹太人在手工业领域涉猎广泛，加工多种产品进入市场，使商品种类多种多样。"犹太贸易"成为后来所有商业效仿的对象。同时，犹太人也积极参与国际贸易，在商贸领域建立东西方的贸易往来。曾经一度"犹太人"和"商人"两个词可以互换使用。东方商品通过犹太人输入欧洲，提高了欧洲人的文明程度，促使欧洲的易货经济向货币经济转换；犹太人所从事的放贷与典当行业则促进了欧洲经济发展。犹太人也借此建立了与国王、贵族和平民等多层次的交往。这些经历可以看作欧洲资本主义发展的预演。

现代资本主义的多种经济活动及其经营方式和组织模式源自犹太人。在欧洲资本主义发展早期，犹太人就已经成为某些工业的首批经营者，如烟草业、威士忌酿造业、皮革制造商、丝绸制造商、眼镜生产商、珠宝加工商等，这与他们长期从事手工业行业密切相关。此外，犹太人的流散使商业中心从地中海逐渐转移至西欧。西欧城市经济的发展离不开商贸活动，尤其是国际贸易。犹太人是第一个把现代商业的大宗商品投入世界市场的人。他们积极参与国际贸易和殖民活动。殖民活动是现代资本主义发展的重要一环。随着犹太人流散到欧洲，犹太人参加了荷兰帝国所有的殖民活动，犹太人就是荷兰东印度公司的大股东，17世纪的荷兰也是当时世界上最有影响力的贸易国家。通过殖民活动和国际贸易，犹太人促进了资本主义发展所需的原始资本积累。而且，犹太人在银行等金融业有着悠久的历史传统，他们给欧洲资本主义体系的金融业带来汇票、证券、政府债券和钞票等创新形式。现代伦敦成为世界主要金融中心离不开犹太人的功劳。值得一提的是，犹太人还是广告、废品收购行业的开拓者。可以说，在欧洲资本主义发展过程中，就经济活动、经营形式和组织模式等方面而言，犹太人充当了先锋和开拓者的角色。

桑巴特提到的另一方面是犹太人为资本主义经济活动带来了现代精神。他认为，资本主义精神的关键部分源自犹太人的宗教理念，犹太教伦理是资本主义精神发展的原始基础。清教与犹太教在生活理性化、宗教利益主体性、神施赏罚观念、今世禁欲主义、宗教与商业的密切关系等诸多方面，存在观念上的一致性。②马克斯·韦伯也认为基督教新教与犹太教具有相当的一致性，具体而言是勤奋工作的现世禁欲主义、自我约束、节俭和时

① ［德］桑巴特：《犹太人与现代资本主义》，艾仁贵译，上海三联书店，2015年版，第14页。
② 饶本忠：《犹太人与欧洲文明》，人民出版社，2015年版，第154页。

间的组织化。① 无论是清教还是新教，都是推动资本主义发展的精神力量。基督教从犹太教伦理中选择性地汲取营养，建立了资本主义精神基调。

在资本主义的发展过程中，有不少理念很容易追溯到犹太人那里。自由竞争可以说是资本主义经济活动最重要的理念。在犹太人的宗教典籍《塔木德》②等中就明确提到了自由竞争观念："陌生人可以比本地商人卖得更便宜，或者他们的商品质量更好，本地人不能对其加以阻止，因为犹太大众的利益即由此而来；""如果一个犹太人借贷给非犹太人的利率低于其他人，后者不能对此加以反对。"③由此可以看出犹太人的律法对于自由经营的提倡。犹太人被誉为"自由贸易之父"。犹太人可以自由出入他们可以经营的行业，譬如农业、手工业、放贷业、商贸、金融等，他们将自由竞争的理念引入现代资本主义体系。对利润的追逐、抓住顾客、对商品的广而告之等行为则是犹太人自由竞争理念指导下的实践；在资本主义价值观念体系形成之前，这些都被主流社会认为是不道德的、不正当的、决不允许的、可鄙的行为，以至于犹太人被普遍当作骗子、投机取巧者且大多嗜钱如命，夏洛克就是这样一个典型例子。但在资本主义时代，这些却都是再正常不过的商业行为。

综上所述，现代资本主义的发展从形式到精神都渗透了犹太因素。犹太人的经验、传统和宗教伦理从政治、经济、法律、宗教、文化等多方面为资本主义的诞生与发展提供理论与实践的基础准备，犹太人在资本主义诞生与发展过程中的积极参与构成了不可忽视的推动力量。虽然犹太人在历史上久经磨难，饱受争议，但是，他们的确为资本主义文明，乃至世界文明的进步与发展做出了超乎寻常的贡献。

四、契约精神与资本主义发展

18 世纪法国著名思想家卢梭在《社会契约论》④中指出："人是生而自由的，但却无往不在枷锁之中。……社会秩序乃是为其他一切权利提供了基础的一项神圣权利。然而这项权利绝不是出于自然，而是建立在约定之上的。"⑤那就是说，建立在约定基础上的社会秩

---

① 饶本忠：《犹太人与欧洲文明》，人民出版社，2015 年版，第 154 页。
② 《塔木德》是 2 世纪末至 6 世纪初 Mesorah Pubns Ltd. 出版社出版的图书，作者是塔木德。《塔木德》(Talmūdh) 是流传 3200 多年的羊皮卷，一本犹太人研读的书籍。是犹太教 (Judaism) 口传律法的汇编，也是仅次于《圣经》的典籍。
③ 饶本忠：《犹太人与欧洲文明》，人民出版社，2015 年版，第 155 页。
④ 《社会契约论》(法文：Du Contrat Social，又译《民约论》，或称《政治权利原理》)是法国思想家让-雅克·卢梭于 1762 年出版的政治著作。《社会契约论》分为四卷：第一卷论述了社会结构和社会契约，第二卷阐述主权及其权利，第三卷阐述政府及其运作形式，第四卷讨论几种社会组织。《社会契约论》中主权在民的思想，是现代民主制度的基石，深刻地影响了欧洲的革命运动和英属北美殖民地的独立战争。
⑤ 卢梭：《社会契约论》，何兆武译，商务印书馆，2005 年版，第 4-5 页。

序才能保障人类自由而平等的生活。可见，契约是保障人类社会秩序的规范。在西方，最早的契约概念出现在罗马法中。作为一种精神，则可上溯到古希腊，存在于苏格拉底、伊壁鸠鲁①等人的思想中，是用"人道"代替"天道"的意识。可以说，人类是通过契约走出原始自然社会而进入文明社会的。西方文明发展的历史也可以说是一部契约发展的历史。

契约精神作为一种普世价值得力于现代工业文明、商业文明以及资本主义的兴起与发展。资本主义商业经济要求人们遵守购销合同以保证双方的权利和义务。资本主义社会制度要求人们遵守形成文字的法律法规，保障人与人之间的权利和义务。在资本主义制度下，人们自然而然逐渐接受并形成契约精神，其具体原则包括自由、平等、正义、理性、守信等。所以，契约精神成为西方工业文明、商业文明、政治文明和法治文明的基础。

莎士比亚在资本主义人文精神的熏陶下，将契约精神这一理念引入他的作品。譬如，在《错误的喜剧》中，以弗所公爵声称要依法处死叙拉古商人伊勤，因为他触犯了禁止两邦人民往来的庄严法律，"除非他能够缴纳一千个马克"。（第一幕第一场）公爵虽然同情伊勤，但是他也没有力量变更法律。在《爱的徒劳》中，国王腓迪南与三个侍臣俾隆、朗格维和杜曼为了读书做研究立下三年戒约。可见，契约意识或精神在当时的英国社会十分普遍，是人们生活的日常。上述例中的法律和戒约都是契约意识或精神的体现。在《威尼斯商人》中，这种契约精神体现得更加明显。在第一幕第三场中，犹太人高利贷者夏洛克与威尼斯商人安东尼奥签下"磅肉之约"：

> 夏 洛 克　三千块钱，嗯？
>
> 巴萨尼奥　是的，大叔，三个月为期。
>
> 夏 洛 克　三个月为期，嗯？
>
> 巴萨尼奥　我已经对你说过了，这一笔钱可以由安东尼奥签立借据。
>
> 夏 洛 克　安东尼奥签立借据，嗯？
>
> 巴萨尼奥　你愿意帮助我吗？你愿意应承我吗？可不可以让我知道你的答复？
>
> 夏 洛 克　三千块钱，借三个月，安东尼奥签立借据。
>
> 巴萨尼奥　你的答复呢？
>
> ……
>
> 夏 洛 克　嗯，嗯，三千块钱。
>
> 安东尼奥　三个月为期。

---

① 伊壁鸠鲁（希腊文：Ἐπίκουρος，英文：Epicurus，公元前341—前270年），古希腊哲学家、无神论者（被认为是西方第一个无神论哲学家），伊壁鸠鲁学派的创始人。其学说的主要宗旨就是要达到不受干扰的宁静状态，并要学会快乐。

夏 洛 克　我倒忘了，正是三个月，您对我说过的。好，您的借据呢？让我瞧一瞧。可是听着，好像您说您从来借钱不讲利息。

安东尼奥　我从来不讲利息。

……

夏 洛 克　……在约里载明要是您不能按照约中所规定的条件，在什么日子、什么地点还给我一笔什么数目的钱，就得随我的意思，在您身上的任何部分割下整整一磅白肉，作为处罚。

……

安东尼奥　好，夏洛克，我愿意签约。

在这一幕中，尽管出于宗教和身份原因，巴萨尼奥、安东尼奥与夏洛克互相鄙视，但是，在借钱一事上，双方还是本着自由平等的原则讨论，商定借款的金额(三千块)、还款期限(三个月)和利息，并通过公证人将双方的约定形成借据，使其具有法律效力。这是签订商业合同的典型程序。这份借款合同体现了自由、平等、权利和义务等观念，反映了双方当事人的自由意志和利益需要。

需要指出的是，"磅肉之约"是典型的抵押借贷契约，或称借贷保证书。这是英国习惯法①中有关扣押权的法规，是从犹太法中引进的。在借贷活动中，犹太人经常用抵押品来保障债权人的利益。当犹太人来到英国之后，就把这种抵押借贷契约的形式带到英国。标准化的扣押权条款是"誓以我所有的动产和不动产，现有的财产和将来财产作抵押"。如果借贷者无力偿还债务，放贷者可以占有借贷者的抵押财产。"磅肉之约"的抵押品是债务人安东尼奥身上的一磅肉，是一种另类的财产。当安东尼奥无力偿还夏洛克的债务时，夏洛克依据契约可以占有安东尼奥身上的一磅肉。这可以理解为夏洛克的恶毒用意和莎士比亚的恶搞。在现代法律体系下，这种伤害当事人的合同是无效的，但在当时的威尼斯，城邦法律并没有禁止这种野蛮的合同条文。但无论如何，这都是契约精神的体现。在13、14世纪，借贷抵押契约在英国被普遍使用，这种形式对于英国的经济和法律产生深远影响。

夏洛克对于契约精神的坚持体现了他们民族性中根深蒂固的契约思想，也彰显了犹太人的人格独立和人格尊严。犹太人的契约精神最早可以追溯到犹太教。犹太教的整个宗教体制完全是耶和华与其选民之间的契约，这是一份包括所有后果与所有义务的契约。② 犹

---

①　英国宪法的组成部分。英国是一个单一制、君主立宪的民主国家，没有成文的宪法，但宪法惯例(constitutional conventions)具有宪法的作用。英国宪法与绝大多数国家宪法不同，英国"宪法"并不是一个独立的文件(用"法典"更合适一点，宪法本来就是由文件组成)，它由成文法、习惯法、惯例组成。

②　[德]桑巴特：《犹太人与现代资本主义》，艾仁贵译，上海三联书店，2015年版，第145页。

太教起源于犹太始祖亚伯拉罕与上帝之间的约定，建立于犹太先知摩西与上帝的西奈之约。① 约定规定：如果以色列人信奉上帝是他们唯一的神，上帝就会赐福于他们；如果违背上帝的旨意，神就会降灾于他们。这是上帝与人类之间的契约。在神人契约的前提和基础之上，人人契约在圣经中也屡见不鲜。譬如，在《威尼斯商人》中，夏洛克为他的取息行为辩护时，就用到了《圣经》中雅各与拉班的例子：

> 安东尼奥　为什么说起他呢？他也是取利息的吗？
>
> 夏　洛　克　不，不是取利息，不是像你们所说的那样直接取利息。听好雅各用些什么手段：拉班跟他约定，生下来的小羊凡是有条纹斑点的，都归雅各所有，作为他牧羊的酬劳；到晚秋的时候，那些母羊因为淫情发动，跟公羊交合，这个狡狯的牧人就乘着这些毛畜正在进行传种工作的当儿，削好了几根木棒，插在淫浪的母羊的面前，它们这样怀下了孕，一到生产的时候，产下的小羊都是有斑纹的，所以都归雅各所有。这是致富的妙法，上帝也祝福他；只要不是偷窃，会打算盘总是好事。

（第一幕第三场）

"拉班跟他（雅各）约定，生下来的小羊凡是有条纹斑点的，都归雅各所有，作为他牧羊的酬劳……"夏洛克认为，只要约定好，不偷不抢，得点利益好处是"好事"，也是可以得到上帝祝福的。夏洛克依据《圣经》为自己的行为辩护，一方面说明《圣经》在某种意义上就包含有契约的精神，另一方面也说明《圣经》的契约思想通过犹太教早已深植于犹太人的民族基因。

源自犹太教的契约思想体现了契约的神圣性。神人契约的神圣性不言而喻，人人契约也同样敬畏于神的威慑力，违约即是违背神的旨意。契约的神圣性一开始就根植于人们的内心，一直延续至今。一旦在自由平等的基础上签订合同，约定双方的权利和义务，那么，这份合同就应该得到履行。这是契约精神的基本原则，是维护社会关系和法治秩序的基本准则，是契约文明的保障机制。在《威尼斯商人》中，契约的神圣性得到了很好的阐释，无论是犹太人夏洛克还是基督徒安东尼奥和鲍西娅等都坚持契约的神圣性，无论如何契约都应该得到执行。

---

① 根据《圣经》记载，摩西在西奈山遇见了上帝显灵，上帝授予摩西十诫，告诫他和他的族人务必遵守这十条戒律，切记不可违反。

夏 洛 克　我一定要照约实行；你倘然想推翻这一张契约，那还是请你免开尊口的好。我已经发过誓，非得照约实行不可。你曾经无缘无故骂我狗，既然我是狗，那么你可留心着我的狗牙齿吧。公爵一定会给我主持公道的。

……

萨拉里诺　我相信公爵一定不会允许他执行这一种处罚。

安东尼奥　公爵不能变更法律的规定，因为威尼斯的繁荣，完全倚赖着各国人民的来往通商，要是剥夺了异邦人应享的权利，一定会使人对威尼斯的法治精神发生重大的怀疑。……

（第三幕第三场）

巴萨尼奥　不，我愿意替他当庭还清；照原数加倍也可以；要是这样他还不满足，那么我愿意签署契约，还他十倍的数目，拿我的手、我的头、我的心做抵押；要是这样还不能使他满足，那就是存心害人，不顾天理了。请堂上运用权力，把法律稍为变通一下，犯一次小小的错误，干一件大大的功德，别让这个残忍的恶魔逞他杀人的兽欲。

鲍 西 娅　那可不行，在威尼斯谁也没有权力变更既成的法律；要是开了这一个恶例，以后谁都可以借口有例可援，什么坏事情都可以干了。这是不行的。

（第四幕第一场）

从上述引文中可以看出，夏洛克、安东尼奥和鲍西娅都认为契约是神圣不可改变的，哪怕夏洛克的真实用意是想要安东尼奥的命，但就契约本身而言，并无不妥之处。即使巴萨尼奥企图拯救安东尼奥，他首先想到的是和夏洛克重新"签署契约"，而不是直接想运用公权改变法律规则。这说明了契约意识在当时人们心中占据主导地位。事实上，历史上的威尼斯人确实是经验丰富的商人；他们擅长签订合同，而且他们相信契约是神圣不可侵犯的。契约是威尼斯生活的金本位；它的关键参数是数量、价格和交付日期。① 譬如 12 世纪，威尼斯共和国的执政官丹多洛与"十字军骑士"签订中世纪历史上最大的商业合同，为"十字军东征"提供运送马匹的船只和给养，合同总金额达到 94000 马克，相当于当时法兰西一年的财政收入。

---

① ［英］R·克劳利：《财富之城：威尼斯海洋霸权》，陆大鹏、张骋译，社会科学文献出版社，2015 年版，第 47 页。

犹太教的契约思想还体现了契约的平等性。与上帝订约的以色列各民族彼此都是平等的，人与人之间拥有相同的权利和义务，都是上帝的选民，都是契约的执行者，不存在谁拥有比谁更多的权利和义务，也没有谁拥有凌驾于他人之上的特权。这和卢梭的思想是一致的，他告诉人们，人人生而自由平等。这种平等思想成为西方法律思想中平等观念的萌芽。在《威尼斯商人》中，犹太人夏洛克等作为异邦人和异教徒能够享受城邦法律的权利和义务则是基于这种契约的平等性。

犹太教的契约思想也体现出正义的价值观念。从神人契约中可以看出，如果人类作恶，上帝将予以惩罚；而对于经受苦难的义人，上帝则予以帮助。诺亚方舟的故事即是一例。可见，上帝与人类定下西奈之约是为了维护正义，惩罚罪恶。赏罚观念有利于引导社会追求正义，而这种对正义的追求构成了西方法律与伦理体系的核心价值之一。

可见，犹太人的契约思想体现出契约的神圣性、平等性和正义性等。这些理念后来通过基督教渗透至欧洲资本主义文明，推动了资本主义的发展。资本主义文明倡导的自由、平等、公正等理念都可以追溯到犹太人的契约思想。欧洲资本主义文明从根本上讲，是建立在契约的基础之上。契约思想使西方社会逐步摆脱封建社会的人身依附关系而进入契约社会。契约意味着法治，契约是彼此之间的承诺，法治则保障承诺的实现。契约反映社会的公意，法治维护契约的运行。契约在某种意义上是最根本的宪法。契约精神扩展到西方社会的每一个领域，促使人类文明发展到前所未有的高度。所以，现代资本主义文明的发展与契约精神息息相关。

五、资本主义与旧式封建贵族价值观念的冲突

莎剧《威尼斯商人》的主要冲突在于资本主义价值观念与旧式封建贵族价值观念之间的冲突，这体现在两方面：一是资本主义商业行为与封建高利贷行业之间的冲突，落实到人物而言，是以安东尼奥为代表的资产阶级商人与犹太人高利贷者夏洛克之间的冲突；二是资产阶级自由恋爱与封建包办婚姻之间的冲突，具体而言，就是巴萨尼奥和鲍西娅自由恋爱与选匣招亲之间的冲突。资本主义商业行为与自由恋爱无疑属于资本主义价值范畴，而放高利贷和包办婚姻则是封建社会的常见做法，两者之间的冲突推动了《威尼斯商人》剧情的发展。

（一）安东尼奥与夏洛克之争

在莎士比亚创作《威尼斯商人》的16世纪，资本主义生产关系已经萌芽和发展。航海、造船和武器等方面的发展促进地理大发现，扩大了世界市场，给商业和工业以极大刺激，商业资本发挥着突出的作用，促进西欧各国市场统一和世界市场的形成，国际贸易伴随殖

民扩张迅速发展。英国等封建国家甚至动用国家力量支持商业资本主义的发展。1600年，伊丽莎白一世授特许状创建了(英属)东印度公司，加强国际贸易。随着商业资本的发展和国家支持商业资本政策的实施，英国进入资本主义发展的早期重商主义时期，而重商主义则强调贸易顺差的国际贸易。在《威尼斯商人》中，海外国际贸易是故事的背景之一。

夏洛克　啊，不，不，不，不；我说他是个好人，我的意思是说他是个有身价的人。可是他的财产却还有些问题：他有一艘商船开到特里坡利斯，① 另外一艘开到西印度群岛，我在交易所里还听人说起，他有第三艘船在墨西哥，第四艘到英国去了，此外还有遍布在海外各国的买卖；可是船不过是几块木板钉起来的东西，水手也不过是些血肉之躯，岸上有旱老鼠，水里也有水老鼠，有陆地的强盗，也有海上的强盗，还有风波礁石各种危险。不过虽然这么说，他这个人是靠得住的。三千块钱，我想我可以接受他的契约。

(第一幕第三场)

从夏洛克的话语中，我们可以看出，安东尼奥从事的是国际海上商业贸易。他的商船正驶往世界各地的港口，买卖遍布世界各地。这当然是大多数威尼斯人从事的行业。在当时也是正当、受到鼓励与欣赏的商业行为。当时有学者写道："外贸，是君王的财富，王国的荣耀，是商人的崇高使命，是我们生活必需的保障，它使穷人得到工作，使土地得以改良，使海员得到训练，它是战争胜利的关键，是敌人惧怕我们的原因。"② 所以，安东尼奥从事的是一项神圣的、体面的、具有光荣使命的工作。当然，这也是一项风险极高的行当。后来，正是安东尼奥的商船因海难而迟归使其陷入"磅肉之约"的违约官司。

反观夏洛克所从事的放高利贷行业，在中世纪欧洲被基督教认为是最肮脏、最可鄙、最下贱的行业，是一种旧的赢利方式。罗马基督教会甚至把放贷活动视为一种罪孽。基督教与犹太教对放贷取息的不同看法导致了基督徒与犹太人之间的相互仇恨。

夏洛克　(旁白)他的样子多么像一个摇尾乞怜的税吏！我恨他因为他是个基督徒，可是尤其因为他是个傻子，借钱给人不取利钱，把咱们在威尼斯城里干放债这一行的利息都压低了。要是我有一天抓住他的把柄，一定要

① 特里坡利斯(Tripolis)：一说是黎巴嫩西北部地中海港口、第二大城市；也有说是利比亚首都、最大城市，约建于公元7世纪。
② M·波德：《资本主义的历史：从1500年至2010年》，郑方磊、任轶译，上海辞书出版社，2011年版，第21页。

痛痛快快地向他报复我的深仇宿怨。他憎恶我们神圣的民族，甚至在商
人会集的地方当众辱骂我，辱骂我的交易，辱骂我辛辛苦苦赚下来的
钱，说那些都是盘剥得来的腌臜钱。要是我饶过了他，让我们的民族永
远没有翻身的日子。

（第一幕第三场）

　　不难看出，夏洛克与安东尼奥之间宿怨已久。表面上看，他们之间是因为宗教信仰的
不同，对放债这一行业的不同解读而导致的冲突。但实际上，当时的基督徒和犹太人都从
事放债行当。巴萨尼奥和安东尼奥之所以去找犹太人夏洛克而不去找基督徒借款是因为犹
太人的利息更低。所以，他们之间的冲突其实有更深层次的含义，那就是中世纪欧洲反犹
主义的体现。夏洛克的旁白中，"他憎恶我们神圣的民族"和"让我们的民族永远没有翻身
的日子"暗示了犹太人所处的受歧视的地位。

　　欧洲的反犹主义历史悠久，最早可以追溯到公元前4世纪的亚历山大统治时期的马其
顿帝国。当时帝国内各民族普遍接受希腊人的生活方式和思想，但是，犹太人拒绝接受，
坚持自己的民族传统和宗教信仰，这招致当权者的忌恨和打击，欧洲掀起第一次反犹运
动。在罗马帝国时期，犹太人的处境更加艰难。他们因为反对效忠罗马皇帝而遭到罗马帝
国的憎恨和迫害。罗马帝国对犹太人横征暴敛，毁坏犹太人的耶路撒冷圣殿。犹太人被迫
起义反抗，但两次反罗马起义均遭失败。幸存的犹太人四处流散，过着寄人篱下的生活，
从此，犹太人进入大流散时期。

　　基督教伴随着罗马帝国的兴起和发展，犹太人又继而遭到来自罗马帝国新兴基督教徒
的迫害。基督教宣扬犹太人是亵渎上帝者，是谋害耶稣的凶手，犹太教是邪恶的教派，犹
太人是上帝的"弃民"，是恶魔的化身。在公元4世纪，基督教成为罗马国教以后，基督教
会开始用暴力强制皈依犹太教徒。公元5世纪的《提奥多西法典》明文规定：禁止犹太人修
建新的会堂，禁止犹太人与基督徒通婚，等等。在后来的立法中，犹太人被归入异己分子
和异教徒之列。

　　在基督教一手遮天的中世纪，基督教与犹太教势如水火，反犹主义甚嚣尘上。在欧洲
各基督教国家，犹太人要么皈依基督教，要么被流放。这导致这些国家内的犹太人人数急
剧减少。而更糟糕的是，"十字军东征"标志着欧洲反犹主义的升级，欧洲对犹太人的迫害
大规模铺开。犹太人虽然不是欧洲"十字军东征"的目的，但他们作为"异教徒"成为"十字
军东征"附带的牺牲品和受害者。"干掉一个犹太人，以拯救你的灵魂！"成为当时"十字军
东征"的一个口号。在"十字军"的铁蹄下，成千上万的犹太人死于非命，穿越欧洲的道路
上洒满犹太人的鲜血，他们的财产被褫夺，房屋被烧毁，社区被夷为平地。历史文献记载
了犹太人在"十字军东征"中遭受的苦难："敌人杀他们如同屠宰牲畜一般，将他们推到刀

剑前面，他们在自己的兄长榜样力量的支撑下，从容就义，圣化神名……他们实现了先知的话语：'母亲倒在孩子的尸体上，父亲倒在儿子的尸体上'。"①

"十字军东征"之后，欧洲反犹主义不断向纵深发展，不仅方式多样化，而且手段也越来越残忍。他们焚烧犹太人的宗教经典《塔木德》；诬告犹太人杀害基督徒，尤其是基督男童，献祭给犹太教的上帝；指责犹太人玷污圣饼；诬陷犹太人是 14 世纪黑死病流行的罪魁祸首，认为是他们在水井中投毒所致。在此多样化的反犹背景下，数以千计的犹太人被杀害，无数个犹太人社区被洗劫，犹太人遭受了前所未有的灾难。

后来，中世纪欧洲的反犹主义甚至走向制度化。基督教会制定的法律法规把犹太人置于贱民的地位，禁止犹太人与基督徒住在一起，所有犹太人必须穿上特殊服装，佩戴特殊标志。譬如德国基督教会规定，所有犹太人必须在胸前佩戴轮状圆形标志，后来又规定，犹太女子必须在衣服上系上铃，在衣服的正面缝上黄色圆环，等等。在《威尼斯商人》各个传统版本的艺术形式中，夏洛克大多是头戴红顶帽、胸前佩戴轮状圆形标志的传统犹太人形象。

图 2-16　乔纳森·普莱斯在剧中饰演夏洛克

在《威尼斯商人》中，安东尼奥等人与犹太人夏洛克之间的宿怨实际上反映了中世纪欧洲反犹主义的现状。占据道德制高点与社会地位的制高点，基督徒安东尼奥等人对犹太人

---

① ［英］查姆·伯曼特：《犹太人》，冯玮译，上海三联出版社，1991 年版，第 26 页。

图 2-17　阿尔·帕西诺扮演的夏洛克剧照

夏洛克等保持一种不自觉的优越感。上至安东尼奥,下至信基督教的仆人,对夏洛克公开谩骂、侮辱,安东尼奥甚至将口水吐到夏洛克脸上。不仅如此,他们支持夏洛克的女儿杰西卡与基督徒罗兰佐私奔;在庭审中,他们通过所谓合法的手段找出夏洛克契约中的漏洞反转了整个官司,夏洛克不得不认输而被剥夺了他的财产,还不得不改变他的宗教信仰。这与他开始坚持自己的信仰,抵制基督教是格格不入的。最终,犹太人夏洛克失去了女儿,失去了财产,失去了信仰,等于失去了一切。从一方面看,是资本主义人文主义精神战胜了顽固落后的封建价值观念;从另一方面看,夏洛克的命运未尝不是中世纪欧洲反犹主义背景下犹太人悲惨命运的写照。莎士比亚对此也是心知肚明的。

(二)包办婚姻与自由婚姻之争

资本主义与封建主义观念的冲突还体现在婚姻制度方面。16、17 世纪欧洲封建社会的婚姻是受家庭策略决定的。婚姻通常是父母之命、媒妁之言,而非两情相悦的结果。家庭计划的三个目标是香火延续、祖传财产的维持以及经由婚姻来取得更多的财产或有用的政治结盟,① 这是由于当时社会及技术条件的限制导致婴儿和成人的死亡率非常高所决定的。当时的婚姻现状是,夫妻间尚未培养出感情,其中一方就可能因病去世,另一方不得不再婚。而且夫妻在最后一个小孩离家后还能共同生活超过一两年的不到 50%。威廉斯托

---

① 　[英]劳伦斯·斯通:《英国的家庭、性与婚姻 1500—1800》,刁筱华译,商务印书馆,2011 年版,第 23 页。

特对 1699 年一桩婚姻的评论可作为许多 16、17 世纪夫妇的墓志铭："他们过得非常不和谐但有许多小孩。"①有鉴于此，当时夫妻的感情，甚至父母与子女的感情都是非常冷漠无情的。

图 2-18　《威尼斯商人》中鲍西娅小姐剧照

　　随着资本主义商业经济的兴起与发展，社会财富不断增加，科学技术水平日新月异，寿命与婴儿存活率也逐步提高。更重要的是，欧洲文艺复兴运动确定了"人"的地位，人的欲望与体验逐渐被社会理解与接受，爱情自然也成为人们向往与追求的神圣体验。追求爱情当然必须打破封建主义枷锁的桎梏。作为深受资本主义人文思想影响的莎士比亚无疑倡导资产阶级自由恋爱，追求惊天动地的爱情，但是封建社会的包办思想仍在作祟，对爱情追逐的道路必然是坎坷的，甚至走向悲剧。在《仲夏夜之梦》中，赫米娅的父亲伊吉斯强迫她嫁给迪米特律斯，而她喜欢的是拉山德。根据雅典的法律，如果赫米娅违反父亲的意志，结果只有两种，"不是受死刑，便是永远和男人隔绝"（第一幕第一场），可见以封建制度作保障的婚姻包办思想禁锢着年轻人对的追求。《罗密欧与朱丽叶》中罗密欧与朱丽叶的爱情更是自由资本主义人文精神的体现，但是，他们的爱情破坏了他们所处的封建社会规范，因而给他们自己带来毁灭，造成悲剧。结局虽如此凄惨，但这双不幸的恋人（star-crossed lovers）已俨然成为千古爱情的经典象征。类似的封建包办思想也体现在《威尼斯商

---

　　①　[英]劳伦斯·斯通：《英国的家庭、性与婚姻 1500—1800》，刁筱华译，商务印书馆，2011 年版，第 73 页。

人》中，只不过故事的结局是喜剧，和《仲夏夜之梦》一样有情人终成眷属，表达了莎士比亚对封建包办思想的反抗和对美好爱情的歌颂。

在《威尼斯商人》中，贝尔蒙特的鲍西娅小姐面临这样的命运：

鲍西娅　……可是我这样大发议论，是不会帮助我选择一个丈夫的。唉，说什么选择！我既不能选择我所中意的人，又不能拒绝我所憎厌的人；一个活着的女儿的意志，却要被一个死了的父亲的遗嘱所钳制。尼莉莎，像我这样不能选择，也不能拒绝，不是太叫人难堪了吗？

（第一幕第二场）

鲍西娅之所以这样慨叹是因为她的父亲去世前留下遗嘱，她必须嫁给那个能从三个匣子（金的、银的和铅的）中准确选出装有她肖像的那个匣子的人，不管此人是谁。她虽然有财、有貌和有德，但是，父亲的遗嘱使她失去选择丈夫的自由。这显然也算得上一种父母之命的封建包办婚姻行为了。比鲍西娅父亲更过分的当然是夏洛克了。他不容商量地限制了女儿杰西卡几乎所有的自由，这当然包括婚姻自由。在第二幕第五场，在他去赴宴之前，他对杰西卡说："怎么！还有假面跳舞吗？听好，杰西卡，把家里的门锁上了；听见鼓声和弯笛子的怪叫声音，不许爬到窗栅子上张望，也不要伸出头去，瞧那些脸上涂得花花绿绿的傻基督徒们打街道上走过。"对于女儿的婚姻，他宁愿她"嫁给强盗的子孙"，也"不愿她嫁给一个基督徒"。（第四幕第一场）所以，当他听说女儿和一个基督徒罗兰佐私奔时，诅咒她死了下地狱。这一方面说明夏洛克对基督徒的憎恨，另一方面也表明了他顽固的封建观念。莎士比亚显然是不会让封建思想限制资产阶级的自由的，他让巴萨尼奥在爱的感召下选择了正确的铅匣，从而赢得鲍西娅的爱情；他让杰西卡与罗兰佐成功私奔，并最终让他们获得夏洛克的一半财产。在这场冲突中，资产阶级的自由爱情战胜了封建的包办思想。

毋庸赘言，资产主义取代封建主义是历史的发展趋势。毕竟，资本主义代表比封建主义更为先进的生产力与观念。当然，旧的封建观念也不会轻易退出历史舞台。两者之间始终在历史与生活中博弈。莎士比亚在《威尼斯商人》中用喜剧的方式演绎了资本主义与封建主义价值观念的博弈，反映了人性与非人性、道德与非道德、资本主义人文主义的自由思想与封建主义顽固思想之间的冲突与较量。

六、研讨题目

1. 威尼斯共和国的海外贸易与资本主义早期英国的海外贸易有何异同？

2. 犹太人的经验与传统在哪些方面影响了资本主义外在形式的构建？

3. 现代资本主义精神在哪些方面与犹太人有关？

4. 夏洛克这一犹太高利贷者人物形象是如何形成的？

5.《威尼斯商人》中分别提到了哪些资本主义元素？

第三讲：莎士比亚戏剧与英国剧场经济

一、引言

英语中的戏剧（theatre）和戏剧（drama）常可替换使用，但两者的具体内涵区别很大：前者包括戏剧艺术的全部——剧场建筑、设计（布景、道具、服装、灯光、音响等）、戏剧创作（剧作家和剧本）、表演（演员和剧团）、广告、市场营销等；而后者则更多地用来特指剧目和剧本或戏剧文学。英国被公认为世界戏剧的一大中心，尤以莎士比亚戏剧为代表，形成了戏剧艺术的巅峰。然而，很少有人知道，英国戏剧形成文学是戏剧表演渐趋专业化之后的事情，莎剧在文学领域的名声也大致要晚于莎剧演出的成功。英国戏剧起源于中世纪教堂的宗教仪式，在经历文艺复兴的思想变革后，不断获得新的世俗化内容。[1] 也是在文艺复兴时期，英国的剧场经营与早期现代市场经济联系起来，朝着专业化和商业化的进程加速前进，随后成为大众娱乐与流行文化的一部分，并逐渐建立起庞大的戏剧产业，成为促进当代国家经济转型和维持大国地位的重要助推力。本讲中，我们将围绕戏剧艺术的各个主要环节，考察不同历史阶段英国剧场莎剧演出的特点，勾勒出莎士比亚时代、后莎士比亚时代以及当代英国剧场经济的全貌。

二、莎剧与莎士比亚时代的英国剧场经济

从 1558 年伊丽莎白一世登基[2]到 1642 年英国内战关闭剧场的 80 多年无疑是英国戏剧最为辉煌的时期。这个时期的英国戏剧在继承中世纪传统的基础上融入了文艺复兴的新思

---

[1] 为了达到寓教于乐的目的，在许多宗教仪式，特别是重要的宗教庆典活动中加入了吟诵或简单的表演。在 13 世纪以前，英国的戏剧演出大多在教堂里或以教堂为背景的广场上进行。13、14 世纪的英国流行神秘剧、奇迹剧和道德剧，演出内容通常为《圣经》记载的基督神迹或宗教道德劝诫，且由不同行会分别负责演出与本行会相关的剧目。此时并没有固定的剧场，表演通常在可以移动的类似于现代彩车的木质舞台上进行。在 15 世纪出现了插剧，这既可能是幕间剧，也可能是在娱乐或宴会中插演以助兴的剧种，具有更多的喜剧色彩。尽管神秘剧和道德剧在 15 世纪中后期仍占据着英国的主流戏剧舞台，但可以确定的是英国戏剧的世俗化已不断加深，从宗教剧与世俗剧的融合中产生了包括闹剧、滑稽剧和哑剧在内的多种戏剧。详见何其莘：《英国戏剧史》，译林出版社，1998 年版，第 1-17 页。

[2] 1558 年 11 月，伊丽莎白的同父异母姐姐玛丽一世去世，伊丽莎白继承王位。1559 年 1 月 15 日，伊丽莎白正式加冕成为英格兰的女王。

想与新创造，莎士比亚等重要戏剧家的出现，推动英国进入戏剧创作和表演的繁荣时期。

莎士比亚的戏剧创作跨越 16、17 世纪，正值文艺复兴晚期，也是西方现代市场经济的形成期，此时的剧场经营逐渐发展成为一门产业——或曰"戏剧产业"，或从属于新兴的宽广意义上的"表演产业"，它在一个较为规范和高度竞争的环境下进行商业化的戏剧生产与销售。具体来看，莎士比亚时代，"戏剧创作成为一门新职业，演出团体有了专供演出的固定场所；尽管那时的戏剧演员社会地位低下、服装破旧，戏剧作家贫困潦倒，剧场常散发着恶臭，剧场内雇佣关系尚未稳固，剧场经营具有很大的不稳定性、盈利能力极为有限。"①事实上，莎士比亚时代戏剧生产的成功，不仅需要剧作家的艺术创造力，更加需要来自演员、剧团、剧团保护人、投资人和观众等各方的努力，剧场经营延伸至社会、文化、艺术、经济等多个层面，受商业、文学、政治和地理等多个因素的影响。

（一）剧团与演员

起初英国议会尤其是伦敦当局主张对戏剧活动进行压制，是伊丽莎白等皇室成员以及贵族们的支持促进了英国职业剧团的成长与发展。在伊丽莎白登基以前，英国法律规定，所有到处巡游的演员都是流氓和无赖。伊丽莎白在 1558 年登基后，鼓励有条件的贵族蓄养戏班，并且要求地方行政长官负责对所辖地区内的公开演出实行许可证制度。1574 年，演出许可的审批权转给宫廷娱乐事务主管（Master of Revels），第一个获得执照的剧团是詹姆斯·博巴治（James Burbage）率领的"莱斯特伯爵剧团"（The Earl of Leicester's Men）。随后，由于一些戏剧批评家以及英国城市议会的反对与攻击，伊丽莎白政权对包括戏剧演出、演出剧目、剧院和剧团等在内的所有戏剧活动采取了更为严格的控制措施，然而这些法规实际上促进了英国剧场的稳定。②

16 世纪中后期，英国同时进行两种不同但又相互影响的戏剧活动：其一是专业剧团的演出，起初主要在贵族府邸的大厅中、广场上或旅馆中演出，而后发展成营业性的剧场；其二是业余演员的演出，演出主要来自皇家教堂的唱诗班、大学或重要学府的学生、法学协会的青年，这种演出主要服务于宫廷，观众是受过教育的知识分子或上层人士。这种情况发展到后来便形成了两类专业剧团：成人剧团和童伶剧团。

在众多的成人剧团中，海军大臣供奉剧团和宫内大臣供奉剧团的影响最大。1594 年，英国枢密院（Privy Council）颁布法令，批准了伦敦市内仅有的两个驻院剧团：海军大臣供

---

① Bruster, Douglas. "The Birth of an Industry." *The Cambridge History of British Theatre*, *Volume* 1: *Origins to* 1660, edited by Jane Milling and Peter Thomson. Cambridge: Cambridge University Press, 2004: 224.

② ［美］奥斯卡·G·布罗凯特、弗兰克林·J·希尔蒂：《世界戏剧史》（第十版）（上），周靖波译，培生教育出版集团 & 上海三联书店，2013 年版，第 143-144 页。

奉剧团（Lord Admiral's Men）和宫内大臣供奉剧团（Lord Chamberlain's Company）。海军大臣供奉剧团的经理人是著名演员爱德华·艾林（Edaward Alleyn），经费来源是一名重要的剧场承包商菲利普·汉斯罗（Philip Henslow）；而宫内大臣供奉剧团由博巴治家族与莎士比亚合作经营，莎士比亚是该剧团的演员、主要剧作家兼分红股东。① 这两个剧团在詹姆斯一世上台（1603）后分别被改名为亨利王子供奉剧团（Prince Henry's Men）和国王供奉剧团（King's Men）。②

成人剧团大多以股份制的方式存在。在这种制度下，那些已经购买了剧团的股份而成为剧团"分红演员"（Sharers）的人既可分得营业红利，又要分担经济风险。但并非所有演员都是分红演员，在驻扎伦敦的剧团中，剧团里分红演员最多是 12 人，而那些旅行剧团的分红演员一般是 6 人。分红演员除了在剧团的保留剧目中扮演主要角色之外，一般还负有经营管理、创作剧本、管理服装和道具等责任。分红演员的收入来自除去所有开支（包括支付剧本稿酬以及服装、道具等各种物资开销）后分配给剧团应得的那部分钱。剧团中不参与分红的演员，称为"雇员"（Hired Man），依据合同进行工作，每周的薪水是 5 至 10 先令，但经常得不到全额付款。雇员扮演配角，此外还担任提词员、保管服装和道具、管理后台等工作。女子不可在职业剧团演出。剧中如朱丽叶等著名的年轻女性角色由那些轻盈优雅、细声细气的 15 岁左右的少年扮演，类似朱丽叶奶妈或机智夫人这样的年长女性角色则由团里的喜剧演员饰演。剧团通常还有 4 至 6 名艺徒跟着演技较高的成年演员学戏，艺徒与师傅一道生活，师傅除了传艺外，还负责他们的吃穿，因此师傅可以从剧团得到相应的补贴。③ 童伶剧团则由学校唱诗班组建而来，逐渐发展成为专业性质的剧团，但男童们的待遇类似于成人剧团中的艺徒，而非分红演员。男童剧团中最有名的是保罗童伶剧团（The Children of Paul's）和黑僧童伶剧团（The Children of the Chapel at Blackfriars）。童伶剧团曾因尤其受到王室贵胄的青睐而风光一时，后来由于各种原因逐渐走向衰落。

（二）剧场

随着剧团专业化水平的提高和剧场的商业化运营模式渐趋成熟，伦敦的永久性剧场应

---

① 莎士比亚剧团的主要演员便是詹姆斯·博巴治的儿子理查德·博巴治（Richard Burbage），他是海军供奉剧团的爱德华·艾林最有力的竞争对手。艾林主要扮演托马斯·马洛笔下的角色，而理查德以饰演莎士比亚和本·强森剧中的人物而闻名，尤因其成功塑造了理查三世、哈姆雷特、李尔王和奥赛罗等角色，被公认为是当时最伟大的演员。

② 李道增：《西方戏剧：剧场史》，清华大学出版社，1999 年版，第 168 页。

③ 详见[美]奥斯卡·G·布罗凯特、弗兰克林·J·希尔蒂：《世界戏剧史》（第十版）（上），周靖波译，培生教育出版集团 & 上海三联书店，2013 年版，第 146-148 页；Bruster, Douglas. "The Birth of an Industry." *The Cambridge History of British Theatre*, *Volume* 1: *Origins to* 1660, edited by Jane Milling and Peter Thomson. Cambrideg: Cambridge University Press, 2004: 231-232。

运而生。然而在此之前以及此后相当长的时间内，演员们为了提高收入时常随剧团外出巡演，这种情况尤其出现在灾荒瘟疫期间。伦敦的永久性剧场可分为两类，一类没有屋顶，是为普通大众建造的剧场，通常被称为"公众剧场"（Public Theatre）或室外剧场；另一类是小型的有屋顶的建筑，是为上层社会的观众准备的，被称为"私人剧场"（Private Theatre）或室内剧场。人们只需要花费一便士便可在公众剧场买到一个观剧席位，但在私人剧场即使最便宜的座位也需 6 个便士。

1576 年，伦敦第一座永久性的公众剧场"剧场"（The Theater）面世了，随后出现了多座露天式公共剧场，已知有名的剧场包括：幕布剧场（The Curtain）、玫瑰剧场（The Rose）、天鹅剧场（The Swan）、环球剧场（The Globe）、财富剧场（The Fortune）、希望剧场（The Hope）等。这些剧场均为对各种建筑物持有股份的承包商所有。大部分股东是承包商，如菲利普·汉斯罗，他是玫瑰剧场、财富剧场和希望剧场的股东。但也有一些剧场的股东是演员，如莎士比亚所在的环球剧场，演员们都是股东。股东支付剧场的维持费用，并将它出租给专业的演出团体、业余演员、击剑表演者和各种杂耍演员。一般来说，股东收取观众座席收入的一半。他们还可以向在剧场内出售饮食和其他物品的商贩收取费用。

除此之外，伦敦市内和周边地区也有一些私人剧场，最初为童伶剧团所专用。第一座私人剧场"黑僧剧场"（Blackfriars Theater）于 1576 年开幕，它的第一个驻场剧团就是黑僧童伶剧团，后又有其他童伶剧团在那里演出，直到 1584 年，由于上演的戏剧在政治上过于大胆，该剧场被关闭。詹姆斯·博巴治在 1596 年建成第二黑僧剧场，原本计划将该剧场作为本剧团的驻演基地，但遭到附近居民反对，便转租给黑僧童伶剧团。他过世后，这座剧场由其儿子理查德·博巴治继续租给黑僧童伶剧团，直到 1608 年，黑僧童伶剧团被解散。在得到詹姆斯一世的批准后，第二黑僧剧院成为莎士比亚所在国王供奉剧团的第二个驻场地。次年，国王供奉剧团在环球剧院和黑僧剧院两地轮流演出，环球剧院作为夏季演出地，黑僧剧院作为冬季演出地。在黑僧剧场的收入一般是环球剧场的两倍。

这些剧院多建在伦敦泰晤士河南岸，在伦敦市管辖范围的边界上，被称为伦敦市区的"自由地"（liberties）。多年以来，评论家们就剧院聚于此地的原因达成了一条较为普遍的共识，即政治上的趋利避害。但是也有一些评论家认为，背后的真相远非如此简单。事实上，黑僧剧院曾因带来噪音与交通问题而遭到邻居的检举与控诉，而在此地开设剧院则减小了市区邻居抗议的阻力；此外，伦敦外缘郊区租金更为低廉。梅丽莎·亚伦（Melissa Aaron）则明确将"自由地"解读为"对寻求经济自由的戏剧演出团体极具吸引力"的"经济开发区"。与此相呼应，威廉·英格拉姆（William Ingram）在其著作《剧场经营》（*The Business of Playing*）中提到，1547 年 12 月 6 日出台的"市议会法案"（The Act of Common Council）并非要抑制伦敦剧场的经营，而是要给予其许可保障；这样推断的理由在于，按法案规定向

图 2-20　莎士比亚时代的玫瑰剧院

剧院征收的税费和罚金可确保市政府官员从中谋利。① 也就是说，剧院运营商之所以选择在远离市中心的地方开设剧院，其直接和根本目的是为了少缴一些税赋，从而扩大自己的盈利空间。

另外，伦敦市区的边缘地带不仅存在诸如卖淫等非法活动，还有各种娱乐场所，而剧院就建在斗鸡(cock fighting)和逗熊(bear baiting)等娱乐场所旁边。例如，在 1613 年建立的希望剧院代替了河岸地区的大熊公园，起初作为两用的娱乐场所，到 1617 年后主要用作逗熊场所和外来稀奇物种展览场所。斗鸡和逗熊等娱乐活动常在下午进行，需要缴纳与公共剧院相等的入场费，对戏剧演出构成了一定竞争压力。为了维持或扩大戏剧观众群体数量，剧团便从各种娱乐形式中借鉴可能吸引观众的元素，以此满足不同观众群体的需求。例如，有评论家指出，《冬天的故事》中第三幕第三场，熊现身于舞台的演出环节可能就是为了吸引那些喜爱观看危险动物的观众；《麦克白》剧中的暴力和厮杀场面就是那些血腥的体育竞技项目的变异版本；《第十二夜》中则到处都有逗熊的隐喻。② 此时的戏剧成为

① Bruster, Douglas. "The Birth of an Industry." *The Cambridge History of British Theatre*, *Volume* 1： *Origins to* 1660, edited by Jane Milling and Peter Thomson. Cambridge：Cambridge University Press, 2004： 226.

② Lamb, Edel. "Shakespeare and the Renaissance Stage." *The Edinburgh Companion to Shakespeare and the Arts*, edited by Mark Thornton Burnett, Adrian Streete and Ramona Wray. Edinburgh：Edinburgh University Press, 2011：262-263.

一种融合表演、歌舞和其他娱乐手段的艺术形式，剧场经营构成伦敦表演与娱乐产业的一部分。人们几乎可以将那时的剧院与集市类比，白天人潮涌入，商品、交易、布景、声音和各色气味充盈其间，夜晚人潮退去，万籁俱寂。据安德鲁·古尔（Andrew Gurr）估计，在 16、17 世纪，超过 5000 万人曾光顾过伦敦的剧院。在剧院，观众可以消费食物和饮品，走出剧院，跟随他们回家的包括故事、演员、角色、服装、音乐、斗剑、演说和绝妙的台词。①

（三）剧作家与剧本

在莎士比亚时代，有些剧作家也是演员，比如莎士比亚、本·琼森等，但绝大多数的剧作家并不参与演出。这些剧作家大多是手艺人的子孙后辈，如砌砖工、染印工、手套制作商、布料商等。他们往往会选择合作完成一部剧本，这也是当时的一种风尚。实际上，那时的戏剧创作似乎与手工劳作并无太多不同，剧作家都热衷于从时下热门书籍中摘取章节进行整理加工，从而使剧本既适应公众口味，又符合演出团体的要求，还可以为剧团的某位演员量身制作。例如，某剧团著名的丑角需要在低俗喜剧中有加时表演；另一名杰出的悲剧演员需要有好几大段文采斐然的独白。这样一来，剧作家从事的工作似乎与"裁缝"（tailor）所做的工作颇为相似。② 究其原因，当时的戏剧创作无非是为了满足市场的需要。莎士比亚的戏剧作为其剧团核心竞争力的一部分，自然也要适应观众的不同口味与需求。一些受到观众欢迎的剧目会被多次演出，并由剧作家根据需要创作续集。例如，《温莎的风流娘儿们》便是以《亨利四世》（上）中观众喜爱的福斯塔夫（Sir John Falstaff）为主角而创作的剧本。《哈姆雷特》也借鉴了《西班牙悲剧》（Spanish Tragedy）和《复仇者悲剧》（Revenger's Tragedy）中的复仇情节，再次迎合了时下观众对复仇悲剧题材所展示的非凡热情。诚然，对某个热门题材和主题的重复利用是文艺复兴时代剧团所擅长的商业策略，但原创和新意也必不可少。莎士比亚在后一领域同样成就显著，他开创性地引进了悲喜剧形式。③ 值得一提的是，评论家们对莎剧剧本的政治功能和经济功能一直存有争议。一方面，有人认为莎剧剧本是为挑战正统所作；另一方面，有人又认为它们只是迎合观众的市

---

① Bruster, Douglas. "The Birth of an Industry." *The Cambridge History of British Theatre*, *Volume* 1: *Origins to* 1660, edited by Jane Milling and Peter Thomson. Cambridge: Cambridge University Press, 2004: 228.

② Bruster, Douglas. "The Birth of an Industry." *The Cambridge History of British Theatre*, *Volume* 1: *Origins to* 1660, edited by Jane Milling and Peter Thomson. Cambridge: Cambridge University Press, 2004: 232.

③ Lamb, Edel. "Shakespeare and the Renaissance Stage." *The Edinburgh Companion to Shakespeare and the Arts*, edited by Mark Thornton Burnett, Adrian Streete and Ramona Wray. Edinburgh: Edinburgh University Press, 2011: 261.

场经济的产物。保罗·杨钦(Paul Yachnin)就认为那时的创作绝不可能有政治的功能。学界整体上也倾向于认为,此时的戏剧作品依靠其娱乐功能成功打开了市场的大门;但并不能否认其中某些创作者、演出者或者观众具有实现其政治诉求的意图。①

此时的戏剧剧本对于演出固然重要,但剧团购买新剧本的花费通常会低于购买奢华服装的费用。由于当时的舞台布景和道具都比较简陋,戏服对观众来说具有非同一般的吸引力,但剧本却只是确保演出吸人眼球的一个普通环节。也许是因为各个演出团体之间的竞争日益激烈,剧作家们才逐渐意识到剧本对于吸引观众的重要性。由此,剧本内容的好坏便与其价格的高低挂钩。1603 年至 1613 年,新剧本的平均价格由 6 英镑上升到 10 至 12 英镑。一旦支付剧作家的费用后,剧本就归剧团所有。在法律上,每个剧本都必须呈交给娱乐事务主管,以便在演出之前得到许可。如果剧团需要钱或剧本不再上演,剧团可以把它卖给印刷商。16 世纪 90 年代至 17 世纪早期,剧本的印刷出版达到了一个相对的高峰。与奢华的莎士比亚戏剧全集或琼森戏剧全集对开本对比,这些印刷本更小更便宜,甚至一度被斥之为"垃圾书",然而不能否认这些剧本的销售是当时伦敦书籍交易市场的重要组成部分。关于这些印刷剧本的价值的探讨,曾流行着"黄金剧本神话"(Golden Playbook Myth)的理论。彼得·布雷尼(Peter W. M. Blayney)却认为先前的学者们高估了这些剧本的文化与商业价值,通过仔细核算印刷剧本的开支与收入,发现这些剧本往往供过于求,印刷商可获得的利益自然也就相当微薄。他也反对"黄金剧本神话"中的核心观点:即戏剧印刷本的销量可能使观剧的人数减少,相反,布雷尼认为,大量发行剧本只是为了在经济萎靡期(如瘟疫期间)带动更多观众去剧院观看戏剧演出。安德鲁·古尔则表示,除了"广告宣传"(advertising)效应,印刷剧本还有另一经济功能,即满足各个剧团为建造新剧院"筹募资金"(capitalization)的需要。总而言之,两者都肯定了印刷剧本的经济价值,但前者强调剧本的价值源于戏剧演出,后者则强调剧本自身价值的首要地位。在"黄金剧本神话"理论中有一个重要的观点,即剧团将剧本看得尤为重要,只有万无一失的情况下才会选择印刷剧本。布雷尼则基于两点理由对这一看法进行了反驳:1. 没有证据说明表演者害怕已购买并读过剧本的人们会失去观看演出的兴趣;2. 伦敦的剧团往往都互相尊重对方的剧目,包括已印刷剧本在内。②

---

① Bruster, Douglas. "The Birth of an Industry." *The Cambridge History of British Theatre*, *Volume* 1: *Origins to* 1660, edited by Jane Milling and Peter Thomson. Cambridge: Cambridge University Press, 2004: 227.

② Bruster, Douglas. "The Birth of an Industry." *The Cambridge History of British Theatre*, *Volume* 1: *Origins to* 1660, edited by Jane Milling and Peter Thomson. Cambridge: Cambridge University Press, 2004: 232-236.

(四)剧场舞台设计

伊丽莎白时期的公共剧场建筑并没有特别复杂的结构。根据现代人仿建的"环球剧院"，① 可以推知此类露天剧场分为舞台、内台和顶楼几个部分，舞台台面较高，观众大都站着看戏。舞台后面是内台，内台下层左右两扇门是演员上下场通口，内台上层是有栏杆的楼台。舞台与内台中间有幕布，能满足换场的需要，有时也作为表演的道具。在舞台顶楼上，有活板和吊车以供云彩、天神的升降。当时的剧场设备简陋，一旦遇上坏天气，观众还得受风吹雨淋。② 观众从剧场的大门进入剧场时要缴费，每人缴的金额都一样。但这仅仅只能站在院中的场子里看戏。如果想坐下来看，还要缴纳额外的费用，才能在走廊上得到一个座位。很阔绰的绅士可以在包厢中得到一个位置。在当时，有条件的女性观众不会选择站在池座中看戏，因为这对她们的名声有所损害，她们多半会戴上面纱坐下来欣赏演出。而遇上新戏上演，票价则会翻倍。

图 2-21　环球剧场复原图

由于布景和道具相对简单，服装就成为伊丽莎白戏剧时代最重要的视觉元素。现存的资料都提到了演员服装的花费和华丽程度。汉思罗的私人文件也记录了好几项为购买服装

---

① 环球剧场建于 1599 年，莎士比亚拥有该剧场投资八分之一的股份，他的大部分剧作都在此上演。1613 年，环球剧院毁于大火，但立刻得到重建，并且规模增大，但很快又在 1644 年被清教徒拆毁。我们现在去伦敦所看到的是 1997 年由美国人萨姆·沃纳梅克发起并筹资建造的第三座环球剧院。

② 孙家琇主编：《莎士比亚辞典》，河北人民出版社，1992 年版，第 259 页。

图 2-22　复原后的环球剧场舞台

而发生的借贷，尤其是女角的服装花费常常可以超过整出戏的开支。演员衣着的华贵也常常遭到清教徒的攻击。实际上，除了演员自掏腰包置办各自基本角色需要的服装，剧团负责购买专门的服装或者为童伶和雇佣演员置办服装，有时点戏的贵族也会把自己的服装赠送给他们作为戏服，也有可能是向娱乐事务主管或剧场承包商租借服装。从 1567 年到 1642 年，大部分角色，无论他们所代表的是哪个历史时期的人物，都穿着伊丽莎白时代的服装，但也有一些例外情形。莎士比亚的戏中总有一个或数个角色穿着一种特殊的服饰，这与莎士比亚角色的多样性和特殊性有关。例如魔鬼、巫师、精灵、神仙和寓言人物所穿的是纯粹想象出来的服装；此外，一些特定的人物穿着，如罗宾汉、亨利五世、福斯塔夫、理查三世等使用的是传统服装；而还有一些角色，如土耳其人、犹太人或印度人等则穿上各自民族的服装。这些服饰不一定都符合历史真实，甚至"历史剧"中也有使用伊丽莎白时代的服装，不过，这在一定程度上反映了当时戏剧演出的现实主义风格。[1]

　　总体来说，莎士比亚时代的舞台设计，除了服装较为考究，布景和道具都较为简单，没有灯光照明，演出都在白天进行，戏剧突出的是演员的表演。演出中观众与演员的距离非常近，演员凭借真实的力量感染观众，调动观众的想象力，实现与观众的情感交流和戏剧的再创造。

---

　　① 　[美]奥斯卡·G·布罗凯特、弗兰克林·J·希尔蒂：《世界戏剧史》(第十版)(上)，周靖波译，培生教育出版集团 & 上海三联书店，2013 年版，第 150-151 页。

三、莎剧与后莎士比亚时代的英国剧场经济

（一）复辟时期和 18 世纪的英国剧场

自 1616 年莎士比亚逝世后，英国戏剧的黄金时代已然逝去，好的剧作家和剧本越来越不可多得，观众的观剧热情也一再消退，英国的戏剧日趋衰落。1642 年至 1660 年期间，清教徒势力控制了整个英国，议会企图停止一切戏剧活动。莎士比亚的国王供奉剧团卖掉了全部行头，环球剧场也已经变成了住宅。直到 1660 年，英国王室复辟，才下令恢复剧院。查理二世和詹姆斯二世期间，王室成为剧团的直接赞助人，民间演出和宫廷演出热闹非常。

理查二世最初把在伦敦开办剧场、组建剧团、上演戏剧的皇家特许权仅授予基利格鲁（Thomas Killigrew）和达文南特（William Davenant）两位剧作家，这使得他俩几乎完全控制着当时伦敦范围内的戏剧演出。1737 年，《演出特许法案》（Licensing Act）颁布，更加导致当时获得特许的剧院寥寥可数，唯一两家获得特许的剧院是朱瑞巷剧院（Drury Lane Theatre）和科芬花园剧院（Covent Garden Theatre）。

王朝复辟初期的剧作家仍按剧本收取固定费用，然后剧本的所有权就转给了剧团。但在 1680 年后，随着剧本的需求量减少，对剧作家的支付就改成了"底金制"。首轮演出第三晚的全部收入（减去剧场租金）归剧作家所有。如果剧本特别卖座，则还可领取第六、第九场的演出，但这种情况少之又少。通常初演过后，剧本就归剧团所有。直到 1702 年出版法通过后，剧作家才可以向剧团出售版权，或者向出版商出售书稿，以此获得更多的收入。[1]

王室复辟后，女演员开始登上舞台。此时的每个演员通常有自己的行当（line of business），专演某类角色，一直演到离开剧团为止。旧的演员分红体制（即演员分担剧团风险、分享剧团收益）恢复，但由于戏剧越来越不景气，伦敦演员开始更愿意与剧团签订较长时间的合同，领取固定工资。但另一方面，1743 年以后，莎剧名角麦克林（Charles Macklin）[2]通常只与剧团签订短期合同，这种做法开启了 19 世纪盛行的"明星制"先河。除

---

[1]　[美]奥斯卡·G·布罗凯特、弗兰克林·J·希尔蒂：《世界戏剧史》（第十版）（上），周靖波译，培生教育出版集团 & 上海三联书店，2013 年版，第 273 页。

[2]　查尔斯·麦克林（1699—1797 年），以成功塑造了伊阿古、马伏里奥、夏洛克、麦克白等经典莎剧角色而闻名，他的表演风格与同时代另一著名莎剧演员加里克有相通之处，都给观众留下真实自然、新颖独特之感。参看 Wells, Stanley. *Great Shakespeare Actors：Burbage To Branagh*. Oxford：Oxford University Press，2015：34.

了固定工资外，演员还可以从每年一次的补贴演出中获得额外收入。一场满座的补贴演出给演员带来的收入可能超过他一年的正常收入，有的观众尤其愿意支付更高的入场费并且向名角奉送珠宝之类的值钱礼品。在新的体制下，伦敦的剧团经理人承担了所有的财政风险，获得了全部的财政收入；但在遇到困难时，他们必须去借钱，即把自己的垄断经营权以及布景和服装抵押出去，以筹集资本。若抵押权未能按时赎回，剧团的部分所有权就会转到一些对戏剧鲜有兴趣的人手中。由于这些人缺乏剧场经营经验，他们不断遭遇失败，最终导致了演员-经理双重管理体制的出现。①

1660 年至 1700 年间，当时的贵族势力联盟几乎垄断了所有的戏剧市场，占主导地位的是英雄悲剧(Heroic Tragedy)和风俗喜剧(Comedy of Manners)。进入 18 世纪后，崛起的中产阶级成为主要的观剧群体——他们在道德上比较保守，对严肃的主题更有一些偏好，喜欢道德的说教和带有感伤色彩的情节，英国戏剧因此形成了几大主流戏剧剧种：新古典主义悲剧、感伤主义剧作和谢里丹等剧作家创作的喜剧。莎士比亚的悲剧或者根据莎士比亚原作改编而成的剧目也经常在伦敦舞台上出现，但是受欢迎的程度大为下降。18 世纪还出现了一些背离新古典主义标准的次要剧种，它们时刻威胁着主流戏剧的权威。其中最重要的是：情节歌剧或民谣歌剧、讽刺剧(Burlesque)和哑剧(Pantomime)。此时的戏剧演出在晚上能持续 4 至 5 小时，包括五幕的一个主戏，或者三幕的音乐剧，在它们之前常有闹剧(farce)或哑剧(二至三幕)、开场白、收场白和其他余兴节目。

加里克(David Garrick，1717—1779 年)在 1747 年至 1776 年间掌管朱瑞巷剧院，使莎剧演出取得了前所未有的高票房收入。他取消了舞台上的观众席，采用了隐蔽的舞台照明和自然主义画法的背景幕；此外，他给伦敦戏剧界引入了一种新颖的表演风格，这种风格强调单纯和新颖，比当时主宰英国戏剧界的刻板的法国表演风格更为自然。在朱瑞巷剧院，加里克潜心演出莎士比亚戏剧，不过，他对戏剧做了修改，使之适应时下的品位。他也演出当代戏剧和其他英国经典作品。加里克举办了最早的几次莎士比亚戏剧节，并在莎士比亚的家乡埃文河畔的斯特拉特福举行纪念会议。加里克在 1769 年举办的莎士比亚庆典，极大提升了莎士比亚在本土乃至世界文化领域的地位。

在整个 18 世纪，戏剧受欢迎的程度持续上升，商业的繁荣也使得更多的人有能力走进剧场。另一方面，1660 年到 1800 年间的发展趋势是剧团规模越来越大，演出的设备越来越精心，这两者都需要更多的财力支撑。因为经理人主要依靠票房收入，所以他们依靠两种途径提高收入：一是提高票价，二是增加观众。此外，经理人还认识到可以向出售食品和节目单的商贩出租在剧场叫卖的特许权，以此获得一些收入。由于过高的

① [美]奥斯卡·G·布罗凯特、弗兰克林·J·希尔蒂：《世界戏剧史》(第十版)(上)，周靖波译，培生教育出版集团 & 上海三联书店，2013 年版，第 273-274 页。

票价反而可能减小观众的看戏欲望，扩大剧场以容纳更多的观众成为剧场应对经济压力最为有效的办法，于是观众席的规模不断扩大。至 1792 年，科芬花园剧院的观众席从初建时的 1400 座扩建至 3000 座，而德鲁里巷的剧场容量在 1794 年也扩大到能容纳 3600 人。这时期剧场的改建与扩建活动频繁进行，剧院建筑物自身的奢华与宏伟不断刺激着观众的眼球。[①]

图 2-23　加里克和他的妻子爱娃·玛利亚·法伊格尔(Joshua Reynolds 绘制，1773 年)

这个时期剧院的观众座席安排大体可以分为池座(pit)、包厢(box)和楼座(gallery)。英国的池座是倾斜的，可以改善视野，并安有八至十排无靠背条凳供观众安坐。楼座一般有两至三层，第一层楼座被隔成了包厢，最高的一层没有分隔，安有长凳，中间的一层(如果有的话)则一部分隔成包厢，余下的部分安装长凳。通常乡绅们(还包括妇女)在包厢就座，男人们(包括拉生意的妓女)买下池座的席位，讲求经济实惠的普通下层百姓则只有选择第二或三层的楼座席位。到 18 世纪 30 年代，包厢的戏票可以提前预订，但具体座位并不固定。剧院的每个部分——包厢、池座、楼座，都有各自的入口、售票窗口和检票

---

① ［美］奥斯卡·G·布罗凯特、弗兰克林·J·希尔蒂：《世界戏剧史》(第十版)(上)，周靖波译，培生教育出版集团 & 上海三联书店，2013 年版，第 274 页。

员。观众在剧院边聊天边吃茶点。因为座位并未编号，为争座位而引发的口角时有发生。一般情况下，18世纪的观众很少提前来占座的，能从头到尾静静看戏的人更是凤毛麟角。那时的人们与今天观看体育赛事的观众一样，更多地把剧院作为社交场合的中心。当然也有少数明星演员的戏能紧紧拴住观众的心。①

这时的演出广告也多种多样：既有城市四处设置的广告柱，也有向咖啡馆和私人住所等处散发的传单，18世纪早期还出现了报纸广告；每天傍晚也会有现场通知。广告上面主要注明戏剧名称、演员的名字和角色以及余兴节目，后来还添加了剧作家的名字。戏剧逐渐发展成为文学作品，到18世纪40年代，莎士比亚的一系列戏剧演出才被冠上剧作家名字用于广告宣传。观众根据戏剧名称和演员的受欢迎程度来决定要不要观看演出。②

从1660年至1800年，每个剧场都积累了一套现成的、可以反复使用的布景装置。因为大部分戏剧演出都是使用现有的库存布景，所以，当出现新的布景设备时，票价也会提高。这种增加收入的方式也能够促进对布景的重视。极少有资料反映复辟时代的舞台灯光情况。直到1765年，加里克在英国普及了欧洲大陆的舞台照明系统，让灯梯旋转，使得灯光既可以聚向舞台，也可以离开舞台。德·鲁斯伯格在18世纪70年代实验了用透明丝质滤光罩，实现了对色彩的控制。对灯光的重视程度反映在剧场灯光的支出款项上，从1745年到1770年间各剧场在灯光上的费用竟从350英镑攀升至2000英镑。从整体上看，1660年至1800年之间的主导服装原则与前共和国时代并无明显区别，演员大多着当代服装，而且大多数演员都把角色尽可能朝着奢侈的方向打扮。每个剧团都有一个"基本库存"，并定期对之进行保养和补充。大多数演员能得到自己需要的服装，有些演员也会向经理提出特殊要求，演员之间还存在相互攀比、追求奢华的风气。③

（二）19世纪的英国剧场

进入19世纪，工人阶级不断壮大，城市人口继续增多，看剧的观众数量持续增长。为了满足广大民众的看剧需求，特许剧院的容量在不断扩大，同时二流剧场的数目也出现了显著增长，英国戏剧行业管理官员出台了一系列针对《演出特许法案》的愈加宽容的解释。1800年伦敦的剧场仅有6家，到1843年已经增加到21家。剧场间的竞争变得越来越

① Hume, Robert D. "Theatres and Repertory." *The Cambridge History of British Theatre*, Volume 2: 1660 *to* 1895, edited by Joseph Donohue. Cambridge: Cambridge University Press, 2004: 55-57.

② Hume, Robert D. "Theatres and Repertory." *The Cambridge History of British Theatre*, Volume 2: 1660 *to* 1895, edited by Joseph Donohue. Cambridge: Cambridge University Press, 2004: 59.

③ ［美］奥斯卡·G·布罗凯特、弗兰克林·J·希尔蒂：《世界戏剧史》（第十版）（上），周靖波译，培生教育出版集团 & 上海三联书店，2013年版，第277-280页。

激烈，原来热心看话剧的一部分观众转而迷上了歌剧。一些获得特许权的剧场不得已改变了原来只上演正规话剧的做法，增设了一些次要剧目或娱乐节目。而根据《演出特许法案》，二流剧场原本不能上演正规话剧，只能演一些二流的戏，但为了与特许剧院展开竞争，它们想着法子钻特许法案条文上的空子。当时流行的两种话剧形式——讽刺剧和情节剧（一般是有乐队伴奏的三幕剧）也有利于二流剧场钻空子。情节剧就属于所有二流剧场可以演出的剧种，因此一些正规话剧常常在二流剧场被改编后上演，其中就包括莎士比亚的《奥赛罗》，改编后每隔5分钟敲一下钢琴键作为配乐。这时莎士比亚剧的票房价值就比较低了。[1] 1843年，《戏剧条例法》（*Theatre Regulation Act*）正式颁布，所有正规注册的剧院都能上演任何类型的剧目（上演之前也还需经过娱乐主事的审批，直到1968年才废除）。在此之后，朱瑞巷剧场和科芬花园剧场已经不复往日荣光，娱乐性的歌剧和音乐话剧成为主要潮流，但总体而言给戏剧产业带来了新一轮的市场繁荣。

1790年到1817年，英国剧场的发展尚且稳定。约翰·肯布尔（John Philip Kemble，1757—1823年）[2] 在1802年接手科芬花园剧场。在他的管理下，科芬花园剧场成为英国英语世界最领先的剧场。肯布尔退休时，英国陷入经济危机，一直持续到1840年，在1817年至1837年很少有一座剧场能够逃脱破产的厄运，朱瑞巷剧场的收入在这一时期急剧下降。所有获得特许权的剧场中，只有较小的草市剧场能保持相对的兴旺。[3]

导致剧场经济困难的其他原因也包括愈来愈豪华的戏剧场面。由于观众厅容量加大很多，原先演员细微精致的演技和表情观众已不可能感觉出来，演出重点不得不转向追求戏剧场面和视觉效果。1819年到1826年朱瑞巷剧院的经理艾利斯顿在排演《李尔王》的过程中就凸显了舞台场面的视觉效果，作为布景的树在风暴中摇曳，产生的噪音过于逼真竟盖过了李尔王的声音。这一时期也愈发追求舞台画面的历史准确性，尤其体现在演员的服装或布景方面。科芬花园剧场经理查尔斯·肯布尔（Charles Kemble，1775—1854年）在1823年和1824分别上演的《约翰王》和《亨利四世》中都力求实现布景和服装的历史准确性。泊兰契（Robison Planche，1796—1880年）更是积极引导戏剧向"考古主义"的方向演变，他在1834年所著的《英国服装史》为以后的舞台演出提供了历史凭证。为了平衡场面、布景和服装方面的巨额花费，每出戏演出的场数和期限也不得不拉长。[4] 与此同时，提倡"浪漫

① 李道增：《西方戏剧：剧场史》，清华大学出版社，1999年版，第356-357页。
② 从18世纪末到19世纪初，欧洲出现了新古典主义潮流，也波及表演艺术上，其特点是庄重优美、冷静收敛。约翰·肯布尔是这一表演流派的杰出代表人物，他以塑造一系列莎士比亚悲剧角色而闻名，主要包括哈姆雷特、麦克白、李尔、普洛斯彼罗、科里奥兰纳斯等。详见吴辉：《影像莎士比亚——文学名著的电影改编》，中国传媒大学出版社，2007年版，第19页；Wells, Stanley. *Great Shakespeare Actors*：*Burbage To Branagh*. Oxford：Oxford University Press，2015：67.
③ 李道增：《西方戏剧：剧场史》，清华大学出版社，1999年版，第360页。
④ 李道增：《西方戏剧：剧场史》，清华大学出版社，1999年版，第361页。

主义"演出风格的著名莎剧演员埃德蒙德·基恩（Edmund Kean，1787—1833 年）①引领了戏剧明星与演出公司签合同的风气。他声称，一位能演一定数量保留剧目的演员应该享有很高的薪金，而他为自己每一场戏的最低报价设为 50 英镑，这笔数目远远超过当时其他的多位名演员。②

进入 19 世纪后半叶，可提供的娱乐形式增多，杂耍戏院（Musical Hall）、马戏团（Circus）等娱乐场所的数量增多，与正规剧院相互竞争。多种原因加速了这些娱乐活动的扩张和专业化进程。最为显著的是人口的增长和城市化进程的推进，它们解释了潜在观众数量与社会基础扩张的原因。在 1801 年到 1891 年间，大不列颠的总人口（不包括爱尔兰）从 1070 万增长至 3310 万，城镇居民（英格兰和威尔士）的比例从 33% 增长至 75%。另外，据资料显示，从 19 世纪 50 年代到 19 世纪 70 年代，工人阶级的工作时间缩短，变为 54 小时至 56 小时一个工作周，这使得他们可以更加定期地光顾这些娱乐场所（主要是周六下午和晚上）。还有，1850 年至 1900 年，工人的工资上涨了约 80%。这些都不可避免地刺激了大众娱乐产业的发展。③

在各种娱乐形式中，与剧场竞争最为激烈的是杂耍戏院。杂耍戏院里不仅有典型的歌唱音乐节目，还能够提供各种马戏表演或杂技，甚至芭蕾表演。从 19 世纪 70 年代起，10 分钟至 40 分钟的短剧（The Sketch）成为杂耍戏院的一个常备节目。不过短剧常常引来对其道德层面的谴责，这也凸显了正规剧场（legitimate theatre）和流行剧场（popular stage）的区别。根据 1843 年的《戏剧条例法案》规定，在提供酒水的场所禁止上演戏剧剧目。除了戏剧管理者的反对，娱乐改革者们也指责杂耍戏院的经营活动"对人们的习惯和道德构成危险"。这是因为杂耍戏院很容易让人将其与酒水生意以及妓女联系在一起，一些杂耍戏院的表演工作者也被指生活放荡，并且受到一大批疯狂的年轻工人的欢迎。然而，杂耍戏院却顽强地在困境中生存了下来。这主要归功于杂耍戏院老板们的巧妙反驳，他们的理由是，杂耍戏院减少了酗酒行为，极度减少了工人相互间开展政治讨论的机会，并提供给丈夫和妻子共同娱乐的时间。总体而言，杂耍戏院的观众主要是年轻人（14 至 21 岁之间），多为男性工人阶级。为了吸引包括上层工人阶级、中产阶级在内的主要群体，从 19 世纪 80 年代起，杂耍戏院管理者开始打造奢华而具有异域风情的杂耍剧场（theatre of variety），

---

① 德蒙德·基恩，著名莎剧演员，主要饰演的角色有夏洛克、理查三世、哈姆雷特、奥赛罗、伊阿古、麦克白、泰门、李尔王等。他的表演特色与约翰·肯布尔截然不同，情绪多变，富有激情。详见 Wells, Stanley. *Great Shakespeare Actors*: *Burbage to Branagh*. Oxford：Oxford University Press, 2015：77；吴辉：《影像莎士比亚——文学名著的电影改编》，中国传媒大学出版社，2007 年版，第 19 页。

② 李道增：《西方戏剧：剧场史》，清华大学出版社，1999 年版，第 362 页。

③ Russell, Dave. "Popular Entertainment, 1776-1895." *The Cambridge History of British Theatre*, Volume 2：1660 *to* 1895, edited by Joseph Donohue. Cambridge：Cambridge University Press, 2004：369-372.

对娱乐活动的道德标准进行监督，增加短剧、马戏和新活动所占时间比重，减少喜剧歌手的表演时间。①

19世纪中后期，戏剧产业面临的竞争压力越来越大，好在它最终存活了下来，并且出现了新的繁荣。迈克尔（Michael Booth）认为，剧场获得成功的原因在于它对各个阶层的迎合，既巩固了自身地位，又获得了经济效益。一方面，这些正规剧场的戏剧制作会迎合观众的需要，聪明地借鉴相近的娱乐形式——使用动物，借用杂耍戏院明星等。另一方面，观众表现出充分的灵活性。剧院和杂耍戏院在某种程度上有各自的观众群体，但双方也有共同的一批观众。尽管一些戏剧工作人员会进行反驳，但那终究不能使他们获得道德和艺术上的优越感。正如1866年的一位见证人所言，剧院池座和楼座席上的观众也正是光顾杂耍戏院的那群人，他们都来自同一阶层。但到1892年，米德尔塞克斯杂耍戏院（Middlesex Hall）的总经理注意到，一些既非楼座又非池座席上的观众会在同一晚上光顾这两个场所。观众在剧院和杂耍戏院的行为也并无两样。两个场所针对1843年有关烟酒消费的法律的解释也如出一辙。在维多利亚时代的剧院，从酒吧或者从外面带来酒水是很普遍的现象，违背管理禁令的吸烟行为也时有发生。1879年，布拉德福德（Bradford）的法官实际上批准了当地剧院同意吸烟的行为，尽管一些人以捍卫自我权利为由表达了抗议，但皇家剧院（Theatre Royal）的管理者拒绝满足他们的要求，观众在剧院吃橘子、坚果和巧克力的现象也很普遍。然而令人疑惑的是，一些杂耍戏院在表演进行期间并不允许有喝酒或吸烟行为的发生。一位来自伦敦城镇剧院的代表指出，19世纪末期，一些观众很可能不再去剧院，而选择去杂耍戏院，在1900年到1909年之间，剧院的观众比例从36%降至17%，而杂耍戏院的观众数量从20%增长至60%。然而在哑剧节期间，剧院的观众数量又重新回升，在一些省份，剧院可能仍是观众的首选场所。例如，杰里米·克伦普（Jeremy Crump）指出，到1914年，莱斯特（Leicester）的杂耍戏院与剧院势均力敌，又不足以取代流行的正规剧院。无论如何，20世纪之后，剧院存活了下来，而其他娱乐场所都在垂死边缘挣扎。②

20世纪初，到剧场去看戏又变成了一种迷人的社交活动，人们穿着讲究，剧场正厅前排的观众和包厢内的观众必须穿正式晚礼服。扩建的新旧剧场都尽力满足观众要求的舒适和奢华。剧场中的楼下设有正厅，装有配备了天鹅绒或长毛绒椅套的可向后扩展的前排座区，其票价要明显高于其他普通座位。休息室、会客室、吸烟室和小卖部等设在剧场的前部，都装饰得非常豪华。这些剧院主要上演情节剧和音乐喜剧，满足英国悠闲阶层的欣

① Russell, Dave. "Popular Entertainment, 1776-1895." *The Cambridge History of British Theatre*, Volume 2: 1660 *to* 1895, edited by Joseph Donohue. Cambridge: Cambridge University Press, 2004: 380-382.

② Russell, Dave. "Popular Entertainment, 1776-1895." *The Cambridge History of British Theatre*, Volume 2: 1660 *to* 1895, edited by Joseph Donohue. Cambridge: Cambridge University Press, 2004: 382-386.

赏趣味和消遣娱乐需求。有的剧院也上演保证可以卖座的古典剧目和莎士比亚的戏。但即便演出莎士比亚的戏，也多在追求布景的豪华、服饰的艳丽，或者追求新奇别致的处理。例如，欧文（Sir Henry Irving，1838—1905 年）在当时伦敦西区的一流剧院兰心剧院上演的《罗密欧与朱丽叶》花了六千多英镑，整个布景耗资巨大。重演一出莎士比亚的戏，结果意味着一次华丽的展览。[1]

四、莎剧与英国当代剧场经济

（一）20 世纪后的英国戏剧产业概况

英国戏剧产业在 20 世纪至今发展的一百多年内，经历了两次世界大战的困顿，形成了商业戏剧与国家资助的非营利性戏剧共同发展的双线格局，极大提升了英国的国家文化软实力和经济发展面貌；另一方面，泰晤士河南岸莎士比亚环球剧场的重建，皇家莎士比亚剧团的设立，以及英国各地莎士比亚戏剧节的复兴，使得莎士比亚戏剧在 20 世纪以来的演出尤为活跃，更直接带动了英国文化旅游的发展。

19 世纪末至 20 世纪初，在资本主义市场经济规律的支配下，出现了一批专为满足英国上流社会消遣娱乐需要的剧院和剧目，即"伦敦西区剧院"和"伦敦西区戏剧"（West End Theatre），[2] 它并非是单纯地区性戏剧的概念，也是"商业戏剧""娱乐性戏剧"和"主流戏剧"的别名。20 世纪以前，还不存在商业戏剧与非商业戏剧的严格区分。而这一时期，非商业戏剧和商业戏剧的分裂部分地归因于电影的诞生。大量的戏剧观众逐渐被电影夺走，剧院为了对付票房收入的威胁，出现了商业化倾向。此外，一大批优秀的演员经理人在"一战"前后去世，因此"演员兼经理制"在战后大大衰落，取而兴之的是"商业经理制"。这些经理人既不是演员，也不是导演，他们毫不关心上演剧目的艺术价值，关心的是这些剧目能否赚钱。

伦敦西区戏剧有三个重要特征："明星制""长期连演制"和"高成本、高票价"。明星制使得剧院不仅利用明星的表演魅力，也依靠明星的情感八卦来吸引观众。实行长期连演

---

① 李道增：《西方戏剧：剧场史》，清华大学出版社，1999 年版，第 363-365 页。

② 从地理位置来看，西区剧院特指由伦敦剧院协会（The Society of London Theatre）（成立于 1908 年，是伦敦表演艺术制作人、剧场经营者和管理者的行业联盟）管理、拥有或使用的多家剧院。除金融城的巴比肯中心（Barbican Centre）、南岸的国家剧院、莎士比亚环球剧院和老维克剧院、摄政公园的露天剧院等少数剧院以外，大多数集中在夏夫茨伯里（Shaftesbury Ave.）和海马克（Haymarket）两个街区，方圆不足 1 平方英里，在商业和娱乐业高度发达的市中心形成了一个剧院区，这一剧院区也称为西区（West End）。伦敦西区与纽约百老汇（Broadway）是当今世界两大戏剧中心，是表演艺术的国际舞台，也是英国戏剧界的代名词。

制是为了节省开支，以便赚更多的钱。高成本主要包括高薪聘请一流的演员、导演和舞台美术设计师，制作新颖华丽的布景，运用先进的舞台机械、灯光、音响制造出气势磅礴、变化多端的现场气氛，这些会使得付出昂贵票价的观众在观看演出后觉得物有所值。不过，早期商业戏剧的发展带来了一些严重的后果。比如，实行明星制，限制了新人的成长；实行长期连演制，妨碍上演新戏，从而妨碍新作家、新剧作的成长；票价昂贵，不适合普通百姓；娱乐性戏剧大行其道，容易导致戏剧艺术内容与现实脱离。①

图 2-24　伦敦西区

在 20 世纪的英国，先后掀起过好几波反主流商业剧的大潮，如工人戏剧运动、民族戏剧运动、轮换剧目演出戏剧运动、边缘戏剧等，这些都是英国替代戏剧中重要的组成部分。20 世纪 70 年代以前，这些替代性戏剧作为主流商业戏剧的对立面存在，孜孜不倦于对戏剧艺术的探索。直到 1969 年，皇家宫廷剧院举办了为期二十天的"替代戏剧竞节"，取名为"欢聚一堂戏剧节"，邀请了众多的边缘剧团、实验剧团和先锋派剧团参加演出，互相观摩和交流经验。此后，许多替代性剧团开始趋于衰落。据评论家推测，导致替代性剧团衰落的原因可能有：上演小众戏剧，票房有限，加之得不到政府的及时补贴，经常处于

---

① 李醒：《二十世纪的英国戏剧》，文化艺术出版社，1994 年版，第 60-83 页。

经济拮据的困境；为了生存和糊口，他们开始放弃初衷，进行商业性演出或投靠有国家津贴的大剧院；许多剧团的人才逐渐为伦敦西区的商业戏剧和受国家资助的三大剧院①——国家剧院、皇家莎士比亚剧团和皇家宫廷剧院所吸收。②

英国战后戏剧的成果很大程度上归功于政府对艺术的资助。"二战"以前，政府对艺术的资助十分有限。1940 年国家艺术主管机构"音乐与艺术促进委员会"（Council for the Encouragement of Music and the Arts）得到政府 5 万英镑的拨款，用于补贴战时的文艺创作。1945 年"音乐与艺术促进委员会"改成艺术委员会（Arts Council），成为政府提供艺术基金的独立机构，由它决定如何分配国家对艺术的津贴。③ 1948 年，英国议会通过地方政府法，授权地方当局提取一定百分比的地方税收用于支持艺术，得到地方政府津贴的剧团大部分上演古典保留剧目。英国国家剧院、皇家莎士比亚剧团获得了伦敦委员会尤其多的资助。1965 年，教育与科学部内还设了专管艺术事业的大臣，他可促使地方政府资助剧团，并负责剧场的兴建。④

20 世纪 50 年代，艺术委员会给予了伦敦西区商业剧团一定的资助，使他们有更多排演时间和提高演出水准，因此西区剧院在五六十年代取得了可喜的发展。相对于伦敦西区，战后地方戏剧的恢复工作的确更为棘手。地方巡演剧团从战后的 250 个迅速减少至 1956 年的 55 个。有人把地方戏剧的衰败归因于电视的兴起。据资料显示，到 1953 年拥有电视的家庭急剧增加，到 1961 年，电视在英国的普及率已经达到 75%。⑤

---

① 皇家莎士比亚剧团（Royal Shakespeare）、国家剧院（National Theatre）与皇家宫廷剧院（Royal Court Theatre）并称为英国的三大剧院。它们有些共同之处：都由政府给以大额津贴；都不是纯商业性剧院也非纯"替代性"剧院，而是介于商业性戏剧和"替代性"戏剧之间；各剧院有各自的一套保留剧目，实行轮换上演制的同时也实行"明星"制，演出带有一定的营利性质；同时又都进行某种实验，或接纳某些替代性剧团来演出，或上演某些替代性剧团的剧目，或聘请某些替代性戏剧的剧作家、导演、演员、舞美设计人员来为本剧院写戏、导戏和参加演出。

② 李醒：《二十世纪的英国戏剧》，文化艺术出版社，1994 年版，第 323 页。

③ 英国实行分权式文化管理体制，遵循"一臂之距"（Arm's Length）原则，又可译成公平独立原则，由英国独创，最开始是用于经济管理的原则。具体来说，英国政府最重要的文化行政管理部门是文化、媒体和体育部（Department of Culture, Media and Sport, 缩写为 DCMS），但它只制定和监督实施文化政策和管理全国文化经费的财政拨款，只用宏观的政策调控和经济手段进行战略性领导，具体事务则交由非政府非营利的公共文化机构，如英国艺术委员会、英国电影学会、博物馆和美术馆委员会等机构执行。这些非政府机构，由艺术和文化产业领域中的专家、志愿者组成，独立履行职能，对艺术团体和组织进行专业评估，同时以分配拨款的方式对它们进行资助。参看应小敏："伦敦西区剧院的繁盛对中国戏剧产业的启示"，载中央戏剧学院学报《戏剧》2015 年第 2 期，第 48 页。

④ 李道增：《西方戏剧：剧场史》，清华大学出版社，1999 年版，第 181 页。

⑤ Kershaw, Baz. "British Theatre, 1940-2002: An Introduction." *The Cambridge History of British Theatre*, Volume 3: *Since* 1895, edited by Baz Kershaw. Cambridge: Cambridge University Press, 2004: 296-297.

图 2-25　以莎剧演出而闻名的老维克剧院①

　　20 世纪 70 年代，西区剧院遭遇了巨大的挫折。1973 年的石油危机引发世界经济衰退，也损害了旅游业的发展，又加上制作成本的增加，到 70 年代中后期，商业剧院维持运营的成本增长了 60%。为了解决眼前的危机，商业剧院主要采取了两种方式：1. 上演已经获得成功的剧目，或签约"已经成名"的剧作家；2. 更加频繁承接政府补贴剧团的演出。例如，威尔士王子剧院（Prince of Wales's Theatre）在 1977 年转接了国家剧院的剧目——彼得·霍尔（Peter Hall）导演的《卧室闹剧》（Bedroom Farce）。1980 年，温德姆剧院（Wyndham's Theatre）转接了左翼替代性戏剧——达里奥·福（Dario Fo）的《一个无政府主义者的意外死亡》（Accidental Death of an Anarchist）。但无论如何，在 70 年代，每 45 家商业剧院中有 8 家面临关门的厄运。一直到 70 年代末，撒切尔上台后，商业剧院的经济态势

　　① 老维克剧场（The Old Vic Theater）是英国伦敦的一家可容纳 1000 名观众的非盈利性剧场，位于滑铁卢车站附近。该剧院建于 1818 年，最初名为皇家柯博格剧院（Royal Coburg Theatre）。1833 年改名为皇家维多利亚剧院（Royal Victoria Theater）。第一次世界大战到第二次世界大战期间，剧院坚持上演了大量以莎士比亚为主的古典剧目。该剧场在 1940 年的空袭中遭到破坏，1951 年重新开业。战后，著名莎剧演员劳伦斯·奥利弗任老维克剧团导演，指导上演了一系列莎士比亚戏剧经典剧目，老维克成为当时世界上声望最隆的剧团之一。1963 年老维克剧团遭到解散，老维克剧院成为国家剧院的临时所在地。在 1977 年至 1981 年间，老维克剧院与展望剧团（Prospect Theatre Company）携手合作，在世界各地巡回演出莎士比亚戏剧。此后，断断续续有不同剧团入驻老维克剧院。

才得以恢复。①

1979 年，以撒切尔为首的保守党执掌英国政权，彻底改变了英国战后形成的政治、社会和文化的构想。"撒切尔主义"倡导市场"自由"和个体"选择"，并因此重新定义了国家在社会生活中的作用，社会福利国家——包括国家对卫生、教育和艺术事业的资助，成为其首要的攻击目标。撒切尔本人甚至说，先前接受政府资助的艺术家，就好比依靠此前工党执政所建立的"保姆国家""施舍"的穷人，他们既缺乏职业道德，又违背艺术家的真正独立人格；撒切尔呼吁私营部门加大在艺术领域的投资力度，把握商机以创造商业效益，从而为文化部门分担一部分责任。撒切尔将自由市场的商业模式推广至社会和文化生活领域，包括戏剧的发展。不过在实践中，撒切尔主义则显得更为务实，它承认国家有资助艺术事业发展的责任，只是政府的资助机构、目的和金额必须要有所改变。主要负责剧院资助的艺术委员会此后出台了一系列措施，以循序渐进的方式，缩减了中央和地方政府对剧院的资金援助。②

到 80 年代中期，情况又有了新的变化。撒切尔政府实施的自由经济政策导致了传统制造业的自杀式衰落，造成的裂痕需要新兴服务产业(包括艺术)来弥补。此时艺术委员会出台了一份报告，名为《艺术在城市复兴中的作用：加强公共和私营部门合作的个案研究》(*The Role of the Arts in Urban Regeneration：The Case for Increased Public and Private Sector Cooperation*)。报告认为，艺术营造出积极乐观的社会氛围，帮助人们找回对自我及其社区的信心，对城市中心区的复兴至关重要。这份报告获得了英国政府的积极支持。各地方政府纷纷利用当地文化品牌招商引资，格拉斯哥、伯明翰和曼彻斯特均出台了促进艺术项目发展的政策。与此同时，国家采取了另一重要措施——发售福利彩票。彩票基金不仅能够增加政府收入，其收益部分将用于资助文化与社会福利事业如文学、戏剧、音乐、舞蹈、学术研究、教育和旅游的发展。艺术委员会负责这笔资金的分配，在 1995 年至 1996 年间，委员会共拨出彩票基金达 3 亿 4000 万美元；同时，从国库调取的资助金额为 1 亿 9100 万美元。③ 由于彩票基金初期只用于改善艺术基础设施，且按实质计算的资金一直在缩水，许多剧团在更新和添加大型设备后，却发现缺少足够的资金给工作人员发放薪水，戏剧制作与生产仍面临困难。直到 2000 年，艺术委员会进行了新的一轮剧院资助评估，

---

① Kershaw, Baz. "British Theatre, 1940-2002：An Introduction." *The Cambridge History of British Theatre*, Volume 3：Since 1895, edited by Baz Kershaw. Cambridge：Cambridge University Press, 2004：309-310.

② Lacey, Stephen. "British Theatre and Commerce, 1979-2000." *The Cambridge History of British Theatre*, Volume 3：Since 1895, edited by Baz Kershaw. Cambridge：Cambridge University Press, 2004：426-427.

③ Lacey, Stephen. "British Theatre and Commerce, 1979-2000." *The Cambridge History of British Theatre*, Volume 3：Since 1895, edited by Baz Kershaw. Cambridge：Cambridge University Press, 2004：430-432.

开始增加总的资助金额，并且对剧院基础设施和戏剧产出按合理比例进行资助。①

另一方面，私人投资或赞助在 80 年代后快速增长。私人资助具体可分为：个人赞助（需符合合约规定），商业赞助（为一次性交易，涉及特定产品，政府承诺减免其部分所得税），企业赞助（与大型公司签订长期赞助协议，并作定期计划，可享受税收减免）。企业资助是私人资助的主要组成部分，在 80 年代发展尤为迅速。到 1990 年，政府提供补助金1 亿 5200 万美元；而私人对艺术的赞助大约为 3000 万美元，是 80 年代的 3 倍，到 1997年，已经上升至 9500 万美元。其中，企业赞助形成私人赞助的主要形式。例如，巴克莱银行（Barclays Bank）自 90 年代起与皇家宫廷剧院（Royal Court Theatre）签订每年一度的"新舞台计划"（New Stages initiative）。在企业赞助中，企业成为主要的受益人。企业借用剧院的声誉，形成自己的公关优势，这是一种相当划算的宣传策略。②

在 1983 年到 1989 年间，英国剧场总体取得了较好的成绩。国家给予剧院的整体补贴增长了约 40%，总共达到 4000 万英镑；"艺术委员会激励方案"带来的商业赞助从 0.35 万英镑增长到超过 100 万英镑；剧院整体票房收入（包括政府补贴剧院和商业剧院）从 7900万英镑增长至 1.49 亿英镑，几乎翻了一番。在地方的驻场剧院，尽管平均票价上涨了近50%，但每年售出的座位数量稳定在 200 万个左右；在伦敦，无论是商业剧院还是政府补贴剧院，票价上涨也没有影响到观众的人数，观众人数从 1981 年的约 800 万人次上升到1989 年的近 1100 万人次。③

早在 80 年代，小剧院增多，通过国际艺术节和英国委员会项目（British Council Programmes），小剧院得以和驻场剧团合作到国外巡演。国家剧院的导演和剧作家多出自这样的小型艺术剧院。这样一来，伦敦以及各地方的大小政府补贴剧院都能得到较好的发展。同时，西区剧院通过转接音乐剧、现代惊悚剧、古典改编剧和引进地方戏，演出风格和主题更加多样化。90 年代的商业剧院已经有了根本性变革，国家资助的顶尖导演和演员创建了他们自己的剧团。其中颇为有名的有肯尼斯·布拉纳（Kenneth Branagh，1960—）④的"文艺复

---

① Kershaw, Baz. "British Theatre, 1940-2002: An Introduction." *The Cambridge History of British Theatre*, *Volume* 3: *Since* 1895, edited by Baz Kershaw. Cambridge: Cambridge University Press, 2004: 317.

② Lacey, Stephen. "British Theatre and Commerce, 1979-2000." *The Cambridge History of British Theatre*, *Volume* 3: *Since* 1895, edited by Baz Kershaw. Cambridge: Cambridge University Press, 2004: 432-434.

③ Kershaw, Baz. "British Theatre, 1940-2002: An Introduction." *The Cambridge History of British Theatre*, *Volume* 3: *Since* 1895, edited by Baz Kershaw. Cambridge: Cambridge University Press, 2004: 311.

④ 肯尼斯·布拉纳，著名莎剧演员和导演。他在 23 岁进入英国皇家莎士比亚剧团，25 岁主演《亨利五世》和《罗密欧与朱丽叶》，很快成为英国剧坛王子。不久，他发现皇家莎士比亚剧团不适合自己发展，便组建了文艺复兴剧团。英国王储查尔斯王子现为该剧团的皇室赞助人。布拉纳在 1989 年自导自演了电影《亨利五世》，一举获得奥斯卡最佳导演、最佳男演员等多项提名。1993 年，布拉纳再次将莎剧引入主流电影，拍摄了改编影片《无事生非》（*Much Ado About Nothing*）。1996 年，肯尼思编剧、导演并主演了场面豪华的莎剧改编影片《哈姆雷特》（*Hamlet*）。由于其在莎剧方面的卓越才华，被誉为 21 世纪的劳伦斯·奥利弗。

兴剧团"和彼得·霍尔的"彼得·霍尔剧团"。霍尔的剧团经营稳定，影响力最大。1997年，他在伦敦老维克剧场租下一个季度演出戏剧，包括《等待戈多》在内的几部戏还去百老汇上演，取得了巨大成功。①

图 2-26　劳伦斯·奥利弗②在《哈姆雷特》电影中

进入 21 世纪，英国剧场取得了前所未有的成功。英国戏剧艺术工作者无论在本土还是在世界范围内都享有前所未有的艺术或经济发展机会。政府也似乎更加重视戏剧的发展。戏剧产业成为新兴文化产业的重要组成部分，与当今英国的发展与繁荣密切相关。从 2012 年至 2015 年，在戏剧领域，共有 158 个戏剧的相关机构获得政府资金资助，总额达 2.91 亿英镑。其中根据委员会最新的 2013—2014 年度报告统计，这一年度中共有超过 1000 个戏剧相关项目得到资助，总额达到 1.32 亿英镑。逐年增加的资助金额显示了英国

---

① Kershaw, Baz. "British Theatre, 1940-2002: An Introduction." *The Cambridge History of British Theatre*, *Volume* 3: *Since* 1895, edited by Baz Kershaw. Cambridge: Cambridge University Press, 2004: 320-321.

② 劳伦斯·奥利弗(Laurence Olivier, 1907—1989 年)在舞台和银幕上诠释了从希腊悲剧到莎士比亚戏剧、到文艺复兴喜剧、再到现代英美戏剧的诸多角色。他被认为是 20 世纪最伟大的戏剧演员，就如同理查德·博巴治、埃德蒙得·基恩和亨利·欧文分别是他们所处的世纪的表演大师一样。而在电影表演方面，他则得到了美国电影艺术科学院的高度承认——一生共获得 14 次奥斯卡提名，并凭借 1948 年的影片《哈姆雷特》获得最佳男主角奖和最佳影片奖，两次获得终身成就奖。另外，他还获得 9 次艾美奖提名并 5 次获奖。

政府对戏剧事业的信心。皇家莎士比亚剧团获得的资助仅次于国家剧院，2012—2015 年和 2015—2018 年的资助额分别达到 4716 万英镑和的 4634 万英镑。在以彩票收入为资金来源的艺术奖金中，从 2003 年至 2015 年，资助的戏剧类的项目平均每年多达 635 项，2014—2015 年度更是创下最高纪录的 1073 项，资助额平均每年 1228 万英镑，2014—2015 年度为 1822 万英镑。其中与莎士比亚戏剧相关的项目有 39 个，包括支持专演莎剧的剧团的日常运营、剧院排演的莎剧、有关莎翁的新编戏剧以及各地举办的莎士比亚戏剧节等。这些项目获得资金总额约 91 万英镑，平均每个项目 2.43 万英镑。委员会还有专门旨在支持文化和遗产组织运行的博物馆修缮基金。2015 年 3 月，莎士比亚出生地基金会进入了最新一轮基金资助的名单，获得了 41.1 万英镑拨款，用于今后两年对莎士比亚出生房屋的维护、一个新的国际莎士比亚中心的创建以及对游客体验的改善。[①] 从英格兰艺术委员会的资金计划可以看出，国家对于戏剧艺术十分重视，对莎士比亚戏剧文化的传承与传播提供的支持相当大。

如今的伦敦西区与纽约百老汇并列形成世界戏剧的两大中心。在伦敦人的日常生活中，去西区已经成为去看戏的代名词。西区聚集了近 50 家剧院，它们都是伦敦剧院协会的成员。根据伦敦剧院协会官网（http：//www.solt.co.uk）公布的数据显示，2013 年西区票房总收入为 5.85 亿英镑，观众人数达 1460 万。同时西区 1 英镑的票房收入能带动 2 英镑的附加消费，能贡献 4 英镑的经济价值。也就是说西区剧院能给伦敦相关产业带来 23.4 亿英镑的收入。如今的西区剧院采用驻场和全球巡演两种模式，同时具备聚集的规模效应和扩散的关联经济效益，形成一种"聚"与"散"双轮驱动式经济模式，带动整个伦敦经济大发展。戏剧产业本身就提供了大量的就业岗位。以西区为核心的伦敦表演产业中，每天的从业人员包括：3000 名表演者，6500 名除表演外的全职工作者，5000 名兼职者，还有 5000 名媒体记者和剧评人。根据伦敦旅游局统计，伦敦每年迎来的世界游客当中，大约有 25% 都会冲着西区"世界戏剧之都"的名声去看戏。人们热衷看戏的同时，又带动起周边的餐厅、酒吧、酒店和交通，为周边形成完整的配套产业。尤其可喜的是，产业的聚集，也让每个剧院在产品制作的每一环节上，如剧目的选择、资金的投入、制作的精良、演员的挑选等，尽量做到精益求精。西区剧院在强大的商业化传统下，仍然坚守着戏剧的公共性，使商演与艺术变成一种双生共赢的关系。当然这是与社会的文明程度和观众的素质教养分不开的。[②]

[①] 朱琳："对于莎士比亚戏剧成功传播的分析和研究"，北京外国语大学传播学专业硕士学位论文，2015 年，第 13-14 页。

[②] 应小敏："伦敦西区剧院的繁盛对中国戏剧产业的启示"，载中央戏剧学院学报《戏剧》2015 年第 2 期，第 50-52 页。

(二) 莎士比亚与文化旅游

在英国, 有两个带有深深的莎士比亚烙印的地点: 一是莎士比亚的故乡埃文河畔斯特拉特福小镇, 另一个是位于伦敦泰晤士河边的莎士比亚环球剧场,① 它们是国际莎士比亚戏剧节的两个主选地, 也是英国著名的文化旅游目的地。

图 2-27　环球剧院外观

图 2-28　环球剧院内部

尤其, 在斯特拉特福, 已形成一套较为成熟的以莎士比亚为中心的旅游产业。小镇开发了丰富多样的旅游项目。首先是莎士比亚出生地基金会管理的莎翁及其家人的五处故居——莎翁从出生到婚后五年生活的房屋; 其母童年居住的房屋; 其妻童年居住的农舍; 莎翁孙女及其丈夫的故居; 莎翁去世前最后居住的地方。故居内陈设着遗留的物品, 用以还原当年的场景, 工作人员还扮演那时的人们进行劳作, 让游客感受莎翁生活时代的社会风貌。这些故居的门票收入构成了"莎士比亚出生地基金会"②最主要的收入来源, 占基金

---

①　根据 1599 年的第一座环球剧院重建的莎士比亚环球剧院于 1997 年建成并举行了第一个演出季。建造这座剧院的想法是美国演员、导演山姆·沃内梅克(1919—1993 年)1970 年提出来的, 其建设资金也大多来自美国人的捐赠, 直到 1995 年, 它才得到了彩票基金的一笔 1850 万美元的资助。这座剧院是一个无天棚建筑, 三层楼的座位可容纳 1000 人, 中间是可供六七百人站立的庭院, 被它所围绕的是一个开阔的平台式舞台。该剧团既有"原汁原味"的演出, 也有对莎士比亚及其同时代人作品的现代式和后现代式搬演, 现代作者也根据定制向环球剧院提供剧本。剧院还接待了来自巴西、古巴、印度、日本、中国和南非等世界各地的剧团上演莎士比亚剧作, 同时他们自己也到世界各地巡回演出。

②　莎士比亚出生地基金会位于斯特拉特福小镇, 是一个独立的慈善机构。它是莎氏文化领域最重要的民间机构, 主要工作包括维护有关莎翁的五处房屋遗产, 向不同年龄层的人提供相应的莎剧教育项目等。基金会同时还管理着世界上最大的莎士比亚博物馆和档案馆, 经过多年搜集、保存文献资料, 收藏了大量珍贵的文物, 免费向公众开放。基金会的目标是推广莎士比亚文化, 增进全世界对莎翁作品、生平和所生活时代的了解。基金会的运营资金主要有两方面来源: 其一是不定期的政府拨款补助及公众捐款; 其二是小镇的产业收入。

会产业收入的一半以上。旅游业拉动的小镇贸易活动也是巨大的市场，近年来构成基金会收入的第二大来源，且增长迅速。

　　基金会对文物的修缮与保存也进一步提升了斯特拉特福的文化内涵，增添了小镇的旅游价值。小镇上坐落着由基金会管理的、世界上最大的有关莎士比亚的博物馆和档案馆；同时，在莎士比亚中心图书馆还保存着皇家莎士比亚剧团的档案资料以及斯特拉特福和周边地区的文献记录。每年，有大量展品在这些场馆展出，不仅供游客观摩，也为学者进行研究提供了条件。虽然这些展览场馆对外界免费开放，但其中珍贵的文物是小镇对外界吸引力的一大来源，使得更多的人前来了解莎士比亚和他的作品。近年来，文物部门还充分利用网络传播的便利，逐个为文物建立电子档案，并开通网络博客以介绍日常进展。

图 2-29　莎士比亚故居

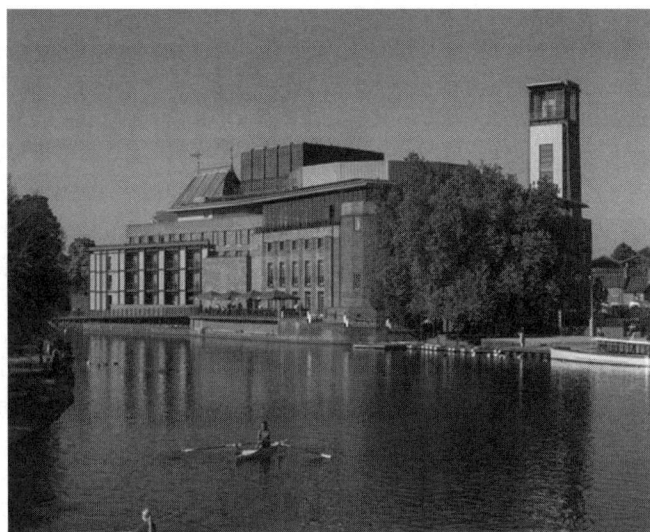

图 2-30　皇家莎士比亚剧院

此外，游客还能在莎翁故里接触到原汁原味的莎剧。坐落在斯特拉特福的皇家莎士比亚剧团①尤以对莎剧的传统演绎见长，但同时又极富创新精神，是小镇旅游产业的另一重要组成部分。2011—2012 年，共有数万名观众观看了剧团的演出，票房收入十分可喜。除了剧院演出，莎士比亚出生地基金会常年进行"莎士比亚诵读活动"（Shakespeare Aloud），在故居周围的花园由演员和志愿者为游客进行即兴莎剧表演。游客可以要求观看某一个莎剧片段，也可以亲自参与到表演中。这些活动能够调动游客积极性，使其直观感受莎剧和表演的魅力，形成了良好的游客体验。

在旅游推广方面，莎士比亚基金会和皇家莎士比亚剧团都是南沃里克郡旅游中心的合作伙伴，与旅行社有紧密合作，通过旅行社获得大部分客源。比如皇家莎士比亚剧团通过和旅行社的合作，将到剧院看演出列为旅游线路的常规日程，保证了剧院的上座率。而莎士比亚基金会也会定期与旅行社对话，更新信息进行自我营销，并强调对高质量文化旅游体验的关注。通过开发以莎士比亚为中心的旅游产业，形成了斯特拉特福小镇的主要经济收入来源，有利于更好地对莎士比亚遗产进行保护；也吸引更多人来到莎翁故乡，了解莎剧文化，对于莎剧的保护和传播意义重大。

五、研讨题目

1. 莎士比亚时代剧院集聚于伦敦市区自由地的原因是什么？

---

① 英国最著名的剧团之一。前身是莎士比亚诞生地斯特拉特福的莎士比亚纪念剧院剧团（Shakespeare Memorial Theatre），1961 年受皇家封号更名为"皇家莎士比亚剧团"，由政府的艺术委员会资助。1960 年，彼得·霍尔任剧团导演，他在奥尔德维奇剧院（Aldwych Theatre）为剧团建立了一个在伦敦的演出点和全年演出的机构。1968 年，剧团新起的年轻导演 T·纳恩从霍尔手中接任剧团的艺术导演。剧团又于 1982 年在伦敦的巴贝肯剧院（Barbican Theatre）建立了一个新的伦敦演出点。亚德里安·诺贝尔（1951— ）自 1990 年任剧团经理，他在 1997 年大大缩短了剧团在伦敦巴贝肯剧院的演出季，让剧团可以在夏季到伦敦以外的地方巡回演出，2002 年他又将剧团移出了巴比肯剧院（巴贝肯剧院被改为巴贝肯国际戏剧节的举办地点，到 2003 年，此处已经成为观看外国剧院演出的主要场所）。在 2001 年演出季结束时，诺贝尔对剧团进行了一次重大改组，没有采取与演员签订长期合同的方法，而采取短期合同制，成立若干小型剧团，全年在不同城市进行首演，也增加了剧团出国演出的机会。这样做可以吸引更多的优秀演员加入剧团，因为演员在非合约时间内能够从事兼职工作，主要是拍摄电影或电视，此时演员们拍摄电影、电视获得的报酬远高于剧院提供的薪资。2003 年，剧团得到了艺术委员会五千万美元的拨款用于整修埃文河畔斯特拉特福总部旧址。现在，皇家莎士比亚剧团在斯特拉特福拥有三座较大的剧院："皇家莎士比亚剧院"（Royal Shakespeare Theatre）、"天鹅剧院"（The Swan）和"另一处剧院"（The Other Place）。参看：Adler, Steven. *Rough Magic Making Theatre at the Royal Shakespeare Company*. Carbondale, IL: Southern Illinois University Press, 2001。

2. 18、19 世纪英国戏剧产业的发展状况是什么？

3. 如何定义伦敦西区剧院？

4. 莎士比亚戏剧的经济效益与文化效益之间有何关系？

第三章　莎士比亚戏剧与西方文化思潮

> "人类是一件多么了不得的杰作！多么高贵的理性！多么伟大的力量！多么优美的仪表！多么文雅的举动！在行为上多么像一个天使！在智慧上多么像一个天神！宇宙的精华！万物的灵长！可是在我看来，这一个泥土塑成的生命算得了什么？"
>
> （《哈姆雷特》第二幕第二场）

> "然而是谁说服他相信，一望无际的美丽天空，终年流转不息的日月星辰，无垠海洋的惊涛骇浪，从开天辟地以来是为了人类的便利和福祉而存在的？这个可怜脆弱的创造物，连自己都不能掌握，受万物的侵犯朝不保夕，却把自己说成是他既没有能力认识、更没有能力统率其一小部分的宇宙的主宰，还有比这个更可笑的狂想吗？"
>
> （《蒙田随笔全集》（中）："雷蒙·塞邦赞"）

"宇宙的精华！万物的灵长！"——这段脍炙人口的对人类智慧与力量、尊严与价值的称颂，堪称与"生存还是毁灭"齐名的莎剧名段，也使得莎士比亚成为最著名的人文主义代言人。然而，莎翁笔锋一转，又使人类从"天使"和"天神"的无上高度，坠入了"泥土塑成"这一卑微而残酷的现实。而法国文艺复兴的代表人物、散文家蒙田，在承认人是最美的创造物的同时，也讥讽了人类作为万物主宰的妄想。这似乎和我们印象中洋溢着明媚的乐观、澎湃的激情和迷狂的个人主义的文艺复兴精神有微妙的差异，而通过本章对莎剧与西方文化思潮的介绍，相信读者可以借由莎翁笔下的社会风尚和人物形象，从更全面的角度了解文艺复兴这一时期充满着混乱与矛盾，同时孕育着理想和变革的时代精神。

文艺复兴（renaissance）这一名词由意为"再次"的"re"和意为"出生"的"naissance"（拉

丁词根 nascent)这两个部分组成，顾名思义，表示古典文化的重生。古希腊和古罗马这两个语言和风俗本身不同的文明，却在历史长河中一次次地被紧密联系在一起，成就了埃德加·爱伦·坡在《致海伦》中"光荣属于希腊，雄伟属于罗马"的礼赞。① 公元前 146 年，在柯林斯之战(Battle of Corinth)之后，希腊彻底被罗马征服，成为罗马共和国的一部分。然而，希腊文化反过来征服了罗马，希腊语在很长一段时间内都是罗马的通用语，而希腊出身的学者也受到共和国的尊重，例如《希腊罗马名人传》的作者、史学家普鲁塔克，他的双重文化背景为历史研究提供了天然便利。公元 3 世纪以来，盛极一时的罗马帝国逐步分裂为以亚平宁半岛和以希腊半岛为核心的西、东两部分，而政治的分裂也带来了语言和宗教等文化方面的分流。

图 3-1　科林斯之战(Tony Robert-Fleury 绘制，1870 年，馆藏于奥赛博物馆)

虽然西罗马帝国在屡遭异族入侵后于公元 467 年灭亡，但拉丁文化一直得以保存，这也与强大的罗马基督教会密不可分；而东罗马帝国则经历了数次希腊化过程，在长达 11 个世纪的时期内成为古希腊语言和其他历史遗产的继承者。由此便形成了"西拉丁、东希腊"的长期格局。罗马和君士坦丁堡两大基督教会的隔阂以及对教义的分歧不断加剧，最终在 1054 年正式分裂为罗马公教(天主教)和希腊正教(东正教)。这些地理、政治和宗教

---

① 原诗为"To the glory that was Greece/And the grandeur that was Rome"，歌颂了被称为希腊荣光的特洛伊的海伦的美丽。该诗句是 1845 年修订后的版本，原作为"the beauty of fair Greece, and the grandeur of old Rome"。

的分野，也导致了被并称为"古典文化"的拉丁和希腊两大文明在西欧范围内的发掘和传播上实际存在着时间和程度的差异——"近水楼台"的拉丁文化的影响显然更久且更广泛，而直到 1453 年东罗马帝国覆灭，一批通晓古希腊文化的学者携带珍贵史料流亡欧洲，希腊文明才得以重返圣坛。

有一点需要阐明的是，中世纪并非现代读者想象中的彻底的黑暗与蒙昧时期，基督教的统治下，拉丁语言和文化一直得到了细水长流的传承，诸多历史典籍并未遭到毁坏，而是保存在经院中被教士小范围地研习，等待重见天日。此外，早期的基督教会学校也是现代欧洲高等教育的肇始。

图 3-2　6 世纪东罗马帝国的福音书插画

15 世纪以来，我们耳熟能详的古希腊、罗马哲学、史学和文学名作被翻译成现代语言，在西欧产生广泛影响，也进入了莎士比亚少年时上的文法学校的课程。一批思想家和艺术家将古典作品视为宝藏，从中挖掘丰富的语言词汇、风格技巧以及题材，借以更新当时题材受限、相对僵化的文学创作。古典文化也是莎翁创作的重要灵感源泉，其精妙的罗马剧取材于普鲁塔克的作品，多种作品中的魔幻元素也是奥维德《变形记》的回响。莎士比亚不仅是传统的继承者，更是文艺复兴精神的弘扬者，《哈姆雷特》便高举了人文精神的旗帜。剧中，对"何为人"的思考与论辩无处不在，丹麦王子哈姆雷特的形象，体现了人类仪容与举止的优美、品德与理性的高贵和积极探索生命意义的求知欲，而他时而流露出的激动、忧郁和脆弱，也使得"人"这一形象更加立体而富有生命力。

　　同样灵动而丰满的角色也成型于莎翁对爱情和婚姻的描述中。作为吸引普罗大众的舞台作品，莎剧中对男女关系的刻画是文艺复兴时期婚恋观的重要反映，人们也常常将莎剧与《西厢记》《牡丹亭》等我国传统浪漫戏剧进行对照，探讨中西方传统婚恋观念的差异。本章拟选取《罗密欧与朱丽叶》和《安东尼与克莉奥佩特拉》两部具有代表性的莎剧分析个中爱情与婚嫁线索，前者是情窦初开的少年少女混合着甜蜜与忧伤的纯真爱恋，后者则是身居高位的中年人在政治与战争的阴影下试图平衡理智与情欲的爱恋。两者在引人叹惋的同时，也折射出莎翁本人及其同时代人对爱情和婚姻的看法与思考。由于篇幅有限，本章仅探讨了文艺复兴时期"朝阳之爱"的典范《罗密欧与朱丽叶》以解读纯粹以爱情为出发点的婚恋观，而掺杂了过多爱恨情仇与家国情怀的中年人的婚恋观则容后再论。

图 3-3　《安东尼与克莉奥佩特拉的相会》（Sir Lawrence Alma-Tadema 绘制，1884 年）

　　莎剧中另一个重要的文化思想元素便是基督教。文艺复兴时期尽管伴随着影响各国的新教运动和打破禁锢的人文主义思潮，基督教的影响依然重要而深远，莎翁生活的英格兰也刚从宗教动荡中恢复不久。莎剧中直接引用基督教典故的地方不算多，很多戏剧也被设置在异教背景下，这也与他谨慎的政教观有关。但是，以博爱、慈悲和宽容为要义的基督教思想却体现在不少作品中，本章中的《暴风雨》便是例子。普洛斯彼罗遭受政敌陷害，流亡孤岛十余年，却在剧终时将过往恩怨一笔勾销，可以视作基督教救赎思想的化身。

　　本章最后一节从偏理论和综述的角度，介绍了西方莎学的发展历程。17 世纪以来，莎剧开始在欧洲大陆传播，并逐渐扩展到世界各地，也诞生了诸多富有地方特色的跨文化改编。这正体现了莎剧普世性的吸引力——莎士比亚不仅属于英格兰，也是全世界共享的文化瑰宝。

莎士比亚作为英国文艺复兴运动的集大成者，将重生的古典文化和蓬勃发展的新兴思想在剧作中结合起来，这既是他高超的剧作技巧的展现，也是日新月异的时代风貌的写照。古今结合，雅俗共赏，莎剧脱胎于富有变革活力的黄金年代，也帮助后世读者管中窥豹，一睹文艺复兴时期如浪花般翻涌的文化思潮。

第一讲：莎士比亚戏剧与文艺复兴（以《哈姆雷特》等为例）

一、引言：文艺复兴概述及其在欧洲各国的影响

文艺复兴运动是 14 世纪中叶至 16 世纪在欧洲发生的思想文化运动。它起源于意大利，并旋即席卷整个欧洲，是一场伟大的人文主义文化运动。它的历史功绩不仅在于结束了中世纪黑暗的教会统治，迎来了科学、民主、自由的新的历史时期，而且开创了欧洲文学艺术的复兴与全盛的崭新局面。

文艺复兴运动的核心是人文主义精神，提出以人为中心而不是以神为中心，肯定人的价值和尊严。主张人生的目的是追求现实生活中的幸福，倡导个性解放，反对愚昧迷信的神学思想，认为人是现实生活的创造者和主人。其本质是新兴资产阶级在复兴希腊罗马古典文化的名义下发起的弘扬资产阶级思想文化的反封建的新文化运动。

图 3-4　文艺复兴的发源地——佛罗伦萨

（一）文艺复兴运动的兴起

文艺复兴运动中世纪末就开始在欧洲初露端倪。从字面上看，"文艺复兴"（renaissance）是指希腊罗马古典文化艺术的再生，但其实，它实际所指的范围和内容则要丰富和深远得多。"文艺复兴"一词最早由意大利艺术史学家瓦萨里在 1550 年使用，该词

的原意是指"艺术再生"(sua rinascita)。不过,后来的人在使用该词时,其内涵和外延都发生了很大的变化,人们更多地是指"古典文化学术再生",其范围已经扩大到了精神、思想、文学、艺术在内的所有文化领域。

1. 文艺复兴运动的历史与发展

11 世纪之后,随着经济的复苏与发展、城市的兴起与生活水平的提高,人们逐渐改变了以往对现实生活的悲观绝望态度,开始追求世俗人生的乐趣,而这些倾向是与天主教的主张相违背的。在 14 世纪城市经济繁荣的意大利,最先出现了对天主教文化的反抗。当时意大利的市民和世俗知识分子,一方面极度厌恶天主教的神权地位及其虚伪的禁欲主义,另一方面由于没有成熟的文化体系取代天主教文化,于是他们借助复兴古代希腊、罗马文化的形式来表达自己的文化主张。因此,文艺复兴着重表明了新文化以古典为师的一面,而并非单纯的古典复兴,实际上是资产阶级反封建的新文化运动。

绝大部分历史学家相信,对文艺复兴这一概念的阐述源于 13 世纪晚期的佛罗伦萨,特别是在但丁①(1265—1321 年)、彼特拉克②(1304—1374 年)的著作以及乔托③(1267—1337 年)的绘作诞生的时代。有的学者非常明确地给出了文艺复兴开始的时间,应以 1401 年洛伦佐·吉贝尔蒂和菲利波·布鲁内莱斯基这两位天才雕塑家竞争佛罗伦萨圣母百花大教堂洗礼堂铜门的合约为标志。还有学者则认为,是艺术家和博学家(包括布鲁内莱斯基、吉贝尔蒂、多那太罗和马萨乔等人)为获得艺术品创作委托的普遍竞争,激发了文艺复兴时期的创造力。

学界对于文艺复兴的起源问题有诸多争议。绝大部分学者认为,14 世纪末,由于信仰伊斯兰教的奥斯曼帝国的入侵,东罗马(拜占庭)的许多学者,带着大批的古希腊和罗马的艺术珍品和文学、历史、哲学等书籍,纷纷逃往西欧避难,由此带来了古希腊和罗马文化的复兴。该说法被史学界广泛认同。也有人说,是"十字军"三次东征(尽管第三次半途而废)带回来的纪念品,他们在路上发现了这些书,就搬了回来藏在教堂的地下室,后被人发现,惊叹于古罗马的艺术、文学等辉煌成就,于是就开始极力传播,意图达到古罗马

---

① 但丁·阿利盖利,13 世纪末意大利诗人,现代意大利语的奠基者,欧洲文艺复兴时代的开拓者之一,以长诗《神曲》而闻名。他被认为是中古时期意大利文艺复兴中最伟大的诗人,也是西方最杰出的诗人之一,最伟大的作家之一。恩格斯评价说:"封建的中世纪的终结和现代资本主义纪元的开端,是以一位大人物为标志的,这位人物就是意大利人但丁,他是中世纪的最后一位诗人,同时又是新时代的最初一位诗人。"

② 弗兰齐斯科·彼特拉克,意大利学者、诗人,文艺复兴第一个人文主义者,被誉为"文艺复兴之父"。他以其十四行诗著称于世,为欧洲抒情诗的发展开辟了道路,后世人尊他为"诗圣"。他与但丁、薄伽丘齐名,文学史上称他们为"三颗巨星"。

③ 乔托·迪·邦多纳,意大利画家与建筑师,意大利文艺复兴时期的开创者,被誉为"欧洲绘画之父"。

那时的灿烂文化。还有人认为，此运动起源于1295年由威尼斯商人出身的马可波罗出版的在当时欧洲社会看来十分荒诞却又充满诱惑的《东方见闻录》，由此引发了欧洲人对高度文明、富饶的东方世界强烈的探索欲望，最终开阔了欧洲人的视野，而东西方文化的交流则导致了文艺的飞速发展。

14世纪时，随着工场手工业和商品经济的发展，资本主义关系已在欧洲封建制度内部逐渐形成。在政治上，封建割据已引起普遍不满，民族意识开始觉醒，欧洲各国大众表现了要求民族统一的强烈愿望，从而在文化艺术上也开始出现了反映新兴资本主义势力的利益和要求的新时期。新兴资产阶级认为中世纪文化是一种倒退，而希腊、罗马古典文化则是光明发达的典范，他们力图复兴古典文化——而所谓的"复兴"其实是一次对知识和精神的空前解放与创造。表面上是要恢复古罗马的进步思想，实际上是新兴资产阶级在精神上的创新。

文艺复兴起源于意大利并迅速蔓延至整个欧洲。但丁早在1300年左右就写了《神曲》，反对教皇独裁，但被关入狱中，贫困而死。但但丁的作品影响到了彼特拉克和薄伽丘。从1338年起，彼特拉克断断续续用了四年的时间，写下了著名的叙事史诗《阿非利加》。这首诗是仿效古罗马作家维吉尔的笔法，用纯拉丁语写成的。史诗《阿非利加》使彼特拉克蜚声诗坛，名扬遐迩，并使他获得了"桂冠诗人"的荣誉。后来，彼特拉克到处演讲，他把自己的文艺思想和学术思想称为"人学"或"人文学"，以此和"神学"相对立。他大声疾呼，要来"一个古代学术——它的语言、文学风格和道德思想的复兴"。因此，彼特拉克是文艺复兴的发起者，有"人文主义之父"之称。1348年，黑死病流行。这促使薄伽丘写出了《十日谈》这部欧洲文学史上的第一部现实主义巨著。意大利近代评论家桑克提斯曾把《十日谈》与但丁的《神曲》并列，称之为"人曲"。这部作品促使文艺复兴在意大利愈来愈势不可挡。14世纪中期至15世纪中期，虽只有意大利产生了文艺复兴运动，并出现了一大批优秀人物，但文艺复兴的火种早已迅速地传播开来。

2. 文艺复兴运动的作用与影响

文艺复兴运动对于推动西方社会的进程和发展起到了日新月异的作用。作为历史上第一次资产阶级思想解放运动，它推动了世界文化的发展，促进了人民的觉醒，不仅为资本主义的发展做了必要的思想文化准备，而且也为资产阶级革命做了思想动员。

文艺复兴运动的社会影响是十分深远的：

首先，文艺复兴运动实现了资本的原始积累。作为一场弘扬新兴资产阶级文化的思想解放运动，文艺复兴运动在传播过程中为早期的资本主义萌芽发展奠定了深厚基础，也同时为早期的资产阶级积累了原始财富。文艺复兴运动首发于意大利，后经传播由地中海沿岸转移到大西洋沿岸，出现了如罗马、佛罗伦萨、威尼斯以及尼德兰等一系列新型城市；资本主义工商业开始茁壮发展，资本也源源不断地涌入新兴资产阶级囊中，也为同时期新

图 3-5　《雅典学院》：追忆历史上的黄金时代(拉斐尔(Raphael)绘制，1510—1511 年)

航路开辟、宗教改革以及今后的资产阶级革命或改革提供了必要条件。

其次，文艺复兴运动促进了人性的探索与发掘。文艺复兴运动使人们从传统的封建神学的束缚中慢慢解放，开始在宗教外衣之下探索人的价值，作为人这一个新的具体而存在，而不是作为封建主以及宗教主的人身依附和精神依附而存在。文艺复兴运动充分肯定了人的价值，重视人性，成为人们冲破中世纪的层层纱幕的有力号召。文艺复兴运动对当时的政治、科学、经济、哲学、神学世界观等都产生了极大影响，是新兴资产阶级在意识形态领域里的一场革命风暴，而文艺复兴时期也因此被称为"出现巨人的时代"。

最后，文艺复兴运动也不可避免地带来了一些消极影响。由于在传播过程中过分强调人的价值，因而在传播后期造成了个人私欲膨胀、过度追求物质享受以及奢靡之风的泛滥等一系列的负面影响。

3. 文艺复兴运动的历史意义

恩格斯曾高度评价"文艺复兴"在历史上的进步作用。他写道："这是一次人类从来没有经历过的最伟大的、进步的变革，是一个需要巨人而且产生了巨人①——在思维能力、热情和性格方面，在多才多艺和学识渊博方面的巨人的时代。"由此可见，文艺复兴运动具

---

① 此处的巨人指的是文艺复兴三杰：但丁、彼特拉克、薄伽丘，他们是文艺复兴的先驱者，被称为"文艺复兴三颗巨星"，也称为"文坛三杰"（文艺复兴前三杰）。另外，14 至 16 世纪意大利文艺复兴时期绘画艺术臻于成熟，其代表画家被誉为"美术三杰"（文艺复兴后三杰），他们分别是列奥纳多·达·芬奇、米开朗基罗和拉斐尔。

有划时代的历史意义。

第一，文艺复兴发现了人的意义所在。在中世纪，理想的人应该是自卑、消极、无所作为的，人在世界上的意义不足称道。文艺复兴发现了人和人的伟大，肯定了人的价值和创造力，提出人要获得解放，个性应该自由。文艺复兴对人的发现是多方面的：首先，重视人的价值，要求发挥人的聪明才智及创造性潜力，反对消极的无所作为的人生态度，提倡积极冒险精神。其次，重视现世生活，藐视关于来世或天堂的虚无缥缈的神话，因而追求物质幸福及肉欲上的满足，反对宗教禁欲主义。在文学艺术上要求表达人的感情，反对虚伪和矫揉造作。这些积极意义在彼特拉克的《歌集》以及薄伽丘的《十日谈》中均有所体现。再次，重视科学实验，反对先验论；强调运用人的理智，反对盲从；要求发展个性，反对禁锢人性；在道德观念上要求放纵，反对自我克制；提倡"公民道德"，认为事业成功及发家致富是道德行为。最后，提倡乐观主义的人生态度。这些不可抑制的求知欲和追根究底的探求精神，为创造现世的幸福而奋斗的乐观进取精神，把人们从中世纪基督教神学的桎梏下解放出来，资产阶级正是在这种精神的指引下创造了近代资本主义世界。

第二，文艺复兴打破了宗教神秘主义一统天下的局面，有力地推动和影响了宗教改革运动，并为其提供了重要的助力。文艺复兴提倡重视现世生活，反对权威，在当代人中间唤起了对天主教会及神学的怀疑和反感。文艺复兴中的人文主义者通过文学、艺术等形式讽刺、揭露天主教会的腐败和丑恶。

第三，文艺复兴打破了以神学为核心的统一局面，为以后的思想解放进步扫清了道路，使各种世俗哲学兴起，其中就有以培根为代表的英国的经验论唯物主义。此外，它也推动了政治学说的发展，马基雅维利为后来启蒙运动奠定了基础，霍布斯、洛克等一大批思想家，发展了"自然权利""社会契约""人民主权"和"三权分立"等一系列理论。

第四，文艺复兴否定了封建特权。在中世纪，封建特权是天经地义的，门第观念也是根深蒂固的。文艺复兴则使这些东西在衡量人的天平上丧失了过去的重量。人的高贵被赋予新的内涵。正如彼特拉克所说："真正的贵族并非天生，而是自为的。"在当时意大利的社会生活中，才干、手段和金钱代替了出身门第，成为任何出身的人爬上社会高层的阶梯。

第五，文艺复兴破除迷信，解放思想，恢复了理性、尊严和思索的价值。虽然文艺复兴在哲学上成就不大，但是它摧毁了僵化死板的经院哲学体系①，提倡科学方法和科学实验，提出"知识就是力量"，开创了探索人和现实世界的新风气。人们坚信自己的眼睛和自

---

① 经院哲学是天主教教会用来在其所设经院中教授的理论，故名经院哲学。产生于 11 至 14 世纪查理曼帝国的宫廷学校及欧洲基督教的大修道院和附属学校中产生的教会学院的一种哲学思潮。它是运用理性形式，通过抽象的、繁琐的辩证方法论证基督教信仰、为宗教神学服务的思辨哲学。因为教师和学者被称为经院学者(经师)，故取名经院哲学(scholasticism)。

己的头脑，相信实验和经验才是可靠的知识来源。这种求实态度、思维方式和科学方法为17 到 19 世纪的自然科学大发展打下了坚实的基础。

第六，文艺复兴创造出了大量富有魅力的精湛的艺术品及文学杰作，为人类艺术宝库贡献了丰富的无价瑰宝。中世纪的圣经传说充斥艺坛，窒息了艺术的生命。文艺复兴则不但把圣母变成人间妇女，① 把图像化为对人体的歌颂，而且开始了日常生活和现实人的直接描写。解剖、透视等科学也第一次与结合艺术。西欧近代现实主义艺术从此发端。

图 3-6　《西斯廷圣母》(拉斐尔(Raphael)绘制，1513—1514 年)

总之，文艺复兴这场广泛持久的思想文化运动，在意识形态领域中，冲破了封建专制和宗教神学思想对人的束缚，解放了人的思想，推动了欧洲文化思想领域的繁荣，为欧洲资本主义社会的产生奠定了思想文化基础。

(二) 文艺复兴运动在欧洲各国的影响

欧洲文艺复兴时期，一般指 14 世纪中叶至 16 世纪末西欧发生文艺复兴运动的历史时

---

① 　这方面的代表人物是拉斐尔，他笔下的圣母既不是以往那种清苦的形象，也不同于威尼斯画派那些放荡不羁的圣母，她们是宁静和贤淑的女子形象，就像人间的母亲一样，洋溢着温情的人性。拉斐尔的作品充分体现了安宁、和谐、协调、对称以及完美和恬静的秩序——从这个意义上说，他的作品确实可被称为"人文主义及文艺复兴世界的顶峰"。

期。这一时期，在西欧，随着封建制度的衰落，资本主义生产的萌芽，东西方交往的发展，出现了新兴的资产阶级和新的贵族阶层。他们为谋取自身的经济利益和政治地位，以复兴古代希腊和罗马文化的形式，掀起了反对封建文化、创造资产阶级新文化的运动——文艺复兴运动，这一运动在文学、美术、音乐、天文学、数学、物理学、生理学和医学、地理学、建筑、心理学等方面都产生了深远的影响。文艺复兴运动于 14 世纪发端于意大利；到 15 世纪中期以后，先后波及荷兰、西班牙、法国、英国、德国等地。

1. 文艺复兴运动在意大利的影响

意大利最早的人文主义教育思想家 P·P·韦杰里乌斯，早在 15 世纪前夕就根据古代文献撰写了《论绅士风度和自由教育》，要求实施符合自由人的价值的教育，使受教育者获得身心的良好发展。1411 年，瓜里诺发表了普鲁塔克①《论儿童教育》的译文。1417 年，人文主义学者波焦在圣加伦修道院发现了 M·F·昆体良的《演说术原理》原本。五年之后，在意大利北部城市洛迪发现了西塞罗②的《修辞》。此后，其他有关古代教育的著作或读物也相继出现。到 16 世纪，不但所有关于教育方面的主要古典著作都已为人文主义学者所熟悉，一些教师、教育思想家和出版家还发表许多探讨"新教育"的论著。他们所要培养的已不再是僧侣和神职人员，而主要是社会、政治、文艺、商业方面的活动家和冒险家。他们要求以培养身心健康、知识广博、多才多艺的新人的教育理想进行教育革新。人文主义教育思想的广泛传播，普遍冲击了封建教育制度，打破了教会对学校教育的独占，出现了多种类型的新学校，扩大了教育对象。有些人文主义教育家主持的学校除教育王公贵族和富商子弟外，也收容个别平民子弟。意大利的人文主义者为摆脱教会对教育的控制，还在一些王公、贵族和地方统治者的支持下，建立了新的宫廷学校。其中最著名的是维多里诺主持，设在曼托瓦郊外的称作"快乐之家"的宫廷学校和瓜里诺主持的费拉拉宫廷学校。这两所学校对早期人文主义教育产生了很大的影响。这些学校聘请有名学者，并招收欧洲各地来的学生，施以所谓通才教育。外国学生回去后，遂将意大利的人文主义广为传播。

意大利早在文艺复兴前期就出现了"文学三杰"。但丁一生写下了许多学术著作和诗

---

①　普鲁塔克(Plutarch，约 46—119 年)，罗马帝国时期希腊传记作家、伦理学家。代表作《希腊罗马名人传》，搜集了 50 位希腊、罗马名人的生平传记，除 4 位独立成章外，其余 46 位均两两对照，排成 23 对。其书的用意在于道德说教，劝善警世。莎士比亚的大部分有关希腊、罗马名人的戏剧，如《裘力斯·恺撒》《安东尼与克莉奥佩特拉》等均取材于本书。

②　马库斯·图留斯·西塞罗(Marcus Tullius Cicero，公元前 106—前 43 年)，古罗马著名政治家、演说家、雄辩家、法学家和哲学家。出生于古罗马的奴隶主骑士家庭，以善于雄辩而成为罗马政治舞台的显要人物。西塞罗在古罗马时代的影响在中世纪时代渐渐衰落，但在文艺复兴时被重新振兴。彼特拉克在 14 世纪重新发现了西塞罗的书信，由此开始了文艺复兴学者对西塞罗的重新研究。因此有学者认为，文艺复兴在本质上是对西塞罗的复兴。

歌，其中著名的是《新生》和《神曲》。彼特拉克是人文主义的鼻祖，被誉为"人文主义之父"。他第一个发出复兴古典文化的号召，提出以"人学"反对"神学"。彼特拉克主要创作了许多优美的诗篇，代表作是抒情十四行诗诗集《歌集》。薄伽丘是意大利民族文学的奠基者，短篇小说集《十日谈》是他的代表作。

美术是意大利在文艺复兴时期所取得的最高成就。代表人物主要有乔托·迪·邦多纳、马萨乔、保罗·乌切洛、多米尼哥·基兰达奥、桑德罗·波提切利、列奥纳多·达·芬奇、拉斐尔·桑齐奥、提香·维切利和米开朗基罗。其中，乔托·迪·邦多纳（Giotto di Bondone，约 1267—1337 年）是意大利画家与建筑师，被认定为是意大利文艺复兴的开创者，被誉为"欧洲绘画之父"。其代表画作有《犹大之吻》《最后审判》和《哀悼基督》。马萨乔（Masaccio，1401—1428 年），是 15 世纪意大利文艺复兴时期第一位伟大的画家，他的壁画是人文主义一个最早的里程碑，他是第一位使用透视法的画家，他的画中首次引入了灭点，他画中的人物出现了历史上从没有见过的自然的身姿。其代表画作有《卡西亚圣坛三连画》《圣母、圣安娜和圣婴》《献金》《亚当被放逐出伊甸园》《圣三位一体》等。其他几位画家也各具特色：保罗·乌切洛（Paolo Uccello，1397—1475 年）以其艺术透视之开创性而闻名；达·芬奇（Leonardo da Vinci，1452—1519 年），被誉为"文艺复兴时期最完美的代表"，其最著名的作品《蒙娜丽莎》①现已成为巴黎卢浮宫的三大镇馆之宝之一；前文提及的拉斐尔，其作品被称为"人文主义及文艺复兴世界的顶峰"。此外，还有著名的雕塑家、建筑师、画家和诗人米开朗基罗（Michelangelo，1475—1564 年），其代表作有梵蒂冈西斯廷教堂的天顶画《创世纪》、壁画《最后的审判》、油画《埋葬》《圣母画像》《圣家庭与圣约翰》等。他代表了欧洲文艺复兴雕塑艺术的最高峰，与拉斐尔和达·芬奇并称为文艺复兴后三杰。

在天文学方面，意大利思想家布鲁诺在《论无限性、宇宙和诸世界》《论原因、本原和统一》等书中宣称，宇宙在空间与时间上都是无限的，太阳只是太阳系而非宇宙的中心。伽利略 1609 年发明了天文望远镜，1610 年出版了《星界信使》，1632 年出版了《关于托勒密和哥白尼两大世界体系的对话》；在物理学方面，伽利略通过多次实验发现了自由落体、抛物体和振摆三大定律，使人对宇宙有了新的认识。他的学生托里拆利经过实验证明了空气压力，发明了水银柱气压计。此外，意大利在数学、地理学、建筑等诸多方面都取得了骄人的成就，无愧于"文艺复兴的发源地"这一称号。

2. 文艺复兴运动在欧洲其他国家的影响

---

① 《蒙娜丽莎》是意大利文艺复兴时期画家列奥纳多·达·芬奇创作的油画，现收藏于法国卢浮宫博物馆。该画作主要表现了女性典雅和恬静的典型形象，塑造了资本主义上升时期一位城市有产阶级的妇女形象。《蒙娜丽莎》代表了文艺复兴时期的美学方向；该作品折射出来的女性的深邃与高尚的思想品质，反映了文艺复兴时期人们对于女性美的审美理念和追求。

图 3-7 达·芬奇的代表作《蒙娜丽莎》

　　法国是继意大利之后，文艺复兴思潮较早到达的国家之一。早在 1458 年，巴黎大学就已开设研究希腊文学的讲座。但由于保守派的阻碍，人文主义传播迟缓，到 15 世纪末，文艺复兴的思潮才逐步在法国传开。研究罗马法的著名学者比德曾大力宣传人文主义教育思想，在他的积极倡议下，国王法兰西斯一世为提倡人文主义新学，于 1530 年建立了后来广设学科并享有很大思想自由的法兰西学院。16 世纪的法国，不仅出现了拉伯雷和蒙田等杰出的人文主义教育家，而且成为西欧文艺复兴运动的中心。

　　在文学方面，法国的文艺复兴运动明显分为两派，一是以"七星诗社"为代表的贵族派，二是以拉伯雷为代表的民主派。"七星诗社"以龙沙和杜贝莱为代表，在语言和诗歌理论方面做出了突出的贡献。他们最早提出统一民族语言的主张，促进了法国民族语言和民族文学的发展。然而，他们排斥民间诗歌，只为少数贵族服务。拉伯雷是继薄伽丘之后杰出的人文主义作家，是法国文艺复兴民主派的代表。他用二十年时间创作的《巨人传》是一部现实与幻想交织的现实主义作品，在欧洲文学史和教育史上占有重要地位。

　　文艺复兴思潮传入德国，是从人文主义学者路德于 1456 年从意大利留学回国后在海德堡大学与莱比锡大学讲授新学开始的。1476 年，著名的尼德兰学者阿格里科拉留学意大利后，也到海德堡大学任教。到 16 世纪初，在维滕贝格大学、耶拿大学也相继建立新学。

同时，在一些商业城市首先出现了新型的文科中学。特别是从 16 世纪 40 年代后，由于受了人文主义教育家斯图谟在斯特拉斯堡文科中学的教育改革的影响，这种文科中学得以广泛推广。

在天文学方面，德国天文学家开普勒通过对其师丹麦天文学家第谷的观测数据的研究，在 1609 年的《新天文学》和 1619 年的《世界的谐和》中提出了行星运动的三大定律，判定行星绕太阳运转是沿着椭圆形轨道进行的，而且这样的运动是不等速的。在数学方面，德国数学家雷格蒙塔努斯的《论各种三角形》是欧洲第一部独立于天文学的三角学著作。书中对平面三角和球面三角进行了系统的阐述，还有很精密的三角函数表。

西班牙在文艺复兴运动的影响下，取得了卓越的文学成就。其中最杰出的代表人物是塞万提斯和维加。塞万提斯是现实主义作家、戏剧家和诗人。他创作了大量的诗歌、戏剧和小说，其中以长篇讽刺小说《堂吉诃德》最著名，它对欧洲文学的发展产生了重大影响。维加是戏剧家、小说家和诗人，西班牙民族戏剧的奠基人，被誉为"西班牙戏剧之父"。他是世界上罕见的多产作家，一生共创作了两千多个剧本，留传至今的有 600 多个，有宗教剧、历史剧、神话剧、袍剑剧、牧歌剧等多种形式，深刻反映了西班牙的社会现实，深受广大群众的喜爱。其最杰出的代表作是《羊泉村》。

当时资本主义生产发展较快的尼德兰，是最早接受文艺复兴影响的国家。从 14 世纪开始，尼德兰的教育就比较发达，其中最有成绩的是"平民生活兄弟会"主办的学校。到 16 世纪，这些学校又根据人文主义教育思想进行了革新。

3. 文艺复兴运动在英国的影响

文艺复兴的思潮传播到英国比较晚。直到 16 世纪初才有一批受意大利新学影响的人文主义学者，如莫尔、科利特、利利等，在伦敦开展了推行人文主义文化和教育的活动，并得到皇室和重臣的支持与鼓励。长期在剑桥大学任教的伊拉斯谟对促进英国的人文主义新学，推动牛津大学和剑桥大学以及当时文法学校与公学的发展，起了很大作用。人文主义政治家埃利奥特将意大利的人文主义教育思想与英国的具体情况相结合，提倡以培养具有人文主义新思想的贵族绅士为教育目标。他的译著甚多，其中于 1531 年发表的《统治者之书》是英国第一本教育专著。他的教育思想符合当时英国统治阶级的利益和需要，遂使英国一度涌现出一股讨论"绅士教育"的热潮，并把英国的人文主义教育推向新贵族主义的方向。

文艺复兴运动在英国最大的影响体现在文学方面，代表人物有托马斯·莫尔和莎士比亚。托马斯·莫尔是著名的人文主义思想家，也是空想社会主义的奠基人。1516 年他用拉丁文写成的《乌托邦》是空想社会主义的第一部作品。莎士比亚是天才的戏剧家和诗人，他同荷马、但丁、歌德一起，被誉为欧洲划时代的四大作家。他的作品结构完整，情节生动，语言丰富精练，人物个性突出，其作品集中代表了欧洲文艺复兴文学的最高成就，对欧洲现实主义文学的发展有深远的影响。莎士比亚也由此与但丁和达·芬奇并称为"文艺复兴三巨人"。

二、文艺复兴与莎士比亚

文艺复兴影响了莎士比亚，莎士比亚又反过来深化了文艺复兴，并成为这一思潮的重要载体。

(一)文艺复兴运动对莎士比亚的影响

乔叟在文坛上的出现标志着文艺复兴的人文主义思想于 14 世纪就开始登陆英国。通过乔叟的作品，人文主义思想在英国得以初步传播。继乔叟之后，托马斯·莫尔接过了人文主义的大旗，他创作的对话体小说《乌托邦》可谓人文主义思想的集中体现，他笔下那个没有私有制、没有剥削、没有专制暴政、按需分配、和谐相处的理想社会不仅表达了作者本人的理想，也对后世描写理想社会的文学具有很大的影响。莎士比亚的不少浪漫轻喜剧以及传奇剧力作《暴风雨》①等剧中就有"乌托邦"的影子。

文艺复兴于 16 世纪真正开始在英国盛行。首先，此时英国的资本主义得到了快速发展，圈地运动使得资本主义已经深入乡村，玫瑰战争后英国王权制度得以确立，政治平稳发展；其次，从 16 世纪 50 年代开始，古代希腊和罗马的作品以及当代其他国家的著作大量被翻译成英语，在推动英语文学发展的同时，也使得人文主义思想在英国迅速传播。诗人斯宾塞的长诗《仙后》借助古希腊思想家柏拉图的极力追求爱与美的思想，形成了一种"新柏拉图主义"，来表达他对人类道德的重新设定。散文家培根则以论说的方式表达了人文主义思想和唯物主义观点，在社会上造成了巨大的影响。

随着伊丽莎白女王时代的到来，英国国运更加昌盛，文化更加繁荣。尤其是伦敦，一如当年的佛罗伦萨，对文化生活的需求越来越迫切，此时正好为戏剧艺术的发展提供了肥沃的土壤。英国的剧作家从希腊和罗马人那里获取创作灵感，开创了悲剧和喜剧的创作之风，一时间，剧场如雨后春笋般在伦敦涌现。这种纯商业运作的剧团一方面成就了一大批像莎士比亚一样的职业剧作家和演员，同时也培养了大量有购票看戏习惯的观众，双方互为良性因果，共同推进了英国戏剧的繁荣发展。

舞台戏剧的再次流行以及古典文化的复兴反映了人文主义思想对社会的影响。在文艺复兴思想的影响下，16 世纪的英国舞台彻底抛弃了中世纪戏剧宣扬基督教价值观的观念，使得戏剧作为娱乐和启迪心灵的功能得以恢复。戏剧成为了联系群众、传播人文主义思想

---

① 详见《暴风雨》第二幕第一场(II. i. 148-157)中 Gonzalo 的独白。

的重要媒介。在伊丽莎白女王时代,英国涌现了一大批才华横溢的剧作家,他们中的大多数受过大学教育,具有较高的古典文化修养,受到人文主义思想的熏陶。这一批"大学才子派"剧作家具有较高的人文主义倾向,为英国戏剧的繁荣作出了巨大贡献,他们的创作手法和作品对莎士比亚的戏剧创作有着潜移默化的影响。这其中的佼佼者就有基德(Thomas Kyd,1557—1595 年)和马洛(Christopher Marlowe,1564—1593 年)。基德的代表作《西班牙悲剧》是一部以西班牙宫廷阴谋为背景的复仇故事,情节跌宕起伏,人物特色鲜明。基德的作品所呈现出的特色,如内容上的"宫廷""阴谋""复仇",情节上的丰富多变以及性格各异的人物都对莎士比亚的戏剧创作产生了深远的影响。马洛的最大贡献是革新了中世纪的戏剧,在舞台上创造了反映时代精神的巨人性格和"雄伟的诗行",为莎士比亚的创作铺平了道路,以至于有学者质疑莎士比亚的剧作实际上是由马洛代笔。他的剧作《帖木儿》反映了新兴资产阶级在征服世界过程中表现出的进取精神,这也成了莎士比亚早期创作浪漫轻喜剧时永恒的主题;《马尔他岛的犹太人》表现了资产阶级对财富永无止境的追求欲望,这一主题也在莎翁剧作《威尼斯商人》《雅典的泰门》等剧中得到了升华;而《浮士德博士的悲剧》则肯定了知识的绝对力量,这一点在莎士比亚的传奇巨制《暴风雨》的主人公普洛斯彼罗身上找到了影子,但却起到了截然相反的效果,而剧中与恶魔做交易的场景也让我们看到了《麦克白》中主人公与三女巫反复纠缠的雏形。①

(二)莎士比亚对文艺复兴运动的推进

莎士比亚是英国文艺复兴时期的巨匠,也是欧洲文艺复兴运动中的巨人。莎翁的创作是在文艺复兴运动的影响下开始的,但他的创作同时又对文艺复兴运动产生了巨大的推动作用。

作为欧洲文艺复兴时期最杰出的文学家之一,莎士比亚从人文主义观点出发,对处于封建社会和资本主义社会交替时期的英国作了全面而又深刻的描述与剖析,反映了人民大众的愿望和诉求,尤其在刻画人物和反映人物的精神面貌方面融入了人文主义思想。他的37 部剧作和 154 首长诗在很大程度上歌颂了友谊和爱情,反映了新兴资产阶级追求自由生活、崇尚个性解放的人文主义思想。

尽管莎翁的绝大多数戏剧并非原创,而是根据现有的故事改编而成,但在改编的过程中,他能够充分表达自己的人文主义思想,使戏剧成为传播文艺复兴思想的舞台,并以此将英国的文艺复兴运动推向了高潮。

莎士比亚开始创作戏剧的时候,历史剧正在伦敦盛行。他也顺应潮流,以历史剧开启

---

① 浮士德与恶魔达成协议,以灵魂换取知识,最终落入万劫不复的地狱;而普洛斯彼罗则在获取了知识之后,懂得放弃和取舍,最后得以荣归故里。

了他的写作生涯，其剧本均反映了英国新兴资产阶级的各种诉求。彼时正值伊丽莎白女王统治的兴盛时期，女王是国家统一的最高象征，因此，拥护王权是结束封建贵族混战、保护国家不受外来侵犯、促进资本主义经济发展的有力保障，莎士比亚的历史剧大多反映了这一主题。虽然莎翁的历史剧写的是英国过去的历史，但反映的却是文艺复兴时期的英国社会和民生百态，从这个角度来看，他的历史剧恰恰体现了文艺复兴思想，表达了广大民众的根本愿望。

莎士比亚在开始写作历史剧之后，也开始尝试写喜剧。虽然早期他笔下的喜剧仍带有古希腊喜剧的模式与框架，但其主要目的已不再是讽刺社会现实，而更多的是表现人文主义思想。他早期的喜剧大多属于浪漫轻喜剧，主题思想均为歌颂爱情和友谊，宣扬个性解放，追求婚姻自主，争取个人幸福。这种追求理想与和谐的人文主义精神正是文艺复兴的一个重要方面。

莎士比亚创作鼎盛时期的代表戏剧类型是悲剧。诗人借鉴了古希腊悲剧的创作手法，却又不囿于其死板的框架，使得其悲剧具有极大的震撼力，冲击着人们的心灵。在以四大悲剧——《哈姆雷特》《李尔王》《奥赛罗》与《麦克白》为代表的伟大作品中，莎士比亚创造了一系列个性鲜明、栩栩如生的艺术形象，通过民众喜闻乐见的舞台表现形式，人物的复杂性格和精神面貌都得到了最充分的展示。尽管这些剧中的主人公都是悲剧人物，但莎士比亚并未片面地表现其凄惨可怜的一面，而是通过刻画他们的复杂性格，把最真实的人性展现到观众的面前，从中揭示了人的尊严、价值和力量，使其作品散发永恒的魅力。由此可见，莎士比亚以其独有的方式表达了自己对人和社会的看法，并借此深化了人们对于文艺复兴时期人文主义思想的体悟。

综上所述，欧洲的文艺复兴运动为莎士比亚的戏剧创作提供了丰富的背景和坚实的基础，而莎士比亚又深化了这一思潮，成为人文主义精神最重要的载体，推进了文艺复兴运动走向高潮。英国戏剧由于莎士比亚的横空出世成为英国文艺复兴时期最为辉煌的文学成就，代表了英国乃至整个欧洲文艺复兴时期文学创作的最高峰，而莎士比亚本人则以其丰富的人文主义思想被视为欧洲文艺复兴时期最重要的文学巨匠。

三、《哈姆雷特》与文艺复兴的关系

《哈姆雷特》讲述了在德国威登堡大学接受教育的丹麦王子哈姆雷特，接到父亲猝然去世的消息后，怀着沉痛的心情回到祖国，却见到父王的弟弟克劳狄斯早已接替了王位，并在老国王去世不到三个月的时间内就提出迎娶兄长的妻子，也就是哈姆雷特的母亲。这一切让哈姆雷特陷入无穷的疑惑之中。随后，父王的鬼魂出现，并告知他凶手就是新王——他的叔叔克劳狄斯。

　　然而，性格延宕迟疑的哈姆雷特并没有采取果断的行动。他怕泄露自己的心事，于是在众人面前装疯卖傻，并借戏班子演戏探明了新王的罪行。新王怀疑自己谋杀老国王的阴谋已被哈姆雷特发觉，便派大臣波洛涅斯了解虚实，不料却被哈姆雷特发现后误杀身亡。波洛涅斯的女儿奥菲利娅是哈姆雷特的情人，因父亲被哈姆雷特所杀而发疯，以致落水溺亡。

　　最后，波洛涅斯的儿子雷奥提斯为报父妹之仇而与哈姆雷特决斗，结果中了国王的圈套，双双中毒剑身亡。王后因误饮毒酒而死，克劳狄斯也被哈姆雷特在临死前用毒剑刺死。

　　《哈姆雷特》集中体现了莎翁人文主义精神的最高成就，也因此成了诗人戏剧的巅峰之作，在世界文坛和剧坛都留下了不可磨灭的璀璨光芒。

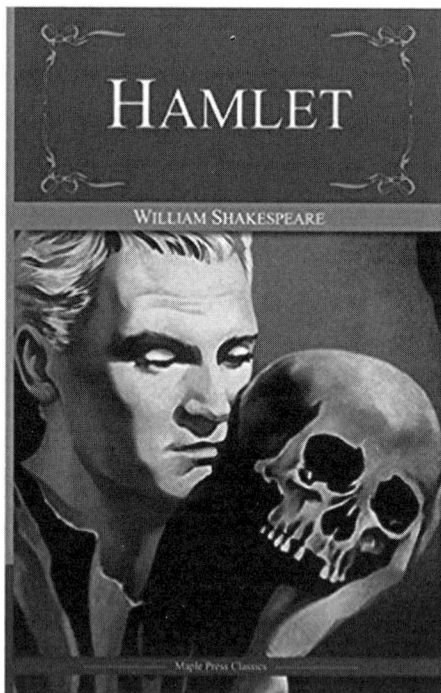

图 3-8　Maple Press 版《哈姆雷特》封面

（一）人文主义的基本内涵

　　人文主义是文艺复兴时期形成的思想体系、世界观或思想武器，也是这一时期进步文学的中心思想。它主张一切以人为本，反对神的权威，把人从中世纪的神学枷锁下解放出来。它宣扬个性解放，追求人生幸福；追求自由平等，反对等级观念；崇尚理性，反对蒙昧。

人文主义是文艺复兴时期的核心思想,是新兴资产阶级反封建的社会思潮,也是人道主义的最初形式。它肯定人性和人的价值,要求享受人世的欢乐,要求人的个性解放和自由平等,推崇人的感性经验和理性思维。而作为历史概念的人文主义,则主要指欧洲历史和哲学史 14 至 16 世纪领先于中世纪的思想。一般来说今天历史学家将这段时间里文化和社会上的变化称为文艺复兴,而将教育上的变化运动称为人文主义。

人文主义是一种哲学理论和一种世界观。人文主义以人,尤其是个人的兴趣、价值观和尊严作为出发点。对人文主义来说,人与人之间的容忍、无暴力和思想自由是人与人之间相处最重要的原则。可以说,人文主义的本质就是,尊重人的价值,尊重人的精神的价值。

人文主义这一概念可以从广义和狭义两个方面来理解。

(二)广义的人文主义

广义的人文主义是指欧洲始于古希腊的一种文化传统。根据人们对这一传统的理解,可以把人文精神的基本内涵确定为三个层次:1. 人性,对人的幸福和尊严的追求,是广义的人道主义精神;2. 理性,对真理的追求,是广义的科学精神;3. 超越性,对生活意义的追求。简单地说,就是关心人,尤其是关心人的精神生活;尊重人的价值,尤其是尊重人作为精神存在的价值。

总之,广义的人文主义是以人为中心的世界观和人生观,是对人的尊严和价值的普适性肯定。[①]

(三)狭义的人文主义

狭义的人文主义是指在文艺复兴时期形成的一种占时代主流意识的思想体系。尽管对这一概念的解释见仁见智,但总体来说,可以从如下几个大的方面来理解。本章将结合对《哈姆雷特》等剧的分析,对这几个方面展开论述。

1. 以人为本:从尊神到尊人

人文主义者倡导关心人、以人为本的世界观,热情讴歌人性,尊崇人的价值和尊严。人文主义者发现了人的伟大之处,提倡以"人"为本,反对以"神"为中心;提倡"人性",反对"神性";提倡"人权",反对"神权"。

《哈姆雷特》全剧的开场,就是从探究人的身份开始的:

---

① 参看从丛:"再论哈姆雷特并非人文主义者",载《南京大学学报》2001 年第 5 期,第 73 页。

　　勃　那　多　　那边是谁？

　　弗兰西斯科　　不，你先回答我；站住，告诉我你是什么人。

　　勃　那　多　　国王万岁！

　　弗兰西斯科　　勃那多吗？

　　勃　那　多　　正是。

（第一幕第一场）

BERNARDO

Who's there?

FRANCISCO

Nay, answer me. Stand and unfold yourself.

BERNARDO

Long live the King!

FRANCISCO

Barnardo!

BERNARDO

He.

（I. i. 1-5）

　　这一段开场意味深长，且原文部分更值得玩味，因此这里将中英文对照分析。首先，全剧开场的第一个词就是"Who"（"谁"），直接以此引入了探究身份的主题，也为莎翁"以人为本"的人文主义思想做好了铺垫。实际上如果仔细品味这段话，可以看出，这不过是普通的晚上士兵换岗的场景，双方士兵都非常警觉，也相互防备，防止各自身份暴露，于是才有了两个人看似答非所问的对话，即便我们通过后来弗兰西斯科的讲话"你来得很准时"可以得知，勃那多正好是准点抵达前来交接班的。第三行那句无意识的口号"国王万岁！"也许是交接班时的暗语，也许是在紧张诡异氛围之下的脱口而出寻求内心安慰的话，于是，全剧一开始就笼罩在一种迷惑、紧张、阴郁的氛围之中。更加特别的是勃那多以第三人称"He"（"他"）来指代他自己，从语言学的角度来说，这一身份也是疏离的。以这种独特的方式开始一出悲剧大戏，的确非常与众不同，反映了莎翁的匠心独具，也突出了他以人为本、探寻人之本源的独特思考。

　　在《哈姆雷特》接下来的这一段经典台词中，莎士比亚借主人公之口，表达了他虽遭受父王遇害、母亲匆匆改嫁、王位旁落的一系列人生重创之后，依然对"人"的力量的笃信不移和对"人"的智慧的崇高敬意：

　　人类是一件多么了不起的杰作！多么高贵的理性！多么伟大的力量！多么优美的仪表！多么文雅的举动！在行为上多么像一个天使！在智慧上多么像一个天神！宇宙的精华！万物的灵长！

（第二幕第二场）

　　不难看出，莎翁将"人"比拟成了一个浑然天成的"杰作"，天性"高贵"，力大无穷，"仪表"堂堂，举止优雅，在"行为"和"智慧"上可与"天使"与"天神"比肩，是"宇宙""万物"之"精华"所在。乍一看去，这哪里是在说"人"，这样的"人"的地位简直是与天同高，无所不能，无所不在了。哈姆雷特对"人"的定义代表了文艺复兴时期人文主义的精髓，虽然在随后的描述中也反映出了哈姆雷特作为一个理想主义者心中幻想的破灭，[①] 但他对于人类的天赋异禀还是持赞扬态度的，在他心中，可以说"人"与"天使"和"天神"具备同样崇高的眼界和能量。

图 3-9　着丧服的哈姆雷特（William Morris Hunt 绘制，1864 年）

　　这里大写的"人"是莎士比亚人性论中的关键字。莎翁此处对人的热情讴歌和赞美，表

---

　　① 在这一段对于人类的赞颂之词之后，哈姆雷特转念又说："可是在我看来，这一个泥土塑成的生命算得了什么？人类不能使我发生兴趣；不，女人也不能使我发生兴趣，虽然从你现在的微笑之中，我可以看到你在这样想。"（第二幕第二场）以此表达了对现实的失望。

现了他先进的人生理念与追求，并且简洁、准确地抒发了自己的人文主义核心思想，那就是：以人为本，以人为中心，弘扬人性，倡导个性解放。莎士比亚这种以人为中心的伦理思想，是对人性认识的一个巨大飞跃。他把在上帝面前显得卑微渺小的"人"，上升为一个伟大的"了不起的""人"，一个大写的"人"，一个推动历史和社会前进的"人"。同样，在他的作品中，人的价值得到了尊重，人性的合理情感和正常欲望得到了肯定，即便是追求肉欲享受和感官刺激，只要是合理的，也都得到了认可。由此可见，莎士比亚的人文主义伦理思想的内涵是极为丰富的。

此外，奥菲利娅在遭到哈姆雷特一番装疯卖傻的戏弄和羞辱之后，发出了一段耐人寻味的感慨，这一段描述虽是针对哈姆雷特本人，哀叹于他曾经的辉煌和智慧现已不再，但也从侧面进一步印证了人的伟大和无所不能：

> 啊，一颗多么高贵的心是这样陨落了！朝臣的眼睛、学者的辩舌、军人的利剑、国家所瞩望的一朵娇花；时流的明镜、人伦的雅范、举世瞩目的中心，这样无可挽回地陨落了！我是一切妇女中间最伤心而不幸的，我曾经从他音乐一般的盟誓中吮吸芬芳的甘蜜，现在却眼看着他的高贵无上的理智，像一串美妙的银铃失去了谐和的音调，无比的青春美貌，在疯狂中凋谢！啊！我好苦，谁料过去的繁华，变作今朝的泥土！
>
> （第三幕第一场）

在奥菲利娅眼中，曾经的哈姆雷特堪称完美：他有着"高贵的心""朝臣的眼睛、学者的辩舌、军人的利剑"，是"国家所瞩望的一朵娇花"，可谓品德高尚，眼界开阔，睿智思辨，能文能武；他又是"时流的明镜、人伦的雅范、举世瞩目的中心"，可谓明辨事理，举止优雅，受人爱戴。所有这些特质都堪称人类的最佳典范，代表着人文主义者的最高境界。然而，在经过变故之后的丹麦王子那"高贵的心"已经"无可挽回地陨落了"，在爱人眼中，他失去了那"音乐一般的盟誓"，那"高贵无上的理智，像一串美妙的银铃失去了谐和的音调"，他那"无比的青春美貌，在疯狂中凋谢"，以至于"过去的繁华"已"变作今朝的泥土"。如此强烈的反差，更加反衬了在正常情况下人的伟大之处，也进一步鼓励人们无时无刻都应该以人为本，发挥人的最大能动性。

与此相反的是，虽然莎翁对于人的合理情感和正常的欲望是极力推崇的，但对于过度膨胀的欲望或追求以达到不可告人的目的的行为，他又是极端鄙视的。《哈姆雷特》中对于新国王克劳狄斯的描述就极尽恶毒之能事，这一段描述是通过老国王的鬼魂之口巧妙传递的：

　　那个乱伦的、奸淫的畜生，他有的是过人的诡诈，天赋的奸恶，凭着他的阴险的手段，诱惑了我的外表上似乎非常贞淑的王后，满足他的无耻的兽欲。啊，哈姆雷特，那是一个多么卑鄙无耻的背叛！

（第一幕第五场）

　　在这一段老国王鬼魂的慷慨陈词中，充盈着一系列恶毒的诅咒和谩骂，"乱伦的、奸淫的畜生""过人的诡诈，天赋的奸恶""阴险的手段""无耻的兽欲""多么卑鄙无耻的背叛"，这是对人性最极端的批判，对违反人类纲常伦理的最严厉的审判，充分表达了莎士比亚尊重合理人权，倡导合理情感和正常欲望的信仰，同时又坚决批判以不合理的非法手段强取豪夺以满足自己私欲和贪念的违背天理人伦的行为。

　　在第三幕第四场王后寝宫这场戏中，哈姆雷特在失手错杀波洛涅斯之后，对母后大声呵斥，指责她不顾羞辱匆匆下嫁先王的兄弟，这种不伦之耻令他蒙羞，接着他将父王与叔父进行对比，进一步对这两个人展开描述：

　　瞧这一幅图画，再瞧这一幅；这是两个兄弟的肖像。你看这一个的相貌多么高雅优美：太阳神的鬈发，天神的前额，像战神一样威风凛凛的眼睛，他降落在高吻穹苍的山巅的神使一样矫健的姿态；这一个完善卓越的仪表，真像每一个天神都曾在那上面打下印记，向世间证明这是一个男子的典型。这是你从前的丈夫。现在你再看这一个：这是你现在的丈夫，像一株霉烂的禾穗，损害了他的健硕的兄弟。

（第三幕第四场）

在此，这两个人无疑成了鲜明的对比：一个是人伦典范，相貌堂堂，"威风凛凛"，身姿"矫健"。哈姆雷特用了一串超越人类的词汇来描述他的父亲，"太阳神""天神""战神""神使"，可见在他的心目当中，他的父亲就是如"神"一般的存在，是至高无上、不容亵渎的，也体现了莎翁从尊神到尊人，人即是神、神即是人、人神不分的最高境界，代表了文艺复兴时期人文主义理想的最高境界。而与此形成鲜明对照的是另一种人的存在，这种人可谓乌合之众，其代表就是哈姆雷特的叔父克劳狄斯：他不知羞耻，篡权夺位，杀兄娶嫂，违背天伦，以至于在哈姆雷特的眼中，他就"像一株霉烂的禾穗，损害了他的健硕的兄弟"；这种人违背了合理的情感和正常的欲望，为贪念和情欲所驱使，犯下了令人不齿的罪行，莎士比亚在此也借哈姆雷特之口对这一恶行进行了极大限度的批判，同时，也借此表明了自己客观的人文主义立场。

　　2. 弘扬人的理性与道德性

　　人文主义者大力提倡发展人的自由意志和个性自由。他们宣扬人的自由意志和个性自

217

图 3-10　王后寝宫中的哈姆雷特、王后与国王鬼魂（William Salter Herrick 绘制，1857 年）

由的重要性，反对禁欲主义和神秘主义；倡导个性自由和平等，反对神的权威和专制主义。与此同时，他们又倡导理性与道德性高于宗教信仰。在人与社会的关系方面，人文主义者宣扬王权的正常过渡，坚决反对篡权夺位。

　　早在第一幕第三场，雷欧提斯要前往花都巴黎之前，父亲波洛涅斯就对他来了一段长篇大论，这段话看似冗长，却句句在理，讲述的就是理性与个性间如何取得平衡的普世原则：

　　　　不要想到什么就说什么，凡事必须三思而行。对人要和气，可是不要过分狎昵。相知有素的朋友，应该用钢圈箍在你的灵魂上，可是不要对每一个泛泛的新知滥施你的交情。留心避免和人家争吵；可是万一争端已起，就应该让对方知道你不是可以轻侮的。倾听每一个人的意见，可是只对极少数人发表你的意见；接受每一个人的批评，可是保留你自己的判断。尽你的财力购置贵重的衣服，可是不要炫新立异，必须富丽而不浮艳，因为服装往往可以表现人格；法国的名流要人，就是在这点上显得最高尚，与众不同。不要向人告贷，也不要借钱给人；因为债款放了出去，往往不但丢了本钱，而且还失去了朋友；向人告贷的结果，容易养成因循懒惰的习惯。尤其要紧的，你必须对你自己忠实；正像有了白昼才有黑夜一样，对自己忠实，才不会对别人欺诈。

（第一幕第三场）

218

通过这一番话，波洛涅斯表达了自己的处事原则，即凡事都要三思而后行，既要忠于自己的内心，表达自己的个性，又不能过于突出自己的个性和想法而不顾大局或影响到他人；尽自己的所能做好自己，真诚地与人为善，但对他人则要保持客观中立，不要过于苛求；"尤其要紧的，你必须对你自己忠实；……对自己忠实，才不会对别人欺诈"。这些道理看似平凡，但时至今日，依然适用于普罗大众的行为准则。莎士比亚此时借波洛涅斯之口，也恰如其分地表达了人文主义思想的另一个层面，即发展人的自由意志和个性自由，忠于自己的内心，但同时又必须要兼备理性和道德性，不能将自己的个性和平等建立在以伤害他人的利益和理想为前提的基础之上。

莎士比亚是一个虔诚的基督教徒，相信世间万物都井然有序，按照人的理性与道德性去发展。表现在人与社会的关系方面，他一直都认为君权神授，宣扬王权应顺应时势，正常过渡，坚决反对篡权夺位。这一观点在很多剧中都有所表现：国王或其继任者永远都是正派威严、受人敬仰的，一如《麦克白》中的国王邓肯以及他的两位王子；违反纲常伦理、越矩夺权、以不法手段攫取王位的人则永远是受人唾弃、令人不齿、不得善终的败类，一如《麦克白》中的麦克白及其夫人。表现在《哈姆雷特》这部剧中，前面的论述部分已经反复提及老国王的威严和受人爱戴，而说到篡位者——叔父克劳狄斯，在哈姆雷特心中，他则等同于"一株霉烂的禾穗，损害了他的健硕的兄弟"，两人反差之大，可见一斑。

通过鬼魂的描述，我们得知，那"头上戴着王冠"的是"毒害你父亲的蛇"，这看似隐晦的话语其实昭然若揭，也验证了哈姆雷特的预感，篡权夺位、谋杀父王的正是他的叔父克劳狄斯，以至于他不禁发出了那句著名的感叹："这是一个颠倒混乱的时代，唉，倒霉的我却要负起重整乾坤的责任！"（第一幕第五场）可见，在哈姆雷特这个人文主义者心中，事态的井然有序至关重要，是天地万物的根本，一旦"颠倒混乱"，就必须要尽快"重整乾坤"，时局才能持续有效地发展。但哈姆雷特也自知个人能力有限，面对残酷现实，"一个国王给人家用万恶的手段掠夺了他的权位，杀害了他的最宝贵的生命，我却始终哼不出一句话来。……我的亲爱的父亲被人谋杀了，鬼神都在鞭策我复仇，我这做儿子的却像一个下流女人似的，只会用空言发发牢骚……"（第二幕第二场）可见，他很清楚自己当前孤立无援，个性和自由意志鞭策着他向前行进，报仇雪耻，但理性又告诉他，以他目前的处境，单打独斗很难夺取胜利，只能巧妙周旋，逼恶人现行，于是就有了后面他亲自导演的"戏中戏"部分，让那"暗杀的事情""借着神奇的喉舌泄露出来"；"凭着这一本戏……发掘国王内心的隐秘"。（第二幕第二场）可见，即便是在像哈姆雷特这样胸怀理想主义的人文主义者心中，个性自由与理性、道德性依然是并行不悖的，只有这样才能让狡猾的恶人现出原形，达成人与社会的和谐相处。看了"戏中戏"的表演之后，国王"站起来"、命人"点起火把"以及"回去以后，非常不舒服""发脾气"等一系列的反常举动坐实了他杀兄篡权、乱伦娶嫂的罪恶行径，此时的哈姆雷特虽心中笃定，但仍没有采取过激的行为，只是在去探视母亲之前发出了这样的叹息：

> 心啊！不要失去你的天性之情，永远不要让尼禄①的灵魂潜入我这坚定的胸怀；让我做一个凶徒，可是不要做一个逆子。我要用利剑一样的说话刺痛她的心，可是决不伤害她身体上一根毛发；我的舌头和灵魂要在这一次学学伪善者的样子，无论在言语上给她多么严厉的谴责，在行动上却要做得丝毫不让人家指摘。
>
> （第三幕第二场）

这一段独白正是哈姆雷特内心的真实声音。在明确了叔父的无耻罪行之后，他虽然内心翻江倒海，愤慨之情溢于言表，这些通过本场戏中他与吉尔登斯吞与罗森格兰兹这两个假意逢迎他的叛徒之间的对话就可见一斑，但即将面对软弱无能的母亲之前，他还是泛起了一丝怜悯之心：决定告诫自己不要做谋杀亲母的尼禄，而只是打算"用利剑一样的说话刺痛她的心，可是决不伤害她身体上一根毛发""无论在言语上给她多么严厉的谴责，在行动上却要做得丝毫不让人家指摘"。由此可见，虽然哈姆雷特对于母亲眼见叔父的杀兄篡权行径坐视不管，且迅速与之成婚的乱伦行为恨之入骨，但他依然保持着清醒的头脑，能客观面对现实，并未将这些罪行转嫁到母亲身上；虽对她的懦弱表示出了"哀其不幸、怒其不争"的恨意，但仍能做到尽量客观公正，没有将对叔父那种"欲杀之而后快"的想法移植到母亲的身上。这番话再次证实了哈姆雷特力求在个性自由和解放与理性和道德性之间取得平衡的人文主义思想，也再次证明了自己作为人文主义典范的至高荣耀。

同样，在克劳狄斯自知罪孽深重，认识到"罪恶的戾气已经上达于天；……灵魂上负着一个元始以来最初的诅咒，杀害兄弟的暴行"时，他想到了"祈祷"和"忏悔"。（第三幕第三场）此时的哈姆雷特若想杀死克劳狄斯，可谓易如反掌。然而，他依然没有动手，而是意识到"现在他正在洗涤他的灵魂，要是我在这时候结果了他的性命，那么天国的路是为他开放着，这样还算是复仇吗？"（第三幕第三场）可见这时候的哈姆雷特一方面是出于虔诚的宗教信仰，认为若在恶人祈祷时将其杀死，恶人不仅没有受到惩处，反而能上天堂；一方面也是出于君子之为，不乘人之危，在他人没有防备的时候从背后捅刀，进而借此表明自己不会像恶贯满盈的叔父杀害自己的兄弟那样，采取卑鄙的手段，哪怕他所做的是为民除害的正义行为也不行，他期待的是一场正面的较量。不难看出，此时的哈姆雷特心中的理性和道德性战胜了个人意志，也更加以实际行动表明了自己是完美的人文主

---

① 尼禄，罗马帝国第五位皇帝，是古罗马乃至欧洲历史上著名的暴君。在位时期，行事残暴，杀死了自己的母亲及几任妻子，处死了诸多元老院议员；同时，奢侈荒淫，沉湎于艺术、建筑等事。然而，尼禄并未完全荒废政务，对内推行了诸多利民政策，对外成功化解了帕提亚与亚美尼亚的危机，创造了一定的政绩。后世对他的史料与创作相当多，普遍对他的形象描述不佳。世人称之为"嗜血的尼禄"。

化身。

在第三幕第四场的王后寝宫这场戏中，哈姆雷特如约而至，与母亲展开了正面交锋，正如他之前所暗自思忖的那样，在语言上，他对母亲和叔父的不耻行为进行了恶毒的抨击，令母亲无地自容；但在行动上，仍是"决不伤害她身体上一根毛发"，保持了自己作为王子的基本风范：

> 你的行为可以使贞节蒙污，使美德得到了伪善的名称；……使婚姻的盟约变成博徒的誓言一样虚伪；啊！这样一种行为，简直使盟约成为一个没有灵魂的躯壳，神圣的婚礼变成一串谵妄的狂言；……当无法阻遏的情欲大举进攻的时候，用不着喊什么羞耻了，因为霜雪都会自动燃烧，理智都会做情欲的奴隶呢。……生活在汗臭垢腻的眠床上，让淫邪熏没了心窍，在污秽的猪圈里调情弄爱……一个杀人犯、一个恶徒、一个不及你前夫二百分之一的庸奴、一个冒充国王的丑角、一个盗国窃位的扒手，从架子上偷下那顶珍贵的王冠，塞在自己的腰包里！……一个下流褴褛的国王——……
>
> （第三幕第四场）

不难看出，这一串谴责之词的确是用尽了最恶毒的词汇，甚至让人瞬间忘了这是儿子对母亲的讲话，更不像是王子对王后的讲话。此时的哈姆雷特在与母后的讲话中完全占据上风，对母亲可谓咄咄逼人，丝毫不留情面，令母亲无任何招架之力，自惭形秽到了无地自容的地步，以至于她只能无力地回应道："你把我的心劈为两半了！""我应当怎么做？"（第三幕第四场）

正当哈姆雷特义正言辞地呵斥母亲之时，父亲的鬼魂出现了，劝他"快去安慰安慰她的正在交战中的灵魂"，哈姆雷特在经过一番恍惚之后，突然又沉静了下来，想到了自己身上的责任，于是以自己的方式力劝母亲如何保持贞洁：

> 可是不要上我叔父的床；即使您已经失节，也得勉力学做一个贞节妇人的样子。习惯虽然是一个可以使人失去羞耻的魔鬼，但是它也可以做一个天使，对于勉力为善的人，它会用潜移默化的手段，使他弃恶从善。您要是今天晚上自加抑制，下一次就会觉得这一种自制的功夫并不怎样为难，慢慢地就可以习以为常了；因为习惯简直有一种改变气质的神奇的力量，它可以制服魔鬼，并且把他从人们心里驱逐出去。
>
> （第三幕第四场）

此时的他通过与父亲的鬼魂神交之后，似乎慢慢平静了下来，不再是那样冲动和暴怒了，而是逐渐与母亲心平气和地谈论起了"贞洁"的话题。告诉她要"抑制"，要养成"潜移默化"的"习惯"，"慢慢地就可以习以为常"，以达到"弃恶扬善"的目的。这里再次涉及了自制力这个话题。哈姆雷特此时经过了一番激烈的思想斗争，在自己的个性和自由意志与理性和道德性之间展开了博弈，无论是对待罪孽深重的叔父，还是对待深爱自己、软弱无能的母后，最终他都选择了理智与理性的一面，希望能通过正义的手段来扭转乾坤。然而，哈姆雷特眼见母后为救自己，误饮了叔父本意为自己备下的毒酒，而叔父又用毒药涂刃，意图以阴险的手段取自己的性命，就再也无法保持理性了。哈姆雷特大骂叔父："你这败坏伦常、嗜杀贪淫、万恶不赦的丹麦奸王！"（第五幕第二场）接着用克劳狄斯自己备下的毒酒和毒刃结果了他的性命。而此时的哈姆雷特早已身中剧毒，终于在手刃了凶手之后，像一个战士一样倒了下来，再一次以自己的实际行动表达了一个完美的人文主义者的理想境界：在个人意志与理性之间做了取舍，弘扬了个性自由和平等，以一己之力反抗了权威和专制主义，以生命为代价诠释了人文主义精神的崇高理想。故事的结尾，新王福丁布拉斯"让四个将士把哈姆雷特像一个军人似的抬到台上，因为要是他能够践登王位，一定会成为一个贤明的君主的；为了表示对他的悲悼，我们要用军乐和战地的仪式，向他致敬"。（第五幕第二场）最后，在"丧礼进行曲"和"鸣炮"声中，哈姆雷特走完了自己跌宕起伏的一生，以明君之姿告别了人生的舞台。（第五幕第二场）莎士比亚以这种结局再次表明了自己的人文主义思想：个人意志最终战胜专制主义，人的理性与道德性得以弘扬；在人与社会的关系方面，王权应当得到正常过渡，篡权夺位者最终必将受到谴责，落入万劫不复的深渊。

有关个性自由、个人意志与理性、道德性之间的平衡与纠缠在哈姆雷特最著名的那段独白中得到了充分的体现：

生存还是毁灭，这是一个值得考虑的问题；默然忍受命运的暴虐的毒箭，或是挺身反抗人世的无涯的苦难，通过斗争把它们扫清，这两种行为，哪一种更高贵？死了；睡着了；什么都完了。要是在这一种睡眠之中，我们心头的创痛，以及其他无数血肉之躯所不能避免的打击，都可以从此消失，那正是我们求之不得的结局。死了；睡着了；睡着了也许还会做梦。嗯，阻碍就在这儿：因为当我们摆脱了这一具朽腐的皮囊以后，在那死的睡眠里，究竟将要做些什么梦，那不能不使我们踌躇顾虑。人们甘心久困于患难之中，也就是为了这个缘故；谁愿意忍受人世的鞭挞和讥嘲、压迫者的凌辱、傲慢者的冷眼、被轻蔑的爱情的惨痛、法律的迁延、官吏的横暴和费尽辛勤所换来的小人的鄙视，要是他只要用一柄小小的刀子，就可以清算他自己的一生？谁愿意负着这样的重担，在烦劳的生命的压迫下呻吟流汗，倘不是因为惧怕不可知的死后，惧怕那从来不曾有一个旅人回来过的神秘之国，是它迷惑了我们的意志，使我们宁愿忍受目前的折磨，不敢向我们所不知道的痛苦飞去？这样，重重的顾虑使我们全变成了懦夫，决心的赤热的光彩，被审慎的思维盖上了一层灰色，伟大的事业在这一种考虑之下，也会逆流而退，失去了行动的意义。

(第三幕第一场)

图 3-11　肯尼思·布拉纳(Kenneth Branagh)饰演的哈姆雷特

　　哈姆雷特的这段经典独白，表达了他对社会与人生、生与死、爱与恨、理想与现实等多方面的哲学思考，揭示了他内心的矛盾、苦闷、困惑、迷茫和恐惧等多方面的心理，准确地传达出了他的矛盾心态。同时，也可见哈姆雷特作为人文主义者长于思考的性格特点。他思考的问题是多方面的：恶如此强大，要么忍受下去，要么挺身反抗，以卵击石；死后人的灵魂归属能否确定；惩恶的责任由谁负责。这些既是实际问题，又是关于妥协与反抗、生与死、虚无与永恒、善与恶等哲学问题的分析与研判。可见，哈姆雷特虽然时而瞻前顾后、犹豫不决，但他却从未丧失前进的力量。面对生活的突然变故，他在佯装疯癫以求自保的过程中依然积极探索生命的意义，体现了人文主义者的永恒追求。在这段独白中，莎士比亚通过哈姆雷特，把对存在价值的追问，对生与死的反思，对道德与罪恶的甄别，都作了淋漓尽致的表述。

　　此时的哈姆雷特在思考人生的重大命题：生的意义和死的价值。如何才能更好地生？如何才能付诸行动？这是哈姆雷特的自我追寻，也是人文主义者的自我探求。实际上，哈姆雷特在这里思考的不仅仅是复仇，更是像第一幕结尾处所说的那样，要"重整乾坤"，此时的他明显感觉到社会的混乱、人性的伪善、道德的沦丧，再加上外围环境下压迫的宫廷势力，单凭一己之力要实现改造旧世界的任务谈何容易？因此，哈姆雷特这种处于挣扎之

223

中的"生存还是毁灭"的矛盾心理实际上是人文主义理想和现实世界黑暗之间矛盾的反射。哈姆雷特在个性自由与人伦理性中犹豫不决，最终还是决定"重整乾坤"，在此也表明莎士比亚的人文主义思想露出了希望的曙光。虽然，哈姆雷特的忧郁是那个时代人文主义者的共同特性，具有广泛的代表性，但他毕竟又是一个先进的人文主义者，他没有被黑暗势力压垮，也没有被忧郁击倒，更没有被"重整乾坤"的责任所吓倒；相反，他一直在想方设法采取行之有效的行动去铲除黑暗势力，以一己之力去解救国家和民族于危难之中。他虽然有所抱怨，毕竟扭转乾坤的这副重担不轻，但他却并没有一味地怨天尤人，而是像他心中的楷模——如天神般的父王一样毅然决然地挑起了这副沉甸甸的担子，表现出了高尚的人格魅力和英雄气概。这种改造时代、改造社会的责任感，把哈姆雷特的人文主义理想上升到了时代的高度。更重要的是，哈姆雷特毅然挑起的这副重担，使得他的复仇行动已不再只是私人恩怨，而是上升到了为国雪耻、为民除害的家国情怀。由家仇转为国恨，由个人恩怨上升为民族大义，哈姆雷特的思想跳出了狭窄的个人主义窠臼，升华到了国家和民族的高度。借此，莎士比亚对于个人理想和意志与理性和道德性的人文主义思想得到了充分的阐释，整个悲剧的内涵也得到了极大地丰富，其震撼力更是直击人们的内心。

3. 主张灵肉和谐，立足尘世生活

人文主义者主张积极进取，追求和享受尘世间幸福而又美满的生活。与中世纪教会所宣扬的那种禁欲苦行、以今世受苦换取虚无的来世幸福的说教相对立。在人文主义者的眼中，人类生活充满了希望，现实社会是美好的。人应该追求和享受尘世间真挚而幸福的爱情和婚姻及适度的物质生活，同时对中世纪教会的虚伪面貌和贪婪言行展开无情的揭露和抨击。

在《哈姆雷特》这部剧中，这一思想也得到了一定的注解。但很多时候，这一思想是从反面或侧面来加以诠释的。

全剧开场之时，哈姆雷特从威登堡回到丹麦，参加父亲的葬礼，又恰逢母亲与自己的杀父仇人——叔父克劳狄斯的婚礼，正如他自己所言，他那"墨黑的外套、礼俗上规定的丧服、难以吐出来的叹气、像滚滚江流一样的眼泪、悲苦沮丧的脸色，以及一切仪式、外表和忧伤的流露"，都不足以"表现"他"真实的情绪"和"郁结的心事"。(第一幕第二场)看到自己像天神一样完美的父亲死得不明不白，而懦弱的母亲又如此迅速地嫁给了那个谋杀者，哈姆雷特内心的沮丧与愤怒可想而知。可这时的国王居然还要求他"抛弃了这种无益的悲伤，把我当作你的父亲"，并且为了更好地控制他进而除掉他，还要他不要"回到威登堡去继续求学"，这种卑鄙无耻的行径全都被哈姆雷特看在眼里，但势单力薄的他只得假意应承，而内心的愤怒却喷薄而出，父亲与母亲过往的恩爱画面也徐徐袭上心头：

这样好的一个国王，比起当前这个来，简直是天神和丑怪；这样爱我的母亲，甚至于不愿让天风吹痛了她的脸。……她会偎依在他的身旁，好像吃了美味的食物，格外促进了食欲一般；可是，只有一个月的时间，我不能再想下去了！脆弱啊，你的名字就是女人！……只有一个月的时间，她那流着虚伪之泪的眼睛还没有消去红肿，她就嫁了人了。啊，罪恶的匆促，这样迫不及待地钻进了乱伦的衾被！那不是好事，也不会有好结果……

（第一幕第二场）

哈姆雷特的这段独白中包含了两个层面：一个是回忆父母亲过往的恩爱画面；一个是对母亲的乱伦行为表达出了极度的不齿。在第一个层面里可以看出，哈姆雷特的父王对母后是极度宠爱的，"甚至于不愿让天风吹痛了她的脸"，而母后也非常享受这种爱的呵护，"她会偎依在他的身旁，好像吃了美味的食物，格外促进了食欲一般"。这是一幅典型的男欢女爱的画面，男人把女人捧在手心里，对女人极尽娇宠之能事；女人则是对男人极度的依恋，享受着这种宠爱和呵护，其情欲也随之愈发膨胀。这段描述正是莎士比亚所肯定的人文主义思想的一个方面，那就是，要追求灵肉和谐的尘世生活，享受真挚爱情和幸福婚姻所带来的欲望的满足，反对中世纪教会所提倡的灵肉对立，倡导性爱是人间至美真情的最好表达。莎翁的这一观点也从这段独白的另一个层面得到了反衬，那就是哈姆雷特对母亲的乱伦行为所表现出的极端的厌恶与愤恨，怒斥母亲："只有一个月的时间，她那流着虚伪之泪的眼睛还没有消去红肿，她就嫁了人了。啊，罪恶的匆促，这样迫不及待地钻进了乱伦的衾被！"哈姆雷特的这段呵斥一方面是对母亲的懦弱与乱伦表示了愤怒之情，另一方面也从反面表达了自己对不合理的情欲和欲望的批判，对不是建立在爱情基础上的婚姻与性爱的坚决抵制；并且也预见了这种不耻行为"也不会有好结果"，但同时又对众人皆醉我独醒的状态感到无能为力，于是只好发出了那一句著名的呐喊："脆弱啊，你的名字就是女人！"（第一幕第二场）这无疑是一个人文主义者对于现实的无助与哀叹！

这段痛斥与呐喊在哈姆雷特与父王的鬼魂第一次见面的时候得到了印证。此时，哈姆雷特追随父王的鬼魂来到了士兵守望的露台，鬼魂向他袒露了心声：

那个乱伦的、奸淫的畜生，他有的是过人的诡诈，天赋的奸恶，凭着他的阴险的手段，诱惑了我的外表上似乎非常贞淑的王后，满足他的无耻的兽欲。……我的爱情是那样纯洁真诚，始终信守着我在结婚的时候对她所作的盟誓；她却会对一个天赋和才德远不如我的恶人降心相从！可是正像一个贞洁的女子，虽然淫欲罩上神圣的外表，也不能把她煽动一样，一个淫妇虽然和光明的天使为偶，也会有一天厌倦于天上的唱随之乐，而宁愿搂抱人间的朽骨。

（第一幕第五场）

这段话也可以从多个层面去理解。首先，父王鬼魂表达了对篡权夺位的叔父的愤恨和诅咒，这与哈姆雷特之前的表现不谋而合，也进一步印证了他的猜测。其次，父王鬼魂表达了对母后的爱以及建立在爱的基础之上的对美好婚姻的追忆。此时，莎士比亚再次借鬼魂之口表达了追求和享受尘世间幸福而又美满生活的正常欲望，捍卫了人文主义者的美好理想。最后，父王鬼魂尽管对昔日爱人仍满心疼爱，但对于她的懦弱、不贞、乱伦和背叛表现出了极大的愤怒和憎恶，对于她贪恋爱欲以至于在如此仓促的情况之下就转投恶人的怀抱表达出了极端的失望和哀叹。同样这也再次反证了莎士比亚的人文主义思想：建立在"纯洁真诚"的"爱情"之上的欲望和性爱是人间最为美好的灵肉和谐和精神追求，而建立在"无耻的兽欲"基础之上的需求，"虽然淫欲罩上神圣的外表"，却是"自会受到上天的裁判"。（第一幕第五场）

奥菲利娅之死也表达了莎士比亚追求尘世间真挚而幸福的爱情和婚姻的美好愿景，同时又对中世纪教会的虚伪面貌和贪婪言行展开了无情的揭露和抨击。作为封建贵族少女的典型代表，奥菲利娅深受封建社会的影响，坚守封建主义道德，保守软弱，以家庭为中心。她虽然爱慕哈姆雷特，但是在父亲和兄长的教唆下，她不敢和哈姆雷特接近，又在父兄的影响下去接触哈姆雷特以刺探消息。封建社会的道德和她所受的封建教育思想使她对父兄绝对服从。可是，突然之间，这三个她最爱的男人都瞬间离她而去了：兄长远走他乡，父亲被爱人误杀，爱人发疯后被逼出走等多重打击纷至沓来，终于奥菲利娅彻底地崩溃了，精神错乱地四处唱着小曲，然而，疯癫之人唱出的词曲也表达了她内心深处最隐秘的心声：

> 情人佳节就在明天，
> 　我要一早起身，
> 梳洗齐整到你窗前，
> 　来做你的恋人。
> 他下了床披了衣裳，
> 　他开开了房门；
> 她进去时是个女郎，
> 　出来变了妇人。

（第四幕第五场）

　　这一段小曲言简意赅地表达了怀春的少女对于将爱情上升至灵肉和谐境界的渴望，这也恰恰就是奥菲利娅本人的心思：王子哈姆雷特虽然之前在导演一场好戏给国王看的时候，曾经当着众人的面对她有轻佻的戏弄，但那都是在疯狂状态之下的异常行为，不难看出，奥菲利娅对于这种肌肤之亲其实并不抗拒，甚至有些渴望。这一段小曲就恰好表达了她的这一思想，虽然她内心的少女情怀在封建的桎梏之下无法得以充分释放，但她仍渴望像正常的妙龄少女一样，能与心爱之人共赴云雨之欢，让自己从"女郎"变成"妇人"，这一极其质朴的表达恰恰是她内心最深处的渴望。莎士比亚此时通过美丽的少女奥菲利娅表达了人文主义思想的另一个境界：主张灵肉和谐、立足于尘世生活的超越性精神追求，渴求实现男欢女爱、水乳交融的性爱之美。

图 3-12　《奥菲利娅之死》(John Everett Millais 绘制，1852 年)

　　正如雷欧提斯所说，奥菲利娅的疯言疯语是"一种无意识的话，比正言危论还要有力得多"(第四幕第五场)，这无疑也从侧面肯定了奥菲利娅的话语并非毫无逻辑的胡说八道，而是真正发自内心的渴望和心声。接着，奥菲利娅手捧鲜花，向兄长道出了对尘世生活的绝望：

　　　　这是表示记忆的迷迭香①；爱人，请你记着吧；这是表示思想的三色堇……这是给您的茴香和漏斗花；这是给您的芸香；这儿还留着一些给我自己；遇到礼拜天，我

————————

　　① 迷迭香的花语是"回忆"。从 16 世纪开始，欧美人常在已逝者的坟上植下一棵迷迭香，代表永恒的生命、爱与美好的追思回忆。《哈姆雷特》的这一段台词也顺应了这一潮流。

们不妨叫它慈悲草。啊！您可以把您的芸香插戴得别致一点。这儿是一枝雏菊；我想要给您几朵紫罗兰，可是我父亲一死，它们全都谢了；他们说他死得很好——

（第四幕第五场）

这段关于花的讲述中提及了很多花及其所代表的花语①：在奥菲利娅眼中，"迷迭香"代表了"记忆"或者说是"回忆"，表达了少女对于过往爱与美好的追思，叹息美好的时光已一去不复返，仅存于回忆之中，也寄希望于这美好回忆能在"爱人"心中留存；而"表示思想的三色堇"则表达了沉思和思恋的花语，与"表示记忆的迷迭香"共同表示了对过去美好爱情的追忆和对残酷现实的无奈，以至于雷欧提斯也不禁感叹道："这疯话很有道理，思想和记忆都提得很合适。"（第四幕第五场）

接下来，奥菲利娅又陆陆续续地提到了一些其他的花，莎翁在此绝非随意信手拈来，而是通过这些花及其花语表达了更深层的含义："茴香"的花语是才色兼备，"漏斗花"的花语是势在必得，这两种花表达了奥菲利娅对自己青春美貌与才情的自信，也借此表达了自己美好青春理应匹配美好爱情和幸福生活的渴望和追求；"芸香"的花语是"我是你的俘虏"以及爱情、亲情、友情等人世间的一切情爱，这种花更是充分代表了奥菲利娅的心境，在她内心深处，她早已臣服于哈姆雷特浓浓的爱情攻势之中而不能自拔，而亲情的缺失又使得她茫然无助，俨然成了被命运捉弄的俘虏，这也解释了为什么奥菲利娅对"芸香"特别钟爱，还要"留着一些给她（我）自己"了，以至于"遇到礼拜天"，到了去教堂做祷告的时候，"芸香"就成了寄托她心中哀思的"慈悲草"。此外，还有"雏菊"②，其花语代表了隐藏在心中的爱，这一直都是奥菲利娅内心深处最隐秘的所在，对王子纯纯的爱，出于父辈、家族以及政治的压力，让她无法充分释怀，只能隐埋心中，但这份爱却是心中深深的寄托。最后是香气逼人的"紫罗兰"，其花语代表了永恒的美丽，也暗示了奥菲利娅最终的归宿——让生命定格在最美丽的时刻。她就像那散发柔柔花香的紫罗兰一样，拥有着清秀脱俗的外表，这样一位充满智慧与爱的少女，最终在生命最美丽的时刻，也走到了生命的尽头。如她自己所叹息的那样："我父亲一死，它们全都谢了。"花儿的凋谢也暗示了她自己生命的终结。这一段花与花语的感慨借由奥菲利娅的表达，充分表现了美丽的少女奥菲

---

① 文艺复兴时期的人们对于各种植物，尤其是花所代表的花语极其深信不疑，且流传甚广，这种影响一直持续至今。莎翁作品中对这一现象也多有涉及，如《罗密欧与朱丽叶》《仲夏夜之梦》等剧中均有相关描述。

② 在罗马神话里，雏菊是由森林的精灵维利吉斯转变来的。维利吉斯和恋人正在开开心心地玩耍时被果树园的神发现了，于是她就在被追赶中变成了雏菊。也许正因为如此，自古以来，雏菊就被用来占卜恋情。借着一片一片剥下来的花瓣，在心中默念，爱我，不爱我。直到最后一片花瓣剥落，我们或许才有勇气去坚守那份藏在心中的爱。

利娅对美好尘世生活和浪漫爱情婚姻的追求与向往，无奈事与愿违，残酷的现实又将她所有的美梦扼杀在摇篮之中，最后不得不接受自己的美丽青春如花儿凋谢一般的悲惨命运。这一情节也表达了莎士比亚作为一位追求完美的人文主义者，在现实面前又不得不低头妥协的种种无可奈何。

此外，在莎翁的许多早期浪漫喜剧中，这种主张灵肉和谐、立足于尘世生活，反对神学的灵肉对立、用天国生活否定尘世生活的思想有大量的体现：

在《仲夏夜之梦》中，诗人通过两对青年男女以及仙王、仙后等情侣集中体现了文艺复兴精神和人文主义思想。虽然剧中的故事发生在古希腊时代，但人物的思想感情、道德标准却完全是以当时英国现实生活为依据的。莎士比亚在剧中满腔热情地描绘了资产阶级新女性争取自由恋爱和婚姻自主的权利、反抗父权制的斗争，并通过现实与自然的对比，表达了人与人平等相处、人与自然和谐共处的人文主义理想。女主人公赫米娅为了争取婚姻自主，敢于对簿公堂，违抗父亲的意志和雅典的法律，不怕封建舆论的非议、责难，哪怕是面临违抗父命依法处死的命运，哪怕是不死也要在神坛前立誓严守戒律、终身不嫁，她也绝不屈服，宁为玉碎，不为瓦全。她和拉山德一起控诉摧残自由恋爱的罪恶，对爱情道路坎坷不平做好了准备。她敢于挑战父权与神权，忠于自己的爱情，追求以爱情为基础的尘世生活，反对中世纪教会以天国生活否定尘世生活的腐朽思想，是莎士比亚笔下资产阶级新女性的代表，她对父权制的勇敢抗争表达了新兴资产阶级对于女性地位和权利的重新考量。

在《第十二夜》中，主人公薇奥拉、奥丽维娅都程度不同地具有人文主义思想。她们敢于冲破封建禁欲主义和等级观念的束缚，执着地追逐自己的爱情幸福。处于全剧中心的是勇敢、热情、纯真的少女薇奥拉，女扮男装陪伴在她的心上人奥西诺身边，默默地爱着他，为他追求他的奥丽维娅，但也时时暗示着他，自己很爱他。她在争取人格独立、幸福的权利及人与人之间平等关系的斗争中，显示出忘我无私、坚贞不渝的品格。另一女主角奥丽维娅聪明貌美，心地善良，珍视友情，感情专一，大胆执着。她拒绝了地位和性情都高贵的公爵的爱情，却看中了女扮男装的薇奥拉，而薇奥拉此时只是充当公爵的奴仆。奥丽维娅最后勇敢地向被她误认为是薇奥拉的塞巴斯蒂安求爱。既然是喜剧，当然有一个令人喜悦的结局，两位女主角最后都得到了自己追求的爱情，各遂所愿，而并没有唯唯诺诺地接受命运的摆布。作为女性人物，她们敢于追求自己的爱情，向往自由自在、心心相印的幸福生活，敢于向神权的禁欲式生活发起挑战，打破封建社会妇女恋爱无自主权的传统，表明了人文主义社会男女平等的崇高理想，实现了女性的自我觉醒和自我救赎。

从故事发生地来看，莎士比亚在《皆大欢喜》这部喜剧中表现出了当时人们对田园生活的向往。故事主要发生在亚登森林。第一幕第一场中查尔斯告诉奥列佛说老公爵"已经住在亚登森林了，有好多人跟着他，他们在那边度着昔日英国罗宾汉那样的生活。据说每天有许多年轻贵人投奔到他那儿去，逍遥地把时间消磨过去，像是置身在古昔的黄金时代里一样"。这里，亚登森林被描绘成一个牧歌式的社会。在这样的一个温暖祥和的地方，这群被放逐的人过着天真、纯朴的田园生活，拥有没有界石的广阔平原，这里没有私有制，没有剥削。在亚登森林中，人们呼吸着自然、纯朴、幸福和平和的空气，真正体现了文艺复兴时期人文主义思想家对田园生活的理想和愿望。此外，女主人公罗瑟琳和奥兰多的爱情，以及西莉娅和罗瑟琳之间纯真的闺蜜友谊也是莎翁人文主义情怀的体现。中世纪黑暗的神权统治，残酷的封建压迫，把人的本性完全压制。禁欲主义、神秘主义、蒙昧主义紧紧禁锢着人们的肉体和思想。因此现实生活中，人们追求幸福、爱情、友情——这些人们生活中本来所具有的东西，全被当作罪恶。直到文艺复兴运动到来，人们开始恢复人的本性，行使人的权利，释放人的情感，开始真正地以"人"的身份生活，才有了回归"人"的本真的欲望和追求。而剧中这片神奇的亚登森林正是这样一片乌托邦式的乐园，所有的人在这里都可以尽情享受尘世生活带来的乐趣和浪漫，将神权的禁锢和约束彻底抛诸脑后，所谓的天国生活也得到了彻头彻尾的批判，人人都尽情释放了真我，人文主义精神的最高境界得以体现。

总之，纵观以《哈姆雷特》为代表的莎剧作品，随处可见莎士比亚高扬的人文主义旗帜，莎翁人文主义思想的精髓在这些剧中也得以充分的体现：以人为本；弘扬人的理性与道德性；立足尘世生活。上述人文主义精神正是诗人想留给读者的思考，也是莎翁得以被尊称为"人文主义巨匠"的原因所在。

四、研讨题目

1. 从哈姆雷特如何执导"戏中戏"看莎士比亚的戏剧观。
2. 从女性主义的角度分析《哈姆雷特》中的女性角色。
3. 从哈姆雷特的经典独白一窥莎士比亚的人文主义思想。
4.《哈姆雷特》一剧所折射出的基督教意识。

第二讲：莎士比亚戏剧与文艺复兴时期的婚恋观念
(以《罗密欧与朱丽叶》等为例)

一、引言：文艺复兴时期英国的婚姻及家庭现状

文艺复兴时期的英国，虽然在文化上已取得了卓越的成就，出现了莎士比亚、马洛等一大批人文巨匠，留下了大量经典巨著，但其古老的封建制度仍然在极大程度上影响着这个国家的各个阶层，这一影响在婚姻与家庭上尤为显著。

文艺复兴时期英国的婚姻及家庭现状主要有如下几个特点：

(一)习俗与利益的结合

文艺复兴时期英国的婚姻多半不是建立在男女之间相互爱慕的基础之上，而且子女也很少能见到自己的父母，① 这就造成了家庭这一社会元素不是以感情或爱情为纽带，而是成了法律、习俗和利益相结合的综合体。都铎时代的家庭是一个为了延续生命、名望和财产的体系，直到 17 世纪早期，这一现象才开始有所缓解。

在这样的家庭生活环境之下，婚姻就自然而然地由父母安排，而缺少了对新娘或新郎个人愿望的关注。由于只有在床上时，夫妻双方才能单独相处，并且双方由于缺乏了解，似乎除了漠然以对之外也别无他法，因而，在文艺复兴时期的英国，婚姻的成功更多地取决于对整个家庭生活方式的适应，而不是夫妻和睦。在这种情况之下，由父母选择婚姻伴侣，也许与子女自己选择婚姻伴侣同样合理可靠，或者甚至更加合情合理。因此，遵从父母之命不仅仅是一种道德义务，也是为了保护子女的最佳利益。

除了这些导致父母控制婚姻的社会因素外，中世纪教会对于爱情与欲望的嫌弃与憎恶也在社会上有很大的影响。受中世纪宗教教义的浸润，文艺复兴时期的英国人普遍认为：

---

① 这一历史时期的子女与父母共同生活的时间很短。根据当时的习俗，尤其是家庭条件较好的贵族和上层乡绅的普遍做法是，将新生儿交由乳母抚养，而不是留在家中；稍微长大一点之后，则被送到学校。只有女孩或是长子才有可能会在家庭教师的照看下在家中一直生活到 14 岁。这种做法的原因尚不清楚，有人把它归因于女性想保持乳房形状，以此对丈夫保留持续的性吸引力。结果，屡见不鲜的是，儿女对乳母的依恋远超其很少能见到的生母。这一现象在《罗密欧与朱丽叶》中也有所体现：朱丽叶与乳母关系亲密，无话不谈，而与其生母之间则显得刻板而拘谨；乳母能记得她的生日还差几天，而生母甚至都记不准确她具体的出生日期。

情爱所招惹的麻烦，要多于它所带来的满足，因而，情爱最少的人是最幸福的。①

（二）道德与宗教的约束

现存证据表明，在16世纪晚期和17世纪早期，父母在其子女的终身大事上的绝对权力学说正在慢慢减弱。詹姆斯国王自己曾宣称说："父母可以阻止其子女不合适的婚姻，但他们却不能强迫子女的意识也与此一致。"②如果要寻找这一态度观念转变的原因，似乎很有可能是清教伦理起到了主导性作用。各种趋向推动刺激着个人主义的增长，这不仅仅体现在人与上帝的关系上，也体现在经济和政治上。但对于一个以稳定的家庭关系为基础的基督教社会而言，道德和宗教则会叠加在一起发挥着重要作用。

清教徒神学家们提出了爱情和婚姻关系的理想化观点，这种观点基于传统的基督教道德规范，但也适应了新的环境形势，并且借助了圣经的说辞，激发读者的想象力，婚姻中精神融洽的要求得以适当表达。新的宗教因素成了旧有的财富和社会地位的标准之上的又一种新标准，并以此提高了新娘和新郎在个人品质方面的重要性。此外，清教徒中产阶级的道德伦理强调了对爱情的需要，以及妻子作为配偶的重要性，这些思想也逐渐渗透到了更加虔诚的大乡绅和贵族之中。1570年，沃尔特·迈尔德梅爵士这位意志坚定的清教徒就曾断然建议其子，要"仅仅为了美德而挑选你的妻子"③。一些极为开明的父母都是虔诚的清教徒，他们通过对清教小册子和布道文献的研究，对于包办婚姻的两个基本先决条件——金钱交易和婚姻的双重标准④，展开了抨击。尽管对为了物质目标而操纵婚姻的批判确实一直都存在，但在17世纪早期，这种批评的声音似乎越来越多。尤其值得一提的是，传统的男女在性道德上的双重标准也受到了严厉批评。清教主义的特征之一就是拒绝接受传统的对男性通奸的容忍态度。⑤对性道德态度上的谨严使得男人更加难以容忍与不爱的人结婚，而且这势必在鼓励儿子们坚持自己的权利上产生了重要的影响。

不难看出，清教徒婚姻思想观念在潜移默化中影响了人们，尤其是男人对伴侣的

---

① ［美］劳伦斯·斯通：《贵族的危机 1558—1641》，于民、王俊芳译，上海人民出版社，2011年版，第 273 页。

② ［美］劳伦斯·斯通：《贵族的危机 1558—1641》，于民、王俊芳译，上海人民出版社，2011年版，第 278 页。

③ ［美］劳伦斯·斯通：《贵族的危机 1558—1641》，于民、王俊芳译，上海人民出版社，2011年版，第 281 页。

④ 对男女持双重标准：对男性在婚姻的忠诚度等方面要宽容得多；而女性在婚姻中的地位则多为顺从，且在某种程度上沦为繁衍后代的工具。

⑤ 这种态度也间接导致了文艺复兴时期的英国男人们一度都认为自己的妻子让自己"头上长角"（即给男人戴绿帽子），以至于对妻子往往多有防范。莎剧《温莎的风流娘儿们》和《奥赛罗》等剧中丈夫对妻子的怀疑和不放心就阐释了这种现象。

选择。

(三) 父亲给儿子的婚姻建议

基于对伴侣的选择多一份慎重，在当时流传着一份父亲写给儿子的"婚姻建议书"，里面清楚地描述了男人在婚姻中的追求：

第一，男人追求的是婚姻伴侣，这一目标是都铎时代的作家们适时提出的一个口号，但直到17世纪早期，在清教徒的激励之下，当婚姻开始发展成一种为了寻找精神支持和精神安慰的结合时，它才真正起到了重要作用。

第二，正如弥尔顿所说的那样，婚姻是"为不理智的激情开出的令人满意的药方"；也就是说，这种男女结合的模式为通奸和苟且提供了一个更为合理合法的选择，而通奸则是罪恶的，会带来丑闻和不好的社会影响，并且在没有避孕措施的日子里，还可能会导致尴尬和昂贵的后果，对女性的身体健康也势必会造成伤害。

第三，婚姻能满足生育一个延续家族和财产的男性继承人的需要。

第四，婚姻提供了财产和利益的希望和保障。

人们普遍认为，男女间任何的随机结合都可以实现前面三个目标，而最后一点则要多一份选择，以保持和增加家族的世袭财产。这种选择的婚姻从本质上来说，不能看作为了心理满足和生理需要的个人结合，而更多的是一种为了确保家族存续及家族财产的制度和手段，尤其是对于有一定地位的家庭更是如此。

17世纪早期最为著名的"婚姻建议书"来自伯利勋爵写给儿子罗伯特的建议书，其中不少观点对现代思潮依然有着巨大的影响：

> 仔细考察她的性情以及她父母年轻时的喜好。她不能太贫穷，无论如何也不能太慷慨大方，因为一个人在市场上凭借彬彬有礼的教养买不到任何东西。也不要因为财富而选择一个出身卑贱和长相丑陋的人，因为这会导致他人对你的蔑视和厌憎。也不要选择侏儒或傻子，因为你作为生身之父，会有一个侏儒后代，另外这会让你颜面扫地，并且在听到别人议论她的身高时，你还会出离愤怒。因为你将会发现，你最大的悲痛只不过是别人说她是个傻子。①

这一段建议和忠告在社会上流行的那份"婚姻建议书"的基础上又进行了更为精细的阐述，显得更加具体和明确。文中提到了要"考察她的性情以及她父母年轻时的喜好"，这不

---

① ［美］劳伦斯·斯通：《贵族的危机 1558—1641》，于民、王俊芳译，上海人民出版社，2011年版，第280页。

仅仅是对女孩自身的修养提出了一定的要求，也对她的成长环境提出了更高的要求，因为父母的耳濡目染对女儿的影响无疑是潜移默化的，而父母年轻时的喜好也暗示了女孩的性情和品位。文中还提到了女孩"不能太贫穷……也不能太慷慨大方"，因为仅靠学识和"教养"不能替代金钱的作用去购买任何你想要的东西，而太过"慷慨大方"，千金散尽之后就会像《雅典的泰门》中的男主角一样失去金钱的靠山而令他人敬而远之，避之而不及。但伯利又反过来强调说，不能单单"因为财富而选择一个出身卑贱和长相丑陋的人"，因为这样会导致他人对你的人品产生质疑，认为你只是看中女孩家的钱财，而没有看中女孩本身，毕竟一个只有钱财而没有好的出身或是容貌太过丑陋的妻子，会让男人颜面扫地。伯利最后强调了，在任何情况下，都"不要选择侏儒或傻子"，这个首先从遗传学的角度就可以解释得通，选择一个这样的妻子，就算其他条件再好，单凭"侏儒后代"的可能性大大增加这一点就应该否定了。而在文艺复兴时期的英国，婚姻对于家族繁衍的重要性是毋庸置疑的，更不要说拥有一位这样的妻子，作为丈夫还得忍受别人的议论和背后的指指点点了。不难看出，伯利勋爵的"婚姻建议书"尽管如今看来有点太过世俗和功利，但在那个年代和那样的大环境之下的英国社会里，从父亲和家长的角度来看，还是显得较为明智的。

(四)父母对女儿的影响

在文艺复兴时期的英国，父母对儿子似乎更为宽容，而对女儿则尤为严厉。在父母眼里，女儿们是最具有依赖性，也是最需要庇护的；她们不仅在性别上处于明显弱势，而且她们除了遵从之外别无选择，因为独身比令人讨厌的丈夫更为可怕。[1] 父母认为他们负有把女儿嫁出去的道德义务，对此，女儿不想也不能抵抗。父亲的遗嘱中倾向于根据女儿是否严格服从来安排其遗产，第二代南安普顿伯爵在其遗嘱中规定，如果他女儿拒不服从遗嘱执行人的话，可完全剥夺其嫁妆和生活费。[2] 16世纪时，这类条款普遍存在；到了17世纪早期，尽管这类条款出现的频率和影响力都在减少，但依然存在。甚至有时候父母还在他们的遗嘱中为其女儿指定特定的丈夫，并且16世纪早期时，在所有阶层和地区，都可以看到父母对子女们，尤其是女儿们的这类专制性安排。[3]

若干世纪以来，女儿们持续处于父母的巨大压力之下，但总体来看，妇女解放运动史

---

① 这也解释了为什么在《哈姆雷特》一剧中，哈姆雷特咒骂奥菲利娅，要她去尼姑庵孤独终老，因为这种诅咒比嫁给糟糕的丈夫更为毒辣。

② [美]劳伦斯·斯通：《贵族的危机 1558—1641》，于民、王俊芳译，上海人民出版社，2011年版，第273页。

③ 妇女在婚姻方面获得否决权经过了很长一段时间。直到17世纪早期，大多数父母才最终承认，婚姻所需要的不仅仅是子女的默许，还有"爱"。

上具有重大意义的进步发生在 1560—1640 年期间。① 当父亲在遗嘱中规定其女儿的嫁妆要获得其母亲或监护人同意时，他通常将这一权力限制在女儿尚未成年的这段时期。此外，到 17 世纪 30 年代时，许多父母在他们的遗嘱中完全不再对女儿的嫁妆加以任何限制，到了特定年龄，无论女儿结婚与否，都可获得嫁妆。除了少数例外，获得嫁妆的年龄一般为 17~21 岁，而 18 岁则最为常见。但这并不意味着自此以后女孩在法律上是自由的，因为 1603 年的宗教法规定，子女在 21 岁前结婚要得到父母或监护人的同意。

然而，应该强调的是，所谓的自由并不意味着女孩可以不顾原来的社会和经济基础，而自由选择婚姻。一位 17 世纪晚期的作家这样评论说："这个时代的妇女，就像母鸡一样，所能期望的只是在哪里可以找到趴窝下蛋的地方。"②遵从父母意愿的传统道德义务仍然十分强大有效。许多女孩在若干世纪里，仍然顺从其父母，因为她们被教导说，这是她们遵从基督教教义所应尽的责任。

(五) 婚姻决定权与结婚动机

基于以上四个层面的阐述，文艺复兴时期的英国在婚姻决定权和结婚动机方面还表现出了如下一些特点。

首先，婚姻的决定权在父母与子女之间按照一定的比例加以分配，呈现出了以下几种形式：

第一种形式是选择权完全归于父母、亲属、家庭等"亲友"，而不考虑新郎或新娘的意见。③

第二种形式是选择权仍然归于父母、亲属、家庭等"亲友"，但子女被赋予否决权（双方父母、亲属同意婚配后会举行一两次会面，当事人若不喜欢对方则可否决父母的决定）。这种否决权的确在第一种形式的基础之上向前迈了一大步，但只能行使一两次，且这种权利多半由新郎而非新娘来行使。否决权的意义在于其肯定了情感在维系婚姻中的重要性，在注重礼教的社会里，这无疑是进步的。但鉴于这种否决权的次数有限，也注定了这一婚姻选择权的局限性。

---

① 这一段时间也恰好与莎士比亚的个人经历大致相重合，于是在他的剧中就出现了许多聪慧大度、离经叛道的女子，而父母则多半仍是刻板守旧、顽固不化的形象，朱丽叶与其父母就恰好属于这样的范畴。

② ［美］劳伦斯·斯通：《贵族的危机 1558—1641》，于民、王俊芳译，上海人民出版社，2011 年版，第 274 页。

③ 这种婚姻选择权的形式在莎翁的不少戏剧中都有所表现：如《罗密欧与朱丽叶》中朱丽叶的父亲完全不征求女儿的意见就同意了帕里斯的求婚；《仲夏夜之梦》中，赫米娅与拉山德感慨"选择爱人要依赖他人的眼光"，"因为信从了亲友们的选择"。（第一幕第一场）

第三种形式与第二种形式正好相反，这种形式是与个人主义的兴起相辅相成的。在这种情况下，孩子本人拥有婚姻选择权，但这一选择必须要考虑到双方是否门当户对，而父母则保有最终的否决权。①

第四种形式是婚姻选择权完全归于子女自己，只把决定的结果告诉父母。这种理想的婚姻选择权时至今日依然是先进的，在当时文艺复兴时期的英国虽然真正能实现者寥寥无几，但在当时那种政治体制和社会氛围的包围之下，有这种形式的出现已属难能可贵。

在这四种形式的婚姻选择权中，不同的社会阶层也表现出了不同的倾向性。如上所述，越有钱、越有势力的家庭，如贵族或王室等阶层，出于财产和地位的考虑，其婚姻选择权越有可能由父母来行使，比如朱丽叶以及《仲夏夜之梦》中赫米娅的婚姻就完全没有自主权。再者，当时的长子尤其要承担许多来自父母的压力，因为在长子继承制下，他们要继承大部分的财产，因而他们的婚姻对家族的未来就显得尤为重要。而女儿也处于弱势，因为她们唯一可靠的未来就在于婚姻。一位评论家曾抱怨说："女人……已被教会认为婚姻是她唯一的出路，她努力的目标，她希望之所寄。"②无怪乎在《哈姆雷特》中，奥菲利娅的父亲和兄长都劝她远离王子，因为在普通人眼里，王子是最靠不住的，将婚姻寄托在他身上也是无望的。

在文艺复兴时期后期的英国，第一种形式的婚姻选择权已经在往第二种形式的婚姻选择权方向逐步推进，除了贵族和王室阶层之外，几乎所有的阶层都呈现出了这一趋势。当时许多人承认，为了子女的婚姻幸福，子女应该享有对父母为其所选未来配偶的否决权，这无疑是人文主义精神的一大进步。而接下来，经历了文艺复兴时期各国进步思潮浸润之后的英国在这一方面又迈出了更大的步伐，婚姻选择权又从第二种形式向第三种形式迈进，子女们拥有了更多的话语权，通常能自己对配偶作出选择，而父母则对与门第不相匹配的配偶行使否决权。毫无疑问，这一进步在婚姻选择中，实现了从家庭利益往个人情感上的逐渐倾斜，是人文主义精神的又一胜利。

婚姻决定权的进步对于子女而言，表现在从绝对服从到独立自主的基本态度的转变，但"配偶选择权归于子女本人"这一人文主义思想的发展尚需如下三个社会条件的支撑：

第一个条件是核心家庭已大体独立于亲属之外，因此婚姻决定不再由一群家中长者来决定；而这群人最主要的关心显然是保护和增进氏族的利益，而非满足个人的私人愿望，实现理想的幸福生活。因此，少了亲友的"干扰"，对于子女的婚姻而言，未尝不是一件

---

① 这种婚姻选择权的形式在《仲夏夜之梦》中也有所展现，赫米娅与拉山德感慨"真正的爱情，所走的道路永远是崎岖多阻"；有的人"是因为血统的差异"导致"尊贵的要向微贱者屈节臣服"，以至于两个人最终无法走到一起。（第一幕第一场）

② ［美］劳伦斯·斯通：《英国的家庭、性与婚姻1500—1800》，刁筱华译，商务印书馆，2011年版，第184页。

236

好事。

第二个条件是紧密的亲子关系已经日趋成熟，因此父母早已相当满意他们自己的价值观在子女身上的潜移默化，子女由此也必然会从门当户对的家庭中选择心仪的伴侣，而不会轻易作出其他惊世骇俗的离谱选择。

第三个条件是父母愿意给予青春期子女以相当大的约会自由，发展他们自身的恋爱模式，如谈话、跳舞等。比如，在《罗密欧与朱丽叶》中，朱丽叶的父亲为了给爱女创造恋爱的机会，让她有机会接触各种门当户对的青年才俊，便组织了一场假面舞会，方便女儿认识其他权贵子弟。

此外，与婚姻选择权相关联的还有结婚的动机，也表现出了如下四种基本形态：

第一种最为传统，结婚动机是家族的社会地位与经济地位的巩固。在这种目的论的演绎之下，婚姻便主要是两个家族间为交换具体"好处"而达成的某种约定，与其说是为了子女，还不如说是为了父母和亲属——这其中的一切考虑都是为了"利益"。这对于上层人士而言，他们为了家族间的共同利益而做到强强联手，是可以理解的；但没想到的是，当时的小商小贩、手工艺人等社会最低阶层的人也会为了两个家庭的某些"好处"而达成共识，以缔结子女姻亲的形式来完成这种约定。当时的社会上就流传了一句俗语："大人物和小人物在许多方面类似，最大的类似是结婚动机。"①这种结婚动机与第一种形式的婚姻选择权相呼应，即选择权完全归于父母、亲属、家庭等"亲友"，而不考虑新郎或新娘的意见，由此可见，婚姻选择权全权交由父母等"亲友"做主是基于家族的共同利益，为了巩固家族的社会和经济地位的"明智"之举。

第二种结婚动机是从个人情感的角度出发，男女双方在长时期相处之后，基于对对方的品行、学识、个性等方面的了解，认为彼此有机会长相厮守。这种结婚动机与上述第四种婚姻选择权相呼应，结婚对象由本人自己做主，算是文艺复兴时期的英国比较先进的一种意识形态了。《观察者报》曾表达了这样的观点："经过长期求爱才结成的婚姻往往是最美满、最长久的婚姻。婚姻缔结前应先成就深厚情感。"②这对于当时一些保守主义者所说的"先结婚后恋爱，结婚后爱自然就来了"的观点是无情的驳斥。这种婚姻选择权和结婚动机是大部分莎剧中所要表达的理想的婚姻状态，也是莎翁心中理想的婚恋观的具体表现。

第三种结婚动机是性吸引，婚前双方有尝试过性行为并认定彼此有一定的性吸引力。对于贵族家庭或王室成员等高阶层年轻人而言，他们的婚前性行为受到家族制度和行为准则的约束较多，一般只能发生在离家在外、偷偷摸摸的情况之下；而对于平民、商贩、手

---

① ［美］劳伦斯·斯通：《英国的家庭、性与婚姻 1500—1800》，刁筱华译，商务印书馆，2011 年版，第 185 页。

② ［美］劳伦斯·斯通：《英国的家庭、性与婚姻 1500—1800》，刁筱华译，商务印书馆，2011 年版，第 188 页。

工艺人等低阶层人士而言，他们则更习于婚前交欢，这在一定程度上反而促成了夫妻双方彼此的吸引力，更增进了彼此的了解，也未尝不是一件好事。① 但性吸引是一把双刃剑，执迷于其中就成了色欲，不仅不利于身心健康，对婚姻与家庭的维护也起不到正面的作用。当时的人们认为，过分沉迷于性吸引的人其实已经跳脱了婚姻束缚的范畴，而放弃了所有责任、义务和利益——包括工作、家庭、孩子、朋友、名誉等一切相关因素。②

第四种结婚动机就是小说中及舞台上描述的那种浪漫爱情，男女双方爱得如痴如狂，将对方的优点无限放大，沉迷于其中；而对方的缺点在情人眼中，则全然不见，且拒绝考虑爱情以外所有纷繁复杂的事物，尤其不考虑金钱、名誉、地位之类的外在俗事。这一类惊心动魄的爱情故事经常会出现在文艺复兴时期作家的作品之中，因其跌宕起伏的故事情节和颠沛流离的情感走势吸引了大批读者和观众。莎士比亚无疑是个中高手，在他的笔下和他的剧场里，我们看到了《威尼斯商人》中爱朴实铅匣子、不爱奢华金匣子的富家才女鲍西娅，《温莎的风流娘儿们》中勇敢追求真爱、不受父母操控的安·培琪，《仲夏夜之梦》中敢于挑战父权与严苛法制的赫米娅，《奥赛罗》中抛弃种族歧视、唯爱情至上的苔丝狄蒙娜，所有这些光辉灿烂的女性形象都是将爱情置于至高无上地位，她们的勇敢和纯真在莎翁笔下得到了极高的赞颂，莎翁也通过她们表达了自己的人文主义理想。然而，这些美好的爱情都毕竟是发生在文艺作品之中，当时的人们虽然在情感上也非常赞同这种结婚动机，但在日常生活中，单从爱情出发而忽视其他所有一切似乎也是不太现实。在实际操作中，由于各种其他因素所造成的不可避免的干扰，这种单纯的美好也很难实现。

尽管上述四种结婚动机都有其存在的土壤，不过，在文艺复兴时期的英国，几乎人人认可这一事实，那就是，疯狂性欲与浪漫爱情都不是持久婚姻的可靠保障，因为这两者都充斥着冲动和欲望，这对于需要靠稳定作为长期保障的婚姻而言，显然只能持续很短的一段时间。当时有位评论家就曾经指出："为钱结婚和为美貌结婚间并没有太大差异；人在这两种情况都不是依据理智行事。"③这一观点与大众的看法不谋而合，因为"为美貌结婚"正是为"性吸引力"而结婚的一种委婉的表达方式，也不排除这一动机是为了满足性欲而忽略其他支撑婚姻和家庭的必要因素的可能性。

---

① 莎剧中有很多这方面的例子。如《罗密欧与朱丽叶》中，男女主人公均出自名门望族，他们的性尝试只能背着家长、偷偷摸摸地进行；在《第十二夜》中，女仆玛利娅可以和托比爵士公然调情，言语间充满了性暗示，而她的主人——富有的伯爵小姐奥丽维娅面对心上人则只能强忍内心的涌动，托他人代为传情，更别提迈出性行为这一步了。

② 莎翁名著《安东尼与克莉奥佩特拉》中就阐释了这一现象：罗马三巨头之一的安东尼过于沉溺于埃及艳后克莉奥佩特拉的美貌和性吸引力，以至于抛弃了自己的国家和政权，最后落得自刎身亡的悲惨下场。

③ ［美］劳伦斯·斯通：《英国的家庭、性与婚姻1500—1800》，刁筱华译，商务印书馆，2011年版，第186页。

　　以上从多个角度，对于文艺复兴时期英国的婚姻及家庭现状进行了梳理和归纳，这些特点以不同形式在莎翁的戏剧作品中有着不同的折射和体现。接下来，本讲将以《罗密欧与朱丽叶》等剧为例来进一步阐述莎士比亚戏剧与文艺复兴时期的婚恋观念。

　　莎翁笔下的爱情故事可谓形式多样，异彩纷呈：既有缠绵悱恻的浪漫纯爱，如一系列田园爱情剧中一对对青年男女之间单纯的爱恋；也有掺杂了家族利益，充斥着欲望和权力的婚恋，如《理查三世》《亨利五世》《安东尼与克莉奥佩特拉》等系列历史剧和罗马剧中所表现的帝王之爱。不难看出，虽然爱情是这些情侣们的共性，但爱情的纯度却又有很大的不同。青年男女之间大多是纯粹的爱情至上，尽管如他们所言，"真爱的道路永远崎岖多阻"，但他们始终坚信，爱情的力量能够战胜一切阻力，最终取得圆满的结局；而人到中年以后，各种顾虑掺杂在爱情之中，不光要考虑名誉、地位、金钱等各种因素，甚至有时还要上升到家国情怀，这就使得爱情已不再纯粹，而是掺杂了很多其他的因素，男女双方都要作出很多的退让，甚至最终会以牺牲爱情为代价。

　　接下来，本讲将以《罗密欧与朱丽叶》等剧为例来进一步阐述莎士比亚戏剧与文艺复兴时期年轻人的婚恋观念。以《安东尼与克莉奥佩特拉》等剧为代表的历史剧和罗马剧中讲述的大多是文艺复兴时期中年人的婚恋观念，正如上述所言，由于其爱情和婚姻掺杂了太多其他非情感类因素，暂不纳入本讲讨论范畴。

二、莎士比亚笔下年轻人的婚恋观（以《罗密欧与朱丽叶》等为例）

　　《罗密欧与朱丽叶》的爱情故事家喻户晓，千古流传。故事说的是凯普莱特和蒙太古，意大利古城维洛那的两大家族，这两大家族有深刻的世仇，经常械斗。蒙太古家有个儿子叫罗密欧，17岁，品学端庄，是个大家都很喜欢的小伙子。可他喜欢上了一个不喜欢他的女孩罗瑟琳，当听说罗瑟琳会去凯普莱特家的宴会后，他决定潜入宴会场。所以罗密欧为了罗瑟琳，而他的朋友为了让罗密欧找一个新的女孩而放弃罗瑟琳，各自戴上面具，混进了宴会场。

　　于是，在这次宴会上，他被凯普莱特家的独生女儿朱丽叶深深吸引住了。这天晚上，朱丽叶是宴会的主角，13岁的她美若天仙。罗密欧上前向朱丽叶表达了自己的爱慕之情，朱丽叶也对罗密欧有好感。可是，当时双方都不知道对方的身份。真相大白之后，罗密欧仍然不能摆脱自己对朱丽叶的爱慕。他翻墙进了凯普莱特的果园，正好听见了朱丽叶在窗口情不自禁呼唤罗密欧的声音。显然，双方是一见钟情。

　　第二天，罗密欧去见附近修道院的神父，请他代为帮忙。神父答应了罗密欧的请求，觉得这是化解两家矛盾的一个途径。罗密欧通过朱丽叶的奶妈把朱丽叶约到了修道院，在神父的主持下结成了夫妻。这天中午，罗密欧在街上遇到了朱丽叶的堂兄提伯尔特。提伯

图 3-13　1968 年影版《罗密欧与朱丽叶》剧照

尔特要和罗密欧决斗，罗密欧不愿决斗，但他的朋友觉得罗密欧没面子，于是便和提伯尔特展开决斗，结果被提伯尔特借机杀死。罗密欧大怒，拔剑为朋友报仇，结果提伯尔特也被罗密欧杀死了。

　　经过多方协商，城市的统治者维洛那亲王决定驱逐罗密欧，下令如果他敢回来就处死他。朱丽叶很伤心，她非常爱罗密欧。罗密欧不愿离开，经过神父的劝说他才同意暂时离开。这天晚上，他偷偷爬进了朱丽叶的卧室，两人尽享鱼水之欢，度过了新婚之夜。第二天天一亮，罗密欧就不得不开始了他的流放生活。罗密欧刚离开，出身高贵的帕里斯伯爵再次前来求婚。凯普莱特非常满意，命令朱丽叶下星期四就结婚。

　　朱丽叶去找神父想办法，神父给了她一种药，服下去后就像死了一样，但四十二小时后就会苏醒过来。神父答应她立刻派人去叫罗密欧，会很快挖开墓穴，让她和罗密欧远走高飞。朱丽叶依计行事，在与帕里斯的婚礼的头天晚上服了药，第二天婚礼自然就变成了葬礼。神父马上派人去通知罗密欧。可是，罗密欧在神父的送信人到来之前已经知道了朱丽叶死亡的错误消息。他在半夜来到朱丽叶的墓穴旁，杀死了阻拦他的帕里斯伯爵，掘开了墓穴，他吻了一下朱丽叶之后，就掏出随身带来的毒药一饮而尽，倒在朱丽叶身旁死去。等神父赶来时，罗密欧和帕里斯已经死了。这时，朱丽叶也醒过来了。人越来越多，神父还没来得及顾及朱丽叶，就逃走了。朱丽叶见到死去的罗密欧，也不想独活人间，她没有找到毒药，就拔出罗密欧的剑刺向自己，倒在罗密欧身上死去。两家的父母都来了，神父向他们讲述了罗密欧和朱丽叶的故事。失去儿女之后，两家的父母才清醒过来，可是已经晚了。从此，两家消除积怨，并在城中为罗密欧和朱丽叶各铸了一座金像。

　　《罗密欧与朱丽叶》虽是一出悲剧，但两个青年男女主人公的爱情本身却不可悲。他们

图 3-14 《罗密欧与朱丽叶》（Francis Sydney Muschamp 绘制，1886 年）

不仅彼此相爱，而且大胆追求他们的爱情，不惜以命拼争。他们的爱情力量使他们敢于面对家族的仇恨，敢于向生活中的阻碍发起挑战。他们为了追求新的生活模式，不怕做赎罪的羔羊，因而他们的死亡虽是生命的终结，却在道德上取得了胜利，终于使两个敌对的家族言归于好。许多学者和评论家从这个意义上称这出戏是乐观主义的悲剧，也就是人们惯说的悲喜剧。莎士比亚通过这部作品宣扬了个性解放，反对了封建社会所倡导的禁欲主义，肯定了现世生活，认为现世幸福高于一切，人生的目的就是追求个人自由和个人幸福。《罗密欧与朱丽叶》这部莎翁早期作品宣扬了这种人文主义思想，是一部具有反封建意识的爱情悲剧。剧中所展现的爱情正是雨果所说的那种充满朝气的"黎明之爱"，也是海德尔口中的"甜蜜的爱情剧"，因为它"在一切时间和地点关系上又是传奇、梦和诗"①。

　　以《罗密欧与朱丽叶》一剧为代表的"黎明之爱"表现了爱情的纯粹、善良和美好等多个层面，是莎翁心目中最完美的爱情典范，也代表了文艺复兴时期年轻人理想的婚恋观，它可以从以下几个方面来进行解读：

（一）爱情之纯粹

　　罗密欧与朱丽叶之间的爱情是纯粹而又真挚的，这一点毋庸置疑。但有人会说，对朱

① 张薇：《莎士比亚精读》，上海大学出版社，2016 年版，第 187 页。

丽叶而言,这是她的初恋,她的爱是最为纯洁无瑕的;但对于罗密欧而言,这已经是他单恋罗瑟琳之后的第二段恋情了,而且转变如此之快,难以令人信服。然而,换个角度来看,在罗密欧身上所体现出来的爱情之纯粹恰恰可以从他的单恋来谈起。

1. 罗密欧单恋后的顿悟

全剧的一开始,我们就知道,痴情的罗密欧在爱情上并非一张白纸,而是正处于失意之中。他"在悲哀里"度日如年,因为他"缺少了可以使时间变为短促的东西",① 而他不过"还在(恋爱的)门外徘徊",得不到"意中人的欢心";闯入他心灵的蒙眼爱神带给他的感受是"沉重的轻浮,严肃的狂妄,整齐的混乱,铅铸的羽毛,光明的烟雾,寒冷的火焰,憔悴的健康,永远觉醒的睡眠,否定的存在"。(第一幕第一场)这一系列矛盾修辞法恰恰准确描绘出了他这个单恋的年轻人内心的痛苦和纠结:既期待爱情,又怕受伤害,于是只能感受到爱的沉重和寒冷,而没有丝毫的甜蜜与浪漫。因为他爱上的是"立誓终身守贞不嫁"的罗瑟琳,这就注定他的初恋只能是一场花开无果的单恋,所以,在朱丽叶出现之前,罗密欧并没有享受到真正的爱情所带来的欢愉。(第一幕第一场)莎翁在此特意没有让朱丽叶成为他的初恋,其实也是别有用意的。

正是由于单恋的百无聊赖,让罗密欧失去了理智,他才会勉强答应朋友去仇敌凯普莱特家参加那场化妆舞会,于是导致他生命的走向从此改变。

就在这场决定双方命运的舞会上,罗密欧见到了纯洁美丽的朱丽叶,顿时惊为天人:

> 啊!火炬远不及她的明亮;
> 她皎然悬在暮天的颊上,
> 像黑奴耳边璀璨的珠环;
> 她是天上明珠降落人间!
> 瞧她随着女伴进退周旋,
> 像鸦群中一头白鸽蹁跹。
> 我要等舞阑后追随左右,
> 握一握她那纤纤的素手。
> 我从前的恋爱是假非真,
> 今晚才遇见绝世的佳人!
>
> (第一幕第五场)

---

① 这一点刚好和他后面与朱丽叶坠入爱河后形成鲜明的对比:两人在花园里幽会,时间过得飞快,不知不觉已道过"一千次的晚安"直到天明。

　　罗密欧在见到朱丽叶的那一刹那就顿悟了，原来他此前的单相思都不过是自己假想中的恋爱，而实际上真正的恋爱是从见到朱丽叶的那一刻才真正开始。此刻的朱丽叶比"火炬"还要明亮，比"黑奴耳边璀璨的珠环"还要"皎然"，"她是天上明珠降落人间"，她是"鸦群中一头白鸽"，她是"绝世的佳人"。这一系列比喻和感叹极尽美好之能事，充分地体现了恋人最极致的美态，正应了中国那句古话，"情人眼里出西施"。与前面罗密欧对罗瑟琳的所谓的爱所带来的"沉重""混乱""寒冷"等感受形成了鲜明的对比，让罗密欧本人也立刻意识到他"从前的恋爱是假非真"，此时才是真正爱情降临的时刻；也让无论是观众还是读者都能立刻身临其境，发出一声感慨：这才是爱情应该有的样子，这才是纯粹的爱情！

图 3-15　1968 年影版男女主宴会相遇

2. 一见钟情的爱情

　　罗密欧与朱丽叶之间的爱情是一见钟情式的，它符合前面所述的第四种形式的婚姻选择权，即决定权完全归于子女自己，但与一般子女的不同在于，迫于家族压力，他们甚至都不敢把这一结果告诉父母，而这一结果也让他们付出了生命的代价；他们的结婚动机则是前面提到的第四种，也就是小说中及舞台上描述的那种浪漫爱情，而不考虑其他所有世俗的因素。在舞会上，他们是第一次相见，但是有着暗恋对象的罗密欧却立刻忘记了罗瑟琳，而朱丽叶也完全忘记了那个她虽然不喜欢，但也不至于讨厌的、父母为她挑选的乘龙快婿帕里斯，此时他们俩的眼中只有彼此，且深深被对方所吸引。

　　罗密欧对他自己以前的所谓恋爱立即展开了批判，确定朱丽叶才是他心中最美的"绝世的佳人"。两人一吻定情后，罗密欧从朱丽叶的乳母处得知，这位佳人居然就是仇敌凯

图 3-16　1968 年影版中一见钟情的罗密欧与朱丽叶

普莱特家族的独生女，于是发出了一声感慨："我的生死现在操在我的仇人的手里了！"（第一幕第五场）此刻，他没有说，他的爱情或是婚姻操在仇人手里，而是一口咬定自己的生死已交由仇人处置。可见在一开始罗密欧就把自己的爱情上升到了至高无上的位置，甚至比同生死。在他看来，这场爱情就是付出全部生命的真挚爱恋，有了这爱情便是生，得不到这爱情便是死。

而没有任何恋爱经验的朱丽叶，面对舞会上向她表白的罗密欧，她那颗憧憬爱情的心灵似乎一下子就被唤醒了，这使得她的反应更加直接，"要是他已经结过婚，那么坟墓便是我的婚床"。（第一幕第五场）不知道对方是谁，也不知道他是否结婚，就认定了他是自己未来的夫君，如此坚定和执着，早已确立罗密欧就是她心中的唯一。同样，在朱丽叶看来，有了这爱情便是生，得不到这爱情便是死。虽然朱丽叶能确定她爱的人也正好爱她这件事，但她同时也从奶妈处得知罗密欧就是仇敌蒙太古家族的独子，不禁发出感叹：

> 恨灰中燃起了爱火融融，
> 要是不该相识，何必相逢！
> 昨天的仇敌，今日的情人，
> 这场恋爱怕要种下祸根。

（第一幕第五场）

可见，尽管朱丽叶明白，这场恋爱困难重重，后果不堪设想，但她却从未想过放弃，而是打算勇往直前，把昔日"仇敌"当作今日恋人，因为没有什么力量能够阻挡她胸中"融融"的"爱火"。

两个如此年轻的恋人第一次见面，就迸发出了爱的激情。尽管双方都已知道恋爱对象就是仇人家的后代，但是双方都没有退缩和放弃，而是毫不犹豫地确定了对方就是自己的一生所爱。在他们看来，如果能得到这份爱情，让它开花结果，那么生命也会愈发灿烂；如若得不到这份爱情，那么一切的存在也就失去了意义，包括生命。两个人同时都将自己的爱情与生死联系到了一起，这份一见钟情式的爱情不仅是心有灵犀，更是生死相依。

图 3-17　《舞会》(Frank Dicksee 绘制，1882 年)

如前所述，在这种一见钟情式的爱情中，男女双方出于激情而爱得痴缠，主要会被对方的外在美所打动而迅速坠入情网，将对方完全理想化和完美化，以至于沉迷于这份爱恋之中；而对方的缺点在情人眼中，则全然不见。因此，一见钟情式的爱情常常会受到质疑。有人认为，罗密欧与朱丽叶的爱情是两个生性浪漫的人之间的一见钟情，两人之间说的都是些甜言蜜语，缺乏相互了解，谈不上心与心的交流，更谈不上心心相印。面对有可能来自双方家庭的重重阻力，他们都没有真正思考过如何应对。这段似乎是专为消弭双方家族世仇而产生的旷世爱情，与其说是爱情，倒不如说是一时冲动而导致的激情，而激情过后，结果无法预料。假设当初罗瑟琳接受了罗密欧的爱而与之成为一对恋人，那么，当罗密欧见到朱丽叶时，是否会移情别恋呢？他是否仍会全然否定当初自己对罗瑟琳的爱恋"是假非真"呢？或者假设罗密欧与朱丽叶克服重重阻碍，终于幸福地结合，但是，如果罗密欧碰巧又见到一位更具天姿国色的佳人时，他是否又会像当初放弃罗瑟琳一样，又故伎重演呢？也许还未等到两人激情耗尽，这些可能性就会发生。这两个风华正茂的年轻人，抛弃作为名门望族独生子女的责任和义务，为了爱情毅然慷慨赴死，全然不顾家族的利益和为他们操心的父母，这样的爱情恐怕也只能发生在文艺作品之中。如今在世人看来，两人的行为一直被当作反抗世俗、敢于追求纯洁爱情的典范来讴歌；然而，双方的父母却并不知晓他们之间的故事，甚至还没来得及反对和镇压，两人年轻的生命就已终结，这种冲动的爱情方式实在是不可取的。①

在此，并非从世俗的角度全盘否定一见钟情式的爱情，因为毕竟这里大部分的理由都是假设的。此外，也并非所有一见钟情式的爱情都是不可靠、不长久的。就罗密欧与朱丽叶而言，他们之间的爱情，虽然发生的时间如流星般短暂，两人一共也只见过五次面，前后不过五天的时间，② 但爱情的纯度和强度却很高，并且克服了一见钟情式爱情的弱点，以至于爱情一开始就上升到了生死的层面，这也体现了爱情最本真的一面：问世间情为何物，直教人生死相许。正如莎学评论家斯珀津所言："莎士比亚在这个迅速而悲哀的美丽故事中看到的是一种几乎令人睁不开眼的明亮；它突然燃起，又瞬息即逝。"③罗密欧与朱丽叶爱情的可贵之处就在于，它在极度浓缩的时间之内突出并强化了爱情的真挚和纯粹，使爱情上升到了极致之境界。

罗密欧与朱丽叶之间的爱情最本质的特点就是真挚和纯粹。他们既爱对方的外表，也爱对方的内心，情感与所爱之人本身融为一体，已达超然境界。这种纯粹的爱情摒弃了爱情之外所有其他世俗的东西，一切与爱情无关的，诸如名誉、地位、家族、金钱等因素全部都抛诸脑后。

如此纯度之高的爱情往往与现实是不相容的，这也解释了为何罗密欧与朱丽叶的爱情会以悲剧收场。罗密欧与朱丽叶的爱情刚刚萌芽就与现实产生了极大的矛盾，他们分属蒙太古和凯普莱特两个有世仇的家族，正如朱丽叶所说，他们之间的爱情是从"恨灰"中燃起

① 田俊武、龚新智："心与心的距离——重读《罗密欧与朱丽叶》与《奥赛罗》"，载《四川戏剧》2008年第1期，第45-46页。

② 罗密欧与朱丽叶的第一次见面是星期天晚上的舞会初识，第二次见面是同一天晚上的阳台相会，第三次是次日教堂的秘密婚礼，第四次是悲喜交加的新婚之夜直至星期二黎明的分手，第五次就是周四晚上墓地双双殉情。

③ ［英］斯珀津："在莎士比亚悲剧的意象里所见到的主导性的主题"，见杨周翰编选：《莎士比亚评论汇编》(下)，中国社会科学出版社，1985年版，第333-334页。

的"融融""爱火"。可是，这两个年轻人一开始就把有可能会熄灭爱火的所有其他因素都完全置之度外，这就更加彰显了两人之间爱情的真挚和纯粹。朱丽叶在阳台上抒发少女情怀：

> 罗密欧啊，罗密欧！为什么你偏偏是罗密欧呢？否认你的父亲，抛弃你的姓名吧；也许你不愿意这样做，那么只要你宣誓做我的爱人，我也不愿再姓凯普莱特了……只有你的名字才是我的仇敌；你即使不姓蒙太古，仍然是这样的一个你。姓不姓蒙太古又有什么关系呢？它又不是手，又不是脚，又不是手臂，又不是脸，又不是身体上任何其他的部分。啊！换一个姓名吧！姓名本身是没有意义的；我们叫作玫瑰的这一种花，要是换了个名字，它的香味还是同样的芬芳；罗密欧要是换了别的名字，他的可爱的完美也绝不会有丝毫改变。罗密欧，抛弃了你的名字吧；我愿意把我整个的心灵，赔偿你这一个身外的空名。

（第二幕第二场）

在朱丽叶眼中，只有爱情是至高无上的，其他一切，包括最引以为傲的家族姓氏都可以抛弃，只要罗密欧能"宣誓做（她）的爱人"；当然，她也希望与她一见倾心的罗密欧也能像她一样。而罗密欧果然没有辜负恋人的期望，听到朱丽叶发自肺腑的心声后，他立刻毫不犹豫地给出了相同的答案："那么我就听你的话，你只要叫我做爱，我就重新受洗，重新命名；从今以后，永远不再叫罗密欧了。"（第二幕第二场）罗密欧为了爱情，宁愿"重新受洗，重新命名"，这对于虔诚的基督教家庭而言，是多么大的牺牲，但只要获得了朱丽叶的认可，他认为一切都值得。

可见，虽然罗密欧与朱丽叶之间一见钟情式的爱情看似唐突，但他们相互之间在交换了眼神之后，就已许下终身，同赴生死；他们为了爱情，一切都可以抛诸脑后，甚至包括姓氏和信仰。这种真挚而又纯粹的爱情早已凌驾于所有世俗之上，跨越了家族利益和宗教信仰，成为流传至今的爱情典范。

（二）爱情之忠诚

罗密欧与朱丽叶之间的爱情不仅真挚而又纯粹，更是符合道义上的向善与婚恋中的核心元素——忠诚。

1. 爱是给予

罗密欧与朱丽叶的爱情在迸发出来的那一刻，就体现了爱情的至高境界——爱不仅是索取，更是给予。真正的爱情不是只想得到什么，收获什么，而是在任何情况下都心甘情愿地为对方付出一切，甚至连生命都在所不惜。为了表达自己深沉的爱，朱丽叶向爱人许

247

图 3-18 《罗密欧与朱丽叶阳台相会》(Frank Dicksee 绘制，1884 年)

下了山盟海誓：

> 为了表示我的慷慨，我要把它(爱)重新给你。可是我只愿意要我已有的东西：我的慷慨像海一样浩渺，我的爱情也像海一样深沉；我给你的越多，我自己也越是富有，因为这两者都是没有穷尽的。

（第二幕第二场）

这一段深情的话语让我们感受到了爱情的真谛在于无私地给予。莎士比亚在此用诗一样的语言阐述了爱情的内涵：正如朱丽叶所言，她的爱情"像海一样深沉"，给出去的越多，"自己也越是富有，因为这两者都是没有穷尽的"。

就在互盟誓约之后，奶妈的呼唤打断了这一段恋人的互诉衷肠，朱丽叶只得暂时回屋。但她怎么舍得爱人那甜蜜的誓言就此打断呢？于是，就有了这精彩的"两回头"：

"一回头"，他们匆匆私定终身，确定了彼此就是相守一生的爱人。此时两人的情感如火山喷发般愈发浓烈，朱丽叶迅速将爱情提升至婚姻的层面，遂直接提出：

要是你的爱情的确是光明正大，你的目的是在于婚姻，那么明天我会叫一个人到你的地方来，请你叫他带一个信给我，告诉我你愿意在什么地方、什么时候举行婚礼；我就会把我的整个命运交托给你，把你当作我的主人，跟随你到天涯海角。

（第二幕第二场）

罗密欧与朱丽叶此时已交换了誓言，明确了对方就是自己的一生所爱，那么，两人势必会走向婚姻，以誓约的形式将美好的爱情定格，这样建立在彼此真心相爱的基础之上的婚姻才是道德的，也是向善的。

"再回头"，朱丽叶急促地低声呼唤罗密欧，他们缠绵的情话在夜幕中蔓延，牵绊住了恋人短暂分开的脚步。此时完全沉浸在甜蜜爱情中的朱丽叶自比作"一个淘气的女孩子，像放松一个囚犯似的让她心爱的鸟儿暂时跳出她的掌心，又用一根丝线把它拉了回来，爱的私心使她不愿意给它自由"。（第二幕第二场）一般的囚徒是可怜的，然而爱的囚徒却是幸福的，这种缠绵令人揪心也让人沉醉，以至于罗密欧痴情地对朱丽叶说："我但愿我是你的鸟儿。"（第二幕第二场）

图 3-19　1968 年影版阳台互诉衷肠

海誓山盟仍在耳边回响，分手的痛苦却如期而至。朱丽叶两次情不自禁的"回头"伴随着奶妈的声声催促终究落幕，但恋人们即使私定了终身也还是愿意时刻厮守，即便有了真挚的盟约也还是不能让多情的罗密欧潇洒离去。他在离别前还眷恋着心爱之人，心中久久不能平静，只能对恋人说："但愿睡眠合上你的眼睛！但愿平静安息我的心灵！"（第二幕第二场）

花园幽会中莎翁的笔墨似乎更多地用在了朱丽叶身上，对于她的勇敢和真挚表现得更加清晰，尤其是她的"两回头"更是浓墨重彩地向世人展示了这样一位热情洋溢、渴望真爱的纯真少女；从她身上，我们更加确切地看到了爱情的给予和勇往直前。而罗密欧则以另一种方式展示了"爱是给予"这一真理。

图 3-20 《花园幽会》（英国画家 John H. F. Bacon 绘制）

在确定二人的爱情盟誓之后，他也同样表现出了爱的崇高和忘我。在朱丽叶发出一声"离别是这样甜蜜的凄清，我真要向你道晚安直到天明"的感叹之时，他立刻作出回应："我如今要去向神父求教，把今宵的艳遇诉他知晓。"（第二幕第二场）见到劳伦斯神父之后，他抑制不住内心的喜悦，立即就请求神父替他们"主持神圣的婚礼"，并要他答应"就在今天替我们成婚"。（第二幕第三场）此时的罗密欧从行动上克服了重重困难，丝毫没有考虑过来自家族和世俗的阻碍。尽管神父一再提醒他"不要因为恋爱而发痴""凡事三思而行；跑得太快是会滑倒的"（第二幕第三场），奈何他依旧无法阻挡恋人那炙热的爱情，正如罗密欧所说："只要你用神圣的言语，把我们的灵魂结为一体，让我能够称她一声我的人，我也就不再有什么遗恨了。"（第二幕第六场）这一双恋人终于在神父的主持之下，秘密举行了婚礼，实现了以爱情为基础的结合。他们的婚礼能够举行得如此迅速和顺利，主要是得益于罗密欧的积极推进与承担，爱情的给予与奉献也再次得以充分体现。

图 3-21　《罗密欧与朱丽叶的婚礼》（弗朗西斯科·海耶兹①（Francesco Hayez）绘制，1830 年）

此外，面对寻衅滋事的朱丽叶的表兄提伯尔特，罗密欧又表现出了另一个层面的爱的给予。此时的他尽量好言相劝，力图化干戈为玉帛："提伯尔特，我跟你无冤无恨，你这样无端挑衅，我本来是不能容忍的，可是因为我有必须爱你的理由，所以也不愿跟你计较了。"（第三幕第一场）尽管提伯尔特称罗密欧是"恶贼"，并且一再向他发出挑战，罗密欧却始终想看在朱丽叶的份上，平息了这场争斗。（第三幕第一场）他一再强调："我可以郑重声明，我从来没有冒犯过你，而且你想不到我是怎样爱你……好凯普莱特——我尊重这一个姓氏，就像尊重我自己的姓氏一样——咱们还是讲和了吧。"（第三幕第一场）不仅如此，罗密欧还力图劝阻打算迎战的好友茂丘西奥和班伏里奥，收起手中的剑，尽量避免不必要的争端，将这场矛盾冲突和平解决。在这种局势之下，任凭对方如何放肆和挑衅，自己的荣誉受到怎样的侮辱，罗密欧都企图用爱来化解。即便面对好友茂丘西奥的死，他也

---

①　19 世纪中期浪漫主义画派的代表人物。

只是发出了一声感叹："亲爱的朱丽叶啊！你的美丽使我变得懦弱，磨钝了我的勇气的锋刃！"（第三幕第一场）可见，他并没有埋怨朱丽叶害他失去朋友，而是将责任揽在自己身上，从自己身上找原因，再一次表达了他无私的爱。罗密欧用他的实际行动再次表达了爱的可贵之处在于它的忘我和付出，也进一步肯定了爱就是给予，爱就是善良。

2. 爱是忠贞

如前所述，文艺复兴时期的英国早已摒弃了所谓婚姻的"双重标准"，不仅要求妻子严格遵守贞操，同时也要求丈夫对伴侣和家庭绝对忠诚。尽管罗密欧与朱丽叶的故事发生地是在意大利名城维洛那，但莎翁惯用的，也是他最擅长的套路和技巧便是将发生在他同时代的英国的故事移植于其他国家的不同时段，其中的意大利无疑是他最喜欢的国家。

罗密欧与朱丽叶的爱情堪称这一时期的婚恋典范，尽管最后以悲剧收场，但他们对爱情所表现出来的坚贞和忠诚早已成为千古佳话。这一对恋人在确定彼此是终身伴侣之后，就迅速寻求劳伦斯神父的帮助，举行了秘密婚礼，迈出了对爱情忠贞的第一步。罗密欧兴奋地说："无论将来会发生什么悲哀的后果，都抵不过我在看见她这短短一分钟内的欢乐。"（第二幕第六场）而朱丽叶也同样表达了喜悦的心情："真诚的爱情充溢在我的心里，我无法估计自己享有的财富。"（第二幕第六场）可见，在二人心中，没有什么能比得上以婚姻的形式将爱情锁定时的幸福和快乐，他们也以传统的婚姻模式向彼此许下了钟爱一生的承诺。

然而，罗密欧与朱丽叶的爱情和婚姻时刻都面临着困难和挑战。婚礼次日奶妈就带来了不好的消息，慌慌张张的她一时语无伦次，而心里只有罗密欧的朱丽叶对于奶妈的支支吾吾，表现出了与平时作为大家闺秀极不相符的急不可耐的神情和语气：

> 你是个什么鬼，这样煎熬着我？这简直就是地狱里的酷刑。罗密欧把他自己杀死了吗？你只要回答我一个"是"字，这一个"是"字就比毒龙眼里射放的死光更会致人死命。如果真有这样的事，我就不会再在人世，或者说，那叫你说声"是"的人，从此就要把眼睛紧闭。要是他死了，你就说"是"；要是他没有死，你就说"不"；这两个简单的字就可以决定我的终身祸福。

（第三幕第二场）

在朱丽叶看来，如果罗密欧死了，她决不会一个人苟活于世，死亡是她唯一的结果，所以，她才会对奶妈说："这两个简单的字就可以决定我的终身祸福。"听完奶妈血淋淋的描述之后，朱丽叶更加坚定了必死的信念，刚刚还享有无尽爱情财富的她立刻沦为"可怜的破产者""丧失了一切"，她的心"要碎了"，甚至诅咒自己"俗恶的泥土之躯，赶快停止呼吸，复归于泥土，去和罗密欧同眠在一个圹穴里"。（第三幕第二场）当得知死的不是罗密欧，而是自己的表兄提伯尔特，且正是罗密欧造成了表兄的死时，朱丽叶似乎表现出了极大的冷静：她只是犹豫了一刹那，就随即恢复了爱的信心，甚至比之前更加疯狂，而对表兄的殒命却无动于衷。虽然她对表兄的意外死亡也很难过，但她很快就清醒地意识到，如果罗密欧不杀死提伯尔特，提伯尔特就会杀死她的丈夫。此时，罗密欧的放逐所带来的伤痛远超表兄之死给她带来的悲哀。她甚至为自己刚刚不明真相地责怪罗密欧而感到羞愧，听说父母"正在抚着提伯尔特的尸体痛哭"时，朱丽叶仍然义无反顾地说："让他们用眼泪洗涤他的伤口，我的眼泪是要留着为罗密欧的放逐而哀哭的……我却要做一个独守空闺的怨女而死去……我要去睡上我的新床，把我的童贞奉献给死亡！"（第三幕第二场）此时的朱丽叶认为，罗密欧的放逐意味着两人不能长相厮守，这对于她这个新婚妻子而言无异于死亡，而她也打算追随夫君而去，将"童贞奉献给死亡"，再次表明了自己对爱情的忠贞。

这时他们的婚姻无疑面临着巨大的考验，尤其是朱丽叶，不仅要忍受爱人离去的伤痛，还要独自面对父亲相中的准女婿帕里斯伯爵的求婚和父母的逼婚。① 此时，就连一直支持这对情侣的奶妈都动摇了，也劝她："罗密欧是已经放逐了……事情既然这样，那么我想你最好还是跟那伯爵结婚吧……我想你这第二个丈夫，比第一个丈夫好得多啦；纵然不是好得多，可是你的第一个丈夫虽然还在世上，对你已经没有什么用处，也就跟死了差不多啦。"（第三幕第五场）这番话朴实无华，语重心长，从世俗和客观的角度来说，的确是为了朱丽叶好。但朱丽叶对这种世故的打算完全不假思索就断然拒绝，她假意安抚了奶妈之后，就决定"到神父那儿去向他求救"，并且打定主意，"要是一切办法都已用尽"，"还有死这条路"。（第三幕第五场）见到神父之后，朱丽叶立即表明心迹："要是你的智慧不能帮助我，那么只要你赞同我的决心，我就可以立刻用这把刀解决一切。上帝把我的心和罗密欧的心结合在一起……要是我这一只已经由你证明和罗密欧缔盟的手，再去和别人缔结新盟，或是我的忠贞的心起了叛变，投进别人的怀里，那么这把刀可以割下这背盟的手，诛戮这叛变的心。"（第四幕第一场）她的唯一诉求就是"毫不恐惧、毫不迟疑地"对"爱人做一个纯洁无瑕的妻子"。（第四幕第一场）即便对于神父提议的"假死"，她也没有丝毫犹豫，只求爱情赐予她力量，让她能慷慨赴"死"，等待罗密欧带她远走高飞。虽然后来在临"喝药"前，朱丽叶也流露出了一丝害怕的神情，毕竟作为一个贵族小姐还从未经历过如此恐怖的经历，但想到只有这样才能守住她的婚姻，否则就得嫁给别人，她立刻就坚定了信念，将"药水"一饮而尽，以生命守住了婚姻的底线。朱丽叶的这一系列心声和这一串行

---

① 此时朱丽叶的父亲老凯普莱特作为封建贵族的大家长，他行使的是第一种形式的婚姻选择权，即选择权完全归于父母、亲属、家庭等"亲友"，而不考虑新郎或新娘的意见。父亲完全没有征求朱丽叶的意见，就擅自做主，连婚期都定了下来。

动轨迹无不体现了爱情的坚贞和忘我，这极致的爱情也正是最令人动容之处。

罗密欧的爱情也同样忠诚。当他听到朱丽叶的死讯时，第一个念头就是要对朱丽叶说"今晚我要睡在你的身旁"。（第五幕第一场）他与朱丽叶一样，在许下誓言之后就笃定要双双同生共死；对这一双恋人而言，爱情高于生命，既然所爱之人已死，他也不打算苟活；此时在罗密欧看来，迅速死去与爱人相伴相随才是最大的愿望，而从卖药人手中获取的毒药就是替他"解除痛苦的仙丹"，他要带着这毒药"到朱丽叶的坟上去"。（第五幕第一场）为爱情舍弃生命，对婚姻信守承诺，罗密欧同样以他的方式表达了对爱情的忠诚和对婚姻的信仰。

然而，造化弄人。罗密欧见到坟墓里美丽的妻子已经没有了呼吸，就打定主意"要在这儿永久安息下来""用一个合法的吻，跟网罗一切的死亡订立一个永久的契约"，于是也"干了这一杯"毒药。（第五幕第三场）此时的这一吻之所以要用"合法"来定义，是源自一个丈夫对新婚妻子的爱和承诺，这一吻之后便是与死亡订立"永久的契约"，再次表明了罗密欧必死的决心和对爱情与婚姻不变的忠诚。当假死的朱丽叶醒来时，看到罗密欧死在自己身边，她再也没有听从劳伦斯神父的安排而选择去修道院终老一生，独自苟活于世，而是毫不犹豫地用罗密欧的匕首刺进了自己的胸膛，与丈夫死在了一起。可以说这"一双不幸的恋人"（开场诗）虽然总是阴差阳错，不能长相厮守，但是他们在确定了彼此就是一生所爱之后，为对方殉情而死，用年轻的生命诠释了爱情的忠贞，实现了婚姻中"生死相许"的最高的道德层面。

罗密欧与朱丽叶双双赴死是对坚贞爱情的最高礼赞。一方面，死亡终结了爱情，使爱情永远定格在最美好灿烂的时刻，这样的爱情令人唏嘘；另一方面，死亡又升华了爱情，这一对年轻的爱人因情而生，又因情而死，他们忠贞不渝，痴心不改；两人之间坚贞的爱情早已超越了死亡，而两人也用生命实现了家族的和解，使爱情获得了永生。

（三）爱情之美好

罗密欧与朱丽叶的爱情既有真挚而又忠诚的内核，又有优雅和美好的形式，正是这种内在美与外在美的有机结合才使得这段爱情成为流传千古的爱情绝唱。尤其是当他们的爱情之花初绽之时，这种由内而外的美感更加溢于言表。

首先，从剧作的艺术特点来看，《罗密欧与朱丽叶》中与爱情相关的话语，从内容到形式，从语言到意境，从情到景，几乎全都是诗或是接近诗的语体，这些元素共同成就了这个抒情诗式的爱情悲剧，给人以美的感受；此外，莎士比亚在剧中还调用了音乐、舞蹈等多种艺术手段，赋予这对年轻爱侣的爱情以美感。两人初次相遇的舞会就是一个充满了音乐和舞蹈的优美浪漫的场所。在凯普莱特家的假面舞会上，乐工们手持各种乐器弹奏着动人的美妙乐章，客人们戴着面具翩翩起舞。这时的音乐和舞蹈，既渲染和烘托了欢乐的氛

图 3-22　1968 年影版"殉情"

围，又为罗密欧与朱丽叶的爱情的发生提供了一个浪漫而又微妙的场所。此时，音乐和舞蹈的助力预示着一段美好爱情即将拉开序幕。

更为重要的是，在这部作品中，莎翁运用了众多富有诗意的意象，如用太阳、月亮、繁星等诸多象征光明的清新美丽的因素象征美好炙热的爱情，为他们的爱情平添了一种超凡脱俗的诗意，又用黑夜、坟墓、乌云等阴暗的意象来预示悲剧情节的发展。光明的东西往往昙花一现，很快就会被黑暗所吞没，这种对立意象的比照拓展了戏剧的内涵和本身的悲剧意义，给人以美的遐想。

罗密欧与朱丽叶的爱情本身就具有一种充满青春的甜美特质。正如 19 世纪英国著名诗人塞缪尔·柯尔律治所言："一切是青春与春天……而在朱丽叶，她的爱情全部充满了夜莺的温柔与忧郁，全部充满了玫瑰的艳丽，充满了春的新鲜中甜蜜的一切，但是却以一声深长的叹息告终，像意大利的傍晚的最后的微风。"①这一段话中所提及的种种意象，包括"青春""春天""夜莺""温柔""忧郁""玫瑰""甜蜜""叹息"，甚至还有"意大利""傍晚""微风"等，无不给人以美的体验和想象，所有这些美的词汇都用来描绘和赞美罗密欧与朱丽叶的爱情，可见他们的爱情之美值得所有最美好的赞颂。

如前所述，当罗密欧在舞会上第一次见到朱丽叶时，就惊为天人，发出了一长串充满

---

① 引自杨周翰编选：《莎士比亚评论汇编》（上），中国社会科学出版社，1979 年版，第 132 页。

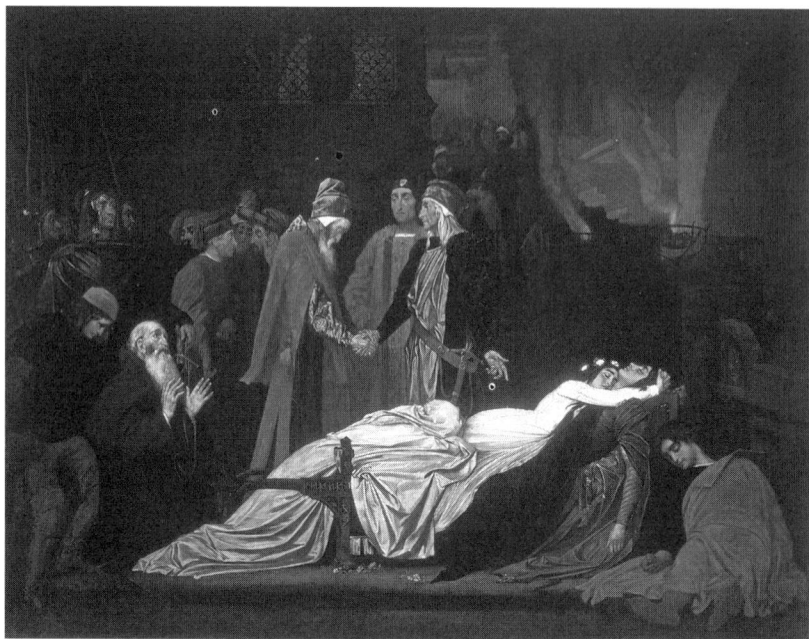

图 3-23 《蒙太古和凯普莱特的和解》(弗雷德里克·莱顿①(Frederic Leighton)绘制,1855 年)

各种美好意象的感叹,其中包括"火炬""黑奴耳边璀璨的珠环""天上明珠""白鸽蹁跹"(第一幕第五场),所有这些意象都给人以光明之感,展现了朱丽叶纯洁娇艳的美丽容颜,暗示着朱丽叶就如同一道亮光般照亮了罗密欧彼时忧郁的心房。当罗密欧偷偷潜入朱丽叶家的花园,举头仰视阳台上的意中人时,他立刻如诗人般激情澎湃,又用到了类似的溢美之词:

> 那边窗子里亮起来的是什么光?那就是东方,朱丽叶就是太阳!起来吧,美丽的太阳!赶走那妒忌的月亮,她因为她的女弟子比她美得多,已经气得脸色惨白了……天上两颗最灿烂的星,因为有事他去,请求她的眼睛替代它们在空中闪耀。要是她的眼睛变成了天上的星,天上的星变成了她的眼睛,那便怎样呢?她脸上的光辉会掩盖了星星的明亮,正像灯光在朝阳下黯然失色一样;在天上的她的眼睛,会在太空中大放光明,使鸟儿误认为黑夜已经过去而唱出它们的歌声。
>
> (第二幕第二场)

---

① 英国 19 世纪唯美主义画派代表画家。

　　罗密欧的这一段内心独白又用到了不少与"光亮"相关的意象：首先，他直接就将朱丽叶比喻为"窗子里亮起来的……光"，接下来又将她奉为照亮世界的"东方"的"太阳"，是生命中最不可缺少的部分，令"月亮"失色；朱丽叶的眼睛则成了"两颗最灿烂的星"，而"她脸上的光辉……掩盖了星星的明亮""在天上的她的眼睛，会在太空中大放光明，使鸟儿误认为黑夜已经过去而唱出它们的歌声"。罗密欧以这些熠熠生辉的自然美景来衬托朱丽叶的美，以至于当罗密欧看到朱丽叶用纤手托住香腮时，不禁发出感慨："但愿我是那一只手上的手套，好让我亲一亲她脸上的香泽！"（第二幕第二场）此时，爱火在罗密欧胸中熊熊燃烧，而他眼中的朱丽叶则如女神一般散发着美丽耀眼的光芒。这些动情的想象是情人所特有的，只有在赞美恋人的时候交织着情真意切的浓郁爱恋才能表现得如此淋漓尽致。莎士比亚在这段抒情独白中大量运用了比喻、拟人、象征、对比等多种修辞手法，华丽地展现了美妙的爱情和动人的恋曲。浓烈奢华的词句铺陈、精雕细琢的场面刻画，无一不体现了莎士比亚早期的创作风格，也尽显了当时流行于欧洲的"意大利风"，呈现出富丽堂皇的色彩和饱满充盈的美感。

　　此时的罗密欧还没有和朱丽叶交谈，仅是看到佳人的身影就早已无法抑制内心的激动，在这一大段长长的诗句中，他畅快从容地表达着自己的爱意和赞美，华丽的辞藻和鲜明的意象交汇成了汹涌澎湃的爱意衷肠。他发自肺腑的独白绝不孤单，因为此时的朱丽叶也在阳台上暗自思忖，一方面钦慕于他的完美，另一方面又为他的姓氏感到担忧。她没有发现阳台下痴情守候的罗密欧，心声全然自然流露，语言朴实无华，比起第一次与罗密欧在舞会上面对面时的娇羞更为真挚热烈。当朱丽叶发现罗密欧在偷听她的内心独白时，蓄势待发的爱情之箭终于透过夜幕的阻挠射中了两个相爱之人的心田。面对心爱之人，罗密欧告白说可以放弃自己的姓氏来博得对方的倾心，而朱丽叶也抛弃了"虚文俗礼"，勇敢地拥抱爱情："不用起誓吧；或是要是你愿意的话，就凭着你优美的自身起誓，那是我所崇拜的偶像，我一定会相信你的……我的慷慨像海一样浩渺，我的爱情也像海一样深沉；我给你的越多，我自己也越是富有，因为这两者都是没有穷尽的。"（第二幕第二场）莎士比亚在这里充分运用多姿多彩的修辞，用"海"的意象豁然拓开了爱情的内涵，反映了恋人心中对对方强烈的情感。这些夸张的比喻把这一对少男少女初入爱河时感情喷薄而出的状态逼真地表现了出来，美不胜收。

　　在罗密欧与朱丽叶度过了缠绵悱恻的新婚之夜，于晨光中不得不依依惜别之时，他们之间的对话充满了诗意和种种美好的意象。朱丽叶不舍爱人离去，说那鸟叫声"是夜莺的歌声""天亮还有一会儿呢"。而罗密欧则解释说："那是报晓的云雀，不是夜莺。瞧，爱人，不作美的晨曦已经在东天的云朵上镶起了金线，夜晚的星光已经烧尽，愉快的白昼蹑足踏上了迷雾的山巅。我必须到别处去找寻生路，或者留在这儿束手等死。"（第三幕第五场）朱丽叶又辩称："那光明不是晨曦……那是从太阳中吐射出来的流星。"罗密欧这时只好再次安慰她说："我愿意说那边灰白色的云彩不是黎明睁开它的睡眼，那不过是从月亮的眉宇间反映出来的微光；那响彻云霄的歌声，也不是出于云雀的喉中。我巴不得留在这里，永远不要离开。"（第三幕第五场）这一双恋人之间诗一般的对话，表达了两人之间缠绵悱恻、依依不舍的情感，同时随着一系列充满诗意的意象的流淌，这段对话更加充满了无尽的美感。值得注意的是，这段对话中有大量取自大自然的美丽迷人的意象，有"夜莺""云雀""晨曦""云朵""星光""白昼""迷雾""山巅""光明""太阳""流星""云彩""黎明""月亮""微光""云霄"，这些意象相互交织在一起，毫无杂乱之感，它们有机地结合并相互映衬，共同构成一幅清新隽永的画面，为这对璧人的爱情增添了一抹诗情画意的浓墨重彩。

莎士比亚在剧中多次借助意象来增添诗的意境和美的情调，以此来烘托罗密欧与朱丽叶的这段旷世绝恋。正如首次提出莎评意象说的斯珀津所言："在《罗密欧与朱丽叶》中，莎士比亚把青年的美丽与炽热的爱情看成黑暗世界里耀眼的太阳光和星光。主导的意象是光，表现为各种形式：太阳、月亮、繁星、火、电、火药爆发的闪光和美与爱的折光。与此对照的是夜、黑暗、云、雨、迷雾和烟尘。"[①]这里由光所主导的一系列意象从不同角度共同烘托出了罗密欧与朱丽叶的爱情所体现的真挚与忘我之美。

莎士比亚通过《罗密欧与朱丽叶》这部爱情悲剧，表现了爱情最本质的含义，即爱情之纯真、爱情之忠诚、爱情之美好。这部旷世名著不仅从多角度展现了文艺复兴时期年轻人的婚恋观念，也用诗人优美的文字表达了普世的爱情真理，至今读来仍令人陶醉。

（四）莎翁对年轻女性角色的偏爱

不难看出，在《罗密欧与朱丽叶》中，朱丽叶的性格色彩鲜明，既有着少女的娇羞和活泼，又饱含了争取自由爱情的勇敢和果断，为了爱情她既能够坚强斗争，又能够机智周旋，代表着向上的希望的力量；相比之下，罗密欧则着色黯淡不少，他气质忧郁感伤，有时还流露出消极低沉的态度，常常被看作文艺复兴时期无病呻吟的年轻人的代表。这种不平衡体现了莎翁对争取自由的果敢女性形象的偏爱。

朱丽叶要面临的困难更加复杂，而她所表现出来的勇敢和大无畏也给读者留下了更为深刻的印象。

朱丽叶在爱情中比罗密欧更加孤立无援。罗密欧有一群志同道合的朋友，他的家庭直至剧终也都没有横加干涉，劳伦斯神父更是时时刻刻为他着想和出谋划策。相比较而言，朱丽叶则要无助得多。她只有奶妈一个帮手，而且奶妈还临阵脱逃，在得知罗密欧已被放

---

① ［英］斯珀津："在莎士比亚悲剧的意象里所见到的主导性的主题"，见杨周翰编选：《莎士比亚评论汇编》（下），中国社会科学出版社，1985年版，第332页。

图 3-24　1968 年影版中的朱丽叶

逐之后直接劝朱丽叶接受家族为她应允的婚事；与此同时，朱丽叶还得忍受罗密欧的杀兄之仇以及双亲的震怒和逼婚。最恐怖的是，她还得假装死去，再从阴森昏暗的坟墓中醒来。当她得知表兄提伯尔特的死讯时，她有过一丝迟疑，喝假死药那一刻，她又有过片刻的犹豫，但一想到罗密欧，她就立刻坚定了信念，而那些短暂迟疑的瞬间恰好衬托了她对爱情的果敢和决心。

可见，在莎士比亚心中，朱丽叶是比罗密欧更加完美和坚定的恋人。不仅仅是朱丽叶，在莎翁其他剧作中，未婚的年轻女性在面对爱情和婚恋之时，也表现得同样精彩，在多数情况下，也比男性更为突出和优秀。

作为"生活的一面镜子"的最好注脚的《温莎的风流娘儿们》是对莎士比亚人文主义理想的一个绝佳诠释。年轻姑娘安·培琪的爱情故事栩栩如生地演绎了莎士比亚恋爱自由、婚姻自由的人文主义思想。剧中，安崇尚纯洁美好的爱情，鄙视建立在权力、金钱、财富和门第等基础之上的婚姻，对于父母的逼婚，她断然拒绝说："我宁愿让你们把我活埋了！"（第三幕第四场）这样的义正言辞充分表现了安面对自己美好爱情时的坚决和果敢。安与范顿之间的心心相印表达了莎士比亚心中圣洁的爱情观，倾注了莎士比亚对人类幸福生活的强烈向往，展现了爱情自由、婚姻自主的进步思想，讽刺了金钱至上的婚姻观念，表现了人文主义思想的进步性。

通过爱情歌颂高尚的人格，是莎士比亚人文主义思想的又一重要内容，而《第十二夜》表现的则正是这一主题。女主人公薇奥拉深爱公爵奥西诺，但她能够超越自己对公爵的炽热爱情，去帮助所爱之人追求他的意中人奥丽维娅小姐。她越是这样帮助自己的心上人，内心就越是痛苦，也越发能展现她勇于自我牺牲的高尚情怀，更能显现她心灵的纯洁和胸怀的广阔；然而，薇奥拉却并不是个一味压抑自己情感、不敢于追求幸福的懦弱之人。当她得知奥丽维娅对公爵毫无感情之后，便对公爵吐露了心扉，最终以自己的执着和真诚打动了公爵，并与之喜结良缘。薇奥拉的追爱之路虽然曲折多舛，但她的勇敢、机智和纯真已展现出了人文主义者理想的爱情观。

在直面婚姻的问题上，《仲夏夜之梦》表现得更为直接和透彻。尽管封建伦理道德和法律约束以及父母之命早已是天经地义，但在莎士比亚看来，爱情自由和婚姻自由才是个性解放和人格独立的重要体现。全剧一开始，诗人就向读者清晰地表明了封建婚姻和自由恋爱是一对尖锐对立、不可调和的矛盾。按照雅典历法，子女若不听从父母之命，就可能会被处死，或在寺院孤独终老。而女主人公赫米娅却毫不畏惧，坚决维护自己恋爱自由的权益，甚至不惜以私奔的方式，追随自己的爱人。对于父亲的顽固不化，她愤然发出了"倒霉啊，选择爱人要依赖他人的眼光"这样的呼号，对封建婚姻体制提出了大胆的质疑。（第一幕第一场）正因为赫米娅的顽强不屈，她最终战胜了腐朽的封建制度，以自己的果敢和坚守彰显了人文主义思想的爱情观和婚姻观，进一步表达了莎士比亚的人文主义情怀。

说到莎翁笔下完美的女性形象，有一个角色不得不提，那就是《威尼斯商人》中的鲍西娅。她几乎集中了人文主义理想中完美女性的所有特征：她机智善辩，热情大方，爱情专一，美丽沉稳，对各路王公贵族和商业富贾一概嗤之以鼻，金钱、地位和门第在她眼中不值一文，却唯独钟情于家道中落但品格高尚的巴萨尼奥，莎士比亚通过这位聪慧的女性表达了自己人文主义婚恋观的可贵之处。

莎士比亚鲜明的人文主义婚恋观，在他的许多喜剧作品中都得到了充分的展现。而这些观念和思想在女主人公身上表现得更为突出，其光芒远远胜过了男主人公。在封建传统思想的长期浸淫之下，女性承受着比男人多得多的压迫和歧视。她们一方面遭受政治、宗教和家族的统治，一方面还要遭受父权、夫权和男权的压制。而先进的人文主义思想让这些女性从一系列压制中惊醒，鼓励她们冲破层层阻碍，勇敢选择自己的爱情、婚姻和家庭，实现自己的人生理想。至于这些女性的集体觉醒，有人说是莎翁以自己独有的方式向"童贞女王"伊丽莎白致敬，但不可否认，这也是莎翁通过女性群像表达了自己的女权主义思想。这些年轻女性个个美丽大方、聪明伶俐，对爱情忠贞不渝，勇于挑战封建体制，莎士比亚通过她们在爱情、婚姻、自由等方面的不懈努力表达了人文主义理想的最高境界。

（五）西方传统婚恋观与中国传统婚恋观的异同

《罗密欧与朱丽叶》所反映的西方传统婚恋观与中国经典爱情名著，如《红楼梦》《西厢记》《梁山伯与祝英台》《牡丹亭》《孔雀东南飞》等所折射出的中国传统婚恋观在内涵、意象和所指上均具有相似之处。中国历史和社会上也出现了太多类似反抗封建婚姻和封建专制的经历，而争取恋爱和婚姻自由也历来是中国文学和戏剧史上一个重要且颇有共鸣的主题。

这些中国名著与以《罗密欧与朱丽叶》为代表的莎翁爱情剧题材相似，主题相似，表达的婚恋观也相似，值得我们细细品味。在此，不妨以中国经典爱情名著《牡丹亭》①为例与《罗密欧与朱丽叶》进行比较，找出它们之间的异同，从而进一步剖析中外传统观念对于婚恋观的解读。

第一，它们都歌颂了爱情的纯洁和真挚，表达了人性善良的本质，追求爱情和婚姻的真实内核。

第二，它们都抨击了封建体制的腐朽和顽固不化，对父权、夫权和男权展开了批判，强调个性自由和恋爱自由。

第三，两部作品的结局都令人欣慰。《罗密欧与朱丽叶》中虽然两个年轻人付出了生命的代价，但是却由此化解了两家人跨越几个世纪的世仇，说明爱情的力量不可战胜，也从道义上战胜了腐朽的封建体制。虽然一双恋人以死谢幕，但留给人们的警醒仍具有划时代的意义。而在《牡丹亭》中，书生柳梦梅与富家千金杜丽娘历经重重磨难，因爱而死，死而复生，终得佳缘，更是以中国传统的大团圆结局为这惊天地泣鬼神的爱情故事画上了圆满的句号。

第四，两部作品都运用了浪漫主义和现实主义相结合的手法。《罗密欧与朱丽叶》用写实的手法展现了封建家长与年轻人在各种观念上的冲突，在莎翁笔下，人们看到了广场械斗、贵族舞会、平民市井以及寺院告解等栩栩如生的生活场景，同时莎翁也用最优美的文字精心融入了许多如诗如画的浪漫场景，罗密欧与朱丽叶的阳台幽会与新婚之夜都充满了各种美好的意境和诗一样的语言，令人沉醉其中，尽情体会爱情的美好诗意；而在《牡丹亭》这部鸿篇巨制中，汤显祖也用大量的笔墨描绘了班春劝农、科举官场、小姐闺阁等现实主义场景，但更令人印象深刻的则是游园惊梦、地府申冤、花神相助、死而复生等浪漫主义元素，体现了汤显祖"因情成梦，因梦成戏"的浪漫主义与现实主义相结合的创作手法。

第五，从人物的离合关系来看，两对情侣都经历了从合到离，又从离到合的爱情历程。罗密欧与朱丽叶自舞会一见钟情就发誓生死不离，但事与愿违，罗密欧因故遭放逐，

---

① 巧合的是，《牡丹亭》的作者，明代著名戏剧家汤显祖为莎士比亚同时代之人，其与莎翁的去世日期均为 1616 年 4 月 23 日。汤显祖最负盛名的代表作就是《牡丹亭》，他也由此被称为"中国的莎士比亚"。

令二人不得不分离，但最终阴差阳错，还是双双殉情而死，得以死而同穴；而柳梦梅和杜丽娘则经历了梦中相会，杜丽娘思春而死，令两人阴阳两隔，最终历经磨难，杜丽娘死而复生，柳梦梅高中状元，皇帝御赐婚姻，有情人终成眷属。两对情侣的情感走势何其相似！

然而，尽管两部作品有诸多共通之处，但由于文化背景和历史渊源的不同，仍存在着不少差异，这些差异也同样表现在婚恋观上。

首先，罗密欧与朱丽叶的反封建意识更强烈，行为也更大胆。两人一见钟情之后就迅速找神父举行婚礼，成为合法夫妻。尤其是朱丽叶，敢于正面对抗家族的包办婚姻，对父权、族权提出了更直接的挑战。而柳梦梅和杜丽娘则是梦中交合，之后杜丽娘思念成疾，又不敢与任何人吐露自己的心曲，只得郁郁寡欢患相思病而死。两人阴阳两隔之后再度重逢，也只能偷偷约会，从未想过私下缔结良缘，直到柳梦梅高中状元，杜丽娘阴间复活，才通过皇帝赐婚，结为夫妻。可见，两人的反封建意识是被动的，并未能主动迎战，而最终的大团圆结局也是戏剧家给观众交代的一个美好念想。这就反映了东西方的个性差异：西方更加倡导个性解放和以人为本的人文主义精神，青年男女在婚恋中表现得更为主动直接；而东方则更加倡导中庸思想，青年男女在婚恋中过于依赖体制的改变来为自己带来幸福，并未迈开大步主动迎战，势必总是处于被动和未知的局面。

其次，两对恋人反封建的内容不同。罗密欧与朱丽叶反抗的是家族世仇导致两人相爱却不能相守，不存在门第的差异；而在《牡丹亭》一剧中，一开始柳梦梅其实是受到了女方家族的嫌弃的，柳梦梅也自知自己一介落魄书生配不上杜丽娘这样的大家闺秀，两人均不敢公开向家人提及婚事，导致二人一再错过美好姻缘，只有等到柳梦梅高中头名状元才终得团圆，可见他们虽然有反封建门第的意识，也付出了行动，但最终还是以妥协告终。

再次，两对恋人在爱情表达方式上有着明显的差别。罗密欧与朱丽叶更加热情奔放，勇于直面表达自己的情感，并善于借助外界的力量，如奶妈、神父等推进他们的爱情进程。而柳梦梅和杜丽娘则是走的中国传统文化的老路，表达爱情的方式更为含蓄和内敛。大家闺秀杜丽娘只能面对满园春色，以诗和画去表达情感，哀悼自己逝去的青春和爱情，与意中人定下三年之约而不是立刻缔结良缘，成了鬼魂之后才表现得略为大胆。柳梦梅虽然已与杜丽娘行过夫妻之实，但仍遵循父母之命、媒妁之言的传统套路，最后通过皇帝赐婚才与佳人终成眷属，这一中国传统戏曲的老套路恰恰折射出了中国人在婚恋观上的保守与在爱情表达方式上的因循守旧。

最后，两对恋人的爱情历程和婚恋观表达了不同的美学思想。西方古典戏剧历来认为只有悲剧才是戏剧的最高境界，完美的主人公一定要死去才能升华悲剧效果，因此从古希腊戏剧开始，英雄们大多血染舞台，如同罗密欧与朱丽叶双双殉情而死一样。只不过本剧的悲剧效果因为双方家族握手言和而略打了折扣，但这恰恰体现了莎士比亚"悲喜混杂、悲中有喜"的独特审美。而中国传统文化则强调"团圆之美",如同柳梦梅与杜丽娘历经生死、终成眷属一样,不管过程如何艰难曲折,最终的结果多半是"大团圆",就如同任何故事最终都会加一个光明的"尾巴",尽管这个"尾巴"很多情况下都不符合逻辑和常规,有时甚至有些牵强附会,但无奈中国老百姓和普通观众早已习惯了这样的结局和这样独特的审美。

由此可见,以《罗密欧与朱丽叶》和《牡丹亭》为例,比较西方传统婚恋观与中国传统婚恋观的异同,对于进一步了解和研究东西方文化和历史传统对爱情和婚姻的影响也有着深刻的指导意义。

综上所述,莎士比亚通过描述文艺复兴时期年轻人的爱情表达了他心中理想的爱情观和婚恋观,那就是无论面对任何艰难险阻,爱情和婚姻都需要以真诚面对、忠贞无私、美好向善的生活态度来共同经营,方能幸福长久,而这一观点无论在古今中外,也都是普世的原则。

三、研讨题目

1.《罗密欧与朱丽叶》中的光影意象表现在哪些方面?有何作用?

2. 举例说明《罗密欧与朱丽叶》中的各种修辞手法有何作用。

3.《罗密欧与朱丽叶》如何运用当时流行的"意大利风"来表现饱满充盈的美感?

第三讲：莎士比亚戏剧与西方基督教（以《暴风雨》等为例）

一、引言：西方基督教基本教义及基督教文化内涵

基督教是世界上传播最广、信徒人数最多、影响力最大的宗教，以耶和华上帝和耶稣基督为崇拜对象，以"三位一体""因信称义"为教义核心，以《圣经》为神圣经典，以教会为组织形式。基督教于公元 1 世纪中叶产生于罗马地中海沿岸的巴勒斯坦省①，原来是犹太教的一个支派，135 年从犹太教中分裂出来，成为独立的宗教。它建立的根基是耶稣基督的诞生、传道、死亡与复活。392 年又成为罗马帝国的国教，并逐渐成为中世纪欧洲封建社会的主流文化形态。1054 年分裂为罗马公教（天主教）和希腊正教（东正教）。1517 年以后，公教又发生了反对罗马教皇封建统治的宗教改革运动，陆续派生出一些脱离罗马公教的新教派，这些新教派统称"新教"②。所以，基督教主要包括：天主教、新教、东正教三大教派和其他一些较小教派。

（一）西方基督教的要义及基本信条

早期基督教的教义主要是《圣经》。随着社会的发展，新的教派不断涌现，各派的教义侧重点也各异。总体来说，基督教信仰的表述以《圣经》为核心蓝本，以历代使徒、教会、公会等形成的信仰文件为载体，内容非常丰富。其中《使徒信经》③被历代教会和神学家公认为最可钦佩、最为可靠的摘要。如基督教（新教）版《使徒信经》所言：

> 我信上帝全能的父，创造天地的主，我信我主耶稣基督，上帝的独生子。因圣灵感孕由童贞女马利亚所生，在本丢·彼拉多手下受难，被钉在十字架上，受死，埋葬，降在阴间，第三天从死人中复活，升天，坐在全能父上帝的右边，将来必从那里

---

① 今日的以色列、巴勒斯坦和约旦地区。

② 在中国，因为历史翻译的原因，通常把新教称为基督教。为了说明"基督教"的确切概念，本讲所提到的"新教"为"基督新教"，而不是惯称的"基督教"。

③ 《使徒信经》（或《宗徒信经》），是传统基督教四大《信经》之一。《使徒信经》被视为早期基督教会信仰的叙述，很可能写于 1 或 2 世纪的"辩士时期"，主要目的是澄清信仰内容，特别是回应当时已被判为异端的诺斯底主义。《信经》共有 12 句，分成 3 部分写作。第一部分相信全能的父神，用来对抗马吉安派。第二部分相信耶稣基督是完全的神，也是完全的人，用来对抗嗣子论、幻影说、神格唯一论。第三部分相信圣灵、教会、赦罪及复活，除了对抗神格唯一论外，也澄清诺斯底派靠知识得救的论点。

降临，审判活人死人。我信圣灵，我信圣而大公之教会，我信圣徒相通，我信罪得赦免，我信身体复活，我信永生。阿门！

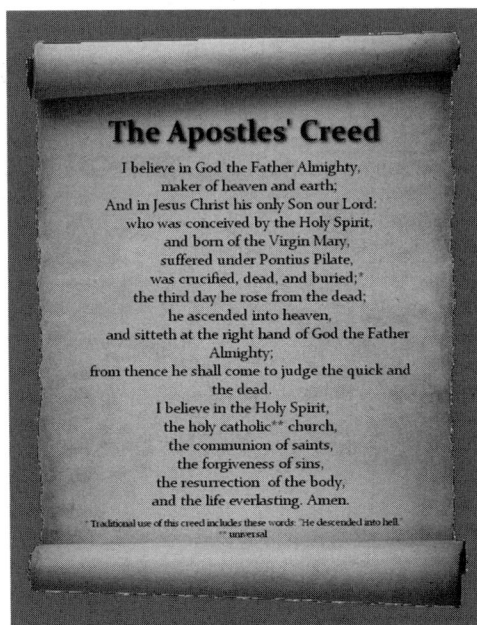

图 3-25　《使徒信经》英文版

基督教的教义及基本信条内容纷繁复杂，且各派的教义侧重点也各异甚至有所不同，本讲不是关于基督教的专门论述，因此这里只对公认的基本信条进行简单讲述。

1. 创世论

基督教关于世界的创造与维持的教义。来源于《旧约·创世纪》，认为上帝在六天之内创造了世界，其中第一天造了光，第二天造了空气，第三天造了地和海以及地上的草木，第四天造了日月星辰，第五天造了水里的鱼和空中的飞鸟，第六天造了地上的牲畜、昆虫、野兽和人。第七天上帝歇息，这一天定为圣日。创世论是基督教的核心。

2. "三位一体"论

"三位一体"论是基督教独有的上帝观，是基督教的基本信条之一。相信上帝唯一，但有三个"位格"，即：圣父——天地万物的创造者和主宰者，基督教称之为"上帝"，也称"天父""耶和华上帝"；圣子——耶稣基督，也称"上帝圣子"，上帝之子，受上帝派遣，通过童贞女玛利亚降生为人，道成肉身，并"受死""复活""升天"，为救赎全人类必将再来，审判世人；圣灵——上帝圣灵。三者是一个本体，却有三个不同的位格，是同具有一个本体的独一真神。

3. 原罪论

基督教的基本教义之一，这是基督教伦理道德观的基础。《圣经》中称人类的始祖亚当和夏娃受蛇的诱惑，偷吃"禁果"犯了罪，成为整个人类的原始罪过，传给后代子孙，成为人类一切罪恶和灾祸的根由。从亚当、夏娃被逐开始，凡为肉身者皆有罪。人的降世相伴罪的来临，罪与人同在。原罪观既是基督教上帝救赎观的基础与前提，也是整个基督教理论和实践得以立足的基础。人生来就有这种原罪，此外还有违背上帝意志而犯的种种"本罪"，人不能自我拯救，而要靠耶稣基督的救赎。"原罪论"把人们原来对外的反抗引向对内的改革和自省，成为西方"罪感文化"的根源。

4. 救赎论

基督教将罪理解为人类与上帝在关系上的破裂，而人对这破裂状况又完全无能为力，无法自救，故而认为救赎作为神人破裂关系的复合与和好的唯一途径，只能由上帝采取主动。其中至为关键的是上帝圣父差其圣子道成肉身降世为耶稣，受死亡，流出宝血以赎信徒的罪，成为"赎价"，成了人类偿还上帝的债项，从而拯救了全人类。

5. 末世论

这是基督教教义关于人类与世界最终命运的教义，包括基督再临、死人复活、末日审判、千禧年及天堂、地狱等内容。基督教的教徒相信耶稣所说的：这个世界总有一天会灭亡，在世界末日来临之时，人类包括死去的人都将在上帝面前接受最后的审判，无罪的人将进入天堂，而有罪者将下地狱。基督教认为末日审判时，信上帝者将在天堂与神相伴，魔鬼、不信者、恶人将被打入地狱，接受永罚。

6. 因信称义

广义的因信称义是指基督徒得到救赎和在上帝面前成为义人的必要条件。狭义是指基督新教尤其是路德宗关于如何得救的教义。"称义"，意即"成为正义"。按基督教教义，人自犯有原罪以来，已经失去理性的能力，因而不能自行有正义的行为，成为正义的人。成为正义的人只能由上帝的拯救而获得。因而称义包括上帝使人脱离罪恶（不义）而进入恩典（义）。人称义是因为上帝的恩典，而获得这一恩典的途径是"信"。因此，严格来说，人不是因信称义，而是因着恩典而借着信被称义。马丁·路德从保罗致罗马人书中的因信称义的观点引申出由于耶稣基督在十字架上的救赎，人神之间的阻隔已排除，信徒凭借信仰就可以直接与上帝沟通，无须靠教皇为首的教阶作中保，可以免去中世纪的繁文缛节。基督教多数宗派很重视这种教义。

7. 博爱

耶稣的基本主张可以归纳为两个字——博爱，这也是基督教的基本教义。博爱可分为两个方面：爱上帝和爱人如己。耶稣曾说过："你要尽心、尽性、尽意，爱主你的神。这是诫命中的第一，且是最大的。其次也相仿，就是要爱人如己。这两条诫命是律法和先知一切道理的总纲。"(马太福音 22：37-40)爱上帝是指在宗教生活方面要全心全意地侍奉上帝。耶稣反对宗教生活上的繁文缛节和哗众取宠。他指出：不可将善事行在人的面前故意叫人们看见，"你施舍的时候，不可在你前面吹号，像那假冒为善的人在会堂里和街道上所行的，故意要得人的荣耀"(马太福音 6：2)；"你们祷告的时候，不可像那假冒为善的人，爱站在会堂里和十字路口上祷告，故意叫人看见"(6：5)；"你们禁食的时候，不可像那假冒为善的人，脸上带着愁容，因为他们把脸弄得难看，故意叫人看出他们是禁食"(6：16)。"爱人如己"是人们日常生活的准则。耶稣曾说："我赐给你们一条新命令，乃是叫你们彼此相爱。"(约翰福音 13：34)

8．天国和永生

人的生命是有限的，但人的灵魂会因为信仰而重生，并可得上帝的拯救而永生，在上帝的国——天国里永远幸福。

9．地狱和永罚

人若不信或不思悔改，就会受到上帝的永罚，要在地狱里受煎熬。

(二)西方的基督教文化

基督教是西方文明的精神核心之一，它渗透到了西方政治、经济、思想、文化等每一个领域。提到基督教，人们可能首先想到的是一种宗教信仰。的确，基督教首先是一种宗教信仰，是一种相信原罪与救赎，奉上帝和耶稣基督为救世主的宗教信仰体系。但它又不仅仅是一种宗教信仰，如果仅仅将它视为一种宗教信仰，不仅狭隘地理解了基督教，而且会带来种种问题。如果仅从宗教的层面理解基督教文化，莎士比亚戏剧与基督教文化的论题就根本不成立，因为它们之间存在着巨大的差异，甚至可以说是背道而驰。因为莎士比亚戏剧中尽管具有基督教的宗教内涵，但其主旨仍然是人文主义的思想而不是基督教信仰。

事实上，作为宗教的基督教在其发展的过程中已经超出了狭隘的神学意义，形成了一种以基督宗教为存在基础和凝聚精神的文化形态，一种对西方人的生活方式、价值观念和伦理准则产生巨大影响的文化现象。艾略特[1]指出："如果基督教消失了，我们的整个文化也将消失。接着你便不得不痛苦地从头开始，并且你也不可能提得出一套现成的新文化来。"[2]对于基督教而言，这种论断毫无夸大之嫌。西方文化的发展和演进，一般被人们认为有两大源头——古希腊、罗马文化和基督教文化。从西方文学的人文传统看，它确实起

---

[1]　托马斯·斯特尔那斯·艾略特(Thomas Stearns Eliot，1888—1965 年)，通称 T·S·艾略特，英国诗人、剧作家和文学批评家，诗歌现代派运动领袖。出生于美国密苏里州的圣路易斯。代表作有《荒原》《四个四重奏》等。

[2]　[英]艾略特：《基督教与文化》，杨民生、陈常锦译，四川人民出版社，1989 年版，第 206 页。

源于希腊文化。但在发展中，这一传统的形成更得益于基督教。或者说，"基督教在塑造西方文化的传统和价值方面起到了极其重要的作用"①。可以说，基督教是西方近代文化之滥觞。之所以这么说，有以下三个基本理由②：

第一，没有基督教，就不会形成后来西方世界的思维模式和看待人与世界关系的方式，从而也就不会有今天意义上的西方文明。从漫长的西方历史文化发展进程来看，西方世界的基本思维模式是"逻各斯中心主义"③和灵肉分离的二元对立④学说。而在古希腊神话中创造的是"人神同形同性"的"一元论"世界。尽管"逻各斯中心主义"的二元对立思维模式萌芽于柏拉图和亚里士多德的时代，但这种思维模式的广泛形成并彻底取代"一元论"是在基督教广泛传入欧洲大陆并成为罗马的国教，上帝创造世界以及天国与地狱对峙的学说逐渐与柏拉图和亚里士多德的学说合流之后。一直到20世纪下半叶，这种思维模式始终统治着西方人的思维方式。尽管随着时间的推移，"上帝"常常被"真理""理念""结构"等所取代，"天国"和"地狱"也常常被"主观"和"客观"、"内容"与"形式"、"经济基础"与"上层建筑"等概念所置换，但本质上仍然受这种思维模式的制约。

第二，没有基督教，就不会有西方古代文化的近代化，或者说现代化进程。希腊罗马文化是欧洲古代文化的典范。这一文化的基本价值取向是要满足人的自然人性，希腊人一直遵从着人的本性要求和自然欲望行事，人的本性要求和自然欲望是他们行事的唯一依据和最高准则。但基督教的出现，则把人的精神生活和精神需要提到至高无上的地位。这样，正是基督教的出现，才把古代的人由"自然人"的观念发展到了人是"精神的人"的高度。而人能够凭借自己的思维能力和想象能力，创造出一个与现实物质世界乃至人的肉欲世界完全不同的精神世界，即基督教的世界，这是人类能力极大提高的结果。可以说，正是基督教的出现，使得西方世界的人在认识自身的时候达到了精神世界的高度。即使到今天，人们主张在精神和肉体欲望的平衡中来考察人的时候，人的精神世界仍然作为一个重要的方面，这不能不说是得益于基督教的开拓。我们还知道所谓人的现代化，在很大程度上主要是人的精神现代化，恰恰是基督教对人的精神力量的关注，促进了西方文化从古代走向近现代。

---

① ［英］麦格拉思：《基督教概论》，马树林、孙毅译，北京大学出版社，2003年版，第1页。
② 参看刘建军：《基督教文化与西方文学传统》，北京大学出版社，2005年版，第2页。
③ 逻各斯中心主义是西方形而上学的一个别称，这是德里达继承海德格尔的思路对西方哲学的一个总的裁决。顾名思义，逻各斯中心主义就是一种以逻各斯为中心的结构，为此我们首先要明白"逻各斯"的含义。"逻各斯"出自古希腊语，为λόγος(logos)的音译，它有内在规律与本质的意义，也有外在对规律与本质的言语表达的意义，类似于我们汉语的"道"，即所谓"道可道"，即规律和本质可以言说。
④ 二元对立是批判理论上一对相反的理论，它们通常会以阶级形式出现。在结构主义理论中，二元对立论，是解释人类基层思想、文化与语言的一种相当有力的工具。二元对立最经典的例子，是理性与感性的二分，而在西方哲学中，理性一向比感性获得更高的评价。

第三，没有基督教，没有基督教文化中表现得极为强烈的灵与肉、感性与理性、天国之城与地上之城的矛盾斗争，也就没有西方文化自身发展的强大动力。西方文化中体现出很强的"人定胜天"①倾向，那么这种"人定胜天"的意识是怎么来的？诚然，古希腊独特的地理环境、文化氛围等因素对形成这种文化心理的作用不容忽视。但是，基督教所开创的天国理想和人的内在冲突学说，使得西方人看到，真正的理想在天国世界，这需要人不断追求才能得到，而人身上的肉欲和心中的魔鬼常常使人走向沉沦。要知道，事物的内部矛盾才是事物发展的根本动力。那么，人要得救，就要不断克制自身的欲望和恶劣的情感，进行自我斗争，向更高的灵的境界飞升。换言之，上帝拯救那些虔诚的人，而人越是能够克制自己的欲望，人自身越是有力量、勇气和追求上帝的精神，就越能够获得上帝的垂青和眷顾。基督教的这种思想，后来成为欧洲乃至美洲大陆的一种普遍的文化心态，甚至成为西方世界人们的一种人生文化信条。所以西方人的"人定胜天"意识并非与生俱来，而是从基督教所主张的人的内心矛盾斗争中产生出来的。人的内心矛盾也成为西方文化发展的动力。甚至古代希腊文化注重人的欲望和基督教强调人的精神理性也构成了尖锐的矛盾，而恰恰是这种矛盾，也导致了文艺复兴、启蒙主义乃至现代主义等一些大的文化思潮的产生，从而推动了西方文化的发展和进步。

可以说，没有基督教文化就没有当今形态的西方文化。基督教文化的特性体现为一种崇拜上帝和耶稣基督的宗教信仰体系，以及与之相关的精神价值和道德伦理观念。在此基础上，它形成了自己独有的哲学思维方式、神学理论框架、语言表述形式、政治经济结构、社会法律制度、行为规范准则、文学艺术风格和传统风俗习惯等。此外，基督教文化还表现为受到这一信仰精神制约或灵性影响的群体及其个人的生存选择、思想情感、文化心态、审美取向。

就西方文学而言，与宗教的联系主要是与基督教文化的联系。从基督教文化的角度而言，它与西方文学的联姻，主要是借文学这种形象性的语言来让人们更好地理解它的"真理"；而从文学的角度而言，基督教在其发展过程中已经超出了狭隘的神学意义，形成一种对西方人的生活方式、价值观念和伦理准则产生巨大影响的文化现象，文学无处不打上了它的烙印。也正是在这个意义上，我们看到了莎士比亚戏剧与基督教文化相同或相似的一面。除了对人的本质的认识、生存方式的选择、存在意义的理解等方面外，"基督教文化的语言表述形式、灵性智慧、超越情感、思维方式、文化心态、审美情趣和致知取向，无不灌注于莎士比亚的戏剧中"②。

---

① "人定胜天"原指"人为的力量能够克服自然阻碍，改造环境"，因为人类是有智慧的生物。这里引申为人可以充分发挥主观能动性。

② 肖四新：《莎士比亚戏剧与基督教文化》，四川出版集团巴蜀书社，2007年版，第21页。

二、莎士比亚与基督教

提起莎士比亚,他最为人熟知的头衔恐怕是"英国文艺复兴时期最伟大、最杰出的人文主义作家",可以说莎士比亚戏剧代表了人文主义文学的最高成就。而本讲却是要分析其作品中的基督教意识,这似乎具有内在的悖论。尽管当时是人文主义盛行时期,但是莎士比亚戏剧的创作却从未完全脱离基督教文化语境。英国学者柏格思曾指出:"莎士比亚汲取《圣经》的井泉如此之深,甚至可以说,没有《圣经》便没有莎士比亚的作品。"①而英国评论家海伦·加德纳则将莎士比亚悲剧直接称为"基督教悲剧",在她看来,"莎士比亚的确以最为优美动人的形式表现了显然是基督教的观念""它所揭示的神秘,都是从基督教的观念和表述中产生出来的,它的一些最有代表性的特点,都是与基督教的宗教感情和基督教的理解相联系的"②。当然莎剧是否像加德纳说的完全就是"基督教悲剧"是值得商榷的,但莎剧与基督教的关系可以说是文学与基督教亲合关系的典型代表。可以这么说,莎士比亚正是"满腔热情地弘扬希腊精神,肯定人的正当欲望,歌颂人性、青春和爱情;又真诚地张扬希伯来精神,由衷赞美高尚的道德和仁慈博爱理念,从而为人类文学宝库贡献出一部部既洋溢着现世欢乐,又引导人趋于崇高的戏剧精品"③。怎样理解人文主义文学中所具有的基督教意识,又怎样解释莎士比亚人文主义中的基督教文化内涵呢?这里将从莎士比亚本人的基督教信仰及他所处时代的文艺复兴运动与基督教的关系两个方面入手。

(一)莎士比亚的基督教信仰

据目前所能搜集到的资料来看,绝大多数关于这位世界文坛泰斗的个人资料,都只能去斯特拉特福小镇的圣三一教堂追寻,因为莎翁一生的重要事件都记录在这里,其中包括他的出生、结婚和殡葬。莎士比亚于1564年4月23日出生在英国中部瓦维克郡埃文河畔斯特拉特福小镇的一个基督教家庭,祖上曾因虔诚的基督教信仰而改变谋生手段。这个故事在莎士比亚家族姓氏上留下了深深的烙印,这种虔诚的基督教信仰氛围想必深深地影响了莎士比亚。据有关学者研究,莎士比亚的祖父雅各·莎士比亚原本是一位佃农,但是庄园主对待佃农极其苛刻,大肆压榨剥削他们的劳动力,佃农们的生活苦不堪言。在这样的境况下,雅各每日虔诚地向耶稣基督祈祷,期盼上帝能降下福祉。一日,雅各在田间祈祷时,灵光乍现,想起耶稣的几个主要门徒原先都是从事渔业的。他认为这是来自上帝的启

---

① 转引自朱维之:《基督教与文学》,上海书店,1992年版,第64页。
② [英]海伦·加德纳:《宗教与文学》,沈弘等译,四川人民出版社,1989年版,第73-74页。
③ 梁工主编:《莎士比亚与圣经》(上),商务印书馆,2006年版,第4页。

示，于是弃"农"从"渔"，离开庄园，去埃文河上以渔业为生，以此效仿圣徒当年所为。莎士比亚祖父对于基督教的虔诚还体现在日常生活的点滴之中，例如，莎祖和莎父经常一同诵读《圣经》，莎士比亚年少时也会时常在旁倾听。在家庭这种浓厚的基督教氛围的耳濡目染之下，莎士比亚想必也会成为一个虔诚的教徒。

图 3-26　莎士比亚出生之地

　　莎士比亚除了出生在一个有着基督教信仰的家庭之外，其本人的一生也与基督教密切相关，因为在仅存的资料中只是记载着莎士比亚出生后在这座教堂洗礼和成年时与安妮·海瑟薇①结婚以及莎士比亚的逝世，这表明莎士比亚一生的重要事件都交予了基督教，反映出其个人的宗教信仰倾向。莎士比亚接受洗礼的记录则表明了他是一个基督教徒。洗礼这个词来自希腊词"baptizein"，意即"洗"或"洗净"。在《新约》中，这个词最初是指施洗约翰在约旦河中施的洗，它是一种悔改的记号，耶稣自己也受过约翰的洗礼。基督教从一开始就把洗礼作为庄严的圣礼，认为这是耶稣基督复活后留下的重大使命："你们要去使万民作我的门徒，奉父、子、圣灵的名给他们施洗。"（马太福音 28：19）洗礼被看作基督教的入教仪式，是成为教会成员的条件和标志。莎士比亚的遗骸能够被埋葬在圣三一教堂这件事，更加表明莎士比亚是一位虔诚的基督教徒。因为在莎士比亚时代，能够死后葬于教会墓园，就可表明此人有生之年是一位称职的基督教徒，不曾有过什么不良信仰记录。莎士比亚能够被安葬在圣地的显要位置，后来又立了塑像，这证明莎士比亚是受人尊敬的信徒，这是一个很确凿的"盖棺定论"。莎士比亚的最后遗嘱更具体、明确地表明了他的宗

---

　　①　1582 年 11 月，18 岁的莎士比亚与安妮·海瑟薇举行婚礼。安妮出身富农家庭，比他大 8 岁，两人在教堂奉子成婚。

图 3-27　斯特拉特福小镇的圣三一教堂

教信仰倾向。遗嘱写着："我将灵魂交托给我的造物主上帝，希望并深信凭借我的救主耶稣基督的恩典，我可以得到永生的福分，并将躯体交付它的质料泥土。"①

　　此外，莎士比亚本人的文学素养也与基督教文化密不可分。作为一代文豪，莎士比亚却几乎没有受过什么正规高等教育，让人不免怀疑其渊博的传统文化、丰富工巧的文辞、崇高经典的文思从何而来。或许我们可以从莎士比亚在基督教文化氛围下的受教育情况中有所发现。有关莎士比亚的传记资料表明，莎士比亚少年时，常常随父母去斯特拉特福小镇上的圣三一教堂参加礼拜。因为莎士比亚从小禀赋聪颖，不但在圣诗班中弹唱俱佳，才艺双全，而且记忆力极好，往往可以在教义问答中对答如流，所以牧师阿瑟·富兰克林对幼年的莎士比亚极为赏识，亲自传授他拉丁文《圣经》，有意将莎士比亚培养成布道者。众所周知，《圣经》不但是一部宗教经典，也是一部名副其实的文学巨著。圣经的文学色彩极为浓郁，谚语格言纵横于章节之间，风采神韵盈溢于行句之外。童年的莎士比亚在牧师阿瑟·富兰克林的悉心教导下，不但能将《圣经》的故事情节烂熟于心，其文采自然也随之突飞猛进。并且，根据阿尼克斯特在其著作《莎士比亚传》中介绍，莎士比亚在斯特拉特福文法学校学习了至少 5 年（1571—1575 年），而这所学校尽管已经具有了世俗的性质，但它

---

　　① 裴安克：《莎士比亚年谱》，商务印书馆，1988 年版，第 175 页。

图 3-28　莎士比亚之墓

毕竟是由宗教性的"圣十字公会"管理的，教义问答、神学入门仍然是当时学校的主要课程。① 海伦·加德纳在《宗教与文学》中也提到莎士比亚对《圣经》了如指掌，并且似乎比他同时代的大多数剧作家对《圣经》都要精通得多。据统计，莎士比亚每一部戏剧运用《圣经》的平均数为 14 次。

由此可见，正是这样一种弥漫着宗教气息的生活环境和教育环境，孕育和熏染了早年莎士比亚的宗教文化心理，也因此使他的文化人格打上了基督教的烙印，不得不说莎士比亚在文学艺术殿堂中的辉煌成就也得益于他与基督教的渊源关系。

（二）基督教文化与英国文艺复兴

不仅莎士比亚的一生都与基督教有着千丝万缕的联系，他创作的具体语境也是与基督教文化紧密相连的。他所处的时代是人的意识在基督教的母胎中逐渐觉醒、人道主义关怀逐渐兴盛的时期。在历史与现实层面上，他所生活的时代是以知识与理性为特征的文艺复兴运动和以信仰与救赎为特征的宗教改革运动同在的时代；这一时代在自然观、历史观与

---

① ［苏］阿尼克斯特：《莎士比亚传》，安国梁译，中国戏剧出版社，1984 年版，第 9 页。

图 3-29　圣三一教堂内部

伦理道德观等方面都与宗教文化观念有着关联。提到当时的文艺复兴运动和人文主义思想体系，人们可能会认为这是一场强调人的欲望和本能并以此来反对基督教的运动，实则不然。文艺复兴时代的人们对宗教的态度还是思潮性的，人文主义思想家和文学家所谓的反对宗教、反对教会其实并不反对宗教这个文化体系本身。他们反对的主要是基督教教会僧侣们对不合时代发展的清规戒律(禁欲主义、蒙昧主义)的固守，反对现实教会和教士利用基督教来实现个人邪恶目的的行为。换句话说，主要是对中世纪教会黑暗腐朽的统治、禁锢人的思想、歪曲宗教原旨的一种强烈的反抗。

由于英国的文艺复兴有着宗教改革的特质，所以人文主义思想与基督教文化内涵交织在一起，这从其自然观、伦理观等诸方面都得以体现。从自然观上看，泛神论、无神论倾向与基督教神学观念并存。人们的好奇心和求知欲极大地推动了自然科学的发展，削弱了基督教的神学自然观。但是基督教文化观念的彻底改变不是一蹴而就的，英国文艺复兴时期的自然观基本上还是承袭了神学观念，"即使在伊丽莎白时代，多数人还是信奉以托勒密学说为基础的天人对应说，即上帝、自然和人构成了一个'生存的伟大链条'"①。莎士比亚也借俄底修斯之口，表达了具有神学意识的宇宙观："诸天的星辰，在运行的时候，谁都恪守自身的等级和地位，遵循着各自不变的轨道，依照着一定的范围、季节和方式，履行他们经常的职责。"(《特洛伊罗斯与克瑞西达》第一幕第三场)在社会历史观上，随着自我意识的觉醒，文艺复兴时期虽然显露出以人的眼光来解释社会现象的理性主义历史观的端倪，"但占统治地位的仍然是基督教的神学史观"，即认为"人类社会和宇宙万物一

---

① 张泗洋、徐斌、张晓阳：《莎士比亚引论》(下)，中国戏剧出版社，1989 年版，第 136 页。

样，都是上帝创造的，历史发展的规律是上帝安排好的，神的旨意就是历史发展的决定因素，而人却是无能为力的"①。莎士比亚时代的人们仍然认为，"历史是被人从古代和基督教文化中继承而来的神圣天道统治着的"②。在伦理观上，文艺复兴时期的人们试图挣脱教会禁欲主义的束缚，推翻旧的信仰，建立一套适宜人性发展的道德准则和评价标准，但这是一套怎样的标准他们并不清楚，在这种断裂中，自我开始裂为碎片，社会陷入了一种无信仰无道德的混乱之中。在英国，为了维护社会的稳定，在很大程度上仍然以旧的伦理道德作为社会的支撑。在伊丽莎白时代的英国，宗教仍然是道德的支撑点。基督教信仰的上帝还是被看作人类的创造者、社会秩序的维护者和法官，基督教《圣经》仍然被看作衡量善与恶的指南。

随着宗教改革的完成和信仰自由的确立，英国彻底摆脱了旧制度的束缚，走上了顺应时代发展需要、符合社会运行规律的发展道路。宗教上的宽容以及政治上相对民主、自由的风气，使人性解放达到前所未有的程度。英国文艺复兴中的人文主义并非要真正地毁灭基督教本身、否定其全部的宗教精神与文化，只是要求在原有的基督教与人、国家、社会的基础上革去不合理的、不人道的因素。因为中世纪的基督教信仰严重偏离了它原有的人文主义精神内核。文艺复兴的人文主义思想之所以与基督教文化有血脉联系，是因为基督教文化并不像当时教会宣扬的那样丝毫不具有人性。基督教作为宗教，从本质上讲是一种关于救赎的宗教，体现的是对人的终极关切。然而当时的宗教成了教会与王权争夺统治权的产物，或者说是教会刻意遮住上帝在人心中的神圣地位的产物，上帝实际上成了教会统治的傀儡。宗教改革和文艺复兴的目的是通过对个人信仰自由和人自身价值的充分肯定，积极去寻求基督教义及其经典著作《圣经》中的人文关怀的成分，宣扬人文主义关怀的原教旨思想。值得注意的是，英国的人文主义与意大利人文主义、早期的人文主义之间的区别是明显的，它不像意大利人文主义③和早期的人文主义那样是一种纯粹破坏性、反抗性的自由扩张性质的人文主义，而是一种建设性的人文主义。莎士比亚时代英国的人文主义基本上属于蒙田式的怀疑论人文主义④范畴，但他又少了蒙田式的怀疑，多了蒙田式的内省。特别是相比蒙田式的怀疑论人文主义，它包含着更多的基督教文化内涵。在同情世俗

---

① 张洒洋、徐斌、张晓阳：《莎士比亚引论》(下)，中国戏剧出版社，1989年版，第153页。

② [美]威尔·杜兰：《世界文明史·理性的时代》，幼狮文化公司译，东方出版社，1999年版，第47页。

③ 意大利人文主义是最早形态的人文主义，它主要是借助古希腊古罗马文化中的人本主义精神来肯定人的价值和尊严，追求人现世的权利，反对封建阶级与教会对人性的摧残与压迫。相比其他三种人文主义形态，它具有追求彻底的个性解放和人性自由、重视感性欲望、无视道德约束等特征。

④ 在人文主义的危机中，以蒙田为代表的人文主义者开始反思所走过的道路，开始怀疑人，追问人性，怀疑人在自然中的优越性，同时对宗教信仰也持一种怀疑态度。

的同时并没有放弃上帝,而与基督教人文主义①不同的是,英国的人文主义在同情上帝的过程中仍然以人为出发点。

也正是在同情世俗的同时不放弃上帝,同情上帝的过程中仍然以人为出发点的历史背景下,出现了莎士比亚这样的人文主义者——既重视人的潜在能力与创造能力,关注人的本质、人类的生存状况、人的存在意义,又与基督教文化有一种割舍不断的联系。莎士比亚以戏剧的形式对两个多世纪以来的人文主义思想进行了全面反思,意识到意大利人文主义带来的情欲泛滥与道德堕落,试图用基督教文化中的基督教文化内涵来矫正它所带来的危机,同时又意识到基督教人文主义对上帝本体论的依恋,而试图对其进行矫正。莎士比亚戏剧中的人文主义避免了基督教人文主义非此即彼的选择,②而且呈现出希腊、罗马文化中的理性精神与希伯来基督教文化中的救赎精神冲突与融合互补的态势。他继承了古希腊、罗马文化中的人本主义精神,肯定人的尊严和价值,形成以人为中心的世界观和人生观;同时继承了基督教文化中有利于人性提升与人性超越的成分,以此对人性中的欲望进行一定程度的抑制,达成对人性的提升与超越。

莎士比亚就是这样通过戏剧作品将现实与浪漫结合、生存状况的描绘与生存方式的探询结合、个体与群体结合、情感和理性与信仰结合、现实关怀与灵魂拯救结合,体现出人文主义与基督教的融合。

三、基督教情怀在莎剧中的体现(以《暴风雨》等为例)

普遍认为莎士比亚晚年创作的四部传奇剧具有明显的基督教意识,表现出对基督教生存方式的留恋,对犯罪者或仇敌的宽恕成为这一时期很多作品的结尾方式。而被称为莎士比亚"诗的遗嘱"的《暴风雨》,更是集中体现了莎士比亚晚期期望通过仁慈、博爱、宽恕、道德改善、良心悔悟达到和解圆满状态的基督教思想。

故事始于一场海上的暴风雨。那不勒斯王阿隆佐、其弟弟西巴斯辛以及米兰现任公爵安东尼奥一行人在归国的航船上突然遭遇暴风雨,惊险万分,流落荒岛,而这场暴风雨却是这座荒岛的主宰者普洛斯彼罗使用魔法有意为之。原来12年前普洛斯彼罗曾是米兰的公爵,因为醉心魔法不理国事,代为执政的弟弟安东尼奥勾结那不勒斯王阿隆佐篡夺了王位,并冷酷地将他和年幼的女儿米兰达放逐海上,企图让他们自生自灭。幸而得那不勒斯一位贵人贡扎罗暗中相助,他们得以侥幸存活,流落至这个小岛。这座荒岛原本是由歹毒

---

① 基督教人文主义,主要以德国为代表,它在古希腊、罗马文化中的人本主义启发下,主张通过回归原初基督教教义改造教会,又被称为圣经人文主义。

② 即神性还是人性的选择。

的女巫西考拉克斯所生的儿子凯列班统治，普洛斯彼罗依靠书中学得的强大魔法，征服了妖怪凯列班，并解救了岛上受苦的精灵爱丽儿，供自己驱使。他通过魔法得知，安东尼奥和那不勒斯王的航船将经过此地，便借助精灵的力量呼风唤雨造成这场暴风雨，将他们弄到了岛上。普洛斯彼罗虽然用暴风雨掀翻他们的船只，让他们惊慌失措、受尽折磨、狼狈不堪，实际上无意伤他们分毫，一行人安全到达岛上。

图 3-30　《暴风雨》中的海难场景（Benjamin Smith 雕刻，1797 年）

阿隆佐的儿子腓迪南与他们走散，在精灵的指引下与米兰达一见钟情，二人被彼此深深吸引。与此同时，阿隆佐以为自己痛失爱子悲伤不已，而狡诈阴险的安东尼奥此时却煽动阿隆佐的弟弟西巴斯辛趁阿隆佐睡眠时将他刺杀，一举夺得王位。正当他们准备动手时，受普洛斯彼罗指示的爱丽儿及时赶来唤醒阿隆佐和贡扎罗，阻止了他们的阴谋。

而另一边憎恨普洛斯彼罗的凯列班遇到了同阿隆佐一行人一起流落岛上的弄臣屈林鸠罗和酗酒的管家斯蒂番诺，凯列班喝了斯蒂番诺的酒后认为那是仙水，将斯蒂番诺奉为天神，鼓动他只要杀了普洛斯彼罗就可以成为这座岛的主人。他们的阴谋被爱丽儿得知，自然无法得逞。

最终，普洛斯彼罗用魔法使阿隆佐一行人认识到自己的罪过，找回迷失的本性，普洛斯彼罗以仁慈的胸怀宽恕了他们的罪过。腓迪南也成功通过了普洛斯彼罗的考验赢得美人归，众人和解，结局皆大欢喜。

图 3-31　莎剧全集的首位现代编辑尼古拉斯·罗（Nicholas Rowe）主编的《暴风雨》中的卷首插图

（一）基督教善恶主题

如前所述，由于莎士比亚本人的宗教信仰、教育背景和时代环境等因素，莎士比亚戏剧中不可避免地体现出了浓厚的基督教文化内涵。其中较为明显的就是莎剧中所体现出的基督教善恶主题思想，表现出与基督教倾向一致的善恶观。纵观莎士比亚的戏剧，我们不难发现贯穿其中的作家特有的博爱、仁慈和宽恕的精神，是其作品中重要的主题。而基督教作为爱的宗教，博爱、仁慈和宽恕一直都是其大力宣扬的基督精神。这一点在《圣经》开篇中亚当、夏娃被逐出伊甸园的故事中就有所体现。人类始祖亚当、夏娃在蛇的引诱下违背神的禁令，在伊甸园中偷吃了分辨善恶树上的果实，犯下了"原罪"。而神在知晓其犯罪后却仍充满爱心地呼唤他们，神的惩罚仅仅是将他们逐出伊甸园，可见神的初衷并非要伤害他们。神没有抛弃人类，而是秉着博爱、仁慈和宽恕之心去修补与人类之祖亚当、夏娃间的关系，修补因人类单方面的愚钝而造成的他们之间的裂痕。这个修补与复合的行动后来在《新约》中一直得以延续，那就是神把他的独子耶稣基督派遣到人间，以其鲜血为世人赎罪并拯救世人，这一情节可视为莎剧中博爱、仁慈和宽恕主题的最初原型。

耶稣的基本主张可以归纳为两个字——博爱。作为基督教经典的《圣经》关于爱的箴言和训诫比比皆是。耶稣就曾对一个律法师说："你要尽心、尽性、尽意，爱主你的神。这是诫命中的第一，且是最大的。其次也相仿，就是要爱人如己。这两条诫命是律法和先知一切道理的总纲。"（马太福音22：37-40）只有有了爱，人才能生活在光明幸福之中，而且爱是把一切完善和谐地联系在一起的纽带。《新约·加拉太书》中云："总要用爱心互相服侍，因为全律法都包在'爱人如己'这一句话之内了。"（5：14）类似的表达在《新约》中屡屡出现。《新约·哥林多前书》的第13章更是详尽地解释了爱的重要性以及什么是爱，最后更是总结道："如今常存的有信，有望，有爱；这三样，其中最大的是爱。"（13：13）博爱可以分为两个方面：爱上帝和爱人如己。莎士比亚作为基督教徒，所创作的角色中有许多信爱上帝的基督徒形象，他们中既有王侯将相，也有平民百姓，都是上帝虔诚和忠实的追随者。"爱人如己"是博爱中世俗的一面，世俗之爱也是信徒们爱上帝的表现和延伸，是神的爱在接受者心中激发的回应。在《新约·约翰一书》中就有强调："没有爱心的，就不认识神，因为神就是爱。"（4：8）同时，"爱人如己"也是爱上帝之后最大的诫命，人若能彼此相爱，就证明已经出生入死了。（约翰一书3：14）《旧约》中也命令说："不可报仇，也不可埋怨你本国的子民，却要爱人如己。"（利未记19：18）《新约》中"爱人如己"出现的次数更多，甚至由此推衍出要"爱仇敌"，耶稣教导说："要爱你们的仇敌，为那逼迫你们的祷告。"（马太福音5：44）"你们的仇敌，要爱他；恨你们的，要待他好；咒诅你们的，要为他祝福；凌辱你们的，要为他祷告。"（路加福音6：27-28）由此可见，上帝要求凡人在世俗生活中实践各种类型的爱，爱他人就如同爱自己。

《暴风雨》开篇始于一场精心策划的可怕的暴风雨，而且在策划者普洛斯彼罗娓娓叙来的往事中，读者不免以为这是一个关于复仇的故事。然而了解全篇故事后就会发现，这实际是一个始于恨而终于爱的故事，博爱、仁慈和宽恕的思想贯穿全文。其中最突出的是对《圣经》中"爱仇敌"的体现。对于普洛斯彼罗来说，弟弟安东尼奥曾经是他在世上除了米兰达之外最爱的人，因为完全的信任，他将国事都托付给安东尼奥管理。安东尼奥却完全背叛了他的信任，任由自己野心的膨胀，弃骨肉亲情于不顾，企图让自己的兄长及其年幼的女儿自生自灭。在讲述这段往事的时候，普洛斯彼罗不断地用"奸恶的兄弟""坏心肠的叔父"等来称呼安东尼奥，感叹自己的行为引出了"恶弟的毒心"，自己"无限大的信托"却滋生了他"无限大的欺诈"。（第一幕第二场）安东尼奥无疑由他曾经的所爱之人变成了如今的所恨之人，这种转变尤其令人心寒，所导致的恨尤其深至骨髓。而那不勒斯王原本就和普洛斯彼罗有着"根深蒂固的仇恨"，安东尼奥为了独揽大权便与那不勒斯王协谋，甚至签订了丧权辱国的条约，"一个从来不曾向别人低首下心过的邦国，这回却遭到了可耻的卑屈"。(第一幕第二场)可谓新仇加旧恨,私人恩怨更添国恨,普洛斯彼罗对那不勒斯王阿隆佐的仇恨是显而易见的。普洛斯彼罗感叹道:"慈悲的上天眷宠着我,已经把我的仇人们引到这岛岸上来了。"(第一幕第二场)这无疑是他报复仇人的最佳时机,作为岛上的主宰者同时拥有强大的魔法,他可以用任何想要的方式对付他的仇人们。然而当爱丽儿指挥那场暴风雨后回来复命时,普洛斯彼罗首先就是关心他们的性命安危,爱丽儿也按照他的指令让这些人"一根头发都没有损失",可见他从一开始就没有对仇人们行狠毒之事的心。(第一幕第二场)他甚至还专门询问了国王船上的水手们和其余船只的情况,可见普洛斯彼罗是一个心中充满爱与仁慈的人,不想因为自己的私心伤及无辜。当安东尼奥煽动阿隆佐的弟弟西巴斯辛趁众人沉睡时刺杀阿隆佐以取而代之时,普洛斯彼罗也没有因为阿隆佐是自己的仇人而任之发展,而是派遣爱丽儿唤醒了正直的老大臣贡扎罗,成功阻止了他们的阴谋。可以说,普洛斯彼罗完全可以置之不理,装作毫不知情,于他也不会有任何良心上的负担,可是他却以一颗博爱仁慈之心选择了保护自己的仇人。

爱丽儿告诉普洛斯彼罗他的弟弟安东尼奥、阿隆佐和西巴斯辛在他精心策划的魔法之下为自己的罪恶惊恐不安,继而变得疯疯癫癫,爱丽儿表示自己如果是人类也会于心不忍,普洛斯彼罗以一段充分显示其博爱、仁慈、宽恕品质的话语作为回答:

> 我的心也将会觉得不忍。你不过是一阵空气罢了,居然也会感觉到他们的痛苦;我是他们的同类,跟他们一样敏锐地感到一切,和他们有着同样的感情,难道我的心反会比你硬吗?虽然他们给我这样大的迫害,使我痛心切齿,但是我宁愿压伏我的愤恨而听从我的更高尚的理性;道德的行动较之仇恨的行动是可贵得多的。要是他们已经悔过,我的唯一的目的也就达到终点,不再对他们更有一点怨恨。去把他们释放了吧,爱丽儿。我要给他们解去我的魔法,唤醒他们的知觉,让他们仍旧恢复本来的面目。

（第五幕第一场）

只有兼怀博爱的人才能如此感触仇敌的痛苦。虽然他们是仇人,但对于有着博爱之心的普洛斯彼罗来说,他们更是落难的同胞,对他们的受难感同身受,希望帮助他们脱离苦海。即使他们的迫害使他"痛心切齿",可是他也要听从他"更高尚的理性",而这"更高尚的理性"可以说就是他心中的爱。"道德的行动较之仇恨的行动是可贵得多的",有什么是比博爱更道德的呢?普洛斯彼罗对于他的仇人们也依然有着同胞之爱,仁慈以待,只要他们可以悔过便愿意宽恕他们,既往不咎。《新约·路加福音》中教导不要"单爱那爱你们的人""善待那善待你们的人",要做到"爱仇敌,也要善待他们,并要借给人不指望偿还,你们的赏赐就必大了,你们也必作至高者的儿子,因为他恩待那忘恩的和作恶的"。(6:

35）"爱仇敌"可算是"爱人如己"的最高境界了，充分体现了博爱、仁慈和宽恕的精神。

除了这种对仇人的爱，普洛斯彼罗的其他种种行为都显示了他是一个心中充满爱的人。对于米兰达，普洛斯彼罗的爱是最为明显的且理所当然的。正因为深爱着女儿，才能在身处险境的时候"不致绝望而死"，会因为女儿的一个微笑而"生出忍耐的力量"去对抗任何祸患。（第一幕第二场）米兰达无疑是普洛斯彼罗掌上的珍宝，他严谨地教育她，细心地呵护她，把她视为美德的化身，悉心保护她的贞洁。正如普洛斯彼罗自己所说："凡我所做的事，无非是为你打算，我的宝贝！我的女儿！"（第一幕第二场）他掀起这场暴风雨及后面所做的种种，不是为了纾解自己心中的愤恨，而是处处在为女儿的未来打算。年事已高的普洛斯彼罗即便余生都将在这座孤岛上度过也是安之若素的，毕竟在这里他依然是至高无上的统治者。而女儿米兰达花样的年华才刚刚开始，只能在这样的荒岛上无人欣赏、暗自凋谢无疑令人扼腕叹息，作为父亲的普洛斯彼罗更是不忍的。于是他精心策划了米兰达与腓迪南的相爱、自己与那不勒斯王阿隆佐及弟弟安东尼奥的和解，为女儿的未来铺就了一条康庄大道，许了她一个美好灿烂的明天。对于毫不相关的精灵爱丽儿，自己也是前途未卜的普洛斯彼罗没有选择对爱丽儿的痛苦置之不理，而是将其从囚禁了他十二年的松树裂缝里解救出来。尽管他要求爱丽儿为自己服务，可是面对如此万能的精灵他也没有想过要永远占为己有，而是承诺在一定期限后给予爱丽儿完全的自由。对于万恶的女巫西考拉克斯的儿子凯列班，他也表现出了爱心与善意，据凯列班自己的话说就是"抚拍我，待我好，给我有浆果的水喝，教给我白天亮着的大的光叫什么名字，晚上亮着的小的光叫什么名字"（第一幕第二场），甚至还让他住在自己的洞里，若不是凯列班企图破坏米兰达的贞操，想必也不会被普洛斯彼罗当成奴隶对待。在生命最艰难的时刻，普洛斯彼罗对其他生命的善意，表现了他心中一直坚守的博爱与仁慈。

莎士比亚在剧作中塑造了许多这样的角色，尤其是在他晚期创作的传奇剧中，这些个性鲜明的人物通过行为上的实践真正发扬了基督教中博爱、仁慈和宽恕的精神。四部传奇剧①结局都是以婚姻的缔结来表示最终的和解，都是以团圆而结束，主题都是宽恕、仁慈、博爱与和解。②

《泰尔亲王配力克里斯》是最早体现莎士比亚晚期传奇剧特色的作品。主人公配力克里斯识破安提奥克斯父女的乱伦隐私，惧其权势，自己远航逃离本国。此后他颠沛流离，屡遭厄运。得知妻子和爱女相继离世，他万念俱灰，命在旦夕。然而他奇迹般地发现妻女都还活着，合家团圆，皆大欢喜，而邪恶势力都得到应有的惩罚。这种结局体现了莎士比亚

---

①　莎士比亚于1608—1612年创作的带有相同特征的四部戏剧《泰尔亲王配力克里斯》《辛白林》《冬天的故事》《暴风雨》，被称为传奇剧。

②　参看肖四新：《莎士比亚戏剧与基督教文化》，四川出版集团巴蜀书社，2007年版，第213-215页。

图 3-32 《腓迪南求爱米兰达》(William Hogarth 绘制，1736 年)

一直坚持的原则：生活中的美一定会战胜丑，一个人只要忠心向善，净化道德，坚持真理，最后定能获得幸福。《泰尔亲王配力克里斯》在思想上跟莎士比亚的其他传奇剧有一定不同的地方，它不像后期的《暴风雨》《冬天的故事》等剧那样明显地渲染宽恕仁爱可以感化坏人，使之改恶从善的伟力，而是让恶人遭到应得的惩罚。但是剧中的人物及其经历也显示出与基督教一致的善恶观，尤其在玛丽娜身上。玛丽娜就是苦难和忍耐的化身，是道德的象征，屡遭磨难却从没有放弃心中的信仰，而是因苦难产生忍耐、希望和爱。尤其难能可贵的是她被海盗抢去卖到妓院以后，能够身处逆境不低头，毫无畏惧地宣传上帝的真理、崇高的道德，宽恕和爱每一个人，使不少嫖客洗心革面，回头向善。

《冬天的故事》中西西里国王里昂提斯由于嫉妒，无端猜忌其好友波希米亚国王波力克希尼斯与其妻赫米温妮有染，进而疯狂地企图谋杀好友，陷害善良无辜、身怀六甲的王后，并狠心地将早产的女儿潘狄塔抛弃到荒野。然而，小王子玛弥利阿斯去世，王后听到噩耗心碎而"死"，使他在精神上遭受了巨大的打击。神谕的警示，使他幡然悔悟，对他可怜的判断悔恨万分，并许下诺言在他的余生每天悼念他死去的妻子和儿子。在经过长达16年的折磨和忏悔后，女儿的身份得以确认，"已死"的王后也由"雕塑"变为真人，一家人团聚，波力克希尼斯与赫米温妮更是对里昂提斯表现出了宽恕与仁慈。波力克希尼斯不仅不计较里昂提斯对自己的猜疑与追杀，原谅了他，还同意了自己的儿子与里昂提斯女儿的婚事。而赫米温妮则始终对神充满敬爱，相信他一定会证明自己"无罪的纯洁"，即使蒙受不白之冤，也恳求上天"不是用复仇的眼光，而是用怜悯的心情"来对待一切人。她像耶稣基督一样献出自己的生命，给罪恶的里昂提斯"异想天开的噩梦充当牺牲"。（第三幕第二场)对于冤枉了自己，让自己这么多年无辜受累的丈夫，也选择了宽恕。

在《辛白林》中，由于辛白林的轻信与暴怒，继王后的贪婪，辛白林的两个儿子流落异国他乡，辛白林与儿子"当面不相识"。(第五幕第四场)波塞摩斯则由于自己的妒忌与轻信等原因，相信阿埃基摩捏造的伊摩琴失贞的谎言，甚至要仆人去杀死贞洁的妻子，与妻子几乎生离死别。然而，剧中人物的博爱、仁慈、宽恕与忍耐最终使得所有的误会解开，不仅夫妻、父子、兄妹得以团圆，而且英国与罗马也得以和解。被辛白林无辜放逐的培拉律斯与波塞摩斯不计前嫌，冒着生命危险在敌人的重围中救出了辛白林，表现出仁爱与宽恕，双方和解，重归于好。甚至对于给自己带来诸多无妄之灾的阿埃基摩，波塞摩斯也表现出了仁慈："我在你身上所有的权力，就是赦免你，宽恕你是我对你唯一的报复。活着吧，愿你再不要用同样的手段对待别人。"(第五幕第五场)而伊摩琴不仅宽恕和原谅了真心忏悔的波塞摩斯，即使对加害自己的后母与生父、纠缠自己的克洛顿，以及诽谤诬陷自己的阿埃基摩，也没有报复之心，而且也一刻没有放弃恻隐与怜悯博爱之心。

其实除了莎士比亚这四部传奇剧表现出的博爱、仁慈和宽恕尤其明显外，其大部分剧作也表现了与基督教一致的善恶主题，显示了莎士比亚本人的基督教情怀。

(二)基督教隐喻系统

表面上看，莎士比亚在《暴风雨》中为我们描绘了一个空灵的桃源境地，那里与世隔绝，有着魔法和精灵的存在，但透过曼妙缥缈的场景、曲折离奇的情节、虚幻非凡的人物，我们仍能看到莎士比亚时代基督教生活的影子。可以说，莎士比亚通过巧妙安排，使剧中岛上的世界成为基督教世界的隐喻性存在。

首先，剧中的人物就充满了象征意义，显示出了关于基督教的隐喻内涵。在剧中，腓迪南就是用"死亡"来洗刷世人罪恶的人子耶稣，他的经历与耶稣有着某种程度上的对应。在《罗马书》中就有提道："因为我们作仇敌的时候，且藉着神儿子的死，得与神和好；既已和好，就更要因他的生得救了。"(5：10)自从耶稣被钉在十字架上受死，流出宝血替世人赎罪之后，人类摆脱了原罪和必死的命运，与上帝重归于好。耶稣舍身之后也借着上帝的恩典重新复活。腓迪南也经历了一个类似的"死而复活"的过程。他开始被误认为已葬身于海底，在他父亲阿隆佐和臣子们看来，他已经不在人世。由此引发了阿隆佐的醒悟，他认识到自身的罪恶并开始忏悔以求得宽恕。但事实上，他并没有死，而是在普洛斯彼罗那里。因而对他的父亲来说，他的再次出现就意味着"复活"，而他复活的直接结果就是阿隆佐和普洛斯彼罗化干戈为玉帛。这使得阿隆佐彻底忏悔，洗清了自己的罪责，获得了新生。

剧中米兰达的形象也颇具象征意义。她圣洁善良，充满爱心，是典型的基督徒形象。在海难发生之时，出于天赐的怜悯本能，她对遇难者充满同情，呼喊道："我瞧着那些受难的人们，我也和他们同样受难。"（第一幕第二场）由此可见，她有一颗仁慈博爱之心。
而那些受难者正是她父亲的仇人，因而她的怜悯正好印证了基督教"爱仇敌"的普世思想。
她和腓迪南有一种天然的亲密关系。两人并不相识，但初次相见米兰达就相信他不是坏
人。她对父亲说："我简直要说他是个神；因为我从来不曾见过宇宙中有这样出色的人
物。"（第一幕第二场）她在腓迪南受到考验之时要求父亲不要折磨他，而自己愿意做他的
保人。这在暗示，米兰达是一个认识神的人。耶稣降临人间，却遭世人弃绝，许多盲目的
罪人不识神，使神在人间受到种种酷待。于是米兰达这种天然的对神的信任就带有重要意
义，它表明了米兰达虔诚信徒的身份。从一见钟情到最终嫁给腓迪南，她经历了一个类似
于皈依神的心路历程。

图 3-33　《暴风雨》中米兰达阻止父亲折磨腓迪南的场景（William Hamilton 绘制，1790 年）

从剧中可知，阿隆佐一群人因暴风雨来到小岛，腓迪南和米兰达的相遇、相恋以及
"死而复生"，都是普洛斯彼罗一手安排的。普洛斯彼罗以全知视角出现，俨然是上帝的化
身，他掌握魔法，控制精灵，呼风唤雨，无所不能，内心又充满了宽恕与仁慈。苦心安排
阿隆佐和安东尼奥受难，让他们认识到自己的罪恶，在忏悔中获得新生，重归乐园。凯列
班是邪恶的女巫的儿子，是被置换成人的伊甸园的蛇的原型，具有诱惑、欺骗、背叛等邪
恶的性质。蛇的原型在《圣经》的其他地方演变成撒旦和魔鬼，企图诱惑约伯和耶稣去反抗

上帝，这一情节与凯列班伙同阿隆佐的酗酒的管家斯蒂番诺和弄臣屈林鸠罗密谋暗害普洛斯彼罗也有相似之处。

剧中人物所经历的种种事件都因场景而被赋予特定的宗教含义，构成了《暴风雨》基督教隐喻系统的框架。阿隆佐一行人由于暴风雨全都弃船跳入泡沫腾涌的海水中，据爱丽儿的描述："他们穿在身上的衣服也没有一点斑迹，反而比以前更干净了。"（第一幕第二场）由此可见，这群人实际上经受了一场洗礼仪式。施洗（希腊文 baptizein）含有"没入水中""浸入水中"之意。"浸入"象征慕道者被埋葬于基督的死亡之中，又借着与他一起复活，从死亡中走出来，成为新的受造物，获得灵性的更新。在《创世纪》中，上帝用大洪水洗涤了世间的罪恶，而诺亚全家却借着"方舟"，在洪水的洗礼中获得新生。与此类似，剧中的几个角色也经由"方舟"，在经受了海水的洗礼后来到岛上。落水与海水的浸泡在这里显然有象征意义。爱丽儿对腓迪南唱道："他消失的全身没有一处不曾受到海水神奇的变幻，化成瑰宝，富丽而珍怪。"（第一幕第二场）在第一幕第二场和第二幕第一场中，先后四次提及这一行人的衣服比以前更干净了，像是新染过的一样，跟第一天穿上去的时候一样新。用语与《启示录》中"那些洗净自己衣服的人有福了"相合，喻示着他们有可能认识到自己疯狂的欲望之肮脏，洗清罪恶，重归善与爱的怀抱。随着洗礼的进行，叛逆者安东尼奥和塞巴斯蒂也逐渐觉悟。起初，他们不相信上帝，不相信"人子"还活着，嘲笑忠诚的贡扎罗。但当腓迪南带着米兰达重新出现（隐喻人子复活）在他们面前时，这些嘲弄奇迹的人不禁惊叹这是最"不可思议的奇迹"。在剧中，"人子"腓迪南受洗之后的变化最具象征意义。他同船上其他人相比可称为无罪之人，他的受洗使人很容易想到《新约》中约翰为耶稣进行的洗礼。此后腓迪南的身份发生变化，不仅承担起赎清自己父亲罪责的任务，还帮助岛上其他有罪之人获得重生。他继承王位，预示着米兰和那不勒斯公国的历史将揭开新的一页。面对这异乎寻常的变化，贡扎罗赞叹道："啊，这是超乎寻常喜事的喜事，应当用金字把它铭刻在柱上，好让它传至永久。……而我们大家呢，在每个人迷失了本性的时候，重新找着了各人自己。"（第五幕第一场）伴着"但愿如此，阿门"这个仪式结束语，贡扎罗为受洗之人的新生作了一个绝妙的总结。

在整部剧中经常会有音乐的出现，指引着人们。腓迪南在经历了象征着死亡的海水的洗礼后，听见了爱丽儿弹唱的音乐：

> 来吧，来到黄沙的海滨，
> 把手儿牵得牢牢，
> 深深地展拜细吻轻轻，
> 叫海水莫起波涛——
> 柔舞翩翩在水面飘扬；

可爱的精灵，伴我歌唱。

听！听！（和声）

汪！汪！汪！（散乱地）

看门狗儿的狺狺，（和声）

汪！汪！汪！（散乱地）

听！听！我听见雄鸡

昂起了颈儿长啼，（啼声）

喔喔喔！

（第一幕第二场）

这首歌事实上暗示着一种福音的召唤，与《马太福音》中的语句有着相似的节奏："凡劳苦担重担的人，可以到我这里来，我就使你们得安息。我心里柔和谦卑，你们当负我的轭，学我的样式，这样，你们心里就必得享安息。因为我的轭是容易的，我的担子是轻省的。"（马太福音 11：28-30）经过祈祷和洗礼，腓迪南已经处于黎明将至的前一刻，公鸡报晓和看门狗的叫声也因此带有了福音召唤的含义。公鸡宣告米兰"不凡新世界"的开端，狗吠预示着传达天命之使者的到来。它们使人想到《马可福音》中的语句："所以你们要警醒，因为你们不知道家主什么时候来，或晚上、或半夜、或鸡叫、或早晨，恐怕他忽然来到，看见你们睡着了。"（马可福音 13：35-36）腓迪南也自觉地将这音乐与神灵联系起来，他感叹道："这音乐是从什么地方来的呢？在天上，还是在地上？……一定的，它是为这岛上的神灵而弹唱的……它的甜柔的乐曲平静了海水的怒涛，也安定了我激荡的感情；因此我跟随着它，或者不如说是它吸引了我……"（第一幕第二场）腓迪南就是遵循着这音乐的指引与米兰达相遇、相爱，最后促成阿隆佐与普洛斯彼罗的和解，掀开米兰与那不勒斯的新篇章。

在第三幕第三场中，普洛斯彼罗带领精灵们用魔法在阿隆佐一行人面前表演了一出筵席出现又消失的戏码，阿隆佐对于当时响起的"庄严而奇异的音乐"描述道："虽然不开口，但他们的那种形状、那种手势、那种音乐，都表演了一幕美妙的哑剧。"音乐在这里可不仅仅是为了烘托气氛营造氛围的可闻的乐声，还蕴含了一种召唤。精灵们的表演更像是在进行一个宗教仪式，就这个宗教仪式而言，这里的音乐可能是邀请参加上帝晚宴的召唤。剧中描述道："下侧若干奇形怪状的精灵抬了一桌酒席进来；他们围着它跳舞，且作出各种表示敬礼的姿势，邀请国王以次诸人就食后退去。"（第三幕第三场）

起初精灵们退下而留下了酒席，然而当西巴斯辛和阿隆佐等人准备享用时，筵席却消失了（爱丽儿化成怪鸟，以翼击桌，筵席顿时消失）。爱丽儿向阿隆佐、西巴斯辛和安东尼奥宣告：

图 3-34　《暴风雨》中的筵席场景图（英国画家 Robert Dudley 绘制）

　　你们是三个有罪的人；操纵着下界一切的天命使得那贪馋的怒海重又把你们吐了出来……好生记住吧，我来就是告诉你们这句话，你们三个人是在米兰把善良的普洛斯彼罗篡逐的恶人，你们把他和他的无辜的婴孩放逐在海上，如今你们也受到同样的报应了。为着这件恶事，上天虽然并不把惩罚立刻加在你们身上，却并没有轻轻放过，已经使海洋陆地，以及一切有生之伦，都来和你们作对了。你，阿隆佐，已经丧失了你的儿子；我再向你宣告；活地狱的无穷的痛苦——一切死状合在一起也没有那么惨，将要一步步临到你生命的途程中；除非痛悔前非，以后洗心革面，做一个清白的人，否则在这荒岛上面，天谴已经迫在眼前了！

（第三幕第三场）

　　可见，他们是三个有罪的人，其所作所为使之在罪恶和灭亡的边缘徘徊，因而不能领受圣餐。酒席的消失与灭亡相联系。有些人不做任何善事，却只想领受圣餐，肆意吃喝，原不知此乃耶稣的血肉，这样做只能徒增他们的罪名，为他们招来诅咒。因为只有以一种纯净的心态全心全意信仰上帝的人，才能够领受圣餐。这些人都怀着不可示人的罪恶目的，不相信上帝，更不信人子还活着，享用筵席只能导致他们更快灭亡。让他们听到邀请参加筵席的召唤，却不被允许享用筵席——圣餐，眼睁睁看着一切如昙花一现，目的是让他们认识到自己的罪过，实现心灵的洗涤，改过自新。

　　从以上分析可见，《暴风雨》与基督教经典《圣经》有着诸多的对应关系，显示出关于基督教的深刻隐喻意义。莎士比亚作为深受基督教影响的人文主义者，在多年的世事沉浮之后，对人们所追求的人文主义产生了一定的怀疑，对其有了新的看法。对于这种复杂的心情，莎士比亚选择通过文本来倾泻，利用叙事技巧，经过自己审美艺术思维加工后，创造出了具有隐喻特色的《暴风雨》。

（三）基督教《圣经》结构

莎士比亚不仅在精神上受到基督教文化的影响，而且在艺术形式上也受到了基督教艺术，特别是基督教经典《圣经》的影响。美国学者莱肯就曾指出，基督教《圣经》中"包含了大量的西方文学作品中的各种原型"①。作为文学原型的基督教艺术经典，《圣经》的确从各个方面影响和滋养了莎士比亚。西方许多学者，如芭芭拉·莱文斯基、布赖恩特和亨特尔等就认为基督教《圣经》结构是莎士比亚艺术的潜在结构。莎士比亚戏剧在艺术形式上对基督教艺术的借鉴，在形式上体现了莎士比亚戏剧中的基督教意识。

在《暴风雨》中，首先较为明显的就是其意识层面所体现出来的基督教观念中最基本的二元对立模式——"神-魔"二元对立结构模式。在基督教观念中，作为万人敬仰的唯一真神，上帝无疑是代表着"至善"，而作为上帝的对立面，人人惧怕、厌恶的魔鬼则代表着"至恶"。上帝与魔鬼的对立就形成了基本的"神-魔"二元对立结构模式。除了上帝与魔鬼的对立外，基督教《圣经》中所记载的天堂与地狱、善人与恶人等之间形成的对立也都可以说是"神-魔"二元对立结构模式的另一种表现模式。这种二元对立的结构模式事实上成了人们看待事物的一种思维模式，在思想意识上对莎士比亚产生了影响，进而体现在他的剧作中，尤其体现在莎士比亚戏剧中的人物塑造和场景设置上。

在人物塑造方面，莎剧中的"神-魔"二元对立结构模式主要体现在善人与恶人、人内心善的一面与恶的一面的冲突对立，善与恶的冲突对立成为莎士比亚戏剧中情节与人物冲突的根本原因。《暴风雨》中普洛斯彼罗与安东尼奥是处于对立中的二元。普洛斯彼罗对弟弟安东尼奥付出了全身心的爱与信任，将国事托付于后者却遭来背叛，导致自己和年幼的女儿颠沛流离至荒岛；在生命最艰难的时刻，普洛斯彼罗也坚持着对其他生命的善意，解救被囚禁的爱丽儿，善待邪恶女巫的儿子凯列班，还阻止了安东尼奥杀害自己的仇人阿隆佐的阴谋；最后甚至用博爱与仁慈来拥抱那些伤害过他的人，选择了宽恕。普洛斯彼罗身上如上帝般的高贵品质，无疑体现了"善"的一面。而安东尼奥一次次被自己的欲望和野心所驱使，为达目的不择手段，视生命如草芥，体现的则是他如魔鬼般"恶"的品行。普洛斯彼罗与安东尼奥之间的对立正是"神-魔"二元对立结构模式的典型呈现。除此之外，莎剧中还有许多诸如此类的例子，如《维洛那二绅士》中忠于友谊与爱情的凡伦丁与背信弃义的

---

① ［美］勒兰德·莱肯：《圣经与文学》，徐钟等译，春风文艺出版社，1989年版，第13页。

普洛丢斯的对立，《哈姆雷特》中高贵正义、重整乾坤的哈姆雷特与野心勃勃、弑君篡位的克劳狄斯的对立，《麦克白》中具有"高贵的天性""保持着清白与忠诚"的班柯与有着"跃跃欲试的野心"和"黑暗幽深的欲望"的麦克白的对立，《李尔王》中诚实善良的考狄利娅与虚伪恶毒的高纳里尔、里根的对立等。

剧中的人物不仅有着鲜明的善恶之分，一如基督教《圣经》中的人物往往面临着上帝的旨意和魔鬼的诱惑之间的选择，他们内心世界也面临着善恶的选择与较量，体现着人性中的"神-魔"二元对立结构。《暴风雨》中的阿隆佐、西巴斯辛甚至普洛斯彼罗都曾处于这种进退维谷的矛盾与选择之中。那不勒斯王阿隆佐与安东尼奥勾结将普洛斯彼罗撵出米兰国境，帮助篡逆者登上王位，本是背负着沉重的罪恶，属于"恶人"的行列，但他在经历了岛上的种种事件后开始悔悟，有了向善的愿望。阿隆佐在看到普洛斯彼罗以昔日米兰公爵的装扮出现在他面前时忏悔道："自从我一见你之后，那使我发狂的精神上的痛苦已减轻了些。如果这是一件实在发生的事，那定然是一段最稀奇的故事。你的公国我奉还给你，并且恳求你饶恕我的罪恶。"（第五幕第一场）面对善恶之间的心灵折磨，阿隆佐最终选择了善。阿隆佐的弟弟西巴斯辛心中本存着善的基因，对于王位没有非分之想，在安东尼奥询问他除了腓迪南（此时他们都认为腓迪南已经溺水而死）应该轮到谁继承那不勒斯的王位时，他诚实果断地回答了克拉莉贝尔的名字，面对安东尼奥的质疑他反驳道："不错，我的哥哥的女儿是突尼斯的王后，她也是那不勒斯的嗣君。"（第二幕第一场）面对安东尼奥暗示自己效仿其篡夺哥哥王位的做法，西巴斯辛也曾质问安东尼奥的良心，但最终还是没有经受住魔鬼的诱惑，选择举剑，选择了恶。即使是博爱仁慈代表的普洛斯彼罗一定也面临着内心善恶的抉择，面对欲望与诱惑一定也会有所摇摆。面对将自己陷入生死困境的仇人，是进行可怕的复仇一泄多年的苦闷，还是选择宽恕？面对能呼风唤雨、拥有神奇魔力的精灵爱丽儿，是将其困住一直为己所用任意驱使，还是还其自由？面对赋予他强大魔力的魔法书，是好好保存充分利用以增强自己的魔法，还是将之抛弃毁灭从而做回普通人？面对这些选择，前者无疑是充满诱惑的，它们直接与人内心深处的本能和欲望相连，选择后者则需要人调动身上所有的道德情感与之搏斗。普洛斯彼罗心中的善战胜了充满诱惑的恶，选择了后者。莎士比亚笔下的人物往往是善恶一体的，只不过最后所做出的行动是一方战胜另一方的结果。表现最为明显的是麦克白，剧中花了大量笔墨描写他在善与恶之间选择搏斗时矛盾、痛苦和犹豫的心情，善与恶的冲突屡次将他推向崩溃的边缘。克劳狄斯在谋杀兄长后也曾忐忑不安，受到良心的折磨，一度有过向善的倾向，因而向上帝祈祷求救。作恶多端的爱德蒙也会在临死之际激发内心善的因子，忏悔自己的罪行，告知了谋杀李尔王和考狄利娅的阴谋。

在场景设置方面，《圣经》中很明显地存在天堂与地狱的二元对立，上帝居于天堂而魔鬼居于地狱，在莎士比亚的戏剧中则有理想的世外桃源与丑恶的现实世界的对立。《仲夏夜之梦》中让有情人终成眷属的仙境森林与有着冷酷婚姻法的雅典城市的对立,《威尼斯商人》中充满祥和与平等、温馨浪漫的欢乐之地贝尔蒙特与满是利益算计、尔虞我诈的威尼斯的对立,《皆大欢喜》中充满真善美和爱的亚登森林与篡权夺位、兄弟相残的宫廷的对立,等等。前者无论是有着仙王和仙后的森林、亚登森林还是贝尔蒙特等,都是人类美好愿望和憧憬的投影,等同于天堂或伊甸园;而后者雅典、威尼斯和宫廷等,则是腐蚀人心的黑暗之地,如同魔鬼的藏匿之所。场景设置方面的二元对立在《暴风雨》中也表现得尤为明显。与兄弟阋于墙的米兰公爵府相比,普洛斯彼罗与女儿意外到达的小岛宛如世外桃源,与世隔绝,精灵相伴,他们在这里过着安宁祥和的生活,免除尘世间一切的纷纷扰扰。更重要的是,这是一座充满博爱与仁慈的神圣之岛,恶人在这里也受到了心灵的洗涤,找回善的自我。

　　《暴风雨》及其他莎剧在叙述层面也体现了对《圣经》结构模式的遵循。从《圣经》的叙述来看,它讲述上帝创造了世界和人类并让人类生活在快乐无忧的伊甸园里,而人类却违背上帝的规诫从而被上帝逐出伊甸园在人间受苦,但因为人们对上帝忏悔,他们得以经历种种磨难后在"启示录"中重新获得乐园。弗莱将《圣经》这种遵循着"乐园—犯罪—惩罚—忏悔—得救"的叙述结构称为"U形结构"。起初普洛斯彼罗与安东尼奥和谐快乐地生活在称雄于所有列邦的米兰,爱并且信任弟弟的普洛斯彼罗将国事都交托给了弟弟,自己则在幽居生活中修养德性。阿隆佐好好地做着他的那不勒斯王,其弟弟也是安分守己。可以说这时候的大家都平静无忧地生活在各自的"乐园"之中。而欲望和野心却渐渐爬上安东尼奥的心头,他与那不勒斯王阿隆佐相互勾结狼狈为奸,将普洛斯彼罗逐出米兰,篡权夺位,这是犯罪。接着一场暴风雨将这群人的船只掀翻,将惊慌失措、狼狈不堪的他们带到了荒岛上,在普洛斯彼罗的魔法之下,这群人也算是受尽了身心的种种折磨,这些经历就是对他们犯罪的惩罚。在经历这一番磨难之后,阿隆佐明确开始为自己的所作所为忏悔并请求宽恕,安东尼奥虽然没有明确道出他的忏悔之意,但是通过贡扎罗的总结之语"普洛斯彼罗在一座荒岛上收回了他的公国;而我们大家呢,在每个人迷失了本性的时候,重新找着了各人自己"可合理推测安东尼奥也进行了自我反省。(第五幕第一场)最后,普洛斯彼罗宽恕原谅了所有人,阿隆佐重获爱子,大家相伴离开荒岛回到自己的国家,一切重回和谐美满之境,是为"得救"。除了《暴风雨》中较为严格地遵循了这一U形叙述模式,莎剧中多次出现的"死亡与再生""失而复得"等故事结构其实都是这种叙述模式的变体,在其深层结构上仍然是遵循着《圣经》的U形叙述模式。

　　此外,作为上帝独子的耶稣基督为拯救世人所经历的这种"磨难—死亡—复活"的模式也是《圣经》中一个重要的叙述结构模式原型,这种叙述结构在莎士比亚的四部传奇剧中反复出现。《暴风雨》中的普洛斯彼罗、《辛白林》中的伊摩琴、《冬天的故事》中的赫米温妮以及《泰尔亲王配力克里斯》中的泰莎和玛丽娜都经历了从人生的顶峰跌落低谷,经历各种各样的磨难，甚至在人世间"死亡"，很长时间后又得以"复活重生"。在《圣经》中，耶稣基督为了拯救世人必须死去，因为他必须"以死亡来彰显、救赎、净化人的罪"，但是"没有复活的死亡会让死亡永远定格于人们心中，使罪永远定格于人的身上而无从救赎，因此耶稣必须复活。他的复活意味着人之罪的最终救赎，意味着人的最终获救的可能"①。在四部传奇剧中主人公的"复活"也有着"救赎"的意义。《暴风雨》中身为米兰公爵的普洛斯彼罗由于弟弟和阿隆佐的勾结，一夜之间失去所有一切并被放逐海上任其自生自灭，幸存于荒岛的他就这样在荒岛上待了12年，其他人无疑认为他已经死了。当阿隆佐看到普洛斯彼罗还活着的时候，感觉自己发狂的精神上的痛苦减轻了许多，并立刻主动要求把公国奉还给普洛斯彼罗，恳求他饶恕自己的罪恶。普洛斯彼罗的"复活"让阿隆佐有了忏悔和请求原谅的对象，事实上阿隆佐的悔过也确实换来了普洛斯彼罗的宽恕与爱，使其"救赎"成为可能。此外，腓迪南的经历也符合"磨难—死亡—复活"这一模式，前文已有详细阐释，这里不再赘述。总之，他的假死引发了阿隆佐的醒悟忏悔，其"复活"则净化了阿隆佐的罪过。《辛白林》中伊摩琴的"死"让误会她的丈夫及陷害她的恶人开始自我反省与忏悔，而她的"复活"则促使人们放弃仇恨与偏见，迎来宽恕与博爱的崇高境界。《冬天的故事》中赫米温妮因为丈夫里昂提斯的无端猜忌经历种种折磨而"死"，她的"死亡"使里昂提斯悔恨万分，开始了自己长达16年的忏悔与哀悼之旅，直到赫米温妮从雕像中"复活"，他才重获新生。《泰尔亲王配力克里斯》中泰莎和玛丽娜的"死亡"使配力克里斯悲伤过度，变得疯疯癫癫、万念俱灰，发现妻子和女儿的"复活"后他终于恢复神智找回自我。可以说，在这些剧中，亲人的"复活"都在一定程度上净化了这些罪人的灵魂，同时使他们的罪孽得到了救赎。

综上所述，莎士比亚虽然是人文主义者的代表人物，但是其人生经历却是与基督教息息相关的，不管是其个人家庭背景还是当时的社会背景都使得莎士比亚无法隔绝基督教的影响。这些基督教的影响与人文主义思想相互作用渗透在其文学创作中，因此我们可以看到在以《暴风雨》为代表的莎剧中处处摇曳着莎士比亚的基督教情怀。

四、研讨题目

1. 莎士比亚其他戏剧中所体现出来的复仇观与其在《暴风雨》中有何异同？

2. 除了《暴风雨》之外，还有哪些戏剧体现了莎士比亚的基督教情怀？选取一到两部作品进行具体阐释。

---

① 马淑君："磨难—死亡—复活：论莎士比亚传奇剧中的基督教原型"，载《语文学刊》（高教版）2005年第7期，第110-111页。

3. 莎士比亚的创作风格与主题经历了由早期轻松愉快的喜剧到中期沉郁悲愤的悲剧再到后期博爱宽容的传奇剧的转变,结合莎士比亚的人生经历以及当时的社会背景,探讨其变化的可能原因。

4. 结合莎士比亚的相关作品探讨基督教与文艺复兴的关系。

第四讲：莎士比亚戏剧与西方莎学

一、引言：跨越时空的莎剧魅力

英国首相丘吉尔说过一句话："我宁愿失去一个印度，也不肯失去一个莎士比亚。"四百多年来，莎士比亚剧作在英国本土的研究与演出从不间断。尤其在进入 20 世纪后，泰晤士南岸的莎士比亚环球剧场得到重建，皇家莎士比亚剧团正式接受皇室封号，每年一次的莎士比亚戏剧节如期拉开帷幕，英国的莎剧演出迎来一个新的黄金时代。2012 年伦敦奥运会开幕式以"奇妙岛屿"为主题，向世界观众展示英伦三岛的历史、文化和现代社会风情，这一主题的灵感就来自莎士比亚剧作《暴风雨》。本·琼生（Ben Jonson）曾如此评价："莎士比亚不属于一个时代，而属于一切时代。"此外，自 18 世纪后，莎士比亚的名声飞跃欧洲大陆向全世界传播。莎剧在世界各地轮番上演，且常演常新，直接推动了他国戏剧事业的发展，莎剧也成为全世界认识英国的文化纽带，促进了不同文化的互相融合，为它国文化注入了新的活力。因此，可以毫不夸张地说，莎士比亚不属于英国，而属于全人类世界。

（一）莎剧传播的动力因子

莎剧跨越时空的魅力早已为学界所关注，研究者们总结了几点关键的原因。首先，莎士比亚深植于英语文化，对其作品的欣赏与英语语言研究密不可分，莎剧的流行与英语在全世界的普及有很大关系。进一步来说，莎剧的传播是英国率先进入资本主义社会后在政治、经济和文化方面采取全球化扩张策略的结果。这一过程远可以追溯至莎剧诞生年代，其时的英国迎来文艺复兴运动的高潮，它的早期资本主义与殖民活动也取得了令人瞩目的成就。莎士比亚的"环球剧场"（Globe Theatre）这个名称便奠定了英国戏剧全球化视野的基调，它与一种文化帝国的现象紧紧联系在一起。20 世纪以来，全球化迎来新一轮扩张。英国出版的教科书的大量发行，皇家莎士比亚剧团的世界巡演以及莎翁电影剧作在国际上的传播，从侧面展现了英国文化帝国主义的市场运筹。此外，莎剧超越时空所享有的盛名更直接源于其文本的双重矛盾属性：普世性（universality）和不确定性（indeterminacy）。一方面，莎剧所涉及的基本主题、人物的普遍情感等可供古今同赏；另一方面，莎剧文本的开放性留给观众巨大的解读空间，一千个观众眼里可以有一千个哈姆雷特，不同的观众对莎剧的解读不同，使得莎士比亚得以在截然不同的文化语境中具有深远意义。①

（二）莎剧在西方传播的概况

莎士比亚戏剧自 18 世纪左右向欧洲大陆传播，先后传入法国、德国、意大利、俄罗斯和北欧诸国，然后渐及美国、加拿大、澳大利亚等英语国家。莎剧的传播在西方各国引起了不尽相同的反应，但总体来说，莎剧的声誉经历了 18 世纪新古典主义的挑战，在 19 世纪后期达到巅峰后，莎士比亚作为世界戏剧大师的地位才得到公认，进入 20 世纪，且一直持续到今天，世界各地开展莎剧演出与研究的热情只增不减。

从莎剧研究层面来看，自 17 世纪以来，各流派的莎评层出不穷，为莎士比亚的作品赋予新的意义，反过来说，莎士比亚的作品也滋养了新的文学流派。西方文学史中很多著名的作家吸取了莎剧的创作手法、人物塑造乃至语言运用的精华。法国的司汤达、雨果、缪塞，德国的歌德，俄国的普希金，美国的霍桑、梅尔维尔等的创作，都受益于莎士比亚。从戏剧演出层面来看，四百多年来，莎剧在西方各国从未间断上演。包括德国、美国、加拿大、澳大利亚等在内的许多国家先后专门设立"莎士比亚戏剧节"。莎剧在世界各国的戏剧舞台上牢牢占据着霸主的地位。有关莎剧演出的导演、舞美、服装等本身也已变成一个专门的学科。在 20 世纪，莎士比亚不仅以戏剧，而且以其他各种艺术形式呈现在大众眼前。莎剧被改编成歌剧、舞剧、电影、电视剧，还被乐曲、绘画、雕塑等艺术形式作为创作主题。"莎学"在当今已经成为一门国际性的交叉学科和著述宏伟的"显学"，一大批学者、读者从艺术成就、思想成就和语言成就以及道德、宗教、法律、政治、经济等各个方面对莎剧进行全方位的挖掘与演绎，形成了庞大的"莎士比亚产业"（Shakespeare Industry）。所谓"莎士比亚产业"，原本特指"二战"结束以来，在美国大学里逐渐形成的一个机制，生产关于莎士比亚作品的论文、文章和书籍。时至今日，这一庞大的产业早已扩及西方多国乃至全世界，每年都有多达数千种与莎士比亚有关的著述发表。

二、莎剧在法国的研究与传播

莎士比亚的名字在 18 世纪开始传入欧洲大陆，首先进入法国。当时的法国已成为欧洲的政治、文化中心，由拉辛、高乃依和莫里哀树立的"新古典主义"理想与原则，成为欧洲戏剧评判的标准。因此，法国的古典大师们对莎士比亚的评价并不客气，伏尔泰就是一个很好的例子。他是第一个把莎士比亚介绍到法国来的人。早在 18 世纪二三十年代，他就翻译了莎士比亚的作品，并推动了莎剧的研究工作。伏尔泰一方面攻击莎士比亚"毫无

---

① Kennedy, Dennis. "Shakespeare Worldwide". *The Cambridge Companion to Shakespeare*, edited by Margreta de Grazia and Stanley Wells. Cambridge: Cambridge University Press, 2001: 251-252.

高尚的趣味，也丝毫不懂戏剧艺术的规律……"，但同时又承认莎士比亚"具有充沛的活力和自然而卓绝的天才"。①

　　直到19世纪，莎士比亚在法国的地位才得到显著提升。莎剧的翻译、研究和演出促进了浪漫主义在法国的传播与发展。拿破仑在位时（1804—1814年）仍偏爱新古典主义戏剧，浪漫主义运动在法国的进展缓慢。司汤达（Stendhal，1783—1842年）通过写《拉辛与莎士比亚》（1823年）一书推进了新古典主义与浪漫主义孰优孰劣的争议。他在书中认为："与依靠诗艺的传统规则的拉辛相比，更应当欢迎莎士比亚的自由、天然和激情洋溢的戏剧。"②1827年，英国剧团来巴黎演出莎士比亚的名剧，赢得了观众的赞赏，也使浪漫主义者与古典主义者的争论达到白热化的程度。同年，雨果（Victor Hugo）（1802—1885年）发表了被视为浪漫主义文学宣言的《〈克伦威尔〉序》，莎士比亚成为雨果的一个最主要的理论依据，被雨果尊称为"戏剧界的天神"。③

图3-35　维克多·雨果（Étienne Carjat 绘制，1876年）

　　19世纪有许多法国浪漫主义剧作家不同程度地受到了莎士比亚的影响，其中不得不提的是雨果和缪塞。评论家认为，雨果的戏剧带有明显的莎翁印记，《巴黎圣母院》（1831年）就是一个很好的例子，这个故事无论是人物设计还是情节建构都有着浓重的莎士比亚戏剧的影子。缪塞（Alfred de Musset，1810—1857年）早在少年时期就有要"成为莎士比亚

　　①　张泗洋：《莎士比亚戏剧研究》，东北师范大学出版社，2014年版，第430页。
　　②　[法]皮埃尔·布吕奈尔等：《十九世纪法国文学史》，郑克鲁等译，上海人民出版社，1997年版，第166页。
　　③　杨周翰选编：《莎士比亚评论汇编》（上），中国社会科学出版社版，1979年版，第422页。

或席勒"的愿望，在谈到拉辛与莎士比亚时，缪塞不像司汤达那样使之互相对立，而是力图将两者巧妙地融合起来。他认为艺术家要"像拉辛和神圣的莎士比亚，登上舞台，手中拿着一盏灯，用他的金羽笔打开人的心扉"。缪塞的戏剧结构既延续了古典主义的优点，也吸收了莎士比亚的长处。他在《罗朗扎齐奥》(1834 年)中设计的主角被认为有莎剧人物的影子。①

19 世纪末 20 世纪初，一场戏剧舞台改革运动扩及法国并席卷至整个欧洲，莎士比亚戏剧便处于这场革命的中心地带。在伊丽莎白时代，戏剧舞台的布景设置相当简陋。从 18 世纪直到维多利亚时代，戏剧演出崇尚再现历史，追求华丽的舞台布景的趋势愈演愈烈。法国的戏剧工作者们力图扭转这一局面，回归伊丽莎白时代的演出风格。参与法国剧改运动的主要人物有吕热·坡(Lugné-Poe，1869—1940 年)、安东尼(Antoine，1858—1943 年)和科波(Jacques Copeau，1879—1949 年)等几位导演。1914 年，科波在老鸽舍剧院演出《第十二夜》，开创了向伊丽莎白时代的艺术回归的风气。1947 年，在法国第一届阿维尼翁戏剧节上，维拉尔(Jean Vilar)采用莎剧最早的露天演出的形式导演了《理查三世》。②

20 世纪 70 年代，英国的著名莎剧导演布鲁克(Peter Brook，1925 年—)到法国从事戏剧工作，为法国的莎剧推广事业作出了重大贡献。布鲁克是英国戏剧改革运动③的重要人物，他曾于 1970 年在斯特拉特福成功上演了《仲夏夜之梦》。在这次演出中，布鲁克以马戏团取代原剧中青年情侣们徜徉其间的雅典森林。通过借助现代场景，把剧本置入与原定环境截然不同的情境之中，布鲁克为未来莎剧演出指明了新方向。布鲁克随后在法国的北方滑稽歌剧院上演了两部莎剧——《雅典的泰门》(1974 年)和《暴风雨》(1990—1991 年)，获得了相当大的成功。北方滑稽歌剧院是一家年代久远的意大利式剧场，演员的种族和文化背景各不相同，有英国人、非洲人、日本人和印度人。他们的口音和语调，赋予了莎士比亚的台词以奇特的色彩，这样就更符合剧中人的不同身份特征，也更加推进了剧情的发展。与此同时，法国本土莎剧导演姆努希金(Ariane Mnouchkine，1944 年—)另辟蹊径。她领导太阳剧团在 20 世纪 80 年代前期上演的包括《理查二世》、《亨利四世》(上)(下)和《第十二夜》在内的一系列莎戏中借鉴了日本歌舞伎和印度梵语戏剧的程序。当这

---

① [法]皮埃尔·布吕奈尔等：《十九世纪法国文学史》，郑克鲁等译，上海人民出版社，1997 年版，第 108 页。

② 戴丹妮："异彩纷呈与兼容并蓄——简析莎士比亚戏剧在法国的演出、研究与传播"，载《法国研究》2013 年第 1 期，第 82-83 页。

③ 这一在英国出现的戏剧运动，在某种程度上故意颠倒时代，与维多利亚时代忠于历史细节的演出风格宣告决裂。如杰克逊(Barry Jackson，1879—1961 年)于 1925 年上演的《哈姆雷特》和格思里爵士(Sir Tyrone Guthrie，1900—1971 年)于 1953 年执导的《终成眷属》均让剧中人穿上了当代服装，以此确认莎士比亚戏剧的现实意义。参看戴丹妮："异彩纷呈与兼容并蓄——简析莎士比亚戏剧在法国的演出、研究与传播"，载《法国研究》2013 年第 1 期，第 83 页。

些剧目参加 1984 年洛杉矶奥林匹克艺术节时，在所有演出中获得了最高的赞誉。姆努希金导演所开创的莎剧演出模式具有划时代的意义，影响了英国和其他许多国家的表演方式。①

20 世纪 80 年代后，无论是在阿维尼翁戏剧节上，还是在巴黎或是外省大剧院的演出剧目上，几乎都有莎士比亚剧本的影子。法国人对莎士比亚的喜爱与日俱增，主要归功于一大批颇具才华的莎剧导演。法国也不乏杰出的莎剧演员，但相较于古典或浪漫喜剧，莎剧角色在法国戏剧舞台上处于边缘或次等地位。观众可以赞赏某个演员个人的优秀表演，不过演员的个性却隐退在导演的匠心之后，如布鲁克或姆努希金的剧团都有这个特点。此外，在英国常有名演员当上导演或剧院经理，而在法国，类似的界限划分较为严格。为法国的莎剧推广事业作出贡献的导演不在少数。例如，拉维利（Jorge Lavelli）1980 年就在阿维尼翁成功上演了《冬天的故事》，他随后于 1986 年在法兰西喜剧院公演的《仲夏夜之梦》也获得了观众好评，并且该剧于 1988 年得以再次上演。理查德·拉伏唐（Richard Lavaudant），曾以有限的资金导演了《李尔王》，后来采用巴洛克风格在 1984 年阿维尼翁戏剧节上推出了《理查三世》，受到观众热情追捧。帕特里斯·谢罗（Patrice Chéreau）于 1971 年导演了自己的第一部莎剧作品《理查二世》，后于 1988 年夏天在阿维尼翁戏剧节上公演《哈姆雷特》，展现了非凡的导演功力。其他导演如维台（Antoine Vitez）、樊尚（Jean-Pierre Vincent）、索贝尔（Bernard Sobel）、达斯台（Catherine Dasté）、佩罗（Pierre Peyrou）和洛尔卡（Denis Lorca）等也都推出了一些较为有名的莎剧作品。值得一提的导演还有塞德（Stuart Seide）、马图莱（Francois Marthouret）、科林（Christian Colin）、梅斯吉希（Daniel Masguisch）：他们改编的莎剧往往很大胆，很具特色，但有时过于哗众取宠或全然推翻传统。②

另一方面，在 20 世纪下半叶，法国的莎剧文本研究相较于英语和日耳曼语国家，存在一些天然的障碍，首要的便是语言障碍：莎剧的语言不好懂。不过，新译本的出版，加上舞台和银幕改编的成功，有助于增加法国对莎士比亚戏剧的研究兴趣。当今活跃的莎士比亚研究，除了依赖相当多的组织和机构、大规模的专门图书馆之外，还有一些发行全球的刊物。法国的《伊丽莎白时代研究丛刊》于 1972 年在保尔·华莱利蒙彼利埃第三大学（Université Paul-Valéry Montpellier III）创刊。这份刊物每年出两期，发表法国和外国研究莎士比亚暨伊丽莎白时代的成果。世界上多数大国设有莎士比亚研究会。资格最老的是成立于 1864 年的德国莎士比亚学会，法国则在 1975 年成立莎士比亚学会。法国学者们对莎士

---

① 戴丹妮："异彩纷呈与兼容并蓄——简析莎士比亚戏剧在法国的演出、研究与传播"，载《法国研究》2013 年第 1 期，第 83 页。

② 戴丹妮："异彩纷呈与兼容并蓄——简析莎士比亚戏剧在法国的演出、研究与传播"，载《法国研究》2013 年第 1 期，第 83 页。

比亚戏剧展现的研究热情颇为浓厚。弗吕歇尔（Fluchère）1947 年发表的《伊丽莎白时代的剧作家莎士比亚》，可被视作法国的莎士比亚评论的宣言。他是剑桥学派的代表，受艾略特（T. S. Eliot）的影响，从诗学角度分析莎剧作品，而不考证作者的生平或研究人物的心理。拉康（Lacan）、西舍尔（Sichère）和西波尼（Sibony）等则采用精神分析学说发表了一些颇为著名的莎剧评论文章。吉哈德（René Girard）则在《莎士比亚欲望之火》（1990 年）中，采用他以前著作中所阐述的理论——模仿欲望原理和原始社会的暴力仪式，探讨了部分莎剧。吉哈德的分析与许多现代主义论点针锋相对，攻击了弗洛伊德主义、结构主义和西方马克思主义。当代法国较有影响力的莎学专家、法国第三大学的英国文学教授弗朗索瓦·拉罗克（François Laroque），则热衷于探讨莎剧和伊丽莎白时代的心态和民俗，其代表作有《莎士比亚和节日》。

总而言之，与英国遥遥相望的法国，自打莎士比亚戏剧诞生以来就对这位戏剧大师的作品产生了浓厚的兴趣。四百余年以来，莎士比亚戏剧在法国的演出、研究与传播历经了高潮、低谷并逐渐跨越平稳期，目前正呈现出异彩纷呈之势。

三、莎剧在德国的研究与传播

相比莎剧在法国传播历经的曲折之路，莎剧的德国之旅则平稳得多。德国的民族戏剧吸取了莎士比亚作品的养分，莎剧在德国的演出史间接反映了德意志民族生命的成长轨迹。

事实上，一直到 18 世纪，统治德语区的神圣罗马帝国还不是统一的民族国家，只是一群四分五裂的小公国，皇帝来自奥地利的哈布斯堡王朝。每个小公国都按贵族模式拥有自己的宫廷，并设有相应的文化机构，所有教堂歌手、音乐会乐师、诗人、歌剧和戏剧都以奥地利或法兰西帝国为榜样。

在启蒙运动以及法国革命等的影响下，德国浪漫主义开始萌芽，向贵族专制统治和新古典主义艺术发起攻击。与强调秩序和理性的"新古典主义"相反，莎士比亚戏剧具有自由、无序、不经修饰和反叛的特点，正符合浪漫主义学派的欣赏趣味。18 世纪 70 年代的德国"狂飙突进"（Sturm und Drang）运动①，其实就是德国浪漫主义的先声。这一运动无疑对当时引进的莎士比亚戏剧赢得观众起了推动作用，在许多批评家看来，莎剧和狂飙突进戏剧在结构和外表上是一致的。②

---

① 狂飙突进戏剧常常被说成完全不讲形式的对古典主义的反叛，人们将歌德的《葛茨·冯·伯里欣根》（它有 54 个场景和纠缠不清的情节）和克林格尔的《狂飙与突进》作为这派戏剧的代表。

② ［美］奥斯卡·G·布罗凯特、［美］弗兰克林·J·希尔蒂：《世界戏剧史》（第十版）（上），周靖波译，培生教育出版集团 & 上海三联书店，2013 年版，第 336-338 页。

　　歌德(1749—1832年)是"狂飙突进"运动的主要发起者,他以莎士比亚为榜样,致力于摆脱法国新古典主义对戏剧创作的桎梏。歌德在1771年10月4日法兰克福的莎士比亚命名日纪念会上发表了一篇演说,他在其中说道:"我没有片刻犹疑拒绝了有规则的舞台。我觉得地点的统一好像牢狱般的狭隘,行动和时间的统一是我们想象力的讨厌的枷锁,我跳向自由的空间,这时我才觉得有了手和脚……这是自然!是自然!没有比莎士比亚的人物更是自然的了。"这篇演说毫无疑问地展现了歌德在此阶段对新古典主义的强烈反感,莎剧赢得了歌德的热情赞扬,在于它反映了"自然",符合德国"狂飙突进"运动摆脱古典主义严苛规则束缚的要求。① 歌德的《葛茨·冯·伯利欣根》(1773年)是第一个受莎士比亚影响的德语剧本,这个戏剧也成了后来狂飙突进作家们的宣言。

图3-36　歌德(Joseph Karl Stieler 绘制,1828年)

　　莎士比亚戏剧作品为德国"狂飙突进"运动和浪漫主义学派②提供了参照,继而促进了

---

　　①　杨周翰选编:《莎士比亚评论汇编》(上),中国社会科学出版社,1979年版,第289-293页。
　　②　18世纪以降,德意志人的民族意识逐渐形成。德国的浪漫主义文学起到了推波助澜的作用,他们搜集民歌,倡导民族文化,在民众中唤醒德国人是一个民族、拥有一个共同的祖国的意识。随后,德语的地位提高,从市井走向大学机构和皇宫殿堂。这些均为德国的统一提供了心理准备和奠定了文化基础。直到19世纪60年代,普鲁士在奥地利王位继承战中击败奥地利,德国的统一逐渐变成现实。参看李伯杰等:《德国文化史》,对外经济贸易大学出版社,2002年版,第65页。

德意志民族意识的形成，促进了德国民族戏剧①的诞生。1765 年，K·阿克尔曼②（1712—1771 年）在汉堡建立第一座永久性剧场，该剧场又于 1767 年发展为汉堡民族剧院，这是德国第一座永久性的、享受津贴的、不赚取利润的剧院，由当时公认的德国优秀剧作家莱辛担任戏剧顾问。这就是德国戏剧史上有名的"汉堡冒险"，不过很快在 1769 年黯然落幕。它诞生的一项最持久的成果是莱辛的剧评汇编《汉堡剧评》，现在被认为是 18 世纪最重要的一部批评著作。在这部著作中，莱辛旗帜鲜明地反对法国新古典主义戏剧艺术，强调必须创作民族剧本，上演民族戏剧，而以莎士比亚为代表的英国戏剧正是德国发展民族戏剧的方向。③

19 世纪前半叶，奥格斯特·施莱格尔（August Wilhelm von Schlegel，1765—1845 年）和路德维希·蒂克（Ludwig Tieck，1773—1853 年）这两位浪漫主义戏剧家促进了德国人对莎士比亚更为全面的了解。施莱格尔将 17 部莎士比亚戏剧翻译成德文，蒂克则革新了有关莎剧演出舞台布置的思想。蒂克是首批对莎士比亚的戏剧演出作考古研究的学者之一。他在其小说《年轻的细木工匠》（1837 年）中，描绘了伊丽莎白时代公共剧场上演《第十二夜》的情形，认为表演的幻觉效果容易被布景场面破坏，于是提出恢复画框式舞台出现之前的旧式舞台。导演卡尔·伊默曼在 1840 年运用蒂克的这一观念，在一个开放的空间上演了《第十二夜》。蒂克本人最著名的演出是《仲夏夜之梦》，于 1843 年上演，并由门德尔松配乐作曲。蒂克在演出中将前拱门式舞台和伊丽莎白舞台结合，竭力让舞台前部形成了一个大的开放空间。④

19 世纪后半叶，莎士比亚与莱辛、歌德和席勒的作品在德国保留剧目中占据着显著位置。这时期的弗朗茨·丁各尔施泰德（1814—1881 年）是德语圈的名导演，1864 年他在

---

① 德语国家的剧院制度是在 19 世纪奠基的，与德意志民族、文化身份的确立密不可分。自启蒙时代开始，德国文人将剧院与民族、社会的发展紧密联系，形成了严肃而又系统的戏剧观。莱辛把剧院看作某种道德学校，认为通过戏剧可以鞭笞非人性、不公平的社会现象，改善社会关系，移风易俗，从而有助于实现治国的人性化与理性化。而席勒则把剧院看作一种道德机关，认为戏剧是启迪民众的工具，其效用甚至比道德舆论、国家法律还能发挥得更为持久。之后的众多德国戏剧家也都非常重视戏剧在政治、道德、教育等方面的社会功用。参看李亦男：《当代西方剧场艺术》，广西师范大学出版社，2017 年版，第 154 页。

② 阿克尔曼的儿子弗里德里希·施罗德（Friedrich Schroder，1744—1816 年）是德国历史上最著名的演员之一，是第一批饰演莎士比亚戏剧角色的演员，扮演的角色包括哈姆雷特和李尔王等。施罗德为了迎合当时的口味改编了莎士比亚的作品。例如，哈姆雷特和考迪亚在他的改编中最终活了下来。他在 1769 年汉堡民族剧院实验失败后接管了汉堡剧院的经营。

③ 杨周翰选编：《莎士比亚评论汇编》（上），中国社会科学出版社，1979 年版，第 245 页。

④ ［美］奥斯卡·G·布罗凯特、［美］弗兰克林·J·希尔蒂：《世界戏剧史》（第十版）（上），周靖波译，培生教育出版集团 & 上海三联书店，2013 年版，第 366-367 页。

一周之内上演了莎士比亚几乎全部的戏剧。这也促成了德国莎士比亚协会的成立。1875年，他按照情节时间的先后上演了莎士比亚的历史剧，从而取得了他在艺术创作上的最高成就。这一时期的重要导演还有弗里德里希·哈泽(1825—1911年)，他使用查尔斯·基恩的方法上演了莎士比亚的《哈姆雷特》和《威尼斯商人》，并坦率承认了基恩对他的影响。本时期出现的重要戏剧改革家歌萨克森·麦宁根，曾亲自去伦敦观摩过查尔斯·基恩导演的莎士比亚戏剧。他领导的迈宁根剧团从19世纪70年代崭露头角，重视演出的艺术整体性，主要演出莎士比亚、席勒和19世纪浪漫主义作家的作品。①

在20世纪，莎士比亚在德国思想界和戏剧表演界的地位已经无可挑战。第一次世界大战期间，莎士比亚几乎已经从伦敦舞台上消失，柏林的演出频率却只增不减。在1915年，诺贝尔奖得主豪普特曼(Gerhart Hauptmann)向德国莎士比亚协会致辞："没有哪一个国家，甚至是英国，比德国更有权力号称为莎士比亚的所属国……虽然莎士比亚出生并且葬在英格兰，但是在德国他还实实在在地活着。"为纪念莎士比亚，德国著名莎剧导演马克斯·莱因哈特(Max Reinhardt)于莎翁逝世三百年之际，在德国剧院举办了一场盛大的庆典。同年，剧作家路德维希·富尔达(Ludwig Fulda)贡献了"我们的莎士比亚"(unser Shakespeare)这一极端说辞："我们的莎士比亚！我们是可以这样称呼他的，即使他碰巧错投生在英格兰。我们可以通过精神的征服来如此呼唤他。我认为，如果我们在战场上成功击败英格兰，我们应该在和平协定中增加一条款，让威廉·莎士比亚投降到德国来。"②

可以说，莎士比亚自传入德国，便在德国剧作家心目中树立了一座不可逾越的丰碑，指引着他们找到本民族戏剧发展的方向。20世纪德国最著名的剧作家贝托尔特·布莱希特(1898—1956年)也说过："没有他，民族戏剧几乎是不可能的。"布莱希特本人的"间离效果"理论——坚持运用一切手段破除幻觉和移情，以唤起观众的理性判断和思考，对剧中人物和事件采取距离化的审视和批判态度——是对亚里士多德悲剧理论核心"净化说"的否定，某种程度上打上了莎士比亚戏剧风格的烙印。此外，布莱希特通过莎剧改编践行自己的理论。1927年，布莱希特改编了广播剧《麦克白》，并且在介绍该剧时指出，莎剧遵从的不是正统剧场的清规戒律，而是生活的真实逻辑，强调历史地看待莎剧与生活的关系。1931年，布莱希特在《一报还一报》的基础上，运用讽刺性的模拟重新创造了《圆头党与尖头党》。20世纪30年代末和40年代初期，布莱希特创作了几场与《麦克白》《哈姆雷特》和《罗密欧与朱丽叶》里的一些场景相对应的短戏，用来训练演员，特别是培养演员的

①　[美]奥斯卡·G·布罗凯特、[美]弗兰克林·J·希尔蒂：《世界戏剧史》(第十版)(上)，周靖波译，培生教育出版集团 & 上海三联书店，2013年版，第460-512页。

②　Kennedy, Dennis. "Shakespeare Worldwide". *The Cambridge Companion to Shakespeare*, edited by Margreta de Grazia and Stanley Wells. Cambridge：Cambridge University Press，2001：255.

陌生化演剧技巧。①

　　德国人出于对莎剧的喜爱对其进行了各式各样的改编实践。一般来说，德语导演比英语导演更为公开地把莎士比亚作为个人或社会批判的工具，20世纪更加强了莎士比亚的政治实用性。费迪南德·弗里利格拉特（Ferdinand Freiligrath）早在1844年就写道，"德国是哈姆雷特"，其背后反映了德国与《哈姆雷特》缠绵交错的复杂关系，丹尼斯·肯尼迪（Dennis Kennedy）以20世纪的3部《哈姆雷特》改编剧为例证明费迪南德所言非虚。②

　　第一部是利奥波德·杰斯纳（Leopold Jessner）——魏玛共和国时期③柏林国家剧院的导演在1926年以现代服饰演出的《哈姆雷特》。克劳狄斯（Claudius）及其随从被打扮成披坎肩、带铠甲的普鲁士士兵，格特鲁德（Gertrude）手拿鸵鸟扇；而哈姆雷特身穿当代服装，在返回英国时，头戴抵御恶劣天气的水手巡逻帽，嘴上叼着烟斗。在丹尼斯看来，该剧表达了杰斯纳对前政权与残余保守政治势力的抨击——相比皇帝及其亲随的军人或贵族派头，哈姆雷特较为民主的现代举止更会受到欢迎。不幸的是，杰斯纳对政治倒退的担忧似乎很快得到证实，1930年大选后，杰斯纳被撤职，并在1933年离开德国，被永久流放。

　　第二部是海姆（Hansgünter Heyme）在1979年的科隆创作的"电子时代"的《哈姆雷特》。该剧中演员们不通过对话，而是通过摄像机来实现交谈，其图像由舞台上的18只监视器加以传达。哈姆雷特被分成两半，台上的一半无法说话，沉浸在自己的影像复制中，伴之以一个不连贯的放大的声音背诵着施莱格尔译本的台词。施莱格尔译本是文明和传统的语言，与破碎的电子影像镜头形成直接对比。海姆暗示电子时代高科技创造了个人精神的分裂与文化的断裂，在一个电子幻影比人际互动更诱人的世界里，个人的悲剧已经替换为整个人类的悲剧。

　　最后是海纳·米勒（Heiner Muller，1929—1995年）1990年在东柏林上演的七个半小时的自编之作《哈姆雷特机器》（Hamletmachine）。这个无法应对变革的哈姆雷特再次被电子

　　①　田民：《莎士比亚与现代戏剧——从亨利克·易卜生到海纳·米勒》，中国社会科学出版社，2006年版，第190-206页。

　　②　以下三部关于《哈姆雷特》改编剧的介绍资料请参看 Kennedy，Dennis. "Shakespeare Worldwide". *The Cambridge Companion to Shakespeare*，edited by Margreta de Grazia and Stanley Wells. Cambridge：Cambridge University Press，2001：257-258。

　　③　魏玛共和国是第一次世界大战后由德国的社会民主党与主张民主共和制的民主党和中央党组成的联合政府，成立于1919年1月19日，覆灭于1933年。1919年7月31日通过的魏玛宪法确立了议会民主制度，形式上赋予了人民充分的民主。德国当时虽已成为共和国，但仍称为"德意志帝国"。实际上，当时许多德国人把民主同"西化""腐朽""物质主义"等概念连在一起，认为抵制西方议会制民主，就是维护德意志传统，"西方文明"与"德意志文化"之间的不谐是一场文化战争。所以，他们对新政权持保守甚至敌对态度。可以说，魏玛共和国还未出生便先天不足，注定要夭折。参看李伯杰等：《德国文化史》，对外经济贸易大学出版社，2002年版，第282-284页。

监视器包围，避于腐败的丹麦，与所有的政治混乱隔绝。这个丹麦实际上代表着行将就木的德意志民主共和国政府。在漫长的排演过程中，柏林墙倒塌了，德国东西政权合二为一。米勒在《哈姆雷特》的开篇中写道："我就是哈姆雷特，我伫立在海滩上，和海浪对话，欧洲的残垣断壁就在我身后。丧钟为国葬鸣响。"对米勒而言，共产主义实验的失败昭示了欧洲世界的末日，只有莎士比亚依旧不倒：尽管破裂、受损、萎缩、衰老，他却依然鲜活。

四、莎剧在英语世界的研究与传播

美国、加拿大和澳大利亚都曾是英国的附属地。大英帝国为了巩固其统治，做了多方面的工作，以坚船利炮为载体的武力征服，以传播《圣经》为由的意识形态控制，还有以莎士比亚戏剧为代表的帝国文化的渗透。不过，客观来看，莎剧在各国生根落地后，也为这些国家文化的繁荣提供了肥沃的土壤，各国在对莎剧进行本土改编与再创造的过程中，取得了丝毫不亚于其母国的璀璨成就。

（一）莎剧在美国的研究与传播

美国早期文化几乎完全是从英国输入的，美国戏剧的发展也同样离不开英国戏剧沃土的深厚滋养。18世纪莎剧在美国开始断断续续演出，但往往遭到来自宗教和法律的阻力。直到19世纪，莎士比亚戏剧才成为一种高贵的艺术舶来品在美国生了根。此后的20世纪直至当代，莎士比亚戏剧的舞台演出和学术研究牢牢占据了美国文学艺术事业的中心地位。

在18世纪以前，美国鲜能找到莎士比亚的踪迹。进入18世纪以后，美国的莎剧演出活动逐渐增多。据记载，1730年，在纽约上演了一部由业余演员主演的《罗密欧与朱丽叶》，直到18世纪中叶开始出现专业演员的演出。然而，此时各地的戏剧演出活动遭到清教徒的反对和法令的禁止。演员们只有想尽一切办法绕过法律的禁区，进行演出活动。例如，第一批戏剧团体的主管人之一大卫·道格拉斯（David Douglass）曾于1761年把《奥赛罗》分解成五部分，进行伪装演出。整个18世纪在费城颁布了很多反对戏剧表演的法令，但这些法令随即被英国当局取消了。[①]

18世纪后半叶，剧团被允许建造剧院，但必须盖在城外，好比伊丽莎白时期的剧院一般都建在郊区的泰晤士河南岸。直到独立战争前夕，美国仍很少有正式的剧院，演员在

---

① 郭继德：《美国戏剧史》，南开大学出版社，2011年版，第1-2页；张晓白："莎士比亚在美国"，载《外国文学研究》1992年第3期，第77页。

临时搭建的棚子或旅店公用场所演戏。费城郊外的"新剧院"和纽约的"约翰街剧院"分别建于 1766 年和 1767 年，它们是永久性的、仅供戏剧表演使用的剧场。在"约翰街剧院"，道格拉斯在第一个戏剧节里至少推出了 10 部莎士比亚戏剧，其中包括《安东尼与克莉奥佩特拉》和《辛白林》。1774 年 10 月 20 日，美方大陆国会发布一道法令，禁止"各种奢侈浪费和放纵娱乐"，表示在战争持续期间关闭专业剧场。不过美国军队不顾国会的反对，有时也会组织官员进行业余演戏。战争结束后，专业剧院得以复兴，莎剧在美国舞台上的演出多于任何其他戏剧家的作品。在费城、波士顿和纽约新建的剧院之多可与伦敦相媲美。①

在 19 世纪的美国，莎士比亚受到前所未有的重视，几乎统辖了美国的戏剧界。就连纽约的"新公园剧院"（1821 年）中央大门上方的壁龛里也置放着莎士比亚的半身像，费城新建的"栗街剧院"（1822 年）舞台上面的拱与楣用悲剧和喜剧的艺术之神来描绘莎士比亚。1856 年，爱德温·布思（1833—1893 年）在租下纽约冬日花园剧院后，上演了许多莎士比亚戏剧，其演出质量达到了美国前所未有的高度。他的《哈姆雷特》演出超过 100 场，这项记录到 20 世纪才被打破。19 世纪 90 年代，巡回演出剧团几乎在每一个城镇都演出了莎士比亚戏剧。1906 年，在美国的主要城市，有 200 多个固定的驻院剧团长期演出莎士比亚戏剧。

20 世纪初期，费用上涨使得大量的巡演很难继续下去，固定剧团也被另一种更便宜的娱乐方式——电影所取代。莎剧开始频频被搬上荧幕，② 但始终不能与百老汇的莎剧演出相比。从 20 世纪 30 年代约翰·吉尔古德（John Gielgud，1904—2000 年）扮演的哈姆雷特，到 20 世纪 60 年代理查德·伯顿（Richard Burton，1925—1984 年）扮演的哈姆雷特，这些著名的英国演员在百老汇成功地将观众的注意力引向莎士比亚。

1934 年，托马斯·伍德·史蒂文斯（1880—1942 年）仿照莎士比亚剧场在芝加哥建造了一个剧院，并和英国导演伊登·佩恩制作上演了 1 个小时的莎剧集锦，每天上演 7 次。这个节目的成功，诱使美国其他地方也相继出现了类似的环球剧场仿制品，吸引世界各地的剧团来此演出，因此也导致了全美多地莎士比亚戏剧节的出现。③

---

① 张晓白："莎士比亚在美国"，载《外国文学研究》1992 年第 3 期，第 77 页。

② 美国 20 世纪初期开始把莎剧搬上银幕。威塔格莱夫电影公司在 1908 年至 1912 年间，拍摄了一系列片长 10 至 15 分钟的莎士比亚改编剧，包括《仲夏夜之梦》《李尔王》等。早期的好莱坞并不钟情于莎士比亚，到 20 世纪二三十年代，好莱坞拍摄了三部莎剧：1929 年的《驯悍记》是第一部莎士比亚有声片，1934 年华纳兄弟公司投资拍摄《仲夏夜之梦》，1936 年米高梅公司斥巨资拍摄《罗密欧与朱丽叶》。由于票房并不卖座，此后长达 17 年时间，好莱坞并不敢触碰莎剧。参看"策划：莎翁剧百年影视历程·玩不腻的老古董"，《东方早报》，2012 年，http://www.sina.com.cn。

③ ［美］奥斯卡·G·布罗凯特、［美］弗兰克林·J·希尔蒂：《世界戏剧史》（第十版）（上），周靖波译，培生教育出版集团 & 上海三联书店，2013 年版，第 583-584 页。

图 3-37　约翰·吉尔古德①

　　始于大萧条时期的莎士比亚戏剧节现在几乎遍布全美多个州，成为刺激当地经济增长的重要力量。最早的俄勒冈莎士比亚戏剧节（1935 年）是这一运动的鼻祖，这个戏剧节现在每年上演 11 出戏，推出 750 场完全专业的演出，还有一场免费的露天"新手表演"，演出季长达 10 个月。据记载，演出季观众多达 35 万人次，而这个小镇的人口才 2 万。随后，圣地亚哥莎士比亚戏剧节（1949 年）、纽约莎士比亚戏剧节（1954 年）、美国莎士比亚戏剧节（始于 1955 年，在康涅狄格的斯拉特福德举办）、科罗拉多莎士比亚戏剧节（1958 年）、犹他莎士比亚戏剧节（1961 年）和俄亥俄州雷克伍德的大湖区戏剧节（1962 年）相继诞生。美国城乡各地不断涌现出更多的莎士比亚戏剧节。②

　　小剧院和大学戏剧是 20 世纪美国莎剧演出再度繁荣的主要推动者。美国观众看到的莎士比亚戏剧大多是由大学生表演的，莎士比亚戏剧节便是他们一展身手的绝好舞台。

---

　　①　约翰·吉尔古德，毕业于英国皇家戏剧艺术学院，英国著名戏剧演员。1924 年初登银幕，26 岁第一次扮演哈姆雷特，创下了 40 岁以下英国演员扮演哈姆雷特的戏剧史纪录，成功塑造了大量莎剧人物，迅速树立起英国莎剧名角地位。他和劳伦斯·奥利弗并称为 20 世纪最著名和最受尊崇的演员。吉尔古德也是理查德·伯顿的引路人，热情地为其提供了表演指导并创造演出机会。

　　②　［美］罗伯特·科恩：《戏剧》（简明本·第六版），费春放主译，上海书店出版社，2006 年版，第 344 页。

1964 年 1800 个学院和大学剧团在各个戏剧季节中上演了一系列莎士比亚戏剧。一些大学还拥有常驻专业剧团，在大学剧院里进行训练，每年都上演莎士比亚戏剧，密歇根大学和普林斯顿大学都有此类剧团。社会上的剧院很少上演莎士比亚戏剧，但有几家小剧院演得很成功，如"塔尔萨小剧院""托普卡市剧院""凤凰小剧院"和伊利诺伊州的"西泉剧院"等。①

图 3-38　美国当代百老汇戏剧导演、莎士比亚戏剧专家约瑟夫·葛瑞夫斯(Joseph Graves)②

　　莎士比亚戏剧的语言智慧影响了一代又一代美国人，美国的莎士比亚文本研究更是走在世界前列。从 18 世纪开始，美国人就已经看到了莎士比亚作品的思想光芒与语言智慧。杰斐逊在 1771 年给朋友的信中劝告朋友买莎士比亚的作品，他认为莎士比亚的作品既有道德性又有实用性。当杰斐逊为法律学生拟定读书计划时，他建议学生们把莎士比亚的作品作为休息时看的课外读物，因为看了他的作品，可以"充实英国语言的力量"。进入 19

---

　　①　张晓白："莎士比亚在美国"，载《外国文学研究》1992 年第 3 期，第 81 页。
　　②　在二十多年里，约瑟夫·葛瑞夫斯在美国百老汇几乎演遍了所有莎士比亚戏剧角色，主要包括李尔王、哈姆雷特、麦克白、奥赛罗、罗密欧、理查三世等。以上这些只是他饰演的 100 多个经典戏剧角色的一小部分。此外，在英国伦敦音乐戏剧学院接受过正规戏剧训练的他，还是一名戏剧导演。工作过的剧院有威尔士国家剧院、英国皇家剧院、海马克剧院(西区)等，也为好莱坞的华纳兄弟、哥伦比亚、环球影城等著名制片公司创作剧本，饰演角色。从 2002 年至今，约瑟夫·格雷夫斯一直在中国生活并从事戏剧导演工作。2004 年，他成为北京大学外国戏剧与电影研究所的艺术总监。从来到中国起，他已制作或导演过 70 部以上的戏剧，有英文的也有中文的，其中包括大量莎士比亚及其他西方经典剧目。

世纪后，莎士比亚戏剧的某些选段进入公立小学的读本中，还有一些章节成为教育家用作道德教育的材料。①

莎士比亚对于19世纪美国文人(尤其是浪漫主义学派)的思想产生了重大影响，受到爱默生、霍桑、梅尔维尔、爱伦坡和惠特曼等在内的诸多著名思想家、作家和诗人的高度赞扬。例如，著名小说家霍桑在《我们的还乡日》(1863年)一书中记载了他参观莎士比亚故居的见闻，并言及莎士比亚的创作，"他的创作表达了许多真理……无论你想在他的作品中寻找什么，你都可以找得到……"。浪漫主义诗人惠特曼曾在1890年的一篇论文中写道："莎士比亚内在和外在的特点是他宏大多变的人物和主题……人们在莎士比亚身上发现的是一种客观和哲学的力量和美——一种极其崇高的风格。"②

美国内战后，莎士比亚戏剧才得以进入大学作为一门文学专业课程，莎士比亚的学术研究有了初步发展。《哈佛莎士比亚》(1880年)的编者亨利·哈德森是美国第一批投身于莎士比亚学术研究的学者之一。以理查德·格兰特·怀特为开端的考据学派重视莎剧对开本的真伪辨别，为H·弗尼斯在1871年开始新集注本的工作提供了便利。19世纪对莎士比亚的崇拜还产生了另一幸运结果，亨利·克莱·福尔杰一家人开始了莎士比亚研究资料的收集工作，这些收藏在1932年上交了国家，现存放在华盛顿特区的福尔杰莎士比亚图书馆里，该图书馆现有《莎士比亚全集》版本已近1300种。20世纪的美国莎士比亚学术成果研究集中于将莎士比亚仅仅看作伊丽莎白时期极具有代表性的戏剧家。例如，乔治·F·雷诺兹于1905年写的《伊丽莎白时期表演原则》在这个领域中是一个先驱作品。李雷·B·坎贝尔写了关于伊丽莎白时期舞台上使用的器械，T·W·鲍德温描绘了莎士比亚戏剧演出剧团的组织和全体演员的情况。③

在当代，每年美国出版的有关莎士比亚的书籍和文章都有数千项。为了更好地推动莎剧的研究、出版、演出和普及工作，美国莎士比亚协会于1923年成立，现已发展成为拥有2000多名会员的庞大组织。目前全世界最有声望的莎学会刊有4种，除了英国的《莎士比亚年鉴》，其余3种《莎士比亚季刊》《莎士比亚通讯》和《莎士比亚研究》都在美国。

(二)莎剧在加拿大的研究与传播

在2000年世纪之交，加拿大国家广播电台评选"千禧年艺术家"，获票最多的就是在该国久演不衰、常演常新的莎士比亚。《加拿大戏剧百科全书》中写道："莎剧是这个国家戏剧的基石。"莎剧不仅是加拿大戏剧萌芽的沃土，也是加拿大高雅文化的标志，还是被膜

---

① 张晓白："莎士比亚在美国"，载《外国文学研究》1992年第3期，第78页。
② 张泗洋：《莎士比亚戏剧研究》，东北师范大学出版社，2014年版，第436-437页。
③ 张晓白："莎士比亚在美国"，载《外国文学研究》1992年第3期，第79-80页。

图 3-39 2016 年福尔杰莎士比亚图书馆展览：纪念莎士比亚逝世 400 周年

拜、改编和戏仿的对象，为加拿大戏剧的长远发展提供了不竭的创作源泉。

莎剧在加拿大的最早演出可追溯至 18 世纪。当时英国已在加拿大东部驻军，欲与法国争夺此地的地盘控制权。为缓解军营生活的单调乏味，同时也为了和当地人联络感情，英国军方组织士兵开展了大量的军营戏剧活动。英国驻军还在加拿大修建了剧院。在 1779 年，英国军队开办了一个新剧院，莎士比亚的《威尼斯商人》成为在该剧院第一个上演的剧目。将莎剧传播到加拿大的另一支力量是英国的巡回剧团，该剧团在 1768 年上演了一出基于《驯悍记》的闹剧。不幸的是，18 世纪的加拿大，尤其是在法国控制的地区，天主教对戏剧活动抵触较大，莎剧演出遭到了诸多诋毁和批评。例如，1770 年的《新斯科舍省报》明确指出，观看莎剧会助长民众玩乐之风，破坏经济生产活动，败坏妇女道德操守。①

19 世纪加拿大经济的稳步发展，带动了戏剧业的振兴。在 1873—1892 年，全国大约有 40 家能容纳千人以上的剧院，吸引了英国的埃德蒙得·基恩（Edmond Kean）和艾伦·特里（Ellen Terry）、美国的查尔斯·肯（Charles Ken）、法国的莎拉·伯纳特（Sarah Bernhardt）等莎戏名角。此时，来自国外和本地的各种职业剧团和业余剧团达 300 多个，其中外国剧团居多，尤其为美国剧团所统领，商业化气息颇为隆重。在 1867 年独立建国后，加拿大发起了全国范围的"加拿大第一"运动，旨在挣脱宗主国英国和强邻美国的文化殖民控制。

---

① 郭继德：《加拿大英语戏剧史》，河南人民出版社，1999 年版，第 7-9 页。

由此催生了加拿大本土莎戏。多伦多大学首先开设了莎剧课程。18 世纪 70 年代，加拿大所有大学要求本科生学习莎翁作品。1932 年，加拿大广播电台开播，莎氏随着电波走进了寻常百姓家。在 1944—1955 年，加拿大广播电台播出了 60 余部根据莎士比亚原著改编的广播剧，包括全套按演出时间顺序编排的莎士比亚历史剧。①

　　尤其值得一提的是，在加拿大的多伦多也有个叫斯特拉特福的小镇，小镇的主要经济支柱就是莎士比亚戏剧节。1953 年 7 月 13 日，莎士比亚小镇第一届斯特拉特福莎士比亚戏剧节（Stratford Shakespeare Festival）拉开帷幕。1957 年，为斯特拉特福莎戏节而建的戏剧节大剧院落成。莎氏戏剧节办得越来越兴旺，演出时间由第一届的 6 周，加长到 8 个月（4—11 月），剧院也从最初的 1 座发展到 4 座，主要上演莎士比亚古典剧。据记载，1987 年的一个演季里观众达 44 万人，在 2003 年戏剧节 50 年庆典期间，共有 18 部戏上演，观众创纪录地超过 67 万人。② 斯特拉特福莎戏节是北美最大、历时最久、吸引观众最多的以演出莎士比亚戏剧为主的艺术节。

图 3-40　加拿大的斯特拉特福小镇

　　20 世纪 90 年代后，夏季莎士比亚艺术节在加拿大全国遍地开花。东部多伦多的"莎翁在行动""约克莎士比亚节"，蒙特利尔的"国际莎士比亚节"，圣约翰市的"海边莎戏

---

① 赵庆庆："加拿大戏剧的莎士比亚情结和戏仿解密"，载《戏剧》2008 年第 2 期，第 33-34 页。
② 赵庆庆："加拿大戏剧的莎士比亚情结和戏仿解密"，载《戏剧》2008 年第 2 期，第 34 页。

节"，中部的"萨斯克彻温河上的莎士比亚"，西部埃德蒙顿的"河之城莎戏节"，温哥华的"海滩诗人莎士比亚"和维多利亚的"维多利亚莎戏节"相继成立，每年都会吸引来几十万观众。夏季莎剧节鼓励对莎戏的各类改编和戏仿，从人物、情节、场景、文本、道具、音响等诸多层次创造性地重演莎剧。相比之下，斯特拉特福莎戏节是加拿大莎戏的中心和最高级盛会，追求经典、高雅、忠实。遍布全国的夏季莎士比亚戏剧节，则各具地方色彩，崇尚雅俗共赏，为莎戏的推陈出新提供了现成的试验舞台，对原著施行了有目的的"创造性破坏"，充实了加拿大莎戏的戏仿研究。①

说到莎剧的戏仿创作，必然要提到"加拿大莎士比亚改编研究项目"——全球最大的研究加拿大莎戏改编的学术机构，它收录的加拿大莎剧剧目多达 470 个，最早的可追溯到加拿大 1867 年成立自治领之前。当代加拿大出现了一批颇受关注的莎剧戏仿作品，女作家尤其倚重戏仿，并将戏仿作为最流行的女权主义表达样式。第一位以戏仿莎戏而屡获大奖的女作家是麦克唐纳，她的戏剧《晚安，苔丝狄蒙娜/早安，朱丽叶》(*Good Night*, *Desdemona/Good Morning*, *Juliet*, 1988 年)囊括了 1990 年总督戏剧奖、加拿大查默斯戏剧奖和加拿大作家协会最佳戏剧奖。②

总体来说，加拿大戏剧以莎戏为沃土，经历了 18 世纪至今 200 多年的曲折发展之路，缔造了本土源远流长的莎戏表演传统。斯特拉特福莎戏节和遍及全国的夏季莎戏节，或上演原汁原味的莎戏剧目，或以改编的莎戏为主，吸引了大批观众，实现了莎剧的传承和创新。当代加拿大剧作家，以麦克唐纳为代表，善于把莎戏置于不同时代背景之中，以莎剧内容为原材料，以戏仿为手段，创造出杂糅时下流行文学或戏剧理论(包括后现代、后殖民、女权主义和"酷儿"理论)的新莎剧。

(三)莎剧在澳大利亚的研究与传播

由于历史原因，莎剧在澳大利亚扎根的时间较晚，但这并不妨碍其结出同样丰硕的果实。澳大利亚前期以被动接受英美莎戏为主，后期则在本土莎戏改编的路上比前人走得更远更宽。

1832 年，自称为澳大利亚舞台之父的巴尼特·利维(1798—1837 年)为悉尼带来了一个专业剧团，并于次年在当地开设了皇家剧院，就在这个剧院里，利维组织他的专业剧团首次上演了莎士比亚的戏剧。1841 年，在卡梅鲁斯和白金汉的领导下，该市又开办了女王剧院和莎士比亚剧院。殖民地早期的澳洲剧院上演的剧目主要来自英国舞台，从莎士比亚

---

① 赵庆庆："加拿大戏剧的莎士比亚情结和戏仿解密"，载《戏剧》2008 年第 2 期，第 36 页。
② 赵庆庆："加拿大戏剧的莎士比亚情结和戏仿解密"，载《戏剧》2008 年第 2 期，第 37 页。

诗剧到情节佳构剧、笑剧、滑稽歌舞剧都有所涉及。①

在 19 世纪 50 年代中期以及后来的相当长一段时间里，英国演员兼剧场经理乔治·科平（George Coppin）逐渐将自己打造为全澳最有影响力的娱乐营运商。他先后在澳洲的几个殖民地开办剧院，并以墨尔本皇家剧院为基地，建立起以邀请国际演员加盟的巡演院线。许多代表欧洲戏剧水平的著名演员，都带着他们的成名剧作来澳洲巡演，如 1863 年的查尔斯·基恩（Charles Kean）、埃伦·特里（Ellen Terry），1862—1866 年的巴里·沙里文（Barry Sullivan），他们都是著名的莎剧演员。1890 年以后，澳洲戏剧呈现出全方位、多样性、多层次的繁荣局面。澳洲本地出生的人口已经超过了移民数量，演艺圈中也产生了有"狂人"之称的本土明星内利·斯图尔特（Nellie Stewart），直到她生命结束的前夕，她还在莎剧《罗密欧与朱丽叶》中的"阳台会"一场戏里反串罗密欧。然而，大多数在剧院担纲主演和富有经验的经理们依然来自国外，澳洲仍然不过是英国戏剧在边陲乡镇舞台的延伸，是国际娱乐业巡演圈里迅速成长起来的海外市场之一。即使在两次世界大战期间，英国剧团也未曾间断在澳大利亚演出莎剧。②

活跃于 20 世纪 30 年代的澳大利亚诗人道格拉斯·斯图尔特（Douglas Stewart，1913—1985 年）曾强调，要创造具有民族特点的戏剧，就要以希腊和莎士比亚诗体悲剧为楷模。③到澳大利亚 1931 年成为正式独立国家后，澳大利亚发展民族戏剧的计划逐渐提上日程。1947 年，一份筹建澳大利亚国家剧院的报告引发了一场关于澳大利亚的后殖民文化特征的全国性讨论。在这个关键时期，英国著名的老维克剧团赴澳大利亚和新西兰巡回演出；1948 年和 1952 年，斯特拉特福纪念剧团（皇家莎士比亚剧团前身）又两度赴澳、新巡回演出，对澳大利亚本土戏剧的建立起到了激励作用。1954 年，伊丽莎白戏剧信托公司成立，它得名于伊丽莎白女王二世来访，并由英国导演休·亨特负责，目的是要让澳大利亚戏剧像莎士比亚时代的伦敦那样充满生机和活力。信托公司尽可能聘用澳籍演员参加演出，鼓励澳大利亚剧作家创作新的剧目。1958 年，该公司设立了第一个剧作奖，批准了 1955 年成立的青年伊丽莎白剧作家协会，在新南威尔士大学校园创办了国立戏剧艺术学院。此外，信托公司还鼓励将莎士比亚作为英语戏剧中最有生命力的要素，促成了位于珀斯的西澳大利亚大学在 1964 年修建了新鸿运剧场四方院，仿照 1600 年伦敦鸿运剧场而建。④

澳大利亚广播委员会（Australian Broadcasting Commission，成立于 1932 年）为莎剧的推

---

①　韩曦："殖民时期澳大利亚戏剧述论"，载《江淮论坛》2016 年第 1 期，第 172 页。

②　韩曦："殖民时期澳大利亚戏剧述论"，载《江淮论坛》2016 年第 1 期，第 173-174 页。

③　葛启国："戏剧人生二百年——试论澳大利亚戏剧的形成和发展"，载《外国文学》1997 年第 5 期，第 93 页。

④　[美]奥斯卡·G·布罗凯特、[美]弗兰克林·J·希尔蒂：《世界戏剧史》（第十版）（上），周靖波译，培生教育出版集团 & 上海三联书店，2013 年版，第 648-649 页。

广作出了巨大贡献。它采取了一系列措施，专门成立戏剧部门，参与对莎剧的阐释、改编与制作，积极引导国家广播电视台播放莎剧。澳大利亚广播委员会曾联合斯特拉特福剧团的芭芭拉·杰福德（Barbara Jefford）和布莱恩·米歇尔（Brian Michell）制作出品《驯悍记》，联合安东尼·奎尔和斯特拉特福剧团推出《皆大欢喜》，以及与约翰·卡森（John Casson）共同打造《暴风雨》。从 1934 年底起，澳大利亚广播委员会开始广播莎士比亚戏剧全集，改编剧的播放时间被压缩为 7 分钟到 120 分钟不等，并在 20 世纪 50 年代出台政策，每年至少播出 5 部不少于 90 分钟的莎剧。电视台专门播放学校课本上要求学习的经典莎剧剧目，以生动鲜活的形式将莎剧文本呈现给广大学生。电视广播虽然无法与剧院相比，但总体来看给大多数澳大利亚普通百姓提供了一条欣赏莎剧的有效途径。①

约翰·贝尔（John Bell）是当今澳大利亚著名的莎剧演员兼导演，为澳大利亚本土戏剧的发展作出了卓越贡献。他于 20 世纪 60 年代在皇家莎士比亚剧团（RSC）接受训练，回到悉尼后成立了尼姆罗德剧团（Nimrod Theatre Company），随后在 1990 年又成立了贝尔莎士比亚剧团（Bell Shakespeare Company），试图探索属于澳大利亚本土的莎剧演出模式。在最初的莎剧排演中，贝尔采用澳大利亚口音和当代服装，但随着时间的推移，贝尔开始放弃以前的做法，只是试图让观众理解莎剧角色与生活在我们周围的现实人物之间的关系。早在 2002 年，他已经凭借《理查三世》获得"赫尔普曼奖"（Helpmann Award）。2013 年，他在《亨利四世》中饰演福斯塔夫一角又获得此奖的提名。尽管多次出演莎剧主要角色，贝尔却依旧坦言自己从未真正理解李尔王和麦克白等经典莎剧角色。2014 年，贝尔的莎士比亚剧团为庆贺莎士比亚诞辰 450 周年，上演了《冬天的童话》和《仲夏夜之梦》以及改编版的《亨利五世》。②

将本土特色发挥到极致的是澳大利亚莎剧的原生态露天演出。露天莎剧演出自 19 世纪以来开始在世界各地流行，"二战"以后，尤其在澳大利亚形成一种风尚，在夏季公园上演莎剧是澳各大主要城市的常规性活动。到目前为止，《仲夏夜之梦》毫无疑问成为最受欢迎的露天表演剧作。从澳大利亚的户外戏剧演出统计数据来看，1900 年到 2008 年间，《仲夏夜之梦》露天演出 64 次，其余超过 20 次的露天演出分别是《无事生非》（27 次）、《罗密欧与朱丽叶》（23 次）和《第十二夜》（21 次）。而另一项数据统计结果显示，在澳大利亚各种场所上演的共 887 部莎剧中，《仲夏夜之梦》的演出次数排名第四，仅在《麦克白》（113 次）、《罗密欧与朱丽叶》（73 次）和《哈姆雷特》（68 次）之后。正如评论家指出，《仲夏夜

① Stout, A. K. "Shakespeare on the Air in Australia." *The Quarterly of Film Radio and Television*, Vol. 8, No. 3, 1954: 269-272.

② Marks, Kathy. "Interview: John Bell brings to life Shakespeare's rarely staged 'magnificent fairytale'." *The Guardian*, 3 May 2014, https://www.theguardian.com/stage/australia-culture-blog/2014/mar/05/shakespeares-winters-tale-john-bell-magnificent-fairytale. Accessed 16 Sept. 2018.

之梦》可能具有露天演出的明显优势，那便是人们普遍更容易接受在公园里看到仙女，而不是一场 15 世纪英国国王和王后的盛会。尽管如此，许多导演仍然试图利用澳大利亚得天独厚的空间环境，将莎剧演出延伸至旷野、荒漠与海边。①

图 3-41　奥兹特剧团的演出照，来自 https：//www.ozact.com/gallery/

　　演员兼导演布鲁斯·维多普（Bruce Widdop）领导的奥兹特剧团（OZACT）是探索莎剧露天演出的最杰出代表。这个剧团成立于 1995 年，主要由巴拉瑞特大学（Ballarat University）表演艺术专业的学生和毕业生组成，它的主要特色就是，在神奇的野生自然环境中——从花园到海边，从荒山到维多利亚与南澳周边的豪宅别墅，让演员穿上各式各样惊艳的服装，为观众带去尽可能激动人心的表演，旨在使莎士比亚戏剧成为当代观众所喜爱的娱乐方式。他们的表演吸引了当地的居民和路过的游客，还有专程从乡间小路驱车几小时赶过来的莎剧迷。对观众来说，每一次观看奥兹特剧团的演出就相当于经历一次冒险。因为他们不仅可能会遭遇室外变幻莫测的恶劣天气，而且还要随时做好因场景变换而转移观剧场地的准备。1996 年在洛克阿德大峡谷演出的《暴风雨》是奥兹特剧团的第一部重要作品，

---

　　① Gaby, Rosemary. "Taking the Bard to the Bush：Environmental Shakespeares in Australia." *Shakespeare*, Vol. 7, No. 1, 2011：70-77.

为此后的户外演出提供了一次成功的范例。从 1996 年至今，该剧团已经露天演出多部莎剧，包括《暴风雨》《李尔王》《哈姆雷特》《麦克白》《仲夏夜之梦》《第十二夜》《皆大欢喜》《无事生非》《罗密欧与朱丽叶》，并且演出过不止一次，其中《暴风雨》和《仲夏夜之梦》是演出次数最多的两部剧。该剧团也享有澳大利亚最领先的环保莎士比亚剧团的美称。[①]

五、莎剧在其他西方国家的研究与传播：以俄国为例

莎剧在其他西方国家的研究与传播也同样引人瞩目，且有一定的相似之处，在此以俄国为例阐释一二。

莎士比亚自 18 世纪起传入俄国，直到 1860 年俄国农奴制改革，受到普遍欢迎和好评。19 世纪 60 年代后，俄国国内民主派人士对俄国农奴制改革的不彻底性感到失望，当国内政治现实变成俄国思想领域的聚焦点时，莎士比亚因为被理解为缺乏可供借鉴的现实意义而遭到无情批判。1917 年苏维埃政府成立至苏联解体，莎士比亚在俄国的接受之路坎坷而多变。

莎士比亚戏剧传入俄国可追溯至 18 世纪，为早期引进莎剧作出贡献的人物是亚历山大·苏马罗科夫（Sumarrokov，1717—1777 年）和凯瑟琳二世（Catherine II，1762—1796 年

图 3-42　普希金（Vasily Tropinin 绘制，1827 年）

---

① 参看"A Brief History"，*Ozact*，https：//www.ozact.com/company/。

在位）。两者都曾亲自参与了对莎剧的阐释、改编和排演。从 19 世纪初到 60 年代前后，莎翁及其作品在俄国颇受欢迎，不但所有剧本都已有了俄译本，有的剧本甚至有好几种译本，其中有诸如 H·波列伏依，M·弗隆钦科、A·德鲁日宁等著名的俄译本《哈姆雷特》，同时还涌现出了莫恰洛夫、卡拉蒂金、史迁普金这样因扮演莎剧人物而知名的演员。① 莎士比亚剧作中流露出的平民气息、民主精神都引起了沙皇专制下俄国文学界的强烈共鸣。俄国文坛权威如卡拉姆津、普希金、别林斯基等人都对莎士比亚发表了热情洋溢的评论，赋予了其艺术史上高度的评价。例如，普希金十分推崇莎士比亚，认为莎翁表现了"人的命运、人民的命运"，即"人民性"。在 1838 年的文章中，别林斯基也赞扬了莎剧人物的现实意义："在讲到剧中人物的性格的时候，我们必须特别指出莎士比亚人物的现实性，表现在人物身上的生活精神和生活现象的具体性。"②

　　19 世纪 60 年代，正值莎翁声誉如日中天之时，一股反对莎翁的潜流正在逐渐形成。这种否定首先来自理论界，体现在革命民主主义者对现实与艺术关系的思考之中。这时以车尔尼雪夫斯基为代表的一批理论批评家对莎士比亚的态度发生了急剧的变化。他们的批评活动完全服务于解放俄国农奴的政治任务，思考以革命方式改造社会。于是，他们提出的很多对莎士比亚的批判在后世看来未免过于吹毛求疵。例如，有人说："时兴风尚使得莎士比亚的每部戏剧有一半不适合我们今天的审美享受。……莎士比亚讲究辞藻，流于浮夸。"皮萨列夫则指出莎翁及其戏剧已经过时，俄罗斯大众需要的不再是那些遥远的历史剧或爱情剧，对生活真实的渴求成为读者对文学的迫切要求。此外，莎士比亚作品中的现实意义所流露出的客观冷静是当时的激进批评家们所无法接受的。车尔尼雪夫斯基提到："对我这样一个信仰坚定的人来说，像莎士比亚那样写作比什么都难。他展现人物和生活，却不说明作者对其中任何一个人物所解决的问题有何看法。"③这场对莎士比亚的讨伐运动从思想界一直延伸至文学界。屠格涅夫（1818—1883 年）在《哈姆雷特与堂吉诃德》（1860年）中，分别从人物信仰、行动、爱情观和性格四个方面对比分析了堂吉诃德和哈姆雷特，为表现对封建专制的憎恨和对被压迫者的同情与热爱，屠格洛夫对堂吉诃德给予了中肯的评价，而对哈姆雷特进行了粗暴的批评。④总之，这时的莎士比亚、普希金作为"陈旧的文学偶像"或"纯艺术论者"遭到无情否定，一位激进的批评家 B·A·扎伊采夫明确指出："最好的戏剧，莫里哀、莎士比亚和席勒及其他人的戏剧都不能带来任何益处。……一切

---

① 朱建刚："'莎士比亚或皮靴'——莎士比亚在 19 世纪 60 年代的俄国"，载《中国比较文学》2011年第 2 期，第 121-122 页。

② 贾智浩等：《西方莎士比亚批评史》，社会科学文献出版社，2014 年版，第 128-129 页。

③ 朱建刚："'莎士比亚或皮靴'——莎士比亚在 19 世纪 60 年代的俄国"，载《中国比较文学》2011年第 2 期，第 122-125 页。

④ 贾智浩等：《西方莎士比亚批评史》，社会科学文献出版社，2014 年版，第 129-130 页。

手工业者都比任何诗人来得有用，就好像所有正数，无论它多么小，都比零来得大。"此等言论后来被陀思妥耶夫斯基归纳为"莎士比亚或皮靴"公式，它反映了农奴制改革前后俄国贵族文化和平民文化的尖锐矛盾。

在苏维埃政权的早期，莎士比亚在俄国的生存面临更加严重的威胁。这个新政权产生了一些极端分子，有些人甚至曾经提出，在这个无阶级的社会不该为旧社会的任何作家和作品（包括莎士比亚）留下一席之地，只有那些完全摆脱过去影响、服务于本政权的作家才能生产出无阶级的作品，这些人才值得被推广和尊崇。然而，包括高尔基、列宁等在内的一批人对前人的思想文化遗产进行了积极的肯定，高尔基就十分推崇莎士比亚，并鼓励人们借鉴学习这位大师的作品。与此同时，神秘的宗教狂热者、伟大的诗人亚历山大·布洛克（Alexander Blok）对打造苏联早期莎士比亚戏剧舞台创作的繁荣局面作出了突出贡献。1918 年 8 月，他在列宁格勒成立了一个"专演悲剧、浪漫剧和高雅喜剧的剧院"，对严格意义上的古典剧目产生了深远影响。布洛克表示对莎翁经典戏剧的价值和最终胜利有着完全的信心。《无事生非》是剧院在 1918 年 12 月首日开业上演的剧目之一，1922 年 4 月，剧院又上演了《李尔王》《哈姆雷特》《麦克白》《奥赛罗》《威尼斯商人》《第十二夜》和《恺撒》。①

1953 年斯大林去世后，政府放宽对戏剧创作演出的限制，苏联首次出现了大量上演外国戏剧的局面。资料表明，在 20 世纪 60 至 70 年代的苏联戏剧舞台上演了大量的莎士比亚戏剧。苏联剧院在这一时期排演戏剧的努力都归结到一个倾向——"反浪漫主义"——即与 40 至 50 年代戏剧舞台上对莎剧的浪漫主义的解释作斗争。反浪漫主义的过程主要表现在莎剧演出的外在形象，在服装和舞台构成方面完全拒绝了"历史主义"的、忠实于原作的原则，在布景的构成上运用了自然、粗犷的表现手法，在演出的音效方面采用了具体音乐等。导演和美术家们学习借鉴了英国导演彼得·布鲁克的《李尔王》（于 1964 年在苏联巡回演出），还受到了布莱希特和文献剧的影响。②

20 世纪 80 年代，苏联曾在 1981 年和 1984 年两次举办莎士比亚戏剧节（第一次莎剧戏剧节是在 1944 年的第二次世界大战中举办的），举办地均为亚美尼亚。亚美尼亚、白俄罗斯、格鲁吉亚、拉脱维亚、立陶宛、爱沙尼亚、列宁格勒、莫斯科和其他一些地区的剧院都排演了莎士比亚的剧本。俄罗斯艺术家们的焦点从莎剧舞台形式转移到了莎士比亚的永恒主题上，即对作品的内涵进行深刻的挖掘。有 3 个莎剧的演出引起了很大的反响：它们是第比利斯的马尔章尼维里剧院的《奥赛罗》（1982 年），格鲁吉亚的鲁斯塔维里剧院的《李尔王》（1986 年），莫斯科的列宁共青团剧院的《哈姆雷特》（1986）。莫斯科的列宁共青团

① Gibian, George. "Shakespeare in Soviet Russia." *The Russian Review*, Vol. 11, No. 1, 1952：24-34.
② 徐卫宏："俄罗斯八、九十年代的莎剧作品"，载《戏剧艺术》1999 年第 2 期，第 69-70 页。

剧院上演了《哈姆雷特》之后，戏剧界就如何排演莎剧的问题展开了激烈的争论，形成了80年代的哈姆雷特热，《哈姆雷特》戏剧背后的现代性和深刻性揭开了苏联戏剧的新时代，从此苏联的戏剧风格更加多元。①

图 3-43　俄罗斯圣彼得堡普希金国立模范剧院②

　　进入 90 年代，随着苏维埃联盟解体，政治、经济形势的动荡不安给俄罗斯戏剧发展带来了不利影响。最明显的例子是苏联权威性杂志《戏剧》因经费问题而停刊，戏剧演出也经历前所未有的大萧条。为了摆脱困境，许多剧院都不约而同地排演起古典作品，果戈里、陀思妥耶夫斯基和契科夫等人的作品纷纷被搬上舞台，莎士比亚的作品更占有重要的地位。仅以圣彼得堡上演的莎剧为例就可见一斑：普希金剧院的《哈姆雷特》（1991 年 12 月）和《奥赛罗》（1993 年 10 月），海岛剧院的《哈姆雷特》（1991 年 12 月），阿季莫夫喜剧院改编的《驯悍记》（1992 年 4 月），波罗的海之家剧院的《皆大欢喜》（1992 年 8 月）和《罗

---

①　徐卫宏："俄罗斯八、九十年代的莎剧作品"，载《戏剧艺术》1999 年第 2 期，第 70-75 页。

②　伊丽莎白女王在 1756 年下令建立俄罗斯第一个国家公共剧院，命名为"俄罗斯悲喜剧院"。1832 年，剧院为纪念尼古拉一世的妻子——皇后亚历山大·费德洛夫，更名为"亚历山大剧院"。1920 年更名为"彼得格勒州立学术戏剧院"（Petrograd State Academic Drama Theatre）、"列宁格勒戏剧院"（Lenigrad Gosdrama Theatre）、普希金戏剧院等。现在的全称为"俄罗斯圣彼得堡普希金国立模范剧院"，是俄罗斯最强的剧院之一。

密欧与朱丽叶》(1993 年 9 月),穆索尔斯基剧院的芭蕾舞剧《麦克白》(1992 年 4 月)。① 从 20 世纪 90 年代开始,莫斯科设立了戏剧节,其中最重要的戏剧节之一是 1992 年创办的契诃夫戏剧节,它每年举办一届,吸引了来自多个国家的剧团。戏剧节的设立,促进了俄国剧团与来自世界各地优秀剧团的友好交流与密切联系,使俄国戏剧从 90 年代的衰退中逐步复苏。从 1997 年起,英国亲密剧团的两位创立者——导演德克兰·多纳兰和设计师兼剧作家尼克·奥默罗德聘用俄罗斯最优秀的演员在莫斯科上演了几部戏剧。2006 年,他们在俄国布鲁克林音乐学院上演了俄文版的莎士比亚戏剧《第十二夜》,演出班底均为男性;该剧后来还曾到美国演出。② 总体来看,自苏联解体至今,俄国的戏剧发展享有了更多的自由,俄国对莎剧的喜爱成为促进俄国与西方文化及艺术人才交流的纽带。

六、研讨题目

1. 莎士比亚戏剧在全球传播与普及的原因。
2. 莎剧对建立德国民族戏剧的影响。
3. 当代美国莎剧演出的特色。
4. 加拿大莎士比亚戏剧节的意义。
5. 如何评价澳大利亚的露天莎剧演出?

---

① 徐卫宏:"俄罗斯八、九十年代的莎剧作品",载《戏剧艺术》1999 年第 2 期,第 75-76 页。
② [美]奥斯卡·G·布罗凯特、[美]弗兰克林·J·希尔蒂:《世界戏剧史》(第十版)(上),周靖波译,培生教育出版集团 & 上海三联书店,2013 年版,第 748-750 页。

余 论

　　将"莎士比亚戏剧"与"西方社会"这两个本就包罗万象的话题联系起来，用管中窥豹的方式从文艺作品中观察和推断更广阔的世界的运行机制，本身就是一次颇具雄心和挑战的尝试。这本书的三重视角"社会结构、政治经济与文化思潮"的目标在于指引读者超越文本和语言的范畴，超越舞台艺术的边界，放眼更宏大的疆域：我们透过莎翁的眼睛巡游在文艺复兴时期的英格兰乃至更遥远的欧洲大陆，去观测贵族社会的盘根错节与资产阶级的新兴气象，去对比传统王权和父权制的保守观念与资本主义的重商和契约精神，去追溯从古典时期绵延至今的人文主义传统乃至基督教传统的影响。欣赏莎士比亚戏剧时，我们能感受到他巨人的脚步，从伊丽莎白一世和詹姆士一世治下的英格兰出发，迈向更辽阔的疆域，令我们的胸怀"比目不转睛地凝视那支千足蠕动的王妃仪仗队更加激昂和开阔"①。

　　本书第一章是"莎士比亚戏剧与西方社会结构"，采用了传统的阶级视角——英国至今仍是一个较严格的阶级国家，社会流动性即使在工业革命的推动下依然处于稳定和较低的水平，这一观点在本国人和外国人中都深入人心，也使不少外国读者阅读英国文学作品时难免戴上有色眼镜。那么莎士比亚戏剧究竟是证实并强化了阶级观念，还是提供了不一样的视角？

　　首先，显而易见的是，贵族阶级是莎剧中的绝对主角。从罗马剧到英格兰历史剧，再到海外背景的王权斗争故事，莎剧中最浓墨重彩的便是王公贵族的生活，他们的野心与欲望、权谋与纷争、成就与堕落、爱情与婚姻都是莎翁关注的焦点。尤其是悲剧这一自古被认为是最高雅和庄严的体裁，自然也由贵族担纲，演绎人性的复杂和命运的无常，这也是从古希腊传承的戏剧创作传统。这一群体中当然不无狠毒卑劣、草菅人命之人，如书中介绍的《理查三世》中杀侄篡位的国王。红白玫瑰战争的腥风血雨、哀鸿遍野，更是让亨利六

---

① 歌德："纪念莎士比亚命名日"，见范大灿等编译：《歌德论文学艺术》，上海人民出版社，2017年版，第14页。

世都发出"我宁愿用我的死亡来阻止这类惨事的发生……倘若你们再斗争下去，千千万万的人都活不成了"的哀叹。(《亨利六世》(下)第二幕第五场)这些大人物对历史有着举足轻重的作用，纵横捭阖间造就奸人与英雄，也是广大观众和读者津津乐道的话题。

与此相比，莎翁本人出身的资产阶级和更广大的平民在莎剧中着墨不算多，形象也相对片面。《温莎的风流娘儿们》中以福德和培琪为代表的富裕资产者沉迷享乐，品位庸俗，一定程度上也反映了当时社会对新兴资产阶级的偏见；而《威尼斯商人》中的主角们年轻有为，追求自由，也体现了作者的信心和赞许。然而，平民阶层却几乎只能作为小人物，在《驯悍记》等喜剧中担任引人发笑的角色，给人以粗俗野蛮之感。不过他们也有展现人物弧光的特殊身份与时刻，那就是"小丑"这一莎剧中大智若愚的经典形象——《第十二夜》的费斯特、《皆大欢喜》的"试金石"、《李尔王》的弄臣，他们都是联系上层和下层社会的纽带，嬉笑怒骂中道尽世态炎凉。

第二章是更为宏大的"政治经济"。英格兰作为宪政的发源地、资本主义发达的殖民强国，其政治经济制度的变迁是近代历史的一面镜子。莎士比亚从《理查二世》到《亨利八世》的诸多英格兰历史剧不仅反映了传统的社会阶级，也描绘了从金雀花王朝到都铎王朝近百年的政治演进，其中包含君主制、贵族制和民主制。莎翁本人的历史观和政治观，也在其作品中得到鲜明的体现。除本国历史外，三部罗马剧和《哈姆雷特》《麦克白》以及本章讲述的《李尔王》也都被视作另一个时空维度下对英格兰政治的影射，对这些故事内涵的解读是无穷无尽的。莎士比亚一直被认为是一个政治上的保守者：他称颂亨利五世这样开明强大的君王，用两部剧展现他的成长蜕变、建功立业，描摹出一个理想的统治者形象；他鄙薄理查三世、克劳狄斯和麦克白等篡权夺位者，凸显他们的狼子野心和卑劣手段，并毫不留情地给他们一个身败名裂的结局，暗示名不正言不顺的权力绝无好下场。这也是为什么有很多学者认为莎士比亚信奉君权神授的传统观念，这显然与他生活在历史风云变幻的时代，推崇国家权力的平稳过渡都不无关系。

戏剧文学和资本主义经济这两个话题的交集就更难探索了。在莎剧中，只能通过"以点带面"的方式，通过角色的身份(如工商业者)和金钱交易相关的态度行为(放贷借贷等)推断当时人们的经济观念。与经济相关的一部明显的借古讽今之作是《雅典的泰门》，莎翁这最后一部悲剧关注到了借贷成风和拜金主义的社会问题，以及金钱导致的友情破裂和人性沦丧，这便是詹姆士时代金融模式更新、上流社会挥霍成风的社会写照。本书中所举的例子《威尼斯商人》则更加经典，安东尼奥和夏洛克的纠葛反映了资本主义商业都市放贷的普遍现象，围绕"一磅肉"的令人啼笑皆非的争执也是对商业社会中所谓"契约精神"的刻画——契约能以自愿为名违反公序良俗吗？履行约定和尊重人性哪个更重要？这些问题都是资本主义精神和传统伦理的冲突。

第二章最后一讲莎士比亚"戏剧与英国剧场经济"，则是很有趣味性和研究价值的补充。西方戏剧起源于古希腊酒神祭祀仪式上的合唱与舞蹈，后来由宗教性走向世俗化，成为最正统的艺术形式之一，到了市场经济兴起的伊丽莎白时代，则通过迅速的产业化进程达到了辉煌，莎剧也成为文艺与商业相辅相成的范本。直到今日，伦敦西区一直作为"世界戏剧中心"之一吸引着慕名而来的游客，经典的莎剧和音乐剧、舞剧与先锋派戏剧交相辉映，这不仅得益于数百年间的文化积淀，也是莎翁及同时代人的创作天赋、经营能力和艺术热情留给后人的珍宝。

第三章则回归文化思想领域，回归到"文艺复兴"这一与莎士比亚密不可分的概念。所谓文艺复兴，便是复古以求新。在莎剧中读者既能觉察到古典文化无处不在的印记，也可以感受到旭日喷薄般的人文主义精神。莎士比亚本人"少谙拉丁，更鲜希腊"（本·琼生语），不具备古典学者的素养，但具有丰富的古典文学与历史知识，这和文艺复兴时代普劳图斯、奥维德和普鲁塔克等古代名家的作品被大量翻译成包括英语的欧洲近代各国语言有关。莎士比亚的罗马剧几乎都来源于普鲁塔克的《希腊罗马名人传》，奥维德《变形记》里的故事也反复出现在《仲夏夜之梦》《罗密欧与朱丽叶》等剧中，并得到全新的演绎。所以，莎翁堪称一个富有创造力的实用的人文主义者。古老的故事在他笔下迸发出崭新的时代精神，英雄们体现出更复杂的人性，恋人们也彰显出更勇敢和不屈的气概。

书中重点讲述的《哈姆雷特》便是最深入人心的证明。"生存还是毁灭"之问直指人类亘古不变的哲学命题，是传统宗教视角之外对生与死的考量。与此同时，虽然追求个人幸福和自由意志的人文精神蓬勃发展，传统观念依然不肯退却。《罗密欧与朱丽叶》展示的便是年轻人对爱情的自主追求与传统父权制婚姻观念的冲突导致的悲剧。基督教思想依然保持着重要的影响力，莎剧中直接援引教义的现象不算多，但很多人物的观念和行为背后都有宗教价值的指引，如《暴风雨》中普洛斯彼罗从一心复仇到原谅奸人、皆大欢喜的骤然转折，其实体现了弘扬博爱、宽容与慈悲的基督教精神，也是莎翁晚年平和心境的写照。

莎剧不仅体现了时代精神，它自身也作为一种文化思潮从英格兰席卷到欧洲大陆、新世界国家以及更遥远的疆域。18 世纪是莎剧传播和研究的重要分水岭——戏剧由舞台表演艺术逐渐进入文学范畴，莎士比亚的作品在歌德、雨果和普希金等名家的推崇下步入了艺术圣殿。从北美、大洋洲到亚非拉国家，百年间莎剧逐步克服语言和文化屏障，凭借其对人类共同情感、哲思和理想的描绘，成为全世界人们的精神寄托和灵感之源。

如同引论中所提到的，本书建立莎剧与西方社会的联系，并非致力于穷尽万花筒般的复杂世相，而是希望回归文艺作品最原本的意义之一，同时也是读者和观众最基本的希求之一——了解莎士比亚所生活的时代，目睹这个伟大诗人眼中的风景，并体会到莎剧的自然性、包容性和开放性。"这是自然！是自然！没有什么比莎士比亚的人物更为自然了！"——歌德在 1771 年于法兰克福举办的莎士比亚命名日纪念大会上，便发出了如是宣言①：栩栩如生的写实、纤毫毕现地体现时代和社会风貌，是莎翁才华最卓著的体现，也是他留给后人最宝贵的财富。

卡尔维诺在《为什么读经典》中表示，经典作品之所以伟大，是因为它们"表现了整个宇宙"。它们"带着先前解释的气息走向我们，背后拖着它们经过的文化或多种文化时留下的足迹"②。莎士比亚的作品确实如宇宙般浩瀚和璀璨，他不仅写尽了性格与命运、自由与尊严等永恒的哲学与文学命题，更踞于个体的生老病死和喜怒哀乐之上，试图去表现围绕在角色四周的社会百态。他笔下容纳了历史与政治、经济与阶级、宗教与文化，恰似《亨利八世》中用来比喻女人之心的软羊羔皮，只要我们不断拉伸延展，就足以装下整个宇宙。

从罗马帝国在屋大维沾染鲜血的双手中完成缔造，到对伊丽莎白一世女王治下国泰民安的美好预言，从流淌着维京人血脉的冰海环绕的丹麦，到富饶靡丽的威尼斯，莎士比亚带领我们纵览历史、周游世界，他诞生于英格兰，描摹着英格兰，却又不仅属于英格兰。

---

① ［德］歌德："纪念莎士比亚命名日"，见范大灿等编译：《歌德论文学艺术》，上海人民出版社，2017 年版，第 14 页。

② ［意］卡尔维诺：《为什么读经典》，黄灿然、李桂蜜译，译林出版社，2006 年版，第 4 页。

附录一 莎士比亚生平大事记及创作年表

1564 年 4 月 23 日	威廉·莎士比亚出生。
1582 年 10 月 28 日	十八岁和安妮·海瑟薇结婚。
1583 年 5 月 26 日	女儿苏珊娜受洗。
1585 年 2 月 2 日	儿子哈姆涅特和女儿裘迪斯受洗。
1586 年	离开家乡,前往伦敦。
1590—1591 年	《亨利六世》(中)(下)首演。
1592 年 3 月 3 日	《亨利六世》(上)公演。
1593—1599 年	《十四行诗》
1592—1593 年	《理查三世》首演。
1593 年	长诗《维纳斯和阿多尼斯》首次出版。
1593—1594 年	《驯悍记》首演。
1594 年	长诗《鲁克丽丝受辱记》以及《亨利六世》(中)首次出版。
	《维洛那二绅士》首演。加入"宫内大臣供奉"剧团。
1594 年 1 月 24 日	《泰特斯·安德洛尼克斯》首演并于同年首次出版。
1594 年 12 月 28 日	《错误的喜剧》首演。
1594—1595 年	《爱的徒劳》首演。
1594—1596 年	《约翰王》首演。
1595 年	《亨利六世》(下)首次出版。《理查二世》公演。

1595—1596 年	《罗密欧与朱丽叶》《仲夏夜之梦》首演。
1596 年	儿子哈姆涅特夭折。
1596—1597 年	《威尼斯商人》和《亨利四世》(上)首演。
1597 年	《理查二世》《理查三世》首次出版。 《温莎的风流娘儿们》首演。
1598 年	《亨利四世》(下)首演。 《爱的徒劳》、《亨利四世》(上)首次出版。
1598—1599 年	《无事生非》首演。
1599 年	《亨利五世》首演。 环球剧院建成并投入使用。
1599 年	《裘力斯·恺撒》首演。
1599 年	《皆大欢喜》首演。
1600 年	《仲夏夜之梦》、《威尼斯商人》、《亨利四世》(下)、《无事生非》和《亨利五世》首次出版。
1600—1601 年	《哈姆雷特》首演。
1601 年	中长诗《凤凰与斑鸠》首次出版。
1601—1602 年	《特洛伊罗斯与克瑞西达》公演。
1602 年	《温莎的风流娘儿们》首次出版。
1602 年 2 月 2 日	《第十二夜》公演。
1602—1603 年	《终成眷属》公演。
1603 年	女王伊丽莎白去世，詹姆斯一世继位。 "宫内大臣供奉"剧团改名为"国王供奉"剧团。 《哈姆雷特》首次出版。
1604 年 11 月 1 日	《奥赛罗》首演。
1604 年 12 月 26 日	《一报还一报》首演。
1606 年 12 月 26 日	《李尔王》首演。
1606 年	《麦克白》首演。

1606—1607 年	《安东尼与克莉奥佩特拉》首演。
1607—1608 年	《科利奥兰纳斯》《雅典的泰门》《泰尔亲王配力克里斯》首演。
1608 年	《李尔王》首次出版。
	黑衣修士剧院开业，但很快因瘟疫而关门。
1609 年	《特洛伊罗斯与克瑞西达》《泰尔亲王配力克里斯》首次出版。
1609—1610 年	《辛白林》首演。
1610—1611 年	《冬天的故事》首演。
1611 年 11 月 1 日	《暴风雨》公演。
1612—1613 年	《亨利八世》首演。
1613 年	《两个高贵的亲戚》首演。
1613 年 6 月 29 日	环球剧院失火，剧院付之一炬。
1614 年夏	环球剧院重建。
1616 年 4 月 23 日	于埃文河上的斯特拉特福镇与世长辞。
1622 年	《奥赛罗》首次出版。
1623 年	第一对开本面世。

注：未标明首次出版年份的剧本均一并收入 1623 年出版的第一对开本。由于莎士比亚时代尚无版权一说，为了防止竞争对手模仿或剽窃，莎剧多为先上演，后出版，且有近一半莎剧在莎翁有生之年并未出版，而是首次出现在第一对开本中。因莎剧创作的具体时间界定不明，本附录多以剧本首次上演和首次出版的时间来进行梳理。

附录二　莎士比亚作品中英文对照分类目录

历史剧：

《亨利六世》（上）　　　　　　　（*Henry VI, part 1*）

《亨利六世》（中）　　　　　　　（*Henry VI, part 2*）

《亨利六世》（下）　　　　　　　（*Henry VI, part 3*）

《理查三世》　　　　　　　　　　（*Richard III*）

《约翰王》　　　　　　　　　　　（*King John*）

《理查二世》　　　　　　　　　　（*Richard II*）

《亨利四世》（上）　　　　　　　（*Henry IV, part 1*）

《亨利四世》（下）　　　　　　　（*Henry IV, part 2*）

《亨利五世》　　　　　　　　　　（*Henry V*）

《亨利八世》　　　　　　　　　　（*Henry VIII*）

喜剧：

《驯悍记》　　　　　　　　　　　（*The Taming of the Shrew*）

《维洛那二绅士》　　　　　　　　（*The Two Gentlemen of Verona*）

《错误的喜剧》　　　　　　　　　（*The Comedy of Errors*）

《爱的徒劳》　　　　　　　　　　（*Love's Labour's Lost*）

《仲夏夜之梦》　　　　　　　　　（*A Midsummer Night's Dream*）

《威尼斯商人》　　　　　　　　　（*The Merchant of Venice*）

《温莎的风流娘儿们》　　　　　　（*The Merry Wives of Windsor*）

《无事生非》　　　　　　　　　　（*Much Ado About Nothing*）

《皆大欢喜》　　　　　　　　　　（*As You Like It*）

《第十二夜》　　　　　　　　　　（ *Twelfth Night* ）

《两个高贵的亲戚》　　　　　　　（ *The Two Noble Kinsmen* ）

悲喜剧：

《特洛伊罗斯与克瑞西达》　　　　（ *Troilus and Cressida* ）

《终成眷属》　　　　　　　　　　（ *All's Well That Ends Well* ）

《一报还一报》　　　　　　　　　（ *Measure for Measure* ）

悲剧：

《泰特斯·安德洛尼克斯》　　　　（ *Titus Andronicus* ）

《罗密欧与朱丽叶》　　　　　　　（ *Romeo and Juliet* ）

《裘力斯·恺撒》　　　　　　　　（ *Julius Caesar* ）

《哈姆雷特》　　　　　　　　　　（ *Hamlet* ）

《奥赛罗》　　　　　　　　　　　（ *Othello* ）

《李尔王》　　　　　　　　　　　（ *King Lear* ）

《麦克白》　　　　　　　　　　　（ *Macbeth* ）

《安东尼与克莉奥佩特拉》　　　　（ *Antony and Cleopatra* ）

《科利奥兰纳斯》　　　　　　　　（ *Coriolanus* ）

《雅典的泰门》　　　　　　　　　（ *Timon of Athens* ）

传奇剧：

《泰尔亲王配力克里斯》　　　　　（ *Pericles Prince of Tyre* ）

《辛白林》　　　　　　　　　　　（ *Cymbeline* ）

《冬天的故事》　　　　　　　　　（ *The Winter's Tale* ）

《暴风雨》　　　　　　　　　　　（ *The Tempest* ）

长诗：

《十四行诗》　　　　　　　　　　（ *The Sonnets* ）

《维纳斯和阿多尼斯》　　　　　　（ *Venus and Adonis* ）

《鲁克丽丝受辱记》　　　　　　　（ *The Rape of Lucrece* ）

《爱人的怨诉》　　　　　　　　　（ *A Lover's Complaint* ）

《热情的朝圣者》　　　　　　　　（ *The Passionate Pilgrim* ）

《凤凰和斑鸠》　　　　　　　　　（ *The Phoenix and the Turtle* ）

其他疑为莎士比亚的作品：

《托马斯·莫尔爵士》　　　　　　　（*Sir Thomas More*）

《爱德华三世》　　　　　　　　　　（*Edward III*）

《挽歌》　　　　　　　　　　　　　（*Funeral Elegy*）

　　注：以上各类型戏剧作品主要参照河畔版主编 G. Blakemore Evans 的梳理，个别剧作参考 RSC（Royal Shakespeare Company）官网的"Timeline of Shakespeare's plays"。除《亨利六世》遵照习惯仍按（上）（中）（下）排序外，其他均按首演顺序排列。

参 考 文 献

"A Brief History."*Ozact*, https://www.ozact.com/company/.

Adler, Steven. *Rough Magic Making Theatre at the Royal Shakespeare Company* [M]. Carbondale, IL: Southern Illinois University Press, 2001.

Bloom, Harold. *The Western Canon*[M]. Boston: Houghton Mifflin Harcourt, 1994.

Bruster, Douglas. "The Birth of an Industry" [M]// Jane Milling and Peter Thomson. *The Cambridge History of British Theatre*, *Volume* 1: *Origins to* 1660. Cambridge: Cambridge University Press, 2004: 224-241.

Bryson, Bill. *Shakespeare*: *The World as a Stage*[M]. New York: Harper, 2007.

Crystal, David & Ben Crystal. *Shakespeare's Words*: *A Glossary & Language Companion* [M]. London: Penguin Books, 2002.

Elden, Stuart. "The Geopolitics of King Lear: Territory, Land, Earth" [J]. *Law & Literature*, 2013, 25(2): 147-165.

Gaby, Rosemary. "Taking the Bard to the Bush: Environmental Shakespeares in Australia" [J]. *Shakespeare*, 2011, 7(1): 70-77.

Gibian, George. "Shakespeare in Soviet Russia" [J]. *The Russian Review*, 1952, 11 (1): 24-34.

Greenblatt, Stephen. *The Norton Anthology of English Literature*, *Volume* 1[M]. 8th ed. London: W. W. Norton & Company, 2006.

Gurr, Andrew. *The Shakespeare Company*, 1594-1642 [M]. New York: Cambridge University Press, 2004.

Hook, J. N. *Family Surnames*: *How Our Surnames Came to America*[M]//William H. Roberts, Gregoire Turgeon. *About Languages*: *A Reader for Writers*. Beijing: FLTRP, 2000.

Hume, Robert D. "Theatres and Repertory" [M]//Joseph Donohue. *The Cambridge History of British Theatre*, *Volume* 2: 1660 to 1895. New York: Cambridge University Press, 2004: 53-70.

Kennedy, Dennis. "Shakespeare Worldwide" [M]//Margretade Grazia, Stanley Wells. *The Cambridge Companion to Shakespeare*. New York: Cambridge University Press, 2001: 251-260.

Kershaw, Baz. "British Theatre, 1940-2002: An Introduction" [M]//Baz Kershaw. *The Cambridge History of British Theatre*, *Volume* 3: *Since* 1895. New York: Cambridge University Press, 2004: 296-325.

Lacey, Stephen. "British Theatre and Commerce, 1979-2000" [M]//Baz Kershaw. *The Cambridge History of British Theatre*, *Volume* 3: *Since* 1895. New York: Cambridge University Press, 2004: 426-447.

Lamb, Edel. "Shakespeare and The Renaissance Stage" [M]//Mark Thornton Burnett, Adrian Streete and Ramona Wray. *The Edinburgh Companion to Shakespeare and the Arts*. Edinburgh: Edinburgh University Press, 2011: 258-273.

Lerner, Robert E., et al. *Western Civilizations: Their Histories and Their Culture. Volume 1*[M]. 12th ed. London: W. W. Norton & Company, 1993.

Marks, Kathy. "Interview: John Bell brings to life Shakespeare's rarely staged 'magnificent fairytale'" [OL]. *The Guardian*, 3 May 2014, https://www.theguardian.com/stage/australia-culture-blog/2014/mar/05/shakespeares-winters-tale-john-bell-magnificent-fairy-tale. Accessed 16 Sept. 2018.

Marsh, Derick, Alan Brissenden and Dennis Bartholomeusz. "Shakespeare in Australia" [J]. *Shakespeare Quarterly*, 1980, 31(3): 395-400.

Matthews, John. *Dictionary of Medieval Knighthood and Chivalry*[M]. New York: Greenwood Press, 1998.

Russell, Dave. "Popular Entertainment, 1776-1895" [M]//Joseph Donohue. *The Cambridge History of British Theatre*, *Volume* 2: 1660 *to* 1895. Cambridge: Cambridge University Press, 2004: 369-387.

Shakespeare, William. *The Arden Shakespeare Complete Works*[M]. Eds. Richard Proudfoot, Ann Thompson and David Scott Kastan. London: Bloomsbury Academic, 1998.

—. *Complete Works* [M]. Eds. Jonathan Bate & Eric Rasmussen. The Royal Shakespeare Company, 2007. Beijing: Foreign Language Teaching and Research Press, 2008.

—. *The Norton Shakespeare Histories* [M]. Eds. Stephen Greenblatt. London: W. W. Norton &

Company，1997.

Stone，L. *Social Change and Revolution in England*，1540-1640. London：［s. n.］，1960.

Stout，A. K. "Shakespeare on the Air in Australia"［J］. *The Quarterly of Film Radio and Television*，1954，8(3)：269-272.

Wells，Stanley. *Great Shakespeare Actors*：*Burbage To Branagh*［M］. Oxford：Oxford University Press，2015.

阿鲁里斯，苏利文. 莎士比亚的政治盛典：文学与政治论文集［M］. 赵蓉，译. 北京：华夏出版社，2011.

阿尼克斯特. 莎士比亚传［M］. 安国梁，译. 北京：中国戏剧出版社，1984.

艾略特. 基督教与文化［M］. 杨民生，陈常锦，译. 成都：四川人民出版社，1989.

奥斯卡·G·布罗凯特，弗兰克林·J·希尔蒂. 世界戏剧史：上册［M］. 10 版. 周靖波，译. 上海：培生教育出版集团 & 上海三联书店，2013.

巴锡，费. 莎士比亚在威尼斯［M］. 王一禾，译. 北京：人民出版社，2014.

保罗·埃德蒙森. 如何邂逅莎士比亚［M］. 王艳，译. 成都：四川人民出版社，2017.

彼得·艾克洛德. 莎士比亚传［M］. 郭俊，罗淑珍，译. 北京：国际文化出版公司，2010.

查姆·伯曼特. 犹太人［M］. 冯玮，译. 上海：上海三联出版社，1991.

陈芳. 莎戏曲：跨文化改编与演绎［M］. 中国台北：台湾师范大学出版中心，2012.

陈召荣，李春霞. 基督教与西方文学［M］. 兰州：甘肃人民出版社，2007.

从丛. 再论哈姆雷特并非人文主义者［J］. 南京大学学报，2001.

戴丹妮. 异彩纷呈与兼容并蓄——简析莎士比亚戏剧在法国的演出、研究与传播［J］. 法国研究，2013.

冯伟.《李尔王》与早期现代英国的王权思想［J］. 外国文学评论，2013.

戈宝权. 莎士比亚在中国［J］. 莎士比亚研究(创刊号)，1983.

歌德. 歌德论文学艺术［M］. 范大灿，等编译. 上海：上海人民出版社，2017.

歌德. 歌德谈话录［M］. 朱光潜，译. 合肥：安徽教育出版社，2006.

歌德等著. 莎剧解读［M］. 张可、元化，编译. 上海：上海教育出版社，1998.

葛启国. 戏剧人生二百年——试论澳大利亚戏剧的形成和发展［J］. 外国文学，1997.

郭方.16 世纪英国社会的等级状况［J］. 首都师范大学学报(社会科学版)，2002.

郭辉辉. 福斯塔夫式的背景［J］. 外国文学研究，1980.

郭继德. 加拿大英语戏剧史［M］. 郑州：河南人民出版社，1999.

郭继德. 美国戏剧史［M］. 天津：南开大学出版社，2011.

哈兹里特. 莎士比亚戏剧中的人物［M］. 顾钧，译. 上海：华东师范大学出版社，2009.

海伦·加德纳. 宗教与文学［M］. 沈弘，等译. 成都：四川人民出版社，1989.

海因里希·海涅. 莎士比亚的少女和妇人[M]. 绿原, 译. 上海: 上海文艺出版社, 2007.

——. 莎士比亚笔下的少女和妇人[M]. 李永平, 译. 北京: 商务印书馆, 2017.

韩曦. 殖民时期澳大利亚戏剧述论[J]. 江淮论坛, 2016.

何其莘. 英国戏剧史[M]. 南京: 译林出版社, 1998.

贺雄飞. 犹太人之谜: 一个神奇民族的成功智慧[M]. 北京: 世界知识出版社, 2015.

胡适. 中国新文学大系·建设理论集[M]. 上海: 上海文艺出版社, 1982.

黄晞耘. 伯爵帽檐上, 那支金雀花[J]. 读书, 2019.

贾智浩, 等. 西方莎士比亚批评史[M]. 北京: 社会科学文献出版社, 2014.

卡尔维诺. 为什么读经典[M]. 黄灿然, 李桂蜜, 译. 南京: 译林出版社, 2006.

劳伦斯·斯通. 贵族的危机: 1558—1641[M]. 于民, 王俊芳, 译. 上海: 上海人民出版社, 2011.

——. 英国的家庭、性与婚姻 1500—1800[M]. 刁筱华, 译. 北京: 商务印书馆, 2011.

勒兰德·莱肯. 圣经与文学[M]. 徐钟, 等译. 沈阳: 春风文艺出版社, 1989.

李伯杰, 等. 德国文化史[M]. 北京: 对外经济贸易大学出版社, 2002.

李道增. 西方戏剧: 剧场史[M]. 北京: 清华大学出版社, 1999.

利普曼. 莎士比亚的《威尼斯商人》[M]. 彭卓睿, 译. 北京: 外语教学与研究出版社, 1996.

李伟民. 道德伦理层面的异化: 在人与非人之间——莎士比亚悲剧《李尔王》的伦理学解读[J]. 外国文学研究, 2008.

李伟民. 俄苏莎学理论在中国的传播[J]. 四川戏剧, 1997.

李醒. 二十世纪的英国戏剧[M]. 北京: 文化艺术出版社, 1994.

李亦男. 当代西方剧场艺术[M]. 桂林: 广西师范大学出版社, 2017.

李长林, 杜平. 中国对莎士比亚的了解与研究——《中国莎学简史》补遗[J]. 中国比较文学, 1997.

梁工. 莎士比亚与圣经: 上[M]. 北京: 商务印书馆, 2006.

梁启超. 新大陆游记及其他[M]. 长沙: 岳麓书社, 1985.

刘建军. 基督教文化与西方文学传统[M]. 北京: 北京大学出版社, 2005.

卢梭. 社会契约论[M]. 何兆武, 译. 北京: 商务印书馆, 2005.

罗伯特·科恩. 戏剧: 简明本[M]. 6 版. 费春放, 主译. 上海: 上海书店出版社, 2006.

M·波德. 资本主义的历史: 从 1500 年至 2010 年[M]. 郑方磊, 任轶, 译. 上海: 上海辞书出版社, 2011.

马基雅维利. 君主论[M]. 刘训练, 译. 北京: 中央编译出版社, 2017.

马克思, 恩格斯. 马克思恩格斯全集: 第 33 卷[M]. 中共中央马克思恩格斯列宁斯大林著作编译局，编译．北京：人民出版社，2004.

——．马克思恩格斯选集：第 4 卷［M］．中共中央马克思恩格斯列宁斯大林著作编译局，编译．北京：人民出版社，1972.

马克斯·韦伯．经济通史［M］．姚曾廙，译．韦森，校订，上海：上海三联书店，2006.

马克垚．英国封建社会研究［M］．北京：北京大学出版社，2005.

马淑君．磨难—死亡—复活：论莎士比亚传奇剧中的基督教原型［J］．语文学刊（高教版），2005.

麦格拉思．基督教概论［M］．马树林，孙毅，译．北京：北京大学出版社，2003.

麦克格雷格．莎士比亚的动荡世界［M］．范浩，译．郑州：河南大学出版社，2014.

莫世祥．马君武选集［M］．武汉：华中师范大学出版社，1991.

莫运平．基督教文化与西方文学［M］．北京：中央编译出版社，2007.

彭升，潘广明．近代西方社会契约思想分析及其政治影响［J］．法制博览，2016.

皮埃尔·布吕奈尔，等．十九世纪法国文学史［M］．郑克鲁，等译．上海：上海人民出版社，1997.

裘安克．莎士比亚年谱［M］．北京：商务印书馆，1988.

R·克劳利．财富之城：威尼斯海洋霸权［M］．陆大鹏，张骋，译．北京：社会科学文献出版社，2015.

饶本忠．犹太人与欧洲文明［M］．北京：人民出版社，2015.

桑巴特．犹太人与现代资本主义［M］．艾仁贵，译．上海：上海三联书店，2015.

施咸荣．莎士比亚和他的戏剧［M］．北京：北京出版社，1981.

斯蒂芬·格林布拉特．俗世威尔：莎士比亚新传［M］．辜正坤，等译．北京：北京大学出版社，2007.

宋潇纶.《圣经》中的契约思想及其蕴含的法的价值［J］．法制博览，2018.

孙家琇．莎士比亚辞典［M］．石家庄：河北人民出版社，1992.

唐运冠．西欧中世纪骑士比武的兴衰［J］．世界历史，2016.

田俊武，龚新智．心与心的距离——重读《罗密欧与朱丽叶》与《奥赛罗》［J］．四川戏剧，2008.

田民．莎士比亚与现代戏剧——从亨利克·易卜生到海纳·米勒［M］．北京：中国社会科学出版社，2006.

王珺．论伊丽莎白一世时期英国戏剧繁荣的经济社会背景［D］．北京：首都师范大学，2005.

王晓凌，等．莎士比亚圣经文学研究［M］．合肥：安徽大学出版社，2010.

汪中求．契约精神［M］．北京：新世界出版社，2009.

王忠祥，贺秋芙．莎士比亚戏剧精缩与鉴赏［M］．武汉：华中师范大学出版社，2009.

威尔·杜兰．世界文明史·理性的时代［M］．幼狮文化公司，译．北京：东方出版社，1999.

威廉·霍斯金斯．英格兰景观的形成［M］．梅雪芹，刘梦霏，译．北京：商务印书馆，2018.

威廉·莎士比亚．爱德华三世［M］．孙法理，译．北京：商务印书馆，2011.

——．莎士比亚全集［M］．朱生豪，译．北京：人民文学出版社，1978.

——．莎士比亚全集［M］．朱生豪，等译．南京：译林出版社，1998.

——．莎士比亚全集：驯悍记［M］．熊杰平，译．北京：外语教学与研究出版社，2016.

吴辉．影像莎士比亚——文学名著的电影改编［M］．北京：中国传媒大学出版社，2007.

肖四新．莎士比亚戏剧与基督教文化［M］．成都：四川出版集团巴蜀书社，2007.

熊杰平．汉剧《驯悍记》与同名原著的审美对等——兼及《驯悍记》在中国舞台的搬演史［J］．武陵学刊，2014.

徐卫宏．俄罗斯八、九十年代的莎剧作品［J］．戏剧艺术，1999.

徐振宇．康托洛维茨其人其书［J］．读书，2018.

杨青芝．莎士比亚传［M］．北京：中国社会出版社，2006.

杨玉林．伊丽莎白一世及其贵族［J］．山东师大学报（社会科学版），1993.

杨周翰．莎士比亚评论汇编：上［M］．北京：中国社会科学出版社，1979.

——．莎士比亚评论汇编：下［M］．北京：中国社会科学出版社，1985.

应小敏．伦敦西区剧院的繁盛对中国戏剧产业的启示［J］．中央戏剧学院学报《戏剧》，2015.

张乃和．16 世纪英国财政政策研究［J］．求是学刊，2000.

张泗洋．莎士比亚戏剧研究［M］．长春：东北师范大学出版社，2014.

张泗洋，徐斌，张晓阳．莎士比亚引论：下［M］．北京：中国戏剧出版社，1989.

张薇．莎士比亚精读［M］．上海：上海大学出版社，2016.

张晓白．莎士比亚在美国［J］．外国文学研究，1992.

赵庆庆．加拿大戏剧的莎士比亚情结和戏仿解密［J］．戏剧，2008.

智量．外国文学名著论名家［M］．上海：华东师范大学出版社，1985.

朱建刚．"莎士比亚或皮靴"——莎士比亚在 19 世纪 60 年代的俄国［J］．中国比较文学，2011.

朱琳．对于莎士比亚戏剧成功传播的分析和研究［D］．北京：北京外国语大学，2015.

朱维之．基督教与文学［M］．上海：上海书店，1992.

新时代外国文学与文化系列教材

（丛书主编：王爱菊）

《莎士比亚戏剧与西方社会》

《英语诗歌欣赏》

《日本文化漫谈》

《电影中的俄罗斯文学》

《近现代日本社会与文化》

《俄罗斯社会与文化十讲》

《中西民俗文化对比赏析》

《中日文化交流史话》

《英国历史文化》

《跨文化交际礼仪》

《国外新闻业与新闻英语导读》

《英文小说名篇导读：从文字到光影的嬗变》